KiWi PAPERBACK

877

W0362086

Über das Buch

Ein Dorf am Ende der Straße. Für Hauptkommissar Jerry Crinelli und seine schwangere Frau Maria soll hier ein neues Leben beginnen. Freundlich werden sie von der Gemeinde aufgenommen, doch dann geschieht ein Mord, der alles verändert. Crinelli nimmt sich des Falles an, und je näher er dem grausamen Mörder zu kommen glaubt, desto tiefer gerät er in einen Strudel aus Korruption, Selbstherrlichkeit und Intrige. Bald hat Crinelli nicht nur das ganze Dorf gegen sich, er selbst verliert mehr und mehr die Distanz zu dem Fall.

Es kann kein Zufall sein, dass die Leiche ausgerechnet in Crinellis unmittelbarer Nachbarschaft gefunden wurde. Ein entscheidendes Detail ist dem Ermittler entgangen. Als eine zweite Leiche auftaucht, ist sich Crinelli sicher: Der Mörder ist ganz in der Nähe. Ihm bleibt nur wenig Zeit, will er ein weiteres grausames Verbrechen verhindern. Ein Wettlauf gegen die Uhr beginnt …

Der Autor

Werner Köhler, geboren 1956, lebt und arbeitet in Köln. Er hat neben seinen Romanen zahlreiche Kochbücher veröffentlicht. Außerdem ist er Miterfinder und Geschäftsführer des Internationalen Literaturfests lit.COLOGNE.

Weitere Bücher bei Kiepenheuer & Witsch

»Cookys«, KiWi 808, 2004; »Eine ganz normale Familie«, KiWi 965, 2007; »Crinellis kalter Schatten«, Krimi, KiWi 1028, 2008; »Crinellis dunkle Erinnerung«, 2009.

Werner Köhler

CRINELLIS

TÖDLICHER IRRTUM

Das Mädchen vom Wehr

Kiepenheuer & Witsch

3. Auflage 2009

© 2005 by Verlag Kiepenheuer & Witsch, Köln
Alle Rechte vorbehalten. Kein Teil des Werkes darf in irgendeiner Form (durch Fotografie, Mikrofilm oder ein anderes Verfahren) ohne schriftliche Genehmigung des Verlages reproduziert oder unter Verwendung elektronischer Systeme verarbeitet, vervielfältigt oder verbreitet werden.
Umschlaggestaltung: Barbara Thoben, Köln/Philipp Niermann
Umschlagmotiv: © Detlef Kellermann
Gesetzt aus der Minion und der Poor Richard
Satz: Greiner & Reichel, Köln
Druck und Bindearbeiten: CPI – Clausen & Bosse, Leck
ISBN 978-3-462-03486-8

Samstag

»Maria? Maariiaa!«

»Ja, ich bin ja gleich so weit, schrei doch nicht so.«

Crinelli saß fertig angezogen in Marias Lesesessel am Kamin und blätterte in einem Buch der *Blinker Bibliothek*, einem der wenigen Bücher, das er besaß. Er musste feststellen, dass keinerlei Literatur über die Fische und Gewässer der Region im Regal stand, und beschloss, beim nächsten Mal, wenn er in der Innenstadt zu tun haben würde, in einer der großen Buchhandlungen zu stöbern. Ein wenig war ihm die Gegend vertraut, aber vielleicht gab es ja doch noch irgendwo einen Schatz zu heben.

»Da bin ich.« Maria lehnte im Türrahmen und Crinelli verschlug es für einen Moment die Sprache. In den letzten Wochen hatte er seine Frau häufiger in einem Arbeitsoverall als in normaler Kleidung gesehen, und er musste lange zurückdenken, wann sie sich zum letzten Mal so in Schale geschmissen hatte. Ganz offensichtlich sollten die neuen Nachbarn heute Nacht schwer beeindruckt werden, Crinelli war es jedenfalls schon einmal. Maria hatte sich betont weiblich gekleidet und wirkte fast schon ein wenig zu elegant für den Anlass. Die langen Haare trug sie hochgesteckt, und nur wenigen auserwählten Strähnen war es erlaubt, sich sanft auf die Schulter zu legen. Maria war, für ihre Verhältnisse, auffällig geschminkt. Ihre vollen Lippen verschwanden hinter tiefrotem Lippenstift.

»Na Crinelli, gefall ich dir?«

»Äh, wir müssen ja nicht unbedingt ausgehen.«

Sie lachte amüsiert auf. »Ich nehme das mal als Kompliment. Können wir dann, oder bist du noch nicht fertig?«

Crinelli erhob sich schnaufend und schüttelte wortlos den Kopf.

»Nimm in jedem Fall einen warmen Mantel mit. Ich hab keine Ahnung, wie es da zugeht, ob die Feier drinnen oder draußen stattfindet.«

»Du glaubst doch nicht, dass ich mir die ganze Mühe gemacht habe, um das alles hier unter einer dicken Pelle zu verstecken?«

Dennoch griff sie sich ihren warmen Wintermantel, legte ihn sich jedoch nur lässig über den Arm.

»Spürst du eigentlich schon etwas?«, fragte Crinelli und deutete auf Marias Bauch, während sie langsam mit dem Volvo durch die Nacht glitten.

»Nein, nur manchmal ist mir so, als ob sich etwas bewegt, aber ich glaube, das ist bloße Einbildung. Laut gängiger Schwangerschaftsliteratur soll man erst im fünften Monat überhaupt Bewegungen spüren können.«

»Du immer mit deinen Buchtheorien. Und was ist mit den Symptomen, von denen alle immer erzählen? Frauen würden sich übergeben, Gurken essen, immer müde sein und all so was?«

»Gott sei Dank scheint das bei mir nicht so zu sein. Vermutlich bekommen wir einen ziemlich stillen Jungen.«

»Mädchen!«

»Wieso glaubst du das?«

»Mädchen! Ist so ein Gefühl.«

»Aber ist doch auch egal. Ich bin jetzt im vierten Monat, da sollte ohnehin das Schlimmste überstanden sein. Ich hatte wohl Glück, und außerdem weißt du ja, dass ich Gurken nicht sehr mag. Na ja. Freust du dich immer noch auf das Kind, Jerry?«

Jerry lenkte den Wagen an den Straßenrand und hielt an. Natürlich freute er sich immer noch, warum fragte Maria?

»Komm her, meine Süße.«

Sie trafen sich über der Mittelkonsole.

»Küss mich, ich liebe dich.«

Ihre Lippen berührten sich und verharrten für einen langen Moment aufeinander. Ihre Zungen begannen miteinander zu spielen, normalerweise ein sicheres Indiz für bevorstehenden Sex.

»Stopp, Sir!«, sagte Maria und schob Crinelli von sich weg. »Dafür haben wir jetzt keine Zeit. Wir sind schließlich in gesellschaftlicher Mission unterwegs, oder etwa nicht?«

Sie legte ihrem verdutzten Ehemann die Hand wie aus Versehen in den Schritt, durfte feststellen, dass Jérôme Crinelli ziemlich erregt war, und schaute ihn fragend an.

»Das zahl ich dir heim, du Biest«, erwiderte Crinelli.

»Moment noch.«

Maria klappte die Sichtblende an der Frontscheibe des Wagens herunter und öffnete die Klappe des Leuchtspiegels. Um ihre Lippen in dem kleinen Rechteck genau betrachten zu können, drückte sie ihren Rücken durch und begann sich die Lippen nachzuschminken. Crinellis Kehle entrang sich ein gedämpftes Stöhnen, er atmete hörbar tief ein und aus.

»Jetzt können wir wieder, Schatz«, hauchte Maria mit einem weiteren schelmischen Seitenblick.

»Katze!«, zischte Crinelli.

Nach diesem kurzen Stopp war Crinelli nach allem zumute, nur nicht nach Smalltalk mit den Dorfbewohnern. Aber sie waren nun einmal neu im Ort, und ein solches Fest war die ideale Gelegenheit, sich mit weiteren Menschen aus der Nachbarschaft bekannt zu machen.

Schon von weitem konnte man den Feuerschein über dem Neumann'schen Hof sehen. Der Bauer hatte ein riesiges Holzfeuer entzündet. Um die hoch lodernden Flammen herum standen an die hundert Personen. Der Geräuschpegel deutete darauf hin, dass man sich amüsierte und dass es die übliche zähe Anfangsphase einer Feier hier nicht gab. Neben den Erwachsenen rannten noch etwa ein Dutzend Kinder zwischen den Ställen und dem Herrenhaus hin und her. Am hinteren Ausgang des Hofes brannte ein weiteres, etwas kleineres Feuer. Darüber drehten sich zwei ganze Schweine an einem Spieß. Fett tropfte in das offene Feuer, und es roch verlockend. Gleich neben dem Grill war ein Stand aufgebaut. Die beiden kellnernden Mädchen hatten alle Hände voll zu tun. Sie zapften Kölsch vom Fass, was Crinelli freute. Er mochte kein Pils, es schmeckte ihm zu bitter, und Kölsch erinnerte ihn an zu Hause.

Sie waren noch keine zehn Schritte über den Hof gelaufen, als ihnen auch schon der Gastgeber entgegenkam. Neumann sah aus, als müsse er sich erst noch für das Fest zurechtmachen. Sein gedrungener Körper steckte in schäbiger Arbeitskleidung, und der Geruch, den er verströmte, untermauerte den ersten Eindruck noch. Hinter ihm tauchte eine kleine, ziemlich kräftig gebaute Frau auf.

»Herzlich willkommen, das ist aber schön, dass Sie kommen konnten. Und Ihre Frau ist ja auch dabei, sehr gut. Musste sie also nicht zu ihrer Mutter?«

Maria schaute den Bauern verdutzt an, aber bevor sie etwas sagen konnte, antwortete Crinelli für sie.

»Nein, das Treffen ist verschoben worden. Danke für die nette Einladung, ist ja ein großes Fest. Und Glück mit dem Wetter haben Sie auch.«

»Ja, kühl, aber klar. Guten Abend, ich bin Ännchen Neumann«, stellte sich die Bäuerin selbst vor, »aber Sie können Ännchen zu mir sagen, ohnehin duzen sich die meisten hier. Hier auf dem Land nehmen wir es nicht so genau mit den Förmlichkeiten, wissen Sie, und wenn Sie wollen …«

»Gern«, erwiderte Maria, die, wie üblich, jede Gelegenheit zum schnellen Übergang vom Sie zum Du ergriff, »ich bin also Maria.«

»Und ich bin Jerry«, stimmte Crinelli zu.

»Jerry? Wofür ist das die Abkürzung?«, fragte Ännchen Neumann.

»Jérôme, ein französischer Name.«

»Aber dein Nachname hört sich eher italienisch an.«

»Gut bemerkt, ist er auch. Meine Familie stammte ursprünglich aus dem Grenzgebiet zwischen Norditalien und Südfrankreich.«

»Dann bist du also Italiener?«

»Nein, ich bin Deutscher. Ich war in meinem gesamten Leben noch nicht in Italien und spreche auch kein Wort Italienisch. Mein Großvater ist mit der Familie von Kalabrien direkt nach Köln gezogen, und mein Vater hat später eine Urkölnerin geheiratet. Bei uns zu Hause sprach niemand Italienisch.«

»Frido, also eigentlich Fridolin, aber alle nennen mich Frido«, unterbrach der Bauer seine wissbegierige Frau. »Also, dann hätten wir ja schon mal das Wichtigste. Was haltet ihr davon, wenn ich euch mal einigen Leuten vorstelle, die ihr noch nicht kennt?«

»Nun lass die Beiden doch erst einmal ankommen, Fridolin, bevor du mit der Tür ins Haus fällst«, versuchte Ännchen wiederum ihren müffelnden Mann zu unterbrechen. »Nehmt euch ein Bier und mischt euch dann unters Volk, und wenn ihr wollt, können wir euch immer noch mit dem ein oder anderen bekannt machen. Die Spanferkel sind auch gleich fertig. Esst ordentlich, dann habt ihr eine gute Grundlage für den Alkohol.«

»Ännchen hat Recht, Jerry. Ich habe mächtigen Hunger«, dabei strich sich Maria über den Bauch, »und außerdem musst du jetzt erst mal abschalten.«

Neumann lachte, schnappte sich seine Frau und ging Arm in Arm mit ihr wieder zum Feuer. Für die Augen des Städters Crinelli bot das Paar, das sich so gar nicht für ein Fest herausgeputzt hatte, sondern vielmehr wirkte, als sei es gerade von der Feldarbeit nach Hause gekommen, einen ungewohnten Anblick. Aber die beiden waren ihm auf Anhieb sympathisch.

»Du erzählst ja schöne Geschichten, mein Lieber. Was sollte denn bei meiner Mutter gefeiert werden?«

»Ach, nur so eine Notlüge. Ich wollte nicht sofort zusagen und wusste ja auch nicht, ob du überhaupt Lust hast auf so ein Fest.«

»Und warum sagst du es dann nicht genau so?«

»Komm, Maria, Friede. Ich brauch ein Kölsch.«

Das erste Glas leerte Crinelli mit einem Zug gleich am Fass und ließ es sofort wieder nachfüllen. Gerade wurde auch das Schwein angeschnitten. Jeder holte sich eine dicke Scheibe knusprigen Schweinsbraten auf einem ebenso knusprigen runden Brötchen. Zusätzlich wurde noch Krautsalat aufgelegt, und zwei riesige Töpfe Senf standen zum Würzen bereit.

Es lag eine schöne Stimmung über dem Hof, und Crinelli entspannte sich zusehends. Noch eine zweite Portion, sowie einige weitere Stangen Kölsch, und allmählich fühlte sich alles richtig an. Schließlich gingen sie auf das zentrale Feuer zu. Als sie sich nach bekannten Gesichtern in der Menge umsahen, bemerkten sie eine Hand, die ihnen zuwinkte. Die Hand gehörte Sybille Zimmermann, der Inhaberin der örtlichen Bäckerei. Maria winkte zurück.

»Hallo«, rief die Zimmermann erfreut in die Runde, »darf ich vorstellen, das sind unsere neuen Dörfler, Familie Crinelli aus Köln. Herr Crinelli ist bei der Mordkommission, und seine Frau schreibt Bücher.«

Maria hatte sich gleich am ersten Tag, beim morgendlichen Brötchenholen mit der Frau des Bäckers unterhalten. Dabei hatte sich die hoch gewachsene, schlanke Frau als mitteilsam, aber auch sehr interessiert an den Crinellis gezeigt. Sie hatten sich über die Ladentheke hinweg ein wenig ausgetauscht.

»Hallo«, grüßten die Crinellis artig in die Runde.

»Ich stell euch gleich mal die anderen vor. Ich darf euch doch duzen, wir duzen uns hier alle?« Maria lächelte, doch Jerry war einigermaßen peinlich berührt von dem vereinnahmenden Wesen der Bäckersfrau. Als sie aber dennoch nickten, fuhr die Zimmermann fort: »Also, ich bin Sybille, und der hier …«, sie packte den Mann, der ihr gegenüberstand, am Ärmel, »… ist Josef, mein Mann und gleichzeitig auch unser Bürgermeister. Und gleich neben ihm Traugott und Marlis Keppeler, kennt ihr ja wahrscheinlich auch schon, unsere Metzger hier im Ort. Sie haben besseres Fleisch, als ihr jemals in der Stadt kaufen könnt. Meist stammt es direkt von Frido oder einem der anderen Höfe in der Umgebung. Fritz Maasen kennt ihr ja schon?« Sie deutete auf den Wirt der Kupferkanne, der an diesem Abend ausnahmsweise sein Lokal geschlossen hielt, um an diesem Fest teilnehmen zu können. »Und dann haben wir hier noch die Hansens. Niklas und Jenny. Niki ist Schulleiter der Hauptschule in Taufheim. Jetzt kennt ihr alle. Schön, dass ihr da seid. Aber nun erzählt ihr doch mal, was Städter dazu bringt, in unser schönes Niederkirchen zu ziehen.«

»Ja, danke«, begann Crinelli, »also, ich weiß nicht, ob ich mir alle eure Namen direkt merken kann, aber danke für den netten Empfang, ich heiße jedenfalls Jerry und meine Frau Maria. Es hat sich ja vielleicht schon rumgesprochen, dass Maria schwanger ist, und deshalb sind wir auch in erster Linie hierher gezogen. Wir möchten nicht, dass unser Kind in der Großstadt aufwächst. Zu gefährlich.«

»Das stimmt nur zum Teil«, fiel ihm Maria ins Wort, »ich brauche einfach in den nächsten Jahren etwas Ruhe, nicht allein wegen des Kindes. Ich habe begonnen, einen Roman zu schreiben …«

»Sie ist eine richtige Schriftstellerin«, unterbrach Sybille mit verzückter Stimme.

»… Na ja, eigentlich bin ich Lektorin, und zwar für Kochbücher. Das heißt, ich bearbeite Manuskripte von anderen, setze Texte, baue Bilder ein und all den Kram, den man ohne Computer nicht mehr machen könnte. Früher habe ich Filme fürs

Fernsehen gedreht, Reportagen, ebenfalls zum Thema Essen und Trinken. Und jetzt will ich einmal versuchen, ob da noch mehr in mir ist, ob ich auch etwas Eigenes zu Papier bringen kann, aber dafür benötige ich Ruhe, und die habt ihr hier ja nun wirklich ausreichend. Aber richtig ist auch, dass Jerry nicht möchte, dass unser Kind in der Stadt aufwächst, obwohl ich persönlich ja finde, Köln ist nicht New York und der Grüngürtel nicht der Central Park.« Crinelli versuchte Maria durch seinen Blick darauf aufmerksam zu machen, dass er nicht gedachte, dieses Thema vor den immerhin noch fremden Leuten auszubreiten, was Maria aber nicht davon abhielt fortzufahren. »Jerry will, dass die Kinder auf dem Land aufwachsen und die Familie dann später, wenn der Nachwuchs größer ist, wieder zurück in die Stadt zieht. Und wenn mein Jerry sich was in den Kopf gesetzt hat, dann kommt man da nur sehr schwer gegen an.«

»Ich versteh das sehr gut. Bei meinem letzten Besuch in Köln, auf dem Weihnachtsmarkt, haben sie mir mein Handy und mein Portemonnaie aus der Handtasche geklaut«, verriet Jenny ihren Kummer mit der Großstadt.

»Ihr immer mit eurem Hass auf Köln. Ich weiß gar nicht, was das soll? Ich für meinen Teil bin froh, dass wir eine so tolle Stadt in der Nähe haben«, entgegnete Traugott Keppeler. Nichts an ihm erinnerte an einen Metzger, er trug einen gut geschnittenen Anzug, nur die futuristische Designerbrille wirkte etwas aufgesetzt. »Ich, das heißt wir, gehen regelmäßig ins Theater und gerne auch mal schön essen. Ich liebe das Nachtleben in großen Städten.«

»Da bringen mich keine zehn Pferde freiwillig hin«, fühlte sich jetzt auch Fritz Maasen genötigt, seine Meinung zum Besten zu geben.

»Sag mal Jerry, wie kommt man eigentlich als Italiener zur Mordkommission?« Die Frage kam von Josef Zimmermann.

»Ich bin Deutscher.« Crinelli erklärte seine Herkunft zum zweiten Mal an diesem Abend, aber darin hatte er seit Jahrzehnten reichlich Übung. »Aber woher wisst ihr eigentlich alle, dass ich bei der Mordkommission arbeite?«

»Na, das spricht sich schnell rum. Das ist ja das Gute an einer kleinen Gemeinde, die Menschen kennen sich untereinander und sprechen miteinander. Kruminga, unser Polizist, hatte natürlich nichts Eiligeres zu tun, als dich anzukündigen. Ist doch klar, dass ein solcher Zuzug für einen einfachen Dorfpolizisten, wie soll ich sagen, ein gewisses Ereignis darstellt und vielleicht auch eine potenzielle Bedrohung«, sagte Zimmermann.

»Eine Bedrohung? Ich verstehe nicht so ganz.«

»Ihr seid doch so was wie die Meister eures Fachs, und vielleicht befürchtet er, dass du so eine Art Kontrollinstanz sein wirst.«

»Das kann ich mir nicht vorstellen. Kruminga kennt doch den Polizeiapparat in- und auswendig, mit all seinen Berufsjahren, er weiß, dass ich hier nicht zuständig bin, und außerdem, was passiert hier schon?«

»Da hast du allerdings Recht«, mischte sich Keppeler in das Gespräch ein, »hier ist ein Polizist eher überflüssig, dafür haben wir wohl gleich zwei.«

»Ach was«, entgegnete Zimmermann, »Keller ist doch eher so was wie Krumingas Wachablösung. Er hat es doch nicht mehr weit bis zur Rente. Aber Verbrechen gibt es wirklich keine, wenn man von den gelegentlichen Geschichten mit den Zigeunern absieht.«

»Was?«, entfuhr es Crinelli.

»Na ja, was die halt immer so machen. Klauen, einbrechen, sich auf fremden Grundstücken rumtreiben. Wenn's dieses Pack nicht gäbe, könnten wir die Polizeistation in der Tat schließen.«

Maria verdrehte die Augen. Zimmermann zögerte und bemühte sich, keinen falschen Eindruck zu erwecken.

»Versteht mich nicht falsch, hier wohnen Jugos, Türken und Polaken. In meiner Backstube arbeitet sogar ein Moslem. Nein, wenn die Leute anständig und sauber sind, dann habe ich persönlich mit denen kein Problem, niemand von uns. Schau mal da rüber, der Frantisek zum Beispiel ist schon seit vier Jahren Knecht beim alten Neumann. Der wird gut behandelt, alles kein Problem, obwohl er immer noch kein vernünftiges Deutsch spricht.«

Crinelli schaute sich den großen, hageren Kerl an, auf den Zimmermann zeigte. Er stand mit einer Frau direkt neben der Stalltüre. Die Frau war Crinelli schon am Bierstand aufgefallen. Sie war hübsch, wirkte noch sehr jung und passte mit ihrer freizügigen Garderobe irgendwie nicht hierher.

»Will jemand Bier?«, Crinelli legte keinen gesteigerten Wert auf eine Fortführung einer ernsten Auseinandersetzung. Alle nickten, und Crinelli war froh, der Runde für einen Augenblick entkommen zu können. Zu seiner Freude stellte er bei der Rückkehr fest, dass sich die Gruppe etwas aufgelöst hatte. In den nächsten Stunden unterhielt er sich lange mit Niklas Hansen, der genau wie er selbst ein begeisterter Angler war. Mit Josef Zimmermann und Traugott Keppeler sprach er über die Jagd, von der er keine Ahnung hatte. Sie luden ihn ein, sie einmal in die Wälder zu begleiten. Maria stand derweil mit Sybille und Marlis zusammen und aufgrund ihrer Gesten war unschwer zu erraten, dass sich ihr Gespräch um Marias Schwangerschaft drehte.

»Jerry? Kommt, ich will euch noch den Liebermanns vorstellen, die müsst ihr unbedingt kennen lernen.« Das war Ännchen, die Maria bereits untergehakt hielt und sich jetzt auch Jerrys freien Arm schnappte, um beide zielstrebig in die gegenüberliegende Ecke des Hofes zu führen. Hier erinnerte wenig an das übrige Hoffest. Eine kleine Gruppe von Menschen stand lässig mit einem Glas Wein in der Hand da, wippte auf den Füßen hin und her, und statt konservativem Sonntagsornat trug man Jeans und Polo-Shirt. Es waren Städter. Auf zwei von ihnen steuerte die Bauersfrau zu.

»Hier, das sind die beiden, von denen ich euch erzählt habe.

Ihr passt zusammen, da bin ich ganz sicher. Jerry und Maria Crinelli, und das sind die Liebermanns. Ophelia und Franz.«

»Aber Ännchen«, begann der kräftige Mann, »nur weil wir auch aus einer größeren Stadt kommen, musst du uns doch nicht gleich verkuppeln.« Seine Frau lachte laut auf.

»Unser gutes Ännchen, Sie müssen schon entschuldigen, aber sie ist immer sehr direkt, und wenn sie glaubt, dass ein Mensch einen anderen kennen sollte, dann packt sie das Thema sofort an. Wenn Sie wüssten, wen sie uns schon alles vorgestellt hat ...«

»Und wurde aus allem Freundschaft?«, fragte Maria.

»Das kann man nun wirklich nicht behaupten.« Die Frau lachte wieder herzhaft und sah dabei ihren Mann an. »Wir haben nicht allzu viele Kontakte. Nicht aus Ablehnung. Wir kümmern uns hier um unser Haus, unseren Garten und haben unsere Berufe, da bleibt wenig Zeit. Die Dorfbewohner interpretieren das gerne schon mal ein wenig falsch.«

»Dummes Zeug«, erwiderte Ännchen Neumann, »das bildet ihr euch immer ein. Ihr könntet allerdings ein bisschen offener sein, etwas mehr auf die Leute zugehen, das ist nun einmal so, wenn man auf dem Dorf lebt, da kann man nicht mehr so für sich alleine sein, das ist eben eine richtige Gemeinschaft.« Ophelia Liebermann lächelte Maria an und legte Ännchen versöhnlich den Arm um die Schultern. »Das brauchen wir ja jetzt nicht zu vertiefen. Ich wollte euch nur miteinander bekannt machen, der Rest ist eure Sache.« Ännchen machte eine rasche Drehung und verschwand in eines der Gebäude.

»Sie ist schon ein spezieller Fall«, sagte Franz Liebermann, »aber ein mehr als liebenswürdiger, glauben Sie mir. Ich denke, ich stelle uns einmal vor, wo wir nun schon einmal zueinander geführt wurden. Also, mein Name ist wie erwähnt Franz Liebermann. Ich bin Journalist, arbeite inzwischen aber lieber als freier Bildhauer und Maler, zumindest solange das Geld dazu reicht. Ophelia ist Kunstlehrerin am Gymnasium in Taufheim.

Dann wohnen mit uns noch Andreas Simon und Friedrich-Karl Schuler, beides Reisefotografen. Außerdem eine Landschaftsgärtnerin, Sabine von Leek, sowie Clara Feyerabend, eine Architektin.« Bei der Vorstellung der Namen deutete Liebermann mit seiner freien Hand auf die Betreffenden, die zusammen in der Gruppe nebenan standen, aber keinerlei Anstalten machten, ihr angeregtes Gespräch für die Crinellis zu unterbrechen. »Sie sehen, wir haben alles zusammen, um ein Haus zu bauen, und das haben wir auch getan. Wir stammen aus Düsseldorf und wollten einfach aufs Land, allerdings nicht unbedingt als vollwertige Mitglieder einer verschworenen Dorfgemeinschaft.«

»Das kann ich gut nachvollziehen«, sagte Maria, »bei mir ist es ähnlich. Die Ruhe kann ich gut gebrauchen, aber ansonsten fällt es mir schwerer als gedacht, mich hier einzugewöhnen.«

»Ich denke, das ist wirklich alles Gewohnheitssache. Man muss ja nicht mit jedem intensiven Kontakt pflegen«, sagte Crinelli.

»Mmh, nicht ganz richtig. Unserer Erfahrung nach ist es so, dass man sich seine Bekannten hier nur schwerlich aussuchen kann. Irgendwie hängen immer alle zusammen, was bedeutet, dass sich zu dem ein oder anderen, den man gerne etwas näher kennen lernen möchte, immer noch einer gesellt, auf dessen Anwesenheit man auch verzichten könnte.«

»Aber so schlimm werden sie doch wohl nicht sein, oder?«

»Da haben Sie natürlich Recht. Und es stimmt wohl auch, dass wir nicht sehr kontaktfreudig sind, wir haben einfach genug mit uns und unserer Arbeit zu tun.«

Während der nächsten Stunde unterhielten sich die beiden Paare über die Gründe, aufs Land zu ziehen, über ihre jeweiligen Berufe und über Marias Buch, das Ophelia sehr interessierte, und verabredeten sich schließlich zu einem gemeinsamen Abendessen an einem der nächsten Wochenenden. Genau genommen waren die Liebermanns die Ersten im Ort, für die Maria so etwas wie echte Sympathie empfand. Für Crinelli war es ein Anfang, sie hatten die Entscheidung getroffen, die Stadt zu verlassen, hier war es friedlich, und darüber hinaus hatte er nicht viel erwartet. Er selbst mochte Franz Liebermann. Der Mann hatte zwar eine dominante Art im Auftreten, was auch an seinem austrainiert wirkenden Körper liegen konnte, aber er hörte zu, wirkte ruhig und gelassen und hatte sanfte braune Augen.

Es war schon weit nach Mitternacht. Crinelli ging leicht wankend auf die nächste Häuserecke zu. Er hatte viel getrunken, andauernd war einer auf dem Weg zum Fass, immer wieder stießen sie mit jemandem an, der sich vorstellte oder einfach nur vorüberging. Die Nacht war inzwischen empfindlich kalt geworden. Am Feuer, das von Neumann und seinem Knecht am Brennen gehalten wurde, war die Kälte nicht spürbar, aber keine zehn Meter von der wärmenden Glut entfernt, spürte man die frühe Jahreszeit deutlich. Crinelli tauchte hinter dem Gebäude in den Schatten der Bäume und genoss das befreiende Gefühl beim Pinkeln. Der Hof war auf dieser Seite unbeleuchtet. Nur durch eine offene Stalltür am Ende des Gebäudes drang Licht. Im Stall stand der Knecht Frantisek. Er hatte den Kopf zum Lachen in den Nacken gelegt und war offensichtlich nicht allein. Frantiseks mächtige Hand hielt den Hals eines lebenden Huhns fest umschlossen. Das Tier schlug in Todesangst wild mit den Flügeln, als könnte es so Hilfe herbeiholen. In dem Moment, in dem sich Crinelli abwenden wollte, blitzte plötzlich eine Messerklinge im Schein der Stalllaterne auf. Mit einem einzigen schnellen Schnitt trennte der Hüne den Kopf des Huhns ab. Jetzt spritze das Blut im Takt des sterbenden Herzens aus dem Körper. Der Knecht schmiss den Kopf des Tieres vor sich in den Staub. Und was dann folgte, war ein Ritual aus einer längst vergangenen Zeit. Der Mann trank das heiße Blut des toten Tieres.

Benommen ging Crinelli zurück auf den Hof. Er konnte Maria nirgends entdecken, wurde aber auf dem Weg zum Feuer von einer kompakten Mittsechzigerin mit Namen Vroni Meyer gestoppt. Sie war Haushälterin bei Pfarrer Vandermeulen.

»Na, Frau Meyer, ist der Herr Pfarrer auch da?«, grüßte Crinelli, obwohl ihm in diesem Moment nicht der Sinn nach einer belanglosen Unterhaltung stand.

»Ach wo, der geht doch immer schon so früh zu Bett. Aber er hätte sicher einmal vorbeigeschaut, wenn er nicht nach Köln zum Bischof gemusst hätte.«

»Oh je, zum Rapport beim Chef sozusagen?«

»Kann man so sehen, aber wer es in der Kirche zu etwas bringen will, der muss auch etwas dafür tun. Nur mit Beten geht das heute auch nicht mehr«, entgegnete die resolute Frau und lachte dabei herzhaft. Offenbar hatte auch sie schon ein paar Bierchen getrunken, denn bei Crinellis Antrittsbesuch im Pfarramt hatte sie noch ausgesprochen sachlich und abweisend gewirkt.

»Sagen Sie, Frau Meyer, kennen Sie den Knecht hier vom Hof?«

»Franta?«

»Ja, so heißt er wohl. Was ist das für ein Typ?«

»Ein bisschen grob vielleicht, aber ein herzensguter Kerl.«

Da war Crinelli entschieden anderer Ansicht.

»Sonntags kommt der sogar zweimal zur Messe. In der Früh und spät am Abend noch einmal. So sind sie halt, die Kinder vom Woijtila, fromm und dennoch lebenslustig.«

»Stammt also aus Polen?«

»Was dachten Sie denn?«

»Na, Frantisek hört sich eher tschechisch an, oder?«

»Keine Ahnung. Mit Nachnamen heißt er Lubanski, Frantisek Lubanski. Jedenfalls ist der Franta in der Nähe von Breslau geboren und auch aufgewachsen und somit wohl eindeutig Pole. Aber warum interessiert Sie der Bursche so sehr?«

»Hat keinen besonderen Grund. Ich war nur überrascht, dass

ein so einfacher Kerl mit so einer hübschen Frau flirtet«, versuchte sich Crinelli aus der Situation zu stehlen.

»Das Fräulein ist ja wohl auch eher einfach, Herr Crinelli«, antwortete die Meyer spitz. »Und jetzt wünsche ich eine gute Nacht, für mich wird es langsam Zeit.«

»Gute Nacht, Frau Meyer, und grüßen Sie den Pfarrer bitte recht freundlich von mir.«

Crinelli mochte den groß gewachsenen Randolph Vandermeulen. Er hatte sich lange mit ihm im Pfarrhaus unterhalten, und der sensible Mann war ihm von Beginn an sympathisch gewesen. Crinelli war nicht besonders fromm, doch Vandermeulen schien das wenig zu stören. Das offene und gewinnende Wesen des Pfarrers hatte den Kriminalkommissar, auch bei ihrem zweiten Treffen in der Kupferkanne, angenehm überrascht. So wie Vandermeulen seinen Beruf begriff, schien es, bei allen Unterschieden, doch auch eine Menge Gemeinsamkeiten zwischen einem Polizisten und einem Seelsorger zu geben.

Er ging zurück zum Feuer, wo sich die Anzahl der Gäste inzwischen deutlich verringert hatte. Als er an Maria vorbeikam, hielt sie ihn am Arm fest und zog sein Ohr dicht an ihren Mund.

»Ich muss dir gleich was Tolles erzählen.«

Crinelli nahm sich vor, sich bei Maria nicht mit seiner eigenen Neuigkeit zu revanchieren. Die grausige Beobachtung wollte er seiner Frau lieber vorenthalten. Er trank noch ein letztes Bier mit Fridolin Neumann, und dann verabschiedeten sie sich in die feuchte Nacht.

»Das glaubst du nicht«, konnte Maria sich nicht einmal gedulden, bis der Wagen gestartet war, »rate, wen ich beim Seitensprung erwischt habe?«

»Keine Ahnung«, erwiderte Crinelli nicht sehr interessiert an dem üblichen Klatsch. »Na sag schon.«

»Traugott Keppeler treibt es mit Sybille Zimmermann. Was sagst du jetzt?«

»Würstchen sucht Brötchen. Klingt doch logisch, oder?«

»Crinelli, sei ernst! Ist das nicht schockierend?«

»Überraschend, nicht schockierend. Aber eigentlich nicht einmal überraschend. Wenn ich es genau bedenke, finde ich es einfach relativ uninteressant. Wir kennen die Leute doch überhaupt nicht näher. Und was hast du eigentlich genau gesehen? In flagranti heißt doch wohl im Bett, oder? Darf ich daraus schließen, dass du dich durch ein fremdes Haus geschlichen hast?«

»Quatsch! Ich war auf der Toilette.«

»Die treiben es auf dem Klo? Ist ja scharf!«

»Jerry, bitte. Als ich von der Toilette zurückkam, sah ich sie durch einen Türspalt in der Küche stehen. Küssend!«

»Komm, Maria, das wird ein Freundschaftskuss gewesen sein.«

»Ach ja? Und bei einem Freundschaftskuss hat die Frau ein Bein um die Hüfte des Mannes geschlungen und dieser seine Hand unter ihren Rock geschoben?«

»Welche Farbe hatte ihr Slip? Warte! Ich wette, rot.«

»Schwarz, du Ferkel. Kannst du mal bitte ernst sein. Ich finde das skandalös. Ihre jeweiligen Ehepartner stehen keine hundert Meter entfernt am Feuer, und die beiden treiben es in der bäuerlichen Küche. Und, mein lieber Mann, wir befinden uns nicht im sündigen Köln, sondern im reinen Niederkirchen.«

»Nein, Maria, Gnade, nicht schon wieder einen Minuspunkt für unsere neue Gemeinde«, lachte Crinelli. »Sag mal, Schatz, hat dich die Szene zwischen den beiden erregt?«

Maria näherte sich seinem Ohr, biss zärtlich hinein und antwortete:

»Und wie, du Spinner.«

Dienstag

Crinelli hatte noch die Zahnbürste im Mund, als das Schrillen des Telefons die morgendliche Ruhe störte.

»Verdammt, wer ruft um halb sieben in der Früh an?«, knurrte er zwischen Bürste und Schaum.

Er spuckte kurz ins Becken und lief, so schnell er konnte, die Treppe hinab zum Telefon. Maria schlief noch. Ein nochmaliges Klingeln würde sie aufwecken. Das tat einer werdenden Mutter im vierten Monat sicher nicht gut. Crinelli musste lächeln, als ihm dieser Gedanke durch den Kopf schoss. Eigentlich lächelte er unentwegt, seit *sie* schwanger waren. Ein schönes, ein beglückendes und ein sehr ungewohntes Gefühl.

»Ja? Crinelli.«

»Hi Jerry, hier ist Julia.«

»Was willst du denn schon so früh?«

Julia Hammerschmidt hatte Nachtdienst. Es war ihre Aufgabe, die Kollegen herbeizurufen, falls im Laufe der Nacht etwas Ernstes geschah. In aller Regel erwischte es die Kollegen, die am schnellsten am Tatort oder im Präsidium sein konnten. Crinelli kannte dieses Vorgehen aus leidvoller Erfahrung, schließlich hatte er während der ersten Jahre bei der Mordkommission noch in unmittelbarer Nähe des alten Polizeipräsidiums gewohnt und war somit gerne und häufig »erste Wahl« für Notfälle gewesen. Dieses Problem hatte er durch seinen Umzug ins Bergische Land, immerhin fast eine Stunde von Köln entfernt, für sich als erledigt betrachtet.

»Sind euch in Köln die Beamten ausgegangen?«

»Hier ist alles ruhig, Jerry, aber du wohnst doch jetzt in Niederkirchen, oder liege ich da falsch?«

»Klar, du hast mich doch hier angerufen.«

»Dann hab ich was für dich. Irgendwo da in eurer Nähe befindet sich ein altes Wehr, irgendwo am Waldrand.«

»Ja, kenn ich, und was ist damit?«

»Ein Jäger hat dort vor einer halben Stunde eine Mädchenleiche entdeckt und den Fund per Handy bei uns gemeldet. Ich dachte, wo du nun schon mal da unten wohnst, kommst du besser erst gar nicht aufs Präsidium, sondern fährst gleich zum Tatort. Die Kollegen vor Ort, Keller und Kruminga heißen sie, sind schon informiert. Sie haben den *Ersten Angriff* gefahren und erwarten dich am Tatort. Aber beeile dich, bevor die Dörfler alle brauchbaren Spuren zertrampelt haben.«

Stille!

»Jerry, bist du noch dran?«

»Ja. Scheiße! Ein Mord hier in Niederkirchen? Das darf doch wohl nicht wahr sein.«

»Wer spricht von Mord, Jerry? Schau dir die Sache doch erst mal an! Allerdings, der Jäger hat ausgesagt, das Mädchen klemme nackt und irgendwie unnatürlich verrenkt an der Stautüre, das zumindest spricht gegen einen Unfall. Aber was soll all das Spekulieren? Fahr hin und gib Nachricht, sobald du dir ein Bild von der Lage verschafft hast.«

»O.K., ich fahr direkt los.«

»Und, Jerry?«

»Was noch?«

»Nimm dein Handy mit und achte auf einen vollen Akku.«

»Blöde Kuh! Du machst wohl nie einen Fehler?«

Crinelli legte den Hörer auf. Er hatte keine Beziehung zu seinem Handy, auch wenn er wusste, dass es für seinen Beruf einen Segen darstellte. Das eigentlich Bösartige an Hammerschmidts Bemerkung war der darin unverhohlen mitschwingende Vorwurf. Bei einem seiner letzten Fälle hätte er im Laufe der Ermittlungen dringend Verstärkung rufen müssen, hatte aber vergessen, morgens den Akku seines Mobiltelefons aufzuladen. Diese Nachlässigkeit hatte ihn nicht nur persönlich in arge Bedrängnis gebracht, sondern auch die Auflösung des Falles in erheblichem Maße erschwert. Außerdem hatte ihm seine Unachtsamkeit einen unangenehmen Termin beim Chef beschert.

Ein Blick auf das kleine Ding, das direkt neben dem großen Telefonapparat auf der Ablage im Flur lag, zeigte ihm, dass zumindest von dieser Front heute keine Gefahr drohte. Er zog das Ladekabel aus dem Handy und steckte das eingeschaltete Gerät schon einmal vorsorglich in die Tasche seines Jacketts.

Crinelli schlich sich die Treppe hoch zurück ins Bad. Als er gerade in die Hose steigen wollte, hörte er aus dem Schlafzimmer Maria rufen.

»Liebling, wer war dran?«

»Schlaf weiter, war nur Hammerschmidt.«

»Hast du einen Einsatz?«

»Ja, aber nur Routine.«

Er betrat das Schlafzimmer und schaute liebevoll auf seine Frau hinab. Maria war wunderschön, und seit sie schwanger war und ihre Formen von Tag zu Tag weicher und rundlicher wurden, erschien sie ihm noch begehrenswerter. Er beugte sich zu ihr hinab und küsste sie zärtlich, so wie er es immer zum Abschied tat, einen Kuss auf die Stirn, den nächsten auf die Nasenspitze, und schließlich küsste er ihre weichen, vollen Lippen.

»Tschüs, mein Liebling, ich muss mich beeilen.«

»Schade«, hauchte sie mit einem sehr verheißungsvollen Unterton in ihrer dunklen Stimme.

»Ich komme ja wieder«, sagte Crinelli lächelnd, »hab einen schönen Tag.«

Sie kuschelte sich zurück in ihre noch schlafwarme Bettwäsche und war bereits wieder eingeschlafen, als Crinelli das Haus verließ.

Draußen schlug ihm kalte, feuchte Luft entgegen. Daran hatte er sich noch nicht gewöhnt. Die Temperatur in Niederkirchen lag beständig mehrere Striche auf dem Thermometer unter der Kölns. In der Stadt brauchte man Anfang Mai morgens nur noch selten einen Mantel. Für Crinelli kein unwichtiger Faktor, weil er ihn ständig irgendwo liegen ließ. An diesem typisch Bergischen Morgen ging er noch einmal ins Haus zurück, tauschte Jackett gegen Daunenjacke und nahm vorsorglich einen dicken Wollschal von der Garderobe.

Der Volvo schnurrte nahezu geräuschlos aus dem Neubaugebiet hinaus auf die Kreuzung am Ortseingang zu. Aus den sechs Boxen erklangen die Peer-Gynt-Suiten, und Jérôme Crinelli genoss den typischen Ledergeruch seiner Sonderausstattung. Er nahm die erste Ausfahrt aus dem Kreisel heraus und beschleunigte leicht. Die Ausfallstraße war der einzige asphaltierte Weg, der Niederkirchen mit der Außenwelt verband. Das Dorf lag in einem natürlichen Talkessel, umgeben von hohen bewaldeten Hügeln. Gerade diese abgeschiedene und geschützte Lage hatte Crinelli bei seiner Suche nach einem geeigneten Heim für die werdende Familie angezogen. Das Tal bildete den natürlichen Rahmen für seinen frisch aufgekommenen Wunsch nach Geborgenheit. Keine Durchfahrtsstraße, keine Umgehung, kein Tunnel, keine nahe gelegene Autobahn oder Schnellbahntrasse. Ausnahmslos Natur, Bäche voller Fische und nette, einfache Bewohner. Wer nach Niederkirchen wollte, musste sich am Ortseingang von Taufheim, dem zwölf Kilometer entfernt liegenden Touristenstädtchen, entschließen, die Fernstraße von Köln kommend zu verlassen. Über fünf Kilometer stieg die Straße langsam, in immer spitzer werdenden Kehren an, bis man schließlich den Pass, wie die Bewohner des Tales die höchstgelegene Stelle des Berges nannten, erreichte. Immer durch dichten Laubwald führend, schlängelte sich die schmale Straße den Berg auf der anderen Seite wieder hinab. Auf gleichem Niveau mit der kleinen Gemeinde verließ die Straße schließlich den Wald und gab den Blick auf das vollständig geschlossene Tal frei, auf schiefergedeckte Fachwerkhäuser und den alles überragenden Kirchturm. Hochhäuser oder Industriebauten suchte man hier vergebens. Die einzige gravierende Veränderung im Ortsbild der letzten Jahrzehnte stellte das Neubaugebiet dar, in dem auch die Crinellis wohnten. Es lag gleich zu Beginn des Ortes auf der Südseite des Tales, war aber auch schon in den 70er Jahren entstanden.

Von der Hauptstraße zweigte noch in der Ebene ein tief ausgefahrener Feldweg in nördlicher Richtung zur alten Mühle ab. Unweit von dem verfallenen Gemäuer befand sich das Wehr, das den hier oftmals schnell fließenden Fluss bei Bedarf so staute, dass das Dorf vor etwaigem Hochwasser sicher war. Obwohl der Bach nördlich am Ort vorbeifloss, waren dessen letzte Häuser direkt an das unbefestigte Ufer gebaut.

Die Digitalanzeige der Wagenuhr zeigte 7:10 Uhr, als Crinelli seinen Volvo neben dem Streifenwagen der Dorfpolizisten und einem modernen Jeep abstellte.

Crinelli zog seine Jacke fest zu. Sein Atem formte in der kalten Morgenluft dünne Rauchwölkchen. Vor seinen Augen breitete sich eine unwirkliche Szenerie aus. Durch den Schleier des Morgennebels hindurch erkannte er schemenhaft unterhalb des Weges am Bach zwei Personen. Er öffnete die Heckklappe seines Kombis und griff sich eine große Stabtaschenlampe. Vermeintlich optimal ausgerüstet, begann er den kurzen Abstieg hinab zur Flussaue. Kaum hatte er abschüssiges Gelände unter den Füßen, zog es ihm auch schon die Beine weg, und er landete mit lautem Fluchen auf seinem Hintern. »Verdammte Scheiße«, stieß er aus, als er beim Abstützen mit der linken Hand bemerkte, dass er im Matsch saß. Er schlitterte den restlichen Hang hinab und kam neben Peter Keller, dem jüngeren der beiden Schutzpolizisten, und dem Jäger zum Stehen.

»Morgen«, grüßte er den *Ersten Angriff* schlecht gelaunt. Der Ausdruck entstammte dem Militärjargon und hielt sich schon verdächtig lange im Polizeialltag. *Erster Angriff* war eine feststehende Redewendung. Welcher Polizist, welche Dienststelle befand sich am nächsten zum Tatort? Sie fuhren den *Ersten Angriff*, sicherten den Tatort so lange ab, bis die restlichen Polizisten zum Einsatz kamen.

»Guten Morgen, Herr Crinelli.«

Obwohl das Zwielicht täuschen konnte, fand Crinelli, dass der jüngere Kollege blass und erschüttert wirkte.

»Die Kollegen von der Kölner Mordkommission haben mich angerufen. Wo ist die Leiche?«

Keller deutete mit dem Kopf ein Stück den Fluss hinauf. Crinelli schaltete seine starke Lampe ein und ließ den Lichtkegel die angegebene Richtung absuchen. Im Kreis seiner Leuchte bot sich ihm ein schauriges Bild. Zwanzig Meter flussaufwärts staute das alte Holzwehr den Fluss. Seine Tore standen leicht geöffnet. Im so entstandenen Spalt hatte sich die Leiche verfangen. Von seinem Standort aus konnte Crinelli lediglich einen kleinen nackten Arm, einen Fuß, der durch den Spalt hindurchgerutscht war, und nasse, dunkle Haare erkennen. Der Leichnam sah aus, als sei er über den linken Flügel des Wehrs geworfen worden. Was er darüber hinaus sah, bestätigte Hammerschmidts Befürchtungen.

»Hans Kruminga, bleib stehen! Keinen Schritt weiter«, rief Crinelli.

Er lief los, trotz aller Eile jetzt sehr darauf bedacht, nicht noch einmal in Ganzkörperkontakt mit der schlammigen Erde zu geraten.

»Komm aus dem Wasser raus, Hans, bitte. Wir dürfen nichts anrühren, bis die Kollegen von der Spurensicherung da sind.«

Kruminga, der 59-jährige Dorfpolizist sah fragend zu ihm herüber.

»Ich muss doch nachsehen, ob noch etwas zu machen ist.«

Crinelli musste trotz der traurigen Situation über so viel Unbedarftheit lächeln.

»Da ist wohl nichts mehr zu machen. Komm wieder ans Ufer und erzähl mir lieber, was ihr vorgefunden habt.«

»Gar nichts haben wir gefunden«, rief der Alte und stakste vorsichtig zurück. »Zunächst einmal hab ich meine Gummistiefel aus dem Wagen geholt, und dann warst du ja auch schon da. Man sieht doch vor lauter Nebel die eigene Hand nicht vor Augen, wie soll ich da was gefunden haben. Ich bin jetzt 40 Jahre hier im Ort, aber so etwas wie das hier habe ich noch nie sehen müssen. Armes Mädchen.«

»Ich ruf jetzt die Kollegen in Köln an. Wir können hier sowieso nichts machen, außer dafür sorgen, dass keine Spuren zerstört werden.«

Crinelli fasste in seine linke, dann hektisch in seine rechte Tasche. Mist, er hatte beim Jackenwechsel sein Handy vergessen.

»Hast du ein Telefon, Hans?«

»Nur den Funk im Wagen.«

»Nein, ich brauch ein Handy. Muss direkt mit einigen Kollegen im Präsidium sprechen.«

Keller hielt ihm ein Mobiltelefon hin.

»Danke, muss meines wohl in der Eile vergessen haben.«

Er wählte die Durchwahl der Kölner Mordkommission.

»Kripo Köln, Hammerschmidt«, meldete sich die Kollegin.

»Hallo Julia, hier ist Jerry.«

»Hi Jerry! Und? Wie sieht's aus bei dir?«

»Prima, schick mal die Kavallerie.«

»Das ganze Programm?«

»Ohne Ausnahme. Das Mädchen liegt oder besser hängt im Wasser, und es ist zwar noch sehr neblig, aber nach einem Badeunfall sieht das hier nicht aus. Und sag allen Leuten, besonders dem Doc, er braucht hohe Gummistiefel, am besten Anglermontur.«

»Kannst ihm ja deine leihen.«

»So weit kommt das noch, ein fremder Kollege in meiner Hose. Ernsthaft, Julia, wir brauchen den ganzen Apparat. Wir müssen das Ufer nach Spuren absuchen. Der Fluss fließt hier oben ziemlich schnell. Ich glaube nicht, dass das Mädchen hier am Fundort ins Wasser geschmissen worden ist.«

»Unfall ausgeschlossen?«

»Hundert Prozent! Wenn ich nicht völlig danebenliege, ist dem Kind vor seinem feuchten Tod noch Schlimmeres passiert.«

Der Arm des Mädchens und der Teil des Rückens, den Crinelli vom Wehr aus sehen konnte, wiesen sichtbar massive Verfärbungen auf, die nicht auf das Aufschlagen des Körpers auf Steine im Flussbett zurückzuführen sein konnten. Außerdem hatte das Mädchen etwas um den Hals, was verdammt nach einer Drahtschlinge aussah.

Zwei Stunden später wimmelte es von Beamten, Spurensicherung und Medizinern. Das Mädchen war inzwischen geborgen und lag auf einer dicken schwarzen Plastikplane an Land. Der *Vierer ohne*, ausnahmsweise einmal dem Rudervokabular und nicht dem Militärjargon entnommen, wartete darauf, die Leiche abzutransportieren.

Der linke Unterarm des Mädchens war fast abgerissen, sicher ein später Unfall im Wasser. Auch die Füße standen unnatürlich von den Gelenken ab. Das Kind war höchstens acht Jahre alt und von sehr feingliedriger Statur. Die Rippen seines Brustkorbs drückten sich durch die grün und blau gefärbte Haut hindurch. Das Kind sah aus, als ob es vor seinem gewaltsamen Tod lange Zeit Hunger gelitten hätte. Der Todeskampf hatte seine Gesichtszüge verzerrt.

Das Einzige, was die Kleine noch am Körper trug, war ein zartes goldenes Kettchen mit einem einfachen Kreuz. Die Kette hatte sich in der Drahtschlinge verfangen und dadurch sicherlich auch noch unfreiwillig bei der Strangulation geholfen.

»Hans, hast du die Kleine schon einmal hier im Ort gesehen?«

Kruminga verneinte. Er war ebenso blass geworden wie sein jüngerer Kollege. Damit konnte man mit an Sicherheit grenzender Wahrscheinlichkeit ausschließen, dass es sich bei dem Mädchen um ein Mitglied der Gemeinde handelte. Wen Kruminga nicht kannte, der war in diesem Tal nicht existent.

Auch die schnelle Befragung des Jägers, der das Mädchen gefunden hatte, hatte nichts ergeben. Sein Jagdrevier lag in der hinteren, dem Tal abgewandten Seite des Waldes. Er war gegen fünf Uhr von der Mühle aus losgezogen. Erst das Gebell seines Hundes machte ihn bei seiner Rückkehr auf die Leiche aufmerksam. Crinelli ließ Keller die Personalien des Mannes aufnehmen, bat ihn für den nächsten Tag aufs Revier und schickte ihn dann mit einem Dank für sein vorbildliches Verhalten nach Hause.

Also blieben nur die üblichen Maßnahmen: Fundort absuchen, Fotos erstellen und verteilen, Zeitungen informieren und nach den Angehörigen suchen. Anschließend dann das Gespräch mit den Hinterbliebenen, Crinelli mochte gar nicht daran denken, Kindermorde brachten selbst hart gesottene Beamte aus der Fassung.

»Hallo Jerry.«

»Guten Morgen, Chef«, antwortete Crinelli überrascht.

»Wollte mir einen eigenen Überblick hier verschaffen, jetzt, wo Kleinert für eine Zeit ausfällt. Wie stellt sich die Situation dar?«

Kleinert war als Leiter der Kriminalgruppe 1 – Gewaltdelikte und gemeingefährliche Straftaten – Crinellis direkter Vorgesetzter. Aus seinem jährlichen Skiurlaub war er mit einem doppelten Oberschenkelhalsbruch zurückgekehrt und fiel jetzt auf unbestimmte Zeit aus. Das allein war allerdings nicht Grund genug, dass nun dessen Vorgesetzter Böker selbst am Tatort erschien. Aber bei einem Ex-Juristen musste man auf alles gefasst sein.

»Leider ziemlich übel. Sie sehen ja selbst, wie das Opfer aussieht. Die Leiche muss schnellstmöglich in die Rechtsmedizin gebracht werden. Wir brauchen Klarheit darüber, ob die äußeren Verletzungen alles sind, was dem Kind zugefügt wurde, oder ob noch Schlimmeres geschehen ist. Können Sie bitte für die richterliche Zustimmung zu der Obduktion sorgen? Dann sollten wir den Fundort sowie die nächsten ein bis zwei Kilometer flussaufwärts beide Uferseiten weiträumig absperren und nach verwertbaren Spuren absuchen lassen. Irgendwo muss der Täter das Mädchen ja in den Fluss geworfen haben. Die Frage wird sein, finden wir dort Kampfspuren, oder war das Kind bereits tot und wurde nur weggeschafft. In jedem Falle könnten wir dort Fußspuren und Abdrücke von Wagenrädern finden. Der Boden ist tief. Hat viel geregnet in den letzten Tagen.«

»Das mit den Richtern geht klar, kenn die ja alle noch. Hört sich nach einer Menge Arbeit an, Jerry. Eigentlich brauche ich Sie in Köln. Wir haben einen furchtbaren Krankenstand und nicht eben wenig zu tun.«

Böker machte eine Pause und dachte nach.

»Allerdings ist es ziemlich unsinnig, Sie nach Köln zu holen und einen anderen Kollegen hier mit den Ermittlungen zu betrauen. Verdammter Mist! Wie beurteilen Sie die Kollegen vor Ort?«

»Nett.«

»Verstehe. Sie brauchen also auch noch weitere Unterstützung. Verdammter Mist.«

»Verdammter Mist« war der Lieblingsfluch des leitenden Kriminaldirektors René Böker, des Chefs der Zentralen Kriminalitätsbekämpfung, kurz ZKB genannt. Ein echter Brüller auf dem Präsidium. Ein distinguiert auftretender Mensch wie Böker schimpfte nicht, jedenfalls nicht öffentlich. Ehemalige Juristen wie er waren schließlich gut erzogen. Zudem galt im Hause Böker jegliche Art von Kraftausdrücken als verpönt. »Verdammter Mist« schien seine Art zu sein, seine Zugehörigkeit zur Truppe unter Beweis zu stellen. Aber immerhin, wenn Böker »Verdammter Mist« sagte, konnte man relativ sicher sein, dass er den Ernst der Lage erkannt hatte und für Hilfe sorgte.

»Ich will sehen, was ich tun kann, Jerry. Ich melde mich bei Ihnen. Ihre Handynummer liegt vor?«

»Äh, sicher, Julia hat alle unsere Nummern, natürlich.«

»Hammerschmidt, ja? Gut, gut! Vielleicht haben wir ja Glück, und der Fall löst sich schnell und einfach. Soll die Hoffnung ja nie aufgeben, was, Jerry?«

Beim letzten Satz legte er ihm die Hand auf die Schulter, drückte einmal fest zu und machte sich ohne ein weiteres Wort auf den Rückweg.

»Hans, wir haben viel Arbeit. Ich bin jetzt offiziell auf den Fall angesetzt und auf deine und Kellers Mitarbeit angewiesen. Wir installieren unser Hauptquartier auf eurer Wache. Ein weiterer Kollege kommt noch zu unserer Unterstützung. Zunächst einmal möchte ich euch bitten, beide Flussufer abzusperren. Die Spurensicherung darf nicht von Gaffern behindert werden. Und die wird's geben, wenn sich die Sache erst einmal rumgesprochen hat.«

Auf beiden Seiten des Flusses befanden sich die Beamten bereits bei der Arbeit. Hunde kamen nicht zum Einsatz. Es gab keine Kleidung, und das Mädchen hatte zu lange im Wasser gelegen, um noch eine brauchbare Witterung abzugeben.

»Ich muss noch mal los, bin aber in spätestens einer Stunde wieder hier.«

»Äh, Jerry, meine Frau erwartet mich zum Mittag.«

»Das geht leider heute nicht, Hans, bitte hab dafür Verständnis.«

Er ließ die beiden stehen und ging auf seinen Wagen zu. Der Tag hatte sich gemausert. Jetzt um kurz vor zwölf war es angenehm warm. Die Luft war klar, und die Sonne schien von einem wolkenlosen Himmel. Das Tal zeigte sich von seiner schönsten Seite. Nur ein kleines Mädchen hatte davon nichts mehr.

Bevor Jerry weiter nach Köln fuhr, wollte er schnell noch zu Hause vorbei. Was hatte dies alles zu bedeuten? Welcher Mistkerl brachte ein so junges Mädchen um, noch dazu in dieser friedlichen Umgebung? Zwei Monate hatte er intensiv gesucht, um für seine Tochter ein schönes und vor allem friedliches, geschütztes Zuhause zu beschaffen. Sie sollte nicht im Dreck der Großstadt aufwachsen, umgeben von Kleinkriminellen und Drogensüchtigen. Und jetzt holte ihn hier in dieser ländlichen Idylle die raue Wirklichkeit bereits nach sechs Wochen wieder ein. Wie sollte er das Maria erklären?

Februar bis Mai des gleichen Jahres

Jérôme Crinelli stieg die 72 Stufen zu seiner Wohnung im vierten Stock empor. Ab Stufe 34, unmittelbar vor Etage zwei, erreichte seine Atmung die höchste Frequenz. Er hielt für einen tiefen Atemzug inne und setzte dann seinen Aufstieg fort. Nach einem langen Arbeitstag wie diesem machte sich seine unsportliche und ungesunde Lebensweise bemerkbar. Dabei war er erst 39 Jahre alt, aber 60 Zigaretten pro Tag und das bewegungsarme Rumhängen im Präsidium hinterließen ihre Spuren.

Beim Betreten der Wohnung wich seine Kurzatmigkeit mit einem Schlag einer gespannten Aufmerksamkeit. Das Licht war gedimmt, und überall brannten Kerzen. Seine Frau Maria erwartete ihn an der Tür zur großen Wohnküche.

»Wau! Hallo, Schatz. Sieht ganz nach einem gemütlichen Abend aus?«

»Tja, komm erst mal in die Küche.«

Crinelli hängte den Mantel an die Garderobe, zog seine vom Schneematsch feuchten Schuhe aus und schlich auf dicken Wollsocken gespannt zur Küchentür. Was er sah, gefiel ihm. Blütenweiße Tischdecke, das gute Porzellan – Erbstücke seiner Mutter – die neuen Gläser und eine Flasche Champagner. In der Mitte der Tafel, eingerahmt von zwei Kerzenleuchtern, stand eine riesige Platte mit frischen Meeresfrüchten. Verschiedene Muschelsorten, große Belon-Austern, ganze Garnelen und ein leuchtend roter Hummer.

Crinelli sah seine Frau fragend an. Nach einem kaum wahrnehmbaren Augenblick des Nachdenkens machte sich ein schelmisches Grinsen auf seinem Gesicht breit.

»Nein!«, schrie er.

»Doch«, hauchte Maria.

Er schloss Maria in die Arme, hob sie hoch, wollte zur Drehung ansetzten, hielt aber mitten in der Bewegung inne und stellte sie vorsichtig wieder auf die Füße.

»Entschuldige. Jetzt muss ich wohl vorsichtiger mit dir umgehen?«

»Du Blödmann«, sagte Maria und nahm ihn ihrerseits in den Arm, »ich dachte, das sollten wir feiern, oder?«

»Verdammt richtig! – Schatz«, er schaute seiner Frau tief in die Augen, »ich liebe dich und bin sehr, sehr glücklich.«

»Ich auch, Jerry. Wenn man bedenkt, dass wir uns gerade erst entschieden haben, schwanger zu werden. Viele Paare brauchen ewig, manche schaffen es nie.«

»Tja, wir passen eben gut zusammen.«

Sie küssten sich lange. Die nächsten Stunden vergingen wie im Flug. Sie aßen die Schalentiere und tranken den Champagner. Die Stimmung war aufgekratzt, aber Crinelli war entspannt. Als sie sich schließlich entschlossen, ins Bett zu gehen, hatten sie erste Namensideen ausgetauscht, sich über Kindergärten, Erziehungsmethoden, ihre zu kleine Wohnung und den öffentlichen Umgang mit der Neuigkeit unterhalten.

Am nächsten Morgen packte Crinelli seine Angelsachen zusammen. Maria hatte ihm – in weiser Voraussicht – schon ein paar Leckereien aus dem Kühlschrank eingepackt, als er, noch reichlich verschlafen, in der Küche erschien. Sie kannte ihren Jerry. Im Grunde ein unverbesserlicher Einzelgänger, verschlossen, auch wenn sie ihm Tag für Tag näher kam. Aber wenn die Ereignisse zu intensiv, zu emotional für ihn wurden, konnte man ihn immer am großen Fluss antreffen. Die vielfältigen Eindrücke eines Tages, eine schwere Ermittlung, ein Schicksalsschlag oder anstehende Entscheidungen konnte Crinelli nur alleine verarbeiten, und er benötigte Zeit dazu. Sein Hobby verschaffte ihm genau diese Zeit, denn er betrachtete das Fischen nicht als Sport und schon gar nicht als Herausforderung, sondern als kontemplative Beschäftigung. Die Fänge, die er dabei machte, interessierten ihn nicht.

Beim Angeln hatte sich das ungleiche Paar überhaupt erst kennen gelernt. Maria arbeitete damals für einen privaten Sender an einer Reportage über die neuerdings wieder steigende Zahl der Rheinfischer. Das Thema interessierte zunehmend auch eine breitere Öffentlichkeit, denn auch die Wasserqualität des Stromes verbesserte sich von Jahr zu Jahr. Sogar die Lachse waren zurückgekehrt.

An jenem Tag hockte Crinelli an seiner Lieblingsstelle, in der Nähe der alten Eisenbahnbrücke. Hinter ihm ging die Sonne langsam unter und zeichnete die Rheinaue und das am Horizont sichtbare Siebengebirge in einem letzten, weichen Licht. Als die Autorin und ihr Fernsehteam das Bild des einsamen Anglers im Abendlicht aus dem Wagen heraus entdeckten, parkten sie den Geländewagen und schleppten die Kamera und das restliche Equipment die Wiesen hinab. Crinelli gab sich zunächst sehr abweisend. Er duldete keine Störungen beim Fischen und war außerdem gerade tief in Gedanken versunken. Dem Charme der jungen, schönen Fernsehdame konnte er allerdings nicht lange widerstehen und gab in der Folge sogar ein Interview – das erste seines Lebens. Im Job taten das andere für ihn, und das war gut so. Als die Journalistin ihr Mikrofon abschaltete, war die Nacht angebrochen, und Jerry und Maria verabredeten sich noch zu einem Drink auf einem der Restaurantboote. Aus dieser ersten Begegnung war, schneller als beide erwartet hatten, Liebe geworden, und im Spätsommer hatten sie beschlossen zu heiraten. Crinelli zog bereits nach zwei Monaten in Marias Wohnung.

Aber es war nicht nur das Körperliche, das Crinelli in den ersten Monaten den Schlaf raubte, er hatte in Maria erstmals in seinem Leben einen Menschen gefunden, dem er sich anvertrauen konnte und wollte. Es war, als würden lange gehütete

Geheimnisse plötzlich an die Oberfläche gespült. Das Reden, für das er nicht geschaffen war, tat ihm gut. In seinen Erinnerungen hatte er immer gesprochen, viel, sehr viel sogar, über alles und jeden, mit seiner geliebten Mutter nämlich. Doch als sie viel zu früh starb, zog er sich in sich selbst zurück. Nach ihrer Beerdigung hatte Crinelli nichts mehr zu sagen und wurde zunehmend ängstlich. Sie fehlte ihm wahnsinnig, diese warmherzige Frau, und sich in das Unwiederbringliche zu fügen verlangte ihm alle Kräfte ab, die er besaß. Dann hatte er sich entschlossen, Polizist zu werden, und irgendwie war es ihm damit gelungen, wieder stark zu werden. Nicht wie die Bullen in schlechten Filmen, nicht Rambo, nein, in der Gemeinschaft fühlte er sich aufgehoben, wenn er auch auf seine Kollegen den gegenteiligen Eindruck machte, und nach einer Weile war die Angst vollständig aus seinem Leben gewichen – was hingegen blieb, war seine Sprachlosigkeit. Er hatte selten Freundinnen und machte auch wenig Anstalten, eine zu bekommen. Tief in sich drin wusste er, dass sie eines Tages kommen würde, die Frau, die die Lücke ausfüllen konnte, die der Tod seiner Mutter gerissen hatte. Natürlich in einem ganz anderen Sinne, er suchte keinen Mutterersatz, er wünschte sich Nähe und Vertrautheit. Maria war genau diese Frau, das hatte er sogleich gespürt. Mit ihr würde es möglich sein, den Traum zu verwirklichen, der sich zunächst nur in seinem Kopf entwickelt hatte, dann aber, mehr und mehr, auch seine Gefühle bestimmt hatte. Eine Familie gründen, auf dem Land in Frieden leben und all seine bösen Erinnerungen für immer loswerden.

In Crinellis und Marias Gesprächen nahm der Kinderwunsch von Beginn an einen zentralen Platz ein. Und obwohl beide ihren jeweiligen Beruf nicht aufgeben wollten, konnten sie auch diese Klippe schnell umschiffen. Maria arbeitete ohnehin frei. Ein Wechsel vom Fernsehen hin zur eher journalistischen Reportage war lange geplant und auch mit Kindern durchaus zu realisieren. Außerdem lektorierte sie für diverse Verlage seit über zwei Jahren Kochbücher, und das war ohnehin Heimarbeit. Als sie ihm dann noch ihren sehnlichsten Wunsch verriet, sich als Romanautorin zu versuchen, ergab sich ein gangbarer Weg.

Crinelli, seine Angelsachen auf dem Rücken tragend, radelte durch die glasklare Winterluft zu einer Stelle am Rhein, wo er sicher um diese Zeit des Jahres nicht gestört werden würde. Er setzte sich auf einen großen Stein. Direkt am Fluss wehte immer ein leichter Wind, aber an diesem Morgen war er besonders eisig. Er zog die Kapuze seines Alaskajacketts noch über den von einer Wollmütze geschützten Kopf.

Crinelli war in seinem Beruf äußerst erfolgreich. Er sah gewissenhaft hin, verhielt sich taktisch klug und hatte im rechten Moment die richtigen Ideen, um die vielen, zumeist grausamen Fälle zu lösen. Seine Statistik konnte sich sehen lassen. Er war ein eingefleischter Einzelgänger, liebte es, nur seiner eigenen Nase nachzugehen, und hegte keinerlei Ambitionen auf eine leitende Stelle, was ihn bei den Kollegen recht beliebt machte, sah man einmal von seinen legendären Wutausbrüchen ab. So gerne Crinelli seinen Job erledigte, er setzte ihm auch mächtig zu. Er war täglich von Leichen umgeben, die meisten von ihnen waren schlimm zugerichtet. Es gab Gewaltverbrechen in Familien oder unter scheinbaren Freunden. Verbrechen aus Leidenschaft, Habgier, Drogensucht oder Hass. Und alle hinterließen deutlich sichtbare Spuren bei den Opfern. Crinelli hatte damit noch die geringsten Probleme. Sein größtes Problem wurde zunehmend er selbst. Es gelang ihm immer weniger, bei seinen Ermittlungen unemotional und analytisch zu bleiben. Als ihm diese Veränderung an sich selbst auffiel, hatte er begonnen, sich seine Kollegen näher anzusehen. Viele von ihnen waren Zyniker, Alkoholiker und zu steinerner Kälte verhärtet. So wollte er nicht werden, aber seinen Weg, mit all dem Elend umzugehen, hatte er noch nicht gefunden. An manchen Tagen war ihm einfach nur nach Kündigung, nach Abhauen. Einfacher Streifenpolizist – der Horror der frühen Jahre – erschien ihm plötzlich wieder ein erstrebenswertes Ziel zu sein. Gewaltverbrechen waren wie Riesenkraken, die ihre mächtigen Fangarme nach deiner Seele ausstrecken.

Es war für ihn undenkbar, dass sein Kind in der Großstadt, diesem Moloch aus Stein, Gestank und Gewalt, aufwachsen sollte. Nicht dass er Erfahrungen mit dem Landleben gehabt hätte, aber ihn verfolgten einmal mehr diese Bilder. Crinelli malte sich Urlaubsorte ebenso im Vorhinein aus wie bevorstehende Gespräche, und wehe, die Realität blieb hinter seinen eingemauerten Vorstellungen zurück. Und so sah er sich vor seinem geistigen Auge bereits mit einer Familie auf dem Land.

Crinelli hatte auch schon eine Vorstellung, in welche Gegend sie ziehen könnten. Am Südrand des Bergischen, keine 60 Kilometer von der Stadt entfernt. Gut mit Zug und Auto zu erreichen. Die tägliche An- und Abfahrt würde er liebend gerne in Kauf nehmen. Die Gegend war ihm durch zahlreiche Angeltouren an die Sieg und ihre kleinen Nebenflüsse etwas bekannt. Es gab für ihn keine Alternative, nur Maria musste er es noch beibringen. Sie war überzeugte Städterin, aber sie sah auch nicht, was er gezwungen war täglich zu sehen.

Erstmals in seiner langen Angelkarriere hatte er nichts gefangen. Was nicht weiter verwunderlich war, bedachte man, dass er die Rute nicht einmal ausgeworfen hatte. Aber das war an diesem frostigen Tag wirklich nicht wichtig.

Dienstag

Crinelli stieg aus dem Wagen und sah seine Frau im Garten mit einem Spaten hantieren. Er bog um die Ecke des zweigeschossigen Hauses. Als Maria ihn wahrnahm, erschien ein fragender Ausdruck auf ihrem Gesicht. Sie rammte den Spaten in die aufgelockerte Erde und kam auf ihn zu.

»Was ist los, ist etwas passiert?«

»Nichts, Maria, alles in Ordnung – zumindest mit mir.«

»Und wieso kommst du schon mittags wieder nach Hause?«

»Ich war eigentlich gar nicht weg«, sagte Crinelli, etwas verlegen vor sich auf die feuchte Erde starrend. »Ich hatte hier im Ort …, ich meine, mein neuer Fall …, ach, scheiße, Maria, ein Mädchen ist ermordet worden, hier bei uns. Zumindest haben wir sie hier gefunden.«

Maria starrte ihn entsetzt an.

»Nun schau mich nicht so an, als ob *ich* der Mörder wäre. Mir gefällt das noch weniger wie dir. Ich bin nur gekommen, um mein Handy zu holen. Ich hab's in der Eile heute Morgen in die falsche Jacke gesteckt. Muss mich beeilen, Böker hat mir die Ermittlungen übertragen.«

Er wandte sich ab und ging auf die Terrassentür zu.

»Jérôme?« Marias Unterton war schneidend.

»Was?« Er drehte sich um. Wenn seine Frau seinen vollständigen Vornamen benutzte, gab es keine Spielräume, für nichts. Halb scherzhaft rief sie ihn schon mal bei seinem Nachnamen, aber Jérôme sagte sie nur, wenn es wirklich ernst wurde. Sie kam langsam auf ihn zu. Als sie ihn erreicht hatte, streckte sie beide Arme nach ihm aus. Ihre Hände waren kalt. Sie zog ihn sehr nah zu sich heran und sah ihm fest in die Augen.

»Das kann doch nicht wahr sein. Du sagst mir gerade, dass in dieser Idylle ein Mörder frei herumläuft und gehst da so einfach drüber hinweg.«

»Das ist doch gar nicht gesagt, dass der Mörder hier noch herumläuft. Kruminga kennt das ermordete Mädchen nicht, was bedeutet, dass sie nicht von hier ist. Es ist also nicht ausgeschlossen, dass der Mörder sie hier nur entsorgt hat, das Verbrechen aber irgendwo anders verübt wurde. Es ist noch zu früh, um irgendetwas Genaues sagen zu können.«

»Entsorgt?«, fragte Maria entsetzt. »Nennt man das bei euch so, entsorgt? Das ist ja schrecklich.«

»Entschuldige, aber mir ist gerade kein besseres Wort eingefallen. Liebling, ich stehe selbst noch zu sehr unter dem Eindruck des Leichenfundes. Und so, wie wir das Mädchen gefunden haben, ist der Ausdruck gar nicht so falsch gewählt.«

»War sie so schlimm zugerichtet?« Crinelli nickte. »Du meinst, da ist noch mehr, außer Mord, meine ich?«

»Ich fürchte, ja. Aber ich kann tatsächlich noch nichts Genaueres sagen. Ich habe bloß ein schlechtes Gefühl. Ein beschissenes Gefühl sogar, wenn ich ehrlich sein soll. Aber jetzt muss ich wirklich gehen, Maria.«

»Du musst zunächst einmal deiner Frau die Angst nehmen, bevor du mich wieder allein lässt«, entgegnete Maria vorwurfsvoll.

Crinelli zog Maria zärtlich an seine Brust und streichelte mit seiner linken Hand sanft über ihren Kopf.

»Komm Süße, noch steht doch gar nichts fest. Vielleicht ist der Mörder ja schon über alle Berge.«

»Vielleicht aber auch nicht.«

Sie sah ihn von unten herauf an. Tränen standen in ihren Augen. Crinelli beugte seinen Kopf leicht und versuchte, die dicken, salzigen Tropfen, die sich ihren Weg durch den Staub des von der Gartenarbeit verschmutzten Gesichts bahnten, mit seinen Lippen aufzufangen.

Er befand sich wieder einmal in einer der beschissenen Situationen, die ihn regelmäßig besonders stark an seinem Job zweifeln ließen. Wie oft schon hatte er sich in der Vergangenheit solchen Sackgassen in einem Gespräch stellen müssen? All die peinigenden Fragen von Angehörigen, wenn er ihnen die Nachricht vom gewaltsamen Tod eines Familienmitglieds überbrachte. Die Fragen nach dem Wer, dem Warum und dem Weshalb. Fragen ohne Antworten. Jedes Mal mehr spürte er kaltes Metall um seinen Hals.

Bei seiner eigenen Frau war eine solche Situation noch einmal so schwer zu ertragen. Es stand der unausgesprochene Vorwurf im Raum, die Angst, der schwelende Konflikt. Die unauflösliche Situation machte Crinelli rasend, und nur seine Liebe verhinderte einen seiner gefürchteten Ausbrüche. Er musste den Fall schnellstmöglich klären, um seine Frau und auch sich selbst wieder beruhigen zu können.

»Hab keine Angst, Maria, dazu besteht kein Grund. Es gibt keine Bedrohung für dich. In Köln bin ich fast jeden Tag mit einem neuen Mord nach Hause gekommen, und das hatte doch auch keine Auswirkungen auf dein Sicherheitsempfinden. Also bitte, überbewerte das Ganze auch hier in Niederkirchen nicht. Ich fahre jetzt zurück zum Tatort. Je eher ich meine Ermittlungen aufnehmen kann, desto eher wird der Fall gelöst. Arbeite noch etwas hier im Garten, das wird dich ablenken und entspannen. Oder geh ins Dorf, begib dich unter Menschen. Du bist doch hier nicht allein.«

»Doch, Jerry, das ist es ja gerade. Ich bin hier allein.«

Crinelli durchwühlte sein Jackett an der Garderobe, schnappte sich das verdammte Telefon und schwang sich wieder in sein Auto. Im Wegfahren konnte er seine Frau im Rückspiegel erkennen. Sie schaute ihm mit versteinerter Miene hinterher.

Crinelli musste umschalten, sich erneut auf seine Arbeit konzentrieren, auch wenn das nach den letzten Minuten schwer fiel. Zunächst musste die Stelle gefunden werden, an welcher der Mörder sein Opfer in den Fluss geworfen hatte. Die Spurensucher müssten inzwischen eigentlich das Ufer abgeschritten haben. Seine eigenen Worte kamen ihm wieder in den Sinn: *Der Mörder könne das Mädchen hier nur entsorgt haben.* Bisher jedenfalls lag diese Vermutung näher als jede andere Theorie. Aber tief in seinem Inneren fühlte Crinelli, dass dies nicht die Wahrheit war.

Am Fluss befanden sich inzwischen deutlich weniger Personen als noch vor einer Stunde. Der Körper des toten Mädchens fuhr in einem Blechsarg in die Kölner Pathologie. Keller und Kruminga saßen in der Sonne, aßen Brötchen und tranken heißen Kaffee aus einer Thermoskanne.

»Sind die Brötchen hier auf den Sträuchern gewachsen?«, fragte Crinelli, ärgerlich über den Anblick. »Die Herren scheinen ja gut erholt von dem grausigen Fund.«

»Wir werden doch wohl noch eine Mittagspause machen dürfen.«

»Und dafür verlasst ihr so einfach den Tatort, um Brötchen zu kaufen?«

»Sind doch genug Kollegen hier.«

»Die sind von der Spurensicherung, Hans. Ich hatte doch ausdrücklich gebeten, hier alles abzusichern. Und wer sind die Kerle da drüben?« Er deutete mit dem Finger auf drei Personen, die sich am gegenüberliegenden Ufer zu schaffen machten, sowie auf eine ganze Reihe neugieriger Dorfbewohner, von denen einige, mit Fotoapparaten bewaffnet, die abenteuerliche Szenerie im Bild festhalten wollten.

»Ach die, die sind nur von der Presse.«

Crinelli schoss auf die beiden Dorfpolizisten zu.

»Pass auf, Hans«, zischte er dem Älteren der beiden zu, »in zwei Minuten sind die hier verschwunden und die Gaffer ebenfalls. Und solltest du noch einmal eine meiner Anweisungen, sagen wir, etwas lockerer auslegen, dann haben wir beide Krach. Und ich schwöre dir, das ist nicht gut für dich. Hör auf zu kauen und schieb deinen Arsch da rüber. Sorg dafür, dass sich niemand dem Tatort auf mehr als einen Kilometer nähern kann. Außerdem …«, er wandte sich an Keller, »… sorgen *Sie* bitte dafür, dass der Weg ab der Abzweigung von der Hauptstraße gesperrt wird, und zwar so lange, bis *ich* ihn wieder freigebe.«

»Hör mal, Kollege …«, setzte Kruminga an.

»Gar nichts, Kollege! Wir haben hier ein Gewaltverbrechen und keinen beschissenen Ladendiebstahl. Und wenn dir irgendetwas nicht passt, können wir später gerne ausführlich darüber diskutieren, aber jetzt machst du erst einmal exakt das, was ich dir sage. Schieb ab.«

Crinelli ließ die verdutzten Polizisten stehen und ging in Richtung Waldrand davon.

»Arrogantes Arschloch! Bei dem hatte ich gleich so ein blödes Gefühl. Denkt, nur weil er aus der Stadt kommt, kann er hier den dicken Willi raushängen lassen. Aber das lasse ich mir von dem Schnösel nicht gefallen. Wäre ja gelacht, wenn der mir hier in meinem Bezirk erzählen könnte, was ich zu tun oder zu lassen habe«, brummte Kruminga, »das ist schon ganz anderen nicht gelungen.«

»Ich hab dir doch gleich gesagt, dass es Ärger gibt, wenn wir den Tatort verlassen.«

»Was verstehst du denn davon? Ich weiß schon, wie man mit den Typen aus der Stadt umgehen muss, das kannst du mir glauben. Na los, machen wir erst einmal, was der gnädige Herr will.«

Crinelli hielt die Augen starr auf den Boden gerichtet. Er konzentrierte seinen Blick ganz auf den Untergrund. Hier müssten doch Fußspuren, Reifenspuren, Kippen oder andere verwertbare Spuren darauf hindeuten, an welcher Stelle der Mörder das Mädchen in den Fluss geworfen hatte.

Das Verhalten der beiden Dorfpolizisten ging ihm mächtig gegen den Strich, allerdings waren sie ihm in diesem Moment mit ihrer laschen Art auch sehr gelegen gekommen. Irgendwo musste man ja seinen Druck loswerden. Die Gelegenheit war günstig gewesen, aber er fand, er hatte sie nicht ungerecht behandelt. Kruminga war der typische Beamte. Und jetzt, so kurz vor der Pensionierung, wollte er sich natürlich nicht mehr von einem jüngeren Beamten herumkommandieren lassen. Aber weder er noch dieser Fall selbst vertrugen die Trägheit des Dicken. Vielleicht spielte unterbewusst auch Krumingas Falschheit eine Rolle. Ihm gegenüber hatte er so freundlich getan, während er bei den Übrigen schlecht über ihn gesprochen hatte, wie er ja nun seit Samstagabend wusste.

Der Grund, warum Crinelli auf dem ersten Stück seines Weges rein gar nichts fand, hieß Spiegel und war der Leiter des Einsatzteams der Spurensicherung. Er war die gleiche Wegstrecke schon vor Crinelli abgeschritten und hatte dabei mehrere Beutel voll Unrat eingesammelt. Als Crinelli ihn auf halber Strecke zum Waldrand einholte, angelte er gerade etwas äußerst Unappetitliches mit seiner Greifzange aus dem Gras.

»Ich dachte, das wäre 'ne saubere Gegend hier?«, sagte Spiegel zu Crinelli gewandt und hielt das Fundstück bedrohlich nah vor seine Nase. Ein Präservativ – gebraucht. »Wird wohl nicht von unserem Mörder stammen. Ist doch eher unwahrscheinlich, dass er verhüten wollte. Er war ja wohl eher der Hardcore-Typ.«

»Spiegel, nimm das Ding aus meinem Gesicht«, fauchte Crinelli den dürren Kollegen an. »Was habt ihr gefunden?«

»Jede Menge von diesen klitschigen Dingern hier. Ne Masse Kippen, Taschentücher und Unmengen an Dosen. Aber wenn du mich fragst, ist da nichts Brauchbares dabei. Sollte der Doc identifizierbare Sperma-Spuren an der Leiche finden, müssen wir all den Müll natürlich untersuchen, aber solange das nicht der Fall ist, werde ich unseren Fund erst einmal direkt neben dem Container deponieren.«

»Reifenspuren? Schleifspuren? Irgendetwas in der Richtung?«

»Fehlanzeige. Zumindest dabei hält sich die Dorfbevölkerung an die Vorschriften. Hier ist in den letzten Monaten kein Wagen gefahren. Ebenso wenig wie auf der anderen Flussseite.«

»Sucht weiter, wir haben noch für etwa sechs Stunden ausreichend Licht.«

Crinelli selbst verbrachte die nächsten Stunden damit, weiter flussaufwärts zu suchen. Er schritt den ganzen Weg hinauf bis zum Waldrand ab. Im Wald selbst erschien ihm die Suche sinnlos. Der Fluss stürzte hier aus ziemlicher Höhe den Berg hinab, und die Natur war undurchdringlich. Wenn hier jemand in der letzten Zeit auf- oder abgestiegen wäre, würden abgebrochene Zweige zu sehen sein. Dies war eindeutig nicht der Fall.

Die genauer kontrollierenden Beamten der Spurensuche sahen Crinelli leicht verstimmt dabei zu, wie er über einige aus dem Wasser ragende Steine trockenen Fußes die gegenüberliegende Flussseite erreichte. Das Kontrollverhalten des Kommissars ging ihnen gewaltig gegen die Berufsehre, aber mit der Zeit hatten sie sich damit abgefunden, dass Crinelli immer darauf bestand, sich selbst einen Eindruck zu verschaffen. Er lief jetzt ebenso aufmerksam wie zuvor wieder in Richtung Mühle zurück. Der Feuerball der untergehenden Frühjahrssonne kam den oberen Hängen des westlichen Gebirgszuges bereits gefährlich nahe, als er schließlich wieder am Tatort anlangte. Crinelli war erschöpft von der ungewohnten Betätigung, und sein Rücken schmerzte vom ständigen Gehen in gebückter Haltung. Die beiden Polizisten lehnten an ihrem Wagen und sahen ihm gespannt entgegen.

»Na, was gefunden?«

»Nein«, erwiderte er wortkarg.

Der Ältere sah ihn aufreizend an und fragte: »Dann sind wir wohl fertig für heute, oder?«

»Sieht wohl so aus. Einer von euch bleibt hier, bis die von der Spurensicherung fertig sind, dann ist Feierabend. Lasst das Sperrschild an der Hauptstraße erst einmal stehen. Wir treffen uns morgen früh um acht zur ersten Besprechung auf der Wache.«

Crinelli setzte sich nicht direkt in seinen Wagen, sondern ging etwa einen halben Kilometer am Fluss entlang in Richtung Dorf. Als er einen dicken Findling am Ufer sah, setzte er sich darauf und atmete erst einmal tief durch. Was ihm jetzt noch mehr fehlte als seine Angel, waren seine geliebten *Nil.* Sie hatten beide, einen Tag nachdem Maria ihn mit ihrer Schwangerschaft überrascht hatte, beschlossen, das Rauchen aufzugeben. Genauer gesagt wollte Crinelli, dass Maria sich für die nächsten Monate von den Glimmstängeln fernhalten sollte. Ihn hatte es dann leider auch getroffen. Aber so viel Solidarität musste schon sein. Er rauchte eh zu viel. Trotz des frohen Grundes fiel ihm der Entzug unendlich schwer. In diesem Moment empfand er seine Entscheidung als besonders fatal. Er brauchte etwas, um sich daran festzuhalten. Die Zigarette fungierte als Mittellinie seiner Gedanken, besonders dann, wenn er versuchte, Struktur in einen Fall zu bringen. Er riss einen dünnen Zweig von einem Uferstrauch ab und begann darauf herumzukauen. Schon nach der ersten Umdrehung im Mund spuckte er den Stengel weit von sich. Das austretende Chlorophyll schmeckte bitter und irgendwie unverträglich. Crinelli ging zum Bach und spülte sich den Mund mit dem klaren Wasser.

Sie hatten ein totes Mädchen gefunden, nackt, das schon einige Zeit im Wasser gelegen hatte. Er vermutete, dass das Kind zuerst missbraucht worden war, bevor der Mörder es schließlich umbrachte. Wenn die Obduktion dies bestätigen würde, war der Mörder männlich, und sie hatten eine kleine Chance, dem Täter über die DNA-Analyse näher zu kommen. Irgendwo auf der Leiche gab es immer ein Fitzelchen Haut des Täters. Das Mädchen war eventuell eine Deutsche, vielleicht aber auch nicht. Auch diese Spur war im Moment nicht zu verfolgen. Welche Sprache das Kind gesprochen hatte, würden sie, ohne seine Identität ermittelt zu haben, nicht herausfinden. Wenn das Kind vergewaltigt worden war, dann musste das hier in der Nähe geschehen sein. Es war höchst unwahrscheinlich, dass der Mörder mit einer Leiche im Kofferraum von weither angereist kam, nur um sich seiner schrecklichen Fracht hier, im abgeschiedenen Tal von Niederkirchen, zu entledigen. Spätestens morgen müsste er die Presse um Mithilfe bitten. Die Pathologen würden das Mädchen säubern und ein letztes Mal fotografieren lassen. Dieses Foto ging dann an alle Nachrichtensender und Zeitungen der Region. Die Fahndung sollte, zumindest was die Identifizierung des Kindes betraf, zum Erfolg führen. Sie hatten keine weiteren Spuren gefunden. Wo war die Kleidung des Mädchens? Wie hatte der Kerl die Kleine hierher geschafft? Welche andere Möglichkeit als die, sie im Kofferraum eines Wagens zu transportieren, gab es? Er schaute auf den friedlich in der Senke liegenden Ort – direkt in die untergehende Sonne. In einem solchen Fall war der Mörder nie weit entfernt von seinem Opfer zu suchen. Der Mörder war in einem der schönen Fachwerkhäuser von Niederkirchen zu finden. Vielleicht hatte er ihm sogar schon einmal die Hand geschüttelt.

Nordwestdeutschland 1963

Mit schmutzigem Gesicht und gesenktem Kopf betrat der Junge die Backstube. Die Geschehnisse der letzten Minuten hatte sein Vater sehr genau verfolgt. Der Arbeitsplatz, auf dem er seine Kuchen und Torten herstellte, lag direkt unter dem großen Fenster zum Hof. Wie ein Stummfilm war die Szene vor den Augen des wie gebannt zuschauenden Mannes abgelaufen. Ein ihm unbekannter Junge hatte den Hof vor der Backstube betreten. Es folgte ein kurzer Wortwechsel der beiden Kinder, bei dem sein schmächtiger Sohn immer wieder mit dem rechten Arm in Richtung Straße zeigte. Der andere, einen Kopf kleinere Junge schüttelte verächtlich lachend sein Haupt und spuckte zu guter Letzt dem erregten Sohn trotzig vor die Füße. Endlich sprang dieser von der Teppichstange herunter, an der er seit mehr als einer Stunde Purzelbäume geübt hatte, und trat dem Eindringling entschlossen entgegen. Der Vater unterbrach seine Arbeit. Jetzt würde es sich weisen. Der fremde Junge schlug sofort brutal zu. Dem Sohn platzte die Lippe, und Blut troff auf sein Hemd. Der Versuch, sich zu wehren, wirkte planlos. Keiner der unbeholfenen Schläge traf sein Ziel. Ganz anders bei dem fremden Jungen, der ein gewiefter Kämpfer zu sein schien. Am Ende der ungleichen Auseinandersetzung lag der Sohn mit zerrissenem Hemd, blutend und dreckig im Staub des in der Sommerhitze glühenden Pflasters. Der Fremde spuckte ihn noch einmal an und drehte sich dann stolz in Richtung Backstube. Er starrte trotzig in die Augen des gegnerischen Vaters. Dieser fixierte den Blick des Bengels, nickte kurz mit dem Kopf und nahm dann unwirsch seine Arbeit wieder auf.

Der Unterlegene wusste, dass er sich seinem Vater stellen musste. Ob die Tränen, die ihm jetzt in der Backstube über die Wangen liefen, der Wut oder der Scham entsprangen, war letztlich egal.

»Du Flasche. Kannst nicht einmal unseren Hof verteidigen«, sagte der Vater, ohne von seiner Arbeit aufzusehen.

Der Junge wollte etwas entgegnen, fand aber keine Worte. Verunsichert drehte er sich um und verließ leise den säuerlich nach warmem Teig riechenden Raum.

Es war Freitagabend. Die gestrenge Familientradition verlangte nach dem wöchentlichen Bad. Nur selten war es dem Jungen vergönnt, in Ruhe, ganz für sich allein, in der großen Wanne zu sitzen. Auch an diesem Augustabend lag der behaarte Körper des Vaters bereits im dampfenden Wasser, als er ängstlich das schmale Badezimmer betrat.

»Zieh dich aus und geh zuerst auf die Toilette, nicht dass du mir wieder die Wanne vollpinkelst.«

Auch das war dem Jungen leidvoll bekannt. Niemand in der Familie durfte sich seiner Intimsphäre sicher sein, niemals durfte man die Toilettentüre schließen, während man sein Geschäft verrichtete. Deshalb war der Junge sehr darum bemüht, seine Bedürfnisse nach der Abwesenheit des Vaters auszurichten.

Am Badetag aber gab es kein Entkommen. So entkleidete er sich rasch und setzte sich mit einer hastigen Bewegung auf die zerschlissene Holzbrille der Toilette. Er spürte die Augen des Vaters auf sich, vermied seinerseits jedoch jeden Blickkontakt. Auch noch als er in die Wanne steigen wollte, um zwischen den mächtigen Beinen des Erwachsenen sein Plätzchen zu suchen, hielt er den Blick gesenkt. Wohl deshalb bemerkte er die auf ihn zukommende Hand des älteren Mannes zu spät. Dieser schnippte mit seinem behaarten Zeigefinger unmittelbar in dem Moment, in dem der Junge, die Hände auf den Seitenwülsten der Wanne aufgestützt, langsam ins heiße Wasser gleiten wollte, gegen seinen kleinen Penis.

»So ein Schlappschwänzchen bist du auch im richtigen Leben. Ich wüsste mal gerne, wer dich gezeugt hat. Von mir jedenfalls kannst du nicht sein. Deine Mutter, diese Hure, wird es wohl mit einem Kerl aus der Nachbarschaft getrieben haben, während ich mich in der Backstube wieder einmal für euch kaputtgeschuftet habe. Mein leiblicher Sohn hätte diesen kleinen Bastard heute Mittag vom Hof geprügelt. Mein leiblicher Sohn wäre stark und stolz und nicht so ein lächerliches Schlappschwänzchen, wie du eines bist.«

Bei den letzten Worten tippte er dem Sohn, der vor Angst und Entsetzten in der begonnenen Bewegung verharrt hatte, abermals gegen das kindliche Glied.

»Willst du wissen, was ein richtiger Mann ist? Willst du Kümmerling wenigstens einmal wissen, wie sich ein starker, stolzer Mann anfühlt?«

Mittwoch

Die Wache von Niederkirchen versprühte den Charme der späten fünfziger Jahre. Jede Menge hässlicher Glasbausteine sorgten dafür, dass zumindest ausreichend Tageslicht in den großen Raum gelangen konnte. In einem Nebenraum der Wache befanden sich zwei Arrestzellen, die allem Anschein nach schon seit Jahren keine Gäste mehr beherbergt hatten. In beiden Zellen standen große Pritschen mit Kopfkissen und warmen, kuscheligen Decken. Die entzückenden Blümchenmuster der Kopfkissen sowie die für normale Gefangene allzu gemütlichen Decken deuteten darauf hin, dass der Polizeiapparat selbst die Pritschen zum gelegentlichen Ausruhen benutzte. Auf dem Rollschrank hinter Krumingas Schreibtisch thronte eine Mini-Stereoanlage, aus der Volksmusik mit viel Herz-Schmerz dröhnte.

Um exakt 7:30 Uhr betrat Crinelli an diesem Morgen sein neues Hauptquartier. Offenbar war Kruminga schon eine Weile da, denn es erwartete Crinelli ein extra für ihn frei geräumter Schreibtisch. Der ältere der beiden Beamten kochte gerade Kaffee. Keller suchte er vergebens.

»Morgen, Kollege«, begrüßte ihn Kruminga, »willst du einen Kaffee?«

»Bitte, schwarz, ohne Milch und Zucker.«

Crinelli erhielt eine große, dampfende Tasse mit einer übel riechenden Teerbrühe. Der Kaffee schmeckte bitter. Er trank in kleinen Schlucken, ohne eine Miene zu verziehen. Dabei saß er etwas verloren vor dem leeren Schreibtisch und wusste nicht so recht, wie er den Einstieg in ein Gespräch wählen sollte. Er war noch immer leicht sauer auf Krumingas pomadige Art vom

Vortag, hatte sich aber vorgenommen, professionell und freundlich mit den Kollegen umzugehen.

»Ich war Samstag beim Hoffest der Neumanns. Hab dich dort vermisst«, startete er schließlich einen Versuch.

»Meine Frau fühlte sich nicht so gut. Schade, ich hatte mich schon darauf gefreut. War in den vergangenen Jahren immer recht lustig.«

»Sag mal, der Knecht vom alten Neumann, Frantisek, was ist das für ein Typ?«

»Wieso, hat er dich angemacht?«

»Angemacht?«

»Wenn der den Arsch voll hat, neigt er zum Randalieren. Er war der letzte Gast hier in unseren feinen Zellen. Im vergangenen Jahr hat er sich nach der Arbeit, gemeinsam mit einem Erntehelfer, in der Kupferkanne besoffen. Im Laufe der Nacht haben die beiden Ärger miteinander bekommen, und Franta konnte nur noch unter tätiger Mithilfe der übrigen Gäste davon abgehalten werden, mit dem Messer auf den Jugo loszugehen. Wir haben ihn eingebuchtet, damit er seinen Rausch ausschlafen konnte. Am nächsten Morgen ist er ziemlich kleinlaut abgezogen.«

»Wie denn, keine Anklage?«

»Quatsch. Franta ist schon in Ordnung. Alkohol ist halt nichts für ihn. Inzwischen stoppt Maasen immer schon rechtzeitig den Nachschub, bevor sich der Alkoholpegel des Polen der kritischen Grenze nähert. Im Grunde alles kein Problem. Der Junge ist ansonsten sehr hilfsbereit, nicht gerade freundlich, aber, na ja, eben kein Schlimmer.«

»Ich hab gesehen, wie er einem Huhn den Kopf abgeschnitten und anschließend das Blut getrunken hat.«

»War das eine Voodoo-Party?«

»Hätte es gut sein können.«

»In der Stadt wäre das auch eher ungewöhnlich. Aber die echten Landkerle machen solche Sachen schon mal, aus Übermut oder auch als Mutprobe. Wie war die Stimmung denn sonst?«

»Gut, fand ich jedenfalls. Mir hat anschließend der Schädel gebrummt vor lauter neuen Namen und Gesichtern. Meiner Frau hat es auch gut gefallen, und mit dem Wetter hatten sie ja sagenhaftes Glück.«

Ihr Gespräch wurde vom Eintreten Kellers unterbrochen.

»Guten Morgen.«

»Morgen, Peter«, sagte Kruminga.

»Morgen«, grüßte auch Crinelli zurück, »wann ist denn bei Ihnen im Allgemeinen so Dienstbeginn?«

»Dienstbeginn? Wieso?«

»Wenn ich das richtig sehe, fangen wir spätestens um acht an, und jetzt ist es bereits viertel nach acht. Ich darf Sie bitten, ab jetzt pünktlich zu erscheinen, in Ordnung? Gut, fangen wir an. Zunächst brauchen wir eine Pinnwand mit Zubehör, damit wir alle für uns wichtigen Informationen an einer Tafel sammeln können.«

Wieder ging die Türe auf. Herein kam Edgar Bohlen, der Youngster der Kölner Mordkommission.

»Morgen, Leute, hier kommt die Kavallerie«, grüßte er freundlich in die Runde.

Die beiden Dorfpolizisten sahen Crinelli fragend an.

»Darf ich vorstellen, Edgar Bohlen, ein Kollege von der Kripo Köln. Und ich nehme an«, fuhr Crinelli an Bohlen gewandt fort, »als zusätzliche Unterstützung für unsere Ermittlungen eingeteilt.«

»So ist es, Jerry. Böker höchstpersönlich hat mich heute Morgen abkommandiert. Landpartie. Was liegt an?«

»Hast du irgendwelche Unterlagen dabei?«

»Klar, eine hübsche Fotokollektion. Die Fahndungsfotos kommen später per Fax.« Bei diesen Worten leerte er den Inhalt eines braunen Papierumschlages auf die Schreibtischplatte vor Crinelli. Detailaufnahmen des toten Mädchenkörpers.

»O. K., Eddy, häng die an die Pinnwand, sobald der Kollege Keller sie aufgebaut hat, und dann sehen wir, was wir haben.«

Die Polizisten stellten sich einander vor, rückten einige Möbel und bauten die Klapptafel auf. Crinelli war über Bökers Wahl nicht besonders glücklich. Edgar Bohlen war erst seit gut drei Monaten in seiner Abteilung und hatte sich in dieser Zeit noch nicht besonders hervorgetan. Er lief beständig einem der leitenden Beamten hinterher und bemühte sich, keine allzu dummen Fragen zu stellen. Nicht dass sein Verhalten unüblich für einen Neuen gewesen wäre, aber Crinelli hatte nun einmal schlechte Nerven, jedenfalls was die Ausbildung neuer Kollegen betraf. Sein eigentlicher Chef, Jo Kleinert, wusste das und stellte Crinelli erst gar keinen Youngster mehr an die Seite. Böker hingegen war ahnungslos und hatte sich für Bohlen entschieden, da er glaubte, diesen bei dem momentanen Engpass am ehesten entbehren zu können. Aus seiner Sicht absolut richtig, allerdings für die Ermittlungen in Niederkirchen kein Gewinn.

Nachdem Bohlen die Bilder angepinnt hatte, schauten sie alle gemeinsam auf den grausigen Fund.

»Also«, unterbrach Crinelli die eingetretene Stille, »das Opfer ist ein schrecklich zugerichtetes Mädchen. Das Ergebnis der Obduktion werden wir gegen Mittag erhalten, hoffe ich. Ebenso die genaue Todeszeit. Wir haben keinerlei verwertbare Spuren am Tatort gefunden. Die Befragung des Jägers, der die Leiche gefunden hat, ergab ebenfalls keine erhellenden Erkenntnisse. Ich bin darauf hingewiesen worden, dass es hier in der Gegend immer wieder einmal zu Übergriffen von Zigeunern gekommen ist, und auch du, Hans, hast mir einmal davon erzählt. Sie sollen im Nachbartal campen. Da bisher nicht ausgeschlossen wurde, dass das Kind slawischer Herkunft ist, sollten wir diesem Hinweis zumindest einmal nachgehen. Ich selbst hatte kürzlich eine unheimliche Begegnung mit dem Knecht Frantisek Lubanski. Er neigt, wie Hans bestätigen kann, zumindest unter Alkoholeinfluss zu Gewalttaten. Zumindest möchte ich, dass wir sein Alibi überprüfen. Das ist momentan schon alles. Die Faktenlage ist mehr als dünn. Wir brauchen so schnell wie möglich eine Identifikation des Mädchens.«

Bohlens Kehle entrang sich ein Stöhnen. Solche Jobs verfolgten ihn, seit er ins KK 12 versetzt worden war, dabei hatte er es zu Beginn noch für eine Beförderung gehalten.

»Richtig, Eddy, die harte Nummer. Wir klappern alle Häuser im Dorf ab und zeigen den Leuten das Bild des Mädchens. Irgendjemand muss sie schon einmal gesehen haben. Ich selbst fahre nach Köln und spreche persönlich mit dem Pathologen. Ich will wissen, was er herausgefunden hat. Außerdem veranlasse ich eine Pressemeldung. Danach werde ich bei den Kollegen der Fahndung vorstellig und überprüfe, ob das Kind womöglich auf irgendeiner Vermisstenliste auftaucht. Wir müssen für einen möglichst hohen Verbreitungsgrad des Bildes hier in der Gegend sorgen. Ich bleibe dabei: Die Identifikation der Leiche ist vielleicht unsere einzige Chance, Licht ins Dunkel dieses Falles zu bringen.«

Nicht nur Bohlen gefiel der bevorstehende Job wenig, auch Kruminga und Keller schauten sich achselzuckend an. Eine systematische Befragung hatte es in Niederkirchen noch niemals gegeben.

»Jerry, wenn einer hier im Dorf das Mädchen kennen würde, wäre er doch längst hier gewesen«, versuchte Kruminga seinen neuen Vorgesetzten von seinem Vorhaben abzubringen.

»Was redest du für einen Unsinn, Hans! Niemand außer uns hat das Mädchen bisher zu Gesicht bekommen. Woher sollen sie wissen, ob sie das Kind vorher schon einmal gesehen haben? Leute, ich bin gerne bereit, Fragen zu meinem Ermittlungsstil zu beantworten, aber wenn ihr keine Ahnung von Ermittlungsarbeit habt, dann haltet doch einfach die Klappe und macht euren Job. Noch Fragen?«

Da keiner mehr antwortete, zog Crinelli seinen Kölner Kollegen auf die Seite.

»Pass auf, Eddy, du übernimmst die Einteilung der Gebiete, bevor ihr loszieht. Lass jedes besuchte Haus vermerken und jedes geführte Gespräch dokumentieren. Unsere Kollegen hier brauchen etwas Kontrolle, sie neigen nämlich zu oberflächlichem Vorgehen. Und genau das können wir jetzt überhaupt nicht gebrauchen. Und wo wir gerade dabei sind, die bei uns in der Abteilung üblichen Frotzeleien sollten wir hier besser unterlassen. Wir beide müssen an einem Strang ziehen. Wir brauchen Ergebnisse, und zwar schnell.«

»Mach dir keine Gedanken, Jerry, ich werd den beiden schon Feuer unter dem Arsch machen«, Bohlen witterte Eigenverantwortung.

»Alles klar, wir sehen uns heute Abend.«

Schon mit dem Beginn der Ermittlungen war Crinelli unzufrieden. Das Einrichten einer Kommandozentrale war unumgänglich, schränkte aber auch ihn selbst in seiner Arbeit ein. Die zu erwartenden Besprechungen, ständiges Wiederkäuen, bis auch der Letzte auf dem gleichen Informationsstand war – alles Dinge, die Crinelli nicht mochte.

Im Präsidium setzte er sich an seinen Schreibtisch und durchwühlte die Schubladen nach seiner Kladde. Das kleine, ledergebundene Büchlein war so etwas wie sein Markenzeichen. Immer wenn ihm ein Gedanke durch den Kopf schoss, den er nicht sofort bearbeiten konnte, eine flüchtig hingeworfene Feststellung eines Verhörten ihm nicht aus dem Sinn ging oder eine Frage in seinem Kopf entstand, über die er länger nachdenken wollte, immer dann machte er sich eine schnelle Notiz. Auf diese Weise war er in der jeweiligen Situation viel entspannter und zugleich sicher, nichts zu vergessen. Am Abend, wenn die Ereignisse des Tages nochmals durch die Windungen seines Gehirns hindurchmussten, studierte er die Notizen sorgfältig und entschied, was wichtig und aufhebenswert war. Crinelli war nicht abergläubisch, aber bei seinen Notizheften duldete er keine Veränderungen. Der abgegriffene Ledereinband wurde stets mit unliniertem DIN-A6-Papier der immer gleichen Marke gefüllt. War ein Heft voll, so beschriftete er den Deckel mit dem Datum des Tages der letzten Eintragung und legte es zu den anderen Kladden in seinen verschließbaren Rollschrank.

Mit seinem Buch und einem frisch gespitzten Bleistift bewaffnet machte er sich schließlich auf den Weg in die Pathologie. Erst seit dem Neubau des Präsidiums unterhielt das Institut für Rechtsmedizin im selben Gebäude eine Zweigstelle. Das verkürzte nicht nur den tatsächlichen Weg, sondern eröffnete auch Perspektiven auf dem kleinen Dienstweg. Natürlich unterstand die Pathologie auch hier direkt der Gerichtsbarkeit, aber wenn man sich kannte …

Crinelli durchschritt zügig die langen Flure. Das immer gleiche Gefühl der Kälte durchdrang ihn. Auf den Metalltischen in den raumhoch gekachelten Räumen lagen Leichen unter grünen Betttüchern. Meist waren nur der dicke Zeh und das anhängende Pappschild zu sehen, das unbarmherzig jede Leiche dem entsprechenden Fall zuordnete. Den rückwärtigen Teil des größten Raumes dominierte ein gewaltiger Seziertisch, durch kreisförmige Deckenlampen hell erleuchtet. Auf dem Tisch lag die Leiche des kleinen Mädchens. Dr. Arne Weymann stand tief über den Kinderleichnam gebeugt und diktierte seiner Assistentin Ruth die Ergebnisse seiner Untersuchung. Weymann war groß und dürr, manche Kollegen flüsterten sich hinter vorgehaltener Hand zu, er würde mit der Zeit einem Skelett immer ähnlicher, was so nicht stimmte. Da er sich gerne gut bewegen konnte, trug er stets einen zu weiten Kittel, was den Eindruck einer ausgemergelten Figur noch unterstützte. In Wirklichkeit war Weymanns Erscheinung eine Folge seines Hobbys, er lief Marathon.

Als er Crinellis Eintreten bemerkte, bat er ihn, sich noch einen Moment zu gedulden und an seinem Schreibtisch Platz zu nehmen. Crinelli kannte das Ritual. Auf dem mächtigen Eichenschreibtisch des Doc stand eine Flache *Carlos I* und wartete darauf, die Mägen derer, die Probleme beim Anblick von Toten hatten, zu versöhnen. Crinelli gehörte dazu, immer noch. Er goss sich einen großen Drink ein und ließ den weichen Brandy seine Kehle hinablaufen. Er und seine Kollegen vom Morddezernat sahen tagein, tagaus übel zugerichtete Leichen, ohne dass das Gefühl dabei auch nur entfernt an das heranreichte, was einen hier unten, im Bauch des großen Präsidiums, überkam. Weymann kam auf ihn zu, streifte sich die blutigen Handschuhe ab und genehmigte sich ebenfalls einen Drink. Dann setzte er sich Crinelli gegenüber auf seinen hohen Bürostuhl.

»Üble Sache, Jerry, wirklich übel. Leider ist das hier nicht die erste grausam zugerichtete Kinderleiche, die ich mir in meiner Laufbahn ansehen musste. Aber der Typ, der das hier angerichtet hat, ist eindeutig ein Schlächter.«

»Die blauen Flecken und Brüche könnten doch auch von den Berührungen mit den Steinen im Flussbett stammen, oder?«, unterbrach Crinelli den Mediziner.

»Das ist sogar ziemlich eindeutig so. Der Leichnam muss eine ganze Strecke abgetrieben sein. Aber zunächst einmal ist er aus einer gewissen Höhe hinabgeworfen worden. Dabei sind zwei Rippen gebrochen. Die Kleine hat davon allerdings nichts mehr gespürt. Sie war zu diesem Zeitpunkt bereits mehrere Stunden tot. Der Tod dürfte zwischen 22 und 24 Uhr in der Nacht von Montag auf Dienstag eingetreten sein. Ihr habt sie gegen sechs Uhr am Dienstagmorgen gefunden. Ich würde sagen, sie wurde etwa gegen vier Uhr nachts in den Fluss geworfen. Die Todesursache ist eindeutig: Tod durch Ersticken. Erdrosselt mit der Drahtschlinge, die sie noch um den Hals hatte. Eine grausame Art des Todes, aber immer noch besser, als so weiterzuleben.«

»Ich verstehe nicht.« Crinelli schaute von seinem Notizblock auf und sah den Arzt fragend an.

»Bei dem, was dem Kind geschehen ist, vor seinem Tod meine ich, muss ihm die eigentliche Tötung wie eine Erleichterung vorgekommen sein.«

»Sie meinen, sie wurde vergewaltigt? Haben Sie brauchbare Sperma-Spuren gefunden?«

Der Arzt schüttelte gedankenverloren den Kopf.

»Nein, keine Samenspuren. Der Mörder hat sein Opfer nicht angefasst. Bei diesem Mann geht es nicht um Sex, Jerry. Es geht um Gewalt und um Macht.«

Der Doktor machte eine Pause, als müsse er nachdenken. Er goss sich einen weiteren Drink ein und füllte auch Crinellis Glas erneut. Dann steckte er sich eine Zigarette an und inhalierte tief, bevor er weitersprach.

»Der Täter hat vermutlich nicht allzu viel Spaß am Sex, wohl aber an der Gewalt, und vor allem hat er Lust, anderen Menschen Schmerzen zuzufügen. Die meisten solcher Leute gehen in entsprechende Clubs und teilen ihre Gewaltphantasien mit Gleichgesinnten. Ich vermute, unser Mann ist da anders gestrickt, vielleicht kann er das nicht oder traut sich nicht. Vielleicht ist er schon einmal aufgefallen oder irgendwo rausgeflogen. Die hier eingesetzte Gewalt ist außer Kontrolle geraten. Jerry, nehmen Sie sich noch einen großen Schluck, und dann zeige ich Ihnen, was ich meine.«

Crinelli tat, was ihm der Arzt riet, bevor sie zu dem Seziertisch gingen.

»Sind Sie sich sicher, dass Sie das hier wirklich sehen wollen?«

Crinelli nickte nur.

»Sehen Sie, Jerry, hier, wo sich normalerweise die Scheide befindet, ist eine große klaffende Wunde. Der Täter hat dem Kind überdimensionale Gegenstände eingeführt, dabei ist die Scheide von vorne bis hinten aufgerissen. Und der Anus sieht nicht besser aus.« Er drehte den Körper des Mädchens vorsichtig um. »Hier, der Ausgang ist völlig vernarbt. Er konnte sich nicht mehr schließen, weil das Schwein x-mal scharfkantige Gegenstände reingedrückt hat.«

Den Schluss von Weymanns Bemerkungen hörte Crinelli nur noch von ferne. Er übergab sich in das nächste erreichbare Becken. Er kotzte so lange, bis nur noch Gallenflüssigkeit aus seinem Mund troff. Anschließend wusch er das Becken sauber und schrubbte sich Gesicht und Hände mehrmals mit Kernseife ab.

Als er sich wieder auf den Besucherstuhl niederließ, war er erschöpft, wütend und unendlich traurig. Seine Augen hatten schon viel gesehen, aber eine derart zugerichtete Kinderleiche bisher noch nicht. Der Fall ging ihm näher, als gut für ihn war und als andere bisher.

»Ja, Jerry«, fuhr Weymann fort, der es gewohnt war, wenn sich Polizisten in seiner Umgebung übergaben. »Ich fürchte, der Typ wird es wieder tun, und es sieht nicht so aus, als sei dieses hier seine Premiere gewesen. Wenn ich eben sagte, ich sehe so etwas immer öfter, dann meinte ich Fälle von Kindesmissbrauch mit anschließender Tötung. Die sexuellen Spielchen geraten irgendwann außer Kontrolle, und die Leute wissen sich keinen anderen Rat mehr, als die Kinder zu töten. Meist erledigen das, gegen entsprechende Bezahlung, sogar diejenigen, die den Perversen die Kinder zugeführt haben.«

»Aber warum Kinder?«

»Die Antwort fällt mir nicht schwer. Erstens sind Kinder leicht zu haben, und zweitens können mit Kindern Praktiken ausgeübt werden, die sich kein Erwachsener gefallen lassen würde.«

Crinelli hatte in letzter Zeit immer häufiger von geschändeten Kinderleichen gehört, sich aber bisher nicht näher damit beschäftigen müssen. Er wusste, dass Pädophile ihre Neigung im Internet an Kinderpornos befriedigen konnten, und war sich natürlich darüber im Klaren, dass diese in irgendwelchen finsteren Hinterzimmern illegal hergestellt wurden. Mehr wusste er aber auch nicht. Nicht sein Gebiet, normalerweise Sache der Sitte.

»Was meinen Sie mit ›leicht zu haben‹, Doc?«

»Sie können die Kinder im weltweiten Netz ganz bequem aus Ihrem Fernsehsessel heraus aussuchen. Das Frischfleisch wird frei Haus geliefert. Sie müssen nur noch zahlen. Kennen Sie die Unicef-Statistiken nicht?«

Crinelli zuckte die Achseln.

»Na, dann halte ich Ihnen mal ein kleines Referat. Unicef schätzt, dass mehr als zwei Millionen Kinder pro Jahr wie Vieh gehandelt und als Sexsklaven benutzt werden. Menschenhandel schickt sich gerade an, den Drogenhandel vom Platz eins der kriminellen Einkommensskala zu verdrängen, das wissen wir alle längst, aber wussten Sie auch, dass die geschätzten Einnahmen der Schleuser pro Jahr fünfzehn Milliarden Euro betragen? In den letzten Jahren sind regelrechte Handelswege entstanden. Die Kinder, aber natürlich auch Frauen, werden mittlerweile gehandelt wie andere Waren auch. Da haben wir das volle Ausmaß des Schreckens einer globalisierten Welt, Jerry.«

»Hören Sie auf, Weymann, das reicht mir für heute. Kann ich bitte eine Zigarette haben?«

»Ich dachte schon, Sie hätten sich das Rauchen abgewöhnt.«

»Hab ich auch.«

Crinelli rauchte und trank einen weiteren Cognac. Obwohl noch früh am Tag konnte er ihm nichts anhaben. Sein Adrenalin sog den Alkohol auf wie ein trockener Schwamm. Was aussah wie ein gemeiner Mord an einem Kind, schickte sich an diesem Morgen an, zu seinem persönlichen Alptraum zu werden. Wenn Weymann Recht behielt, hatten sie es mit einem Serienmörder zu tun, und wenn seine eigene Vermutung zutraf, wohnte dieser Mensch in Niederkirchen. Aber was war das für ein Mensch? War der Täter ein Psychopath oder ein berechnender Killer? Welchen Grund konnte es geben, seine Tat öffentlich zu machen? Der Täter hatte keinen Versuch unternommen, die

Leiche zu verstecken. Um den Fundort herum stand so viel Wald, dass es ein Leichtes gewesen wäre, eine Mädchenleiche verschwinden zu lassen. Was hatte das alles zu bedeuten? Steckte in dem Fundort schon ein wichtiger Hinweis auf den Mörder? Und wenn der Kerl ein Psychopath war, worin lag sein Defekt? Hatte er Rache an dem Kind genommen? Wenn ja, wofür?

»Das ist ja furchtbar«, sagte René Böker, nachdem Crinelli ihm den Obduktionsbericht auf den Tisch gelegt hatte. Hammerschmidt schaute nur betroffen auf den neuen Teppichboden in Bökers Büro. »Wir können also ausschließen, dass das Kind mehr oder weniger zufällig umkam.«

Crinelli und Hammerschmidt sahen ihren Vorgesetzten zweifelnd an. Er war für seine verworrenen Gedankengänge bekannt. Auch dafür, dass er nie am Anfang anfing, wenn er eine seiner Theorien entwickelte, und zu Ende brachte er sie auch selten genug. Mit Bökers Gedankengängen verhielt es sich in etwa so wie mit einem 100-Meter-Läufer, der nur zwischen Meter 25 und Meter 32 sichtbar wurde. Start und Zieleinlauf lagen für die Betrachter im Dunkeln.

»Äh, Chef, Entschuldigung?«, sagte Hammerschmidt um Erklärung bittend.

»Na, wenn das Kind gestorben wäre, durch einen Unfall etwa, und die Beteiligten hätten, aus welchem Grund auch immer, Angst, mit der Polizei in Kontakt zu treten, dann hätte es doch sein können, dass sie sich der Leiche der Einfachheit halber unauffällig entledigt hätten, oder etwa nicht?«

»Sie spielen auf die Zigeunertheorie an?«, fragte Crinelli.

»Genau, genau, verdammter Mist, das alles!«

Niemand wollte ihm widersprechen. Die hart gesottenen Beamten waren in dieser Stunde betroffener, als sie es üblicherweise waren. Eine Kinderleiche brachte in jedem von ihnen eine Alarmglocke zum Klingen. Erstens war eine Kinderleiche immer besonders schwer zu ertragen, zweitens interessierte sich auch die Öffentlichkeit mehr für einen solchen Fall, was den ohnehin hohen Druck, unter dem die Beamten standen, nur noch verstärkte. Sie konnten sich genau ausrechnen, welche Schlagzeilen abgesetzt würden, wenn sich tatsächlich noch ein weiterer Mord ereignen würde.

»Glaubt ihr an die Theorie vom Serienkiller?«, fragte Julia Hammerschmidt.

»Der Doc hat schon eine Menge gesehen, und auf sein Urteil ist normalerweise Verlass. Er ist kein Psychologe, aber man kann aus Verletzungen eine Menge über den Täter ablesen. Er könnte Recht haben, muss aber nicht. Die Frage wird sein, ob jemand das Mädchen kannte oder nicht«, antwortete Crinelli und war damit wieder bei der Identifikation der Leiche.

»Was tun wir?«, fragte Böker.

»Ich gehe jetzt zunächst zu den Kollegen von der Fahndung. Die Computeranimation ist fertig. Das heißt, wir haben ein ziemlich realistisches Bild des Mädchens vor seinem Tod. Es wäre gut, wenn ihr schon einmal die Presse benachrichtigen könntet. Sie sollen das Bild in den Regionalnachrichten zeigen und in den Lokalteilen der Zeitungen abdrucken. Besonders im Bergischen Raum. Richtet eine Hotline ein. Vielleicht haben wir Glück. Sollte das Kind allerdings wirklich aus den Menschenhändler-Ringen stammen, wird uns das alles nicht weiterbringen. Ich spreche mit den Jungs von der Sitte und besorge mir mehr Informationen über das Schleuserthema. Außerdem können die mir sicherlich sagen, wo sich derzeit die einschlägigen S/M-Clubs befinden. Wir müssen rauskriegen, ob einer der Kunden auffällig war …«

»Du meinst, auffälliger als die anderen Auffälligen«, sagte Hammerschmidt.

»Genau, auffälliger als die anderen Auffälligen. Genug zu tun also.«

»Was macht Bohlen?«, wollte Böker wissen.

»Der klappert mit Keller und Kruminga ganz Niederkirchen ab. Ich hoffe immer noch, dass es uns gelingt, dabei auf eine Spur zu stoßen.«

»Und Sie glauben tatsächlich, dass der Täter dort zu suchen ist? Irgendwie ist das doch eher ein Großstadtprofil«, ließ Böker die Versammelten wieder einmal nur zu 30 Prozent an seinen Gedanken teilhaben.

»Großstadtprofil? Sie meinen, Mörder gibt es nur in Großstädten?« Crinelli hatte gelernt, seinen Chef zu verstehen. »Irgendwie hab ich das bisher auch so gesehen. Vermutlich ist das aber Unsinn. Nein, ich weiß nicht, ob unser Mann in Niederkirchen lebt oder arbeitet, ich habe nur so ein Gefühl. Nur so ein Gefühl.«

Crinelli besorgte sich die Fahndungsfotos. Das Mädchen war unmittelbar nach der Einlieferung in die Pathologie fotografiert worden. Das Bild war jetzt eingescannt und am Bildschirm so lange bearbeitet worden, bis es aussah wie das Foto eines ganz normalen jungen Mädchens. Crinelli betrachtete das Kind. Irgendwo in der Welt warteten wahrscheinlich Eltern auf die Rückkehr dieses hübschen Mädchens. Vielleicht aus Not, vielleicht auf Druck, hatten sie ihr Kind ziehen lassen müssen. Was hatte man ihnen erzählt? Dass das Kind eine tolle Schulbildung erhalten würde? In einer deutschen Familie aufwachsen würde, um anschließend gut ausgebildet zu ihnen zurückzukommen? Keine Mutter würde ihr Kind freiwillig in die Hände von Verbrechern geben. Was hatte Weymann gesagt? *Kinder sind Waren, wie andere auch.*

»Hallo Yildi«, begrüßte Crinelli den türkischstämmigen Kollegen in der Fahndungsabteilung.

»Hi Jerry, ich hab dich schon erwartet.«

»Yildi, ich brauch gleich mehrere Sachen. Zum einen brauche ich eine Liste mit allen Fällen von gewaltsamem Kindstod im Großraum Köln. Sagen wir in den letzten fünf Jahren. Werden das wohl viele sein?«

»Keine Ahnung, aber du kennst dich ja aus. Mutter schmeißt Kind über Balkon, Vater erschießt Frau und Kinder, um sich dann selbst in Brand zu setzen, und so weiter und so weiter.«

»Sei nicht zynisch, Yildi.«

»Entschuldige, der Fall geht dir wohl ziemlich an die Nieren? Ich denke, so an die hundert Fälle könnte der Computer schon ausschmeißen.«

»Gut. Dann gib dieses Foto bitte in die Fahndung. Ich muss wissen, ob jemand das Kind in den letzten acht Tagen gesehen hat oder ob jemand sie identifizieren kann. Schickt das Bild an alle Fernsehstationen, alle Zeitungen, das volle Programm. Vielleicht ist sie ja auch schon als vermisst gemeldet. Kannst du bitte dafür sorgen, dass das Foto mit den Vermisstenlisten abgeglichen wird? Bitte schicke es auch an alle anderen Polizeistationen im Land, vielleicht ist sie ja irgendwo anders als vermisst gemeldet. Sie sieht aus, als käme sie aus dem Osten, könnte aber auch sein, dass der Zuzug der Familie zwei bis drei Generationen zurückliegt.«

»Ich bin ja auch nicht in Anatolien geboren.«

»Und ich nicht in Neapel.«

Die Beamten lachten sich an.

»Ruf mich an, wenn du was hast, bitte. Und Yildi, die Sache ist eilig und wirklich wichtig.«

»Handy?«, fragte Yildaz lächelnd.

»Logisch Handy, wie denn sonst? Ach, Yildi, noch was. Kann man einen ganzen Ort durch deine Suchmaschine laufen lassen?«

»Wie bitte?«

»Ich möchte herausfinden, ob einer der Bewohner Niederkirchens Dreck am Stecken hat. Vorstrafen hat oder auf andere Weise auffällig geworden ist. Ist das möglich?«

»Technisch gesehen ist das überhaupt kein Problem. Datenrechtlich dagegen nur zu machen, wenn du einen äußerst dringenden Verdacht hast, diesen gebührend begründen kannst und dann auch noch einen Richter findest, der dir sehr gewogen ist. Meine Meinung – sehr, sehr unwahrscheinlich.«

»Und der kleine Dienstweg?«, fragte Crinelli nach seiner liebsten, weil zügigsten Ermittlungsmethode.

»Willst du, dass ich meinen Job verliere? Und selbst wenn ich es mache, kannst du mir die Daten vom Meldeamt in Niederkirchen besorgen?«

»Da gibt es kein Meldeamt. Ich glaube, wir haben uns in Taufheim anmelden müssen.«

»In Taufheim? Moment mal, da könnte ich eventuell etwas für dich tun. Aber versprechen kann ich nichts. Ich werde genau ein Telefonat führen, und entweder es geht oder eben nicht. Ist das O. K.?«

»Na klar, war auch nur so eine Idee.«

Crinelli wanderte über die Flure. Er musste sich beeilen, um vor Dienstschluss noch einen der Kollegen bei der Sitte zu erreichen. Ein Grinsen stand in seinem Gesicht. Im Fernsehen saßen die Gänge vor dem Sittendezernat immer voll mit tief dekolletierten Damen. Ein bisschen wie bei *Irma la Douce* – Folklore bei der Polizei. Die Realität war nüchterner. Mit den Professionellen hatten die Kollegen kaum noch Probleme. Illegale Prostitution, Drogen, Straßenstrich und Minderjährige hielten die Beamten auf Trab. Crinelli suchte nach Giuseppe Ferrara. Im Unterschied zu ihm selbst, oder zu Yildaz, war Giuseppe wirklich noch in Italien geboren. Aber zur Schule gegangen war er in Deutschland, auch seine Frau gesucht und gefunden hatte er hier. Er gab sich deutscher als alle Deutschen, und er sprach das sauberste Hochdeutsch im ganzen Präsidium. Crinelli hatte schon häufiger mit ihm zusammengearbeitet, worüber eine gewisse Vertrautheit entstanden war. Er fand den Beamten am Kaffeeautomaten im Gespräch mit einer reizenden blonden Kollegin in Uniform.

»He, Giuseppe, du bist doch verheiratet«, begrüßte Crinelli

Ferrara. Die Beamtin wurde rot im Gesicht und verabschiedete sich schnell.

»Spielverderber, Crinelli. Das zahl ich dir heim.«

Die Männer schüttelten sich die Hand.

»Lange nicht gesehen. Wie läuft es? Was macht die Ehe?«

»Danke, mit Maria ist alles klar. Ich habe Glück mit ihr. Kein bisschen leidende schwangere Frau, wie man sich das so vorstellt. Sie klagt nicht, ihr ist nicht schlecht, und wir verstehen uns. Hoffentlich bleibt es so.«

»Und eurer Landleben?«

»Nach diesem brutalen Fall fang ich schon an zu zweifeln, ob der Entschluss wirklich so richtig war.«

»Mord gibt's überall, Jerry. Das sollte dich doch am wenigsten überraschen. Klär den Fall halt schnell auf, dann wird's schon werden. Miese Geschichte ist es allerdings, die du da bearbeitest. Ich hab mit Hammerschmidt zu Mittag gegessen. Sie hat mir alles erzählt. Was hat die Obduktion ergeben?«

Crinelli setzte Ferrara in wenigen Worten ins Bild. Als er geendet hatte, ging Ferrara wortlos in sein Büro, nahm seine Jacke von der Garderobe und forderte Crinelli auf, ihm zu folgen. Die beiden Beamten verließen das Gebäude und gingen den gepflasterten Weg hinab in Richtung Geschäftsstraße. Vorbei an türkischen Läden steuerte Ferrara zielsicher auf eine italienische Bar zu. Sie betraten den dunklen Raum und setzten sich an einen Ecktisch. Nachdem die Bedienung ihre Bestellung aufgenommen hatte, zündete sich Ferrara eine Zigarette an. Er legte das Päckchen vor sich auf den Tisch und sah Crinelli in die Augen. Dieser nickte leicht und nahm sich ebenfalls eine Zigarette. Heute war kein Tag, um sich an gute Vorsätze zu halten. Ferrara hatte bemerkt, dass Crinelli reden wollte, anders reden, als man es auf der Dienststelle tun konnte. Und die Geschichten, die er selbst zu erzählen hatte, entstammten keinem schönen Unterhaltungsprogramm.

»Es kann sein, Jerry, dass Yildaz dir eine verwertbare Spur

bringt, es kann sein, dass Greenhorn Eddy und die beiden Dorfsheriffs etwas Brauchbares ermitteln, wahrscheinlicher aber ist, dass du ohne jede Identifikation an den Mörder herankommen musst, wenn du das überhaupt schaffen wirst. Die Szene ist schon seit einiger Zeit voll mit Kindern, die verschleppt wurden. Zuerst kamen sie aus Asien, dann für lange Zeit aus dem südlichen und westlichen Afrika. Inzwischen, seit dem Zusammenbruch des Kommunismus und der Öffnung der Mauer, stammen immer mehr von ihnen aus Russland und der Ukraine. Neuerdings haben wir gesicherte Hinweise, dass die rumänische Hauptstadt Bukarest zu einer Drehscheibe für die moderne Sklavenverschickung geworden ist. Man schätzt, dass mehr als 100.000 Menschen pro Jahr der illegale Grenzübertritt nach Deutschland gelingt.«

»Ferrara, ich brauche keinen Geschichtsunterricht, das interessiert mich nicht. Hast du Informationen, die mir bei meinen Ermittlungen weiterhelfen, oder nicht?«

»Bleib geschmeidig, Jerry. Ich habe keine Informationen zu deinem Fall, aber ich verfüge wohl über einige sehr wichtige Fakten, die dir helfen werden, die Dimensionen solcher Fälle einzuschätzen, und das sollte dir wichtig sein.«

»Du bist immer so furchtbar theoretisch. Du weißt doch, dass ich eher meinem Gefühl traue als deinen Statistiken.«

»Ja, ja, die Gefühle des Herrn Crinelli, ist ja schon ein geflügeltes Wort auf dem Revier. Aber wie wär's, du hörst dir meine kleine Lektion erst mal an und siehst am Ende, was die Tatsachen für einen Einfluss auf dein Gefühl haben?« Crinelli knurrte. »Also, weiter dann. Allein in der Gegend um Pilsen in Tschechien warten nach Schätzungen von Experten derzeit rund 300.000 Menschen aus 24 verschiedenen Ländern auf ihre Einschleusung nach Deutschland. Die Hauptabnehmer in Europa für diese Menschenware sind Länder wie Italien, Belgien und leider auch Deutschland. Hier bei uns sollen derzeit etwa 14.000 illegal eingeschleuste minderjährige Ausländer leben.

Die meisten von ihnen werden Diebesbanden zugeführt, Zigeunern zumeist ...«

Jetzt wurde Crinelli hellhörig. »Du meinst, Sinti oder Roma fungieren als Schleuser?«

»Weniger. Sie bestellen die Kinder, kaufen sie, bilden sie aus und lassen sie für sich klauen. Irgendwann sind sie dann wieder weg. Wohin? Keine Ahnung. Sie verschwinden einfach. Aber sie werden nicht umgebracht und schon gar nicht sexuell missbraucht. Die Übrigen, die nicht von Zigeunern gekauft werden, werden zu Drogenkurieren ausgebildet oder zur Prostitution gezwungen.«

»Moment, Moment, nicht so schnell. Wenn ich das gerade richtig verstanden habe, heißt das, du glaubst nicht, dass die Zigeuner die Kinder umbringen?«

»Warum sollten sie. Sie brauchen sie ja, und dein Kind ist noch viel zu jung, um abgeschoben zu werden. Ich kann mir das absolut nicht vorstellen!«

»Und haben die Zigeuner etwas mit Sexhandel und Prostitution zu schaffen?«

»Nicht dass wir wüssten, nein, dafür gibt es keine Beweise, aber warum reitest du so sehr darauf rum?« Crinelli erzählte Ferrara in kurzen Sätzen von dem bestehenden Verdacht.

»Ich glaub's nicht«, sagte Ferrara, nachdem er sich für einen Moment gedankenverloren zurückgelehnt hatte, »ich würde sie überprüfen, vielleicht gehört das Kind zu ihrem Clan, das kann natürlich gut sein. Aber wenn das Mädchen bei ihnen gelebt und nicht zur Familie gehört hat, werden sie definitiv abstreiten, es gekannt zu haben, womit du dann wieder bei null stehst.«

Crinelli überlegte. »Na gut, erzähl weiter.«

»Also, das Geschäft mit den Kindern läuft überwiegend über das Internet. Ich kann dir Seiten zeigen, Jerry, da kriegst du das Kotzen. *Frischfleisch aus Polen, noch nicht angestochen* ist ein typischer Werbeslogan für jungfräuliche Jungen und Mädchen.

Wir kämpfen gegen Windmühlen. Täglich entstehen über hundert neue Sites mit Kinderpornographie. Dabei hast du die Auswahl von scheinbar harmlosen Aktfotos bis hin zu Nahaufnahmen der durch brutale Gewalt übel zugerichteten kindlichen Geschlechtsteile. Du kannst perverse Filme ansehen oder auch direkt dabei zusehen, wie irgend so eine perverse Sau ein Kind nach dem anderen vor einer Live-Kamera sexuell missbraucht. Wir wissen sogar von Events, bei denen die Zuschauer per E-Mail den Fortgang der Handlungen selbst mitbestimmen können. Die Spitze bilden dann öffentliche Hinrichtungen. Die Kinder werden so lange sexuell gequält und gefoltert, bis sie vor den Live-Kameras sterben.«

Crinelli schwieg.

»Die Kinder werden übrigens nur für kurze Zeit in einem Land belassen. Eine typische Tour könnte in Deutschland beginnen. Dann bringen die Schleuser die Kinder nach Holland und von dort nach Großbritannien. Und irgendwo auf dem Weg können schon einmal einige von ihnen auf der Strecke bleiben. Die müssen dann möglichst unbemerkt entsorgt werden. Und eines dieser Kinder könntest du gefunden haben, Jerry.«

Crinelli war zum zweiten Mal an diesem Tag aschfahl. Längst hatte er begonnen, sich an der Glut seiner Zigarette die nächste anzuzünden. Ferrara hatte Grappa bestellt. Sie tranken und schwiegen. Vor den Fenstern der Bar sank die Sonne allmählich in das schmutzige Häusermeer der Großstadt. Auf dem gegenüberliegenden Gehsteig spielten ausländische Kinder Fangen.

»Wieso hört man so wenig davon?« Crinelli hatte die Frage mehr vor sich hin geflüstert als laut ausgesprochen.

»Keine Ahnung. Aber ich habe eine furchtbare Vermutung. Wenn wir diesen Misthaufen einmal kräftig umwenden, bricht der ganze Bauernhof in sich zusammen.«

»Versteh ich nicht.«

»Nimm Belgien. Wir wissen mit Sicherheit, dass der Dutroux-Fall bis in die Spitzen des belgischen Staates geht. Es gibt genügend Hinweise, dass die Spur auch nicht vor dem Königspalast Halt macht. Aber es gibt keine Festnahmen, und seltsamerweise, auch gesteuert durch eine wenig aktive Presse, hält sich der Protest in der Bevölkerung in Grenzen, gemessen an der Schwere des Skandals jedenfalls.

Wir ermitteln eifrig gegen Missbrauch in der Familie. Damit haben wir auch genug zu tun. Aber was geschieht mit den überführten Tätern? Ich glaube, dass dieses Krebsgeschwür viel, viel weiter verbreitet ist, als wir glauben. Heute Morgen stand in der Zeitung, dass der bekannteste Fernseh-Entertainer Portugals verhaftet wurde. Er soll einem Pädophilen-Ring angehört haben, der über zwanzig Jahre Jungen aus Waisenhäusern missbraucht haben soll. Neben dem Show-Freak gehören auch Richter, Kinderärzte und Juristen zu der illustren Schar. Ach ja, der Typ ist übrigens Vater zweier Töchter. Der Sumpf ist so tief, Jerry, dass, wer auch immer versucht, ihn trockenzulegen, darin versinkt. Wir müssen immer dann auf den Plan treten, wenn die Gewalt offenkundig wird, wie jetzt in deinem Fall. Die Frage ist, wie viele von denen, die morgen die Meldung in der Zeitung lesen und sich beim Frühstück mit der Familie, auf der Arbeit oder beim Bridgespiel am Abend darüber empören, selber Leichen im Keller haben!«

»Makabres Wortspiel. Wer sind denn die Banden, wie wird verteilt, wer macht sich die Hände schmutzig?«

»Sicher nicht die, die den Reibach machen. Zunächst musst du verstehen, dass wir es nicht mit Einzelfällen zu tun haben. Der Missbrauch von Kindern und Jugendlichen ist global. Eine der Ursachen ist so alt wie die Welt. Du musst nur der Armutsspur folgen. Sie führt in die Entwicklungsländer oder in reiche Länder mit krassen sozialen Unterschieden. In den USA gibt es zwischen einer viertel und einer halben Million minderjährige Prostituierte. Diese wunderbare globale Gemeinschaft schreit doch förmlich nach Steuerung durch diejenigen, die schon immer den illegalen Handel vorangetrieben haben. Japanische Yakuza, chinesische Triaden und die immer stärker werdende Russenmafia teilen sich den Kuchen auf. Das Geschäft ist den Typen ja nur allzu bekannt, und es wird heute deutlich mehr Geld in der Kinderprostitution und Kinderpornographie verdient als im Drogen- oder Waffenhandel. Und Süchtige gibt es auch hier genug. Allein in Deutschland sollen über 50.000 Konsumenten von pornographischen Produkten mit Kindern leben. Diese Süchtigen haben übrigens ihren Drogenkollegen gegenüber einen entscheidenden Vorteil. Erstens sterben sie nicht an ihrer Sucht, können also ein Leben lang gemolken werden, zweitens haben sie meist genug Kohle, und drittens, auch das ganz ähnlich dem Drogengeschäft, viele Opfer werden später selbst zu Tätern. Das heißt, der Virus breitet sich krebszellenartig aus. Und noch ein Letztes. Für dieses Geschäft brauchst du null Startkapital und das ist ein weiterer entscheidender Vorteil gegenüber dem Drogengeschäft.«

Jerry schüttelte unmerklich den Kopf. »Wie stehst du deinen Job durch, Giuseppe?«

»Wie meinst du das? Ob ich mich wohl fühle bei der Polizei? Klar, Mann. Wer hat gesagt, dass das Leben nur toll ist. Aber ich kann mir doch nicht alle Probleme der Welt reinziehen. Immerhin, Jerry, wir sind die Guten, vergiss das nicht!«

»Die Guten, pah.«

»Jerry, ich hab dir den ganzen theoretischen Kram nur erzählt, damit du deinen Job besser machen kannst, nicht damit du an der Welt verzweifelst. Du suchst einen Mörder. Wenn du den Kerl schnappst, gibt es einen üblen Kerl weniger auf der Welt, Ende der Geschichte.«

»So siehst du das?«

»Ja, verdammt, so sehe ich das. Und es gibt auch gar keine andere Möglichkeit, als es so zu sehen. Wir sind nun einmal die Müllabfuhr. Die Gesellschaft braucht Leute, die den Dreck wegräumen.«

»Den wirklichen Dreck dürfen wir doch nicht wegräumen. Wir fangen immer nur die Kleinen.«

»Komm Kollege, der ist so alt wie die Welt.«

»Dafür aber immer noch nicht falsch.«

»Nein, nicht falsch, er führt nur zu nichts. Ein Teil unserer Aufgabe besteht darin, nicht zuzulassen, dass der Unrat uns unterkriegt. Wir Bullen bekommen einfach eine Überdosis ab, eine Überdosis Gewalt, eine Überdosis Unrecht, eine Überdosis von diesem und jenem. Und in all diesem Zuviel müssen wir unser eigenes kleines Leben leben. Und meines ist prima.«

Die Männer schwiegen. Crinelli hatte genug gehört und fast ein ganzes Heft voll geschrieben. Sein Hirn war völlig blockiert.

»Ich bin satt, Ferrara.«

»Habe fertig, alter Junge.« Er sah auf seine Armbanduhr. »Viertel vor acht, Zeit für die Liebe. Wir sehen uns heute Abend einen Film im Kino an. Ich muss los. Halt mich auf dem Laufenden, Jerry.«

»Ich seh dich, Giuseppe. Und … danke, trotzdem.«

Die Männer verließen die Bar und gingen zurück über die Fußgängerzone zum unterirdischen Parkraum des Präsidiums. In einigen Geschäftseingängen schlugen Obdachlose auf ausgebreiteten Pappkartons ihr Nachtlager auf. Die Straßenlaternen spiegelten sich auf dem feuchten Kopfsteinpflaster, und das Aufsetzten des Stockschirmes einer letzten Passantin hallte durch die Nacht. Die Garage war fast leer. Die gekalkten Wände waren noch erstaunlich sauber, und alle Lampen brannten. Das würde sich schnell ändern. Im öffentlichen Haushalt klaffte ein dickes Loch. Reparaturen am neuen Gebäude würden mit Sicherheit auf sich warten lassen. Crinelli setzte sich in seinen Volvo, ließ den Motor an und beobachtete, wie sich die Lichtkegel seiner Scheinwerfer durch das Dunkel der Auffahrt fraßen. Nachdem er auf die Autobahn stadtauswärts aufgefahren war, suchte er im Radio nach einer Musik, die zu seiner Stimmung passte. Er fand nichts. Nach Klassik stand ihm nicht der Sinn.

Er wühlte im Handschuhfach seine CD-Sammlung durch und entschied sich schließlich für ein Stück ordentlichen Jazz. Saxophon passte zu schmuddeligem Wetter, zu Dunkelheit und Gewalt. Er rauchte, inzwischen wieder aus eigenen Beständen, wenn er auch seine Lieblingsmarke nicht erhalten hatte. Als die Scheiben zu beschlagen begannen, öffnete er das Seitenfenster einen Spalt und sog zwischen dem Rauch die frische, klare Nachtluft ein. Er fuhr langsam, betont langsam. Er benötigte etwas Zeit zwischen seinem letzten Gespräch und dem Aufeinandertreffen mit Maria. Wenn die Spurenermittlung nichts erbrachte und auch die Identifizierung nicht, blieben ihm zunächst nur die SM-Szene und vielleicht noch die Zigeuner, obwohl die eigentlich für ihn als Täter nicht in Frage kamen, was auch Ferrara durch seine Aussagen bestätigt hatte. Im Milieu durfte er sich nicht bewegen, ohne vorher alles genau mit der Leuten von der Sitte abzustimmen. Genau dazu hatte er aber keine Lust. Außerdem wusste er aus Erfahrung, dass bei diesen dezernatübergreifenden Ermittlungen spätestens am Ende des ersten Tages Kompetenzgerangel einsetzen würde. Ermittlungen behinderten sich gegenseitig. Dieser Mörder war nicht irgendein x-beliebiger Täter, er bedrohte durch seine Tat unmittelbar Crinellis Privatleben. Der Gedanke war irrational und nur dazu angetan, ihn zu verunsichern, aber er kam nicht dagegen an.

Zu Hause schmiss Crinelli sich aufs Sofa, während Maria in der Küche das Abendessen bereitete. Es duftete wunderbar, aber eigentlich stand ihm der Sinn nicht nach Essen. Er hatte eine eiskalte Flasche Bier mit einem langen, durstigen Zug geleert und Maria auf alle Fragen den Fall betreffend nur ausweichend geantwortet. Maria war zornig geworden, und er verstand, dass sie nun ihrerseits über den Fall unterrichtet werden wollte, da auch für sie in diesem Mord mehr steckte als in allen anderen zuvor, aber er konnte einfach nicht sprechen. Es war einer der Momente, in denen er sich insgeheim wünschte, wieder allein zu sein. Seine innere Anspannung nahm ihn komplett in Beschlag.

Als er später zu Maria ins Bett stieg, zog er die Knie an und legte sich mit seinem Hintern ganz nah in die Kuhle zwischen ihrem Bauch und den Oberschenkeln. Nach einer Weile fühlte er ihren Arm auf seiner Schulter. Er glitt hinüber in einen tiefen, traumlosen Schlaf.

Donnerstag

Crinelli wachte lange vor der Sonne auf. Ein Blick auf die grün leuchtenden Ziffern seines Digitalweckers verriet ihm, dass er gerade einmal fünf Stunden geschlafen hatte. Zwanzig vor fünf, und er lag noch immer in der gleichen Löffelposition an den warmen Körper seiner Frau geschmiegt. An einen Traum in dieser Nacht konnte er sich nicht erinnern, nach den wenigen Stunden Schlaf fühlte er sich bleiern, dazu passte auch der metallische Geschmack in seinem Mund. Vorsichtig hob er Marias Arm von seiner Schulter und entwand sich der Umarmung. Er stellte seine Füße leise neben das Bett und verharrte in dieser Position eine Weile. Maria atmete ruhig und gleichmäßig.

Der kurze Schlaf hatte auch nicht vermocht, die Geister aus seinem Kopf zu vertreiben. Crinelli ging auf Zehenspitzen ins Bad, zog seine gebrauchten Sachen vom Vortag an und schlich sich die Wendeltreppe hinunter. Unten nahm er Öljacke, Schal und Mütze und verließ das Haus. Die Nacht war feucht und kalt, wie nahezu jede, die er bisher hier erlebt hatte. Er öffnete das Garagentor und suchte nach seinen Angelsachen. Zuerst die Stiefel, dann die Rute. Crinelli benutzte eine klassische Steckrute mit monofiler Schnur und Zweistegringen. Seine Vorfächer wickelte er selbst, nur so konnte er sicher sein, dass sie nicht zu fest aufgezogen waren. Als Vorfach wählte er eine ebenfalls monofile Schnur, jedoch mit deutlich geringerem Durchmesser. In einer Metalldose, auf einem seitlich an der Garagenwand angebrachten Regal, lagen fein säuberlich verpackt die Kunstfliegen. Crinelli wählte alles passend zueinander aus und griff sich dann noch die entsprechende Pose dazu – ob er mit oder ohne arbeiten würde, konnte er am Fluss entscheiden. In jedem Fall entschied er sich für ein stärkeres, kugelförmiges Modell, da das Gewässer eine ziemliche Fließgeschwindigkeit hatte, und drehte eine orangefarbene Antenne darauf. Er steckte sich noch eine kleine Menge Bleischrot in den Mantel und wendete sich dann den restlichen Utensilien auf dem Brett zu. Direkt neben seiner Taschenlampe und dem großen Messer lagen die Lösezange, der Hakenlöser sowie sein Schlagstock. Er packte alles zusammen in einen Sack, griff sich den großen Kescher und verstaute die gesamten Klamotten im Kofferraum.

Beim Anlassen des Wagens stellte sich auch die Stereoanlage wieder an. Die CD setzte exakt an der Stelle wieder ein, an der sie am Abend zuvor durch das Abschalten des Motors gestoppt worden war. Instrumentalballaden von Michael Brecker. Melancholische Musik. In der Stimmung dieser Songs fühlte Crinelli sich aufgehoben.

Unbewusst lenkte er seinen Wagen zur alten Mühle. Ein verkrampftes Lächeln huschte über sein Gesicht, als er sich dessen bewusst wurde. Egal! Die Rute ins Wasser halten und den Bewegungen des Flusses zusehen, das war es, was er wollte und brauchte, und an welcher Stelle er dies tat, war wirklich nicht wichtig. Dennoch beobachtete er sich selbst dabei, wie er beim Aussteigen aus dem Wagen zuallererst in Richtung Wehr schaute. Keine weitere Leiche – alles klar –, er konnte in aller Ruhe angeln gehen.

Er vermummte sich, zog die hohen Stiefel an, steckte sich eine Zigarette an und ging dann am Flussufer entlang auf den Wald zu. Nach einigen hundert Metern hatte er eine geeignete Stelle gefunden. Das Ufer bot an dieser Stelle genügend Unterstände für Forellen. Überhängende Büsche, Felsbrocken als Strömungshindernisse und unterspülte Ufer zeigten, dass er in der Wahl seiner Materialien richtig lag. Er entschied sich gegen die Pose, stieg in das knietiefe Wasser und spürte dessen frische Kälte durch den Schutz seiner Gummistiefel hindurch. Es war kurz nach fünf, als sein erster Auswurf das Wasser durchschnitt. Er drehte die Rolle langsam auf und warf erneut. Schon bald wurde er eins mit seinen Bewegungen. Er vergaß alles um sich herum und konzentrierte sich ganz auf die sparsamen Handbewegungen, die den guten Angler vom schlechten unterschieden.

Mit den Bewegungen beruhigten sich auch seine Gedanken wieder. Jagten sie im Wagen noch wild durch sein Hirn, kamen sie jetzt, wo der Tag allmählich zu dämmern begann, ordentlich hintereinander aufgereiht daher, wie Perlen an einer Schnur. Nur beim Angeln und vielleicht noch beim Rauchen gelang ihm diese geistige Akrobatik. In jungen Jahren hatte er es mit autogenem Training versucht, dann sogar mit Yoga. Er stand all diesen Entspannungsübungen durchaus positiv gegenüber, konnte sie für sich selbst allerdings nicht nutzbringend einsetzen. Für Yoga war er einfach zu steif. Schon der Versuch, in den Schneidersitz zu gelangen, vom Lotussitz ganz zu schweigen, wurde mit heftigen Muskelkrämpfen in beiden Oberschenkeln bestraft. Beim Angeln bekam er keine Krämpfe, und für die Ordnung sorgte das immer gleich fließende Wasser.

Über die Ausbeute seiner kontemplativen Tätigkeit konnte Crinelli sich an diesem Morgen nicht beschweren. Er hatte sechs schöne große Bachforellen gefangen. Zwei von ihnen warf er sofort wieder zurück in den Fluss. Die übrigen behielt er fürs Abendessen. Die Fische lagen fachmännisch getötet in der taufeuchten Wiese.

Crinelli ließ sich auf den Ufersand sinken und schaute mit angewinkelten Beinen hinüber zum erwachenden Dorf. In den ersten Häusern brannte bereits Licht, und auch die Straßenlaternen hatten ihren Dienst angetreten. Eine Idylle mit einem Krebsgeschwür. Trotz allem, was er inzwischen über Schleuserbanden und mafiöse Strukturen gehört hatte, sagte ihm sein Instinkt immer noch, dass der Täter in einem der Häuser, auf die er jetzt schaute, wohnte. Er würde ihn umkreisen, systematisch, bis diesem die Luft zum Atmen fehlte. Über kurz oder lang würde der Kerl einen Fehler machen, und dann, das schwor sich Crinelli, würde er da sein und das Gespenst aus seinem Leben vertreiben. Ob er die friedvolle Landschaft dann allerdings wieder so sehen konnte wie noch vor wenigen Tagen? Er zog sein Messer aus dem Leinensack und begann die Fische auszunehmen. Die Innereien warf er zurück in den Fluss. Als er seine Arbeit beendet hatte, spülte er das Messer und die ausgenommenen Forellen im Bach ab. Die Fische wickelte er in eine Plastiktüte und verstaute sie zusammen mit dem Messer in dem Sack. Er zog seine Rute auseinander und legte sie zurück in ihr Futteral. Gerade als er sich erneut auf die Wiese hinabbücken wollte, nahm er in seinem Augenwinkel eine Bewegung wahr. Er verharrte in geduckter Haltung und sah genauer hin. Am anderen Ufer erkannte er eine menschliche Gestalt, die ihm den Rücken zuwandte. Der Mann stand mit hochgekrempelten Hosen im Fluss und machte sich mit einem Arm unterhalb der Wasseroberfläche zu schaffen. Es dauerte nur wenige Sekunden, bis sich sein Oberkörper wieder aufrichtete. In der bloßen Hand hielt er eine riesige lebende Forelle. Er nahm ein Messer und schnitt dem Fisch mit einer einzigen Bewegung den Kopf ab. Diese schnelle und geübte Schnitttechnik sah Crinelli an diesem Morgen nicht zum ersten Mal. Frantisek Lubanski hatte seine sehr eigene Art zu fischen. Er griff mit großem Geschick und bloßen Händen in die Unterstände hinein und ließ dabei den Fischen keine Chance zu entkommen. Crinelli wartete ab, bis der Pole eine weitere Forelle gefangen hatte. Lubanskis Bewegungen waren ruhig und gleichmäßig. Nachdem auch der zweite Fisch sein Leben gelassen hatte, erhob sich Crinelli und rief seinem Gegenüber ein lautes und deutliches »Guten Morgen« zu. Der Knecht erschrak nicht, drehte sich aber blitzartig um. Seine Augen fixierten den Kommissar. Als er ihn erkannte, entspannten sich die Muskeln seines Bizeps, er lächelte verhalten und deutete mit seinem rechten Zeigefinger zum Zeichen des Grußes von seiner Stirn auf Crinelli. Unmittelbar nach dieser spärlichen Geste wandte er sich wieder ab. Crinelli verließ den Ort, als sich Lubanskis Hand erneut unter Wasser befand.

Wieder zu Hause reinigte er seine Angelutensilien unter dem Gartenschlauch und verstaute sie anschließend in der Garage. Auf leisen Sohlen betrat er das Haus. Es war halb sieben, und noch brannte kein Licht. Er lauschte in die Dunkelheit des Hauses. Maria schlief noch. Er ging in die Küche, schmiss die gefangenen Fische ins Waschbecken und setzte Kaffeewasser auf. Er schöpfte sieben Löffel Kaffeepulver aus der großen runden Blechdose in die braune Filtertüte und stellte den Filter auf die Kanne. Er ließ das Wasser eine Minute kräftig kochen, bis die Scheibe des Küchenfensters vom aufsteigenden Wasserdampf beschlagen war. Zuerst goss er den Filter einmal voll. Mit dem nächsten Aufguss wartete er so lange, bis das erste Wasser vollständig durch das Pulver gesickert war, genau wie Maria es ihm, dem absoluten Küchenlaien, beigebracht hatte. Während der Kaffee durchlief, backte er auf dem Toaster zwei Brötchen auf und deckte den Tisch. Er selbst aß Joghurt und trank dazu zwei Tassen Kaffee. Dazu wollte er sich heute noch ein Brötchen genehmigen, nach seinem frühen Ausflug verspürte er jetzt mächtigen Hunger. Normalerweise verließ er das Haus, ohne zu frühstücken. Erst im Präsidium meldete sich sein Magen. Er befriedigte ihn meist mit etwas Obst, aß aber dann sehr früh zu Mittag. An diesem Tag war alles etwas anders.

Crinelli ging nach oben, eine dampfende Tasse Kaffee in der Hand. Er setzte sich auf den Bettrand neben Maria. Maria öffnete die Augen und strahlte ihn an.

»Du bist schon auf?«

»Und wie, du Schlafmütze. Komm runter, der Tisch ist gedeckt. Willst du Eier?«

»Warum nicht. Küss mich.«

Crinelli tat, wie ihm geheißen, und ging dann zurück in die Küche. Er ließ etwas Fett in der Pfanne aus und legte zwei Scheiben mageren Speck ein. Auf kleiner Flamme brutzelte er das Fleisch von beiden Seiten knusprig braun und schlug zum Schluss zwei Spiegeleier in die Pfanne. Als Maria die Küche betrat, ließ er die Eier und den Speck gerade auf einen Teller rutschen.

»Madam, Ihre Eier.«

»Mmh.«

Crinelli stellte den Teller vor seine Frau auf den Tisch und schmunzelte.

»Sag mal, Schatz, was riecht denn hier so?«, fragte Maria.

»Schau doch mal in den Spülstein.«

Maria erhob sich und ging zum Becken.

»Du Irrer warst doch wohl nicht schon angeln?«, fragte Maria ungläubig, nachdem sie seinen Fang ausgiebig begutachtet hatte.

»Wie sieht das denn aus, wie beim Fischhändler gekauft? Klar war ich angeln, gesäubert und ausgenommen sind die Tierchen auch schon. Und heute Abend möchte ich die Kleinen sehr, sehr lecker zubereitet auf meinem Teller vorfinden. Vielleicht mit Mandel-Panade?«

Maria ging langsam auf ihren Mann zu und ließ sich auf seinem Schoß nieder, sah ihm in die Augen und strich ihm mit den Fingernägeln durchs Haar.

»Konntest du nicht schlafen?«

»Doch schon, aber ich war sehr früh wach.«

»Und was ging dir so Wichtiges durch den Kopf, dass du erst einmal angeln musstest?«

»Alles Mögliche, du kennst mich doch. Es war sehr schön am Fluss. Hab sogar einen Bekannten getroffen. Den Knecht vom alten Neumann.«

»Wusste gar nicht, dass der ein Bekannter von dir ist.«

»Sagt man doch so. Jedenfalls kann der Typ Forellen ohne

Angel fangen. Hab ich noch nie gesehen.« Crinelli schilderte seiner Frau die Fangmethode des Polen in aller Ausführlichkeit. »Sag mal, Maria, wann hast du eigentlich deine große Untersuchung?«

»Nächste Woche Mittwoch, wieso?«

»Na, ich werde doch wohl dabei sein, oder?«

»Das würde mich freuen, Crinelli. Ehrlich gesagt habe ich nicht mit deiner Anwesenheit gerechnet.«

»Also, jetzt hör mal«, entrüstete sich Crinelli, »als ob ich keinen Anteil an deiner Schwangerschaft nehmen würde.«

»Genau genommen hast du dich gefreut, als ich es dir mitgeteilt habe, und hast sofort danach mit der manischen Suche nach diesem Haus hier begonnen. Das nennt man nicht Anteilnahme.«

»He, *ich* kann das Kind nicht bekommen. Was soll ich deiner Meinung nach machen? Schwangerschaftskurs oder so einen Scheiß. Ehrlich Maria, ich mach alles, was ich kann, um zu helfen, aber bitte nimm mich nicht mit zu solchen Geschichten. Dazu eigne ich mich nicht, und das weißt du auch.«

»Davon ist doch überhaupt keine Rede. Ich finde, wir reden zu wenig. Wir sprechen nicht über das Kind und wie es unsere Situation verändert, nicht räumlich, sondern emotional, und auch sonst sprechen wir nicht mehr über unsere Gefühle, sondern nur noch über so technisches Zeug wie Umzug, Auto, Gartenhaus und lauter so einen Kram. Ich will aber wissen, was mit dir los ist. Und das, was ich gestern Abend erleben durfte, das gefällt mir aber gar nicht.«

»Was soll das? Was ist los, hast du noch nie einen schlechten Tag gehabt? Ich habe gestern einfach ein bisschen viel erlebt und erfahren. Da kann es schon mal sein, dass man schweigsam ist, seine Gedanken sortieren muss und einfach abschaltet«, erwiderte Crinelli zornig.

»Tut mir Leid, Jerry. Das sollte nicht nach Missachtung deiner Situation klingen, aber man kann wirklich nicht sagen, dass du gestern dein Leben mit mir geteilt hast. Warum erzählst du mir nicht von all den schlimmen Dingen? Warst du es nicht, der noch vor nicht allzu langer Zeit gesagt hat, wie sehr ihm das Reden gut tut, wie sehr es ihm hilft, über die furchtbaren Bilder aus der Arbeit hinwegzukommen? Was ist heute so anders als damals? Du kennst doch meine Empfindsamkeit in dem Punkt, ich habe schon eine Beziehung der Sprachlosigkeit geopfert, das soll mir nicht noch mal passieren. Und in diesem Falle hier, Jerry, hast du sogar die Pflicht, mich zu unterrichten, denn was da draußen geschieht, geht auch mich an. Wir haben die Entscheidung für Niederkirchen gemeinsam getroffen, und ich stehe hundertprozentig dazu, ohne Wenn und Aber. Kein Nachkarten. Auch wenn ich meine Probleme mit der Integration habe und mich über die allgegenwärtige Spießer-Mentalität ärgere. Wenn es mir hier eines Tages nicht mehr passt, wirst du eine verdammt harte Gesprächspartnerin haben, Crinelli, und du wirst gute Argumente ins Feld führen müssen, um mich dann noch hier zu halten. Aber davon sind wir meilenweit entfernt. Ich mag die Gegend, die gute Luft und die Ruhe, ich finde, es gibt ein, zwei Leutchen, bei denen ich mir gut vorstellen kann, dass sich eine Freundschaft entwickelt, und ich habe ja auch noch meine alten Bekannten, die ich besuchen kann und die mich natürlich besuchen. Aber die Sache mit der Mädchenleiche gefällt mir nicht. Nenn es eine Überreaktion, aber in der Enge dieses Tals betreffen einen die Ereignisse nun einmal ganz anders als in Köln.«

»Wem sagst du das, Maria. Was meinst du denn, was sich in mir gerade abspielt? Ich hab dich hierher gelockt, und jetzt so was.«

»Bist du bescheuert? Mich hierher gelockt? Für was hältst du mich, für so ne blöde Tussi, die man zu was überreden kann, was sie nicht will? Du hast gar nix, und du bist nicht allein verantwortlich. Wir müssen uns Sorgen machen, wir gemeinsam, so wie hoffentlich alle anderen hier im Dorf sich um ihre Kinder sorgen. Nur darf dieser Fall nicht dazu führen, dass du dich vor mir verschließt und dich nur noch um deinen Job kümmerst. Und Gleiches gilt auch für die Zeit danach. Ich verlange, dass du dein Leben unseren neuen Gegebenheiten anpasst. Die Verhaltensmuster deiner Junggesellenzeit darfst du spätestens nach der Geburt unseres Kindes ablegen, oder glaubst du mir reicht die Hausmütterchenrolle? Falls dir das noch nicht klar ist: Es dauert vermutlich drei Jahre, bis unser Kind den ersten verwertbaren Satz herausbringt. Davor gibt es zwei Jahre Bruchstücke und Fragmente zum fröhlichen Elternraten, und davor wiederum erwartet uns monatelanges Geschrei. Ich freu mich wahnsinnig auf das alles, aber ich bin auch eine selbstständige Frau, weshalb ich erwarte, dass du deinen Anteil an der Sache übernimmst.«

Crinelli schwieg. Maria hatte Recht, ganz sicher. Aber selbst in diesem Augenblick, während Maria ihre flammende Rede hielt, musste er sich mit aller Gewalt davon abhalten, über einen bestialischen Mörder nachzudenken, anstatt den berechtigten Kritikpunkten seiner Frau zu folgen.

»Komm, lass uns Kaffee trinken, er wird kalt«, sagte er schließlich ratlos, »wie wär's, wenn wir an einem der nächsten Wochenenden wegfahren und uns irgendwo erholen?«

»Das löst unsere Probleme nicht, Jerry.«

»Ich weiß, aber was soll ich denn jetzt tun? Ich bin hier eingeteilt. Besser, ich löse den Fall, als Böker setzt eine der anderen Pfeifen darauf an. Schließlich wünsche ich mir eine schnelle Lösung, auch in deinem Interesse. Und du weißt auch, dass Polizeiarbeit keinen Terminplan verträgt, jedenfalls nicht so, wie ich sie begreife.«

»Ach Jerry, manchmal habe ich das Gefühl, wir leben in zwei verschiedenen Welten, so wie wir aneinander vorbeireden.«

Sie setzte sich ihm gegenüber an den Tisch, und sie frühstückten still zu Ende. Die Stimmung war nachhaltig gestört, das anfänglich Aggressive war einer gewissen hoffnungslosen

Melancholie gewichen. Nachdem Crinelli den letzten Rest seines Brötchens eher lustlos heruntergewürgt hatte, ging er unter die Dusche. Das heiße Wasser entspannte ihn einigermaßen. Er suchte sich frische Kleidung, föhnte sein Haar und ging wieder hinunter. Maria saß im Wohnzimmer in dem bequemen Korbstuhl, den Crinelli ihr zum Einzug geschenkt hatte, und schaute hinaus in den Garten.

»Ich muss fahren, Maria. Ich komm nicht später als acht Uhr, versprochen.«

»O. K., pass auf dich auf.«

Crinelli ging auf sie zu, drückte ihr einen flüchtigen Kuss aufs Haar und war froh, als er endlich im Wagen saß.

An diesem Morgen war Crinelli der Letzte, der die Wachstube betrat. Keller grinste ihn unverschämt an, hatte aber nicht den Mut, dazu eine Bemerkung zu machen. Crinelli nahm sich einen großen Becher Kaffee und setzte sich an seinen Platz. An der Stellwand war ein grob gezeichneter Ortsplan angebracht, in dem mit gelbem Marker die von den Beamten bereits abgelaufenen Straßen eingetragen waren. Was ihn verwirrte, war, dass bereits gut ein Viertel des Ortes markiert war.

Nach einer kurzen Begrüßung gab Crinelli der Runde einen ersten Bericht mit den wesentlichen Resultaten seiner Arbeit des vergangenen Tages. Er beschränkte sich dabei auf die reinen Fakten und behielt die Hintergrundinformationen von Ferrara für sich.

Dann wandte er sich den Befragungen von Niederkirchen zu. Das Team hatte bei seiner Arbeit keinerlei Hinweise auf die Identität des Mädchens erhalten. Außerdem hatten alle Dorfbewohner die Idee, es könne sich bei dem Mörder um ein Mitglied ihrer Gemeinde handeln, ins Reich der Fantasterei verwiesen. Bohlen ratterte in monotonem Singsang jede einzelne Befragung herunter, während Crinelli von Minute zu Minute unruhiger wurde. Er fuhr sich fahrig durchs Haar, während die

Finger seiner linken Hand vernehmlich laut und in immer schneller werdendem Takt auf seinen Schreibtisch klopften. Die ununterbrochenen Züge an seiner Zigarette ließen ihm kaum noch Zeit zum Atmen. Bis er Bohlens Litanei schließlich unterbrach.

»Glaubt ihr eigentlich, ich schicke euch los, nur damit ihr mir bestätigt, was ich ohnehin schon weiß? Natürlich weisen alle die Tat weit aus dem Dorf hinaus, ist das nicht immer so? So einen Scheiß braucht ihr mir gar nicht erst zu erzählen. Mich interessiert, wie ihr weitergebohrt habt? Was ist mit den Alibis von den Leuten? Wo war Niklas Hansen in der Nacht von Montag auf Dienstag? Wo waren Keppeler, Maasen, Neumann, Lubanski? Und wo Herr X und Frau Y? Wer benimmt sich sonderbar in diesem Dorf? Wenn wir als Hypothese ein Mitglied der Dorfgemeinschaft als Mörder annehmen, wer dann am ehesten und warum? Ihr wollt mir doch nicht wirklich erzählen, dass ihr den ganzen Tag mit dem Scheiß-Foto rumgerannt seid, an einer Tür nach der anderen geklingelt habt, schön brav das Bildchen gezückt habt und nach einem kurzen Kopfschütteln des Befragten einfach ein Haus weiter gestiefelt seid? Das würde mir zwar erklären, weshalb ihr schon so weit gekommen seid, aber Eddy, bitte sag mir, dass das nicht so war.«

»Kann ich dich sprechen, Jerry? Allein, meine ich?« Bohlen schaute dabei die beiden Dorfpolizisten auffordernd an.

»Komm, Peter, wir sind hier wohl nicht mehr erwünscht. Bis gestern war das zwar noch unsere Dienststelle, aber jetzt sind wir okkupiert.«

Schneller, als Kruminga erwarten konnte, stand Crinelli dicht vor ihm.

»Nimm dich zusammen, Hans. Ich habe dir schon gestern gesagt, wenn du Scheiße baust, bin ich in der nächsten Zeit derjenige, von dem du es erfährst. Und ich bin auch derjenige, der dich dafür lang macht. Dass dir das nicht passt, lässt mich relativ kalt. Ich hab es schon einmal gesagt und sag es dir jetzt zum letzten Mal, ich will mich nicht mit dir streiten, und mir ist auch völlig egal, wie du hier deinen Dienst organisierst, nachdem dieser Fall abgeschlossen ist. Aber während dieser Ermittlung bin ich hier der Chef und bestimme, was getan wird. Ich erwarte, dass meinen Anweisungen Folge geleistet wird. Und jetzt setz dich da hin«, Crinelli deutete auf den Stuhl, in dem er noch vor wenigen Sekunden selbst gesessen hatte, »und warte, bis Bohlen oder ich dir erklären, wie es weitergeht.«

Crinelli wartete keine Antwort des verdutzten Polizisten ab. Kruminga hatte eine solche Explosion, zumal so früh am Morgen, nicht erwartet, und sein Trotz wich einer gewissen Verunsicherung.

Crinelli drehte sich auf der Stelle um, fasste Bohlen am Arm und zog ihn hinter sich her ins Freie.

»Ich finde, du hast überreagiert, Crinelli.«

»Ich weiß.«

»Du hast gestern in Köln mehr erfahren, als du uns eben mitgeteilt hast, stimmt's?«

Crinelli begann zu erzählen. Warum er sich ausgerechnet dem Youngster anvertraute, war ihm selbst hinterher nicht klar, wahrscheinlich weil er zumindest einen Verbündeten brauchte. Als er geendet hatte, legte ihm Bohlen die Hand auf die Schulter.

»Bist du sicher, dass du den Fall weiter bearbeiten willst? Dieser Fall ist ja eine wahnsinnige Belastung für dich. Ich glaube, dass Böker bereit ist, jemand anderen darauf anzusetzen, wenn du offen mit ihm sprichst. Du befindest dich einfach in einer besonderen Situation.«

»Keine Chance, Eddy, das ist mein Fall. Ich krieg das Schwein. Nur, wie sollen wir das bewerkstelligen mit den zwei Pappnasen da drin?«

»Willst du meine Meinung hören?« Crinelli nickte. »Ich glaube, Kruminga ist einfach unwillig. Er kennt jeden hier im Ort seit Jahren, viele seit Jahrzehnten. Erschwerend kommt hinzu, dass er keine Ahnung hat, wie man eine ordentliche Vernehmung durchführt, und bei seinen Kumpels drückt er sich verständlicherweise davor. Keller hingegen hat sich dem geforderten Niveau einfach angepasst. Ich habe die Vermutung, dass er unter anderen Bedingungen ein ganz guter Polizist wäre. Jedenfalls ist er nicht dämlich. Ein weiterer Vorteil ist, dass er nicht hier im Ort wohnt. Er ist zwar nicht neu, hängt aber nicht so tief im dörflichen Mief wie Kruminga. Wusstest du eigentlich, dass Sybille Zimmermann Krumingas Schwester ist?«

»Ach nee! Liegen aber altersmäßig ganz schön weit auseinander, die Geschwister. Wie alt wird die sein? Noch keine fünfzig, vermute ich.«

»Sechsundvierzig ist sie, genauso alt wie ihr Mann. Die beiden liegen elf Jahre auseinander. Nicht so ungewöhnlich, wenn man bedenkt, dass dazwischen noch zwei weitere Geschwister geboren wurden. Ein Bruder, der bereits auf dem Friedhof liegt, und eine Schwester, die nicht mehr in der Gegend lebt.«

»Dann wissen wir jetzt ja auch, wie Kruminga an den Job hier gekommen ist, immerhin stellt der Schwager hier den Bürgermeister.«

»Komm, Jerry, jetzt übertreib mal nicht. Kruminga war längst beim Verein, als Zimmermann hier zum Bürgermeister gewählt wurde. Zu Beginn ist er wie wir alle Streife gelaufen, und zwar in unserem geliebten Köln. Dann saß er einige Jahre in Taufheim auf der zweiten Stelle, bevor er hier im Ort seinen Vorgänger beerben konnte.«

»Und dabei wird Zimmermann mit Sicherheit seine Finger im Spiel gehabt haben.«

»Du kannst dich aber auch in was verrennen, Kollege. Komm, lass uns lieber unseren Fall bearbeiten.«

»Das ist unser Fall«, zeigte sich Crinelli halsstarrig, »genau das habe ich vorhin da drin gemeint. Ich brauche Zusammenhänge. Wir müssen die Strukturen im Ort verstehen. Wer, mit wem, und warum. Der ganze Scheiß halt.«

»Du weißt, dass das eine Schweinearbeit ist. Objektiv gesehen, gibt es für solche Ermittlungen keine Legitimation. Bisher haben wir mehr Hinweise, die aus dem Dorf hinausführen, als solche, die deine These untermauern.«

»Das ist doch Scheiße, Eddy. Es könnten Schleuserbanden gewesen sein, die das Kind nach Deutschland gebracht haben. Sie könnten es auch getötet haben. Aber wer hat sich so gewalttätig und pervers an dem Kind vergangen? Doch wohl eher ein Kunde als der Händler selbst. Und dieser Kunde wird nicht in Mailand, München, Frankfurt oder Berlin sitzen, wo wir das Opfer hier am Arsch der Welt gefunden haben, oder siehst du das anders? Klar, eine Möglichkeit, eine theoretische Möglichkeit besteht, dass der Mörder nicht aus Niederkirchen stammt, aber es ist doch wirklich nicht ungewöhnlich, zunächst einmal hier zu suchen.«

Bohlen musste einsehen, dass sein Kollege zwar der Eisenschädel war, für den er gehalten wurde, aber wusste, was er tat. Außerdem, wer war er denn, dass er dem erfahrenen Ermittler in die Parade fahren durfte! Für ihn stellte diese Ermittlung so etwas wie seine Jungfernfahrt dar. Sicher arbeitete er unter Crinelli, aber er fühlte sich doch deutlich wichtiger als die beiden Dorfpolizisten. In Köln war er einfach der Arsch, das Mädchen für alles. Hier durfte er mit Crinelli arbeiten, dem Mann mit der besten Aufklärungsrate überhaupt. Für ihn war das eine Ehre, und wenn dieser als verschlossen und eigensinnig verschriene Kollege ihn, den Lehrling, ins Vertrauen zog, wie er es gerade erst getan hatte, dann war das mehr, als Bohlen erwartet hatte, als Böker ihn zu diesem Job einteilte.

»Entschuldige, Jerry, du hast vermutlich Recht. Ich bin wohl der Einlulltaktik der beiden müden Kollegen etwas erlegen. Also, was schlägst du vor?«

»Wir trennen die beiden Idioten. Ich wollte mich heute eigentlich um die Zigeuner kümmern, aber das kann ich auch später noch tun. Lass uns gemeinsam losziehen und ein bisschen Feldforschung betreiben. Wir misten den Stall mal ein wenig aus und schauen uns an, was passiert, wenn die Hühner fliegen. Ich schlage vor, du gehst mit Keller, dabei kannst du ja versuchen, ihn ein wenig auf unsere Linie einzuschwören, obwohl mir der Kerl auch nicht ganz geheuer ist. Irgendwie so verhuscht der Typ, weiß auch nicht. Ich schnapp mir Kruminga und mach's ihm mal so richtig ungemütlich.«

Bohlen schmunzelte und begann langsam zu nicken.

»Yes, Sir, so machen wir das. Die Typen werden Augen machen, wenn wir schon wieder auf der Matte stehen. Ich glaube, es fängt an, mir Spaß zu machen. Für dich könnte der Schuss aber eher nach hinten losgehen.«

»Was soll mir passieren?«

»Ich glaube, die Typen hier mögen niemanden, der sich in ihre Angelegenheiten mischt. Jedenfalls waren gestern nicht alle besonders freundlich zu uns. Klar, die meisten sind bestürzt, wollen Näheres über den Fall wissen, ob wir schon eine Spur haben und so, aber es gibt auch die, die uns am liebsten gleich die Türe vor der Nase zuschlagen würden. Erst wenn sich Kruminga ins Bild schiebt, werden sie etwas aufgeschlossener. Ich stelle mir vor, dass die Situation für dich als neues Mitglied der Gemeinde nicht eben schick ist.«

»Auf schicke Situationen bin ich auch nicht aus, Bohlen. Wenn mich einer nur deshalb nicht mag, weil ich versuche, einen Mörder zu finden, dann, in Gottes Namen, soll es so sein. Mir egal. Meine Frau will doch eh schon wieder weg, und so eigensinnig, wie sie ist, werden wir hier nicht alt werden, verdammter Mist.«

Crinelli hätte sich selbst ohrfeigen können für den letzten Satz, der Bohlen nichts anging und nicht wirklich der Wahrheit entsprach. Er war immer noch aufgewühlt von Marias Ansprache, und er glaubte ihr auch nicht. Natürlich hängte sie ihm den Umzug an, und natürlich würde sie lieber heute als morgen ihren Entschluss rückgängig machen. Sie konnte ihm erzählen, was sie wollte, das jedenfalls sagte ihm sein Gefühl.

»Oh! Verdammter Mist, ja? Herr Böker hat wohl abgefärbt.«
»Idiot! Los, schnapp dir deinen Partner und schieb ab.«

Kruminga und Keller waren von der neuerlichen Wendung sichtlich nicht begeistert, sahen aber keine Chance, die momentanen Gegebenheiten zu ihren Gunsten zu verändern. Crinelli verfrachtete Kruminga in seinen Wagen und fuhr mit ihm die wenigen Meter ins Zentrum des Ortes. Er parkte den Volvo am Kirchplatz, direkt unter einem großen Bauschild. Neben der Kirche befand sich ein großes Stück umzäumter Rasenfläche. Zur Zeit grasten auf dieser Parzelle noch zwei starke bergische Pferde. Ein Bauunternehmer hatte das Land vor einiger Zeit von der Gemeinde erstanden und schickte sich nun an, einen größeren Gebäudekomplex darauf zu errichten. Neuer Raum für Geschäfte und ein Seniorenstift für Bürger, die ihre letzten Tage nicht mehr in der Großstadt verbringen wollten. Dieses Vorhaben stieß auf den erbitterten Widerstand der Kirche, namentlich des Pfarrers Randolph Vandermeulen. Seiner Argumentation schlossen sich auch die übrigen Dorfbewohner weitestgehend an. Es müsse davon ausgegangen werden, dass sich an dieser Stelle in früheren Zeiten ein Friedhof befunden habe, durchaus nicht unwahrscheinlich, aber eben nicht zu beweisen. Es existierten keine alten Pläne, und die einzige Möglichkeit, es wirklich herauszufinden, wären einige Probegrabungen. Aber auch das lehnte die Kurie ab. Vandermeulen war sich mit seinem direkten Vorgesetzten, dem Kölner Erzbischof, einig, der hatte einen zweiseitigen Brief an den Gemeinderat geschrieben, mit der Bitte, den Profit in dieser ethischen Frage hintanzustellen. Aber die Wiese war nun einmal als ausgewiesenes Bauland an den Unternehmer verkauft worden, sodass rechtlich kein Spielraum bestand. Die Gemeinde hatte sich schließlich sogar – auf Druck der Bewohner – bereit erklärt, den zuvor erhaltenen Betrag zurückzuzahlen. Aber nun weigerte sich der Bauunternehmer seinerseits, einer Annullierung des

Vertrages zuzustimmen. Aufgrund der erheblichen Planungskosten, die er nachweislich bereits in das Projekt investiert hatte, wollte er dieses Bauvorhaben jetzt auch unter allen Umständen realisieren. Die Verhandlungen waren erfolglos, und die alles entscheidende Gerichtsverhandlung stand unmittelbar bevor.

Die Beamten betraten die Bäckerei. Crinelli beabsichtigte, mit seiner Befragung an der Spitze des Dorfes zu beginnen und Kruminga gleich zu Beginn ihrer gemeinsamen Arbeit richtig herauszufordern. Die Beamten warteten, bis Sybille Zimmermann einen Kunden zuende bedient hatte.

»Na, ihr beiden, was führt euch denn so früh her? Ihr braucht wohl eine kleine Stärkung, wie?«

»Nein, Frau Zimmermann …«, begann Crinelli.

»Frau Zimmermann? Bei den Neumanns waren wir, wenn ich mich recht erinnere, bei Jerry und Sybille«, unterbrach die Zimmermann Crinelli fröhlich.

»Oh, ja klar, entschuldige, Sybille. Es waren so viele neue Namen und Gesichter, ich muss mich wohl erst noch daran gewöhnen, alle hier im Ort zu duzen.«

»Ach, du wirst sehen, wenn ihr euch erst einmal richtig eingelebt habt, geht das alles von ganz alleine. Also, was darf ich den Herren Gutes tun? Hans, du kriegst doch sicher wieder dein Butterhörnchen?«

»Klar, danke, gib mir gleich zwei.«

»Sybille, wir wollen nichts kaufen, wir sind dienstlich hier«, unterbrach Crinelli den Familienplausch.

»Dienstlich?« Sorgenfalten breiteten sich auf der Stirn der Frau aus.

»Ja, ich würde gerne deinen Mann sprechen, es geht um die Leiche des kleinen Mädchens. Wir haben noch ein paar Fragen. Er als Bürgermeister kennt sicher die allermeisten Leute hier im Ort, und da dachten wir, wir fangen hier mit unseren Ermittlungen an.«

»Aber Hans war doch gestern deswegen schon hier.«

»Trotzdem, ist dein Mann da?«

»Natürlich, er ist hinten in der Backstube. Geht einfach durch.«

Die Frau sah Kruminga hinter Crinellis Rücken fragend an. Der zuckte missmutig die Achseln und deutete mit einer Scheibenwischerbewegung seiner Hand vor dem Kopf an, was er von der ganzen Aktion hielt.

»Guten Morgen, Josef«, rief Crinelli, als er den Bäckermeister in der großen Backstube entdeckte.

»Nanu, was macht ihr beiden denn hier? Ihr habt wohl gehört, dass mein Geselle krank ist, und wollt mir helfen?«, lachte der große Mann, ging auf die beiden Beamten zu und streckte ihnen die Hand zum Gruß entgegen.

»Hast du kurz für uns Zeit, wir sind dienstlich hier.«

»Natürlich, wahrscheinlich geht's noch mal um den Mord? Ich kenne die Kleine nicht, habe ich Hans gestern schon gesagt. Aber kommt doch, setzen wir uns in mein Büro.«

Die Männer gingen vorbei an Mehlsäcken und ordentlich aufgereihten Brotlaiben. In der hinteren Ecke des Raumes stiegen sie drei gekachelte Stufen empor und betraten einen Raum, aus dem man durch eine große Glasscheibe hindurch die gesamte Backstube im Blick hatte. Ein echtes Chefbüro. Die Männer nahmen an einem kleinen runden Tisch Platz.

»Wann fängst du morgens an?«, begann Crinelli seine Befragung.

»In aller Regel so gegen vier Uhr. Normalerweise sind wir zu dritt. Mein Geselle und noch ein Stift. Heute ist der eine krank und der andere in der Berufsschule. An so einem Tag frage ich mich, warum ich nichts Ordentliches gelernt habe. Heute Morgen durfte ich deshalb schon um zwei Uhr beginnen. Wenn die beiden da sind, leg ich mich schon mal um acht wieder hin und schlaf noch zwei bis drei Stündchen, aber, na ja, was soll man machen.«

»Das heißt, du gehst früh zu Bett.«

»Das heißt, ich komme mit wenig Schlaf aus.«

»War in der Nacht von Montag auf Dienstag alles ganz normal bei dir?«

»Was soll das denn heißen? Klar, ich war im Bett und bin vermutlich kurz vor vier aufgestanden. Bin ich etwa verdächtig?«

»Nein, natürlich nicht. Ich frage nur der Ordnung halber, ich werde alle im Ort befragen.«

»Du gehst also wirklich davon aus, dass der Mörder hier im Ort wohnt?«

»Ich gehe von gar nichts aus. Ganz normale Polizeiarbeit. Wir suchen nach Spuren, hier bei dir genauso wie andernorts. Hast du an diesem Morgen, also am Dienstagmorgen, irgendetwas Besonderes bemerkt?«

»Was soll ich bemerkt haben? Ob mein Mehl klebt, würde ich wohl bemerken, ob alle Mann bei der Arbeit sind, wahrscheinlich auch noch und dann eventuell noch, ob die Straßenlaternen brennen oder nicht, aber das war's dann auch schon. Es ist ja noch mitten in der Nacht, wenn wir aufstehen. Da arbeitet man so vor sich hin, Routine, schweigsame Routine.«

»Du gehst also vor der Arbeit nach draußen?«

»Du meinst wegen der Laternen?«

»Ja, genau.«

»Siehst du die Türe dort?« Zimmermann deutete mit der ausgestreckten Hand auf eine kräftige Holztüre gleich neben dem großen eisernen Ofen. Crinelli nickte. »Die Türe steht fast immer offen, wenn jemand in der Backstube ist. Selbst im Winter. Hier drin herrschen Temperaturen nahe 40 °C, da bringt die kalte Nachtluft willkommene Abkühlung. Die Tür führt direkt auf die Hauptstraße.«

»Das bedeutet doch, dass du jedes Auto, das hier vorbeifährt, sehen kannst?«

»Könnte ich, aber so früh fährt hier niemand, außer wenn jemand in Urlaub aufbricht. Die ersten Bewegungen gibt's meist so gegen halb sechs, sechs Uhr.«

»Und wie war das am Dienstag?«

»Ich denke, genauso. Jedenfalls kann ich mich an nichts anderes erinnern.«

»Waren deine Leute da auch schon krank?«

»Nein, beide waren da.«

»Vielleicht haben *sie* ja etwas bemerkt. Hans, notiere dir bitte die Namen und Adressen.« Crinelli stand auf, ging um den Tisch herum und lehnte sich mit dem Rücken an die Glasscheibe. »Sag mal, Josef, wenn ich sicher wüsste, dass der Täter eine Person aus Niederkirchen ist, jetzt nur mal rein theoretisch, wer wäre dann deiner Meinung nach am ehesten verdächtig?«

»Man braucht wohl kein Jurist zu sein, um eine solche hypothetische Frage unlauter zu finden. Es war niemand aus Niederkirchen, versteh das doch endlich, Jerry. Ich kenne die Leute hier. Ich bin genau wie Hans hier geboren. Wir sind alle keine Engel, und ich gebe gerne zu, es gibt Leute, von denen ich wünschte, sie packten lieber heute als morgen ihre Klamotten, aber ich würde sie deshalb noch lange nicht umbringen, und die anderen hier im Ort würden das auch nicht tun. Außerdem, Herr Kommissar, Tötung im Affekt, eine Schlägerei mit schlechtem Ausgang, ein Jagdunfall – alles möglich. Aber wir reden ja wohl über einen Psychopathen, einen Perversen, der das Kind misshandelt hat, und so einen Typen, glaub mir, den hätten wir hier längst ausgemerzt.«

»Woher weißt du, dass der Täter ein Perverser ist? Und woher, dass das Mädchen schwerst misshandelt wurde?«

»Das wissen doch alle.«

»Es stand aber noch nicht in der Zeitung.«

Während der letzten Sätze schaute Crinelli Kruminga scharf an. Der Polizist versuchte seinem harten Blick auszuweichen. Bei einigem Nachdenken hätte Crinelli selbst darauf kommen können, dass sein Gehilfe alle Informationen, auch die als geheim eingestuften, spätestens nach dem zweiten Bier abends in der Kupferkanne ausplaudern würde.

»Dir ist kein Perverser hier im Ort bekannt, niemand, der sich bisher etwas zuschulden hat kommen lassen? Keine Geheimnisse, Josef?«

»Mein Gott, Jerry, ich bin doch nicht der Pfarrer. Da musst du schon Vandermeulen fragen, zu dem gehen die Leute, wenn sie beichten wollen.«

»Was weißt du über Frantisek Lubanski?«

»Du meinst den Polen vom alten Neumann?«

»Franta, ja.«

»Was soll mit dem sein? Ist halt irgend so ein Knecht aus Polen.«

Die Miene des Bäcker- und Bürgermeisters verriet Ratlosigkeit. Ganz offensichtlich gehörten zugezogene Ausländer nicht zu den Menschen, an die er seine Gedanken verschwendete.

»Wer war die Frau, mit der er auf der Feier herumgestanden hat?«

Zimmermann lachte kehlig auf, wurde aber gleichzeitig spürbar nervös. Seine Augen verloren den festen Stand.

»Chantal meinst du?«

»Chantal, und wie weiter?«

»Weiter? Seit wann haben Nutten Nachnamen?«

»Woher weißt du, dass die Frau eine Prostituierte ist?«

»Ich bin schließlich der Bürgermeister hier.«

Jetzt war es an Crinelli, erstaunt zu schauen.

»Lass dir bitte nicht jede Information einzeln aus der Nase ziehen.«

»Du kennst doch sicher Miezenhäuschen?«

»Nein.«

»Den Bergischen Hof meine ich, wir nennen es Miezenhäuschen, die Kneipe oben auf dem Pass.«

Crinelli dämmerte es langsam. Auf dem kurzen Flachstück des Bergrückens zwischen Taufheim und Niederkirchen stand ein großes, quadratisches Gebäude. Eine hohe Ligusterhecke verhinderte, dass man das Haus von der Straße aus einsehen konnte. Wohl stand am Wegesrand eine Werbetafel, aber er hatte sich nie Gedanken über Sinn und Zweck eines gastronomischen Betriebes an dieser Stelle gemacht. Genau genommen, hatte er gedacht, das Gebäude sei längst aufgegeben.

»Du meinst, der Kasten da oben ist ein Puff?«

»Na ja, ein Puff, was ist schon ein Puff? Es ist ein Lokal mit Animierdamen. Gehört allerdings verwaltungstechnisch zu Taufheim, deshalb kann ich dir nicht mit weiteren Informationen dienen. Besagte Chantal arbeitet jedenfalls dort als Bardame. Und der Pole ist vermutlich einsam. Eigentlich müsste eine so gut aussehende Frau einen Besseren abkriegen als einen nach Mist stinkenden groben Klotz.«

»Ich bin trotzdem erstaunt, dass es hier so ein Etablissement gibt. Jedes Geschäft floriert doch nur, wenn die Frequenz stimmt. Wie lange besteht der Laden in seiner heutigen Form?«

»Schon ziemlich lange. Keine Ahnung, kann mich schon gar nicht mehr erinnern, wann Miezenhäuschen eröffnet wurde. Aber was soll das alles? Ist in den Puff gehen pervers? Bedeutet das Vorhandensein eines Rotlichtbetriebes automatisch auch, dass dessen Besucher kleine Mädchen töten? Ich begreife die ganzen Fragen nicht! Hans, sag doch auch mal was!«

Die Ansprache, wie überhaupt der ganze Verlauf des Gespräches, war dem Dorfpolizisten sichtlich unangenehm.

»Ja, Hans, sag doch auch mal was«, forderte nun auch Crinelli.

»Ich? Was soll ich denn dazu sagen? Sicher, sicher, ich kenne die Bar, Miezenhäuschen eben! Ist doch alles ganz harmlos. Mir sind jedenfalls noch keine Beschwerden über den Laden untergekommen. Madame Isabelle hat da oben alles fest im Griff.«

»Madame Isabelle, was? Du kennst also auch eine Dame aus dem, wie hieß er noch gleich?«

»Bergischer Hof. Jawohl, ich kenne auch eine Dame. Zufällig ist die sogar die Chefin und heißt eben Isabelle.«

»Nachname unbekannt, oder?«

Zimmermann und Kruminga atmeten tief durch und sahen sich kurz an. Crinelli bemerkte den flüchtigen Blick. Seinen Antrittsbesuch würde er dem Miezenhäuschen ganz sicher ohne Kruminga abstatten.

»Nun gut, Josef, ich glaube, ich habe alles gefragt, was ich fragen wollte. Ich danke dir für deine Zeit. Übrigens, du wolltest mich doch mal mit auf die Jagd nehmen. Gilt die Einladung noch?«

»Klar, jederzeit gerne«, antwortete Zimmermann, überrascht von der plötzlichen Wendung des Gesprächs.

»Wann geht ihr das nächste Mal?«

»Keine Ahnung, aber ich ruf dich an, wenn es wieder einmal so weit ist.«

Der Bäcker begleitete die Beamten zur Tür neben dem Backofen, öffnete sie und ließ die Männer hinaus auf die Straße.

»Wie stehen denn die Verhandlungen mit dem Baulöwen?«, wollte Crinelli zum Abschied wissen.

»Hör mir bloß damit auf. Ich könnte Vandermeulen umbringen…« Zimmermann errötete, als ihm bewusst wurde, was er soeben gesagt hatte. »… sagt man doch so, oder? Ich meine, unser Pfarrer ist eigentlich ein patenter Typ. Nicht so moralisch wie sein Vorgänger, lässt auch mal fünfe gerade sein. Aber in dieser Frage will er um keinen Preis nachgeben. Ich habe mich schon zig Mal mit ihm getroffen und ihm Versprechen über Versprechen gemacht. Den Ausbau des Kindergartens in Aussicht gestellt, eine neue Friedhofskapelle und, und, und. Aber er ist einfach nicht gesprächsbereit. Verstehe seine starre Haltung überhaupt nicht. Dabei weiß er genau, dass die Gemeinde das Geld dringend braucht.«

»O. K., O. K., so genau wollte ich es gar nicht wissen. Also, Josef, mach's gut, und nochmals danke für deine Zeit.«

Zimmermann schloss hinter den Polizisten die Tür und drehte den Schlüssel im Schloss vorsorglich um. Er blieb einen

Moment nachdenklich auf der Stelle stehen. Als er seinen Blick hob, sah er seine Frau in der Verbindungstür zum Verkaufsraum stehen. Er schaute sie kurz an, drehte sich dann um und ging zurück in sein Büro. Schwer ließ er seinen Körper in den hohen Schreibtischstuhl fallen. Er dachte noch einmal kurz nach, bevor er den Telefonhörer abhob.

»Telefon für Sie, Chef«, rief die Fleischwarenfachverkäuferin in die hinter der Metzgerei gelegene Küche.

»Ich kann jetzt nicht, schreib die Nummer auf, ich rufe zurück«, antwortete Keppeler. Der Grund für seine Unabkömmlichkeit saß ihm direkt gegenüber auf der Kücheneckbank, Jérôme Crinelli und Hans Kruminga. Er war keinesfalls angetan von dem erneuten Besuch der Beamten und hatte seinem Ärger auch schon gehörig Luft gemacht. Kruminga rutschte unruhig auf der harten Bank hin und her. Crinelli hörte sich die Tiraden über seine vermeintlichen Unterstellungen ohne jede Regung an. Nichts erinnerte mehr an den kunst- und kulturbeflissenen Bürger mit Sinn fürs Großstädtische, als der sich Keppeler auf dem Hoffest präsentiert hatte. Auch seine vornehme Zurückhaltung an jenem Abend, sein leiser Tonfall, bei dem Crinelli sich immer sehr konzentriert hatte, waren wie weggewaschen.

Die Metzgerei lag direkt gegenüber der Bäckerei am zentralen Platz des Ortes. Was lag da näher, als den geschundenen Kruminga vom Regen in die Traufe zu schleppen. Außerdem war deutlich, welche Familien im Ort das Sagen hatten, und bei denen wollte Crinelli nun einmal zuallererst vorstellig werden. Die Wahl zum beliebtesten Neubürger aller Zeiten hatte er ohnehin abgeschrieben, da hatte Bohlen Recht. Der Besuch bei Keppeler würde gleichzeitig auch der letzte öffentliche Auftritt für Kruminga in diesem Fall sein. Crinelli hatte spontan entschieden, ihn von den weiteren Ermittlungen auszuschließen, als ihm klar wurde, welches Risiko Kruminga mit seiner geschwätzigen Art für die laufenden Ermittlungen darstellte. Im Klartext hieß das, der unloyale Beamte würde ab sofort Dienst auf der Wache schieben.

»Bist du fertig?«, fragte Crinelli, die Ruhe in Person, nachdem der Metzger geendet hatte. »Dann können wir ja jetzt zum sachlichen Teil übergehen. Wo warst du in der Nacht von Montag auf Dienstag?«

Crinelli war sich durchaus bewusst, dass eine solche, direkt auf das Verbrechen hinweisende Frage den Zorn seines Gegenübers nur noch schüren würde, mit der Schärfe des nachfolgenden Ausbruchs hatte er dennoch nicht gerechnet. Die wütende Attacke enthielt inhaltlich wenig Neues. Mit wilden Gesten und empörten Worten gab Keppeler die gleiche Einschätzung der Lage zum Besten, mit der zuvor schon sein Freund Zimmermann Crinelli gelangweilt hatte. Eines aber unterschied die beiden Darbietungen. Keppeler hatte sich deutlich weniger unter Kontrolle als der Bürgermeister. Warum nur machte ihn eine einfache Frage so zornig?

»Geschenkt«, antwortete Crinelli kurz, als Keppeler eine Pause zum Luftholen einlegte, »ich verdächtige weder dich noch irgendjemanden sonst. Vorerst ermittle ich nur. Also, ich wiederhole meine Frage: Wo warst du in der Nacht von Montag auf Dienstag?«

»Da, wo jeder normale Mensch nachts ist – im Bett.«

»Das kann deine Frau sicherlich bezeugen?«

Anstelle einer Antwort griff Keppeler zu seinem Mobiltelefon und tippte wutschnaubend eine Nummer ein. »Hallo Schatz«, sagte er in die Muschel, als sich seine Frau am anderen Ende der Leitung meldete, »mir gegenüber sitzt unser neuer Herr Hauptkommissar … was? … Ja, genau, Jérôme Crinelli, der Franzose aus Köln. Er möchte wissen, wo ich in der Nacht von Montag auf Dienstag war … Ja genau, sag ihm das, ich verbinde.« Keppeler hielt Crinelli den Hörer wie einen Fehdehandschuh entgegen.

»Hallo, Marlis? Ja, guten Morgen. Ich glaube, Traugott ist sehr erregt. Ich wollte dich eigentlich gar nicht sprechen. Ich wollte lediglich von ihm wissen, ob er vielleicht etwas Ungewöhnliches bemerkt hat. Irgendjemand im Ort könnte seinen Wagen so gegen drei, vier Uhr nachts bewegt haben. Der Ort ist klein genug, dass eine unerwartete Aktion gesehen oder gehört werden könnte. Es ist mir schleierhaft, warum dein Mann alle meine Fragen auf sich bezieht. Aber, wo wir schon miteinander sprechen, hast *du* etwas gehört oder gesehen? ... Ja, in der Nacht von Montag auf Dienstag ... Fest geschlafen, du und Traugott ... erst um sechs Uhr aufgestanden. Na ja, ist ja auch früh genug«, Crinelli lachte in den Hörer und sah dabei auf die zusammengepressten Lippen des Metzgers, »alles klar, ja, danke, mach ich, auf Wiedersehn, Marlis, tschüs.« Er gab Keppeler sein Handy zurück. »Ich dachte, ihr wohnt hier im Haus?«

»Nein, tun wir nicht. Ist das auch ein Verbrechen?« Dann, etwas ruhiger: »Wir wohnen auf dem Hähnchen.«

»Schöne Adresse für einen Metzger«, sagte Crinelli, konnte aber mit dem Scherz die Atmosphäre nicht entscheidend entspannen. Die Straße, in der die Keppelers wohnten, lag nur wenige Minuten fußläufig vom Kirchplatz entfernt und war Heimstatt für die betuchteren Familien des Ortes. Große stattliche Häuser, ganz im Bergischen Stil mit viel Fachwerk und Schiefer und entsprechend großen Grundstücken.

»Also, Traugott, irgendetwas gesehen oder gehört?«

»Kann mich nicht erinnern, nein, auf so was achtet man ja auch nicht.«

»Ist dir jemand im Ort bekannt, der zur Gewalttätigkeit neigt oder dem du eine solche Tat zutrauen würdest, nur theoretisch natürlich?«

»Nein, niemand.«

»Wo gehen eigentlich deine Kinder zur Schule?«

»Was soll denn die Frage jetzt?«

»Hast du keine Angst um sie, nach diesem Verbrechen? Ich

antworte mal für dich. Ich nehme an, sie besuchen das Gymnasium in Taufheim? Und du wirst keine Zeit haben, sie jeden Tag persönlich hinzufahren und wieder abzuholen. Vermutlich nehmen sie also den Schulbus oder fahren im Sommer gar mit dem Mofa? Und du hast keine Angst, dass ihnen etwas geschieht? Ich verstehe euch alle nicht. Wir sollten doch gemeinsam daran interessiert sein, den Mörder zu fassen. Nur weil das tote Mädchen nicht von hier stammt, heißt das doch nicht, dass ihr euch in Sicherheit wiegen könnt.«

»Wir fühlen uns aber sicher. Und genau das sollte dir eigentlich deine wilden Phantasien austreiben. Das Kind war eine Zigeunerin, Punkt, aus, Ende.«

»Keine Beweise?«

»Wir brauchen keine Beweise, wir kennen uns hier aus. Kümmere dich um das Pack und lass uns in Ruhe. Und wenn du keine weiteren Fragen hast, wäre ich dir dankbar, wenn du mich wieder an meine Arbeit lassen würdest.«

»Vorerst nicht, aber ich will nicht ausschließen, dass wir noch mal wiederkommen. Sollte dir inzwischen etwas einfallen, weißt du ja, wo du uns finden kannst.«

Crinelli und Kruminga betraten die Wache, nachdem sie noch zwei weitere Befragungen am Rathausplatz durchgeführt hatten. Beide ohne Ergebnis. Nur eine Frau, deren Wohnräume an die Bäckerei angrenzten, führte wilde Beschwerden gegen die Familie Zimmermann und deren allwöchentliche Feste, die angeblich so laut ausfielen, dass die alte Dame nicht in Ruhe fernsehen konnte.

»Was glaubst du, Hans, was feiern die Zimmermanns denn allwöchentlich?«

»Die Westerkamp spinnt doch völlig. Früher hat sie mich ständig angerufen, um sich über den Lärm zu beschweren. Die ersten Male hab ich noch bei Zimmermanns nachgefragt, bin sogar einmal reingefahren, um mich selbst vor Ort von dem wilden Treiben zu überzeugen. War alles absolut im Rahmen. Die Zimmermanns feiern eben gerne, haben Freunde aus dem Ort zu Besuch, alles ganz normal. Es kann sein, dass die Alte ihren Sessel direkt an der Wand stehen hat, genau weiß ich das allerdings nicht, sie lässt außer ihrem Köter ja niemanden in die Wohnung.«

Das entsprach der Wahrheit, zumindest an diesem Nachmittag. Frau Westerkamp hatte keinerlei Anstalten gemacht, die Beamten ins Haus zu bitten. Die Befragung fand auf der Straße statt.

»Na gut, zur Sache. Was haben wir?«

»Nichts, genauso viel wie vorher«, antwortete Kruminga trotzig.

»Finde ich nicht. Wir wissen, dass Zimmermann früh aufsteht, einen guten Blick auf die Hauptstraße hat, eine gewisse Chantal aus dem Bergischen Hof kennt und vermutlich auch das dazugehörige Etablissement genauer, als er zugibt. Und er weiß mehr über die Leiche, als in der Zeitung stand. Außerdem weiß ich jetzt, dass auch du das Bordell genau kennst, dass Keppeler nicht der ruhige Kulturliebhaber ist, als der er sich in der Öffentlichkeit gerne präsentiert, dass seine Frau nicht in der Metzgerei arbeitet und dass bei Zimmermanns einmal die Woche Remmidemmi ist. Ist doch gar keine schlechte Ausbeute für einen Tag, oder? Ach ja, und ich weiß, dass deine Schwester Sybille ihren Mann mit dem wilden Traugott betrügt.«

»Was erlaubst du dir, über meine Schwester zu sagen?«

»Ich hab es mit eigenen Augen gesehen, Hans, bei Fridolin Neumann in der Küche. Irrtum ausgeschlossen!«

Der alte Beamte schlug mit der Faust auf seinen Schreibtisch. Erst einmal, und dann im Rhythmus seines aufgeregt schlagenden Herzens immer heftiger, bis Crinelli seinen Arm packte.

»Was ist los mit dir, Hans? Bist du einer von uns, oder versuchst du jemanden hier im Ort zu decken? So wie du verhält sich kein Polizist. Irgendetwas stinkt hier gewaltig. Ich hab meine Nase erst seit einigen Tagen in eure Angelegenheiten gesteckt, finde den Mief aber jetzt schon unerträglich. Hans, du hast Ermittlungsergebnisse verraten. Niemand außer dir kann Zimmermann, Keppeler und vermutlich all die anderen, die sonst noch von den schweren Verletzungen des Mädchens wissen, informiert haben. Das ist ein schwer wiegender Fall, das weißt du nur zu gut. Warum stellst du dich gegen mich? Ich bin keine Gefahr für dich, will weder deinen Posten, noch könnte ich dir sonst irgendwie in die Quere kommen. Alles, was du tust, oder besser, alles, was du nicht tust, ist darauf ausgerichtet, mir meine Arbeit zu erschweren. Warum?«

»Weil du einfach hier hereingeplatzt bist und unser Dorf verunglimpfst, weil du den Menschen hier Angst machst.«

»*Ich* mache den Menschen Angst? Ja womit denn?«

»Mit deinen impertinenten Fragen. Du hast doch keine Sekunde gezögert zu unterstellen, dass der Mörder hier im Dorf wohnt. Versetz dich doch mal in unsere Lage! Wir, *ich*, kenne hier jeden Einzelnen. Von denen ist keiner ein Mörder. Und du kommst einfach so daher und sagst, der Mörder wohnt in Niederkirchen, Punkt! Wenn du auf meinen Schwager zugehst und ihn nach einem Alibi fragst, ist das so, als ob du mich verdächtigst. *Du* willst nicht mit *uns* kooperieren, *du* verurteilst *uns*, ohne jeden Grund. Dabei waren alle hier ausgesprochen freundlich zu dir und deiner Frau, haben euch herzlich in die Dorfgemeinschaft aufnehmen wollen. Warum seid ihr eigentlich hierher gezogen, wenn hier alles so schrecklich ist?«

»Das geht dich wohl nichts an.«

Die Männer schwiegen eine ganze Weile. Crinelli machte sich Notizen. Kruminga kramte ohne erkennbares Ziel auf seinem Schreibtisch herum.

Als Bohlen und Keller schließlich die Wache betraten, waren die beiden Streithähne noch immer mit sich selbst beschäftigt. Kruminga hatte eigentlich nichts mehr zu tun, traute sich aber nicht, seinen Dienst zu beenden.

»Mann, Leute, was für ein Stress«, begann Bohlen seine Enthüllungen unmittelbar nach Betreten des Raumes, »wir haben uns die Füße platt gelaufen, nur um zu hören, wessen Baum über wem seine Mauer wächst, wer nächtens seinen Fernseher zu laut stellt, sein Auto samstags vor der falschen Garage wäscht und wer nicht regelmäßig zur Kirche geht.«

»Und davon abgesehen?«, unterbrach Crinelli seinen Kollegen ruppig.

»Weiß niemand etwas, außer, dass der Mörder nicht von hier gewesen sein kann, weil nicht sein kann, was nicht sein darf.«

In den nächsten Minuten gaben Bohlen und Keller einen detaillierten Bericht ihrer Befragungen. Crinelli machte sich Notizen in seinem Buch, ohne die Ausführungen zu unterbrechen. Dass nicht nur Bohlen referierte, sondern auch Keller seine Beobachtungen mit Eifer vortrug, wertete er als kleinen Etappensieg. Vielleicht hatte Bohlen ja Recht und dem jüngeren der beiden Polizisten bekam sein neuer Partner.

»O. K., Leute, ich mache noch einen Besuch bei den Zigeunern im Nachbartal«, sagte Crinelli, nachdem Bohlen geendet hatte. »Wir sehen uns um acht Uhr morgen früh zur Einsatzplanung. Schönen Abend noch.«

Crinelli verließ die Wache. Auf der Schwelle drehte er sich nochmals um und forderte Bohlen durch einen Wink auf, ihm zu folgen.

»Setz dich kurz zu mir in den Wagen, Eddy, wir müssen reden.«

»Jerry, entschuldige, aber ich finde, so können wir das nicht machen. Selbst wenn Kruminga ein Arsch ist, können wir ihn nicht so behandeln. Er merkt doch, dass wir ihn ausschließen. Außerdem brauchen wir die beiden sicher noch, wir sollten also nicht unnötig Porzellan zerschlagen. Wenn der Alte sich über uns beschwert, müssen wir uns auch noch mit der Bürokratie herumschlagen.«

Bohlen formulierte sehr defensiv. Crinelli wusste sehr wohl, dass für jedes Wir eigentlich sein Name stehen musste.

»Der wird sich nicht beschweren, ich habe schon jetzt genug gegen ihn in der Hand, um ihn ernsthaft in Schwierigkeiten zu bringen.« Er erzählte Bohlen von Krumingas geschwätziger Art und seinem Verhalten während der Verhöre.

»Trotzdem«, antwortete Bohlen, nachdem Crinelli geendet hatte, »lass uns Frieden schließen, vielleicht gelingt es uns ja sogar, ihn noch in die Spur zu kriegen. Bei Keller dürfte das übrigens keine große Schwierigkeit sein. Der ist wirklich ganz in Ordnung. Wenn wir den bei uns in Köln auf der Wache hätten, könnten wir binnen kürzester Zeit einen ganz patenten Kollegen aus ihm machen. Ich bin jedenfalls heute gut mit ihm zurecht gekommen. Er hat sogar ganz schlaue Fragen gestellt. Keller will eindeutig weiterkommen, im Schlepptau von Kruminga traut er sich allerdings nicht nach vorne. Er weiß ganz genau, wie der Alte auf Streber jeder Art reagiert.«

»Ich glaube nicht, dass Kruminga die Seite wechselt, im Gegenteil, ich habe ein sehr schlechtes Gefühl bei ihm. Jedenfalls möchte ich ihn vorerst von allen Informationen abschneiden, deshalb wollte ich dich eben alleine sprechen, und morgen früh schnappe ich mir als Erstes Keller und spreche mit ihm über seine eigene Situation bei unseren Ermittlungen, und zwar sehr offen und klar. Aber genug jetzt über die beiden, lass uns noch mal auf deine Ermittlungen zurückkommen. Ich habe noch einige Fragen. Du hast da etwas von einem *alten Fritz* erwähnt. Was hat es damit auf sich?«

Bohlen schlug die Seiten seines Notizblocks um und suchte die entsprechende Stelle.

»Hier, ich hab's. Frau Wanninger, eine ziemlich gehässige Alte. So was möchtest du nicht als Schwiegermutter haben …«

»Eddy, komm zur Sache.«

»Also, die haben wir gefragt, ob sie glaubt, dass es jemand aus dem Ort gewesen sein kann, und was glaubst du, hat sie gesagt?«

Der junge Beamte schaute Crinelli verschmitzt an, der aber schien nicht an Ratespielchen interessiert zu sein. Er stierte weiter mit starrem Blick an Bohlen vorbei gegen die Glasbausteine der Wache und gab keine Antwort.

»›Ja sicher‹, hat sie gesagt. Kannst du das glauben, Jerry? Die Erste, die sich einen Mörder in Niederkirchen vorstellen konnte. Die Namen, die dann folgten, sind allerdings allesamt ausländischer Herkunft. Sie hat vermutlich jeden hier beschäftigten und wohnhaften Ausländer benannt, einschließlich Franta Lubanski. Der einzige Name, der aus dieser Reihe herausfiel, war besagter Fritz. Den vollen Namen kannte sie nicht, er wird wohl von allen nur *der alte Fritz* genannt, so wie der echte alte Fritze eben, nur dass unserer hier irgendein Faktotum in einer Bar sein soll.«

»Hast du den Namen?«

»Bergischer Hof. Muss irgendwo auf halber Strecke nach Taufheim liegen.«

»Miezenhäuschen, ist ja interessant«, sagte Crinelli und lächelte.

»Was ist das nun wieder, Mister Sherlock Holmes?«

Crinelli erzählte ihm, was er über Chantal, Madame Isabelle und den Bergischen Hof erfahren hatte.

»Ist ja irre, der Schuppen ist mir überhaupt nicht richtig aufgefallen, obwohl ich jeden Tag zweimal daran vorbeifahre.«

»Ging mir ähnlich, was ja nicht schlecht für ein Etablissement ist, dessen Geschäfte ein gewisses Maß an Diskretion verlangen. Jedenfalls werde ich mir diesen Bergischen Hof jetzt einmal etwas genauer ansehen. Und wer oder was ist nun dieser *alte Fritz*?«

»Keine Ahnung, scheint so ein Mädchen für alles zu sein. Jedenfalls ist er bekloppt, wenn man dieser Wanninger Glauben schenken darf. Wann machen wir dem Puff unsere Aufwartung?«

»Langsam, zuerst hab ich noch eine Frage. Du erwähntest

eine Kommune? Ich habe bisher noch nichts davon gehört. Außerdem dachte ich, dass das Wort Kommune aus dem deutschen Sprachschatz gestrichen oder, sagen wir, zumindest durch WG ersetzt wurde.«

»Das war auch meine Meinung. Das war aber exakt das Wort von … Moment, hier hab ich es – ›Fragen Sie doch mal die Typen von der Kommune‹ –, von Herrn Fritz Maasen.«

»Ach, sieh an, der Wirt der Kupferkanne. Hast du herausgefunden, wo diese Kommune sein soll?«

»Moment … *Am unteren Bach* lautet die Adresse. Das ist …«

»Ja, ja, ich weiß, wo das ist, das ist die Postadresse vom alten Neumann. Aber da steht außer dem Hof nur noch ein weiteres, ziemlich heruntergekommenes Gebäude. Ich dachte, es gehört zum Terrain des Bauern.«

»Das tut es auch. Neumann hat den jungen Leuten die Bruchbude vermietet. Das stinkt Maasen übrigens ziemlich. Allerdings hat er sich mit Kritik an dem Bauern deutlich zurückgehalten.«

»Sehr interessant. Dann werde ich wohl einmal einen kleinen Gang in die gefährliche Kommune wagen. Ein Puff und eine Kommune als einzige Chance, einen neutralen Blick auf eine nette Gemeinde zu werfen …!«

»Also, ich bin ganz zufrieden«, sagte Bohlen, »wir haben doch zumindest einige neue Spuren, die wir verfolgen können.«

»Finde ich auch. Alles klar, Eddy, ich muss mich beeilen. Ich brauch noch ne Weile für die Zigeuner in Taufheim, und wenn ich heute Abend auch nur eine Minute später als acht Uhr zu Hause erscheine, dann weiß ich nicht, ob ich morgen überhaupt noch kommen kann.«

Crinelli legte die Strecke nach Taufheim in Rekordzeit zurück. Beim Tankwart an der Straßenkreuzung der Bundesstraße erkundigte er sich nach dem Lagerplatz der Sinti und bekam erst dann Auskunft, als er dem schlecht rasierten Fettwanst seine Marke vors Gesicht hielt, dann allerdings schnell und präzise.

Zwei Kilometer vor der Stadt bog Crinelli von der Hauptstraße ab, folgte einem asphaltierten Weg, der nach einigen scharfen Kehren in einen staubigen Fahrweg überging, an dessen Ende er auf eine Gruppe Wohnwagen mit davor geparkten Autos stieß. Die Wagen befanden sich allesamt in einem guten Zustand, und keinem von ihnen fehlte der Stern auf der Motorhaube. Die Wohnwagen wirkten weniger gepflegt. Crinelli wunderte sich, wie viele Kinder zwischen den Behausungen herumliefen. Er stellte seinen Wagen mangels einer anderen Möglichkeit am Eingang des improvisierten Lagers ab und machte damit gleichsam den Fluchtweg dicht. Als sich die Staubwolke seines Bremsvorgangs gelegt hatte, erschien ihm das vorherige Bild wie eine Phantasmagorie. Die Kinder waren verschwunden, und auch sonst sah Crinelli niemanden, auf den er hätte zugehen können. Die vorher offen stehenden Türen der Wagen waren nun verschlossen.

»Kann ich Ihnen helfen?«

Crinelli drehte sich erschrocken auf dem Absatz um und schaute direkt in die Augen eines etwa gleich großen Mannes. Keine Ahnung, wo der Kerl so plötzlich herkam. Sein Gegenüber schien Crinellis Verwirrung zu bemerken und begann zu lachen.

»Das haben wir gelernt, Herr Polizist, tausend Jahre Erfahrung.«

Jetzt war Crinelli vollends überrascht. Woher wusste der Typ, dass er Polizist war? Sicher nicht von Kruminga.

»Sie wollen wissen, woher ich weiß, dass Sie von der Polizei sind? Nun, ziemlich einfach. Hierher kommen nur Leute vom Amt, Fürsorge oder wohlmeinende Sozialarbeiter. Alles andere ist Polizei, wir bekommen keinen freundlichen Besuch, wir sind nämlich nicht erwünscht, wenn Sie verstehen, was ich meine. Was kann ich für Sie tun?«

»Das wissen Sie doch sicher auch schon, oder etwa nicht? Mir scheint es am effektivsten zu sein, Sie geben mir alle Antworten auf meine ungestellten Fragen, und ich bin wieder weg, wie wäre das?«, fragte Crinelli mit leicht bitterem Ton in der Stimme. Der Mann warf den Kopf in den Nacken und lachte erneut.

»Kein Problem, Herr Kommissar. Nein, das tote Mädchen, nach dem sie fahnden, ist weder eines unserer Kinder, noch haben wir etwas gesehen oder gehört, das mit der Tat in Verbindung stehen könnte. Reicht das?« Der Mann war nicht dumm.

»Sie sind also doch nicht so schlau, wie Sie vorgeben.« Jetzt war es an dem dunkel gebräunten Mann, erstaunt zu sein. »Meine Frage wäre gewesen«, fuhr Crinelli fort, »ob Sie oder einer Ihrer Leute das Mädchen umgebracht haben?«

Jetzt lächelte der Mann nur noch, allerdings lag in diesem Lächeln eine Traurigkeit, die entsteht, wenn man seit Anbeginn der Tage für jedes Verbrechen in der näheren Umgebung als Täter herhalten muss.

»Bitte kommen Sie mit, Herr Kommissar, lassen Sie uns wie zwei vernünftige Männer miteinander reden.«

»Mehr wollte ich nicht«, sagte Crinelli und folgte dem Mann durch die Reihe der Wohnwagen hindurch, den Weg etwas weiter leicht bergab, bis dieser sich, völlig unerwartet, zwischen einigen Bäumen zu einem Versammlungsplatz weitete. In der Mitte des Platzes brannte ein offenes Feuer, und zwei junge Männer machten sich gerade daran, eine Ziege auf einen Spieß zu binden, um sie auf dem offenen Feuer zu braten. Unter einem der dichten Laubbäume standen zwei Klappstühle. Der Sinti bot Crinelli einen Platz an und setzte sich auf den zweiten. Crinelli beobachtete das ruhige Leben auf dem Platz. Nach und nach kamen die Kinder zurück, und auch einige Erwachsene trauten sich wieder aus ihren Wohnwagen. Offenbar stellte das Platznehmen ihres Oberhauptes so etwas wie eine Entwarnung dar. Verängstige Menschen, dachte Crinelli, obwohl alle nun wieder entschlossen zu Werke gingen. Es war die Zeit des Abendessens, und jeder der Anwesenden schien sehr genau zu wissen, was er zu tun hatte. Selbst diejenigen, die scheinbar ohne Aufgabe herumstanden, machten dabei einen sehr selbstverständlichen Eindruck.

»Herr Kommissar …«

»Crinelli«, sagte Crinelli und hielt dem Mann seine Marke vor die Augen. Sein Gegenüber beachtete das schimmernde Blechstück nicht.

»Herr Crinelli, wir Sinti sind keine Mörder, so wie Weiße keine Mörder sind, Schwarze nicht, Gelbe nicht, und was Sie sonst noch auf der Welt finden auch nicht. Ich habe Mörder gekannt, und es waren Sinti, ich habe Mörder gekannt, und sie hatten eine weiße Hautfarbe, ich habe Mörder gekannt, die schwarze Stiefel trugen und einen Teil meiner Familie vernichtet haben, hier in diesem Land, aber das ist lange her. Es gibt Mörder, aber es gibt kein Volk von Mördern.«

»Sie werden den Nationalsozialismus ja wohl kaum aus eigener Anschauung kennen«, platzte es aus Crinelli heraus.

»Da irren Sie sich, Herr Crinelli. Ich bin 61 Jahre alt, und als mein Vater auf offener Straße totgeschlagen wurde, habe ich mich an seinen Rocksaum geklammert.«

»Bitte, verzeihen Sie.« Crinelli wünschte sich zu verschwinden. Der Mann sah keinen Tag älter als 50 aus.

»Das ist kein Problem, Herr Crinelli, Sie sind ja auch nicht gekommen, um über den Holocaust zu sprechen, und ich bin es auch müde. Trotz der Verbrechen lebe ich und auch meine Leute noch hier, wieder hier, sollte ich sagen, weil ich nicht daran glaube, dass ein ganzes Volk schlecht ist. Aber warum glauben genau das alle von uns? Warum immer die Juden oder Sinti und Roma, können Sie mir das sagen, Herr Kommissar?« Crinelli zuckte die Schultern. »Lassen Sie mich es Ihnen sagen. Weil wir anders leben als sie. Wir sind Nomaden, wir wohnen heute hier und morgen da. Wir folgen jahrhundertealten Pfaden, oder, wie heißt das so schön, wir sind ein fahrendes Volk. Unabhängigkeit macht den Menschen Angst, und so ist es nur natürlich, dass wir immer als Erste verdächtigt werden, lange bevor sesshafte Bürger unter Verdacht geraten.«

Crinelli zog das Foto aus seinem Jackett und reichte es dem Mann. Dieser betrachtete das Bild lange und intensiv, schüttelte dann den Kopf und rief in einer Sprache, die Crinelli nicht verstand, eines der Kinder heran, das zuvor beim Aufspießen der Ziege geholfen hatte. Er reichte das Bild dem Jungen und sprach kurz mit ihm. Crinelli bemerkte, dass sich dabei die Stimmlage des Mannes veränderte. Mit ihm sprach der Mann dunkel, schnell und hart, im Gespräch mit dem Jungen war seine Stimmlage heller, wirkte irgendwie weicher, liebevoller. Der Junge nahm das Bild an sich und ging damit von einem zum anderen, sprach mit jedem kurz und reichte das Foto zur Prüfung herum. Die Menschen betrachteten das Bild genau, antworteten dann und schauten zu ihnen herüber. Nachdem alle, auch die Kinder, das Bild des toten Mädchens vom Wehr angesehen hatten, kam der Junge zurück, reichte Crinelli das Bild und gab dem Alten einen kurzen Bericht. Crinelli sah den Mann an, der daraufhin wieder nur den Kopf schüttelte. Crinelli war fasziniert von der Situation. Er war es gewohnt, dass in vergleichbaren Augenblicken das Bild nur flüchtig angesehen und noch im gleichen Moment mit Unschuldsmiene abgewinkt wurde.

»Können Sie sich vielleicht vorstellen, wer so etwas tut?«

»Ein kranker Mensch.«

»Das Kind ist schwerst misshandelt worden, bevor der Täter es im Nachbartal in den Fluss geworfen hat.«

»Ein schwer kranker Mensch. Haben Sie noch andere Leichen gefunden?«

»Wie kommen Sie darauf?«

»Ich habe schon viel in meinem Leben erlebt.«

Crinelli sah den Mann an, erhob sich, legte ihm die Hand auf die Schulter und sagte: »Bitte entschuldigen Sie nochmals meine taktlose Bemerkung von vorhin, und passen Sie bitte auf Ihre Kinder auf. Ich glaube wirklich, dass er es wieder tun wird. Für alle Fälle gebe ich Ihnen meine Karte, sollten Sie etwas hören …«

»Können Sie mir das Bild dalassen?«

»Selbstverständlich.«

Crinelli gab dem Mann das Foto und ging langsam, den Blick zum Boden gewandt, am Feuer vorbei zurück zu seinem Wagen. Er kam sich wie ein Eindringling vor und war entsetzt über sich selbst, dass er diesem diffamierenden Hinweis wider besseres Wissen nachgegangen war. Er hatte gewusst, dass der Mörder nicht aus diesen Kreisen stammte, Ferrara hatte ihm das Profil des Täters schon geliefert, und dennoch hatte er sich bemüßigt gefühlt, hier eine Befragung durchzuführen. Nur um sich hinterher nicht vorwerfen zu können, er wäre den Verdächtigungen nicht nachgegangen.

Ein Blick auf die Uhr zeigte, dass es geboten war, die Geschwindigkeitsbegrenzungen auf der Strecke nicht allzu ernst zu nehmen. Crinelli passierte den Bergischen Hof und widerstand dem Impuls, auf ein Bier einzukehren; an diesem Abend ließ ihm sein Versprechen Maria gegenüber keinen Handlungsspielraum. Als er in die erste Kurve nach dem Pass abwärts einbog, bemerkte er im Rückspiegel einen Mann, der aus der Hecke trat, die den Bergischen Hof umgab. Frantisek Lubanski. Crinelli stieg in die Eisen und verfolgte den Weg des Knechts im Rückspiegel. Lubanski sah sich vorsichtig um, überquerte dann die Straße und verschwand auf der gegenüberliegenden Seite im Wald. Crinelli atmete tief durch …

Freitag

Am nächsten Morgen teilte Crinelli Kruminga, wie angekündigt, zum Dienst auf der Wache ein. Er begründete die Maßnahme mit der Verpflichtung einer Polizeidienststelle, ständig besetzt zu sein, einer Anordnung, so richtig im Allgemeinen wie unsinnig im vorliegenden Fall. Alle Anwesenden verstanden Crinellis Anweisung als das, was sie war, eine Disziplinarmaßnahme. Es herrschte betroffenes Schweigen, das Crinelli nichts auszumachen schien. Keller würde weiterhin mit Bohlen ein Ermittlungsteam bilden, und er selbst würde das tun, was ihm ohnehin das Liebste war – alleine ermitteln.

Auf der Straße nahm Crinelli sich Keller zur Seite. In wenigen Worten machte er dem jungen Beamten klar, wie er sich diese Ermittlung vorstellte, welche Aufgabe er ihm, Keller, dabei zugedacht hatte und was ihm, Crinelli, am Verlauf der bisherigen Ereignisse missfallen hatte. Dabei scheute er nicht davor zurück, klare Worte über Kellers soeben gedemütigten eigentlichen Vorgesetzten Kruminga zu verlieren. Crinelli war weder an einer Diskussion mit Keller interessiert, noch wollte er auf lieben, verständnisvollen Kollegen machen, dafür war in ihrem Spiel Bohlen zuständig. Auf einen eventuellen Loyalitätskonflikt Kellers mit Kruminga ging Crinelli dabei ebenso wenig ein wie auf die gewiss schwieriger werdende weitere Zusammenarbeit der beiden nach Abschluss des vorliegenden Falles. Jeder Mensch durfte sich frei entscheiden, so auch Keller, alle sich daraus ergebenden Konsequenzen hatte er selbst zu tragen. So sah Crinelli die Dinge.

Keller und Bohlen zogen ab, und Crinelli machte sich auf den Weg zur so genannten Kommune. Der Spaziergang gab ihm Zeit zum Nachdenken. Crinelli wandte sich nach rechts in Richtung Ortsmitte. Nach einigen Metern im Schatten wechselte er die Straßenseite. Zwar wärmten die Sonnenstrahlen noch nicht so sehr, wie sie das in einigen Wochen tun würden, aber sie halfen doch schon dabei, den langen, feuchten Winter aus Körper und Gedanken zu vertreiben. Was für ein herrlicher Fleck Erde. Immer wieder gaben die zum Teil erheblichen Abstände zwischen den Häusern den Blick in die Ebene frei. Über Wiesen bis zum Fluss und noch einige hundert Meter weiter, bis der Mischwald, der die Hänge überzog, den Blick stoppte. Nahezu jedes Haus hatte einen Vorgarten, viele zusätzlich noch einen Nutzgarten seitlich am Haus. In Köln beeilte man sich, von der Straße zu kommen, dem Lärm und Gestank zu entkommen, hier, in dieser beschaulichen Welt, wurde Crinelli langsamer, sobald er nur einen Fuß vor die Türe setzte. Vogelgezwitscher statt wildem Hupen, so schlecht konnte das doch gar nicht sein. Und irgendwie hatte er an diesem Morgen den Eindruck, nicht alles falsch zu machen. Menschen, die er noch nie gesehen hatte, grüßten ihn nicht nur, sie wünschten ihm sogar viel Glück bei seinen Ermittlungen. Wie hatte der Sinti, der ihm die ganze Nacht nicht aus dem Kopf gegangen war, gesagt? ›Es gibt kein Volk von Mördern.‹ Oder, in seinem Falle, es konnte nicht sein, dass ein ganzes Dorf dem bestialischen Mord an einem kleinen Mädchen gleichgültig gegenüberstand. Crinelli zog sein Notizheft aus der Tasche und las darin, während er weiter bummelte. Am Dorfplatz wandte er sich zwischen Bäckerei und Kirche nach rechts Richtung Fluss, dessen Lauf er dann nur noch bis zu seinem Ziel folgen musste. Er hatte sich auf der abschüssigen Straße gerade wieder in seine Notizen versenkt, als er hinter sich eine Stimme hörte.

»Guten Morgen, Herr Kommissar, ein schöner Tag heute zum Spazieren, nicht wahr?« Es war die Stimme von Randolph Vandermeulen, der hinter der Kirche sein Auto wusch. »Wenn nicht dieses grausame Verbrechen wäre. Ich habe heute Morgen bereits einen Trauergottesdienst abgehalten.«

»Guten Morgen, Herr Pfarrer«, entgegnete Crinelli, packte sein Notizheft weg und ging auf den Geistlichen zu. »Ich wusste gar nicht, dass Gottesleute ihr Auto auch waschen müssen.«

Vandermeulen lachte.

»Was glauben Sie denn, wer das für uns macht, der Herr etwa?« Bei diesen Worten lachte der Pfarrer noch lauter. »Nein, ich sage Ihnen was, ich muss zwar meine Wäsche nicht immer selbst waschen, aber bügeln oder einkaufen muss ich genauso wie die übrigen Erdenbürger auch. Kein göttlicher Beistand in Dingen des täglichen Bedarfs.«

»Aber Meyer'scher Beistand immerhin!«

»Da haben Sie allerdings Recht. Wenn ich die gute Vroni nicht hätte, wäre ich schlecht dran. Schwarze Schafe und schmutzige Wäsche wären einfach zu viel für mich.«

Die beiden Männer lachten und scherzten gemeinsam noch eine Weile weiter.

»Wie war's beim Bischof in Köln?«, fragte Crinelli schließlich.

»Ach, hören Sie auf. Ehrlich gesagt, könnte ich auf diese Seminare ganz gut verzichten. Die Kurie hat wohl das Gefühl, alle Priester wollten einmal Papst werden, und deshalb gibt es auch bei uns diese furchtbaren Fortbildungsseminare. Ich für meinen Teil will gar nicht mehr erreichen, als ich hier habe. Eine kleine Gemeinde, eine schöne Kirche und nette Menschen um mich herum.«

»Aber die Kirche scheint baufällig zu sein.« Der Pfarrer sah Crinelli bei diesen Worten fragend an. »Wenn Sie das da brauchen.« Crinelli deutete auf einige Zementsäcke, die unter einer Schutzfolie in einer Ecke der Kirchenmauern lagerten.

»Ach die«, Vandermeulen lachte, »ja, manchmal sind wir Priester auch die Baumeister unseres Herrn. Die Kassen sind leer, und da kommt mir mein früheres Praktikum auf einer Diözesanbaustelle schon recht gelegen. Ich repariere kleinere

Schäden selbst, das spart nicht nur Kosten, sondern vor allem jede Menge Papierkram. Aber sagen Sie, wie kommen Sie voran in dieser Mordgeschichte?«

»Darüber wollte ich ohnehin noch mit Ihnen sprechen, gerne auch jetzt, wenn es Ihre Zeit erlaubt.«

»Aber ich bitte Sie, das ist doch keine Frage von Zeit haben oder nicht. Ich kann mir denken, dass in einer solchen Ermittlung jede Stunde wichtig ist.«

»Da haben Sie Recht. Ich war zwar gerade auf dem Weg zu der Kommune, aber das kann warten.«

»Kommune?«

»Unten beim Hof von Fridolin Neumann sollen einige junge Leute wohnen.«

»Ja, ja, aber das ist doch keine Kommune, und so jung sind die auch nicht mehr.« Der Pfarrer lachte wieder. »Meines Wissens gibt es überhaupt keine Kommunen mehr. Rauschgift, freie Liebe und so Sachen. Ich glaube, das war mehr in den siebziger Jahren so. Die Menschen da unten sind zum Teil verheiratet. Ein Paar habe ich sogar selbst getraut. Ich denke, wenn alle so harmlos wären wie diese so genannten Kommunarden, dann könnten Sie die Suche nach Ihrem Mörder hier im Tal aufgeben.«

»Sind denn alle hier wirklich so harmlos?«

»Kommen Sie doch bitte mit ins Haus, wir sollten nicht auf der Straße darüber reden.«

Die Männer gingen die wenigen Schritte an der Hinterseite der Kirche entlang zum angrenzenden Pfarrhaus. Die Inneneinrichtung des Hauses entsprach so gar nicht der offenen und freundlichen Art des Hausherren. Die Räume wirkten auf Crinelli düster und abweisend. Hartweiß gekalkte Wände, Möbel aus dunklem, fast schwarzem Holz, linoleumbeschichtete Fußböden, Neonlicht und als einzig zulässiger Wandschmuck kleine goldene Kreuze über den Türen. Crinelli nahm in einem Sessel Platz, der aus Schutzgründen mit einer Plastikhusse überzogen war. Vroni Meyer, die Haushälterin des Pfarrers und wahrscheinlich Verantwortliche für die herrschende Ordnung, nahm wie selbstverständlich ebenfalls im Raum Platz, wohl in gespannter Erwartung gewisser Neuigkeiten. Da Crinelli ohnehin auch mit ihr sprechen wollte, sah er darin kein wirkliches Problem, zumindest was ihn selbst anging. Einigermaßen überrascht war er dennoch, dass Vandermeulen seinen Hausgeist zunächst über den Teil des Gespräches informierte, das sie beide vor der Tür bereits geführt hatten. Die katholische Kirche in Gestalt von Randolph Vandermeulen war nicht nur lebensfroh, offen und freundlich, sondern obendrein auch noch demokratisch. Was für eine Welt, in der nicht einmal mehr auf die alten Feindbilder Verlass war, dachte sich Crinelli, ohne sich auch nur das Geringste anmerken zu lassen.

»Also schön, Herr Pfarrer. Können Sie mir irgendwie weiterhelfen?«

»Sie wissen ja vermutlich, was mein Problem ist?«, entgegnete Vandermeulen.

»Ihr Problem?«

»Das Beichtgeheimnis. Selbst wenn ich den Mörder kennen würde, was, das versichere ich Ihnen, nicht der Fall ist, dürfte ich Ihnen seine Identität nicht preisgeben.«

Crinelli schluckte die Bemerkung, die ihm auf den Lippen lag, einfach herunter. Natürlich wusste er, dass der Pfarrer, wie liberal er sich auch immer geben mochte, niemals und unter keinen Umständen das Beichtgeheimnis brechen würde. Er hatte das Gespräch taktisch falsch begonnen.

»Das ist mir natürlich klar. Aber nehmen wir als Hypothese einmal an, die Tat wäre von einem Mitglied Ihrer Gemeinde begangen worden, wer käme Ihrer Meinung nach am ehesten dafür in Frage? Gibt es Menschen mit seltsamen Neigungen oder Vorlieben, von denen Sie wissen?«

»Sehen Sie, ich verstehe meine Aufgabe hier auch als gelebte Sozialarbeit. Meine Arbeit wäre leicht, aber ohne wirklichen

Sinn, wenn sie nur darin bestünde, die Menschen sonntags in die Kirche zu locken. Christliches Leben beginnt in der Familie. Wenn, sagen wir einmal, in einer Familie ein Alkoholproblem auftaucht, ein Kind oder eine Frau geschlagen wird, finanzielle Sorgen die Oberhand gewinnen und ich davon erfahre, so ist es meine Pflicht, nicht nur vor der Kirche, sondern auch vor meinem eigenen Gewissen, mich um die Menschen und ihre Sorgen zu kümmern. Ich gehe in die Familien und suche das Gespräch. Viele Menschen hier im Ort haben ihre Zurückhaltung mir gegenüber abgelegt, sie kommen manchmal nur zur Beichte, um ein wenig mit mir zu sprechen, sich einen Rat oder meinen Beistand zu holen. Ich danke Gott für dieses Vertrauen. Ich möchte Ihnen so gerne bei der Verfolgung des Mörders helfen, aber ich darf auf gar keinen Fall das Vertrauen, das diese Menschen hier in mich gesetzt haben, missbrauchen. Verstehen Sie das?«

Crinelli verstand, wollte aber lieber nicht verstehen, denn das, was der Pfarrer ihm da gerade mitteilte, hieß übersetzt etwa so viel wie: »Ich weiß sehr viel, werde dir aber nichts sagen«.

»Auch wenn Sie den Vergleich absurd finden, wir Polizisten haben ebenfalls eine Art Schweigegelübde abgelegt. Wir schützen Zeugen und können Dinge für uns behalten, wenn es geboten erscheint. Sie wissen vermutlich eine Menge über die Dorfbewohner, was mir bei meinen Ermittlungen von Nutzen sein könnte, genau deshalb wollte ich ja mit Ihnen sprechen. Sehen Sie, wir haben fast keine Spuren. Die einzig verlässliche Spur besteht in der Art der Verletzungen, die der Täter seinem Opfer zugefügt hat. Ich glaube, wenn Sie mit mir zusammen in der Gerichtsmedizin gewesen wären, dann kämen Ihre eisernen Grundsätze ins Wanken. Meine einzige Chance, dem Täter auf die Spur zu kommen, besteht darin, die innere Struktur Niederkirchens und seiner Bewohner zu erforschen. Wer hat welche Neigungen, wem sind Gewalttaten zuzutrauen, Herrgott, ich brauche einfach einen Anfang, verstehen Sie das denn nicht?«

»Sie erwarten, dass wir gemeinsam Mensch für Mensch durchgehen und ich Ihnen intime Kenntnisse über die Einzelnen verrate. Das geht nicht. Aber wenn Sie einen begründeten Verdacht haben, kommen Sie doch bitte gerne wieder vorbei. Konkrete Fragen kann ich zumindest durch Dementieren oder Schweigen beantworten. Bei diesem schrecklichen Verbrechen möchte ich wirklich bis an die Grenzen meiner Möglichkeiten gehen, aber bitte verleiten Sie mich nicht zum Überschreiten dieser Grenzen.«

Crinelli hatte verstanden. Der Pfarrer stünde ihm jederzeit als stummer Zeuge zur Verfügung. Damit konnte sich zu gegebener Zeit etwas anfangen lassen. Dennoch blieb das heutige Gespräch unbefriedigend.

»In Ordnung. Ich danke Ihnen trotzdem für Ihre Offenheit. Hätten Sie etwas dagegen, wenn ich Frau Meyer noch einige Fragen stellen würde?«

»Nein, natürlich nicht. Aber ich wäre nicht gerne dabei. Bitte bleiben Sie doch sitzen. Wenn Sie mich noch einmal sprechen wollen, wissen Sie ja, wo Sie mich finden. Ich glaube, die linke Seite meines Wagens wäre verärgert, wenn sie nicht am gleichen Tag gewaschen würde wie die rechte.«

Vandermeulens Abgang verunsicherte die Haushälterin. Offenbar war sie sich noch nicht ganz im Klaren darüber, welchen Einfluss der Standpunkt ihres Arbeitgebers auf ihre eigene Aussage haben sollte. Crinelli spürte die Belastung des Augenblicks, auch wenn das Schweigegelübde des Pfarrers für dessen Haushälterin keinerlei Gültigkeit besaß. Er beschloss deshalb, das Pferd von hinten aufzuzäumen, die Neugier Vroni Meyers an Klatsch aller Art zu nutzen.

»Was sagen Sie eigentlich zu dem Verhältnis zwischen Metzger Keppeler und der Frau des Bürgermeisters?«

Die Frage erschreckte die Haushälterin sichtlich. Auf ihrem Hals erschienen rote Flecken.

»Davon weiß ich nichts«, antwortete sie barsch.

»Kommen Sie, Frau Meyer, ich sagte ja bereits, dass wir Polizisten schweigen können. Außerdem ist ein Verhältnis ja noch kein Grund zum Töten.«

»Die Familien sind fast Nachbarn.«

»Ja und, was weiter?«

»Das schickt sich doch einfach nicht.«

»Was schickt sich nicht?«

»Na, so ein Lebenswandel.«

»Wie?«

»Ach, nichts. Ich will auch gar nichts darüber wissen. Mir reicht es schon, was man sich so alles erzählt.«

»Und was erzählt man sich so?«

»Dass die so freizügig sind und so«, die ältere Dame errötete nun auch im Gesicht und verstummte.

»Sie meinen, Keppelers oder Zimmermanns praktizieren so was wie freie Liebe?«

»Ich sag kein Wort mehr, das ist alles sehr unchristlich. Jedenfalls sollte so einer nicht Bürgermeister sein, Schluss!«

Wenn das, was Vroni Meyer nur angedeutet hatte, der Wahrheit entsprach, dann müsste der Bürgermeister folglich vom Verhältnis seiner Frau mit dem Metzger wissen. Streng genommen war es dann nicht einmal ein Verhältnis, vielleicht hatte ja der Bäckermeister auch etwas mit Marlis Keppeler. Sodom und Gomorha im Bergischen.

»Sagen Sie, Frau Meyer, wo wir gerade bei den delikaten Geschichten sind, was wissen Sie über den Bergischen Hof?«

Ihre Miene nahm bereits die nun folgende Stellungnahme vorweg, und wohl nur der Anstand verbot der alten Dame, ihren aufkommenden Ekel Crinelli vor die Füße zu spucken.

»Das ist doch entwürdigend. Da laufen die Kerle reihenweise hin, seit das dort eröffnet wurde. Wie kann eine Gemeinde so etwas nur zulassen? Aber es ist ja auch kein Wunder, bei diesem Bürgermeister. Früher hätte es das nicht gegeben, jedenfalls nicht hier bei uns.«

»Woher wissen Sie so genau, wer dort verkehrt?«

»Was denken Sie denn, was das hier ist? Ein Platz für Zurückgebliebene? Die meisten Frauen wissen doch genau, ob ihr Mann eine Freundin hat oder zu den Frauen geht. Und sie sprechen auch darüber, untereinander. Am Ende sind sie aber zu feige, die Kerle anzuzeigen.«

»Seitensprung ist kein kriminelles Delikt, Frau Meyer.«

»Das sollte es aber sein. Erst machen die Schweine den Frauen die Kinder, und dann betrügen sie sie nach Strich und Faden. Eine Schweinerei ist das, eine gottverdammte Schweinerei.«

Sie erschrak über ihre eigenen harschen Worte und über den darin enthaltenen gotteslästerlichen Fluch. Ein schnell geschlagenes Kreuzzeichen sollte Vergebung bringen.

»Waren Sie selbst je verheiratet?«

»Gott bewahre, nein, niemals. Ich habe das ganze Elend bereits im eigenen Elternhaus erlebt. Meine Mutter durfte sich um die fünf Kinder kümmern, während der Herr des Hauses unser Geld in Hurenhäusern und Kneipen verprasste. Nein, danke vielmals.«

Crinelli erwartete nichts mehr von einer weiteren Befragung. Eine persönlich verbitterte Zeugin war nicht viel wert. Dennoch hatte er einige brauchbare neue Hinweise erhalten, die sich zu notieren lohnte. Er klappte sein Notizheft zu, schob es wieder in seine Jacke und verabschiedete sich. Draußen war der Pfarrer offenbar mit der Wagenwäsche fertig geworden. Er polierte jetzt mit Inbrunst den Lack seines Wagens.

»Konnte Ihnen Frau Meyer weiterhelfen?«

Crinelli berichtete dem Pfarrer in wenigen Worten von den Kernthesen und den darin enthaltenen Vorwürfen seiner Haushälterin.

»Oh weh, arme Vroni. Sie dürfen ihre Aussagen nicht allzu ernst nehmen. Die Gute leidet doch sehr unter ihrer Vergangenheit. Deshalb verdammt sie alles Fleischliche und schießt gerne einmal über das Ziel hinaus.«

»Ich dachte, das sei *Ihr* Job, die Freuden der fleischlichen Lust zu geißeln«, entgegnete Crinelli.

Der Pfarrer lachte wieder sein offenes, freundliches Lachen. Im Freien wirkte er gelöster als in seinen eigenen vier Wänden.

»Sie haben wirklich eine altertümliche Vorstellung von unserer Kirche. Wir reden doch über verheiratete Menschen, und was die in ihrem Schlafzimmer tun, geht die Kirche nun wirklich nichts an. Mich persönlich stört es auch nicht, wenn unverheiratete Menschen miteinander schlafen, aber Rom ist da anderer Meinung. Und was meine Haushälterin da über die Familien Zimmermann und Keppeler mutmaßt, ist doch wohl eher Dorfklatsch. Wer hier häufiger fröhliche Feste feiert, wird gerne einmal zum Geschwätz der Leute. Wissen Sie, ein solches Dorf ist gemütlich auf der einen Seite, aber ganz sicher auch etwas engstirnig auf der anderen. Aber was den Bergischen Hof betrifft, da bin ich ganz entschieden der gleichen Meinung wie Frau Meyer. Ein Haus, in dem Menschen für Geld verkauft werden, vermietet, besser gesagt, halte ich nicht für vereinbar mit der Würde eines Menschen. Das sollten Sie genauso sehen, das hat doch wohl nichts mit geistlichem oder weltlichem Standpunkt zu tun, oder?«

»Äh, natürlich, natürlich.«

Crinelli fühlte sich von Vandermeulens letzter Frage etwas überrumpelt. War es würdelos, in einem Puff zu arbeiten? Handelte es sich in jedem Falle um Ausbeutung? Darüber hatte er sich in seinem bisherigen Leben noch keine Gedanken gemacht. Schließlich hatte er selbst durch seine Arbeit einige Kontakte ins Milieu hinein, und er fand die Arbeit der Frauen nicht abstoßend, er gehörte eher zu denen, die den Nutten dankbar waren, weil er und seine Kollegen ohne Prostitution wesentlich mehr zu tun haben würden. Aber vermutlich hatte der Pfarrer Recht.

»Die werde ich mir auch noch vorknöpfen«, beendete Crinelli das Gespräch und setzte nun endgültig seinen Weg in Richtung Neumann'scher Hof fort.

Nach wenigen Minuten bergab erreichte er den Fluss. Das Haus der so genannten Kommune stand eigentümlicherweise mit seiner Schmalseite zur Straße. Crinelli suchte zunächst die Eingangstüre und dann eine Klingel oder ein anderes Instrument, das in der Lage war, einen Gast anzukündigen – Fehlanzeige. Er versuchte es mit Klopfen. Laute Musik drang deutlich an sein Ohr. Cassandra Wilson, eine von Crinellis Lieblingsstimmen. Hier konnten keine schlechten Menschen wohnen. Der Kommissar musste ob seines eigenen Vorurteils schmunzeln und schlug nochmals, dieses Mal heftiger, gegen die Holztüre. Als auch diese Attacke unbeantwortet blieb, entschied er sich für den Zutritt über den Garten. Am Ende des seitlich am Haus entlangführenden Weges versperrte ein Holzgatter den Durchgang. Dahinter erblickte Crinelli einen wilden Garten. Hinter einem kleinen Teich befand sich ein weiteres Haus, ganz aus weiß gestrichenem Eisen und Glas. Die hohen Türen standen weit offen. Im Raum arbeitete ein Mann, den muskulösen Oberkörper entblößt, mit einem Schweißbrenner an einer großen Skulptur. Crinelli schritt durch das weiche Gras des Gartens und klopfte unsinnigerweise an die Glasscheibe. Endlich besann er sich auf die Kraft seiner Stimme und ließ ein lautes »Guten Tag« erschallen. Der Mann am Schweißbrenner drehte sich um, schob seine Schutzmaske nach oben und drehte dem Feuer speienden Gerät die Gaszufuhr ab. Die Flamme erlosch. Er legte den Brenner auf einen rollbaren Metallwagen und kam auf Crinelli zu. Franz Liebermann.

»Guten Tag, Herr Crinelli, was kann ich für Sie tun?«

»Sie sind die Kommune?«, stotterte Crinelli überrascht, »dann hätte ich mir den Weg ja sparen können. Eine schöne Werkstatt haben Sie hier, und einen noch schöneren Garten.«

»Vielen Dank, ein Paradies, nach dem ich lange gesucht habe, aber wieso hätten Sie sich den Weg zu uns sparen können?«

»Sie und Ihre Leute sind dringend tatverdächtig, jedenfalls

wenn man den Aussagen informierter Dorfbewohner Glauben schenken darf.«

Crinelli hatte erwartet, dass Liebermann diesen Scherz mit einem Lachen quittieren würde, aber dem war nicht so.

»Also hat auch mein Paradies einen Riss, nichts ist vollkommen.«

Die Worte erinnerten Crinelli schmerzhaft an die Erfahrung, die er selbst gerade machte. Das Paradies finden, das war auch seine Idee gewesen. In diesem Augenblick war er davon allerdings um Lichtjahre entfernt.

»Der Raum war eine alte Schmiede. Dort hinten sehen Sie noch die Esse. Hier war alles ziemlich runtergekommen. Tja, und der Garten ist unser liebstes Kind. Wir sind alle Städter, wie Sie wissen, niemand von uns hatte auch nur einen Balkon. Hier sind wir von der Natur geradezu umzingelt, glauben Sie mir, hier lebt es sich herrlich. Aber kommen Sie doch bitte mit, ich ziehe mir nur schnell etwas über.«

Liebermann trocknete seinen schweißnassen Oberkörper und zog sich ein T-Shirt an. Der Kerl sah unanständig gesund und kraftvoll aus.

»Kommen Sie, Herr Crinelli, möchten Sie eine Limonade?«

Die Frage versetzte Crinelli mit einem Schlag in längst vergessene Zeiten. Er konnte sich nicht erinnern, wann ihm zum letzten Mal eine Limonade angeboten worden war. Es musste seine Mutter gewesen sein, und er selbst war wohl nicht älter als acht. Er nahm das Angebot freudig an und fühlte richtiggehend eine leichte Erregung, konnte er sich doch so gar nicht mehr erinnern, wie das süße Zeug schmeckte. Wenn ihm während seiner Ermittlungen überhaupt etwas angeboten wurde, dann war es Kaffee oder ein Teechen.

»So viel Schönheit erwartet man nicht, wenn man auf der Straße an Ihrem Haus vorbeifährt«, sagte Crinelli, nachdem Liebermann ihm ein eiskalt beschlagenes Glas hingestellt hatte. Sie nahmen unter einer großen, Schatten spendenden Kastanie

Platz, auf bequemen Korbsesseln vor einem runden Metalltisch, der eindeutig aus der Werkstatt des Künstlers stammte.

»Wir haben uns ganz bewusst dazu entschieden, die Fassade straßenseitig nicht zu renovieren. Je unbewohnter so ein Haus aussieht, desto besser. Wir suchen, wie ich Ihnen schon erzählte, keinen Kontakt zu den übrigen Bewohnern im Ort, denn wir haben uns nicht etwa für ein Dorfleben entschieden, sondern für ein Landleben. Aber vielleicht gerade weil wir uns aus allem heraushalten, zerreißen sich die Leute inzwischen das Maul über uns. Kommune, Drogen und weiß der Teufel was nicht alles, aber egal, wen stört's?«, sagte Liebermann, und Crinelli bemerkte sehr wohl, dass dem kräftigen Mann nicht recht wohl in seiner Haut war.

»Aber nun zum Grund Ihres Besuches, Herr Crinelli, ich nehme an, er steht in Zusammenhang mit dem toten Mädchen vom Wehr? Wir haben in der Zeitung darüber gelesen. Gehen Sie davon aus, dass der Mörder hier in der Umgebung zu suchen ist?«

»Ich gehe nicht davon aus, aber ich muss es als eine mögliche Option in Betracht ziehen.«

»Mein Gott, das arme Kind. Konnten Sie die Angehörigen ausfindig machen?«

»Nein, bisher noch nicht.«

»Darf ich fragen, ob neben der Tötung noch andere Verbrechen an dem Kind verübt wurden?«

Crinelli musste umdenken. Er hatte es hier mit der ersten Person zu tun, die nicht bereits durch Kruminga über die Umstände der Tat informiert worden war. Liebermann wusste tatsächlich nur, was in der Zeitung geschrieben stand, und dort hatte Crinelli nichts über die Misshandlungen verlauten lassen. Sollte es Angehörige geben, wäre es nicht angebracht, wenn sie alle grausamen Details über den Tod des Kindes in der Zeitung lesen mussten.

»Ja, das Kind ist schwerst missbraucht worden.«

»Dreckschweine!« Die Kiefernmuskeln des Mannes knackten, so sehr verbissen sich seine Zahnreihen ineinander.

»Wieso interessiert Sie das?«

»Wieso sollte mich das nicht interessieren? Jeder Mensch sollte sich viel mehr dafür interessieren, damit solchen Schweinen endlich das Handwerk gelegt werden kann. Gott sei Dank trauen sich heute mehr und mehr Leute, über Missbrauch offen zu sprechen. Meine Frau weiß aus ihrer eigenen Schulpraxis von einer erschreckenden Anzahl solcher Fälle zu berichten, auch hier, in dieser ach so friedlichen Gegend. Diese fürchterliche Gewalt hat keine geografischen und keine sozialen Schranken. Sie reicht von ganz armen Menschen bis hinein in die ersten Familien der Gesellschaft. Ich habe vor einigen Jahren für eine Reportage selbst in diesem unappetitlichen Bereich recherchiert, und ich kann Ihnen sagen, noch nie in meinem Leben habe ich eine Arbeit so sehr verdammt. Ich war wochenlang nicht ansprechbar. Schlussendlich habe ich den Artikel nicht einmal geschrieben, es ging einfach nicht mehr. Einige Fakten hat schließlich ein Kollege ausgewertet und publiziert. Ich möchte nie wieder in so viel Schmutz geraten.«

»In welcher Szene haben Sie ermittelt? In Bordellen ist das ja noch möglich, aber in die betroffenen Familien werden Sie wohl kaum hineingekommen sein?« Das Gespräch nahm einen unerwarteten Verlauf.

»Na ja, ich hab schon auch ein paar Betroffene interviewt. Man traut es sich ja kaum auszusprechen, aber es gibt selbst zu Missbrauch in der Familie noch Steigerungen. Noch schlimmer ergeht es den illegal im Land befindlichen Kindern. Sie werden von Schleuserbanden aus ihrer Heimat verschleppt und hier dann zu Dingen gezwungen, die sich ein normaler Mensch einfach nicht vorstellen kann. In diesem Milieu habe ich recherchiert.«

Crinelli war mit einem Mal hellwach. Vergessen waren der wilde Garten, die köstliche Limonade und das schöne Frühlingswetter.

»Ich kann Ihnen verbindlich sagen, dass sich eine Verteilstation in NRW befindet«, fuhr Liebermann fort, »und zwar in der schönen Stadt Köln. Leider habe ich niemanden gefunden, der dort mit mir zusammenarbeiten wollte. Die Polizei war ausschließlich an meinen Informationen interessiert, um dann selbst das Heft in die Hand zu nehmen. Damals fand ich das empörend. Ich sah mehr meine Story als die Möglichkeit, diesen menschenverachtenden Kreaturen an die Wäsche zu gehen. Heute bedaure ich, meine Informationen nicht sofort preisgegeben zu haben. Das heißt, ich habe sie schließlich doch noch letzten Herbst bei der Kripo hinterlegt, weiß aber nicht, was daraus geworden ist. Jedenfalls ist dieser Aspekt meiner Ermittlungen bis heute nicht veröffentlicht worden. Für mich persönlich hat diese Arbeit das Fass Großstadt und Journalismus zum Überlaufen gebracht. Nachdem ich meine Krise schließlich gemeistert hatte, sind wir hier aufs Land gezogen. Ich mache keine solchen Storys mehr, ich kann sie nicht mehr machen. Ein bisschen Reise, eine Woche mit schweigenden Mönchen in einem Kloster, die einsame Arbeit eines Orgelbauers in Südtirol und Schluss. Aber am allerliebsten bin ich in meiner Werkstatt oder im Atelier, oben unter dem Dach.«

»Es tut mir Leid, Ihnen mitzuteilen, dass Sie von diesen schrecklichen Taten eingeholt worden sind«, begann Crinelli sichtlich erregt, »wir haben es mit einem offenbar geistesgestörten Mörder zu tun und befürchten, er könnte sich ein zweites Opfer suchen, wenn er es nicht bereits getan hat. Es findet sich bisher niemand, der das Kind identifizieren kann. Wir haben sein Foto national zur Fahndung ausgeschrieben, haben Aufrufe im Fernsehen veranlasst, sein Bild in den Zeitungen veröffentlicht und jede verdammte Vermisstenliste gecheckt – bisher Fehlanzeige. Es wäre also gut möglich, dass es sich bei der Leiche um ein Kind aus einem solchen Schleusertransport handelt. Deshalb müssen Sie mir mehr davon erzählen. Aber nicht nur Sie, Liebermann, holt in diesem Moment die eigene Vergangenheit ein, ich sage Ihnen, auch ich leide unter diesem Fall mehr, als mir von Berufs wegen zusteht.«

Crinelli stockte. Er konnte sich nicht erinnern, jemals zuvor den Wunsch verspürt zu haben, seine Rolle zu verlassen und einfach nur er selbst zu sein. Dieser Liebermann hatte etwas an sich, das genau diese Saite in ihm zum Klingen brachte. Er war tatsächlich bereit, einem wildfremden Mann seine ganze Geschichte zu erzählen. Aber bei dem Typen handelte es sich nicht um eine zufällige Bekanntschaft, sondern um einen Menschen, den er von Berufs wegen zu verhören gedachte, auch wenn er vorher nicht gewusst hatte, wer sich hinter dem Pseudonym »Kommune« verbarg. Während sich Crinelli noch über sich selbst und seine zutiefst unprofessionelle Haltung wunderte, hörte er bereits die nächsten Worte aus seinem Mund strömen. Er sprach über seine Entscheidung, mit der Familie aufs Land zu ziehen, seine jetzt immer stärker aufkommenden Zweifel an der Richtigkeit dieses Schritts, die Ängste seiner Frau und bemerkte kaum noch, wie sehr er sich Franz Liebermann mit dieser Beichte auslieferte. Er saß einem Mann von großer Ehrlichkeit und Loyalität gegenüber, und das schien er in diesem Augenblick zu brauchen. Niemals sonst hätte sich ein solcher Gefühlsausbruch bei Crinelli ereignen können. Dafür kannte er sich gut genug.

Als er geendet hatte, saßen die beiden Männer eine Weile schweigend unter dem Baum. Die Stille war die selbstverständliche Fortsetzung von Crinellis Offenherzigkeit. Liebermann erhob sich, betrat das Haus durch die weit offen stehende, doppelflügelige Glastür und holte neue Limonade. Er stellte den großen Krug auf den Tisch.

»Und wie wollen Sie weitermachen, Jérôme? Entschuldigung, ich darf Sie beim Vornamen nennen?«

Darauf kam es jetzt auch nicht mehr an. Die notwendige Distanz für ein professionelles Verhör war eh aufgebraucht.

»Gerne, dann aber bitte Jerry, so nennen mich alle. Tja, wie will ich damit hier weiterleben? Ich muss den Fall schnell lösen, dann wird sich der Rest schon finden. Deshalb kann ich mich im Moment nicht um mein Privatleben kümmern, verstehen Sie, dieser Scheiß-Fall nimmt mich total gefangen. Sie müssten das doch aus Ihrer Arbeit auch kennen.«

»Nur zu gut. Aber diese Sucht und die damit verbundene Geschwindigkeit, sie laugen dich aus, und irgendwann ist der Akku leer. Sie stehlen dir deine Energie. Ich muss selbst in meiner kreativen Arbeit Acht geben, dass ich nicht wieder zu schnell werde. Oft erwische ich mich während der Arbeit an einem aktuellen Projekt bereits in Gedanken beim nächsten und übernächsten. Ein sehr ungesundes Erbe meines früheren Lebens. Aber ich verstehe schon, dass es bei Ihnen anders ist. Es geht um Menschenleben und diesem Fall sogar um das Leben von Menschen, die eigentlich noch gar keines gehabt haben.«

In diesem Augenblick betrat Ophelia Liebermann den Garten. Sie trug ein geblümtes Kleid, einen großen Strohhut und eine dunkle Sonnenbrille.

»Hallo, mein Schatz, du erinnerst dich sicher an Jerry Crinelli, den Mann von Maria. Er bearbeitet diesen scheußlichen Mordfall an dem kleinen Mädchen.«

»Hallo Jerry, schön, dich wiederzusehen, du hast dir wirklich einen herrlichen Tag für deinen Besuch ausgesucht, wenn auch der Anlass wenig Grund zur Freude bietet.«

»Verbrecher richten sich nicht nach dem Wetter. Sie haben schon schulfrei?«

»Klingt da Neid auf den Lehrerstand durch?« Die Frau lachte, nahm den Hut vom Kopf, schüttelte ihr kräftiges rotes Haar und ließ sich in einen Korbsessel fallen. »Ich dachte, wir duzen uns, Jerry?«

»Liebling, wir waren bei Vorname und Sie«, versuchte Liebermann die Situation zu erklären.

»Männer! Vorname und Sie. Wir sind doch hier nicht in einem amerikanischen Büro.«

Crinelli war die Situation etwas peinlich. Andererseits war dieser Besuch ohnehin entschieden anders verlaufen als alle Befragungen, die er je durchgeführt hatte. Er gedachte daraus kein Problem zu machen, fest entschlossen, seinem Gefühl zu trauen. Und dieses Gefühl sagte ihm, dass er hier einen der wenigen Menschen getroffen hatte, auf dessen Gesellschaft er gerne zurückkommen würde.

»Da kommt es jetzt auch nicht mehr drauf an, bei dem, was ich Franz heute schon alles von mir erzählt habe. Muss wohl am Frühling liegen oder an der Limonade, und hier im Ort duzen sich ja eh alle.« Crinelli lachte, während die Liebermanns ihn mit leichtem Unverständnis anschauten. »Also nochmals, ich heiße Jerry – du, Jerry.«

Ophelia ging ins Haus und kam nach einer Weile in bequemen Shorts zurück. Franz Liebermann unterrichtete sie in kurzen, klaren Sätzen über ihr bisheriges Gespräch und die grausamen Vergehen des Mörders.

»Habt ihr wirklich überhaupt keine Kontakte hier im Ort?«, fragte Crinelli in die Runde.

»Nein, außer zu Frido und Ännchen bestehen keine Kontakte. Klar kaufen wir im Ort ein, aber die Leute mögen uns nicht besonders, und wir scheren uns nicht drum«, antwortete Ophelia.

»Aber den Pfarrer kennt ihr doch auch? Er hat euch sogar getraut.«

»Oh, der Kommissar hat seine Hausaufgaben gemacht«, Ophelia lachte, »Pfarrer Vandermeulen kenne ich schon lange, aber nicht von hier, sondern aus Taufheim. Er war dort Kaplan, bevor er in Niederkirchen seine erste eigene Pfarrei bekommen hat, und war häufig zum Religionsunterricht an meiner Schule. Also fast so eine Art Kollege. Er ist wirklich nett, und deshalb haben wir uns von ihm trauen lassen. Also, wir können dir vermutlich weniger über die Leute hier im Ort erzählen als sonst irgendjemand. Das heißt, ein bisschen Klatsch kommt mir natürlich schon zu Ohren, schließlich gehen fast alle Gymnasiasten aus Niederkirchen auf meine Schule.«

»Hast du schon mit Frido gesprochen?«, wollte Franz wissen.

»Nein, bisher noch nicht. Wieso hat er euch eigentlich das Haus vermietet?«

»Warum sollte er es nicht tun? Fridolin ist Bauer, aber nicht jeder Bauer ist dumm, und er ganz bestimmt nicht. Außerdem hat er auch noch eine reizende, intelligente und talentierte Frau.«

»Talentiert in was?«

»Ich gebe ihr Unterricht im Zeichnen. Du solltest sehen, was sie macht. Sie hat wirklich Talent. Die beiden sind so gar nicht, wie man sich Bauern gemeinhin vorstellt. Wir haben uns eher zufällig kennen gelernt. Unser Mitbewohner Andreas hatte den Auftrag, das Bergische Land für einen neuen Reiseführer zu fotografieren. An einem schönen Tag, ähnlich dem heutigen, habe ich ihn begleitet. Während Andreas seine Fotos schoss, ging ich spazieren. Dabei habe ich Frido auf dem Feld getroffen. Er fuhr auf seinem schönen alten Trecker. Wir haben uns unterhalten, anschließend Kaffee getrunken und weiter geschwatzt. Zum Abschied hat er mir das heruntergekommene Gesindehaus und die alte Schmiede gezeigt. Der Rest ist Geschichte.«

Liebermann lachte. Crinelli war von dem Bild, dass die Liebermanns von Neumann zeichneten, überrascht, aber noch mehr interessierte ihn Ophelias Schulklatsch.

»Sag mal, Ophelia, was erzählt man sich denn so über unseren Bürgermeister?«

»Zimmermann? Nicht viel, aber dafür umso mehr über seinen gewalttätigen Kumpel Keppeler.«

»Erzähl!«, forderte Crinelli neugierig.

»Den größten Teil der Geschichte hat mir seine Frau erzählt. Ich habe mich lange und häufig mit ihr über die beiden gemeinsamen Kinder unterhalten. Sie kamen wochenlang nicht zum Unterricht, damals, nachdem die beiden mit ihrer Mutter Hals über Kopf das Haus verlassen haben.«

»Moment, Moment. So schnell komme ich da nicht mit. Du meinst, sie war schon einmal weg?«

Jetzt war es an Ophelia, verdutzt zu schauen.

»Wieso schon einmal weg? Sie ist doch immer noch weg.«

»Aber Marlis …«

»Nein, nicht Marlis! Du weißt noch nicht einmal, dass Marlis Keppelers zweite Frau ist, richtig?«

»Nein, mit mir spricht ja niemand.«

»Aber das weiß hier im Dorf doch jeder. Jeanne Keppeler ist vor zwei Jahren abgehauen, quasi über Nacht, nachdem ihr feiner Mann sie wieder einmal verdroschen hatte. Sie muss furchtbar ausgesehen haben. Die Kinder soll er angeblich nie angefasst haben, was mir persönlich schwer fällt zu glauben. Jeanne hat dann eine Zeit lang bei einer Freundin in Taufheim gewohnt, bis sie letzten Herbst nach Köln gezogen ist. Die Kinder gehen inzwischen auch dort zur Schule.«

Jetzt wusste Crinelli also, weshalb Keppeler bei seiner Befragung auf das Thema Kinder überhaupt nicht reagiert hatte.

»Weiß man, warum er sie verprügelt hat?«

»Das weiß man sogar sehr gut. Sie hat mir unter Tränen ihre ganze Geschichte erzählt. Jeanne hat Keppeler kennen gelernt, als sie zu einem Praktikum in Deutschland war. Sie ist Französin und hat übrigens inzwischen auch wieder ihren Mädchennamen angenommen, Duchamps. Traugott Keppeler war ihre ganz große Liebe. Wegen ihm hat sie die Eltern und ihre geliebte Heimat verlassen und ist in dieses Kaff hier gezogen. Sie wurde die Frau des Metzgers, alles aus Liebe. Zunächst sei er ein guter Ehemann und intensiver Liebhaber gewesen, was wohl bedeutet, dass die beiden eine Menge Spaß beim Sex hatten. Mit den Jahren veränderte sich Keppeler zusehends. Er brachte von seinen zahlreichen Reisen immer neues Sexspielzeug mit, anschließend dann harte Pornos, die sie sich zusammen mit ihm ansehen musste. Jeanne wurde gezwungen, Reizwäsche zu tragen, die er für sie ausgesucht hatte. Dann brachte er Dildos und Liebeskugeln mit, und Jeanne sollte sich ständig mit diesen Spielzeugen vor seinen Augen selbst befriedigen. Seine Obsessionen steigerten sich wohl immer mehr. Als er sie zwingen wollte, mit ihm in einen Swingerclub zu fahren, hat sie zum ersten Mal gegen ihn rebelliert. Keppeler reagierte mit aller Härte auf die Verweigerung, und ab da liefen die Dinge aus dem Ruder. Er begann seine Frau zu schlagen, betrog sie öffentlich mit anderen Frauen und Huren und gab ihr am Ende auch noch die Schuld am Scheitern ihrer Beziehung. Nachdem sie ausgezogen war, war die Scheidung reine Formsache. Keppeler hat eine Woche später erneut geheiratet, Marlis.«

»Wow, das ist ja mal eine Enthüllung! Wieso steht davon nichts in den Akten? Sie wird ihn doch wohl angezeigt haben.«

»Im ersten Affekt, ja, aber dann hat sie die Anzeige zurückgezogen. Sie sagte, sie wolle die Situation für ihre Kinder nicht noch schwerer machen, indem sie gegen Keppeler gerichtlich vorgehe. Aber wenn du mich fragst, stinkt die Geschichte. Ich vermute, ihr Schweigen war der Preis für eine schnelle, unblutige Trennung.«

»Du meinst Keppeler hat ihr gedroht?«

»Kann ich nicht sagen. Ich kenne den Mann ja überhaupt nicht. Alles, was Jeanne mir damals erzählte, klang sehr nach der Wahrheit. Sie war sehr ausführlich, selbst in der Darstellung der erduldeten Demütigungen. Mit der strafrechtlichen Komponente der Situation war sie für meinen Geschmack etwas zu schnell fertig, das war nicht O. K. Weiß nicht genau, nur so ein Gefühl.«

Crinelli machte sich während des ganzen Gesprächs Notizen in seiner Kladde. Allmählich gelangte er unter die Oberfläche des Falles, konnte erste Blicke hinter die Fassaden der ordentlichen Gesellschaft werfen. So schön sein momentaner Aufenthaltsort auch war, so nett seine Gesprächspartner, es wurde Zeit, dass er wieder aufbrach. Vor Dienstschluss wollte er noch mit Yildaz sprechen, normalerweise mussten die Ergebnisse seiner Abfragen jetzt vorliegen. Dann wollte er hören, was die Kollegen herausgefunden hatten. Sein Jagdinstinkt war erwacht.

Crinelli verabschiedete sich von den Liebermanns und versprach beim nächsten, dann eher privaten Besuch, Maria mitzubringen. Auch das Schleuserthema, zu dem er Liebermann noch befragen wollte, musste zunächst einmal warten, es gab andere Dinge, die jetzt wichtiger waren.

Crinelli ging mit schnellen Schritten den Uferweg entlang zurück in den Ort und erreichte genau in dem Moment den zentralen Dorfplatz, als der Dienstwagen mit Keller am Steuer die Hauptstraße herabgefahren kam. Crinelli stoppte die Kollegen. Als er zu ihnen in den Wagen stieg, hatte er bereits entschieden, nicht direkt auf die Wache zu fahren. Krumingas Rolle in diesem Fall wurde immer undurchsichtiger. Kein Wort über Keppelers Neigung zur Gewalt, was hatte er ihnen sonst noch alles vorenthalten? Crinelli dirigierte den Wagen zur alten Mühle. Dort konnten sie sich in die Sonne setzen und ihre Ermittlungsergebnisse austauschen. Von der Rückbank des Wagens rief er Yildaz an.

»Hi, Yildi, wie sieht's aus?«

Er hörte dem Kollegen einige Minuten zu, ohne ihn zu unterbrechen. Was er hörte, gefiel ihm.

»Super Arbeit, danke. Dafür hast du mindestens einen bei mir gut. Wie hast du es geschafft? … O.K., braucht mich ja auch nicht weiter zu interessieren. … Ja, schick mir die Liste auf die Wache, oder nein, warte, besser ist, du legst sie auf meinen Schreibtisch im Präsidium. Danke nochmals und schönes Wochenende.«

Crinelli unterbrach die Leitung und schaute gedankenverloren aus dem Seitenfenster, bis sie vor der alten Mühle anhielten. Die Männer stiegen aus und gingen die wenigen Schritte bis zum Wasser. Instinktiv wanderte Crinellis Blick flussaufwärts Richtung Wehr. Am Ufer lagen Gegenstände, die er von seinem Standpunkt aus nicht identifizieren konnte. Er ging darauf zu und erkannte mehrere Blumensträuße, sogar einen kleinen Kranz und ein rotes Grablicht, das trauernde Menschen für das unbekannte Mädchen niedergelegt hatten. Crinelli senkte den Kopf und verharrte einen Moment in dieser Position, bevor er zurück zu den Kollegen ging. Kein Dorf war voller Mörder.

»Also pass auf, Keller«, begann Crinelli. »Sie können sich denken, warum wir jetzt hier stehen und nicht gemütlich im Büro sitzen. Dazu brauche ich keinen Kommentar von Ihnen, aber eins brauche ich doch, einen Schwur! Nichts von dem, was wir hier besprechen, dringt an Krumingas Ohr, verstanden?« Der Polizist nickte, obwohl er sich sichtlich unwohl in seiner Rolle fühlte. »Yildi hat etwas sehr Interessantes herausgefunden«, fuhr Crinelli fort. »Fritz Maasen hat gesessen. Ist schon eine Weile her. Er arbeitete Ende der achtziger Jahre in einem Stahlwerk in Duisburg. Am Abend hat er mit seinen Kollegen gesoffen und schließlich mit einem von ihnen, einem Türken, Streit angefangen. Er ist volltrunken mit seinem Messer auf den Mann losgegangen und hat ihn lebensgefährlich verletzt. Der Mann hat zwar überlebt, ist aber heute Invalide. Maasen hätte für diesen Fall allein sogar noch mit einer Bewährungsstrafe davonkommen können, aber es war nicht seine erste Anklage wegen Körperverletzung. Alle vorherigen Übergriffe trafen ebenfalls Ausländer. Wir sollten uns also nicht allzu sehr wundern, dass er die Zigeuner als Täter favorisiert. Eineinhalb Jahre hat er abgesessen. Wussten Sie von der Geschichte, Keller?«

»Nein, kein Wort, Herr Hauptkommissar.« Keller war der Erste, der ihn mit seinem korrekten Dienstgrad ansprach. »Überhaupt muss ich Ihnen einmal etwas sagen. Hans behält alles für sich. Ich bekomme meine Aufgaben und erledige sie. Häufig ist er den ganzen Tag nicht auf der Wache, in Ermittlungen erfahre ich kein Wort. Sehen Sie, ich bin nicht hier geboren und erst vor zwei Jahren nach Niederkirchen versetzt worden. Ich möchte meine Zeit hier absitzen und so schnell wie möglich nach Köln versetzt werden. Aber Sie kennen die Polizei doch besser als ich, eine schlechte Beurteilung von Kruminga und ich kann hier im Bergischen mein Gnadenbrot fressen. Was soll ich denn tun? Ich hab sowieso schon so spät angefangen, bin schon 34 Jahre alt und will noch ein paar Fortbildungen machen, um dann zur Kripo zu wechseln. Der ganze Schlamassel hier hat mir gerade noch gefehlt. Aber eines, Herr Hauptkommissar, bin ich nicht, ich bin kein Verräter, und ich kann mein Maul halten.«

Der Mann konnte richtiggehend zornig werden. Das gefiel Crinelli. Er berichtete den beiden von seinen Ermittlungen und rauchte dabei eine Zigarette nach der anderen. Bei Vandermeulen hatte er sich das Rauchen nicht getraut, und bei Liebermanns im Garten schien es ihm irgendwie unpassend. Das galt es aufzuholen. Im Auto hatte er inzwischen eine Flasche Mundwasser deponiert, außerdem lutschte er Fisherman's. Damit wollte er verhindern, dass Maria seinen Rückfall bemerkte.

»Mein lieber Mann, Jerry, da tun sich ja allmählich Abgründe auf«, sagte Bohlen, »wir haben nämlich auch noch was, und zwar ausgerechnet von deinem Nachbarn.«

»Meinem Nachbarn? Wen meinst du?«

»Brandt, Rudolph Brandt. Er hat für die Tatzeit kein Alibi, genauer gesagt, er war nicht zu Hause. Er befand sich nämlich in besagter Nacht auf der Jagd. Ist um vier Uhr morgens von zu Hause losgefahren, aber nicht alleine, sondern gemeinsam mit Traugott Keppeler, und Josef Zimmermann ist nur deshalb nicht mitgekommen, weil sein Geselle krank geworden ist. Das bedeutet im Klartext, wir haben zwei Lügner am Start. Keppeler lag nicht in seinem Bett, und Zimmermann hat definitiv gewusst, dass seine Kumpels nicht zu Hause waren.«

»Sehr gute Arbeit, Jungs. Na, da haben wir ja ganz schön was geleistet in dieser Woche.«

»So sehe ich das auch, wann besuchen wir den lieben Herrn Traugott denn nochmals?«

»Das müssen wir uns gut überlegen. Ihr wisst nämlich noch nicht, was ich alles herausgefunden habe.«

Crinelli erzählte den Kollegen, was er von Ophelia Liebermann erfahren hatte, und fuhr dann fort:

»Also, der Gute neigt zur Gewalt und zu, na, sagen wir, sexuellen Spielchen. Außerdem hat er uns angelogen, aber das bedeutet noch nicht, dass er unser Täter ist. Dennoch erscheint es lohnend, sich mit dem Herrn weiter zu beschäftigen. Lassen wir die Brühe ruhig auf großer Flamme kochen. Und dann werden wir uns Maasen vorknöpfen, aber alles erst ab Montag wieder. Wir machen ein ganz normales Wochenende, bin ich meiner Ehe schuldig.«

»Was sagt Yildaz zu der Liste mit den getöteten Kindern?«

»Ach ja, hätte ich fast vergessen. Sie liegt auf meinem Schreibtisch im Präsidium. Yildi wollte sie faxen, aber wegen Kruminga … Hast du Lust, sie über das Wochenende durchzusehen?«

»Logisch, Meister. Erst FC, dann Kinderleichen, das ganz normale Wochenendprogramm.«

Mittwoch

»Nun pack doch mal richtig hin, du bist doch sonst auch keine Memme«, wies Maria ihren Mann an. Sie saß mit hoch geschobenem Nachthemd und einem dicken Kissen im Rücken auf dem Bett und streckte ihrem Mann den leicht gerundeten Bauch entgegen. Crinelli hockte rittlings über Maria und streichelte mit beiden Händen ihre Bauchdecke. Maria war sicher, dass man das Kind schon fühlen konnte, doch Crinelli zögerte.

»Wenn die Ärzte es fühlen können, kannst du es auch. Lang ruhig richtig hin, du tust mir nicht weh.«

»Ich habe aber Angst, etwas kaputtzumachen.«

»Komm, Liebling, versuch's halt noch mal, oder lass mich endlich aufstehen.«

»Nein, nein, warte. Ich probier's noch mal.« Crinelli dirigierte sein komplettes Gefühl in die Fingerspitzen und begann den Bauch seiner Frau kräftiger zu verformen als die fünfzehn Mal zuvor.

»Jetzt, Maria, jetzt, ich glaube, ich spüre etwas.«

Dem Mann brach der Schweiß aus, aber er war jetzt sicher, seine Tochter ertastet zu haben. Nicht etwa, dass er Arme von Beinen und Kopf hätte unterscheiden können, aber da, wo nur Fett und Gewebe zu erwarten war, spürte er plötzlich einen festen Widerstand. Crinelli konzentrierte sich so stark, dass er am Ende glaubte, die schwappenden Bewegungen des Fruchtwassers deutlich in seinen Fingerspitzen spüren zu können. Schwer atmend ließ er sich schließlich neben seine Frau in die Kissen fallen.

»Crinelli, mit dir krieg ich noch mal ein Kind, du bist ja eine echte Mimose.«

Er drehte sich wieder seiner Frau zu, rutschte etwas im Bett nach unten und legte seinen Kopf wortlos auf ihren Bauch.

»Sei mal still, du Rabenmutter, ich glaube, ich kann sie auch hören.«

»Du kannst sie oder ihn nicht hören, du Doofi, allenfalls spüren, und jetzt lass mich aufstehen, wir kommen noch zu spät zur Untersuchung.«

Maria schob sich aus dem Bett. Es war der Tag der ersten großen Ultraschall-Untersuchung. Ein Termin, den Crinelli um nichts in der Welt verpassen wollte. Er würde seine Tochter zum ersten Mal sehen können. Wenn es stimmte, was in Marias Büchern stand, war sie schon ganze 15 Zentimeter groß und etwa 300 Gramm schwer. Sie war also schon in der zweiten Lebensphase. Längst schon kein Embryo mehr, nein, ein Fötus. Dann würde sie ein Neugeborenes sein, ein Kind, eine Jugendliche und …, weiter wollte Crinelli nicht denken. Den ersten Kerl, den sie ins Haus brachte, würde er niedermachen, ganz klar und ganz schnell.

Crinelli wollte nicht zu den Vätern gehören, denen man das Geschlecht seines Kindes erst bei der Geburt mitteilte. Warum konnte einem die Wissenschaft schon zu Beginn des vierten Monats alle diesbezüglichen Informationen liefern, wenn sie keiner haben wollte. Er wollte unbedingt, und heute war der Tag dafür.

Crinelli packte seine Frau in den Wagen und fuhr den ganzen Weg nach Köln so ruhig und vorsichtig, als ob er sich auf spiegelglatter Fahrbahn befände. Er war im Allgemeinen kein Raser, aber heute trug er seinen Wagen geradezu durch die Kurven. Er war aufgeregt, dachte nicht mehr an seinen Fall. Nachdem er die Konturen des Kindes an diesem Morgen ertastet hatte, wurde alles andere gleichgültig. Kein Sexualtäter, kein Kruminga, kein Keppeler. Er hatte heute frei – Vatertag sozusagen.

Zum ersten Mal hatte Crinelli am Morgen so etwas wie Liebe zu seinem Kind empfunden. Ein ganz warmes, inniges Gefühl des Vertrauens, und er hatte die Zerbrechlichkeit eines kleinen Wesens gespürt, das für die nächste Zeit seinen Schutz benötigte. Und den würde es erhalten, oh ja, Crinelli war festen Willens, ein wirklicher Vater für sein Kind zu sein. Dass er im Moment in alte Strukturen zurückfiel, in sein kampfhundartiges Einzelgängertum, unterstrich in seinen Augen nur, dass er dem Ungeborenen schon jetzt den notwendigen Schutz angedeihen ließ.

»Familie Crinelli, bitte.«

Im Sprechzimmer der Ärztin legte Maria ihren Bauch frei und ließ sich mit einem Seufzen auf die Behandlungsliege sinken. Crinelli nahm auf einem orthopädischen Drehhocker in der hinteren Ecke des Raumes Platz. Die eintretende Ärztin begrüßte Maria wie eine alte Bekannte.

»Und Sie sind also der Vater?«

»Ja, ja, aber sagen Sie, ist das dort der Bildschirm, auf dem ich meine Tochter gleich sehen kann?«

Die Ärztin lachte herzhaft. Sie war immer wieder überrascht, wie erwachsene Männer angesichts des ersten Ultraschall-Bildes in frühkindliche Verhaltensmuster zurückfielen.

Zunächst wurde Marias Blutdruck gemessen, dann musste sie sich auf die große Waage stellen. Die Ergebnisse übertrug die Medizinerin auf ein Formblatt. Crinelli verrenkte sich fast den Hals, um jeden Buchstaben und jede Ziffer von seinem Platz aus prüfen zu können. Jetzt begann die Ärztin Marias Bauch abzutasten. Sie griff äußerst robust zu.

»Vorsicht«, rief Crinelli, »ich hab heute Morgen schon alles überprüft, bitte nicht so fest drücken.« Die Frauen kicherten, dabei wollte Crinelli seine Worte durchaus nicht als Scherz verstanden wissen.

»Alles wunderbar, Frau Crinelli. Die Lage des Kindes ist genau, wie sie sein sollte, die Gebärmutter kann ich gut fühlen. Das sieht alles unkompliziert aus. Ich brauche nachher noch eine Urinprobe, aber jetzt machen wir zunächst den Ultraschall.«

Crinelli ruckte auf seinem Hocker hin und her, um eine Position zu finden, die den gewünschten freien Blick auf den Monitor gewährte. Die Ärztin kümmerte sich nicht um ihn, was auf einige Erfahrung im Umgang mit werdenden Vätern hindeutete. Entweder sie waren gar nicht anwesend oder leicht überpräsent.

Die Ärztin verteilte das Kontaktgel auf Marias Bauch und begann mit dem Fühler den Bauch zu scannen. Crinelli hatte erwartet, dass ihn seine Tochter jetzt mindestens in Pixi-Qualität auf dem PC anlächeln würde, vermutlich mit einem freundlichen »Hallo Paps« auf den Lippen. Stattdessen wirkte das Bild wie das Radarsystem eines in Seenot geratenen Ozeanriesen. Er war enttäuscht.

»Ist das alles?«

»Jerry, jetzt sei still. Du machst mich nervös.«

Jetzt enttäuschte ihn auch noch seine eigene Frau. Bitte! Würde er sich eben setzen. Er hätte ja auch gleich zu Hause bleiben können. Da wünschten sich die Frauen immer Männer, die Anteil an ihrer Schwangerschaft nehmen, und wenn man sich dann seiner Pflicht entsprechend verhielt, war's auch nicht recht.

»Wollen Sie Ihr Kind sehen?«

Crinelli stand in der gleichen Sekunde bei der netten Frau und strahlte sie an.

»Sehen Sie hier.« Die Ärztin legte zwei dünne Zettel im Postkartenformat neben Maria auf die Liege. »Ein schönes Kind.«

Die Ärztin erklärte den Crinellis, wie man ein solches Bild betrachtet, und wirklich, wie sie so die Konturen mit ihrem spitzen Bleistift entlangfuhr, konnten sie auf einmal den Kopf, ein Bein, die Finger der linken Hand und die in Falten gelegte Stirn ihres Kindes ganz deutlich erkennen. Und Crinelli, ganz wachsamer Kriminologe, entdeckte noch etwas, genauer gesagt stellte er fest, dass etwas fehlte.

»Ein Mädchen«, hauchte sein Mund aus einem schweißnassen Gesicht.

»Sehr gut erkannt, Herr Crinelli. Es besteht noch eine kleine Unsicherheit, denn in dieser Lage könnte der Penis auch noch versteckt sein, aber das ist nicht sehr wahrscheinlich. Gratuliere, ja, es sieht nach einem Mädchen aus. Keine Anomalie so weit. Die Herztöne sind kräftig, der Kopfumfang, die Fruchtwassermenge und die Nackenfalte, alles ist einwandfrei.«

»Nackenfalte?«

»Ja, Jerry, wenn die Nackenfalte zu dick ist, könnte das Kind das Downsyndrom haben«, erklärte Maria ihrem verdutzten Ehemann.

»Aber ansonsten ist schon alles dran, Wahnsinn.«

»Nicht nur das, Herr Crinelli, wenn wir die Untersuchung noch eine Weile fortsetzen würden, dann würden Sie feststellen, dass Ihre kleine Tochter schon schlucken, saugen und sogar gähnen kann. Sie schneidet Grimassen, streckt sich und bewegt Finger und Zehen.«

Crinelli sah die Ärztin mit offenem Mund an, als wolle er sagen: »Nun, Schwester, dann lass den Apparat rollen.« Aber er brachte kein Wort mehr heraus.

Während Maria noch zur Toilette ging, um die benötigte Urinprobe abzuliefern, verabschiedete sich Crinelli, immer noch sprachlos, von der behandelnden Ärztin. Er trug die ersten beiden Bilder seiner Tochter so vorsichtig in beiden Händen, als seien sie aus Glas.

Vor der Praxis fiel sich das Paar erleichtert in die Arme. Crinelli war voll mit Liebe und hätte vor Freude jodeln können.

»Hab ich es dir gesagt, oder nicht? Eine Tochter, war doch klar. Übrigens, Schatz, herzlichen Glückwunsch zur Wahl deiner Ärztin. Sehr kompetent, sehr, sehr kompetent!«

Maria lachte und schüttelte gleichzeitig den Kopf. Inzwischen kannte sie viele Seiten an ihrem Mann, aber was sie soeben erlebt hatte, war der reine Zirkus. Wie konnte ein Mann, noch dazu ein so beherrschter, introvertierter wie Jerry, durch ein paar Fetzen Papier so sehr außer sich geraten? Unvorstellbar. Hoffentlich werden Männer auch in ferner Zukunft niemals Kinder bekommen können, dachte sie, als sie wieder in den Wagen stieg.

Auch der Rest des Tages entschädigte das Paar etwas für die Spannungen der letzten Zeit. Zunächst fuhren sie zu einem italienischen Restaurant in die Südstadt, wo sie ausgiebig zu Mittag aßen. Maria entschied sich für einen Meeresfrüchtesalat, Crinelli für Baccalà: Stockfischmus. Als Hauptspeise ließen sie sich einen Loup de mer in der Salzkruste backen, und zum Nachtisch gab es frisches Obst mit ordentlich Schlagsahne. Trotz Mittag und trotz Wagen tranken sie dazu eine ganze Flasche Wein, das heißt Crinelli trank sie, während Maria sich an ihr stilles Wasser hielt. Im Anschluss brachte Crinelli seine Frau noch in eine italienische Spelunke, die trotz des etwas muffigen Geruchs, den sie verströmte, und des zwielichtigen Publikums einen ausgezeichneten Espresso brühte.

Nach einem kurzen Spaziergang auf den Rheinwiesen, entlang des großen Flusses, den Crinelli in seiner neuen Heimat mehr vermisste, als er je gedacht hätte, fuhren sie zurück.

Zu Hause öffnete Crinelli eine weitere Flasche Wein. Sie liebten sich, und kurz bevor Crinelli an diesem Abend einschlief, beugte sich Maria zu ihm hinüber, küsste seinen Hals und flüsterte: »Warum kann nicht jeder Tag so schön sein?«

Nordwestdeutschland 1972

Lautlos schlich sich der junge Mann, geduckt von Baumstamm zu Baumstamm, den Hügel hinab. Er war sehr darauf bedacht, von niemandem gesehen zu werden. Zu seinen Füßen lag der glatte See in der späten Abendsonne. Eine Gruppe von vier Jungen hatte sich dort unten zum Schwimmen verabredet.

In diesem Sommer war er einer von insgesamt sechs Aufsehern, die im Jugendcamp unentgeltlich ihren sozialen Dienst verrichteten. Zusammen wachten sie über eine Schar von annähernd 40 Kindern, allesamt im Alter zwischen acht und zehn Jahren. Die Oberaufsicht führte wie schon all die Jahre zuvor der gestrenge Dechant Schwarz. Die Katholische Jungmänner-Gemeinschaft war die einzige Gruppe, in der sich junge Menschen in dem kleinen norddeutschen Dorf treffen konnten.

Der Nachmittag bis zum Abendessen stand den Kindern zur freien Verfügung. Erst im Anschluss daran mussten alle wieder ran. Spülen, aufräumen, Lagerfeuerholz sammeln und schließlich in Fünfergruppen Nachtwache schieben. Jede Arbeit stand immer unter der Aufsicht eines jugendlichen Aufsehers. Er selbst fühlte sich all den Aufgaben nicht wirklich gewachsen. Besonders während der Nachtwachen überfielen ihn regelmäßige Panikattacken. Er misstraute der Dunkelheit. Alleine wäre es für ihn unmöglich gewesen, der schwarzen Nacht ins Auge zu sehen. Aber indem er den kleinen Jungen den starken Erwachsenen vorspielte, ihnen ihre gemeinsamen Aufgaben kühl und scheinbar souverän erklärte, hielt er seine Angst im Zaum.

Aus sicherer Entfernung suchte er mit seinem Fernglas die Umgebung des Seeufers ab. Häufig genug war Dechant Schwarz ohne jede Vorwarnung in die Spiele der Jungen hineingeplatzt. Das hatte er noch gut in Erinnerung aus der Zeit, als er selbst einer der Kleinen war.

Jetzt schien die Luft rein. So sahen das wohl auch die Knaben, sonst würden sie nicht so ungeniert nackt am Ufer des Sees herumtollen. An der Stelle, die sie sich zum Spielen ausgesucht hatten, ragte ein dicker Baumstamm diagonal vom Ufer aus über den See. Die Jungen balancierten über den Stamm und sprangen von dessen Ende in das kalte, klare Wasser. Sie hatten reichlich Spaß.

Er schlich sich näher an die Gruppe heran. Am Waldrand hielt er sich rechts. Hier verbargen ihn die hohen Weiden vor den Blicken der Jungen. Selbst mit bloßem Auge konnte er sie schon sehr gut sehen, mit dem Fernglas sah er auch noch die intimsten Details ihrer unreifen Körper. Erst vor zwei Tagen hatte er das geheime Treiben der Jungen entdeckt, als er selbst gerade im See baden gehen wollte. Eine unsichtbare Hand hatte ihn damals von seinem Vorhaben abgehalten, stattdessen gefiel er sich in der Rolle des geheimen Beobachters. Nachts, in seinem Zelt, wollten ihm die Bilder der nackten Körper nicht mehr aus dem Kopf gehen. Er war seltsam erregt, was ihn furchtbar erschreckte. Je länger er an das Ereignis dachte, desto mehr hasste er sich selbst für seine Lust. Dennoch hatte er sich entschlossen, an den Ort zurückzukehren, mit einem Fernglas bewaffnet. Aber er musste vorsichtig sein, niemand durfte ihn entdecken. Die Jungen hatten inzwischen ihr Wasserspringen beendet, saßen abgetrocknet auf dem Baumstamm und ließen ihre Füße genüsslich ins Wasser hängen. Er konnte nicht hören, worüber sie sich in den nächsten Minuten unterhielten, aber offensichtlich hatten sie großen Spaß. Ihr Leben schien leicht und unbeschwert.

Nach einer geraumen Zeit sprang einer der Jungen plötzlich auf und begann vor den anderen an seinem Glied zu fummeln. Die übrigen Burschen sahen nicht etwa entrüstet weg, wie man es hätte erwarten dürfen, sondern sie taten es ihrem Freund nach. Er traute seinen Augen nicht, hoffte gleichzeitig inständig, dass niemand die Kinder bei ihrem sexuellen Spiel stören würde. Er nahm sein Glas fester in die feuchten, zittrigen Hände und stierte mit offenem Mund von Glied zu Glied. Die dürren Geschlechtsteile der Kinder waren nur leicht erigiert, nicht so hart wie das seines Vaters und auch nicht so sehr wie sein eigenes, das in diesem Moment schmerzhaft von innen gegen seine Hose drückte. Trotz seiner grenzenlosen Lust würde er sich niemals anfassen, das hatte er sich geschworen. Es war unrein und schließlich wollte er auch kein Schwächling sein. Ein guter Junge würde das nicht tun, erst recht jetzt nicht, wo der Vater schon seit einigen Jahren tot war. Vollständig umfangen von unkontrollierbaren Gefühlen stürzte er Hals über Kopf davon. Jetzt war es ihm auch egal, ob einer der Knaben ihn sah, er wollte einfach nur weg, raus aus dem verstörenden Moment.

Als er die Jungen an diesem Abend in der Gruppe zusammensitzen sah, betrachtete er sie voller Neid und Hass. Er mochte diese kleinen Bälger einfach nicht. Er schwor sich, sie heute Nacht bei der Wache besonders hart ranzunehmen.

Später, in seinem Schlafsack, übermannte ihn die Erregung erneut. Er spürte, wie sein Schwanz steif wurde, sobald er an die Szene am See dachte. Langsam, mit geschlossener Faust, begann er in seine aufkommende Lust zu schlagen. Er schlug und schlug. Immer härter schlug er zu, so lange, bis der Schmerz ihn fast ohnmächtig werden ließ.

Donnerstag

Crinelli tippte seinen Sicherheitscode in das kleine Mobilfunktelefon ein. Es dauerte einige Sekunden, bis die Leuchtziffern vollen Empfang anzeigten, eigentlich ein Wunder in diesem abgeschiedenen Tal. Nur zehn Sekunden später gab der nervende Kasten ein tiefes Brummen von sich, das Signal für den Empfang einer Nachricht. Er hatte einen Anruf auf seiner Mailbox. Es war Bohlen mit Datum des gestrigen Abends. Der Junge klang aufgeregt und bat um sofortigen Rückruf. Crinelli betätigte die Rückruftaste.

»Wo bist du?«, fragte er, sobald sich sein Gegenüber meldete.

»Morgen, Chef. Im Auto kurz vor dem Abzweig nach Niederkirchen.«

»Lass uns uns wieder an der alten Stelle treffen, da können wir reden.«

»Aber es pisst in Strömen.«

»Dann bleibst du eben im Auto sitzen.« Crinelli beendete die Verbindung, trank den letzten Rest seines Kaffees und stieg in seine Regenjacke. Am Wehr musste er noch eine geraume Weile warten, bis Bohlen schließlich mit einem schnellen Satz zu ihm in den Wagen stieg.

»Scheißwetter.«

»Komm zur Sache.«

»Was ist los, Chef, hast du schlecht geschlafen?«

»Nein, aber ich kann hier in der Karre nicht rauchen, solange das Fenster geschlossen ist, meine Frau – du weißt doch Bescheid.«

»Dann mach das Fenster eben auf«, erwiderte Bohlen mit schier unglaublicher Weitsicht.

»Willst du, dass ich ersaufe? Beeil dich. Was gab's denn so Tolles?«

»Also. Unser letztes Verhör am gestrigen Abend war der Hammer. Wir haben eine äußerst verstört wirkende Witwe befragt. Die Frau hat ihren Mann vor eineinhalb Jahren verloren – Herzinfarkt. Sie stand von jetzt auf gleich mit zwei Kindern alleine da. Ein Junge von elf Jahren und ein Mädchen von vierzehn. Aber wie das in netten Dörfern so ist, haben alle noch während der Trauerfeier gelobt, der Frau zu helfen. Allen voran unser Freund Keppeler, der sich besonders darum kümmern wollte, dass es den Kindern an nichts mangelt. Den Jungen hat er daraufhin mehrmals mit zur Jagd genommen, er durfte bei Neumann auf dem Hof Trecker fahren und lauter solch furchtbar nette Sachen. Dem Mädchen hat er Reitstunden spendiert und ihm dann angeboten, in der Metzgerei auszuhelfen, bei großen Büffets und anderen Festveranstaltungen. Dafür hat er es fürstlich entlohnt. Das Mädchen bat die Mutter schließlich immer häufiger darum, es nicht mit Keppeler alleine zu lassen. Sie hatte Angst vor ihm, weil er sie immer so unangenehm ansehen würde. Das ging eine ganze Weile so, da die Mutter sich nicht vorstellen konnte, worüber das Kind sich eigentlich Sorgen machte, so lange jedenfalls nicht, bis Keppeler und Zimmermann die Kleine einluden, bei einem ihrer Feste in Zimmermanns Jagdhütte zu bedienen. So weit noch kein Problem, bis die Mutter erfuhr, dass außer Keppeler nur noch Zimmermann und dein Nachbar Brandt anwesend sein sollten, dann wurde auch sie langsam etwas besorgt. Nun muss man wissen, dass dieses junge Mädchen, sagen wir mal, äußerst hübsch und bereits sehr gut entwickelt ist. Außerdem kleidet sie sich, wie sich die Mädchen eben heute kleiden. Klamotten ziemlich eng, Bauch frei. Nun ja, die Mutter hat Keppeler gegenüber leichte Zweifel an der Seriosität einer solchen Einladung geäußert und sich damit bereits seinen Zorn zugezogen. Er fand, sie sei undankbar, bei allem, was er schon für sie und ihre beiden Kinder getan habe. Daraufhin ist sie eingeknickt und hat ihre Tochter mehr oder weniger gezwungen, den Job zu machen. Als die dann aber von der so genannten Party zurückkam, machte sie einen völlig verstörten Eindruck. In ihrer Tasche fand die Mutter fünfhundert Euro, und die Tochter berichtete schließlich unter Tränen, die Männer hätten sich ekelhafte Filme angesehen, Unmengen Alkohol getrunken und ihr dabei schweinische Fragen gestellt. Ob sie schon mit jemandem geschlafen habe, seit wann sie Selbstbefriedigung betreibe, wie sie sich ihren ersten Liebhaber vorstelle und noch einiges mehr davon. Die Mutter war so aufgebracht, dass sie zu Keppeler in die Metzgerei rannte, ihm die fünfhundert Euro auf den Tisch knallte und sich verbat, dass er jemals wieder eines ihrer Kinder auch nur anspreche. Damit nicht genug. Sie ging auch zu Kruminga mit der festen Absicht, die drei Honoratioren anzuzeigen. Kruminga hat, anstelle eine Strafanzeige aufzunehmen, derart aggressiv auf sie eingeredet, dass die Frau der Mut verließ. Er hat ihr klargemacht, dass es nach einer Anzeige kein Leben mehr für sie in diesem Dorf geben würde. Bis heute lässt man sie in Ruhe, aber sie hat jeden sozialen Kontakt abgebrochen.«

»Hat einer der Typen das Mädchen angefasst?«

»Offenbar nicht. Nur verbal attackiert. Aber stell dir bitte die Situation vor. Allein mit drei rabiaten Kerlen im Wald. Wie viel Angst das Kind gehabt haben muss. Die Mutter ist mit ihren gesamten Lebensumständen hier im Dorf vollständig überfordert. Weder plant sie ihren Umzug, noch hat sie sich um einen Psychologen für die Tochter gekümmert, und mit ihrem Sohn hat sie jetzt auch noch Schwierigkeiten, weil der nun keinen Kontakt mehr mit dem lieben Onkel Traugott haben darf. Der hatte Keppeler nämlich im Gegensatz zur Tochter direkt als Vaterersatz anerkannt. Neue Spielsachen, Trecker fahren und mit den Erwachsenen im Jeep durch die Landschaft gondeln, während hinten in der Wanne der frisch erlegte Eber ausblutet. Das sind Jungsphantasien vom Feinsten.«

»Mein lieber Mann, Eddy, da ist euch aber ein Fisch ins Netz gegangen. Hat die Frau …, wie heißt sie eigentlich?«

»Rubin heißt sie, Marga Rubin. Ihre Tochter heißt Amelie und der Junge Frederick.«

»Hat Frau Rubin das alles freiwillig erzählt? Du hast geklingelt, und sie hat dir ihr ganzes Leben entgegengeschleudert?«

»Halb richtig. Der Zufall war mit im Spiel. Ich hab sie zu den Partys bei Zimmermann befragt, während Peter ihre Tochter durch das geöffnete Küchenfenster beobachtete. Das Mädchen spielte mit ihrem kleinen Hund im Garten. Irgendwie hat er dann ohne besonderen Grund gesagt: ›Eine hübsche Tochter haben Sie, Frau Rubin‹, da ist es aus der guten Frau herausgebrochen. Am Ende war sie vor sich selbst erschrocken. Ich sagte ja bereits, sie ist völlig desorientiert und braucht dringend professionelle Hilfe. Keller kümmert sich darum. Und er nimmt die Aussage zu Protokoll, deren Zustandekommen Kruminga verhindert hat, wenn die gute Frau auch heute Morgen noch willens ist zu kooperieren.«

»Hast du mit den Kindern gesprochen?«

»Bisher nicht. Das würde ich wirklich nur im Notfall tun. Aber wir wissen auch so schon genug, findest du nicht auch?«

»Radio Eriwan! Im Prinzip schon, aber nützt es uns auch etwas? Dass einige der Saubermänner Dreck am Stecken haben, ist ja augenscheinlich, aber wie schlagen wir die Brücke zu unserem Verbrechen? Wir sind schon ziemlich weit, und gerade deshalb dürfen wir es jetzt nicht versauen. Weißt du eigentlich, wo diese beschissene Jagdhütte liegt?«

»Woher? Keine Ahnung.«

Crinelli dachte nach, wer ihnen diese Information beschaffen konnte. Die Rubin-Kinder fielen aus. Er war sicher, dass nicht wenige im Ort den Standort kannten, aber die Zahl derer, die er unbefangen fragen konnte, verringerte sich stündlich. Auf die ausgesprochene Einladung, an einer ihrer nächtlichen Jagdrunden teilzunehmen, würde er auch keine Wette mehr annehmen.

»An was für einem Wochentag, sagtest du, war das Mädchen bei dem Hüttenzauber?«

»Warte, ich glaube, es war an einem ganz normalen Samstagabend.«

»Zur besten Sendezeit also. Es bleibt uns nichts anderes übrig, am Wochenende schieben wir Wache. Wir beobachten Keppeler rund um die Uhr, abwechselnd. Wenn die Kerle sich bewegen, machen wir halt eine ganz klassische Verfolgung.«

»Du meinst, wie im Fernsehen?«

»Genau so.«

»Geil!«

»Wie bitte?«

»Geil! Hab ich noch nie gemacht.«

»Bist du irre? Wie viele Observationen hast du in den letzten Monaten mit den Kollegen gemacht?«

»Jaaa, in der Stadt. Verfolgung mit einigen Wagen und Sprechfunk. Stundenlang in einer Karre hocken, und wenn die Brut sich anschickt, das Nest zu verlassen, laut mit den Flügeln schlagen. Aber das ist doch nicht das Gleiche. Wenn ich dich richtig verstanden habe, möchtest du den Burschen unauffällig folgen, mit dem Auto, zu Fuß, durch den Wald. Mann, genau das ist es doch, warum ich als Junge zur Polizei wollte.«

»Na, da bin ich aber froh, dass ich dir doch noch zur Erfüllung deines Kindheitstraums verhelfen kann.« Crinelli schüttelte den Kopf. »Ansonsten hast du Recht. Ich könnte mir denken, dass es sich lohnt, die Männer bei ihrem Treiben zu beobachten. Nur so ein Gefühl.«

»Die berühmten Gefühle des Commissario Crinelli. Schöner Buchtitel eigentlich.«

»Willst du dich über mich lustig machen? Was hat eigentlich die Liste der toten Kinder ergeben?«

»Lauter unschöne Sachen. So gebündelt und in Behördendeutsch verpackt, war das Bearbeiten ganz schön starker Tobak für den armen Eddy. Jedenfalls hat sie nichts ergeben, was nach einer Verbindung zu unserem Fall aussieht. Es gibt zwar auch ein paar Kinderleichen hier im Bergischen, aber nichts Signifikantes, vor allem keine Missbrauchsspuren, wie wir sie suchen. Willst du selbst noch einmal einen Blick darauf werfen?«

»Ja, gern. Vielleicht habe ich ja bei unserer samstäglichen Observation etwas Zeit dazu. Gib sie mir bei Gelegenheit. O. K., fahren wir zur Wache.«

»Ich schmeiß dich hier raus«, sagte Crinelli vor der Wache. »Macht weiter mit euren Befragungen. Ich schnapp mir jetzt endlich Maasen, bin gerade in der richtigen Stimmung.«

Crinelli fuhr die wenigen Meter zur Kupferkanne. Die Kneipe öffnete gegen elf Uhr. Maasen sollte wohl schon da sein. Wenn nicht, seine Privaträume lagen nur ein Stockwerk höher. Die schwere Eingangstür war nur angelehnt, und aus dem Inneren drang der typisch malzige Geruch einer Kneipe am Morgen. Feucht vom Durchwischen und noch gut durchmischte Reste von Bier, Rauch und menschlichen Ausdünstungen. Crinelli stieß dieser Geruch nicht ab, im Gegenteil, er bekam Lust auf Erdnüsse, ein Reflex aus frühester Kindheit, als er sonntags mit seinem Vater zum Frühschoppen in die Eckkneipe gegangen war. Innen brannte noch kein Licht. Hinter der Theke stand eine Türe offen. Die dahinter liegende Küche wurde durch eine kreisrunde Neonröhre kalt erleuchtet.

»Hallo, jemand da?«

»Wir öffnen erst in einer halben Stunde«, kam die Antwort aus der Küche.

Crinelli ging um den Tresen herum und betrat den mit PVC ausgelegten schmucklosen Raum. Maasen saß an einem kleinen Resopaltisch. Vor sich einen Becher Kaffee, eine qualmende Zigarette und die Tageszeitung.

»Ich hab doch gesagt …« Als er Crinelli erkannte, verschluckte er den Rest des Satzes. »Was machst du denn hier, hast du die falsche Abfahrt erwischt?«

»Guten Morgen. Nein, die Abfahrt ist mit Bedacht gewählt. Ich muss mit dir sprechen.«

»Hab mich schon gewundert, wieso du oder einer deiner Schergen nicht schon längst bei mir aufgetaucht seid.«

»Weshalb, willst du mir oder einem meiner Schergen gerne etwas erzählen?«

»Du kannst mich, Crinelli. Mit mir wirst du nicht so einfach fertig wie mit den Weicheiern rund um den Dorfplatz.«

»Ich weiß gar nicht, wie du darauf kommst, dass ich mit dir fertig werden will, und warum diese Aggressivität?«

»Hör auf zu sülzen. Du bist doch gekommen, um mir die Geschichte anzuhängen. Ist doch auch schön einfach. Ein bisschen den Computer gefüttert und herausgefunden, dass der grobe Fritz Maasen vorbestraft ist. Und hopp, haben wir unseren Mörder schon. So ist es doch, oder etwa nicht?«

»Zumindest was die Ermittlungen angeht, liegst du völlig richtig. Dafür allein schiebe ich dir allerdings noch keinen Mord in die Schuhe. Aber es besteht auch kein Grund, gerade dich von unseren Befragungen auszunehmen. Wo warst du also in der Nacht von Montag auf Dienstag?«

»Na, da hab ich zumindest bis halb eins ein vorzügliches Alibi. Ich habe mich um den Durst meiner Gäste gekümmert. Zeugen gefällig?«

Crinelli winkte ab.

»Dann hab ich sauber gemacht, noch etwas ferngesehen und anschließend bin ich ins Bett. Dieser wunderbare Tagesablauf ändert sich niemals und gilt gleichermaßen für jeden Tag, seitdem ich diese Kneipe besitze. Nicht aufregend, aber ich habe Ruhe vor der Polizei und auch sonst.«

»Zeugen?«

»Was soll das, Crinelli? Du weißt, dass ich alleine lebe. Natürlich habe ich keinen Zeugen. Dann sind mit mir aber auch alle übrigen Alleinstehenden in Niederkirchen verdächtig.«

»Was ist mit Frauenbekanntschaften?«

»Was soll das? Ich sagte doch, ich lebe allein, habe keine Freundin. Gehört alles der Vergangenheit an. Abends ’ne halbe Flasche Korn, und die Frau könnte eh keine Rolle mehr spielen.« Er lachte rau.

»Miezenhäuschen?«, fragte Crinelli, einer plötzlichen Eingebung folgend.

Der Mann veränderte die Farbe. Wut schoss ihm ins Gesicht, und seine Körperspannung verriet Angriffslust.

»Was hat die alte Fotze dir erzählt? Hätt’ ich mir ja denken können, dass der Wind daher weht. Hör zu, Crinelli, du wirst doch einer Puffmutter nicht glauben. An der Geschichte ist kein Wort wahr. Diese kleine Polen-Schlampe wollte mir mein Geld klauen. Ich bin nur hinter ihr her, dabei ist sie gestolpert und unglücklich die Treppe runtergesegelt. Ich hab sie nicht einmal angefasst.«

»Da hab ich aber anderes gehört«, log Crinelli, um noch etwas Salz in die aufbrechende Wunde zu streuen.

»Die Fotze erzählt doch überall nur Lügen über mich. Kruminga hat ihr die Geschichte auch nicht geglaubt, frag ihn doch. Ich lass mich wegen so einer nicht noch mal einbuchten. Aber in Deutschland gibt es ja keine Gerechtigkeit mehr. Da kann selbst so ’ne Ostblockdose einem unbescholtenen Geschäftsmann das Leben durcheinander bringen. Ich betrete den Laden sowieso nicht mehr, sie sollen sich beruhigen da oben. Außerdem ist doch im Endeffekt gar nichts passiert. Die Schnitte ist wieder da, darf weiter die Kundschaft bestehlen, und niemand unternimmt etwas. Aber ich werde es denen schon noch zeigen. Vor allem werde ich sie anzeigen, wenn sie noch einmal diese Lügen über mich erzählt.«

»Wieso haben dir deine Freunde denn nicht geholfen, Fritz?«

»Freunde, welche Freunde denn? Meinst du die Schlappschwänze Zimmermann und Keppeler? Oder gar diesen dämlichen Hund Kruminga, Zimmermanns Laufburschen? Dass ich nicht lache. Wenn ich auspacke, dann werden wir schon sehen, wer zuletzt lacht. Mir kann doch keiner was, ich hab nichts zu verlieren, die feineren Herren schon. Im Wald rumrennen, das können sie, aber das macht noch keine echten Kerle aus ihnen.«

»Und was weiter, Fritz?«

»Gar nichts, ich sag kein weiteres Wort mehr. Ich sag nur, wenn mir einer an den Karren will, dann scheiß ich den Herren in die Fresse.«

Maasen war außer sich und seine grobe Wortwahl keinesfalls nur Gehabe. Maasen war gefährlich, aufbrausend und aggressiv, aber mit dem Mord hatte er nichts zu tun. Nur so ein Gefühl. Crinelli strich den Mann von seiner Liste, er war eh nur vorübergehend daraufgesetzt worden. Aber unter Umständen konnte er ihm noch nützlich werden. Unter Feuer halten!

»O.K., Fritz, das war's schon fürs Erste. Hat doch gar nicht wehgetan, oder?«

Maasen schwieg. Crinelli erhob sich und drehte sich in der Tür nochmals um.

»Ach, übrigens, ich war noch niemals im Bergischen Hof, habe weder mit der Chefin noch mit ihren Angestellten gesprochen. Gerade deshalb vielen Dank für deine bereitwillige Auskunft.«

Samstag

Bohlen erstarrte zur Salzsäule. Crinelli hatte sich unbemerkt an ihn herangeschlichen und ihm von hinten auf die Schulter getippt.

»Bist du irre? Ich hätte mir fast in die Hose gepinkelt!«

»Warum bist du so schreckhaft am hellichten Tage? Wie war's, irgendetwas Besonderes?«

»Aber überhaupt nichts. Ist nicht besonders einfach, sich hier unbemerkt aufzuhalten.«

Die beiden Männer standen am südlichen Ortsende, kurz hinter den letzten Häusern. Von ihrem Standort aus führte die Hauptstraße schnurgerade leicht bergab bis zum Dorfplatz. Mit dem Fernglas konnte man die Bäckerei gut beobachten und zumindest so viel von der Metzgerei sehen, wie nötig war. Der Metzger war vor einer Stunde Richtung Hähnchen gefahren. Jetzt warteten sie darauf, dass er von dort wieder aufbrach. Es war inzwischen fünf Uhr nachmittags, Zeit für den Wachwechsel. Wenn sich die Zielpersonen zur Hütte begeben wollten, dann müssten sie in den nächsten zwei Stunden aufbrechen, bevor es zu dunkel wurde, so jedenfalls Crinellis Meinung. Bohlen hatte mit der Überwachung kurz vor zwei Uhr, dem offiziellen Ladenschluss, begonnen. Crinelli würde sie jetzt bis zum Anbruch der Nacht weiterführen.

»Ich werde mich schon mal ein wenig den Berg runterbewegen. Falls Keppeler losfährt, wird er sicher noch beim Bäcker Station machen. Die Zeit brauche ich, um zum Waldrand zu gelangen. Dort werde ich sie erwarten«, sagte Crinelli.

Keller hatte ihnen erzählt, dass die Männer, um zur Jagdhütte zu gelangen, am Hof von Neumann vorbeimussten, denn dort hatte er deren Jeep schon häufiger stehen sehen. Er bot sich auch an, Näheres herauszufinden, aber Crinelli wiegelte ab. Es reichte bereits, dass er gezwungen war, Bohlen in diese nicht genehmigte Aktion einzuweihen. Genau deshalb hatte er Keller auch nur beiläufig nach der Hütte gefragt. Demnach befand sich die Hütte also im Westen, irgendwo oberhalb der Schlucht.

Crinelli war mit dem Fahrrad unterwegs, trug dunkle Klamotten, Wanderschuhe und hatte seine Taschenlampe in der Anoraktasche stecken. Die beiden Männer verabschiedeten sich voneinander, nachdem Crinelli das Nachtsichtglas ebenfalls in seiner Jacke verstaut hatte. Er kletterte auf sein Fahrrad und rollte langsam den Berg hinab. Bei der Kirche versteckte er sich und seinen Drahtesel hinter der Gebäudeecke, in der auch der Pfarrer seinen Wagen gewaschen hatte. Um diese Tageszeit, zumal bei einem solchen Wetter – leichter Dauerregen überzog bereits seit den frühen Morgenstunden das Tal –, war keiner der braven Bürger mehr auf der Straße zu sehen. Die Zementsäcke des Pfarrers kamen Crinelli gerade recht. Hier saß er vor aufdringlichen Blicken relativ geschützt und hatte dennoch eine gute Übersicht.

Maria hatte er erzählt, er und Bohlen würden sich noch zu einer Besprechung treffen. Er sah sich außer Stande, ihr seinen Verdacht mitzuteilen. Die Spur führte zu sehr in das Herz der Gemeinde. Wenn der Mörder erst gefasst war, würden er und Maria über alles reden können, bis dahin durfte ruhig etwas geschwindelt werden. Gut fühlte er sich dabei nicht. Und die fragenden Blicke seiner Frau, als er sich für die Besprechung seine Wanderschuhe anzog, waren ihm natürlich nicht entgangen.

Crinelli rauchte im Schutze seines Verstecks, blätterte in seiner Kladde und dachte dabei weiter über seinen Fall nach. Es musste etwa eine Stunde vergangen sein, seine Uhr zeigte kurz nach sechs, als er endlich ein Scheinwerferpaar auf sich zukommen sah. Das Licht gehörte zu Keppelers Jeep. Der Fahrer stoppte den schweren Wagen wie erwartet vor der Bäckerei, hupte zweimal und wartete, bis Josef Zimmermann zu ihm in den Innenraum kletterte. Der Jeep verließ den Ort, allerdings nicht in die erwartete Richtung. Wahrscheinlich wollten die Männer noch Crinellis undurchsichtigen Nachbarn abholen. Jetzt musste er zocken. Er stieg auf sein Fahrrad und beschleunigte in Richtung Fluss. Hier wandte er sich nach links und radelte, so schnell er konnte, vorbei an Liebermanns schönem Haus und dem Neumann'schen Hof, bis er schließlich an einem Feldweg anlangte. Der Regen hatte den Weg in eine Matschpiste verwandelt. Crinelli fuhr im Stehen, um mehr Kraft in die Pedale zu geben. Dennoch blieb er ein ums andere Mal im Schlamm stecken. Nach wenigen Metern sah er aus wie eines von Neumanns Ferkeln. Immer wieder schaute er über seine Schulter zurück, aber noch war der Geländewagen nicht in Sicht. Er entschloss sich, sein Fahrrad zu schultern. Bei diesen Bodenverhältnissen kam er zu Fuß schneller voran. Als er nur noch 100 Meter bis zum Ende des Weges vor sich hatte, sah er die Scheinwerfer von Keppelers Jeep durch den grauen Abend langsam auf sich zukommen. Nur wenige Schritte vor Crinelli wuchs ein riesiger Schilfbusch. Gerade noch rechtzeitig ging er dahinter in Deckung, bevor der Wagen nur wenige Meter von ihm entfernt vorbeischlitterte. Das war es also, was sich Bohlen unter echter Polizeiarbeit vorstellte – mit dem Gesicht im Matsch unter einem Gebüsch im Regen liegen. Crinelli fühlte sich zu alt für solche Spielchen. Er ließ sein Fahrrad im Gebüsch liegen und schlich sich näher an die Stelle heran, an der die Männer jetzt aus ihrem Wagen stiegen. Sie trugen grüne Jägermäntel und entsprechend alberne Hüte. Außerdem hatte jeder von ihnen eine Flinte übergehängt und einen dicken Rucksack geschultert. Die Kerle hatten hörbar ihren Spaß und gingen, nachdem sie alles geordnet hatten, lauthals schwatzend auf den Waldrand zu. Crinelli schlich ihnen vorsichtig hinterher. Er lief gebeugt bis an den Jeep heran, achtete aber darauf, die Karosserie nicht zu berühren. Alarmanlage, nein danke! Seine Vorsicht war unnötig, wie er mit einem schnellen Blick ins Wageninnere feststellte. Der Wagen war unverschlossen und somit auch nicht alarmgesichert. Er musste den Männern Vorsprung lassen, ohne sie dabei aus den Augen zu verlieren. Es war dämmerig, aber noch nicht dunkel. Crinelli schlich weiter und suchte dabei den Waldrand ab. Er konnte keine Stelle entdecken, die erkennbar den Beginn eines Weges markierte. Zu seiner Verwunderung liefen die Männer direkt am Flussbett entlang auf die hohen Steilwände zu, die die enge Schlucht begrenzten. Seiner Meinung nach war da nur Platz für Steine, Geröll und das schnell fließende Wasser. Die Männer hielten auf den Eingang dieser Schlucht zu. Geduckt rannte er von Strauch zu Strauch, immer darauf vorbereitet, dass sich einer der Männer umdrehen könnte. Dann bliebe ihm nur der lange Weg in den Matsch. Als die Jäger die Schlucht endlich erreicht hatten, reihten sie sich hintereinander auf und verschwanden innerhalb eines einzigen Wimpernschlags. Er rannte los. Wenn er jetzt den Anschluss verpasste, waren alle bisherigen Mühen umsonst gewesen. Als er die kalten Felsen erreichte, erkannte er direkt vor sich einen kleinen, steinigen Uferweg. Deutlich hörte er die Schritte und Scherze der Männer, die der Hall von den hohen, engen Felswänden in die Dämmerung übertrug. Den Blick starr auf den Boden gerichtet, folgte Crinelli, so schnell es das unbekannte Gelände zuließ. Als er sich kurze Zeit später umsah, war das Dorf bereits aus seinem Gesichtsfeld verschwunden. Um ihn herum nur noch Fels und Wasser. Unter anderen Umständen wäre das eine schöne Entdeckung gewesen. Ein Geheimtipp für Angler ganz sicher. Crinelli schlich weiter. Hinter der nächsten Biegung des Flusses musste er seine Verfolgung abrupt abbrechen. Nur einen Steinwurf von ihm entfernt standen die Männer im Kreis zusammen. Das Ufer war an dieser Stelle leicht verbreitert. Sie rauchten. Er konnte ihre Gesichter im Aufglimmen der Zigarettenglut genau unterscheiden. Eine Flasche Hochprozentiger machte die Runde. Der Grund für die frühe Rast offenbarte sich Crinelli, unmittelbar nachdem sich die Männer anschickten, ihren Weg fortzusetzen. Sie folgten nicht mehr länger dem Bachlauf, sondern wandten sich nach rechts, direkt in die hohe Felswand hinein. Einer nach dem anderen verschwand, ebenso schnell wie vor wenigen Augenblicken am Eingang der Schlucht, aus seinem Blick. Als Crinelli die Stelle mit aller gebotenen Vorsicht erreichte, sah er gerade noch den letzten Zipfel Loden im Himmel entschwinden. Er befand sich am Fuße einer gigantisch steilen, natürlichen Steintreppe. Das also war der gesuchte Weg in die Höhe, und die Männer hatten sich vor der Mühe des Aufstiegs gestärkt. Wirklich kein dummer Gedanke. Crinellis Magen knurrte ärgerlich. Er begann zu steigen. Aus Angst, die Männer zu verlieren, versuchte er es mit größeren Schritten, was dazu führte, dass er schon nach der Hälfte des Weges japsend stehen blieb. Er befand sich an der Grenze zum Kollaps und musste warten, bis sein Atem wieder flacher ging, um weiterzusteigen, dieses Mal allerdings so, wie er es in jungen Jahren in den Bergferien gelernt hatte, gleichmäßig und ruhig. Am Ende der imposanten Naturtreppe angekommen, ging er in die Hocke und drehte sich vorsichtig nach allen Seiten um. Die Männer waren weg, er hatte sie verloren. Ihm blieben genau zwei Möglichkeiten. Nach rechts, den Berg weiter hinauf, oder links herum. Hier wirkte das Gelände weniger steil. Crinelli entschied sich für rechts. Irgendwie hatte er das Gefühl, das Haus läge näher an Niederkirchen und dem Tal als auf der dem Tal abgewandten Seite des Waldes. Er hetzte durch das feuchte Laub bergan. Hier unter den dichten Kronen der Laubbäume herrschte fast schon finstere Nacht. Dennoch traute er sich nicht, seine Lampe zu benutzten. Nach mehreren hundert Metern anstrengendstem Berganstieg flachte der Berg endlich etwas ab, einige Minuten später trat Crinelli aus dem Wald heraus. Sofort ging er wieder zwei Schritte zurück und suchte hinter dem Stamm einer dicken Eiche Deckung. Direkt vor ihm, auf einem ebenen Felsplateau mit sensationeller Fernsicht über das ganze Tal, lag die gesuchte Jagdhütte. Unglaublich! Der Innenraum des großen Holzhauses war bereits hell erleuchtet. Das Geräusch eines Generators, das er im Aufstieg vermutlich wegen des eigenen Herzschlages nicht gehört hatte, störte die friedliche Stille. Brandt war damit beschäftigt, Holzscheite in die Hütte zu tragen. Zimmermann und Keppeler standen vor der Hütte, eine Flasche Bier in der Hand, und schauten über das Tal, ihr Tal!

Die Zeit des Wartens begann. Crinelli war durchnässt, völlig verdreckt – bei seinem raschen Aufstieg war er gut ein Dutzend Mal im nassen Laub ausgerutscht – und begann nun, nachdem sein Körper die Hitze des Anstiegs verbraucht hatte, zu frieren. Die drei Männer in der Hütte machten keinerlei Anstalten, zur Jagd aufzubrechen. Vielmehr richteten sie sich auf einen gemütlichen Abend in ihrem Felsennest ein. Mehr und mehr beschlich Crinelli das Gefühl, dass dies kein Ausflug für ein paar Stunden war, sondern eher schon ein geplanter Wochenendaufenthalt in der geräumigen Holzhütte werden sollte. Wahrscheinlich würden die Männer die Nacht durchzechen und sich dann in den frühen Morgenstunden auf die Jagd begeben. Obwohl er sich für nichts in der Welt in der Gesellschaft von Zimmermann und seinen Gesellen befinden wollte, überkam Crinelli ein Gefühl des Ausgeschlossenseins, er fühlte sich einsam.

Inzwischen hatten die Männer in der Hütte mit den Vorbereitungen fürs Abendessen begonnen. Crinelli fragte sich, ob alle Lebensmittel auf diesem beschwerlichen Fußweg hier heraufgebracht werden mussten oder ob es auf der anderen Seite des Berges einen Forstweg gab, auf dem sich der anstrengendste Teil des Weges mit einem Wagen zurücklegen ließ. Je länger er darüber nachdachte, desto sicherer wurde er, dass es einen solchen Weg geben musste. Es war unmöglich, die Materialien zum Bau einer solch großen Hütte anders als mit einem Lastwagen hier heraufzubefördern.

Im Inneren der Hütte loderte das Feuer im großen, offenen Kamin, und die Männer hatten sich um den grob gezimmerten Holztisch herum niedergelassen. Mit dem Fernglas besah sich Crinelli ihre von der Hitze des Feuers rot glühenden Gesichter. Es gab Brot, von einem großen Laib geschnitten, und einen ganzen Schinken.

Was erwartete er, das hier an diesem Abend noch geschehen könnte? Er hatte den Standort der Hütte gefunden, und nun wurde es Zeit für ihn zu gehen. Er wollte in keinem Fall hier oben übernachten, schon allein deshalb, weil er dafür nicht ausgerüstet war. Außerdem stand nicht zu erwarten, dass die Männer urplötzlich ein verstecktes Mädchen aus einer Bodendiele herausziehen würden und dieses dann direkt vor seinen Augen vergewaltigen und abschlachten würden. Unter der Hütte gab es keinen Keller, bei dem vorherrschenden felsigen Untergrund hätte man den Erdaushub für die Fundamente freisprengen müssen, und Crinelli ging nicht davon aus, dass beim Bau der Hütte ein solcher Aufwand betrieben worden war. Er würde wiederkommen, wenn die Männer nicht da waren, und sich dann hier oben ungestört umsehen. Als er sich gerade zum Abstieg umwenden wollte, bemerkte er einen plötzlichen Lichtwechsel in der Hütte. Das Deckenlicht war erloschen, jetzt erleuchteten nur mehr die zuckenden Lichtblitze des gemütlichen Holzfeuers den Raum. Die Männer waren verschwunden. Crinelli schlich sich von seinem Versteck aus weiter nach links in den Wald hinein, umging einen großen Felsbrocken und befand sich danach im toten Winkel des Hauses. Selbst wenn einer der Männer in diesem Augenblick aus dem Fenster gesehen hätte, hätte er den anschleichenden Polizisten nicht entdecken können. Crinelli bewegte sich betont langsam und achtete bewusst darauf, nicht auf einen morschen Ast zu treten. Das Knacken wäre zwar mit ziemlicher Sicherheit in der Hütte nicht zu hören gewesen, dennoch bemühte er sich, unnötige Geräusche zu vermeiden. Mit einigen wenigen Schritten gelangte er aus seinem Versteck zur talabgewandten Ecke der Hütte. Er drückte seinen Körper ganz in den Schatten des Hauses und spürte das feuchte Holz an seiner Wange. Es roch intensiv nach Wald. Der Rauch, der durch die Fugen des Hauses in die klamme Nacht entwich, unterstrich noch den typischen Geruch. Crinelli schlich sich an der Eingangstüre vorbei in Richtung Fenster. Sehr vorsichtig spähte er von seiner neuen Position in den Raum hinein, war sich aber bewusst, dass die Männer in seinem Rücken saßen. Das bedeutete, dass er zunächst auf die andere Seite des Fensters gelangen musste. Er legte sich auf den Boden und robbte über den glitschigen, mit Moos bewachsenen Felsboden. Auf der anderen Seite angelangt, zog er sich an den an dieser Ecke überstehenden Holzstämmen des Hauses empor und hatte jetzt den richtigen Teil des Raumes im Blick. Die Männer wandten ihm den Rücken zu. Sie hockten vor dem Flachbildschirm eines Computers, der vor ihnen auf dem Schreibtisch stand. Das Gerät wirkte in dieser archaischen Umgebung wie ein Fremdkörper. Zunächst konnte Crinelli nicht sehen, was das Interesse der Männer auf dem Bildschirm fesselte. Dann jedoch, als Keppeler urplötzlich aufstand, konnte er einen kurzen Blick auf die flimmernde Oberfläche des Schirms werfen. Crinelli zuckte zusammen, hatte aber keine Zeit, weiter nachzudenken. Keppeler schickte sich an, das Haus zu verlassen. Crinelli rannte, so schnell und dennoch so leise er konnte, hinter den nächsten Baum, immer noch auf der freien Fläche des Plateaus, und drückte sich auf der hausabgewandten Seite gegen die grobe Rinde des dicken Stammes. Keppeler trat aus dem Haus und hielt genau auf ihn zu. Crinelli machte sich zum Angriff bereit. Keppeler stoppte seinen Ausflug nur einen Schritt vor dem Baum, hinter dem Crinelli bis zum Äußersten gespannt den Atem anhielt. Einige Sekunden später hörte er den kräftigen Strahl, mit dem sich der Metzger entleerte. Die

Dampfschwaden seines Urins zogen durch die feuchte Nachtluft direkt in Crinellis Nase. Ihm wurde übel. Nachdem Keppeler seine Notdurft verrichtet hatte, packte er sein Gemächt mit einem deutlich hörbaren, wohligen Seufzen wieder ein und ging zurück zu seinen Freunden. Crinelli rannte wieder zu seinem Beobachtungsposten und konnte jetzt, da Keppeler erst einmal für Nachschub aus dem Kühlschrank sorgte, genau sehen, was auf dem Computerschirm vor sich ging. Mehrere Frauen trieben es gerade mit einem schwarzen Hengst. Sie rieben dessen riesiges, erigiertes Glied. Eine nach der anderen nahm es in den Mund und kaute darauf herum. Dabei befummelten sich die nackten Frauen gegenseitig. Als Keppeler seinen Platz wieder einnahm, war die Show für Crinelli beendet. Er sah nichts mehr. Hörte nur, mit dem Rücken an die Hauswand gelehnt, wie die feinen Herren ihren Spaß und ihr Vergnügen an den Darbietungen hatten. Unschwer konnte er sich die Angst der jungen Amelie Rubin hier oben, allein mit diesen Typen, vorstellen. Welche Filme hatten sie ihr gezeigt? Waren diese Tierstreifen bereits das Abartigste, was geboten wurde, oder gab es auch noch andere Sachen? Ein bisschen Folter, ein kleiner Mord vor der Kamera? Und was war mit Kinderpornos? Es war keinesfalls auszuschließen, dass der oder die Mörder ihr Opfer hier oben töteten, bevor es von dieser Stelle in sein feuchtes Grab im Tal befördert wurde. Vielleicht waren die Videos eines Tages nicht mehr scharf genug gewesen, vielleicht war es auch einfach nur ein Unfall nach einem etwas zu rauen Spiel, möglicherweise gab es aber auch kein weiteres Geheimnis hinter dieser Entdeckung. Drei übersättigte Zeitgenossen, die das ereignisarme Leben in der Idylle nervte. Möglicherweise war das hier nur die Fortsetzung jugendlicher Mutproben. So wie er und seine Kumpane sich früher im Wäldchen eine Bude aus alten Baulatten und allerlei Geäst gebaut hatten. In der provisorischen Hütte saßen sie als Kinder tagelang herum, spielten gefährliche Spiele mit Messern, experimentierten mit Feuer, rauchten, hatten erste sexuelle Erlebnisse und befanden sich einfach für die Zeit ihres Aufenthaltes in diesem Versteck außerhalb der regulären Gesellschaft und auch außerhalb deren Regeln. Kleine Fluchten nannte man so etwas einigermaßen verharmlosend. Dennoch brauchte man bei Erwachsenen für solche Auffälligkeiten kein Verständnis mehr zu haben, musste es nicht mehr normal finden. Aber was war schon noch normal? Das allermeiste, was Crinelli in seinem Job sah, lag weit außerhalb jeglicher Normalität. Die feinen Herren durften sich jedenfalls schon einmal auf seinen nächsten Besuch freuen.

Crinelli warf einen letzten Blick in den Raum hinein, bevor er den Rückweg antrat. Außer Sichtweite der Hütte zog er die Taschenlampe aus seinem Anorak und folgte deren Lichtkegel bergab. Er ließ sich Zeit und fand den Einstieg zur abwärts führenden Steintreppe auf Anhieb. Der Fels war feucht, und Crinelli musste seine Schritte mit Bedacht setzen. Am Fuß der Treppe setzte er sich auf die letzte Stufe und zündete sich eine Zigarette an. Tief sog er den Rauch in seine Lungen, hielt ihn dort so lange fest, bis beim Ausatmen wenig mehr als ein feines dünnes Wölkchen aus seiner Nase in die kalte Nachtluft emporstieg. Sein Kopf war leer, ihm war kalt, und er war hungrig. Bevor er seinen Weg fortsetzte, rauchte er noch eine zweite Zigarette. Mit der dritten zwischen den Lippen machte er sich endgültig auf den Heimweg.

Es war kurz vor Mitternacht, als er langsam auf seinem Fahrrad nach Hause radelte. Glücklicherweise schlief Maria bereits. Der Mann, der ihn aus dem Spiegel der Flurgarderobe anschaute, hätte seiner Frau nicht gefallen. Er musste über sich selbst lachen. Er packte seine völlig verdreckten Sachen in die Waschmaschine, gab Waschpulver hinzu und drückte die Starttaste. Seine Schuhe spülte er unter dem Gartenschlauch ab und stellte sie dann neben die Maschine in der Garage zum Trocknen. Barfuß und nur noch mit der Unterhose bekleidet ging er zurück ins Haus, zog sich seinen Bademantel über und genehmigte sich erst einmal eine Flasche Bier. Im Kühlschrank fand er eine kalte Frikadelle und Reste eines Nudelgerichtes, das Maria nicht ganz aufgegessen hatte. Den Fleischball verspeiste er mit einigen Tupfern Senf noch vor der geöffneten Kühlschranktür. Während er darauf wartete, dass die Strahlen der Mikrowelle die Nudeln wieder zum Leben erweckten, trank er eine zweite Flasche Bier. Es tat gut, sich in einem vertrauten und sicheren Raum aufzuhalten. Mit der dritten Flasche Bier ging er schließlich zurück in die Garage und beobachtete die gleichmäßigen Drehungen der Wäschetrommel. Crinelli öffnete die rückwärtige Tür der Garage, die zum Garten führte, stellte einen Gartenstuhl davor und rauchte in aller Gemütsruhe eine Zigarette nach der anderen, während er seine Notizen auf den letzten Stand brachte. Ein nächtlicher Besucher hätte sich über den Mann gewundert, der in einer empfindlich kühlen Mainacht nur spärlich bekleidet ohne Schuhe auf einem Holzstuhl in der geöffneten Tür einer Garage saß und seiner Waschmaschine bei der Arbeit zusah. Aber der Besucher hätte sich keine Sorgen gemacht, denn der Mann sah dabei nicht unzufrieden aus.

Bevor Crinelli an diesem Abend zu Bett ging, zappte er sich noch einmal durch die Programme seines Fernsehers. Von 20 Programmen strahlten fünf Sender Aufforderungen aus, versaute Schlampen anzurufen, auf den nächsten zwölf Kanälen konnte man die zwanzigste Wiederholung eines amerikanischen Westerns, Krimis oder einer Daily Soap bewundern. Die beiden letzten Programme waren billig produzierten Sexfilmchen vorbehalten. Bei einem der beiden blieb Crinelli hängen. Gezeigt wurde das muntere Treiben auf einer bayrischen Hochalm. Der Knecht mit der Bäuerin, der Bauer mit der Magd und die Tochter des Hauses ritt, wie Gott sie geschaffen hatte, auf ihrem kleinen Pony durch die Wälder. Crinelli ging ins Bett und überlegte einen Moment lang, ob er seine tief schlafende Frau wachküssen sollte.

Niederkirchen

Das Mädchen hatte die Beine angezogen und drückte seinen Körper angstvoll verstört in die Ecke der feuchten Wand. Sein Körper war nackt und dreckig. Der Mann betrachtete sein Opfer. Seine Arbeit war getan. Er hatte das Kind gesäubert. Dennoch war er nicht zufrieden mit der Situation. Er hasste dieses Kind. Ohne eigenes Zutun hatte ihn das Kind erregt, hatte in ihm wieder dieses verfluchte Gefühl erzeugt. Selbst das viele Blut, das das Kind verlor, konnte nicht verhindern, dass sich sein Penis rührte. Das Mädchen musste sterben.

Er zog den Körper des Kindes von der Wand weg. Es konnte sich nicht wehren. Seine Hände waren mit Seilen an den Stahlrohren des Bettgestells neben ihm festgebunden. Er drehte das Mädchen in Richtung Wand, seine Augen wollte er nicht sehen. Im Angesicht des Todes flehten sie alle. Dafür hätte er sie dann nur noch mehr gehasst, und er wollte kühl sein, jetzt, wo er die Sache schnell zuende bringen musste.

Er legte dem Kind die Drahtschlinge um den Hals. Minuten vergingen, dann war alles still. Sie war tot – es ging ganz leicht.

Er band das Mädchen los und stopfte den abgemagerten Leichnam in eine große Metallkiste. Als er diese durch die Tür schleppte, drehte er sich noch einmal um und stöhnte leicht auf. Er würde saubermachen müssen, eine Beschäftigung, die er nicht sehr liebte, aber der neue Gast sollte ja in ein ordentlich sauberes Zimmer kommen, das gehörte sich so.

Er öffnete vorsichtig die Tür des Gebäudes und schaute sich in der schwarzen Nacht um. Niemand zu sehen. Er öffnete den Kofferraum seines Wagens und verlud die Kiste, ohne ein

Geräusch zu verursachen. Dann ließ er den Wagen an und rollte sehr langsam auf die Ausfallstraße Richtung Taufheim. Erst am Ortsende schaltete er die Scheinwerfer an. Würde ihm hier ein Wagen entgegenkommen, könnte er dessen Lichter, schon lange bevor er die Ebene erreichte, bemerken. Dann blieb immer noch genug Zeit, sich ein Versteck zu suchen.

Aber niemand kam zu dieser frühen Stunde. Es war halb zwei Uhr morgens, und langsam wurde er müde. Bisher hatte das Adrenalin ihn wach gehalten, aber jetzt, nach der Tat, umfing ihn eine wohlige Wärme, die er sehr liebte. Schon bald würde dieses Gefühl wieder einer erneuten Unruhe Platz geben müssen, die nicht eher enden würde, bis das neue Kind sicher in seinem Keller verstaut war. Noch heute Nacht würde er sich wieder einloggen und seinen Wunsch schon einmal im Warenkorb platzieren. Morgen Nacht könnten ihm seine Geschäftspartner schon einen Liefertermin ankündigen, ein ziemlich perfektes System. Dennoch hatte er nur Verachtung für diese Menschen übrig.

Er fuhr die ersten Serpentinen hinauf, wendete seinen Wagen und hielt direkt an der kleinen Brücke. Schnell stieg er aus und wuchtete die Metallkiste auf das kniehohe Mäuerchen, das die Böschung an dieser Stelle befestigte. Mit einer geschickten Drehung fiel die Leiche des Mädchens etwa drei Meter tief in den Bach. Er führte so viel Wasser, dass er das leichte Kind bis in die Ebene spülen würde. Dort sollten sie es ruhig finden. Sie würden keine verwertbaren Spuren an ihm entdecken, außer der einen, die sie endlich zu ihm führen sollte. Er hoffte, sie würden sich etwas beeilen.

Sonntag

Maria erwachte von dem scharfen Knall, der durch das nächtliche Haus schallte. Sie schreckte hoch und hielt sich augenblicklich ihren Bauch. Crinelli öffnete nur wenige Sekunden nach seiner Frau die Augen, brauchte aber einige Zeit, um die Orientierung wiederzufinden. Es war stockfinster im Zimmer, und es schien ihm, als sei er gerade erst eingeschlafen. Ein rascher Blick auf seinen Wecker bestätigte das Gefühl. Kurz vor fünf Uhr morgens. Als er die Augen geschlossen hatte, hatten die Leuchtziffern auf drei Uhr gestanden.

»Was war das?«, schrie Maria hysterisch. Sie hatte die Beine angezogen, schützte so instinktiv ihr ungeborenes Baby.

»Keine Ahnung, ich schau mal nach.« Crinelli überlegte, ob er in der Nacht einen Gegenstand so ungeschickt platziert hatte, dass er allein aus Gründen der Schwerkraft zu Boden gestürzt sein konnte. Keine Erinnerung. Der Knall war auch nicht die Art von Krach gewesen, den eine sorglos abgestellte Bierflasche beim Aufprall auf dem Steinboden verursachen würde. Dennoch, Glas war schon im Spiel. Crinelli zog die Schublade der antiken Kommode auf, die unter dem Schlafzimmerfenster stand, und entnahm ihr seinen Dienstrevolver. Offenbar hatte sein Unterbewusstsein intuitiv mehr von dem Vorfall mitbekommen als sein noch nicht ganz wacher Verstand. Er trat aus dem Schlafzimmer auf den Treppenabsatz, die Waffe schussbereit im Anschlag. Auf Zehenspitzen schlich er sich über die Holzstufen ins Erdgeschoss des Hauses. Sein Blick wanderte in die Küche. Alles normal. Dann schritt er vorsichtig auf den Durchgang zu, der Küche und Wohnraum verband. Er spürte den kalten Luftzug bereits, bevor er sah, woher er rührte. Da, wo bis gestern noch eine große Scheibe den Blick in den Garten freigegeben hatte, klaffte jetzt ein riesiges Loch. Die Scheibe war in zigtausend Einzelteile zersprungen. Crinelli schlich vorsichtig weiter. Er öffnete die Balkontür, die wundersamerweise bei der Attacke verschont geblieben war, und sah sich im Garten um. Niemand. Er drückte die Klinke der Garagentür, in der er noch vor drei Stunden gesessen hatte. Die Tür war verschlossen. Er schlich um das Haus herum und sah die nachtschwarze Straße hinab. Kein Mensch zu sehen. Auch in den Nachbarhäusern hatte offenbar niemand den Knall gehört. Alle Fenster waren stockdunkel. Crinelli ging zurück ins Haus.

»Maria, du kannst runterkommen, es ist niemand hier.«

Crinelli ging zurück ins Wohnzimmer, machte Licht und betrachtete den Schaden. Direkt unter dem Fenster lag ein dicker Ziegelstein mitten in den Glassplittern auf dem Teppichboden. Er war mit einem Stück Papier und einer Schnur umwickelt. Crinelli ging zurück in die Diele und fischte ein Paar Einmalhandschuhe aus seiner Jacke. Er zwängte seine Hände in den dünnen Plastiküberzug und ging zurück zum Fundort. Vorsichtig wickelte er den Zettel von dem Stein ab, entfaltete das Papier und las.

»Was steht darauf?«

Maria stand in der Tür. Sie hatte ihren Bademantel übergeworfen und hielt sich selbst mit beiden Armen fest umschlungen. Crinelli sah seiner Frau einigermaßen verunsichert in die Augen. Nur widerwillig hielt er ihr den Zettel hin. Maria las die aus Zeitungspapier ausgeschnittenen Buchstaben. Die neu zusammengesetzte Botschaft lautete so simpel wie unmissverständlich: »HAU AB DU SAU!!!«

Crinelli legte den Zettel wieder zurück und nahm seine Frau wortlos in die Arme. Die Brutalität des Augenblicks verschlug ihm die Sprache. Seine Gedanken schossen hin und her, während er versuchte, die nächsten Schritte zu überlegen. Maria brach als Erste das Schweigen.

»Jerry, erklär mir das.«

»Kann ich nicht.«

»Und was machen wir jetzt?«

Ohne seine Antwort abzuwarten, drehte sie sich auf der Stelle um und stieg zurück in die erste Etage des Hauses. Crinelli folgte ihr langsam, während er intensiv nachdachte.

»Maria, lass uns nach Köln fahren, wir müssen nachdenken, und hier geht das im Moment nicht. Ich rufe Bohlen an und bitte ihn, sich um das hier zu kümmern. Einverstanden?« Maria nickte mit zusammengekniffenen Lippen.

Crinelli suchte in der Diele nach seinem Handy. Er hatte die Nummer von Bohlen auf Taste neun gespeichert, weil er sich Telefonnummern absolut nicht merken konnte. Der Kollege meldete sich verschlafen. Crinelli erzählte seine Geschichte in kurzen präzisen Sätzen und bat ihn, das Beweissicherungsverfahren an seiner Statt zu veranlassen und auch zu beaufsichtigen. Am Ende des Gesprächs war Bohlen wach, angezogen und saß bereits in seinem Wagen. Er alarmierte auf dem Weg die Spurensicherung. Der Angriff auf einen Kollegen fiel nicht in die Kategorie der Kavaliersdelikte und zählte auch nicht zu den Dingen, bei denen man sich Zeit lassen konnte. Crinelli musste nicht einmal zu Hause ausharren, um den anrückenden Beamten die Türe zu öffnen, die Wohnung stand ja klaffend weit offen. Jedes Fenster des Hauses ließ sich durch Rollläden zusätzlich sichern. In diesem Augenblick bereute er, von dieser Schutzvorrichtung niemals Gebrauch gemacht zu haben. Trotz des Mordes hatte er sich in Niederkirchen immer vollkommen sicher gefühlt. Zwar war in dieser Nacht die Garagentüre abgeschlossen gewesen, aber nicht selten standen die Türen des Hauses während der Nacht offen, zumindest waren sie höchst selten abgeschlossen. Selbst Maria hatte kein besonderes Sicherheitsbedürfnis entwickelt, was allerdings eher daran lag, dass sie sich in diesen Dingen als nicht zuständig betrachtete. Zu Recht, wie Crinelli zugeben musste, als Frau eines Hauptkommissars der Mordkommission sollte man sich eigentlich ohne schlechtes Gewissen aus Sicherheitsfragen heraushalten können.

»Ich habe Angst, Jerry«, war der erste Satz aus Marias Mund nach schier endlosem Schweigen. Sie saßen im Wagen und hatten bereits den Stadtrand erreicht. Jerry hatte sich entschlossen, Maria zu Sebastian zu bringen, ihrem Bruder.

Crinelli atmete tief durch. Angst hatte er keine, jedenfalls nicht um sich, er war eher verzweifelt, weil sich die Angelegenheit immer tiefer in sein Privatleben bohrte. Mit dem Steinwurf war der Fall endgültig auch zu einem Fall Crinelli geworden. Sicher nicht in den Augen seiner Kollegen und Vorgesetzten, aber in seinen und nun vermutlich sogar in Marias Augen.

»Ich verstehe dich. So langsam ist mir auch nicht mehr wohl in meiner Haut. Offensichtlich bin ich irgendjemandem mächtig auf die Zehen gelatscht. Wenn ich nur wüsste, um wen es sich handelt.«

»Den Mörder, vermute ich mal.«

»Ausgeschlossen«, erwiderte Crinelli bestimmt.

»Wieso ausgeschlossen, wer sollte sonst ein Interesse daran haben, dich aus dem Ort zu vertreiben?«

»Maria, der Mörder ist ein kranker Mensch, der viel zu sehr mit sich und seiner Sache beschäftigt ist, als dass er Zeit für so einen Scheiß hätte. Nein, ausgeschlossen, der war's nicht. Ich fürchte einfach, dass in dieser Scheiß-Gemeinde alle ein Interesse daran haben, dass ich wieder verschwinde. Sie mögen es einfach nicht, dass jemand in ihren Angelegenheiten herumwühlt.«

»Ist doch Quatsch, Crinelli. Du wühlst doch nicht in irgendwelchen Angelegenheiten herum, du suchst einen Mörder, und daran haben alle ein Interesse.«

»Da solltest du einmal einen meiner Tage erleben. Solltest hören, wie wir, Eddy und ich, beschimpft werden, gerade so, als ob wir die Verbrecher wären.«

»Jerry, du leidest unter einer berufsmäßigen Paranoia. Hier gibt es einen Mörder, und das Dorf ist das spießigste unter Gottes Sonne, aber es ist keine Deponie für Bestien.«

»Das hab ich doch auch nicht gesagt, nur, die Leute zeigen sehr wenig Anteilnahme.«

»Woher willst du das wissen?«

»Na hör mal, ich bewege mich die ganze Zeit im Dorf und rede mit jeder Menge Leute, aber hilfsbereit sind die wenigsten.«

»Crinelli, du bewegst dich in deinen Kreisen. Ich mache andere Erfahrungen.«

»Du machst Erfahrungen? Wann denn und mit wem?«

»Wenn du nicht so verbohrt wärst, hätten wir längst darüber sprechen können, aber dazu findet sich ja keine Gelegenheit mehr. Aber immerhin kann deine ach so kontaktarme Frau dir erzählen, dass Jenny, Ophelia und ich eine Initiative gestartet haben, um dem Kind ein ordentliches Begräbnis zu verschaffen. Und soweit ich das überblicken kann, gibt es rege Zustimmung, was ja immerhin bedeutet, dass viele Menschen im Dorf bereit sind, sogar Geld dafür zu geben, denn eine Grabstätte gibt es nicht umsonst. Und nächsten Sonntag wird Pfarrer Vandermeulen unsere Idee von der Kanzel herab in die Bevölkerung tragen, du siehst, es gibt nicht nur schlimme Finger im Ort.«

»Welche Jenny?«

»Jenny Hansen, die Frau von Niklas, dem Schulleiter, mit dem du dich stundenlang auf der Party unterhalten hast.«

»Zu der hast du Kontakt? Und zu Ophelia?«

»Stell dir vor, Jerry, ohne dich zu fragen, haben wir telefoniert und, jetzt kommt's, uns sogar getroffen.«

»Maria, du heulst mir die ganze Zeit was vor über die Spießigkeit und das alles, und jetzt erfahre ich, dass es gar nicht so schlimm ist, was soll das?«

»Jerry, Jerry, Jerry. Wenn die Situation nicht so verfahren

wäre, würde ich lachen. Ich habe niemals und werde dir auch niemals etwas vorheulen. In deinem Kopf sind einfach ein paar Dinge durcheinander gerutscht. Ich kann sagen, was ich will, du glaubst beharrlich daran, dass du allein entschieden hast, hierher zu kommen, und wenn ich partielle Kritik an der dörflichen Lebensform übe, ist für dich gleich die ganze Sache faul. Schwarz und weiß, Jerry, so wirst du mich niemals verstehen. Was ist nur so schief gelaufen, vorher warst du nicht so. Niederkirchen verändert dich total.«

»Der Mord verändert die Situation, ich bin immer noch der Gleiche und tue meine Arbeit. Maria, lass uns vernünftig sprechen. Es war ein Fehler, das mit Niederkirchen, das habe ich jetzt verstanden, und ich bin bereit, alles wieder in Frage zu stellen, aber dazu fehlt mir im Augenblick die Zeit.«

»Bis gestern hätte ich dir widersprochen, aber nach heute Morgen bin ich selbst nicht mehr sicher. Ich habe sehr schwer zu kämpfen mit diesem Verbrechen, so geht es allen normalen Leuten, aber jetzt wird die Sache wirklich persönlich, und ich fühle mich nicht mehr sicher. Am liebsten würde ich weglaufen, da hast du schon Recht. Anderseits neige ich nicht zu Kurzschlussreaktionen, wie du weißt. Ich bin unsicher.«

»Ich nicht mehr. Was hältst du davon, wenn du für ein paar Tage hier bei Sebastian bleibst?«, fragte Crinelli, der soeben den Wagen vor dem Haus des Schwagers abstellte.

Marias Bruder Sebastian lebte seit fünf Wochen wieder allein in seiner riesigen Altbauwohnung im Kölner Norden. Seine letzte Freundin hatte ihn aus dem gleichen Grund verlassen wie all die Frauen vor ihr. Als Systemanalytiker war Sebastian mit seinen Computern verheiratet. Einmal mit einem verzwickten Problem konfrontiert, existierte nichts mehr neben den Nullen und Einsen seiner Programmiersprache. Als Ausgleich zu seiner stressigen Arbeit, die er fast immer unter immensem Termindruck zu erledigen hatte, surfte er nächtelang im Internet, spielte Schach gegen den Computer oder suchte in Tauschbörsen manisch nach schwer erhältlichen Musikstücken. Ein Leben abseits des Motherboards konnte Sebastian sich nicht vorstellen und erschien ihm auch nicht erstrebenswert. Seine einzige Hoffnung, zu einer länger andauernden Beziehung zu gelangen, bestand darin, sich in eine Programmiererin zu verlieben, um dann mit ihr ein gemeinsames Leben im World Wide Web zu führen. Crinelli mochte seinen schrulligen Schwager, gerade wegen seiner Art, sich in ein Problem zu verbeißen. Sie waren Brüder im Geiste.

Crinelli befürchtete eine erneute Zurechtweisung, erkannte aber, dass seine Frau sich die Idee durch den Kopf gehen ließ.

»Nein, Jerry, das ist nicht richtig. Ich lasse dich nicht allein, schließlich ist es mein Zuhause. Ich mache dir einen Vorschlag: Du arbeitest mit Hochdruck an deinem Fall, und ich beginne mit der Suche nach einer geeigneten Wohnung in Köln. Mit oder ohne Steinwurf, die Situation ist verfahren. Aber wir brechen jetzt nichts übers Knie. Wir stehen das gemeinsam durch, aber ich will ständig wissen, was los ist, und bitte keine Lügen mehr.«

»Lügen?«

»Glaubst du, ich merke nicht, wie du dich verrennst. Wo warst du zum Beispiel gestern Nacht? Auf einer Besprechung? Ich verstehe, dass du mich nicht hintergehen, sondern nur schützen willst, aber ich kann mich nur wiederholen, Jerry, ich bin keine von diesen Frauen, ich will keine Spielchen. Erzähl mir den ganzen Scheiß, jetzt, hier.«

Irgendwie war Crinelli froh über diese Entwicklung, wenn sie ihn auch überraschte. Er begann zu erzählen, von seinem Ausflug und dem, was er dort erlebt hatte. Er erzählte Maria viel, wen er beschattete, was er über Keppeler wusste und über Zimmermann vermutete, aber er erzählte nicht alles, es ging einfach nicht. Zivilisten dachten immer, sie würden die ganzen Wahrheiten schon verkraften, aber sie kannten die Abgründe nicht. Und wenn sie doch einmal in die Tiefe schauen mussten, wurden sie die Gespenster nie wieder los. Crinelli wollte keiner sein, der seine Frau mit so etwas konfrontierte, also musste er lügen oder, besser gesagt, manche Dinge für sich behalten.

Sie stiegen die Holzstufen zu Sebastians Wohnung hinauf, der noch nicht einmal angezogen war und auch nicht verstand, was sie wirklich wollten, aber das wussten sie ja nicht einmal selbst. Crinelli, der seit seiner Schilderung der Ereignisse längst wieder in Gedanken bei seinem Fall war, war froh, als Maria einwilligte, zumindest für eine Nacht bei ihrem Bruder zu bleiben, so lange, bis in ihrer Wohnung die Ermittlung abgeschlossen und ein neues Fenster eingesetzt war. Crinelli nahm seine Frau zum Abschied in den Arm. Sie küssten sich, nicht kühl, nicht innig, sie küssten sich ängstlich. Er verließ die Wohnung ohne ein weiteres Wort.

An diesem Morgen hasste Crinelli sich selbst dafür, dass er allen Versuchungen, Sport zu treiben, immer hartnäckig widerstanden hatte. Sein Körper steckte voller ungelöster Aggressionen. Er empfand Wut darüber, dass er nicht schon weiter in der Aufklärung des Falles vorangekommen war, Wut auf denjenigen, der den feigen Anschlag in der Nacht auf sein Heim verübt hatte, und Wut auf sich selbst, dass er in solchen kritischen Situationen nicht über seine Gefühle reden konnte. Die Fahrt mit Maria durch den anbrechenden Tag hatte ihm schwer zugesetzt. Boxen wäre so ein Sport, vermutlich auch so etwas Unsinniges wie Joggen oder Squash. Und was tat er? Angeln! Definitiv die falsche Medizin, um Aggressionen abzubauen.

Crinelli fuhr in die Ferrari-Bar, bestellte sich einen großen Milchkaffee und ein frisches Panini mit Mortadella. Auf einem hohen Barhocker sitzend, starrte er durch die große Fensterscheibe auf die morgendlich ruhige Seitenstraße. Italienische Familien befanden sich auf ihrem Weg zur Kirche oder waren bereits unterwegs zum Mittagessen mit Verwandten. Familienväter schlenderten in eine der zahlreichen Bars des italienischen Viertels, während sich die Frauen auf den Bänken des zentralen Spielplatzes zu einem Plausch trafen. Crinelli angelte sein Handy aus der Manteltasche und wählte eine Nummer.

»Ja, hallo, ich bin's, ja, Jerry. Guten Morgen, Anja. Ja, ich bin in der Stadt. Bist du schon angezogen? Sollen wir Kaffee trinken? Einverstanden, ich hole dich in einer halben Stunde ab. Ja, bis gleich. Ciao!«

Crinelli bezahlte und stieg wieder in seinen Wagen. Er fuhr stadtauswärts und bog nach einigen Kilometern links ab in ein vornehmes Villenviertel. Vor dem Haus Nummer 11, einem lang gestreckten, vergleichsweise unscheinbaren 50er-Jahre-Bungalow mit drei Eigentumsetagen, hupte er zweimal kurz und einmal lang, schon seit ewigen Zeiten das Erkennungszeichen für Anja Salowski, die große alte Dame der Kölner Halbwelt.

Anja Salowski führte über 35 Jahre lang ein stadtbekanntes Etablissement. Die Honoratioren der Stadt gaben sich hier die Klinke in die Hand. Anja hatte sie alle kommen und gehen gesehen. Sie hatte geschwiegen und wenn nötig geredet. Sie hatte Ehen angebahnt und gerettet, kurz, sie war das, was eine Puffmutter sein sollte, die ständig gut informierte Herrin des Geschehens. Vor zwei Jahren und hatte sie das weitere Schicksal ihres Clubs in die Hände ihrer langjährigen Stellvertreterin gelegt. Genau nach Plan, an ihrem 60. Geburtstag, wurde die Übergabe mit einem rauschenden Fest gefeiert. Das Lokal war eines der wenigen im Viertel, das die Zeiten überdauert hatte. Anja Salowski hatte stets mit harter Hand regiert. Bei ihr gab es bis zuletzt keine Zuhälter, keine Russenmafia, keine geschlagenen Frauen und keine perversen Spiele. Sie nahm ihren Job sehr ernst. »Jungchen, wenn es uns nicht gäbe, stünde es schlecht um den Zustand der Welt«, pflegte sie zu sagen. Natürlich ging es in ihrem Beruf um bezahlten Sex und um nichts anderes. Die Salowski war keine Sozialarbeiterin, aber eine Frau mit Gewissen. Sie selbst war bereits mit 14 Jahren zur Prostitution gezwungen worden. Aber im Gegensatz zu vielen ihrer Leidensgenossinnen verzweifelte sie nicht an ihrem Schicksal, sie hatte ihr Leben fortan selbst in die Hand genommen. Leute, die es eigentlich wissen mussten, erzählten, dass die damals noch sehr junge Frau ihren Zuhälter angeschossen und dann unter tätiger Mithilfe eines sehr starken und einflussreichen Liebhabers aus der Stadt vertrieben habe. Ab da arbeitete die Salowski auf eigene Rechnung und duldete keine Luden mehr in ihrem Umfeld. Mit der Unterwelt stand sie immer auf gutem Fuß. Sie tat den harten Männern den ein oder anderen Gefallen, konnte sich danach aber zeitlebens auf deren Hilfe und Unterstützung verlassen. Am Tage, als sie dem damals bekanntesten Hehler der Stadt ein Alibi verschaffte, indem sie bestätigte, dass er ihr in der besagten Nacht mehrmals beigeschlafen hatte – was, nebenbei bemerkt, völlig der Wahrheit entsprach –, begann ihre vollständige Unabhängigkeit. Sie stand fortan unter dem persönlichen Schutz von Max Gehlen, ohne jemals wieder mit ihm ins Bett gegangen zu sein. Im Alter von 27 Jahren eröffnete Anja Salowski ihren ersten Club, ein Volltreffer von der ersten Minute an. Die Kontakte in die Kölner Unterwelt hielten das gesamte Berufsleben an, ohne dass sie selbst sich jemals etwas zu Schulden hatte kommen lassen.

Seit ihrer Pensionierung genoss Anja ihr Leben in vollen Zügen. Nach der Abschlussfeier hatte sie keinen Fuß mehr in ihren Club gesetzt, dieser Lebensabschnitt war für sie beendet. Sie lebte jetzt allein und gut gelaunt in ihrer riesigen Wohnung, zusammen mit ihrem Hund Grishan, und tat nur noch, was ihr gefiel. Eine der Sachen, die Anja liebte, war es, mit ihrem Ziehsohn Jerry in ein Café zu fahren.

Crinellis leibliche Mutter hatte, nachdem die Kinder aus dem Gröbsten heraus waren, angefangen, bei Madame Anja, so sagte man damals noch, die Zimmer der Mädchen zu putzen. Vater Crinelli durfte selbstverständlich ebenso wenig von diesem Nebenerwerb erfahren wie der Rest der Familie. Guido Crinelli war zwar in Deutschland geboren, aber den Stolz hatte ihm sein Vater Gennaro vererbt. Er hielt sich für fortschrittlich und nichts davon, die Frau am Herd festzubinden, weshalb er es auch nicht als kritisch betrachtete, wenn seine Mathilde putzen ging. Er kannte und akzeptierte seinen Stand. Die Crinellis waren eine Arbeiterfamilie und mussten schwer für ihr Auskommen arbeiten. Er selbst schraubte, wie vor ihm schon sein Vater, am Fließband einer Automobilfirma. Wenn er allerdings gewusst hätte, dass seine Frau, eine gute Katholikin wie alle Frauen seiner Familie, in einem Puff arbeitete, er wäre vor Scham gestorben. Aber Mathilde hatte sich seinerzeit keinen anderen Rat mehr gewusst. Nach einem langen Streik war das Geld derart knapp geworden, dass sie sich entschlossen hatte, eine Halbtagsstelle anzunehmen. Durch einen Zufall wurde sie auf ein Schild aufmerksam, zu naiv, um zu bemerken, wo sie sich befand. Aber die Chefin gefiel ihr, auch noch, nachdem sie erkannt hatte, in welchem Gewerbe sie sich befand. Und da sie gewohnt war, aus den unterschiedlichsten Gründen, aber immer zum Wohle der Familie, ein wenig zu flunkern, war sie sicher, die Sache plausibel erklären zu können. Zu Hause erzählte sie, sie habe eine Putzstelle bei einem alten Professor angenommen, der zu allem Überfluss auch noch geistig ein wenig verwirrt sei.

Aber wie die Dinge so gehen, kam ausgerechnet Jerry seiner Mutter auf die Schliche. Als der Kleine eines Tages nach der Schule durch das Friesenviertel schlich, sah er seine Mutter mit Besen und Kehrblech bewaffnet aus einem eindeutig zwielichtigen Etablissement kommen. Von diesem Tage an besuchte der Junge seine Mutter fast täglich. Sie konnte sich nicht dagegen wehren, dass ihr erst elfjähriger Sohn einen Puff betrat, wollte sie nicht mit ihrer Geschichte auffliegen. Der junge Crinelli, der die Verschlagenheit wohl von seiner Mutter geerbt hatte, drohte ihr offen mit Verrat. Die Mutter, die auch wusste, wann man geschlagen war, und im vorliegenden Fall keine Chance hatte, entsprach dem Willen ihres Sohnes, wenn auch bis zum Schluss mit äußerstem Widerwillen und mit großem Schuldbewusstsein. Nachdem Guido Crinelli, wenige Monate nach seinem 48. Geburtstag, an einem Herzinfarkt gestorben war, hatte sich die Geheimnistuerei ohnehin erledigt. Wäre Anja Salowski der Familie nicht zu Hilfe gekommen, indem sie die Mutter in der Folgezeit finanziell unterstützte, hätte die Zukunft für die Crinellis düster ausgesehen.

Die Nutten und vor allem die Salowski selbst schlossen den zarten Jungen schnell in ihr Herz. Unschuld war an einem solchen Ort etwas Kostbares. In den langen Jahren, bis Crinelli die Schule schließlich verließ, war Anja Salowski so etwas wie seine zweite Mutter geworden. Als dann seine leibliche Mutter völlig unerwartet bei einem Verkehrsunfall getötet wurde und Crinelli sich ganz in sich zurückzog, wurde Anja Salowski seine wichtigste Bezugsperson. Bei unzähligen seiner späteren Fälle spielten ihre Kontakte und Insiderinformationen eine entscheidende Rolle. Dabei blieb Anja immer ihrem Prinzip treu, niemals jemanden zu verraten, selbst wenn sie mehr wusste, als sie Crinelli zu sagen bereit war. »Man muss wissen, wo man hingehört, Jungchen. Man verrät seine Leute nicht.« Über diese Ganovenehre, wie Crinelli es nannte, war in den vergangenen Jahren so mancher Streit zwischen ihnen entstanden, aber die Salowski hatte nun einmal diese Prinzipien. Dazu gehörte auch, dass sie Crinelli mit aller Macht aus dem Milieu heraushalten wollte. Als der schmächtige Junge zum attraktiven Mann heranwuchs, blieb der alten Dame das gesteigerte Interesse ihrer Mädchen an Jerry nicht verborgen. Kraft ihrer Autorität erließ sie eine »Lex Jerry«, und damit war Crinelli verbrannt. Es bestand keine Möglichkeit für den jungen Mann, seine ersten sexuellen Erfahrungen im professionellen Milieu zu machen. Ein Mädchen, das gegen die Auflage verstoßen hätte, wäre sofort geflogen. »Geh niemals zu den Nutten, Jungchen, fang erst gar nicht damit an.«

Seitdem Crinelli mit Maria verheiratet war, sahen sich die beiden immer seltener. Selbstverständlich hatte Maria ihren Antrittsbesuch bei Anja machen müssen, und sie hatte den Test tadellos bestanden. »Gut gewählt, Jungchen.«

Danach hielt sich die lebenserfahrene Frau aus allem heraus. Sie erschien zur Hochzeit, verdrückte einige Tränen und noch mehr Likörchen, hielt sich aber mit guten Ratschlägen zurück. In der letzten Zeit tauchte Crinelli nur noch bei ihr auf, wenn er auf etwas herumkaute und Angst hatte, sich daran zu verschlucken.

Als Anja Salowski an diesem Morgen zu Crinelli ins Auto stieg, umwehte sie der Duft ihres schweren Parfums.

»Wow, Anja, du siehst keinen Tag älter aus als 45.«

»Werd nicht frech, Jungchen. Man ist so alt, wie man sich fühlt. Fahr schon los.«

Zu dieser frühen Stunde waren sie eines von nur drei Paaren, die sich in dem großen Café gleich neben dem gotischen Dom verloren. Von allen aber waren sie das ungleicheste. Die Salowski bestellte sich Kaffee und ein Stück Sachertorte, Crinelli entschied sich für Holländer Kirsch und eine Schokolade – wenn schon, denn schon.

Sie unterhielten sich über Gott und die Welt, bevor Crinelli schließlich zu seinem eigentlichen Thema kam. Er wollte mit Anja Salowski über die Schleuserbanden und die SM-Clubs sprechen, über den Landpuff und seine neue Heimat, über Maria und seine Tochter, aber vor allem über sein durcheinander geratenes Seelenleben. Vor lauter Themen brauchte er wieder einmal etwas länger, bis schließlich Anja, gewohnt zielstrebig, selbst das Heft in die Hand nahm.

»So, jetzt mal los, Jerry. Immer schön der Reihe nach, damit ich folgen kann, aber vergiss nichts. Fang an!«

Crinelli begann seine Geschichte vorsichtig, setzte die Worte bewusst, um nichts Entscheidendes zu vergessen.

»Wenn ich das richtig sehe«, sagte Anja Salowski, nachdem

Crinelli geendet hatte, »möchtest du, dass ich dich in deiner Meinung, die da lautet, du musst nur mal eben diesen Fall lösen, und alles ist wieder gut, bestätigen. Stimmt's?« Crinelli schüttelte unwirsch den Kopf. »Doch, doch, du bist ein Sturkopf, Jerry. Aber dieses Mal hört sich die Sache verdammt noch mal ernst an. Meine Meinung in aller Kürze: Gib deinen Fall ab, du läufst Gefahr, dich zu verrennen.«

»Woher willst du das wissen? Ich bin kurz davor, den Täter zu überführen«, log Crinelli.

»Das kann ja gut sein, aber davon rede ich nicht. Du hast dich in deinem Leben verrannt. Das Wichtigste ist doch euer gemeinsames Glück. Du, Maria und die Kleine! Du hast doch schon unzählige Leichen gesehen, Morde aufgeklärt und Täter verhaftet. Welch vertrackte und schwierige Fälle haben wir beiden nicht schon diskutiert und erfolgreich abgeschlossen. Das misshandelte Mädchen ist nur ein weiterer Fall in dieser Reihe, mit einem wesentlichen Unterschied allerdings. Offenbar spricht dieser Mord alle deine verborgenen Ängste und Verletzlichkeiten an. Und auf einmal nimmst du einen ganz normalen Job sehr, sehr persönlich. Niemand weiß besser als du, dass das eine beschissene Ausgangssituation ist. Der Mörder hat ein Kind getötet, Jerry. Schrecklich! Aber es war nicht deins. Dein Kind wächst gerade im Bauch deiner Frau heran. Beschütze es, indem du nachgibst, und nicht, indem du falsche Stärke demonstrierst. Pack deine Koffer, zieh zurück in die Stadt und akzeptiere deinen Fehler. Jage deinen Mörder mit all deiner Leidenschaft, aber jage ihn wegen der Tat selbst und nicht, weil er scheinbar deine Existenz bedroht. Für Maria wirst du dadurch nur noch begehrenswerter, sie braucht dich an ihrer Seite, glaube mir.«

»Du kennst Maria nicht gut genug. Sie ist stark, selbstbewusst und hat für sich selbst entschieden. Sie selbst hat gesagt, dass ich den Mörder schnell finden soll.«

»Klar, das, was ich dir gerade gesagt habe, kann dir deine

Frau so nicht sagen. Unterschätze die Situation nicht, Jerry. Ich kenne Maria nicht gut, weil du sie von mir fern hältst, Jungchen, aber ich kenne die Frauen, das wirst du mir hoffentlich glauben.«

»Hör zu, Anja, das mit Maria kommt schon wieder in Ordnung«, versuchte Crinelli abzuwiegeln, »aber ich kann meinen Fall nicht aufgeben, das verstehst du einfach nicht. Ich bitte dich, mir zu helfen. Lass deine Beziehungen mal ein bisschen spielen. Ruf Isabelle Soundso, die Chefin vom Bergischen Hof, an und bereite dort das Terrain für mich. Und hör dich mal um, ob es in der Szene in der letzten Zeit Typen gab, die etwas ausgeflippt sind.«

»Jungchen, ausgeflippte Typen gibt es jeden Tag, zu jeder Stunde und in jedem Laden. Soll ich die Clubs abtelefonieren und fragen: He Leute, hat in der letzten Zeit irgendein Kunde etwas Außergewöhnliches, etwas Perverses verlangt? Komm schon, streng dich an. Dafür haben wir dich nicht zur Polizei gebracht. Mit solchen Fragen beweist du nur, dass ich mit meiner Vermutung richtig liege: Dieser Fall umnebelt dein Hirn – gib ihn ab!«

Crinelli schaute Anja Salowski fest in die Augen. Er zog ein letztes Mal an seiner Zigarette, drückte den Stummel in den überquellenden Aschenbecher und schob mit einer theatralisch-wilden Gebärde seinen Stuhl zurück. Aus seiner Hosentasche kramte er einen Fünfzig-Euro-Schein heraus und warf ihn auf den Tisch.

»Du willst mir nicht helfen. Auch gut. Ich komm schon alleine zurecht. Der da ist für den Kuchen und den Heimweg.«

Crinelli drehte sich um und wollte wutentbrannt das Café verlassen. Anja Salowski packte ihn blitzschnell am Arm und zog ihn zurück auf seinen Platz.

»Jerry, nun sei doch nicht so verdammt starrsinnig. Setz dich erst einmal wieder und beruhige dich. Natürlich will ich dir helfen, das habe ich schließlich immer getan. Ich kann mir nur nicht vorstellen, dass du in deinem Zustand der geeignete Beamte für den Fall bist. Ich werde mich gleich morgen für dich nach diesem Laden auf dem Berg erkundigen, ich habe da schon eine Vermutung, aber versprich du mir im Gegenzug, einmal sehr ruhig und gründlich über deine Rolle nachzudenken. So hab ich dich ja noch nie erlebt.«

»Mir läuft die Zeit davon, das ist alles. Warum will das auf einmal niemand mehr verstehen? Tut mir Leid, wenn ich explodiert bin, die Sache mit Maria setzt mir natürlich ziemlich zu. Kannst du mir verzeihen?«

»Klar, Jungchen, ich weiß ja, dass du es nicht böse meinst.«

»Trotzdem muss ich jetzt wieder fahren. Kollege Bohlen sitzt bei mir zu Hause auf den Scherben und erwartet mich sicherlich schon längst. Soll ich dich zurückbringen?«

»Nein, nicht nötig, ich habe ja jetzt Geld fürs Taxi«, antwortete die Salowski und steckte den Schein, der immer noch auf dem Tisch lag, mit einer schnellen Bewegung in ihre Handtasche.

Crinelli schaute verdutzt, lächelte aber dann, wenn auch etwas verbissen, gab ihr einen flüchtigen Kuss und verschwand mit schnellen Schritten Richtung Ausgang. Anja Salowski schaute dem zornigen Mann hinterher. Armes Jungchen, dachte sie und wischte sich mit einer schnellen Bewegung eine Träne aus dem Auge.

Crinelli stellt seinen Wagen am Straßenrand ab und betrat das Haus durch die Vordertüre. Die Beamten waren bereits wieder weg. Nur noch Bohlen saß, den Kopf auf die Brust gesenkt, in Marias Lesesessel und schlief tief und fest. Er trat dem Kollegen unsanft gegen das Bein.

»Nennst du das Polizeiarbeit, Eddy?«

Edgar Bohlen erschrak sichtlich.

»Jerry?«, stammelte er träge erwachend, »ich muss eingeschlafen sein. Wo warst du denn so lange?«

»Hör mal, wieso stellst du mir hier Fragen! Habt ihr den Täter gefasst? Wo sind die Ärsche von der Spurensicherung? Was habt ihr herausgefunden, und wieso sitzt du hier in meinem Sessel und pennst seelenruhig vor dich hin?«

»Jerry!«, rief der langsam erwachende Beamte. »Ich bin nicht mitten in der Nacht hier herausgefahren, um mich von dir anscheißen zu lassen. Also halt die Luft an, ja? Deinen Scheiß-Ärger kannst du bitte an jemand anderem auslassen.« Bohlen atmete hörbar durch. Es war ihm noch nicht bewusst, dass er soeben seinen Vorgesetzten angeschrien und beschimpft hatte. Dennoch fuhr er, deutlich um Haltung bemüht, fort. »Also, es war vermutlich nur eine Person. Keine Spuren auf Stein oder Zettel. Aber jede Menge Fußspuren im Garten. Die meisten werden wohl von dir oder Maria stammen. Aber vielleicht finden wir ja auch den Täter darunter. Ich hab die Nachbarn befragt. Natürlich hat niemand etwas gehört oder gesehen. Dein direkter Nachbar ist erst vor etwa einer Stunde nach Hause gekommen. Er sah aus wie Sau. Sein Alibi brauch ich ja wohl nicht zu überprüfen.«

Crinelli lächelte verkrampft. Brandt, das Arschloch, konnte es nicht gewesen sein. Ebenso wenig wie Zimmermann oder Keppeler, er selbst besorgte den Typen ihr Alibi.

»Die große Frage lautet, was gedenkst du jetzt zu tun? In jedem Fall will Böker dich morgen früh sprechen. Es gibt eine reale Chance, dass er dir den Fall entzieht.«

»Steckst du etwa dahinter?«

»Bitte keine weitere Verschwörungstheorie. Böker ist vielleicht ein bisschen seltsam, aber er ist ganz sicher kein Blödmann. Er ist ziemlich gut informiert und kann zwei und zwei zusammenzählen. Gib den Fall ab, Jerry. Dich als befangen zu betrachten ist eine glatte Untertreibung.«

»Danke, Herr Bohlen, ich freu mich immer über den Rat eines erfahrenen Beamten, aber irgendwie hab ich die gleiche Scheiße heute schon einmal gehört. Aber bitte, wenn du willst, erkläre ich dir meinen Standpunkt. Ja, die Sache hier wächst mir langsam über den Kopf! Ich habe Probleme mit meiner schwangeren Frau, ich meine richtige Probleme, verstehst du? Außerdem habe ich Probleme mit meiner Akzeptanz hier im Ort, wie der heutige Vorfall wohl auch dir deutlich vor Augen geführt haben sollte, mein zweites großes Problem, du verstehst? Dann habe ich noch ein Problem mit einem aller Voraussicht nach korrupten Polizisten, der mich eigentlich bei meinen Ermittlungen unterstützen sollte, ein Problem, das eigentlich schnellstens gelöst werden muss, wie du weißt. Und ganz nebenbei habe ich noch einen Mörder zu suchen, der jede Minute wieder zuschlagen könnte, und auch das ist ein Problem, das selbst du als solches erkennen solltest. Zu allen diesen kleinen Sorgen willst du, Böker oder wer auch immer mir jetzt auch noch Ärger bereiten. Aber, und jetzt hör ganz genau zu, trotz all dieser Scheiße bin ich eines nicht, befangen. Ich weiß sehr genau, besser als ihr alle, was sich hier abspielt, wo wir gerade stehen und was als Nächstes getan werden muss. Ich werde diesen Mörder finden! Auf die Gefahr hin, dass ich mich wiederhole, mit deiner Hilfe oder ohne, mit Auftrag oder ohne.«

»Alles klar, Herr Crinelli, heute wird das nichts mehr mit uns, ich hau ab. Entspann dich, besauf dich oder was weiß ich, aber sei morgen früh um neun Uhr auf dem Präsidium. Nicht meine Anweisung, Nachricht vom Chef.«

Die nächsten Stunden verbrachte Crinelli mit Aufräumen, Rauchen und Trinken. Er hielt sich erst gar nicht mit niedrigprozentigen Getränken auf, sondern stieg gleich mit Anisschnaps ein. Als der Wohnraum, mit Ausnahme des fehlenden Fensters, einigermaßen wiederhergestellt war, war Crinelli besoffen. Er öffnete eine Dose Thunfisch und angelte das zusammengepresste Fleisch mit einer Gabel direkt aus der ovalen Dose in seinen Mund. Dabei biss er von einem Kanten alten Brots ab. Die untertassengroßen Ölflecken auf seinem Hemd missachtend, legte er sich schließlich auf das Sofa und schlief noch in der Abwärtsbewegung ein.

Crinelli schlief unruhig, und als er erwachte, plagten ihn hämmernde Kopfschmerzen. Er quälte sich langsam aus der Horizontalen in eine vornübergebeugte Sitzposition. Den schweren Kopf zwischen beide Hände gestützt, wartete er, bis sein Gleichgewichtsorgan den plötzlichen Haltungswechsel nachvollzogen hatte. Im Sitzen brummte sein Schädel noch mehr. Der Kopfschmerz lag direkt hinter beiden Augenhöhlen. Außerdem schmerzte sein Rücken, vermutlich von der unbequemen Lage auf dem leicht gerundeten Sofa. Crinelli erhob sich stöhnend, schlurfte in die Garage und trank erst einmal eine ganze Flasche kühles Mineralwasser. Wasser half immer. Normalerweise klarte der Kopf nach einem Liter Wasser ganz von selbst auf. Außerdem erwachte durch die große Menge an Flüssigkeit sein Organismus. Gleichzeitig beruhigte die Kühle des Getränks die Gedanken, manchmal sogar die Angst. Dieses Mal war alles anders. Er musste pinkeln, die einzig feststellbare Reaktion. Anstatt die Toilette zu benutzen, ging er zur Verrichtung seiner Notdurft in den Garten. Die klare Nachtluft tat ihm gut. Er entschloss sich zu einem Spaziergang, zum Angeln war es eindeutig zu dunkel.

Mit einer weiteren Flasche Mineralwasser bestückt machte er sich auf den Weg. Gemessenen Schrittes verließ er das Neubaugebiet und wandte sich an der großen Kreuzung nach links in Richtung Dorfplatz. Friedlich und ruhig lag der Ort vor ihm. Hinter den meisten Fenstern brannte Licht, vereinzelt konnte er hinter den Gardinen menschliche Konturen erkennen, die sich zwischen Fenster und Lichtquelle befanden. Die Dorfbewohner hockten vor dem sonntäglichen Fernsehprogramm. In den Fenstern flackerte und flimmerte es, wurde hell und urplötzlich wieder dunkel. Die Mattscheibe wurde, um die Flut ihrer Bilder beraubt, zu einer ganz eigenen, höchst sonderbaren

Licht-Rhythmus-Maschine. Crinelli ging sehr langsam, blieb immer wieder stehen, um zu trinken. Ohne ersichtlichen Grund betrachtete er ein Haus eine ganze Weile, während er das nächste keines Blickes würdigte. Durch die Ruhe der Bewegungen und die Ablenkung des Schmerzes beruhigten sich seine Gedanken Schritt für Schritt. Aus der Innentasche seines Mantels angelte er zwei Kautabletten, die er dort immer für den Fall bereithielt, dass plötzlich eintretende Kopfschmerzen versuchen wollten, sein Denken zu behindern. Schmerz und Arbeit gingen für Crinelli nicht zusammen.

Inzwischen hatte er sich dem Dorfplatz genähert, sah schon die große Kirchturmuhr. Die vergoldeten Zeiger gaben an, dass soeben die letzte Stunde des Tages angebrochen war. Der Platz lag nicht ganz so friedlich da wie der Rest des Dorfes. Aus einem geöffneten Fenster oberhalb der Bäckerei drang laute Musik. Die Alte, an deren Namen er sich schon nicht mehr erinnern konnte, hatte Recht gehabt. Zimmermanns Partys stellten durchaus einen Lärmfaktor in der ansonsten ruhigen Umgebung dar. Crinelli blieb eine Weile im Eingang der gegenüberliegenden Metzgerei stehen und sah zu den hell erleuchteten Fenstern hinauf. Blassgelbe Gardinen waren zugezogen, sodass nur mehr die Schatten der sich dahinter bewegenden Gäste zu erkennen waren. Anhand der Umrisse versuchte er die Personen zu identifizieren – ohne Erfolg. Was jedoch klar zu erkennen war, war deren Beschäftigung, sie tanzten. Einige zuckend, andere eng beieinander. Crinelli überquerte die Straße, stellte sich direkt unter die Fenster und wünschte sich, dass ihn dabei niemand beobachtete. Insgeheim hoffte er, einige Gesprächsfetzen aufschnappen zu können. Aber so sehr er sich auch mühte, er konnte nichts auch nur annähernd Verwertbares hören. Nach einigen Minuten intensiven Lauschens stand er einfach nur noch da, ein einsamer Mann vor einem Haus, in dem gesellige Menschen eine Party feierten. Er rauchte und starrte in die Nacht.

Die Garage müsste einmal aufgeräumt werden. Morgen früh

würde der Glasnotdienst kommen. Anja war gekränkt, gleich morgen wollte er sich noch einmal richtig bei ihr entschuldigen, und bei Bohlen … ach, egal, über die Arbeit würde sich schon alles wieder einrenken. Jedenfalls konnte er jetzt auch getrost zu Hause rauchen. Etwas Raumspray, bevor Maria zurückkommt, und alles ist O. K. Überhaupt würde er das Rauchen auch wieder einstellen, sobald die Sache hier vorüber war.

Inzwischen schlug es zwölf. Crinelli leerte seine Wasserflasche und stellte sie so vor die Eingangstür der Bäckerei, dass sie beim Öffnen am Morgen kaputtgehen würde. Sein leeres Gesicht lächelte müde. Der pubertäre Streich ließ ihn an seine Kindheit zurückdenken. Zusammen mit seinen Freunden hatten sie damals ein ganz besonderes Spiel erdacht. Zunächst musste einer von ihnen auf einen Karton kacken. Das so entstandene Kunstwerk legten sie dann in den tief liegenden Eingang eines Fahrradgeschäftes. Der Inhaber war ein mürrischer Kerl, der Kinder hasste. Auf den übel riechenden Scheißhaufen legten sie einige Blatt Zeitungspapier und zündeten diese schließlich an. Dann öffnete einer der Jungen die Tür des Geschäftes und rief: »Feuer, Feuer, Feuer.« Blitzschnell verschwand die Bande daraufhin auf die gegenüberliegende Straßenseite und verschanzte sich hinter einem dort geparkten Auto. Ebenso schnell erschien der verhasste Einzelhändler, mit einer alten Decke bewaffnet. Er drehte sie blitzschnell zu einer Wurst auf und schlug damit beherzt das Feuer aus. Nachdem sich der wütende Mann gereinigt hatte, gab es am Abend einen enormen Krach zwischen ihm und Guido Crinelli. Jerry erhielt daraufhin eine ordentliche Tracht Prügel und 14 Tage Stubenarrest. Für den spaßfreien Fahrradhändler gestaltete sich fortan jeder öffentliche Auftritt als Spießrutenlauf. Zunächst hielten sich nur die Kinder demonstrativ die Nase zu, wenn er ihnen entgegenkam. Mehr und mehr fanden aber auch die Jugendlichen und vereinzelt sogar die Erwachsenen ihren Spaß an dem bösen Spiel.

Crinelli fischte sich sein Handy aus der Hosentasche und tippte die Nummer seines Schwagers ein. Bei Sebastian brauchte man sich keine Gedanken zu machen, so spät in der Nacht noch zu stören. Ohnehin stand bei Marias Bruder wohl gerade erst der Leistungshöhepunkt des Tages bevor.

»Hi, Jerry hier. Ist Maria noch wach?«

»Klar, wir sitzen in der Küche und quatschen. Warte, ich reich dich mal rüber.«

»Hallo Schatz, wie geht es dir?«, meldete sich seine Frau entspannt.

»Alles O. K. so weit. Und dir? Wie war dein Tag?«

»Ganz schön. Ich hab einen ordentlichen Mittagsschlaf gemacht, dann waren wir frühstücken und anschließend im Kino. Schade, dass du nicht hier bist.«

»Ja, schade. Maria? Du fehlst mir!«

»Du mir auch – jetzt schon. Was tust du gerade?«

»Och, nichts weiter. Ich sitze hier so rum. Werd jetzt wohl ins Bett gehen und wollte dir nur eben noch eine gute Nacht wünschen. Geht's dem Baby gut?«

»Geht's der Mutter gut, geht's dem Baby gut, Jerry. Das war keine schlechte Idee von dir. Lass mich hier heute mal ausspannen, und dann wird's schon wieder.«

»Klar, Maria, und schlaf gut. Ich sehe dich dann morgen Abend.«

»Ich liebe dich, Jerry.«

»Ich liebe dich auch. Ciao Bella.«

Alles halb so wild. Anja hatte Unrecht. Maria saß der Schock noch tief in den Knochen, aber sie hörte sich schon wieder viel besser an. Er war froh, dass er sie angerufen hatte.

Crinelli wandte sich zum Gehen, als sein Blick auf die gegenüberliegende Fassade fiel. Aus dem Fenster über dem Optikerladen fiel ein schmaler Streifen Licht durch die nicht ganz geschlossenen Vorhänge. In diesem Lichtkegel entdeckte Crinelli ein großes Fernrohr, und es zeigte ganz eindeutig direkt auf ihn. Instinktiv trat er zurück in die Dunkelheit des Hauseinganges. Täuschte er sich? Warum sollte ihn jemand beobachten? Es konnte auch einfach nur ein Teleskop sein und der Besitzer ein Hobbyastronom. Die Idee lag für ihn recht nah, da er sich seine ganze Kindheit über erfolglos ein Weltraumteleskop gewünscht hatte. Crinelli klopfte seine Taschen ab. Leider hatte er das Nachtglas nicht dabei. Er schlich sich vorsichtig von Hauseingang zu Hauseingang, das Teleskop dabei fest im Blick. Es folgte seinen Bewegungen nicht. Als er aus dem Radius des Fernrohrs hinaus war, überquerte er die Straße und ging auf der gegenüberliegenden Straßenseite zurück zu dem schiefergedeckten Haus. Es handelte sich um das Haus des Optikers Gnahs. Jedenfalls hieß das Ladenlokal so. Gleich neben der Eingangstür zum Verkaufsraum befand sich die Haustüre, durch die man in die darüber liegenden Etagen gelangte. Crinelli suchte nach dem Klingelbrett. Er fand nur eine einzige Klingel, jedoch ohne Namensschild darauf. Vermutlich wohnte der Optiker also allein mit seiner Familie im Haus. Über den Namen *Gnahs* war Crinelli während seiner Zeit in Niederkirchen, aber auch in seinen bisherigen Ermittlungen noch nicht gestolpert. Vielleicht hatte Bohlen Aufzeichnungen über die Befragung des Mannes. In dieser Nacht würde er jedenfalls nichts Erhellendes mehr erfahren können.

Eine bleierne Müdigkeit breitete sich in seinem Körper aus. Crinelli trat den Rückweg an. Sollte der Typ doch beobachten, was oder wen er wollte, sollten Zimmermann und seine Freunde die Party des Jahres feiern, für heute konnte ihn die Welt am Arsch lecken.

Montag

»Sie sehen schlecht aus, Jerry.«

Böker saß ihm am großen Schreibtisch seines Eckbüros gegenüber. Jerry hatte nicht gut geschlafen. Mitten in der Nacht war die Unruhe zurückgekehrt, nicht etwa wegen des schlechten Gewissens, das ihm seine zwischenmenschlichen Fehlleistungen vom gestrigen Tag beschert hatte, sondern die Art Unruhe, die nur ein kniffliger Fall in ihm auslösen konnte. Immer wieder hatte er in seinem Traum den Schriftzug »Optik Gnahs« vor sich auftauchen sehen. Damit war es um seinen Schlaf geschehen. Er wälzte sich von einer Seite auf die andere und wartete nur darauf, dass es endlich Zeit zum Aufstehen wurde. Lange bevor die montägliche Rush Hour einsetzte, saß Crinelli schon an seinem Schreibtisch im Kölner Präsidium.

Als Edgar Bohlen seinen Dienst antrat, hatte er bereits seine aufgelaufenen E-Mails beantwortet, Memos gelesen, seinen Postkorb geleert und einige Telefonate geführt.

Es stellte sich heraus, dass Bohlen den Optiker schon am ersten Tag befragt hatte, sich nun aber nur noch in Teilen an das Ergebnis der Befragung erinnerte. Demnach war Wilhelm Gnahs bereits über 60 und führte seinen Laden seit 35 Jahren. Seit seine Frau vor mehr als zehn Jahren einem bösartigen Tumor im Gehirn erlegen war, bewohnte er das zentral gelegene Haus allein. Der Mann konnte, wie so viele andere auch, kein Alibi für die Tatzeit vorweisen. Er lege sich jeden Abend nach den Nachrichten im ZDF, also gegen viertel nach zehn, ins Bett und schlafe in aller Regel bis sieben Uhr fest durch. »Schlaftabletten«, fügte Bohlen erklärend hinzu, nachdem er endlich die entsprechenden Notizen in seinen Unterlagen gefunden hatte. Ohne Schlaftabletten könne er seit dem Tod seiner Frau nicht mehr einschlafen, er höre jede Nacht ihre Stimme, die nach ihm rufe, und dann sei es mit der Nachtruhe vorbei. In der vergangenen Nacht war es bereits nach Mitternacht gewesen, als Crinelli das Licht und das Fernrohr im Fenster von Gnahs entdeckt hatte. Allerdings musste er einräumen, den Mann selbst nicht gesehen zu haben. Vielleicht hatte dieser nur vergessen, das Licht zu löschen, und schlief bereits seit Stunden seinen Tablettenschlaf, vielleicht aber auch nicht.

»Eddy, gib den Kerl mal in den Computer ein. Ich gehe zu Böker, danach treffen wir uns hier wieder und reden.«

Böker hatte er in wenigen Worten über alles in Kenntnis gesetzt, was sich seit seinem letzten Bericht ereignet hatte. Es blieb nur noch zu besprechen, was der eigentliche Grund für Crinellis Termin war.

»Ja, Chef, ich habe sehr schlecht geschlafen.«

»Alleine schläft es sich auch schlecht, Jerry.«

»Hören Sie, ich weiß, warum Sie mich einbestellt haben. Es stimmt, ich habe eine kleine Krise zu Hause, aber das hat nichts mit meinem Fall zu tun. Die Ermittlungen laufen ganz gut, bedenkt man, dass wir so gut wie keine Spuren hatten. Außerdem sind Edgar und ich ziemlich auf uns alleine gestellt, Sie kennen ja die Problematik mit diesen Flaschen vor Ort. Das heißt, Keller ist eigentlich gar keine Flasche, aber ein feuriger Spanier ist er auch noch nicht. Also, ich bitte Sie, sich nicht in meine Privatangelegenheiten einzumischen.«

»Jerry, nichts liegt mir ferner. Sie wissen genau, wie sehr ich Sie schätze, aber ich muss einschreiten, wenn ich das Gefühl bekomme, dass Sie nicht mehr zwischen Ihrem Privatleben und Ihrer Arbeit trennen können.«

»Wollen Sie mir bitte einmal erklären, warum plötzlich alle auf die gleiche Schnapsidee kommen? Schreibt Ihr alle voneinander ab? Was hat dieser beschissene Fall mit meinem Privatleben zu tun?« Crinellis Stimme wurde lauter. »Wo in drei Teufels Namen vermische ich irgendetwas? Sehen Sie, meine Frau erwartet ein Baby und ist entsprechend sensibel. Da ist ein Stein, der durch meine Wohnzimmerscheibe fliegt, noch dazu mitten in der Nacht, das denkbar ungeeignetste Beruhigungsmittel. Ich wohne nun einmal zufällig in einem Ort, in dem ein Irrer ein kleines Mädchen vergewaltigt und umgebracht hat. Der Steinwurf ist das sichere Zeichen dafür, dass ich dem oder den Tätern näher komme. Sie wollen mich loswerden. Ich habe alles mit meiner Frau besprochen und werde jetzt den Fall, wie schon viele zuvor, in Ruhe zu Ende bringen. Wo wird da etwas vermischt?«

»Verdammter Mist, Crinelli. Ich kritisiere doch nicht Ihre Ermittlungen, ich möchte Ihnen nur die Chance geben, gerade wegen Ihrer privaten Situation und der räumlichen Nähe den Fall abzugeben.«

»Herr Böker, dann können Sie jedem Beamten aus Köln seinen Fall abnehmen, denn in aller Regel lebt der ermittelnde Polizist in derselben Stadt wie der Täter.«

»Unsinn, Crinelli, Unsinn. So ein Dorf ist ja wohl etwas anderes als eine anonyme Großstadt. Kommen Sie zur Besinnung und riskieren Sie doch wegen dieses Falles nicht Ihre Ehe. Mehr will ich Ihnen gar nicht sagen. Aber, Schluss damit! Sie müssen selbst wissen, was für Sie richtig ist. Mir ist es doch nur lieb, wenn Sie weiter ermitteln. Ich brauche schnelle Ergebnisse, und die bekomme ich von Ihnen. Und Ihr Privatleben geht mich ab jetzt nichts mehr an.«

»Na endlich haben wir wieder den richtigen Ton in unserem Gespräch. Wenn nichts weiter ist, gehe ich jetzt zurück an meine Arbeit.«

Böker nickte, wünschte Crinelli viel Glück und drehte sich mit Schwung in seinem Sessel so um, dass er die Aussicht aus seinem Fenster auf die Rheinbrücke genießen konnte.

Nachdem Crinelli das Büro verlassen hatte, drehte sich der

Polizeidirektor zurück und murmelte zur geschlossenen Tür gewandt: »Sturer Hund, Crinelli. Mach bloß keinen Scheiß, verdammter Mist.«

»Hast du was über den Optiker rausgefunden?«, fragte Crinelli Bohlen, den er in seinem Büro vorfand.

»Negativ, keine Vorstrafen, keine Verkehrsvergehen, nichts. Sollen wir uns den Alten mal richtig vorknöpfen?«

»Nein, wir brauchen erst mehr Informationen.«

»Sag mal, wie war eigentlich dein nächtlicher Ausflug?«, wollte Bohlen wissen, »in der ganzen Aufregung haben wir gar nicht darüber gesprochen.«

Crinelli erzählte seinem Kollegen die ganze Geschichte in aller Ausführlichkeit bis zu dem Punkt, als die berstende Scheibe seine Nachtruhe beendete.

»Und was gedenkst du nun zu tun?«

»Ich muss in die Hütte rein und mich dort umsehen. Ich bin sicher, dass ich etwas finden werde.«

»Das heißt, wir brauchen einen Durchsuchungsbefehl?«

»Langsam, langsam, ich guck mich da oben nur mal um, privat sozusagen.«

»Jerry, du planst keinen Alleingang und auch keinen Einbruch, oder?«

»Niemals, Eddy, so was würde ich nicht tun. Ich habe doch so viel Zeit, warum sollte ich etwas überstürzen. Ich geh zur Staatsanwaltschaft und beantrage einen Durchsuchungsbefehl. Grund: Die Kerle gefallen mir nicht, angeblich hat einer von ihnen sexuell andere Prioritäten als wir beide, außerdem streifen sie durch den Wald und halten es nicht so ganz mit der Wahrheit. Daraufhin schenkt mir die stellvertretende Staatsanwältin einen Tee ein und fragt, seit wann ich mich so schlecht fühle und ob mir vielleicht ein paar Tage Sonderurlaub aus der Klemme helfen würden. Leider aber, mein lieber junger Kollege, muss ich dir sagen, dass ich derzeit schon genug Leute um mich herum habe, die mich für nicht mehr ganz zurechnungsfähig halten. Das nervt! Also, verdammt: Ja, ich werde da oben mal ein bisschen Budenzauber veranstalten. Wir haben nichts Konkretes gegen Keppeler, Zimmermann und Brandt in der Hand, wir haben nur ein paar Anhaltspunkte und so ein komisches Gefühl. Was wir aber brauchen, sind Beweise, und ich scheue mich nicht, zur Wahrheitsfindung etwas in die Trickkiste zu greifen. Ich hoffe, dass ich dein Gewissen mit dieser Nachricht nicht zu sehr belaste, aber ich wollte ehrlich mit dir sein, schon wegen gestern.«

»Gestern?«, fragte Bohlen unsicher.

»Weil ich gestern ein Arschloch war. Ich möchte mich bei dir entschuldigen und mich bedanken, dass du alles für mich geregelt hast.«

»Kein Problem, wir haben alle mal einen schlechten Tag.«

»Ist wohl so, Eddy, komm, lass uns fahren. Unterwegs überlegen wir, wer uns mit Informationen über Wilhelm Gnahs versorgen kann. Ich muss nur noch eben bei der Sitte vorbei. Wir sehen uns in zwanzig Minuten am Wagen.«

Crinelli traf Ferrara wie schon vor Tagen am Kaffeeautomaten, dieses Mal jedoch nicht in weiblicher Begleitung.

»Giuseppe, hast du nichts anderes zu tun, als den ganzen Tag Kaffee zu trinken?«

Die beiden Männer begrüßten sich freundlich. Crinelli berichtete kurz, was sich inzwischen ereignet hatte, und kam dann schnell zu seinem Anliegen. Er informierte Ferrara über sein Gespräch mit Franz Liebermann und über dessen Recherchen im Schleusermilieu.

»Kannst du für mich herausfinden, wo der Bericht gelandet ist und wer an der Sache dran ist?«

»Das ist ja interessant!«, zeigte sich Ferrara überrascht, »die Kollegen haben gerade eine SOKO beantragt. Sie haben Wind bekommen von einer Menschenladung, die nächste oder übernächste Woche in Köln eintreffen soll. Ursprungsland vermutlich Rumänien. Wenn ich richtig informiert bin, steht eine Spedition in der Nähe vom Großmarkt im Verdacht, an den illegalen Transporten beteiligt zu sein. Genaueres weiß ich nicht, ist nicht meine Baustelle. Ich war nur verwundert, woher die Kollegen plötzlich die ganzen Informationen hatten. Soweit ich weiß, haben sie einen V-Mann in die Organisation eingeschleust. Wenn's dir wichtig ist, kann ich mich mal umhören, obwohl die mächtig wichtig und geheim tun. Aber was genau soll dir das bringen?«

»Ist doch klar. Wenn sich mein Mann bei den Schleusern bedient, muss er irgendwie mit ihnen in Kontakt stehen.«

»Crinelli, untersteh dich.«

»Was ist los, Ferrara, was glaubst du, dass ich tue?«

»Ich kenne dich, vergiss das nicht. Ich kann in deinen Augen lesen, was du vorhast. Aber ich rate dir, nichts zu tun, ohne es mit uns abzustimmen. Du weißt, wie das läuft. Die Hoheit in diesem Fall liegt bei uns.«

»Scheiß auf deine Hoheit. Mein Mörder hat Hoheit, verstehst du? Sollten wir eine zweite Leiche finden, kann ich mich ja auf eure Priorität rausreden. ›Nein, Herr Böker, ich kann nichts mehr in dem Fall für Sie tun, die Hoheit liegt nämlich bei der Sitte, sprechen Sie doch mit den Leuten vom KK 12.‹«

»Komm, bleib geschmeidig, Jerry. Du weißt, dass Alleingänge den ganzen Erfolg einer lange geplanten Aktion gefährden können. Uns geht es hier ums Ganze. Wir wollen nicht die kleinen Fische, sondern möglichst die ganze Struktur zerstören. Und wenn ich wir sage, dann meine ich natürlich auch Böker.«

»Genau, und mir geht es um den kleinen Fisch, der einem kleinen Mädchen mit Glasscherben, Stacheldraht oder ähnlich stimulierenden Geräten die Scheide und den Hintern aufgerissen und anschließend mit einer feinen Drahtschlinge Gott gespielt hat. Und dieser kleine Fisch wird es vielleicht wieder tun. Ja, mein Lieber, ich fange kleine Fische, aber wenigstens fange ich überhaupt jemanden, und zwar weil ich etwas tue, anstatt mir im Präsidium den Arsch in diesen Scheiß-Sitzungen platt zu sitzen. Und anstatt zu diskutieren, wie ich V-Leute einschleusen kann oder Informanten besteche, mache ich mir die Hände lieber selber dreckig. Das ist wahrscheinlich etwas aus der Mode, aber es ist nun einmal mein Stil.«

»Jerry Crinelli, ich bin nicht dein Feind, ich versuche nur, dich vor dir selbst zu warnen.«

»Besten Dank, das tun inzwischen alle im Haus und auch außerhalb, deshalb wäre ich dir dankbar, wenn du nicht auch noch damit anfangen würdest. Ferrara, ich weiß, dass du einer von den Guten bist. Entschuldige, dass ich ausgerastet bin, aber meine Nerven sind ein bisschen runter, und mir läuft die Zeit davon. Also bitte besorg mir die Informationen, ich werde dich nicht zitieren.«

»Ich mach's ja, Crinelli, weil du es bist. Wie geht's übrigens Maria?«

»Ach hör auf, Mann, ich muss los. Ruf mich an!«, sagte Crinelli bereits im Weggehen.

»Eddy, es wird endlich Zeit, diesem Landpuff im Niemandsland einen Besuch abzustatten. Vielleicht können uns die Damen dort weiterhelfen«, sagte Crinelli zu seinem Assistenten, als sie die Kurven der Hauptstraße wieder in Richtung Niederkirchen hinaufkletterten.

»Glaubst du wirklich, dass uns die Nutten etwas über ihre Kunden erzählen? Du willst doch etwas über die Vorlieben der Dorfbewohner erfahren? Darüber werden wir keine Auskunft erhalten.«

»Im Prinzip hast du natürlich Recht.«

»Aber?«

»Warte einfach ab, vielleicht haben wir ja auch einmal Glück in diesem beschissenen Fall.«

Das Glück, das Crinelli Bohlen gegenüber beschwor, hatte einen ganz realen Hintergrund und war eng mit dem Namen Anja Salowski verbunden. Sie hatte wieder einmal ihre Beziehungen spielen lassen. Isabelle Schnock, die Inhaberin des Bordells, war ihr bestens bekannt, wie sie schon vermutet hatte, allerdings stammte die Bekanntschaft noch aus der Zeit, als die etwas jüngere Frau noch zwei Häuser weiter im Friesenviertel als Animierdame arbeitete. Sie stammte aus dem hohen Norden. Und dass sie ihren Nachnamen nicht im Milieu verwendete, sondern sich lieber als Madame Isabelle ansprechen ließ, konnte man der Frau nicht anlasten. In der Sexindustrie sollte es schon einigermaßen französisch klingen, jedenfalls war das so in der guten alten Zeit. Heute setzten sich mehr und mehr die russischen Namen im Gewerbe durch, sie klangen härter als ihre französischen Vorgänger, aber das war der angeforderte Sex der Kundschaft inzwischen auch. Die Salowski hatte jedenfalls mit ihrer Exkollegin telefoniert und sie auf Crinellis Besuch vorbereitet. All das musste der Kollege Bohlen nicht unbedingt wissen.

»Wolltest du nicht anhalten?«, fragte Bohlen, als Crinelli den Wagen, ohne die Geschwindigkeit zu verringern, über den Pass steuerte.

»Ich bringe dich zuerst zurück zur Wache. Es stehen doch sicherlich noch ein paar Leute auf deiner Befragungsliste?«

»Stimmt schon, einige sind noch nicht dran gewesen, aber ist es wirklich sinnvoll, damit weiterzumachen, wir haben doch schon genügend Hinweise, denen wir nachgehen können?«, fragte Bohlen mit einem enttäuschten Unterton in seiner Stimme.

»Völlig richtig. Deshalb möchte ich auch nicht, dass *du* die Gespräche führst, sondern Keller und Kruminga.«

»Kruminga? Woher der plötzliche Sinneswandel?«

»Weil ich ihn jetzt zur Abwechslung einmal aus der Wache weghaben möchte. Du sagst was von unaufschiebbaren Schreibtischarbeiten. Ist doch völlig egal, ob der Typ das glaubt oder nicht. Wenn die beiden weg sind, wühlst du dich ein bisschen durch seine Akten. Vernehmungsunterlagen, Gesprächsprotokolle, etcetera, alles, was du so in seinen Ablagen finden kannst. Such einfach nach Auffälligkeiten. Wer hat wen wegen was bezichtigt. Vielleicht findest du etwas, was mit unserem Fall zu tun hat.«

»Aber das wüssten wir doch längst.«

Crinelli sah Bohlen zweifelnd an.

»*Du* denkst, das wüssten wir noch nicht unbedingt, stimmt's?«, fragte dieser.

»So ist es. Ich trau Kruminga nicht mehr von hier bis zur Frontscheibe. Kein konkreter Verdacht …«

»Nur so ein Gefühl?«

»Na, das ist doch wohl schon mehr als nur ein Gefühl. Wir können den Kollegen einfach nicht länger aus unseren Ermittlungen heraushalten.«

Die Männer lachten über die Doppeldeutigkeit in Crinellis Worten. Sie besprachen, worauf Bohlen sein Augenmerk besonders richten sollte, aber eigentlich war die Sache längst klar. Peinlich zwar, aber dennoch klar. Polizisten hatten immer Hemmungen, wenn sich die Ermittlung gegen einen der Ihren richtete. Im vorliegenden Fall war die Maßnahme nicht nur zu vertreten, sie war einfach überfällig. Nur dass eine solche Recherche keinesfalls das Terrain der Mordkommission war. Aber selbst Bohlen gewöhnte es sich zunehmend ab, Crinellis Methoden noch mit den regulären Ermittlungsvorschriften in Einklang bringen zu wollen. Er hoffte nur, dass er sich dabei nicht seinen Arsch verbrennen würde. Lernen konnte man jedenfalls eine Menge von dem eigensinnigen Kollegen.

Crinelli setzte Bohlen vor der Wache ab. Kruminga, der sich vor der Amtstüre mit einem Nachbarn unterhielt, winkte ihnen fröhlich zu, so als ob sie noch keinerlei Vorgeschichte miteinander hätten. Crinelli beantworte die Grußgeste nicht, wendete schwungvoll seinen Wagen und fuhr mit quietschenden Reifen zurück in Richtung Pass.

Der Parkplatz vor dem Bordell war so früh am Tag natürlich leer, ebenso selbstverständlich war die Eingangstür zum Bergischen Hof verschlossen. Crinelli fand zwar ein Schild mit der Aufschrift »Zutritt nur für Clubmitglieder«, dafür fehlte aber ein Klingelknopf. Er umrundete das dreigeschossige, nahezu quadratische Gebäude. Von der Rückseite bot sich ihm ein sensationeller Panoramablick auf das stark zersiedelte Tal von Taufkirchen, das von der Bundesstraße wie von einer überdimensionalen Narbe in zwei Teile geteilt wurde. Direkt an das große Haus angebaut lagen in westlicher Richtung drei Versorgungstrakte. Einer der eingeschossigen Anbauten beinhaltete die Küche, wie ein Blick in die großen Fenster zweifelsfrei ergab. Die beiden angrenzenden fensterlosen Betonkästen konnten alles sein, von Lagerraum bis Hühnerstall reichten Crinellis Vorstellungen. Als er sich gerade wieder in Richtung Eingangstüre umwenden wollte, schlurfte ein zerzauster Mann, etwa Mitte 50, eine Schubkarre vor sich her schiebend, um die Ecke des hinteren Anbaus. Mit jedem Schritt, den die eigenartige Gestalt dem Kommissar näher kam, machte sich ein zunehmend unangenehmer Geruch in Crinellis Nase breit. Der Alte fuhr dampfenden Mist in seiner Karre spazieren. Crinelli stand dem alten Fritz gegenüber.

»Hallo, guten Tag«, begann er das Gespräch, »können Sie mir sagen, wo ich Isabelle Schnock finde?«

Der Alte lachte und entblößte dabei einen einzelnen, weit und breit von keinem weiteren seiner Art begleiteten Schneidezahn. Anstelle einer Antwort schob er seine Karre mit diesem außergewöhnlichen Lächeln im stoppelbärtigen Gesicht an Crinelli vorbei und verschwand hinter der nächsten Gebäudeecke.

Auf ein Verhör dieses leicht verwirrt anmutenden Zeitgenossen wollte Crinelli zunächst verzichten, so lange jedenfalls, bis sein eigenes Nervenkostüm wieder etwas robuster war oder aber der Stand der Ermittlungen es nötig machte. Er ging weiter um die Anbauten herum, an einer offen stehenden Türe vorbei, hinter der eindeutig Kühe ihren Platz hatten und aus der wohl auch die Mistfuhre des debilen Fritz stammte. Blieb die Frage, weshalb ein Puff über einen Kuhstall verfügte. Die Mischung Bauernhof und Bordell war ebenso ungewöhnlich wie belustigend, erinnerte ihn aber dumpf an das Sexfilmchen, das er neulich nachts gesehen hatte.

Gleich hinter dem Kuhstall fand Crinelli eine weitere Türe, offen und mit einem unmittelbar angrenzenden Treppenhaus, das sowohl nach unten als auch nach oben führte. Er betrat die erste, stark ausgetretene hölzerne Stufe in Richtung Dach und stieg langsam die steile, knarzende Stiege empor. Auf dem ersten Treppenabsatz lagen links die Toiletten, und rechts lud eine Schwingtür dazu ein, die Etage zu betreten. Die nächsten Stufen, die vermutlich zu den Zimmern in den oberen Etagen führten, wurden von einem roten, etwas in die Jahre gekommenen Läufer geschmückt. Crinelli klopfte an die Schwingtür und betrat, nachdem niemand geantwortet hatte, den großen Empfangssalon. Er kannte diese Art Räume aus seiner Jugendzeit zur Genüge. An der der Schwingtür gegenüberliegenden Wand befand sich ein ausladender, mit schwarzem Samt bezogener Tresen. Schmucklos standen die üblichen Getränke auf einem Glasregal aufgereiht, das die gesamte Breite der verspiegelten Rückwand überspannte: Chivas, Johnny Walker, Jack Daniels, Smirnoff Wodka, Gordon's Dry Gin, Ouzo N° 1, Bacardi, Tequilla Silla, Mariacron, Metaxa *** sowie mehrere Sorten Martini.

Die Mitte des Raumes war unmöbliert und mit einst schönem Parkett ausgelegt, Tanzfläche oder Catwalk für die Damen des Hauses. Entlang den Wänden reihten sich zur Mitte hin offene, halbrunde Sitzecken, in deren Zentrum jeweils ein Tisch stand, eng aneinander, allesamt mit billigem roten Plüsch ausgeschlagen. Der Raum wirkte armselig und irgendwie bemitleidenswert. Vielleicht tat das jeder Raum, der erst mit Gästen und entsprechender Beleuchtung sein künstliches Leben zeigen durfte. An einem Morgen ohne Besucher mochte man sich in einer solchen, süße Verlockungen verheißenden Umgebung nicht länger aufhalten als unbedingt notwendig. Crinelli durchschritt den Raum und steuerte auf die nächste Glastüre zu, aus der er die ersten menschlichen Laute vernahm. Er klopfte an und trat, ohne eine Antwort abzuwarten, in den hellen Frühstücksraum des Bordells ein.

Das Bild, das sich hier seinen Augen bot, hätte aus einem Ikea-Katalog stammen können. Eine glückliche Familie, teils noch im Schlafanzug, teils bereits ausgehfertig, sitzt um einen runden, schön gedeckten Frühstückstisch herum. Ein Labrador, zu Füßen der Familie liegend, dämmert friedlich in den durch die große Panoramascheibe einfallenden Sonnenstrahlen. Die Kaffeekanne auf dem Tisch verströmt einen betörenden Duft, und der Ausblick ist der gleiche schöne, den man schon vom rückwärtigen Teil des Gebäudes haben konnte, allerdings ohne die störenden Gerüche des Kuhstalls. Die Runde, die sich zu einer Zeit, in der gute deutsche Familien bereits ihr Mittagsmahl einnahmen, um den Tisch zum Frühstück versammelt hatte, bestand ausnahmslos aus Frauen. Der Anblick machte Crinelli irgendwie verlegen. Anscheinend war ihm das am Gesichtsausdruck abzulesen, denn die Damen kicherten albern, als sie ihn so ratlos in der Türe stehen sahen. Die älteste von ihnen erhob sich und kam auf ihn zu. Sie war perfekt frisiert und bereits geschminkt. Dennoch konnte man sie nicht als ausgehfertig bezeichnen, ihr Körper wurde nur von einem chinesischen Seidenmorgenmantel verhüllt.

»Guten Morgen, Sie sind wohl der neue Kommissar?« Sie strahlte ihn an und offenbarte dabei eine Reihe perlweißer Zähne, zu weiß, um wirklich echt zu sein.

»Gut geraten, Jérôme Crinelli – guten Morgen, die Damen.«

Crinelli grüßte in die Runde. Die Mädchen allen Alters hatten aufgehört zu frühstücken und betrachteten stattdessen interessiert den gut aussehenden Polizisten. Eine kleine Schwarzhaarige, die Crinelli am nächsten saß, hatte sich vollständig zu ihm herumgedreht und streckte ihm nun ihre langen, übereinander geschlagenen Beine entgegen. Mit beiden Händen hielt sie ihre Kaffeetasse und trank mit geschürzten Lippen in kleinen Schlucken. Ihr weißer Frotteebademantel hatte sich durch die veränderte Sitzposition sehr zu Crinellis Gunsten verschoben und erlaubte ihm einen tiefen Einblick in ihr famoses Dekolleté, aber auch ein Blick auf ihre Beine konnte zu einer massiven Erhöhung der Atemfrequenz führen. Die Beine der Frau umspannte eine schwarze Strumpfhose mit zwei kleinen, vielleicht mit Bedacht hergestellten Löchern – Schlampenlook! Crinelli zwang sich mit aller moralischen Kraft, den Blick der älteren Dame, offensichtlich Isabelle Schnock, zu erwidern.

»Ich möchte Sie zu dem Mord an dem kleinen, bisher nicht identifizierten Mädchen befragen. Ich wollte Ihre Frühstücksruhe nicht stören, aber ich dachte …«

»… dass wir doch bereits beim Mittagessen sein müssten. Den Spruch kennen wir. Fehlt nur noch, dass Sie uns zu unserem ruhigen und beschaulichen Leben beglückwünschen, Herr Crinelli. Kommen Sie, setzten Sie sich zu uns, nehmen Sie einen Kaffee und dann können wir reden«, sagte Isabelle Schnock, »Ihre Mutter hat mich ja schon vorgewarnt.« Sie drehte sich zu den Mädchen um und fügte erklärend hinzu: »Anja Salowski ist die Mutter des Herrn Kommissars.«

Die Mädchen nickten erstaunt und kicherten vieldeutig. Die Salowski war eine Ikone im Geschäft, sie stand sinnbildlich für eine von ihnen, die es geschafft hatte, an deren Schicksal man sich selbst aufrichten konnte, wenn der Beruf es wieder einmal nicht so gut mit einem meinte. Crinelli hingegen war der letzte Satz der Bordellchefin eher unangenehm, er rückte ihn ins falsche Licht und verleugnete außerdem seine wirkliche Mutter. Dennoch ließ er die Bemerkung unkommentiert. Er folgte der Einladung und zog sich einen Stuhl an den Tisch heran.

»Also, Mädchen«, unterbrach Madame die Stille nach einer Weile, »ich glaube, der Herr Kommissar möchte zunächst einmal mit mir alleine sprechen. Trinkt euren Kaffee nebenan zu Ende und gebt uns einen Moment Zeit.«

Crinelli war äußerst dankbar für dieses Zugeständnis. In der Tat war ihm wohler dabei, den Anfang des Verhörs nur mit der Chefin des Hauses zu bestreiten. Er würde die Frauen eventuell später einzeln vernehmen.

Die Frauen erhoben sich. Crinelli wollte – ganz Gentleman – der neben ihm sitzenden Frau den Stuhl zurückziehen, um ihr beim Aufstehen behilflich zu sein. Sie war die Einzige am Tisch, deren Aufmachung man als konventionell, sogar als überaus züchtig bezeichnen konnte. Ihre kurz geschnittenen blonden Haare waren noch nass von der Dusche, und sie hatte sie sich hinter die Ohren gekämmt. Sie trug einen schlichten beigen Angorapullover mit Rollkragen. Weniger schlicht dagegen die über dem Pullover getragene Perlenkette mit einem goldenen Verschluss, der in Form eines Delphins gearbeitet war. Als die junge Frau sich mit einem freundlich in Crinellis Richtung gehauchten Dank erhob, wäre ihm fast der Kaffee aus dem Mund getropft. Direkt vor seinen Augen tauchten zwei perfekt geformte Pobacken auf. Die Lady war untenherum nackt – unvorstellbar. Erst als sie sich bewegte, konnte Crinelli den dünnen Streifen Stoff erkennen, der den Tanga verriet. Trotz dieser schmalen Entwarnung, konnte er nicht anders, als der perfekt auf und ab wackelnden Hinterseite so lange nachzusehen, bis sie durch dieselbe Türe entschwand, durch die vor ihr schon die restlichen sechs Frauen gegangen waren. Nachdem der Raum sich geleert hatte, drehte er sich wieder zur Chefin der Mädchen um, die seinen lüsternen Blick durchaus bemerkt hatte. Sie lächelte überlegen.

»Ich dachte, Sie sind solche Anblicke gewohnt, aus Kindertagen sozusagen.«

»Sorry, aber man ist ja auch nur Mensch.« Auch Crinelli

musste lachen. Seltsamerweise empfand er der Frau gegenüber keinerlei Scheu, und er schämte sich auch nicht ob seiner eindeutigen Gedanken.

»Dieser herrliche Anblick war gar nicht so schlecht für mein Wohlbefinden. Ich habe schon eine Menge Unschönes heute erlebt.«

»Das können Sie öfter haben, Herr Kommissar, aber wie ich sehe, sind Sie verheiratet.«

»Ja, sogar noch ziemlich frisch, und wir erwarten gerade unser erstes Kind – ein Mädchen.«

»Und wegen eines Mädchens sind Sie auch hier. Ich möchte Ihnen gleich sagen, dass ich nicht sehr glücklich über Ihr Erscheinen bin. Sie wissen ja, dass Verschwiegenheit eine der wichtigsten Eigenschaften in unserem Beruf ist. Ich befinde mich Ihnen gegenüber in einer echten Zwickmühle. Wären Sie unangekündigt hier erschienen, hätten Sie bei mir auf Granit gebissen. So schrecklich Ihr Fall auch sein mag, ich gefährde dafür nicht meine Existenz und die Arbeitsplätze meiner Angestellten. Nun liegen die Dinge in Ihrem Falle etwas anders. Anja ist eine alte Bekannte, und sie ist nicht irgendeine Prostituierte. Wenn die Salowski einen um einen Gefallen bittet, dann wird der in aller Regel auch erfüllt.«

Crinelli war bei dem Wort Prostituierte innerlich zusammengezuckt. Für ihn als bürgerlich erzogenen Jungen war es einfach nicht hinnehmbar, wenn das Vorleben seiner engsten Bezugsperson so offen und, wie er fand, auch brutal benannt wurde. Die Vorgeschichte der Anja Salowski, den ganz normalen Werdegang einer Nutte, versuchte Crinelli gerne zu verdrängen, vor allem seitdem er mit Maria liiert war. Ihr war das überhaupt nicht peinlich, sie zeigte sich vielmehr sehr interessiert an Anjas Vorleben, aber Crinelli wollte nicht, dass darüber gesprochen wurde. Vielleicht war das auch der Grund, warum sie sich in letzter Zeit so wenig sahen.

»Also fragen Sie, Herr Kommissar, und wir werden sehen,

wohin uns das Gespräch führt«, schloss Madame Isabelle ihre Ausführungen.

»Ich gehe davon aus, dass weder Sie selbst noch eines Ihrer Mädchen Entscheidendes zur direkten Aufklärung des Mordes beitragen können, beziehungsweise, dass Sie eine diesbezügliche Aussage bereits getätigt hätten, wenn dies der Falle wäre.«

»Richtig, wir haben darüber gesprochen, natürlich haben wir das. Sie können sich denken, dass Sexualverbrechen uns noch mehr berühren, als andere Morde es tun würden. Unterbewusst lebt jede Prostituierte in der permanenten Angst, selbst einmal Opfer eines geistesgestörten Freiers zu werden. Aber keine von uns hat etwas gesehen oder gehört. Wir haben kaum Kontakt zu den Dorfbewohnern, schon weil wir nicht hier wohnen.«

»Bitte?«, fragte Crinelli verdutzt.

»Wir wohnen fast ausnahmslos in Köln, warum wundert Sie das?«

»Ich dachte, Sie wohnen hier im Bergischen Hof?«

Isabelle Schnock lachte laut auf.

»Das können Sie doch nicht ernsthaft annehmen, dass wir da wohnen, wo wir auch arbeiten. Herr Kommissar, bitte, an diesem abgeschiedenen Ort kann man doch wohl nicht leben.«

»Ja, aber eben …«

»… haben wir gefrühstückt. Logisch! Am Wochenende oder zu besonderen Gelegenheiten übernachten wir auch schon einmal hier. Samstag, Sonntag geht es hier hoch her, und es wird meist sehr spät, oder soll ich besser sagen, sehr früh? Heute Morgen habe ich erst gegen fünf Uhr den Schlüssel umgedreht. Es ist also nicht wirklich verwunderlich, dass Sie uns zur Mittagszeit beim Frühstück angetroffen haben. Montags bleibt unser Club geschlossen. Wir frühstücken noch zusammen, wie Sie ja gesehen haben, und dann fahren alle nach Hause. Zurück bleibt nur unser Vermieter.«

»Vermieter? Ich habe gar keinen Mann hier gesehen«, entgegnete Crinelli.

»Er müsste Ihnen eigentlich draußen begegnet sein. Es ist der Bauer, dem das Gut hier gehört.«

»Sie meinen sicherlich nicht den Herren, den ich draußen mit der Mistkarre gesehen habe?«

»Fritz Gottwald, genannt der alte Fritz, genau den meine ich. Ihm gehört der Bergische Hof schon in der dritten Generation. Sein Urgroßvater war einfacher Bauer. Weshalb er seinen Hof an einer so ungünstigen Stelle gebaut hat, weiß heute niemand mehr. Ihre Weiden hatte die Familie von Beginn an im Norden des Niederkirchener Tales. Das Vieh wird durch den Wald hinab- und abends wieder heraufgetrieben. Umständlich, unverständlich und ungewöhnlich, aber so ist es nun einmal. Der Vater heiratete die Tochter eines Schlachters aus einer Nachbargemeinde. Angeschlossen an die Metzgerei führte diese Familie damals ein Restaurant. Als es den Gottwalds nach dem Kriege schlecht ging, beschlossen sie, aus ihrem Hof ebenfalls ein Restaurant zu machen. Aus der schönen Umgebung schöpften sie die Hoffnung, dass alsbald die Städter hierher kämen, um Erholung zu suchen, und somit ein Bedarf für ein gut geführtes Ausflugslokal entstehen würde. Sie errichteten die Anbauten und setzten ihre Idee zu Beginn der 50er Jahre in die Tat um. Anfangs lief das Geschäft schleppend, doch allmählich sprach sich die gepflegte Gastlichkeit der Familie herum. Die Mutter betrieb, obwohl hochschwanger, das Lokal, der Vater kümmerte sich weiterhin um den Hof, von dem viele gute Produkte auf den Tischen des Restaurants landeten. Frau Gottwald kam nieder und gebar den kleinen Fritz. Leider war er nicht so gesund, wie sich das Paar dies gewünscht hätte. Fritz erkrankte an einer Hirnhautentzündung und war danach zeitlebens behindert. Er ist nicht dumm, nur etwas zurückgeblieben, braucht etwas lange und kann sich nur schwer ausdrücken.

Na, jedenfalls erweiterte die Familie das Restaurant noch um einige Gästezimmer in den oberen Stockwerken. Eine Tatsache, die die Räumlichkeiten so geeignet macht für ihre heutige Nutzung. Die Gottwalds lebten ganz ordentlich, verpassten aber zusehends die Entwicklungen in der Tourismusbranche. Als die Naherholungsferien aus der Mode gerieten, wurde es wieder stiller am Pass. Die Frau des Bauern erlag im Jahre 1992 einem Schlaganfall. Der Mann selbst wusste sich keinen anderen Rat mehr, als einen Mieter für sein Hotel zu suchen. Ich erfuhr von einer Freundin von der Gelegenheit und habe mich mehrmals mit dem alten Bauern getroffen. Sie können sich vorstellen, Herr Kommissar, dass ich einiges an Überzeugungsarbeit leisten musste, ehe Gottwald schließlich einwilligte, mir den Bergischen Hof zu überlassen. Auch wenn der alte Mann mein Geschäft nicht mochte, so war er doch immer sehr korrekt zu mir. Seine größte Sorge galt allerdings seinem Sohn. Alleine ist Fritz nicht überlebensfähig, und eine Frau hat sich wohl auch noch nicht für ihn interessiert. Als der Alte vor vier Jahren verstarb, wurde die Situation mit einem Schlag äußerst schwierig. Ich habe mir hier oben nach langer Durststrecke eine gut laufende Existenz aufgebaut, war aber nun darauf angewiesen, dass Fritz den Vertrag mit mir fortführte, wozu er natürlich nicht in der Lage ist. Die Situation ist immer noch nicht vollständig bereinigt. Ich kümmere mich um ihn, schon aus Eigennutz, aber auch, weil ich es irgendwie seinem Vater schuldig bin. Rechtlich steht das Ganze natürlich auf wackeligen Füßen. Eigentlich müsste er entmündigt werden, aber da ich einige Herren der Stadtverwaltung ganz gut kenne … na ja, lässt man uns hier irgendwie machen.

Aber ich bin abgeschweift, ich wollte Ihnen erzählen, wann wir hier wohnen und wann nicht. Also: Unter der Woche hält es jede von uns unterschiedlich. Ich bleibe in der Tat häufiger hier, schlafe lange, erledige den Papierkram, und dann ist es meist auch schon wieder Zeit zum Aufschließen. Wir haben hier ganz spezielle Öffnungszeiten, nicht so wie die Clubs in der Stadt, die erst gegen 22, 23 Uhr öffnen. Wir beginnen schon um 19 Uhr, schließlich kann man bei uns auch essen.«

»Sie meinen, der Bergische Hof ist am Abend zunächst einmal ein reines Speiserestaurant?«

»Nein, so nun auch wieder nicht. Obwohl es tatsächlich einige Leute gibt, Stammgäste sozusagen, die manchmal auch nur für das Essen kommen. Wir haben das Glück, eine vorzügliche Köchin zu beschäftigen. Aber auf unserer Speisekarte stehen natürlich eher Kleinigkeiten, die die Kundschaft in die richtige Stimmung bringen sollen.«

»Interessantes Konzept, aber kann man davon hier oben leben?«

»Danke der Nachfrage, Herr Crinelli, ich komme ganz gut zurecht. Sie wollen vermutlich wissen, ob ein Betrieb wie der unsrige allein von ein paar Dörflern existieren kann. Nun, die Antwort ist nein. Müssen wir auch nicht. Die überwiegende Zahl unserer Kunden stammt aus Köln. Wir haben sogar Besucher aus Düsseldorf, Aachen, Bonn und so weiter. Ist doch logisch, oder würden Sie, den vermutlich viele Menschen in Köln kennen, in die Hornstraße gehen? Denken Sie, ein Industrieller hätte Lust, im Bordell auf einen seiner Angestellten zu treffen? Nein, das hat sich alles sehr verändert. Viele Etablissements befinden sich heute auf dem platten Land.«

»Wieder etwas gelernt. Kommen wir also zu Ihren Kunden, bevorzugt zu denen aus der Region. Ich versichere Ihnen, dass ich alle Informationen äußerst diskret behandeln werde. Zunächst einmal sollten Sie wissen, dass wir es mit einem reinen Indizienfall zu tun haben. Es gab keinerlei Spuren, die uns zu dem Mörder des Mädchens hätten führen können, außerdem sind bis heute keine Hinweise aus der Bevölkerung eingegangen. Es haben sich auch keine Angehörigen der Toten gemeldet, sodass wir davon ausgehen müssen, dass es sich bei dem Mädchen um eine Illegale handelt. Sie wurde äußerst schwer misshandelt, ohne allerdings penetriert worden zu sein. Das wiederum bedeutet, wir haben es mit einem Täter zu tun, für den Machtausübung an erster Stelle steht. Wir suchen einen Perversen, der ein solches Verbrechen nicht zum ersten Mal begangen haben muss. Nun will ich damit aber keinesfalls sagen, dass Ihre Kunden, nur weil sie Ihren Club besuchen, besonders verdächtig sind. Was ich aber glaube, ist, dass Sie und Ihre Mädchen eine ganze Menge Menschen aus der Gegend von einer Seite kennen, deren Kenntnis uns im vorliegenden Fall nützlich sein könnte. Kurz und gut, ich will etwas mehr über die sexuellen Gewohnheiten der Niederkirchner wissen.«

»Ich weiß nicht, Herr Kommissar, ich tue mich ehrlich schwer damit. Ich kann doch jetzt nicht meine Kundenkartei vor Ihnen ausbreiten und Ihnen die sexuellen Vorlieben der Männer und Frauen aus der Gegend vorstellen. Herr X bekommt gerne einen geblasen, Frau Y soll immer schon auf der Treppe geleckt werden, und Herr Z möchte nur im Kuhstall und bevorzugt von hinten.«

»Frauen?«, fragte Crinelli entsetzt und errötete.

»Kommt Ihr Weltbild jetzt ins Wanken, Herr Kommissar? Natürlich gehören auch Frauen zu unseren Klienten, und auch Paare.«

»Auch Kinder?«, Crinelli bereute augenblicklich, die Frage gestellt zu haben.

»Bitte, wir wollen doch sachlich bleiben und vor allem fair.« Wenn die Schnock sauer wurde, bekam ihr Tonfall etwas sehr Spitzes, und man erkannte die Norddeutsche in ihr, die sonst kaum mehr zu hören war.

»Entschuldigung. Wenn ich ehrlich sein soll, bin ich nicht so sehr schockiert über die Tatsache als solche, sondern vielmehr darüber, dass Sie sagten: ›Frauen aus der Gegend‹. Konkret gefragt: Es gibt also Frauen aus Niederkirchen oder Taufheim, die hier bei Ihnen ihre Lust befriedigen?«

»Ja, die gibt es.«

»Hammer! Kann ich Namen haben?«

Anstelle einer Antwort sah Isabelle Schnock den Kommissar nur mit leicht schräg geneigtem Kopf an.

»Wenn *ich* Ihnen Namen nenne, würden Sie bestätigen oder dementieren?« Der Kämpfer in Crinelli war erwacht.

»O. K., versuchen wir es. Aber …«

»Hundert Prozent! Ihre Aussage ist völlig vertraulich und belastet niemanden, sie hilft mir nur, Strukturen zu verstehen.«

»Fangen Sie schon an.«

»Marlis Keppeler?«

Kopfschütteln.

»Josefine Brandt?« Die Frau seines Nachbarn.

Kopfschütteln.

»Sybille Zimmermann?«

Keine Reaktion.

»Nein, das kann doch nicht wahr sein. Weiß ihr Mann davon?«, fragte Crinelli elektrisiert.

Keine Reaktion.

»Er weiß davon?«

»Hören Sie, Herr Kommissar. Mir gefällt die ganze Sache nicht.«

»Mir auch nicht, Frau Schnock.«

Vermutlich war es das erste Mal seit ewigen Zeiten, dass jemand Madame Isabelle mit ihrem richtigen Namen ansprach. Jedenfalls brachte diese Ansprache eine verborgene Saite in ihr zum Klingen und half dabei, ihre berufsmäßige Schweigsamkeit zu überwinden.

»Sybille kommt häufiger. Alleine, aber auch mit ihrem Mann. Die beiden führen so etwas wie eine offene Beziehung.«

»Sie meinen, sie betreiben Partnertausch?«

»Nicht bei mir. Dies hier ist kein Swingerclub. Entweder sie kommen einzeln oder eben gemeinsam. In allen Fällen gehen sie mit einer der Frauen aufs Zimmer.«

»Das heißt, unser Bürgermeister geht mit zwei Frauen aufs Zimmer – seiner eigenen und einer weiteren?«

»Mindestens.«

Crinelli schwieg, sah aus dem Fenster und trank an seinem

inzwischen kalten Kaffee. Er merkte nichts davon, der Griff zur Tasse war ohnehin mehr ein Reflex. Crinelli begann sich Notizen zu machen.

»Ich störe ja nur ungern, Herr Kommissar, aber sind wir fertig?«

Verwirrt schaute Crinelli die Frau an. Irgendwie war sie für einen kurzen Moment aus der Geschichte verschwunden.

»Damit wäre meine zweite Frage auch beantwortet. Zimmermann selbst ist ebenfalls Gast hier. Wie verhält es sich mit Keppeler?«

»Manchmal.« Die Antwort klang harscher als die zuvor.

»Geht das genauer?«

»Früher war er häufiger hier.«

»Bitte, Frau Schnock. Erzählen Sie mir die ganze Geschichte.«

»Er war Stammgast. Mindest einmal pro Woche. Er wollte immer dieselben Frau. Allerdings wurden seine Wünsche im Laufe der Zeit immer ausgefallener, sodass ich mich genötigt sah, ein Gespräch mit ihm zu führen. Jetzt kommt er nur noch in Gesellschaft seiner Jagdgefährten.«

»Auch interessant. Welche Praktiken genau wollte Keppeler ausüben?«

»Bitte, Herr Kommissar, dass werde ich Ihnen nicht sagen. Keppeler ist sexuell sehr aktiv und scheint daran interessiert auszuloten, wie weit man gehen kann. Jedenfalls verlangte er Praktiken, die bei uns nicht im Angebot sind.«

»Kinder?«

»Nein, unsere Tabuzone beginnt wesentlich früher. Sehen Sie, ich bin fast 60 Jahre alt. Zu der Zeit, als ich anfing, ging es um reinen Lustabbau. Hinlegen, Beine breit machen, zwei drei Stöße ertragen und fertig. Wenn Sie so wollen, sauberer Sex. Ich bin immer noch der Meinung, dass das genügen sollte. Leichte Abartigkeiten, wie Wichsen im Kuhstall oder Ähnliches, sind für mich, in Gottes Namen, auch noch in Ordnung. Jeder hat so seine Abgründe, aber darüber hinaus läuft hier nichts. Keine

Schläge, keine Erniedrigungen oder Fetischscheiß. Wir sind der Klassiker, und Gott sei Dank reicht das den meisten unserer Gäste.«

»Das genügt mir, danke. Und was ist mit seinen Gefährten?«

»Na, die Männer gehen doch oft auf die Jagd. Ich weiß nicht genau, was sie da so alles im Wald treiben, jedenfalls kommen sie häufiger mitten in der Nacht zu uns. Sie sind völlig verdreckt, sodass zunächst einmal ein Bad auf dem Programm steht. Danach sind sie allerdings äußerst gierig. Häufig habe ich nicht genug Mädchen im Haus, um alle drei Männer nach Wunsch zu bedienen. Die Armen müssen dann reihum zu den Herren, oder sie nehmen sich gleich gemeinsam ein größeres Zimmer. Aber alles geht mit rechten Dingen zu. Nichts Ungewöhnliches, nichts Perverses.«

»Wissen Sie noch, wann die drei das letzte Mal bei Ihnen waren?«

»Nein, im Moment nicht. Ist wohl schon eine Weile her. Beim letzten Mal waren ohnehin nur Brandt und Keppeler hier. Zimmermann habe ich schon eine ganze Weile nicht mehr gesehen. Aber ich kann nachsehen, ich führe Buch.«

Die Frau erhob sich und ließ Crinelli in dem schönen großen Raum allein. Er nutzte die Pause, um alles Wichtige in sein Heft zu tragen. Als die Schnock zurückkam, blätterte sie bereits in einer großen Kladde, ähnlich einem Kassenbuch.

»Das ist auch schon vier Wochen her.«

»Scheiße. Vergessen Sie es. Machen wir weiter. Über Maasen müssen wir wohl nicht sprechen, oder?«

»Dieses Dreckschwein«, die Frau verlor die Fassung, »wenn einer ein Perverser ist, dann ist es dieser Kerl. Ich verstehe nicht, warum so einer frei herumlaufen darf. Der ist einfach irre und außerdem ein Säufer.«

»O. K., O. K.! Ich weiß Bescheid, und die näheren Umstände sind im Moment nicht wichtig. Dennoch eine Frage, haben Sie damals keine Anzeige gegen Maasen erhoben?«

»Nein, ich habe Kruminga angerufen und der hat ihn abgeholt. Das Mädchen wollte keine Anzeige erstatten, und ich habe dem Schwein lediglich Hausverbot erteilt.«

»Ist Kruminga häufiger hier?«

»Herr Kommissar, er ist einer Ihrer eigenen Männer«, sagte Madame mit ehrlicher Entrüstung.

Crinelli entschied sich in der gleichen Sekunde, der Frau die Wahrheit zu sagen.

»Ich finde nicht, dass Kruminga mein Kollege ist.«

Isabelle Schnock dachte einen Augenblick über Crinellis Worte nach.

»Ich kann nichts Schlechtes über ihn sagen. Wenn es hier oben Schwierigkeiten gibt, kann ich ihn anrufen, obwohl eigentlich die Polizei in Taufheim für uns zuständig ist. Kruminga hilft eben auf dem kleinen Dienstweg.«

»Und dafür darf er dann schon mal ein Nümmerchen schieben, stimmt's?«

Kein Kommentar.

»Schon gut, lassen wir Kruminga fürs Erste aus dem Spiel. Einen letzten Namen habe ich aber noch: Wilhelm Gnahs.«

»Der Spanner?«

»Spanner? Wie kommen Sie darauf?«

»Aber das weiß doch jeder im Dorf. Mit dem Typ stimmt was nicht. Ich kenne ihn gar nicht persönlich, er war noch niemals hier. Aber Sie sollten mal die anderen Dorfbewohner hören, wenn sie sich über ihn unterhalten, selbst sein Schwager lässt kein gutes Haar an ihm.«

»Moment bitte, das geht mir jetzt alles entschieden zu schnell. Wer ist sein Schwager?«

»Na Zimmermann, wussten Sie das etwa nicht? Seine verstorbene Frau war Zimmermanns ältere Schwester. Die beiden haben nicht viel miteinander zu tun, dennoch hat der Bürgermeister ihm damals bei der Sache geholfen.«

»Bei welcher Sache?«

»Hören Sie, Herr Kommissar, ich denke, Sie sind Polizist. Hat Ihnen Kruminga denn nicht davon erzählt?« Sie fuhr fort, als Crinelli den Kopf schüttelte. »Vor etwa vier Jahren wurde Gnahs beschuldigt, einer 14-Jährigen nachzustellen. Angeblich lauerte er ihr bei allen möglichen Gelegenheiten auf, nicht sichtbar, sondern immer aus der Ferne und mit einem seiner Ferngläser bewaffnet. Als das Mädchen ihn im Sommer in einem Gebüsch dabei ertappte, wie er mit heruntergelassener Hose ihr und ihren Freundinnen beim Sonnenbaden zuschaute, wurde sie zunehmend panisch, und die Eltern zeigten den Kerl schließlich an. Was dann geschah, war schon sehr merkwürdig, und ich bin sicher, dass Zimmermann seine Finger im Spiel hatte. Die Familie des Mädchens ist kurze Zeit später von hier fortgezogen, und Gnahs führt bis auf den heutigen Tag als unbescholtener Bürger seinen Laden.«

Crinelli schwieg. Es gab wenige Vernehmungen, die ähnlich ergiebig waren wie diese hier. Aber die letzte Meldung war die überraschendste. Da lebte in Niederkirchen ein Mann, der wegen sexueller Belästigung angezeigt wurde, und weder Kruminga noch Keller erwähnten auch nur seinen Namen. Und der saubere Zimmermann sorgte ganz offensichtlich nicht nur für Baugenehmigungen oder Trauungen, er gefiel sich auch noch in der Rolle des alles kontrollierenden Paten.

Crinelli hatte die Faxen ziemlich dicke und musste sich beherrschen, nicht schon in Gegenwart von Isabelle Schnock loszupoltern.

»Ich danke Ihnen für Ihre klare Aussage, Frau Schnock. Ich weiß nicht, wie ich das sagen soll, aber wenn es möglich ist und nicht gegen das Gesetz verstößt, haben Sie jetzt einen bei mir gut. Ich verspreche Ihnen, alle Informationen für mich zu behalten. Sie haben mir wirklich sehr geholfen.«

Crinelli stand auf und wandte sich zum Gehen.

»Meine Mädchen brauchen Sie nicht mehr?«, wollte Isabelle Schnock abschließend wissen.

»Nein, vielen Dank, ich bezweifle, dass die Frauen mir mehr sagen können, als Sie es bereits getan haben.«

Er ging weiter, drehte sich aber in der Tür nochmals um.

»Wie viele Frauen arbeiten eigentlich für Sie? Waren heute Morgen alle am Tisch?«

»Nein, zum festen Stamm gehören noch Natascha, Chantal und Sabrina, alle drei mussten heute Morgen auf dem Kölner Gesundheitsamt zur monatlichen Routineuntersuchung erscheinen. Außer den Festen kommen bei Bedarf noch Freischaffende hinzu, in Stoßzeiten sozusagen.«

»Hat diese Chantal ein Verhältnis mit einem gewissen Frantisek Lubanski, dem Knecht des Bauern Neumann?«

»Ich interessiere mich nicht für das Privatleben meiner Angestellten, Herr Kommissar. Aber wenn das so wäre, was würde es bedeuten?«

»Wahrscheinlich gar nichts, wahrscheinlich gar nichts«, antwortete Crinelli wahrheitsgemäß. Der Knecht war ihm unheimlich, aber als Verdächtiger drängte er sich nicht auf. Die Spur konnte er immer noch verfolgen.

Die Frau lächelte Crinelli zum Abschied zu, obwohl sich auf ihrer Stirn Sorgenfalten breit machten. Sie machte sich Sorgen, dass das, was sie in der letzten Stunde erzählt hatte, ihrer Karriere schaden könnte.

Vom Wagen aus telefonierte Crinelli mit Bohlen. Der Kollege wirkte nicht eben glücklich über seine Spitzeltätigkeit.

»Eine Sau-Unordnung hat der Kerl hier. Alleine dafür gehört er strafversetzt.«

Crinelli kommentierte Bohlens Äußerung nicht und erzählte auch nichts von seinem soeben beendeten Gespräch im Bergischen Hof. Dafür würde morgen noch ausreichend Zeit sein. Die Untersuchungen würden sich ab sofort mit Hochdruck auch auf Wilhelm Gnahs konzentrieren.

Crinelli musste jetzt nach Hause, der Glaser hatte am Morgen den Fensterrahmen vermessen und wollte bereits am Spätnachmittag mit der neuen Scheibe wieder vor Ort sein. Crinelli hatte nichts dagegen einzuwenden, dass seine Polizeizugehörigkeit half, die Leistungen des Handwerksbetriebes zu beschleunigen. Es war einfach kein gutes Gefühl, mit einem drei mal zwei Meter großen Loch und Zutrittsmöglichkeit für jedermann ins Bett zu steigen.

»Wir sehen uns morgen früh, Eddy. Hol mich bei mir zu Hause ab, wir knöpfen uns den Optiker vor.«

Ohne eine Antwort abzuwarten, beendete er die Verbindung, öffnete das Fenster, zündete sich eine Zigarette an und fuhr in gemäßigtem Tempo die Serpentinen in das Tal von Niederkirchen hinab.

Dienstag

Als sein Wecker klingelte, war er gerade erst wieder eingeschlafen. Die längste Zeit der Nacht hatte er sich unruhig hin und her gewälzt.

Crinelli war spät ins Bett gegangen, nachdem er seinen Hunger mit den Vorräten, die noch im Kühlschrank waren, mehr schlecht als recht gestillt hatte. Den ganzen Abend über hatte er in die Glotze gestarrt, ohne dass sein Gehirn das vermutlich ohnehin schlechte Programm wirklich wahrgenommen hätte. Er schaltete achtlos von einem Kanal zum nächsten und vernichtete währenddessen eine ziemliche Menge Bier. Dazu rauchte er, bis der Aschenbecher sich weigerte, auch noch eine Zigarette mehr aufzunehmen. Später saß er bei offener Balkontüre bis weit nach Mitternacht ohne Licht im Wohnzimmer und starrte hinaus in die Dunkelheit des Gartens. Nächte ohne Maria waren keine schönen Nächte. Ihm fehlten ihre funkelnden Augen, ihr warmer Bauch, ihr gleichmäßiger Atem, der Duft ihres Haares und das dunkle Timbre ihrer Stimme. Es war nicht richtig, dass sie getrennt waren, aber sie waren noch am Abend übereingekommen, dass Maria erst an diesem Vormittag nach Niederkirchen zurückkehren würde. In den wenigen Stunden des nächtlichen Schlafes hatte er von seinem Besuch im Bergischen Hof geträumt, feucht geträumt, wie er schamhaft feststellen musste. Das reale Bild der halb nackten Frau vom Vortag wurde im Halbschlaf zum Katalysator fortschreitender sexueller Phantasien. Auch jetzt, im wachen Zustand, erregte ihn die Erinnerung an die wackelnden Arschbacken so sehr, dass ihn eine harte Erektion in seiner Schlafanzughose schmerzte. Er stand auf und sorgte zum ersten Mal seit langer,

langer Zeit wieder selbst dafür, dass sich sein Schwanz beruhigte. Körperlich zwar befriedigt, hinterließ die Onanie jedoch eine dumpfe Leere in seinem Kopf.

Crinelli stieg unter die Dusche und stellte den Hebel der Mischbatterie bis fast auf Anschlag *rot*. Zunächst verbrühte ihm das kochende Wasser beinahe die Haut. Nach und nach stellte sich aber der gewünschte Effekt ein, seine Körperspannung ließ deutlich nach. Um sein Adrenalin nach dieser herbeigezwungenen Entspannung wieder nach vorne zu bringen, legte er den Hebel mit einer einzigen, ruckartigen Bewegung von nahezu *rot* auf vollständig *blau*. Er schrie, so laut er konnte, als sich unter dem eiskalten Wasser erste rote Pickelchen auf seiner Haut bildeten. Der Wechsel von heiß zu kalt rief regelmäßig allergische Reaktionen seiner Haut hervor. Er ignorierte den aufkommenden Juckreiz und blieb so lange unter der Dusche, bis er das Gefühl hatte, wirklich wach zu sein. Überraschend gut gelaunt kleidete er sich danach an und brühte in der Küche starken Kaffee auf. Kaum hatte er die ersten Schlucke getrunken, ertönte die Türglocke. Während er Bohlen die Tür öffnete, fragte er sich zum hundertsten Mal, was um alles in der Welt einen Menschen dazu bringen konnte, als Türklingel den Sound der größten Kölner Domglocke, des »decke Pitter«, zu installieren.

Crinelli strahlte Bohlen an und verwirrte den Kollegen noch mehr, als er ihm laut und deutlich einen wunderschönen guten Morgen wünschte und, als ob das nicht bereits des Guten zu viel wäre, ihn auch noch auf eine Tasse Kaffee hereinbat. Edgar Bohlen war die gute Laune seines Chefs zwar irgendwie unheimlich, gleichwohl freute er sich darüber. Er hasste nichts mehr, als wenn sich gleich am frühen Morgen schlechte Stimmung einstellte. Die Männer setzten sich mit ihren dicken Tassen auf die Veranda und rückten ihre Stühle so, dass die ersten Strahlen der morgendlichen Sonne sie soeben erreichen konnten. Crinelli, völlig aufgeräumt, erzählte Bohlen in aller Ausführlichkeit von seinem Gespräch mit Isabelle Schnock. Die

Zeiger seiner altmodischen Armbanduhr zeigten bereits kurz vor neun Uhr, als er seine Ausführungen mit einem »Na, was sagst du dazu, Eddy?« beendete.

»Nicht schlecht! Mich würde interessieren, wie du die Puffmutter zum Sprechen gebracht hast. Ich habe schon einige Befragungen im Milieu miterleben dürfen, aber so ein Plappermäulchen ist mir dabei noch nie untergekommen. Vermute ich richtig, dass die große alte Dame des Sports ihre Finger mit im Spiel hatte?« Bohlen war von den übrigen Kollegen bestens über seinen Chef informiert worden, bevor er seinen schwierigen Job antreten musste.

»Bitte sprich nicht so despektierlich von Frau Salowski. Sagen wir, sie hat mir ein ganz gutes Entrée verschafft.«

»So kann man das nennen. Aber jetzt halt dich fest – wir hätten deine Frau Salowski eigentlich gar nicht gebraucht.«

Crinelli schaute den Kollegen verwundert an.

»Mit deiner Idee, pardon, deinem Gefühl, lagst du wieder einmal goldrichtig, Jerry. Zuerst hielt ich das Ganze ja für vollkommen bekloppt, zumal ich mich ziemlich geärgert habe, dass du mich von deiner Untersuchung ausgeschlossen hast, aber dann hat mich doch der Ehrgeiz gepackt. Ich habe an die hundert Vernehmungsprotokolle von Kruminga zu den unterschiedlichsten Fällen gelesen, und solch schlampige Berichte habe ich noch nie gesehen. Es wimmelt von Vermutungen, objektiv nicht nachvollziehbaren Beschuldigungen und Beleidigungen. Der Kerl fühlt sich offensichtlich vollkommen sicher und unbeobachtet. Mit allgemein gültigen Dienstvorschriften hat Kruminga aber auch gar nichts am Hut, wie bereits vermutet. Na ja, dann kamen die Kollegen von ihrer Tour zurück, natürlich ohne jedes Ergebnis, und wir machten Dienstschluss.«

»Äh«, hob Crinelli an, »und was hast du nun so Weltbewegendes entdeckt?«

»Ich wartete, bis ich sicher sein konnte, dass Kruminga und

Keller an den heimischen Töpfen Platz genommen hatten, und bin dann noch einmal zurück auf die Wache gefahren. In den folgenden zwei Stunden habe ich die Bude gefilzt! Ich meine wirklich gefilzt, so, als ob es sich um die Wohnung eines Dealers handeln würde. Ich war mir völlig sicher, dass ich etwas finden würde, wenn ich nur gründlich genug suchen würde.«

»Nur so ein Gefühl?«, fragte Crinelli lächelnd.

»Genau, Jerry, nur so ein Gefühl. Gefunden habe ich die Unterlagen schließlich, als ich das unterste Fach des Hängeregisterschranks komplett ausgeräumt und anschließend ausgehängt habe. Darunter lag er, dieser Schnellhefter.« Bei diesen Worten zog er einen braunen Umschlag aus seiner Aktentasche, die Crinelli bis dahin noch nicht einmal aufgefallen war, und übergab ihm die Fundsache mit triumphierendem Augenaufschlag. Crinelli nahm die Papiere völlig unbeeindruckt, legte sich die Mappe auf die übereinander geschlagenen Schenkel und sah Bohlen weiterhin gespannt an.

»Mach's nicht so spannend, Eddy, was steht drin?«

»Es sind die Protokolle und Anzeigen, die offiziell niemals gemacht wurden. Der Typ ist so blöde oder hält sich für so unschlagbar, dass er die Unterlagen, wenn auch gut versteckt, die ganze Zeit auf der Wache aufbewahrt hat.«

»Oder so clever«, entgegnete Crinelli. »Es könnte doch sein, dass er glaubt, mit diesen Unterlagen etwas gegen seinen Schwager Zimmermann in der Hand zu haben. Er lebt zwar gut von ihm, aber gibt es eine Garantie, dass das immer so sein wird? Wenn hier drinsteht, was ich vermute, dann belastet das doch auch Zimmermann, auf dessen Anweisungen unser guter Bulle handelt.«

»So könnte es sein. Aber dann hat er nicht nur gegen Zimmermann etwas in der Hand.«

»Fakten, Eddy, Fakten!«

»Da ist zunächst einmal die Anzeige der Marga Rubin gegen Zimmermann, Keppeler und Brandt wegen sexueller Nötigung.

Weiter haben wir die Anzeige gegen Maasen wegen schwerer Körperverletzung …«

»… die es gar nicht gegeben hat«, unterbrach Crinelli den Kollegen.

»Wie bitte?«

»Niemand hat Maasen angezeigt, wegen seiner Vergehen im Miezenhäuschen jedenfalls nicht.«

»Aber das steht da, irgendein polnischer Name hat unterschrieben.«

»Dann haben wir noch ein neues Delikt. Urkundenfälschung. Kruminga hat sich seine Anzeige selbst geschrieben. Auf diese Weise hat er einen starken Trumpf gegen Maasen im Ärmel.«

»Unglaublich, so viel kriminelle Energie hätte ich dem Typ eigentlich noch nicht einmal zugetraut. Es geht noch weiter. Ich habe zwei Anzeigen gegen Keppeler wegen Wilderei. Beide stammen von Jägern aus der Stadt und sind vermutlich nie bearbeitet worden. Das werde ich gleich nachher erfragen. Als Nächstes haben wir eine Anzeige von Jeanne Keppeler, Keppelers erster Frau, wegen Körperverletzung, obwohl sie die doch angeblich zurückgezogen haben soll.«

»Vielleicht ja, vielleicht nein. Wenn ja, dann hat Kruminga einfach die erste Aussage behalten und den Widerruf vernichtet. So ein schönes Papier bekommt man doch nicht alle Tage in die Hand. Die Handlungsweise passt doch auch zu dem, was wir bis jetzt von ihm wissen – weiter!«

»Dann gibt es natürlich die Anzeige gegen Gnahs von dieser Familie Hüppeler. Die Anschuldigungen sind äußerst massiv. Es wird neben dem, was du von der Schnock erfahren hast, auch noch davon gesprochen, dass Gnahs das Mädchen mit seinen Gläsern bis in ihr Schlafzimmer verfolgt haben soll. Er hat sie allerdings weder angefasst noch versucht, überhaupt mit ihr in persönlichen Kontakt zu treten. Ganz interessant in diesem Zusammenhang ist auch die handschriftliche Notiz, die der Aussage der Hüppelers beigefügt ist. Sie stammt mit ziemlicher Sicherheit von Zimmermann, denn sie steht auf einer Brötchentüte seiner Bäckerei. Vermutlich hat der Bürgermeister sie seinem Schwager unter der Türe durchgeschoben. *Bitte ruf mich an oder komm morgen früh in der Backstube vorbei. Ich muss dringend mit dir über die Erledigung der Angelegenheit Gnahs sprechen. Der alte sabbernde Greis!!* Keine Unterschrift, aber ich denke, die ist auch nicht nötig.«

»Mann, Eddy, mit dieser Ausbeute hätte ich im Traum nicht gerechnet. Exzellente Arbeit, mein Lieber, wirklich toll.«

»Moment, Chef, es geht noch weiter. Ich hab da noch etwas gefunden, das auch nicht ohne Brisanz sein dürfte. Eine weitere Anklage gegen Freund Keppeler. Gar nicht einmal so alt, sie stammt von Anfang Februar. Dieses Mal ist Marlis Keppeler diejenige, die ihren Mann angezeigt hat. Sexuelle Nötigung lautet die Meldung. Er soll sie eines Nachts in einen Swingerclub in der Nähe von Mönchengladbach geschleppt haben. Angeblich sollte der Ausflug in ein gutes Restaurant führen. Sie gibt an, er habe sie mit Gewalt in den Schuppen gezwungen. Dort habe er dann darauf bestanden, dass sie sich in einer Black Box für die übrigen Männer des Clubs zur Verfügung halten solle. Zur Erklärung, falls du nicht weißt, was das ist, eine Black Box: Eine Frau wird über eine Art Bock gelegt, dann mit schwarzem Samt verhüllt. Die Männer sehen also von der ganzen Frau lediglich ihr Geschlecht, von hinten, versteht sich. Und nun kann jeder, der Lust hat, seinen Schwanz in die Frau hineinstecken. Schön, oder?«

»Das kann nicht wahr sein«, entgegnete Crinelli, dem langsam speiübel wurde. Seine gute Laune war genauso schnell verschwunden, wie sie heute Morgen aufgetaucht war. »Aber wieso lebt die Frau noch mit diesem Schwein zusammen?«

»Gute Frage, Jerry. Ich habe keine Antwort darauf gefunden. Jedenfalls hat sie ihn angezeigt. Das bedeutet, dass sie zumindest im Februar bereit war, ihn zu verlassen.«

»Ja, aber ich habe sie mit Traugott beim alten Neumann gesehen. Alles schien Friede, Freude, Eierkuchen zu sein.«

»Mit der einen Ausnahme, dass ihr Mann zu vorgerückter Stunde die Frau des Bürgermeisters ziemlich öffentlich gevögelt hat.«

»Das stimmt wohl. Eddy, kannst du mir mal sagen, wen wir jetzt zuerst anklagen oder festnehmen sollen? Wo bin ich hier hereingeraten, verdammte Scheiße!«

»In den ganz normalen Alltag einer ganz normalen Gemeinde in unserem ganz normalen schönen Land. Manchmal macht mir mein Beruf schon jetzt keine Freude mehr, obwohl ich doch erst relativ kurz dabei bin. So sehr ich mich gestern auch über meine Entdeckungen gefreut habe, so sehr habe ich während der Nacht an ihnen gelitten. Wenn du meine Meinung hören willst: Es ist ganz egal, wo wir anfangen und was wir machen, die Hauptsache ist, wir hören auf rumzufragen und fangen endlich an zu handeln. Mein Gefühl sagt mir, wir sollten etwas tun und nicht länger hier herumsitzen.«

»Dein Gefühl sagt dir das, ja?« Crinelli lachte aus voller Brust, legte seine Hand in Bohlens Nacken und zog ihn zu sich heran. Als ihre Wangen sich fast berührten, flüsterte er ihm zu: »Dein Gefühl, Eddy, dein Gefühl. Es ist schön, einen Partner mit Gefühl zu haben.«

Er drückte Bohlen einen dicken Kuss auf die Wange und ließ ihn wieder los. Bohlen war dieser Gefühlsausbruch sichtlich peinlich. Er errötete und schaute in die andere Richtung, schließlich sagte er:

»Es wird Zeit, dass deine Frau wieder zurückkommt. Du machst mir Sorgen.«

»Da hast du verdammt Recht, Bohlen. Es wird Zeit, dass Maria wieder zu mir zurückkommt«, er sah auf seine Uhr, »dürfte gar nicht mehr lange dauern. Und deshalb müssen wir hier schnellstens wieder für geordnete Verhältnisse sorgen. Pass auf, wir arbeiten jetzt auf zwei Ebenen. Zunächst einmal geben wir das Material gegen Kruminga an die Leute vom KK 44. Die werden wissen, wie man gegen einen solchen Kerl vorgehen muss.

Ehrlich gesagt, bin ich damit etwas überfordert. Bis zum heutigen Tag bin ich noch nie in die Verlegenheit geraten, einen Kollegen anzuzeigen. Ich rufe gleich bei Böker an, der muss dafür sorgen, dass Kruminga sofort aus dem Verkehr gezogen wird. Für den Übergang sollen sie Keller kommissarisch zum Chef der Dienststelle ernennen. Zeitgleich kaufen wir uns den Spanner. Der Kerl dürfte bereits in seinem Geschäft stehen. Mal sehen, was er uns zu erzählen hat. Allerdings werden wir ihn nicht in seinem Laden verhören, sondern nehmen ihn mit auf die Wache. Im Zweifelsfalle buchten wir ihn sogar mit dem Hinweis auf Fluchtgefahr für 24 Stunden ein. Das sollte für Stimmung im Ort sorgen. Außerdem brauchen wir einen Durchsuchungsbefehl für seine Wohnung, nur prophylaktisch.«

»Da kann ich doch auch direkt einen Durchsuchungsbefehl für Zimmermanns Datscha beantragen?«

»Vergiss es, Eddy. Den bekommen wir nicht. Die Erklärung ist zu kompliziert. Außerdem weist derzeit mehr auf Keppeler als auf den Bürgermeister hin, zumindest was den Mord angeht. Vertrau mir, ich mach das schon.«

»Keppeler ist der Mörder?« Maria stand plötzlich im Raum. Keiner der beiden Männer hatte ihre Ankunft bemerkt. Hinter ihr im Türrahmen erschien das Gesicht ihres Bruders.

»Morgen zusammen und tschüs miteinander. Muss mich beeilen, wieder zurück zu meinen Bits und Bytes zu kommen.«

»Maria, schön, dass du wieder da bist. Edgar kennst du ja schon. Wir arbeiten hier wegen Kruminga, du weißt schon.«

»Kann ich dich sprechen, Jerry?«

Crinelli zuckte zu Bohlen gewandt die Schultern und folgte seiner Frau nach oben.

»Jerry, ich habe viel nachgedacht und bin jetzt der Meinung, dass wir so schnell wie möglich wieder zurück sollten. Ich möchte nicht warten, bis unsere Tochter geboren ist.«

»Woher der plötzliche Sinneswandel, Maria?«

»Vorgestern war ich einfach zu durcheinander. Ich wollte

hier bleiben und doch weg, ich empfand einen Umzug als feige, und durch den Stein ist irgend so ein kämpferischer Aspekt in mir durchgekommen, dabei ist das alles völliger Quatsch. Du hast irgendwie auch Recht gehabt. Ich habe mir Mühe gegeben, aber in Wirklichkeit bin ich seit dem ersten Tag hier in Niederkirchen unglücklich. Ich möchte mich aber freuen, auf unser Kind und unser neues Leben zu dritt. Das gelingt mir hier nicht und wird mir auch nie gelingen, nicht nach alledem. Und eines gleich vorweg, bitte keine Polizeiarbeit in unserem Haus, Jerry, ich will nichts davon wissen. Schon bei dem Gedanken, dass dieser fiese Metzger der Mörder ist, wird mir ganz schlecht.«

»Maria, du hast nur Bruchteile unseres Gesprächs aufgeschnappt, Keppeler ist nicht der Mörder, jedenfalls haben wir noch keinen Beweis dafür. Er ist wohl ein, wie sagst du, fieser Bursche und hat auch reichlich Dreck am Stecken, aber für den Mord gibt es keine Beweise. Maria, lass uns heute Abend noch mal in Ruhe über die Sache reden, ich muss mit Eddy eine Verhaftung vornehmen.«

»Eine Verhaftung? Wen denn?«

»Den Optiker, Gnahs heißt er, kennst du wahrscheinlich gar nicht.« Maria schüttelte den Kopf. »Nein, kenn ich nicht, und was ist mit dem?«

»Es gab eine Anzeige gegen ihn.«

»Wegen was?«

»Sexuelle Belästigung, aber Maria, ich darf dir das alles gar nicht sagen, die Dinge sind im Fluss, und noch ist gar nichts klar.«

»Außer dass wir hier so schnell wie möglich wieder abhauen, bevor noch Schlimmeres geschieht.«

Unten packte Crinelli Bohlen am Arm und zog ihn ohne ein weiteres Wort hinter sich her in den Wagen. Crinelli fuhr zur inzwischen vertrauten Stelle ans Wehr.

»Dicke Luft?«

»Wenn's so weitergeht, habe ich bald gar keine Luft mehr

zum Atmen, jedenfalls nicht zu Hause. Maria will zurück, hörte sich sehr bestimmt an.«

»Kann ich gut verstehen. Hier wollte ich irgendwie auch kein Kind bekommen.«

Crinelli sah seinen Kollegen angriffslustig an, worauf Bohlen beschloss, das Thema zu wechseln.

»Jerry, glaubst du, dass wir dem Mörder näher kommen?«

»Ich bin nicht sicher. Wir haben etliche Beweise für Fehlverhalten, aber keinen stichhaltigen Beweis für den Mord. Ich bin sogar ziemlich sicher, dass Gnahs mit unserer Sache nichts zu tun hat, aber wir müssen Bewegung in die Sache bringen, und vielleicht verrät sich unser Mörder im Laufe der verschärften Ermittlungen ja doch noch.«

»Du glaubst, Gnahs ist unschuldig? Wie kommst du darauf?«

Die beiden Männer sahen sich in die Augen und sagten dann in bester Zweistimmigkeit: »Nur so ein Gefühl.«

In der nächsten Stunde nutzten sie Crinellis Wagen als Hauptquartier ihrer Ermittlungen. Crinelli breitete sich mit seiner Kladde auf dem Vordersitz aus, während Bohlen mit seinen Unterlagen auf die Rückbank auswich. Zum Telefonieren verließen sie abwechselnd den Wagen.

Das Gespräch mit Böker verlief kompliziert. Der Vorgesetzte reagierte nicht so, wie Crinelli erwartet und gewünscht hatte. Er stolperte durch die Sätze, zweifelte die Beweise an und suchte nach einem leisen Weg aus der Sache heraus. Im Verlaufe des Gesprächs dämmerte Crinelli, dass Böker selbst, genau wie er auch, noch nie mit einer internen Anzeige befasst gewesen war. Ihm fehlte jegliche praktische Erfahrung im Umgang mit einem korrupten Kollegen. Außerdem war ihm die Angelegenheit äußerst unangenehm, obwohl er als Chef der ZKB natürlich auch der oberste Vorgesetzte der Kriminalgruppe 4 und damit auch der Untergruppe KK 44 – Beamtendelikte war. Crinelli selbst empfand die Situation auch nicht eben als angenehm, aber weniger, weil er an Kruminga festhalten wollte, ihn störte vielmehr dieser verdammte Nebenkriegsschauplatz, der seine eigentlichen Ermittlungen erschwerte. Deshalb forderte er am Ende seines Gesprächs Böker rigoros zur sofortigen Suspendierung des Polizisten auf. Auch Bökers Hinweis, Kruminga habe doch nur noch wenige Jahre bis zur Pensionierung, konnte die eindeutige Haltung Crinellis nicht beeinflussen, was den ehemaligen Juristen am anderen Ende der Leitung zu einem besonders intensiven »Verdammter Mist, verdammter!« veranlasste.

Am Ende versprach Böker Crinelli aber doch, sich unmittelbar um den leidigen Vorfall zu kümmern und ihn über das weitere Vorgehen auf dem Laufenden zu halten. Er könne aber keinesfalls garantieren, dass Kruminga schon am folgenden Tag vom Dienst suspendiert würde, wollte allerdings die Kollegen deutlich auf die Dringlichkeit des vorliegenden Falles hinweisen. Mehr konnte Crinelli nicht verlangen. Abschließend informierte er seinen Chef noch über den aktuellen Stand der Ermittlungen, insbesondere über sein Gespräch im Bergischen Hof und natürlich über die bevorstehende Festnahme.

»Sehr gut, Crinelli, sehr gut, dann kann ich ja bald der Presse …«

»Stopp, Chef, es handelt sich bei dieser Festnahme keinesfalls um einen Mann, der dringend tatverdächtig ist. Gnahs ist zwar bereits einmal auffällig geworden, das heißt, er wäre auffällig geworden, wenn der Kollege Kruminga …«

»Alles klar, Jerry! Das habe ich ja nun verstanden. Aber wir sollten der Öffentlichkeit doch möglichst bald einen Mörder präsentieren. Der *Express* lässt in diesem Fall einfach nicht locker. Wahrscheinlich ist derzeit nicht viel los in der Stadt, außerdem passt dieser Fall bestens zu der neuen Serie ›Gewaltverbrechen im Rheinland‹. Ich hab den Chefredakteur fast jeden Tag an der Strippe.«

»Dann sagen Sie diesem Arschloch, wir würden derzeit im

Zigeunermilieu ermitteln und stünden kurz vor einer ersten Festnahme.«

»Äh, Crinelli, das verstehe ich jetzt nicht?«

»Macht nichts, Chef, ich verstehe bald auch nichts mehr. Seien Sie mir bitte nicht böse, aber meine Verhaftung wartet.«

Crinelli drückte seinen Vorgesetzten einfach weg. Mit Böker konnte man so etwas machen. Auf eine Diskussion über das Leid mit der Boulevardpresse im Allgemeinen und der kruden Methodik des Chefredakteurs Rutenmacher im Speziellen hatte er keine Lust.

»Alles klar mit Böker?« Bohlen schaute aus dem geöffneten Wagenfenster.

»Alles klar, und bei dir?«

»Wie erwartet! Es ist niemals eine Anzeige gegen Keppeler eingegangen. Nicht wegen Wilderei und natürlich schon gar nicht wegen sexueller Nötigung oder Körperverletzung.«

»Es sollte mich wundern, wenn Kollege Kruminga nur mit einer Suspendierung davonkäme. Bei allem, was wir inzwischen gegen ihn haben, muss doch eine fette Anzeige rausspringen.«

»Wie lautet eigentlich der korrekte Fachterminus für Krumingas Schandtaten?«

Crinelli schaute seinen Kollegen fragend an. »Ja, was weiß denn ich, bin ich jetzt auch noch Staatsanwalt? Für mich ist der Typ einfach ein korruptes Arschloch, das ich nicht mehr sehen will.«

»Sie machen es sich ein bisschen leicht, Kollege Crinelli.«

»Ich finde, ich mach es mir derzeit ganz schön schwer. Und jetzt hör auf, mich vollzutexten. Spar dir deine Geistesblitze besser für das Verhör von Gnahs auf. Komm, wir schnappen uns den Burschen.«

Es war kurz vor elf Uhr, als die beiden Polizisten vor dem Laden des Optikers eintrafen. Crinelli entschloss sich zu einer etwas anderen Strategie als geplant, nachdem ihm bereits beim Betrachten des Schaufensters aufgefallen war, dass Gnahs ein, für einen Optiker in so einem Kaff, sehr kompetentes Angebot an Präzisionsfeldstechern, Mini-Ferngläsern und Teleskopen bereithielt.

»Bleib du erst mal vor der Tür, ich habe eine Idee, und der Alte wird sich an dich erinnern. Ich rufe dich, sobald ich dich brauche«, sagte Crinelli und betrat den Laden. Der Raum machte einen antiquierten, leicht schmuddeligen Eindruck. Verglich man dieses Ladenlokal mit dem Bild, das die Optikerbranche in ihren Imageanzeigen zu vermitteln suchte und dem die großen Optikerketten in der Stadt auch weitestgehend entsprachen, dann musste man kein Prophet sein, um diesem dörflichen Unternehmen keinerlei Zukunft zu attestieren.

Ein über der Tür angebrachtes Glockenspiel informierte Wilhelm Gnahs über das Eintreffen neuer Kundschaft. Der Mann, der hinter dem ehemals beigen Satinvorhang hervortrat, war das genaue Spiegelbild seines Ladens. Klein, dünn und schmächtig, trug er eine graue Stoffhose, darüber ein kleinkariertes Hemd, am faltigen Hals zwei Nummern zu groß und von einer roten Strickkrawatte zusammengehalten. Eine an den Ellenbogen abgewetzte hellgraue Wolljacke sorgte für die nötige Körperwärme. Der Mann war schlecht rasiert, und die randlose Brille mit den altmodisch anmutenden Goldbügeln vervollständigte nur den heruntergekommenen Eindruck, den Wilhelm Gnahs auf Crinelli machte.

»Womit kann ich dem Herrn dienen?«

»Ich habe gesehen, dass Sie eine außergewöhnliche Sammlung an Ferngläsern haben? Können Sie mich diesbezüglich beraten?«

In die traurigen Augen des alten Mannes trat plötzlich neuer Glanz, seine ganze Haltung veränderte sich von eher passiv hin zu aktiv-freundlich. Die Skepsis, mit der er den Fremden anfangs betrachtet hatte, verschwand fast vollständig aus seinem Gesicht. Er kam mit einer Geschwindigkeit, die Crinelli ihm nicht zugetraut hätte, um seinen Verkaufstresen herum und steuerte direkt auf die Vitrine mit den Objekten der Begierde zu.

»Sehr gerne, mein Herr. Das habe ich nicht alle Tage, dass sich jemand für meine optischen Geräte interessiert. Schon einmal ein Jäger, aber die brauchen natürlich nicht so häufig ein neues Glas.«

»Dafür ist Ihr Angebot aber überwältigend groß«, schmeichelte Crinelli der Eitelkeit des Mannes.

»Ja, danke, danke. Wissen Sie, es ist mehr eine Art Hobby von mir. Aus wirtschaftlicher Sicht müsste ich die schönen Gläser alle abschaffen, aber dann könnte ich auch gleich meinen Laden schließen. Die Leute interessieren sich heute nicht mehr für gute Handarbeit. Sie kaufen ihre Brillen in diesen Billigläden in der Stadt. Na ja, ist ja nicht mehr für lange. Was darf ich Ihnen zeigen?«

»Genau genommen interessiere ich mich für ein Teleskop. Ich wollte schon als Junge eines haben, aber die Eltern waren arme Leute, dann kam der Beruf, Familie, Kinder, Sie wissen ja, wie das ist … aber jetzt könnte ich noch einmal schwach werden.«

»Das habe ich Ihnen gleich angesehen, junger Mann. Schon als Sie reinkamen, habe ich mir gedacht, das ist der Teleskoptyp. Ich nämlich auch.«

Der Mann schaute Crinelli stolz an, ein bisschen, als erwarte er von seinem Kunden eine lobende Antwort.

»Also, das ist ja toll«, tat Crinelli wie erhofft, »die Sterne sind meine ganze Leidenschaft.«

Die nächsten Minuten verbrachten sie mit einer Einführung in das Wesen des Teleskops und seiner optischen Eigenschaften.

»Ich selbst bin außerdem noch ein leidenschaftlicher Fotograf und habe meine beiden Hobbys miteinander kombiniert«, schloss Gnahs seinen Vortrag.

»Sie fotografieren die Sterne?«

»Auch, auch, aber ich benutze das Teleskop auch gerne einfach nur als besonders gutes Teleobjektiv. Naturaufnahmen bevorzugt.«

»Und Kinder!«, entgegnete Crinelli scharf und hatte damit den Überraschungsmoment auf seiner Seite.

»Bitte? Ich verstehe nicht!«

»Sie beobachten doch auch gerne Minderjährige, wie die junge Susanne Hüppeler und andere. Mich würde interessieren, ob Sie auch noch kleinere Kinder beobachten? Auf wen hatten Sie es zum Beispiel Sonntagnacht abgesehen, als Sie da oben noch um Mitternacht im Fenster lagen?«

»Was erlauben Sie sich? Verlassen Sie sofort mein Geschäft! Wer sind Sie überhaupt, dass Sie sich eine solche Unverschämtheit herausnehmen? Ich werde Sie anzeigen!«

Die Stimme des Mannes wurde zunehmend lauter, zugleich konnte man aber auch seine aufkommende Unsicherheit heraushören.

»Bei Ihrem Freund Kruminga? Oder rufen Sie einfach Ihren Schwager, den verehrten Herrn Bürgermeister? Mein Name ist Hauptkommissar Crinelli, und ich möchte Sie bitten, sich etwas anzuziehen und mich auf die Wache zu begleiten.« Noch während er sprach, öffnete er die Ladentür und winkte Bohlen herein.

»Nein! Das werde ich nicht tun. Ich rufe die Polizei. Verlassen Sie sofort mein Haus!«, schrie der Mann. Er wurde zunehmend hysterisch.

»Beruhigen Sie sich, Herr Gnahs, hier ist mein Ausweis«, Crinelli hielt ihm seine Marke direkt vor die Augen, »Sie brauchen die Polizei also gar nicht erst zu rufen, sie ist schon da. Machen Sie sich bitte fertig, Sie stehen unter dem Verdacht, das kleine Mädchen am Wehr ermordet zu haben. Vorerst nur ein Verdacht und nur ein einfaches Verhör. Wir bringen Sie auf das Präsidium nach Köln. Wenn Sie kein Aufsehen im Dorf erregen wollen, beeilen Sie sich bitte. Sollten Sie Widerstand leisten, können wir Sie natürlich auch gerne in Handschellen über den Marktplatz führen.«

Der Alte verschwand wie ein geschlagener Hund hinter seinem Vorhang. Bohlen folgte ihm vorsichtshalber. Als die beiden zurückkamen, trug Gnahs einen zerknitterten Trenchcoat und einen breitkrempigen Hut.

Bohlen schloss die Wagentür hinter dem Optiker, nachdem dieser seinen Laden abgesperrt hatte. Auf dem Weg vom Geschäft zum Auto schaute er mehrfach über die Schulter, sah zu den gegenüberliegenden Fenstern und hoffte wohl inständig, dass niemand ihn in diesem Augenblick würde sehen können. Aber selbst wenn kein direkter Sichtkontakt stattfand, hieß das nicht automatisch, dass die Polizisten und das ehrenwerte Gemeindemitglied nicht von unzähligen Augenpaaren bei der Aktion beobachtet wurden. Das kleine Dorf hatte mehr neugierige Augen als eine ganze verdammte Großstadt.

Bohlen zog Crinelli etwas vom Wagen weg.

»Bist du dir sicher, dass wir den Alten nach Köln fahren wollen?«

»Solange Kruminga noch im Amt ist, ist die Wache in Niederkirchen für uns tabu. Außerdem dürfte ein Verhör in Köln deutlich mehr Eindruck machen als eine Vernehmung im Dorf.«

Es war bereits früher Nachmittag, als die Männer auf dem Präsidium eintrafen. Der Verkehr, besonders auf den letzten Kilometern stadteinwärts, lief gewohnt zähflüssig. Zumindest ein Problem, mit dem Niederkirchen nicht zu kämpfen hatte.

Die Beamten verfrachteten Gnahs in einen der unter der Erde liegenden Verhörräume, verpassten ihm eine uniformierte Wachbeamtin und begaben sich in ihre Abteilung.

Es gab trotz aller Schattenseiten viele Dinge, die Crinelli an seiner Arbeit mochte: Sie stellte höchste Anforderungen an sein logisches Denkvermögen, man konnte in ihr erfolgreich sein, auch ohne ein wirklicher Teamspieler zu sein, Erfolg und Misserfolg waren direkte Nachbarn. Crinelli liebte es, über einen Fall nachzudenken. Ob in dunklen Räumen, beim Autofahren oder mit der Angelrute in der Hand. Wenn er in die Gedankenwelt seiner Gegner eintauchte, die kriminelle Energie für einen kurzen Moment auch in sich spüren konnte, dann war ihm bewusst, wie sehr er seinen Beruf brauchte. Nur während dieser kurzen Augenblicke konnte er die Reserven eines Adrenalindepots mobilisieren, an die die meisten normalen Menschen ihr Leben lang nicht herankamen. Eigentlich war die Aufklärung eines Falles zweitrangig, der Weg dorthin, die Auseinandersetzung mit dem Gegner, war das viel wichtigere Moment. Genau genommen genügte Crinelli die Tat.

Was er an seinem Job nicht mochte, waren direkte Begegnungen mit Menschen, und zu den uninteressantesten Begegnungen gehörten Verhöre. Crinelli drückte sich vor ihnen, wo immer er konnte. Wäre da nicht sein angeborenes Misstrauen gewesen, er hätte immer nur auf die Ergebnisse der Befragungen durch andere gewartet, um mit diesen weiterzuarbeiten. Er hatte sich angewöhnt, selbst nur noch besonders wichtige, für den Fall entscheidende Verhöre durchzuführen. Bei Personen, denen er die Tat nicht zutraute, die er für nicht schuldig hielt, auch wenn alles auf sie hindeutete, deren Befragung nur einem nachgeordneten Ziel diente, überließ er seinen Kollegen das Feld. Diesen Charakterzug Crinellis mochten seine Kollegen überhaupt nicht an ihm. Umso weniger, als man auf dem Präsidium um seine absolut herausragenden Fähigkeiten während eines Verhörs wusste.

Gnahs gehörte zu den Personen, die Crinelli nicht verhören wollte. Er setzte Bohlen und Julia Hammerschmidt auf den alten, knorrigen Mann an. Er selbst nahm derweil im Nebenzimmer hinter dem großen, von einer Seite blinden Spiegel Platz, um das Verhör aus sicherer Entfernung verfolgen zu können. Er nutzte die Zeit und versenkte sich in die Unterlagen, die

Bohlen im Schrank von Kruminga gefunden hatte. Er studierte jeden einzelnen Bericht in aller Ruhe, unterbrach nur einen Moment lang, wenn im Nebenzimmer ein Wort, ein Satz oder eine auffällig lange Pause sein Interesse auf sich zu ziehen vermochten.

Gnahs bestritt energisch alle gegen ihn erhobenen Vorwürfe, versuchte, sich selbst als Opfer böser Nachreden darzustellen. Er dementierte, lamentierte und schwieg schließlich. Julia, eine sehr geschickte Ermittlerin, verlagerte den Schwerpunkt des Verhörs auf den privaten Bereich des Witwers. Nach Aussage des Alten war er lange Jahre glücklich verheiratet gewesen. Er und seine verstorbene Frau hätten eine harmonische Ehe geführt, seien häufig verreist, hätten aber am gesellschaftlichen Leben im Dorf nicht teilgenommen. Sein Schwager, Zimmermann, sei von vornherein gegen die Heirat seiner Schwester mit dem Kauz, wie er ihn nannte, gewesen, aber Hermine habe sich dennoch für ihn und damit gegen ihren Bruder entschieden. Immer wieder einmal hätten sie aus Niederkirchen wegziehen wollen, aber letztlich doch nie die Kraft dazu gefunden. Als dann seine Frau starb, habe er sich noch mehr zurückgezogen. Die Gesellschaft der Menschen sei ihm widerwärtig, die meisten von ihnen ohnehin schlecht. Seine einzige Freude seien die Natur und seine Ferngläser.

An dieser Stelle stieg Bohlen wieder ein und konfrontierte den alten Mann erneut mit den vorliegenden Vorwürfen. Crinelli regelte den Pegel nach unten. Die Befragung würde zu nichts führen, er versprach sich schon eher etwas von der anstehenden Hausdurchsuchung.

Die Lektüre der Protokolle führte ihm währenddessen erneut den ganzen Schmutz seines Dorfes vor Augen. Ihn überfiel ein unbändiger Zorn gegen Kruminga. Im Endeffekt würde es ihn nicht wundern, wenn der Dorfpolizist auch hinter dem nächtlichen Steinwurf steckte. Neben dem Mörder hatte er sicher den meisten Grund, sich zu wünschen, Crinelli solle Niederkirchen so schnell wie möglich wieder verlassen. Immer wieder zuckte ihm die Frage durch den Kopf, ob Kruminga auch etwas mit dem Mord zu tun haben könnte.

Gegen 18:30 Uhr parkte Crinelli seinen Wagen vor dem Haus seines Schwagers, er hatte etwas mit Sebastian zu besprechen.

Sebastian saß ausnahmsweise einmal nicht vor seinem Computer, studierte dafür aber Ausdrucke, die verdammt danach aussahen, als könne nur ein Rechner sie erzeugt haben.

»Fehlerprotokolle«, erklärte er, »manchmal verstehe ich diese verdammten Maschinen einfach nicht.«

Crinelli fand keinen Grund, dieser messerscharfen Analyse etwas hinzuzufügen, und steckte sich genüsslich eine Zigarette an. Erst nachdem die Hälfte des Rauchstäbchens verglüht war, wurde ihm bewusst, dass er in diesen Räumen ja noch als Nichtraucher geführt wurde. Er erschrak mit leicht rotem Kopf und drückte die Kippe sofort in dem bereits überquellenden Kristallaschenbecher aus. Sebastian sah ihn über den Rand seiner Hornbrille hinweg lächelnd an.

»Keine Sorge, ich petze nicht. Gib mir auch eine, ich muss erst runter zum Büdchen und Nachschub besorgen«, sagte er und bewies damit, dass er seine Schwester nur allzu gut kannte.

»Wollte Maria dir das Rauchen noch nie verbieten?«, fragte Crinelli.

»Klar wollte sie, aber auf der Straße holt man sich nachts einen kalten Arsch. Jerry, Maria kann alles von mir haben: Bleibe, sturmfreie Bude selbst für junge Mütter, Gespräche Tag und Nacht, aber sie kann nicht auch noch bestimmen, was ich mit meiner Gesundheit anfange. Oh no, Sir, beim Rauchen hört der Spaß auf.«

»Hör zu, Seb«, begann Crinelli, »ich brauche deine Hilfe. Und ich sag dir gleich dazu, dass das, worum ich dich bitte, illegal ist, zumindest ist es nicht ganz in Ordnung. Wir brechen ein.«

Zum ersten Mal an diesem Abend legte Sebastian Welter seine Computerausdrucke aus der Hand, forderte Crinelli mit einer eindeutigen Geste auf, ihm eine weitere Zigarette zu spendieren, nahm seine Brille ab und sah seinen Schwager höchst gespannt an.

»Du musst mir bei einem Computerproblem behilflich sein.«

»Ach so.« Welter klang enttäuscht. »Du willst lediglich in einen Computer einbrechen.«

»Sowohl als auch.« Crinelli erklärte den Sachverhalt. Er erzählte vom ersten Auskundschaften der Jagdhütte und seinen Beobachtungen. Im Laufe der Ausführungen wurde Sebastian Welter immer unruhiger. Als Crinelli geendet hatte, strahlte sein Schwager schließlich über das ganze Gesicht.

»Das ist ja geil! Ich meine, wow, ich schleiche durch den großen Wald, erzwinge mir Zugang zu der Jagdhütte eines Serienkillers und bringe das Schwein durch meine Ermittlungen zur Strecke. Also, wenn das mal keine super Nachricht ist. Klar, Jerry, das machen wir, das ist richtig groß. Krieg ich auch ne Knarre?«

Crinelli war mehr als nur leicht verärgert. Mit was für Leuten hatte er es in der letzten Zeit eigentlich zu tun? Zuerst hoffte Bohlen im Rahmen der Untersuchung auf die späte Nachholung seiner nicht erfüllten Jugendträume, und jetzt setzte sein eigener Schwager noch einen drauf. Oder wollte er ihn bloß verarschen? War das seine Art zu fragen, ob er noch alle Tassen im Schrank habe?

»Seb, das Ganze ist keine Show, es könnte richtig gefährlich werden. Ich habe mich entschieden, die Sache durchzuziehen, weil es meine einzige Chance ist, schneller zu sein als der Mörder. Ich begehe niemals leichtfertig einen Gesetzesbruch, wenn du verstehst, was ich meine. Es ist nur so, dass mir eine weitere Kinderleiche gar nicht gefallen würde. Ich habe lange überlegt, ob ich dich wirklich mit in die Sache hineinziehen darf, und ehrlich gesagt, wäre es mir lieber, ich hätte einen Spezialisten gefunden, dem ich vertrauen könnte, mit dem ich aber nicht familiär verbunden wäre. Fakt ist aber nun einmal, dass ich außer dir niemanden kenne, dem ich zutraue, die Informationen zu besorgen, die ich dringend benötige. Wenn etwas schief geht, warst du natürlich nicht dabei. Die Verantwortung liegt ganz allein bei mir. Also noch deutlicher: Kein Räuber-und-Gendarm-Spiel, kein Abenteuerurlaub und auch nichts, womit du hinterher prahlen kannst. Ich suche einen Mörder, einen ziemlich bestialischen obendrein, und mir wäre wohler, wenn du den Ernst der Lage begreifen würdest.«

»He, Schwager, es gibt Aufgaben, die interessieren mich eben mehr als andere, und dazu stehe ich auch. Und die Nummer hier finde ich ziemlich spannend und bin folglich gerne dabei. Du bist der Boss – völlig klar. Aber wenn du Probleme mit meinen niederen Beweggründen hast, dann such dir halt einen anderen, ich werde jetzt nicht dir zum Gefallen Erschütterung heucheln.«

»Schon O. K., wir gehen am Freitag.«

Crinelli wusste, dass er sich trotzdem auf Welter verlassen konnte. Aber ein komischer Typ war er schon auch.

»Kannst du vielleicht noch erklären, was genau du von mir erwartest?«

»Klar! Also, in der Hütte steht ein Computer.«

»Schön! Was für einer?«

»Weiß ich doch nicht.«

»Gibt es da oben Strom?«

»Nur einen Generator.«

»Können wir den benutzen?«

»Nein.«

»Dann trägst du aber die Akkus.«

»Das heißt, es geht auch ohne Elektrizität?«

»Woher denn? Aber wir nehmen eben unseren eigenen Strom mit. Akkus sind Strom, Crinelli, du Technikfreak. Ich vermute einmal, du möchtest wissen, was für Schweinereien so alles auf der Kiste drauf sind?«

»Genau. Ich nehme an, wir müssen dafür ins Internet«, versuchte Crinelli verlorenes Terrain mit Kennermiene zurückzuerobern. Welter lachte. »Geht das überhaupt?«

»Also erstens: Ja, das geht, jedenfalls mit meinem Handy, eine Telefonleitung dürfte dort wohl nicht liegen. Nur, was sollen wir im Netz? Du willst doch lediglich wissen, was die Kerle sich angesehen haben, welche Sites sie besuchen und lauter solche Sachen, stimmt's?« Crinelli nickte eifrig. »Alle diese Informationen sind in der Kiste enthalten. Man kann sich nicht einfach ins Netz einwählen und herausfinden, wer wo wann gewesen ist, aber das ist auch nicht nötig. Der Computer selbst hält alle Informationen für uns bereit. Selbst wenn die Typen alles gelöscht haben, kann ich es wiederfinden und zurück ans Tageslicht holen, vorausgesetzt, ich habe ausreichend Zeit. In den Tiefen der Maschine geht nichts verloren.«

»Super, dann sind wir uns ja einig, und halt bloß das Maul, wenn du mit Maria sprechen solltest. Sie wird so eine Aktion nicht mögen.«

»Hab eh das Gefühl, dass mein Schwesterlein die Action bei euch nicht so super findet.«

»Ich weiß, aber sag mir, was ich machen soll, ich hab den Fall nun mal an der Hacke.«

»Keine Ahnung, ich möchte jedenfalls nicht mit dir tauschen.«

»Na ja, so schlimm ist es ja auch nicht. Apropos, ich sollte machen, dass ich nach Hause komme, sonst wird die Situation doch noch schlimm. Maria will mit mir reden, sie will unbedingt sofort zurückziehen. Fehler gemacht, eingesehen, Fehler korrigiert – du kennst ja deine Schwester.«

Crinelli lehnte sich gesättigt zurück. So gut hatte er schon eine Weile nicht mehr gegessen. Maria war über Tag mit Ophelia zusammen gewesen und hatte aus den Beständen vom alten Neumann einen Frischlingsrücken geerbt. Den hatte sie im

Backofen wunderbar zart gebraten, dazu gab es ein Püree aus roten Linsen und eine Hagebuttensoße. Crinelli hatte geschaufelt wie ein Verhungernder, und jetzt hatte er leichtes Magendrücken. Ein eiskalter Aquavit sollte Linderung verschaffen. Maria hatte mit Ophelia nicht nur geratscht, sondern auch mit ihr das Thema Umzug besprochen. Ophelia, keinesfalls froh, die neu gefundene Freundin bereits wieder zu verlieren, hatte zunächst noch eine eher indifferente Position bezogen, sich dann aber selbst eingestehen müssen, dass es wohl das Beste wäre. Sie selbst war der Tat und den Begleitumständen einfach nicht so nah, für sie war es ein schrecklicher, aber abstrakter Fall.

»Also, Jerry, hast du darüber nachgedacht?«

»Ja, habe ich. Ich bin einverstanden, Maria, aber ich möchte auf gar keinen Fall, dass wir wieder etwas unter Zeitdruck unternehmen, nach dem Motto ›Nichts wie weg hier‹. Ich sehe ein, dass ich übereilt gehandelt habe, als ich so darauf drängte, aus der Stadt herauszuziehen, und genau deshalb sollten wir den gleichen Fehler nicht noch einmal machen. Und außerdem, auch wenn dich das jetzt aufbringt, Maria, ich habe einen sehr schwierigen Fall zu lösen und einfach im Moment keine Zeit und keine zusätzliche Energie, um mich auch noch um einen Umzug zu kümmern. Deshalb schlage ich dir vor, dass wir in aller Ruhe nach einer richtig schönen Wohnung suchen, wenn der Fall hier abgeschlossen ist. Ich verspreche dir, Maria, es besteht hier in Niederkirchen für dich keine akute Gefahr. Nimm diesen Scheiß-Stein einfach nicht zu wichtig, der stammt von irgend so einem dämlichen Idioten. So etwas gibt es immer wieder. Vielleicht war es Maasen, vielleicht sogar Kruminga, viel wahrscheinlicher aber jemand, den ich noch nicht einmal kenne, eine Mutprobe unter Alkoholeinfluss, irgend so etwas.«

»Bist du fertig, Crinelli?« Crinelli zuckte erwartungsvoll mit den Achseln. »Dann werde ich dir meine Meinung noch ein letztes Mal detailliert auseinander legen. Ich halte den Stein nicht für etwas, das mir keine Angst zu machen braucht. Ich bin an solch offene Aggression nicht gewöhnt und möchte mich damit nicht so kaltschnäuzig abfinden wie du.«

»Was heißt denn kaltschnäuzig?«

»Lass mich ausreden, Jérôme. Ich habe Angst und werde sie auch ganz sicher so schnell nicht wieder los. Bei jedem Geräusch hier im Haus fahre ich erschrocken zusammen und fürchte, dass plötzlich ein fremder Mensch vor mir steht. Ein solch hilfloses, ausgeliefertes Gefühl hatte ich noch niemals in meinem Leben. Ich möchte hier weg, und deshalb beginne ich sofort mit der Wohnungssuche. Ich habe heute eine Annonce aufgegeben und einige Makler kontaktiert. Mit etwas Glück finden wir schnell eine geeignete Bleibe, die Makler sagen, im Moment sehe der Wohnungsmarkt gut aus.«

»Makler können wir uns aber nicht leisten, Maria. Ob du willst oder nicht, müssen wir leider auch über das nötige Geld sprechen. Der Umzug, nach hier, die Renovierungsarbeiten, die zugegebenermaßen wenigen Neuanschaffungen, alles das hat doch ein ziemliches Loch in unsere Kasse gerissen. Jetzt schon wieder ein Umzug und wir sind vollends pleite, aber das Ganze auch noch mit Makler, das geht überhaupt nicht.«

»Nimmst du mich nicht ernst, Jérôme? Mich interessiert nicht, was es kostet, mich interessiert nur noch meine Angst und meine Sorge um mein Kind.«

»Unser Kind.«

»Genau, unser Kind, dann sorge dich aber bitte auch darum und fasele nicht etwas von keinem Geld. Schließlich verdiene ich auch. Dann lass ich eben den verdammten Roman Roman sein und fang wieder bei meiner alten Redaktion an, so schwer wird das alles nicht sein.«

»Und wer kümmert sich dann um das Kind?«

»Wir, oder du vielleicht, wenn ich mehr verdienen sollte als dein bescheidenes Gehalt.«

»Ach, sieh an, jetzt verdiene ich der Dame plötzlich auch nicht mehr genug, die Sache fängt an, echt interessant zu werden.«

»Das habe ich nicht gesagt, aber wenn du dich streiten willst, Crinelli, bitte schön. Ich verlange, dass du mit mir gemeinsam an einer Lösung arbeitest.«

»Aber du bist es doch, die nicht an Lösungen arbeitet. Du übernimmst die Regie und bestimmst, was zu tun ist. Ich mahne nur zu etwas Ruhe und Vorsicht, hier besteht keine Gefahr und damit keine Notwendigkeit zu unüberlegtem Handeln. Schließlich stammt der Satz, es gebe kein Dorf voller Mörder, doch von dir.«

»Ja, ja, das stimmt«, schrie Maria jetzt, »aber ein frei herumlaufender Mörder und ein Steinwerfer und ein Optiker mit seltsamen Neigungen und, und, und, sind zwar kein ganzes Dorf, aber doch immerhin genug, um sich zu fürchten, findest du etwa nicht?«

»Beruhige dich, mein Schatz, das führt doch zu nichts.«

»Ich will mich aber nicht beruhigen. Leck mich, Jerry. Entweder du kommst mit, oder du bleibst. Entscheide dich, aber schnell.«

Sie rannte wutentbrannt ins Schlafzimmer und ließ durch den Knall der Türe erkennen, dass sie nicht beabsichtigte, das Gespräch mit Crinelli an diesem Abend noch fortzusetzen.

Mittwoch

Crinelli und Bohlen sahen sich an. Beide mussten lange überlegen, wann sie zum letzten Mal ein solches Chaos gesehen hatten. Gnahs selbst hinterließ ja schon den denkbar schmuddeligsten Eindruck, auf den Zustand der Wohnung hatte dies die Beamten jedoch nicht vorbereiten können. Schon im Treppenhaus stank es bestialisch. Zunächst machte Crinelli dafür noch die Mülltonnen verantwortlich, die vor der Tür standen, die zum Garten des Hauses hinausführte. Aber auch weiter oben ließ der beißende Geruch nicht nach. Das zweigeschossige Haus bewohnte der Witwer Wilhelm Gnahs alleine, wenn man den vorgefundenen Zustand als bewohnt beschreiben wollte. Im ersten Stock befanden sich Wohnzimmer, Küche, Esszimmer und Arbeitszimmer. In der zweiten Etage waren Badezimmer, zwei Schlafräume und ein Ankleideraum untergebracht.

Crinelli hatte alle benötigten Polizisten aus Köln angefordert, außerdem hatte Bohlen Keller informiert, schließlich sollte der die Ermittlungen weiter unterstützen, wenn erst die Ordnung auf der Dienststelle wieder hergestellt war. Während sich die Männer der Spurensicherung jeden Winkel des Hauses vornahmen, machte sich Crinelli auf die Suche nach dem Ursprung des Gestanks. Am Ende dieser Odyssee stand ein verheerendes Fazit. Gnahs lebte in völliger Verwahrlosung.

Im Backofen wuchs zentimeterdick graublauer Schimmel. Anscheinend hatte sich der Alte vor langer Zeit etwas aufgewärmt, eine Pizza vielleicht, aber niemals die Reste dieser Mahlzeit beseitigt. In keinem besseren Zustand befand sich der Kühlschrank. Offene, säuerlich stinkende Sahne weit über dem Verfallsdatum, pelzbesetzte Käsestücke, ein halb gegessener Joghurt mit lebendiger Oberflächenstruktur und viele weitere vergammelte Lebensmittel ließen Crinelli den Schrank nach dem ersten Blick sofort wieder schließen. Der Mülleimer unter der Spüle quoll über, eine genaue Untersuchung würde er dem Labor überlassen. Neben benutzten Filtertüten sah Crinelli nur gebrauchte Papiertaschentücher. Da sie aber bei der Leiche keinerlei verwertbare DNA-Spuren gefunden hatten, würden sie auch keine Sperma-Proben des Alten benötigen.

Der Geschirrspüler roch ebenfalls nicht eben frisch. Die wenigen Teller und der Satz Besteck, die im Inneren der Maschine gefunden wurden, befanden sich wohl schon seit Wochen im Gebrauch.

Die Herdplatten waren kaum noch als solche zu erkennen. Die um die Platten herum ehemals weiße Emaille schimmerte jetzt braun-grau. Vermutlich ein Ergebnis von übergekochter Milch, nicht einmal, sondern Lage für Lage – irreparabel.

In der hinteren Ecke des Raumes stand der Tiefkühlschrank mit leicht geöffneter Tür. Als Crinelli sich hinunterbeugte, um den Inhalt zu begutachten, hätte er sich fast übergeben. Der Schrank war schon vor langer Zeit abgetaut – mitsamt seinem Inhalt. Die Packungen und ihr Inhalt waren nur mehr ein einziger undefinierbarer Brei, übersät mit raupenartigem Getier, dessen biologisch korrekten Namen Crinelli nicht kannte und dem er eigentlich auch nicht begegnen wollte. Der unerträgliche Gestank erbrach sich aus diesem Schrank und waberte von dort aus in dicken Wolken durch das Zimmer in die restliche Wohnung und das Treppenhaus.

Im Flur stapelten sich Zeitungen und Zeitschriften. Schmierige Klatschheftchen und echte Pornos hofften darauf, dem Altpapier zugefügt zu werden. Crinelli mochte diese Stapel. Sie verstellten zwar den Zutritt zur Küche, waren keine Aufbauliteratur, aber dafür stanken sie auch nicht. Direkt neben den Druckerzeugnissen standen Reihen über Reihen leerer Weinflaschen. Alle mit dem gleichen Etikett beklebt, irgendein

Weißwein von der Mosel. Süß, vermutete Crinelli, ohne es zu überprüfen, und musste trotz der traurigen Atmosphäre lächeln. Er dachte an den Ausdruck, den Anja Salowski für solch süße Tröpfchen, ob Wein oder Likör, gebrauchte: Blusenöffner!

Eine Putzfrau beschäftigte der Alte ebenso wenig, wie er selbst Lust verspürte, Teppiche zu saugen, Böden zu wischen oder den millimeterhoch liegenden Staub, der fast alle Möbel und Gegenstände überzog, zu entfernen. Selbst die hartgesottenen Kollegen der Spurensicherung ließen sich von Crinelli zuerst die absolute Notwendigkeit einer Inspektion der Gnahs'schen Toilette versichern, bevor sie den Raum betraten. Ein beißender Uringeruch durchwehte das gesamte obere Geschoss. Die Kotreste in der Schüssel waren so hart, alt und stinkend, sie würden sich jeglichem künftigen Reinigungsversuch entziehen. Es war unerträglich!

In der mit einem hartnäckigen Dreckrand versehenen Badewanne lag massenweise gebrauchte Wäsche, eine Waschmaschine war hingegen nirgends zu sehen. Nachdem die Beamten festgestellt hatten, dass auch in dem ehemaligen Ankleidezimmer kaum noch etwas Anziehbares zu finden war, kamen sie auf die Idee, im Keller nachzusehen. Neben der vermuteten Waschmaschine, deren Waschmittelfach ebenfalls stinkende Stockflecken aufwies, fanden sie weitere Berge von schmutziger Wäsche, seltsamerweise streng nach Unterwäsche und dem Rest getrennt. Offensichtlich verfolgte Gnahs einen Plan, konnte sich aber nicht dazu entschließen, diesen auch wirklich in die Tat umzusetzen.

Nur in einer Ecke der gesamten Wohnung herrschte peinliche Ordnung und Sauberkeit, im Wohnzimmer, direkt vor dem straßenseitigen Fenster. Dort stand das große Teleskop, das Crinelli in der Nacht gesehen hatte. Dahinter, auf einem kleinen runden Beistelltisch, hatte Gnahs ein weiteres großes Glas abgelegt sowie eines der kleinen, zusammenklappbaren

Reisefferngläser aus dem Hause Carl Zeiss, Jena, von dem Crinelli schon lange träumte. Alle optischen Geräte waren in perfektem Zustand, alle Gläser staub- und fettfrei. Die Fensterscheibe vor dem Teleskop war ebenfalls akribisch streifenfrei geputzt, der kleine Tisch zum weiteren Schutz zusätzlich mit einem roten Samtläufer belegt worden. Gnahs war irre!

Früher, während seiner Junggesellenzeit, hatte Crinelli bei sich selbst auch einen gewissen Hang zur Nachlässigkeit in häuslichen Fragen festgestellt. Es war ihm völlig gleichgültig gewesen, wenn das Klo acht Tage ungeputzt blieb oder die Fenster im Gegenlicht erblindeten. Er hatte selbst im Sommer Pullover getragen, damit es nicht auffiel, dass er nur Kragen und Manschetten seiner Hemden bügelte. Die Schuhe wischte er allmorgendlich an einem seiner Hosenbeine ab und auch dem übrigen Schmutz gegenüber zeigte er sich wenig aufmerksam. Er glaubte verstehen zu können, was einen Menschen in diesen Zustand bringen konnte: Einsamkeit – ohne jede Aussicht auf Besserung.

Das erste verwertbare Material, das die Durchsuchung hervorbrachte, waren bergeweise Videokassetten. Gnahs hatte sie mehr schlecht als recht in einer Schrankwand versteckt, deren obere Hälfte aus Bücherregalen, voll gestopft mit ziemlich anspruchsvoller Literatur, bestand. Jedenfalls befand Crinelli Namen wie Thomas Mann, Fjodor Dostojewski oder Franz Kafka für anspruchsvoll, aber er gab bereitwillig zu, dass Literatur nicht zu seinen speziellen Wissensgebieten zählte. Dafür war im Hause Crinelli die Frau zuständig.

In den unteren, verschließbaren Schränken fanden sie weitere Bücher, klassische Reiseberichte, aktuelle Reiseführer und Atlanten. Dahinter bewahrte der Alte die Kassetten auf. Crinelli vermutete, dass es sich um Pornofilme handelte, aber sicher konnte er nicht sein, da es weder beschriftete Etiketten noch Hüllen mit Filmbeschreibungen gab. Warum machte der alte

Mann sich überhaupt die Mühe, etwas zu verstecken? Sein Haus war zu keinem Zeitpunkt bereit für irgendwelchen Besuch, warum also heimlich tun? Vielleicht wollte er nur einfach nicht, dass ihm seine tote Frau auf die Schliche kam – ein einsamer alter Mann.

Die Ermittler suchten weiter, aber sie fanden nichts mehr. Die Bilder der im Flur gestapelten Magazine deuteten schon in die vermutete Richtung. Die abgebildeten Modelle waren allesamt auf kleine Mädchen gestylt, hatten sehr kleine Brüste, waren am ganzen Körper rasiert und posierten in Stellungen, die durch vorgespielte Unschuld verführen sollten. Aber es waren Magazine, die man in Sexshops regulär kaufen konnte, und damit stellte der Besitz der Hefte keinen Tatbestand dar.

»Sucht weiter, irgendwo muss er doch seine Bilder versteckt haben. Er brüstet sich doch nicht mit seinem Hobby, ohne dass sichtbare Beweise dafür existieren«, heizte Crinelli seine Kollegen an.

Die Beamten suchten Raum für Raum, Schrank für Schrank, Ecke für Ecke nochmals durch, ohne Erfolg. Am Ende waren Bohlen und Crinelli ratlos.

»Wie wär's mit einem Blick in den Laden?«

Die Ermittler sahen sich um. Der Vorschlag stammte von Keller, der vom Türrahmen aus aufmunternd in die Runde schaute. Crinelli hätte sich ohrfeigen können. Aber perfekte Bullen gab's wohl doch nur im Fernsehen. Zerknirscht musste Crinelli zugeben, dass er im Leben nicht daran gedacht hätte, die Verkaufsräume des Optikers zu durchkämmen. Es fiel ihm schwer, seinen Fehler einzugestehen, auch Kollege Bohlen schaute peinlich berührt auf seine Fußspitzen.

»Gute Idee, hätten wir auch früher drauf kommen können. Los, Leute, sehen wir uns den Geschäftsraum an.«

Zwei Stunden später stand auch dort kein Gegenstand mehr an seinem Platz. Beobachtet wurde die Arbeit der Beamten von der Dorfbevölkerung, die sich ihre Nasen an der Schaufensterscheibe platt drückten. Crinelli durfte beruhigt davon ausgehen, dass sich seine Aktion herumgesprochen hatte. Am Ende der Untersuchung stand kein anderes Ergebnis als zuvor, mit einer Ausnahme: Sie hatten hinter einer blinden Schranktüre im Büro von Gnahs einen Safe gefunden. Keines dieser hochmodernen Dinger, sondern einen ganz einfachen Stahlschrank, den man mit einem doppelbärtigen Schlüssel öffnen konnte, wenn man denn im Besitz dieses Schlüssels war.

Crinelli griff nach seinem Handy und schüttelte resigniert den Kopf.

»Eddy, gib mir mal dein Telefon … und halt ja die Fresse.«

Bohlen überreichte seinem Kollegen das schwarze Mobiltelefon mit sichtlichem Vergnügen. Crinelli strafte ihn mit Missachtung. Er tippte die Nummer von Hammerschmidt ein und bat diese nachzusehen, ob sich unter den Gegenständen, die Gnahs bei seiner Verhaftung bei sich getragen hatte, auch ein Safeschlüssel befunden habe. Er wartete einige Minuten, bis sich Hammerschmidt mit einer positiven Botschaft zurückmeldete.

»Sehr gut, Julia, dann darfst du jetzt auf Dienstfahrt ins schöne Bergische Land gehen.«

»Komm, Jerry, das ist nicht dein Ernst. Ich bin gleich verabredet, hat das nicht Zeit bis morgen?«

»Liebchen, du bist mit mir verabredet, in Niederkirchen, in spätestens einer Stunde. Beeil dich, dann kommst du noch vor dem Berufsverkehr aus der Stadt raus, und, Julia … es ist wirklich wichtig, sonst würde ich dich nicht darum bitten.«

Crinelli verabschiedete die restlichen Beamten und setzte sich mit einem frischen Päckchen *Nil* und seinem Notizheft auf die Stufen des Optikerladens.

Hammerschmidt schoss mit zu hoher Geschwindigkeit in die Parkbucht vor dem Haus des Optikers. Mit heftig quietschenden Reifen kam ihr Wagen abrupt zum Stillstand. Völlig überflüssigerweise untermalte sie ihr Eintreffen noch mit einem kleinen Hupkonzert.

Crinelli schaute von seinem Heft auf. Die Zeit war wie im Flug vergangen. Erst als er sich daran machte, alle Informationen der vergangenen Tage systematisch in seine Ermittlungskladde nachzutragen, wurde ihm die Tragweite seiner Untersuchung richtig bewusst. Es war ganz schön viel geschehen in diesen letzten zweieinhalb Wochen. Eine Ermittlungskladde zu führen war in etwa genauso sinnvoll oder unsinnig wie das Erstellen eines persönlichen Tagebuchs. Das regelmäßige Schreiben zwang einen dazu, die schnell durchlebten Ereignisse eines Tages, die kurzen Gespräche und flüchtigen Eindrücke noch einmal für einen Moment ins Bewusstsein zurückzuholen. Es half beim Verarbeiten und bei der Bewertung gleichermaßen. Die Einträge gemütlich in der Sonne sitzend zu erledigen stellte noch einen zusätzlichen Genuss dar.

Crinelli sah auf seine Uhr.

»Offensichtlich gut gefunden und einen Scheiß um die Geschwindigkeitsbeschränkungen gekümmert.«

»Das sagt mir gerade der Richtige. Ich bin einfach nur gut durchgekommen. Mein Date hab ich vorsichtshalber abgesagt, aber ich möchte dich selbstverständlich nicht mit meinem Liebesleben langweilen.«

»Wenn der Typ nicht völlig verrückt ist, wartet er auf dich, egal wie lange. Mich jedenfalls könntest du stundenlang im Regen stehen lassen, die Aussicht auf ein Rendezvous mit einer so schönen Frau würde mich alles klaglos ertragen lassen.«

Hammerschmidt bekam auf der Stelle einen knallroten Kopf. Als Bulle war man ein Neutrum. Die Männer waren keine Männer und die Frauen keine Frauen, sie alle waren Kollegen, Bullen eben. Andererseits fand Julia Crinelli schon immer ziemlich attraktiv, verfluchte und bewunderte ihn gleichermaßen. Da ihr aber auf die Schnelle keine passende Reaktion auf dieses nette Kompliment einfiel, sagte sie einfach nur: »Schleimer!«, warf ihm den Schlüsselbund mit anhängendem Tresorschlüssel in den Schoß, sodass er bei der Berührung des eisernen Wurfgeschosses mit seinen Weichteilen erschrocken zusammenzuckte, schmiss sich wieder in ihr Auto und fuhr, ebenso schnittig wie sie eingeparkt hatte, wieder aus der Parkbucht heraus. Auf der Straße in Richtung Köln stehend, ließ sie noch einmal das Beifahrerfenster herunter, lehnte sich, so weit es eben ging, über den Sitz und sagte: »Gute Nacht, mein Süßer!«, zeigte Crinelli kurz ihren feingliedrigen Mittelfinger und legte einen 1 a Kavalierstart auf den Asphalt.

»Starker Auftritt, Julia«, lächelte Crinelli. Er beendete seinen Eintrag, rauchte seine Kippe zuende und betrat erneut den Laden.

Die Tresortür bewegte sich schwer in den alten Scharnieren, gab aber schließlich den Blick auf eine Stahlkassette und hohe Papierstapel frei. Crinelli untersuchte den Schlüsselbund und fand einen weiteren, sehr viel kleineren Schlüssel, der dem Hauptschlüssel ansonsten genau glich. Im Inneren der Stahlkassette stieß er auf den Familienschatz. Crinelli fegte mit einer einzigen Bewegung den Unrat vom Schreibtisch, setzte sich in den quietschenden Drehstuhl und untersuchte die Fundstücke in aller Ruhe. Konservativ gearbeitete Goldringe, einer mit einer fetten Zuchtperle gekrönt, eine Perlenkette mit einer ziemlich schönen Goldschmiedearbeit als Verschluss, schwere goldene Manschettenknöpfe und eine fürchterliche Krawattennadel aus Weißgold – Crinelli hasste Krawatten. Bei der alten, sehr geschmackvollen Taschenuhr handelte es sich vermutlich um ein Erbstück aus den Anfängen des vergangenen Jahrhunderts. In einer Ecke der Kassette, penibel nebeneinander gebettet, entdeckte Crinelli zwei Eheringe. Er hielt die Ringe ins Licht und betrachtete die Gravuren eingehend. Es handelte sich um den Ehering der verstorbenen Hermine Gnahs und auch um den von Wilhelm Gnahs. Er hatte also sein christliches Versprechen *bis dass der Tod euch scheidet* auf höchst eigenwillige

Art und Weise interpretiert. Diese Beobachtung wurde noch durch die Tatsache unterstrichen, dass er den Todestag seiner Frau, den 16.6.1991, in ihren und in seinen eigenen Ring eingraviert hatte. Danach hatte er den Ring der Frau in den Tiefen dieser Kiste begraben und sich selbst gleich daneben gelegt.

Für seine Untersuchung war diese Beobachtung nur insofern von Bedeutung, als sie ihm erneut die abgrundtiefe Einsamkeit des Alten vor Augen führte. Ihn überkamen leichte Zweifel, ob er mit der Verhaftung richtig gehandelt hatte. Gestraft war Gnahs schon genug, sein Leben war zerstört, ohne dass Crinelli wusste, ob es in intaktem Zustand wesentlich besser ausgesehen hatte. Sollte er nichts weiter finden, hatte er einen riesigen Fehler gemacht, der Alte war im Dorf bloßgestellt, die Leute würden mit Fingern auf ihn zeigen, wenn sie das nicht ohnehin schon längst taten.

Ganz auf dem Boden der kleinen Schatztruhe lagen das Familienstammbuch und der letzte Personalausweis von Hermine Gnahs. Das Passfoto zeigte eine grobknochige Frau mit hartem Blick und stiftkurz geschnittenem Haar. Genau so hatte sich Crinelli eine Frau mit Namen Hermine immer vorgestellt, in der schlechten alten Zeit sollte die Kleine wohl ein Hermännchen werden.

Mit einem tiefen Seufzer legte er die Papiere zurück in die Schatulle und schloss sorgfältig wieder ab. Er wendete sich dem Rest des Tresors zu. Im untersten Fach, hinter einer Reihe Schachteln vor dem ersten Blick verborgen, fand er endlich, wonach sie den ganzen Tag vergeblich gesucht hatten, vier dicke Fotoalben. Crinelli legte die leicht offen stehenden, in weiches Leder gebundenen Bände vor sich auf den Tisch und begann darin zu blättern. Vor den Fensterscheiben zog die Dunkelheit herauf. Er betätigte den Druckknopf der silberfarbenen Schreibtischleuchte und suchte nach einem Aschenbecher. Völlig aussichtslos in dem Durcheinander, das sich durch die Durchsuchung noch verstärkt hatte. Schließlich bastelte er sich aus einem Blatt Papier ein wannenartiges Behältnis und drückte die aufgerauchten Stummel, bevor er sie hineinwarf, auf dem Lampensockel aus – in diesem Haus war eh nichts mehr zu versauen.

Er schloss behutsam den Deckel des letzten Albums und saß für lange Minuten mit versteinertem Blick auf dem unbequemen Stuhl. Schließlich lehnte er sich zurück und blies gedankenverloren kreisrunde Rauchwolken in Richtung Decke. Das kleine Büro war inzwischen völlig zugequalmt. Es war bereits 23 Uhr, als er aufstand und zum Kühlschrank in der Ecke des Raumes ging, darauf hoffend, dass sich ihm beim Öffnen nicht das gleiche Schauspiel bieten würde wie am Morgen in der Küche der Wohnung. Er fand mehrere Flaschen des »Blusenöffners«. In Ermangelung eines Korkenziehers drückte er den Plastikkorken einfach in die Flasche, ohne zu bemerken, dass er sich bei dieser Aktion einen ordentlichen Fleck aufs Jackett zauberte. Er setzte an und trank ein Drittel der Weinflasche in einem einzigen Zug. Als er absetzte, war es zu spät, um festzustellen, dass der alkoholische Genuss eigentlich gar keiner war. Seine Laune hatte sich, während er die Alben betrachtete, von Minute zu Minute verschlechtert, sein Gewissen jedoch konnte sich beruhigen, Gnahs war definitiv kein Guter! So verwahrlost und traurig sein Leben auch sein mochte, nach diesen Bildern hatte Crinelli kein Mitleid mehr für den Alten übrig. Die Alben eins bis drei enthielten ausschließlich Fotomaterial von minderjährigen Jungen und Mädchen. Es zeigte die Kinder beim Baden im Fluss, beim Spielen auf der Wiese, vor der Schule, in Hinterhöfen und im Wald. Details waren nicht direkt zu erkennen, aber die Art der Fotografie und vor allem die gewählten Bildausschnitte sprachen eine deutliche Sprache. Man sah die kleinen Hintern, bevorzugt wenn sich beim Spielen die Unterhosen etwas verschoben hatten, und man sah Brüste, die noch keine waren, nur Gesichter sah man auf keinem der Bilder. Die

Kinder waren reduziert auf Gnahs' Bedürfnis. Es war erschreckend und demütigend zugleich. Auch einige Säuglingsfotos waren in den Alben zu sehen. Bei diesen lag der Fokus eindeutig auf den unverhüllten Geschlechtsteilen. Es waren halb erigierte Penisse beim Pinkeln ebenso zu sehen wie die unschuldig dargebotenen Scheiden auf einer Decke liegender Mädchen. Immer war der Blickwinkel der Kamera von unten nach oben gerichtet, sodass kein Zweifel darüber bestand, worauf das Auge des Fotografen besonders großen Wert legte. Gnahs war genau der hinterhältige Spanner, für den er gehalten wurde. Wozu er die Bilder benutzte, war nur allzu vorstellbar, ob er aber weitergegangen war, den Mädchen direkt etwas angetan hatte, dafür fand Crinelli keinen Beweis.

Das Album Nummer vier enthielt keine Aufnahmen von nackten Kindern. Dafür zeigte es Erwachsene, die es reihum miteinander trieben. Auf den ersten Aufnahmen saßen sie noch fröhlich bei einem Spiel versammelt, auf den folgenden Bildern wurde dann die Bekleidung immer spärlicher, bis schließlich alle Personen nackt waren, sah man einmal von Strapsen und hochhackigen Schuhen bei zwei der Damen ab. Crinelli kannte die Darsteller nur zu gut, und so konnte er mit Sicherheit ausschließen, dass es auf den folgenden Bildern ausschließlich die jeweiligen Eheleute miteinander trieben. Marlis blies den Schwanz von Josef, Traugott besorgte es Josefine von hinten, und Sybille ritt Brandt mit augenscheinlichem Genuss. Auf den letzten Seiten gab es wechselnde Paare und Stellungen zu bewundern, während den Abschluss der Fotogalerie eine nicht mehr auseinander zu haltende Masse aus menschlichen Leibern bildete. Die Familien Zimmermann, Keppeler und Brandt hatten es offensichtlich richtig nett miteinander – ob sie wohl gewusst hatten, dass sie dabei beobachtet wurden? Der alte Gnahs hatte seinen Logenplatz weidlich ausgenutzt und das Fest bestens dokumentiert. Diese Fotos dienten jedoch nicht seiner sexuellen Befriedigung. Der Sex, der aus diesen Bildern sprach, hatte nichts Unschuldiges. Diese Dokumentation musste andere Gründe gehabt haben, und Crinelli hatte das leise Gefühl, dass er nicht die einzigen existierenden Abzüge betrachtete.

Crinelli stand auf und packte die Alben zu einem Stapel zusammen. Er warf einen letzten Blick in den Safe und entschloss sich tief seufzend, auch noch einen Blick in die restlichen Papiere, die dort lagerten, zu werfen. Im Schnelldurchgang eilte er durch die Geschäftsunterlagen, notariellen Bestätigungen und anderen Schriftstücke. Am Ende war er um zwei Erkenntnisse reicher: Dem Alten gehörten mehrere Häuser im Ort, unter anderem auch der gesamte Bäckereikomplex. Erkenntnis Nummer zwei gewann Crinelli aus der Lektüre des Testaments, dessen Original bei einem Kölner Notar hinterlegt war. Wenn dies eine Kopie der letzten, gültigen Version war, dann würden alle Besitztümer der Familie Gnahs, inklusive der Immobilien, nach Wilhelms Tod an die Kirche der Gemeinde fallen. Ob darüber der Herr Bürgermeister wohl sehr erfreut sein würde?

Crinelli packte auch diese Unterlagen auf seinen Stapel, verschloss den Tresor und verließ weit nach Mitternacht den Optikerladen mit schmerzendem Rücken und steifem Nacken.

Donnerstag

Am nächsten Morgen beobachtete Crinelli Gnahs vom Nebenzimmer aus durch die Glasscheibe. Der Mann hatte augenscheinlich keine angenehme Nacht in der Arrestzelle verbracht. Unrasiert, ungekämmt und nicht gewaschen steckte er noch in seinen ohnehin versifften Klamotten vom Vortag. Er starrte dumpf vor sich hin, würdigte den uniformierten Polizisten, der an der Türe als Wache postiert war, keines Blickes. Crinelli klemmte sich die Fotoalben unter den Arm und stürmte den kurzen Weg über den Flur in den Verhörraum.

Mit einem lauten Knall flog die Tür hinter ihm ins Schloss. Er blieb direkt neben dem Wachbeamten stehen und flüsterte ihm leise ins Ohr, dass er ihn nicht mehr brauche, ohne Gnahs dabei auch nur für eine Sekunde aus den Augen zu lassen. Bei Crinellis Eintritt hatte der Alte sich kerzengerade aufgerichtet.

Crinelli trat zum Tisch, legte die Fotoalben direkt vor Gnahs auf den Tisch und drückte den Aufnahmeknopf des Kassettenrekorders. Er beugte sich über das Tischmikrophon und sagte mit harter Stimme:

»Donnerstag, 18. Juni 2003, Christi Himmelfahrt, 9:46 Uhr. Verhör Wilhelm Gnahs in der Mordsache ›Mädchen vom Wehr‹, Niederkirchen. Anwesend der Angeklagte Wilhelm Gnahs und Kriminalhauptkommissar Jérôme Crinelli.«

Er schob sich den Stuhl nahe an den Tisch, legte sein Jackett ab und begann, die Ärmel seines Oberhemdes sorgfältig aufzurollen.

»Herr Gnahs, Sie haben während des Verhörs mit meinen Kollegen Hammerschmidt und Bohlen geleugnet, je auch nur daran gedacht zu haben, minderjährigen Mädchen nachzustellen. Ist das richtig?« Gnahs nickte nur. »Darf ich Sie bitten, klar mit Ja oder Nein zu antworten, wenn ich Sie frage? Sprechen Sie laut und deutlich in das vor Ihnen stehende Mikrophon.«

»Ja, das ist richtig.« Die Stimme des Alten überschlug sich mitten im Satz, ähnlich der eines Jugendlichen im Stimmbruch. Crinelli schob dem Mann ein volles Glas Wasser hin.

»Sie bestreiten weiterhin, das noch nicht identifizierte Mädchen, das am 12. Mai schwerst misshandelt tot am Wehr aufgefunden wurde, getötet zu haben?«

»Ich habe niemanden getötet!«, schrie der Alte hysterisch.

»Ein einfaches Ja oder Nein genügt mir, Herr Gnahs. Ich wiederhole, Sie bestreiten, das Mädchen getötet zu haben?«

»Ja, das bestreite ich, warum soll ich denn ein Mädchen umbringen?«

»Das kann ich Ihnen genau sagen, weil Sie ein Spanner sind und weil Sie, wie ein Protokoll von Hans Kruminga beweist, deshalb schon einmal angeklagt werden sollten und Ihren Kopf nur durch Mithilfe Ihres Schwagers und eben dieses Kruminga aus der Schlinge ziehen konnten. Weil Sie zu viele Sexfilme gesehen, in zu vielen Magazinen geblättert haben. Weil Sie selbst zu viele pornographische Fotos gemacht haben. Es muss doch schrecklich für Sie sein, all dieses herrliche Fleisch zu sehen und es niemals anfassen zu können, oder, Herr Gnahs? Und dann kam da dieses kleine Mädchen, woher auch immer, und da konnten Sie nicht mehr an sich halten, Sie mussten endlich zugreifen. War das nicht die logische Folge von allem? Haben Sie sich endlich aus Ihrem Versteck herausgetraut? Na, war es so, Herr Wilhelm Gnahs?« Crinelli betonte die letzten drei Worte Silbe für Silbe.

»Nein«, schrie der Alte, »Sie sind ja verrückt, hört mich denn keiner! Hilfe, Hilfe!«

»Nach wem schreien Sie, Herr Gnahs? Sie sind hier nicht bei der Stasi, Sie können jederzeit einen Anwalt benachrichtigen. Sollten Sie keinen kennen, kann ich dafür sorgen, dass innerhalb von zwei Stunden ein Rechtsbeistand hier ist. Aber soweit ich verstanden habe, wollen Sie keinen, also machen Sie endlich reinen Tisch. Bringen Sie dieses unwürdige Spiel hinter sich.«

»Ich will keinen Anwalt, ich will überhaupt niemanden, der mich hier sieht«, wisperte der Alte. »Wieso sagen Sie das mit den Mädchen? Ich habe doch keine schlimmen Fotos gemacht, nur Naturfotos.«

»Jetzt hören Sie aber auf«, brüllte Crinelli den Alten an. Er sprang erbost auf und schlug mit der flachen Hand auf die Alben. Scheinbar wollte Gnahs die Beweismittel einfach nicht sehen.

»Und was ist das hier? Die ganzen dreckigen Bilder? Schauen Sie nur hinein, obwohl Sie doch schon jedes schmutzige Detail der Fotos kennen.«

»Ich habe diese Bücher noch niemals zuvor gesehen«, machte Gnahs einen letzten kläglichen Versuch.

»Aber Sie kennen diesen Schlüsselbund?« Crinelli hielt dem Alten seine eigenen Schlüssel vor die Nase. »Und Sie können diesen Tresorschlüssel als den Ihren identifizieren und diesen kleinen hier als den, der die Stahlkassette in Ihrem Tresor öffnet, die Kassette, in der der Schmuck Ihrer Frau liegt und Ihre beiden Eheringe mit der Gravur des Todestages Ihrer Frau? Das alles können Sie doch bestätigen, oder?«

Der Alte sagte nichts.

»Bestätigen Sie das oder nicht, Herr Gnahs?« Crinellis Stimme knallte so scharf durch den Raum, dass es dem Alten die Haut ritzte.

Er nickte langsam, während ihm die Tränen kamen.

»Ja oder nein?«, schrie Crinelli.

»Ja … Ja, Ja, Ja, Jaaahhh!« Das letzte Ja klang wie eine Befreiung. Crinelli hielt kurz inne, angelte sich eine Zigarette aus seiner Jacke und nahm einen tiefen Zug. Als er in einer zu schnellen Bewegung dem Alten das Päckchen hinhielt, zuckte dieser ängstlich zusammen.

»Sie brauchen keine Angst zu haben, Herr Gnahs, ich sagte doch bereits, das hier ist nicht die Zentrale der Staatssicherheit, ich wollte Ihnen lediglich eine Zigarette anbieten. Und nun erzählen Sie schön der Reihe nach, wie alles gekommen ist und warum Sie das Mädchen getötet haben?«

Jetzt rastete der Alte völlig aus. »Ich habe sie nicht ermordet, ich bin kein Mörder ...« Er stand auf.

»Setzen Sie sich wieder hin ...«

»Ich bin kein Mörder, ihr Schweine...« Er rannte zur Tür.

Crinelli drehte sich nicht einmal um, schaute starr vor sich hin und wiederholte: »Setzen Sie sich wieder hin!«

Gnahs hämmerte gegen die Tür, bis der Wachbeamte den Raum betrat. Er versuchte vergeblich, an dem Beamten vorbeizukommen. Der Polizist war gut zwei Köpfe größer als Gnahs, und die Muskelberge, die sein kurzärmeliges Diensthemd nur ungenügend verbergen konnte, machten seine Überlegenheit auch optisch deutlich. Er schnappte sich den kleinen Mann und trug ihn zurück zu seinem Stuhl. Crinelli schürzte die Lippen und schaute Gnahs nur fest an. Er hatte sich während der ganzen Szene nicht einen Millimeter bewegt.

»Wir beginnen von vorne, Herr Gnahs«, begann Crinelli, nachdem er den Beamten wieder aus dem Zimmer gebeten hatte, nicht ohne ihm laut und deutlich zu befehlen, die Türe nur noch zu öffnen, wenn er, Crinelli, es ihm erlaube. Gnahs' Widerstand war gebrochen. Er verlor jede Selbstbeherrschung und heulte hemmungslos. Crinelli interessierte sich nicht dafür.

»Sie gestehen also, die Fotos in diesen Alben gemacht zu haben?«

Der Alte nickte. »Bitte antworten Sie.«

»Ja«, fiepte er in sein Mikrophon. Crinelli pegelte das Gerät etwas höher, sodass auch die nunmehr dünne Stimme von Gnahs hinterher gut verständlich sein würde. Er erwartete keinen heftigen Ausbruch mehr.

»Herr Gnahs, seit wann machen Sie solche Bilder?«

»Seit sie tot ist«, flüsterte der Alte.

»Sie meinen, Sie haben erst nach dem Tode Ihrer Frau im Jahre 1991 damit angefangen, ist das korrekt?«

»Ja.«

»Herr Gnahs, wir haben in Ihrer Wohnung 62 Videokassetten gefunden. Meine Kollegen sichten diese Bänder derzeit. Ich frage Sie, ob auf einem dieser Filme Sex mit Minderjährigen zu sehen ist?«

»Nein, das sind Kinderfilme.« Er sah Crinelli nicht mehr an, heulte hemmungslos weiter. Offensichtlich schämte er sich in diesem Moment zu Tode. Die Frage war nur, ob er dies wegen seiner Verfehlungen tat, oder nur, weil er von einer dritten, fremden Person darauf angesprochen wurde.

»Klar, und ich bin der Papst. Herr Gnahs, haben Sie sich jemals einer der hier abgebildeten Personen weiter genähert als bis zu der Entfernung, die Sie brauchten, um gute Fotos zu machen?«

»Nein!« Das Gerät übersteuerte.

»Herr Gnahs, haben Sie die Fotos ausschließlich zum eigenen Gebrauch gemacht, oder haben Sie manche auch weitergegeben?«

»Nein, nur für mich. Ich hab sie nicht gezeigt.«

»Aber was wollten Sie mit den Bildern der Eheleute Zimmermann, Brandt und Keppeler? Das ist doch viel zu versaut, gar nicht Ihre Welt!«

Offensichtlich hatte er nicht damit gerechnet, dass er auch auf diese Aufnahmen angesprochen würde. Crinelli war schon am Vorabend aufgefallen, dass die Alben mit den Kinderfotos abgenutzt aussahen, wohingegen das vierte völlig neuwertig schien. Ihm schoss eine Idee durch den Kopf.

»Es ist doch richtig, dass diese Bilder nicht für Sie waren? Wer war Ihr Auftraggeber?«

Die Miene des Alten hellte sich urplötzlich auf. Hier war der Ausweg, auf den er die letzten 48 Stunden gehofft hatte.

»Kruminga und Keppeler!«, sagte er mit fester Stimme. Seine Tränenbäche versiegten.

»Sie meinen den Leiter der Dienststelle Niederkirchen, Hauptkommissar Hans Kruminga?«

»Ja.«

»Er hat Ihnen den Auftrag erteilt, die Familien zu beobachten?«

»Ja.«

»Warum? Was wollte er mit den Bildern?«

»Keine Ahnung.«

»Und warum haben Sie es getan?«

Der Alte verweigerte erneut die Antwort.

»War das der Preis dafür, dass er die Anzeige gegen Sie verschwinden ließ?«

Der Alte begann wieder zu heulen.

»Bitte beantworten Sie meine Frage!«

»Ja«, hauchte Gnahs.

»Warum wollte Keppeler die Bilder haben, er war doch live dabei? Nur als Erinnerung?«

»Nicht die, die anderen.«

»Sie meinen, Keppeler hat von Ihnen Abzüge der Kinderfotos verlangt?«

»Ja.«

Crinelli verstand. Gnahs wollte jetzt, nach diesem kurzen Hoffnungsschimmer, alles so drehen, dass er lediglich als der Befehlsempfänger dastand, keineswegs die Bilder für sich selbst gemacht habe. Ein aussichtsloser Versuch.

»Woher wusste Keppeler, dass Sie im Besitz solcher Fotos waren?«

»Von meinem Schwager … Josef.«

»Der davon Kenntnis erhalten hatte, als er sich um die Anzeige gegen Sie kümmern musste …«

»Ja, von Kruminga.«

»Ich glaube Ihnen die Geschichte mit Kruminga, aber mit

dem Rest kommen Sie nicht durch. Kommen Sie, Gnahs, Sie können Ihre Lage etwas verbessern, wenn Sie mir endlich die Wahrheit sagen. Sie machen diese versauten Bilder bereits seit 1991. Das heißt doch im Klartext, es existieren viel mehr Fotos, als sich in diesen Alben befinden. Wo also ist der Rest?«

»Keppeler.«

»Wollen Sie ernsthaft sagen, dass Keppeler schon die ganze Zeit Bilder von Ihnen bezieht?«

Der Alte nickte. »Traugott war interessiert an meiner Kunst.«

Crinelli musste an sich halten, seine Hand zuckte.

»Woher wusste er denn davon?«

»Er hat mich eines Tages am Fluss beobachtet, wie ich meine Aufnahmen gemacht habe.«

»Und dann ist er gekommen und hat gesagt, ich zeige dich an, oder du zeigst mir deine Bilder, war es so?«

»Ja.«

Das machte Sinn. Immer auf der Suche nach neuen sexuellen Erfahrungen erwischt Traugott Keppeler den alten Spanner und nutzt die Gunst der Stunde, um an schärferes, illegales Material zu gelangen. Dabei traf sich seine Obsession mit den Interessen von Gnahs. Und Kruminga hatte vermutlich ebenfalls von der Sache Wind bekommen und nutzte die willkommene Gelegenheit, belastendes Material gegen Keppeler in die Hand zu bekommen, deshalb auch der Auftrag, die Spielchen der Paare zu fotografieren.

Sensationell: Ein Dorf so klein, dass man es fast im Kölner Dom verstecken konnte, aber jeder bespitzelte jeden. Wenn der Ausgang nicht so tragisch gewesen wäre, hätte man sich darüber amüsieren können. Crinelli hatte genug gehört. Sein Gefühl war bestätigt worden, Gnahs war ein übler Finger, aber nicht sein Mann.

Alle seine Gedanken mussten sich wieder auf Keppeler, Zimmermann und Brandt konzentrieren. Alle drei gemeinsam? Er musste in die Hütte … er musste überhaupt so vieles!

»Keppeler hat mehr Fotos als die hier, sagen Sie?«, er deutete auf die Alben. Der Alte nickte einmal ganz kurz. »Hat Keppeler andere Fotos als diese hier?« Erneutes Nicken. »Hat Keppeler härtere Fotos, eindeutigere Fotos als diese hier?«

Dem Alten traten wieder die Tränen ins Gesicht. Er hatte also pornographische Bilder gemacht. Vermutlich hatte er mit langen Brennweiten in so manches Zimmer hineingesehen und vielleicht auch einige Pärchen in freier Natur abgelichtet und diese Bilder dann nicht für sich selbst behalten. Ihm genügten tatsächlich die Softversionen, während er die Hardcore-Fotos an Keppeler weitergab. Restlos überzeugt war Crinelli nicht, dass der Alte jetzt endlich die Wahrheit sagte, aber es konnte so gewesen sein. In jedem Falle hatte Gnahs soeben bestätigt, dass es härteres Material von ihm gab. Ob er irgendwo davon noch Abzüge aufbewahrte, war fast nebensächlich. Crinelli stoppte die Tonbandaufnahme und rief drei Stockwerke höher bei Hammerschmidt an.

»Euer Mann, er hat alles … na, sagen wir, fast alles gestanden. Den Rest könnt ihr erledigen, ich muss zurück in mein schönes Heimatdörfchen.«

Hammerschmidt stellte am anderen Ende der Leitung eine Frage.

»Nein, Julia, ist er nicht. Ich muss los, spiel das Band dem Staatsanwalt vor. Soll er entscheiden, was zu tun ist.«

Im Aufstehen drehte er sich noch mal zu Gnahs.

»Wissen Sie was? Sie sind ein armes, krankes Arschloch.«

Crinelli gab Gas. Er wollte auf keinen Fall den Auftritt der Kollegen vom KK 44 verpassen. Böker hatte ihn vor der Vernehmung von Gnahs darüber informiert, dass die Unterlagen bearbeitet wurden und die Beamten trotz des Feiertags gegen Mittag auf der Wache in Niederkirchen eintreffen wollten. Eigentlich war damit Crinellis Aufgabe bereits erledigt, aber so einfach wollte er es sich nicht machen. Kruminga sollte ihm ins

Gesicht sehen können, sollte genau wissen, wem er die bevorstehenden Ermittlungen gegen seine Person verdankte. Insgeheim hoffte er sogar, noch vor den Kollegen auf der Dienststelle einzutreffen. In diesem Falle könnte er Kruminga, den er für heute dienstverpflichtet hatte, die frohe Kunde selbst übermitteln.

Aus dem Auto rief er Ferrara bei der Sitte an.

»Giuseppe, hallo, ich bin's, Jerry.«

»Grüß dich, mein Lieber, und herzlichen Glückwunsch zur Festnahme.«

»Danke, aber es ist nicht unser Mann. Kannst du mir einen Gefallen tun?«

»Dass du auch nie anrufst, um dich einfach nur nach meinem Befinden zu erkundigen.«

»Julia hat die beschlagnahmten Fotos von Gnahs auf ihrem Schreibtisch liegen. Auf der Erwachsenenserie sind drei Männer zu sehen. Sehr gute Aufnahmen, auch von den Köpfen. Siehst du eine Möglichkeit, dass deine Leute die Bilder mal vorsichtig in der Szene rumzeigen?«

»Auf was willst du hinaus?«

»Schick sie in die Spezialclubs. SM und so, ich kenn mich da nicht so genau aus ...«

»Ach komm, das sagen sie alle ...«

»Ja, genau! Spaß beiseite. Einer auf dem Foto heißt Keppeler, lass ihn dir von Julia oder Eddy zeigen. Ich will wissen, ob er schon einmal irgendwo aufgefallen ist. Ich vermute, er ist gewaltbereit, zumindest beim Sex, und bereit, die Grenzen zu überschreiten.«

»Aber du suchst doch keinen Erwachsenen, der einem anderen Erwachsenen ins Maul pisst, oder? Wenn ich die Ermittlungen bis dato richtig verstanden habe, geht es doch um Kinder. Du willst wissen, ob einer der Kerle auf den Bildern schon einmal den Wunsch nach Kindern geäußert hat.«

»Genau!«

»Ich tue, was ich kann, aber wir werden kein Glück haben. Unsere Informanten können bestätigen oder dementieren, ob ein Typ überhaupt schon einmal in der Szene aufgetaucht ist. Sie können auch schon einmal seine Neigungen andeuten, aber bei Kindern verschließen sich alle Münder wie von Zauberhand. Egal, wir versuchen unser Bestes, Herr Kollege. Wenn ich etwas hören sollte, ruf ich dich an.«

Crinelli fuhr auf den Hof der Wache. Fast eine Woche war er nicht hier gewesen. Es überraschte ihn etwas, dass sein Platz immer noch freigehalten wurde. Vielleicht würde er ihn ja sogar ab heute wieder benutzen. Kruminga lag mehr in seinem Sessel, als dass er saß, hatte eine dampfende Tasse Kaffee vor sich stehen, und seine Kompaktanlage trällerte ihm wieder einmal vor, wie schön doch unsere Heimat sei. Für diese Heimat und deren Erkundung würde er ab sofort viel Zeit haben, falls die Kollegen ihn überhaupt auf freiem Fuß ließen.

In der Bude stank es nach Gebratenem. Kruminga biss in ein Brötchen mit einer heißen Frikadelle – Mittagszeit. Keller saß an seinem Eckschreibtisch. Eigentlich hatte er heute frei, aber anscheinend wollte er durch Anwesenheit auf sich aufmerksam machen, oder aber Kruminga hatte ihn kurzerhand dienstverpflichtet, damit er nicht der Einzige war, der diesen offensichtlich unsinnigen Strafdienst versehen musste.

»Ach, der Herr Kriminalhauptkommissar gibt sich auch noch mal die Ehre«, begrüßte ihn Kruminga mit vollem Mund, »vielleicht erfahre ich dummer Dorftrottel ja jetzt aus erster Hand, was hier so vor sich geht, in unserem Dorf? Warum Bürger dieser Gemeinde verhaftet werden, ohne dass die zuständige Dienststelle informiert wird? Ich habe soeben eine Beschwerde über Sie abgeschickt, Herr Crinelli.«

»Na, da hab ich aber mächtig Angst, Herr Kruminga.« Crinelli war nicht undankbar über die einseitige Aufkündigung des *Du* durch den Mann, der gleich durch die Hölle gehen würde. »Aber wie Sie schon richtig vermuten, bin ich gekommen, um Ihnen einiges zu erklären. Vor allem aber komme ich, um Ihnen die Ankunft eines oder mehrerer Beamter vom KK 44 anzukündigen. Aber zuvor sollen Sie noch von mir persönlich hören, warum es Ihnen jetzt gleich an den Kragen geht. Ich möchte Ihnen sagen, was ich von einem Kollegen halte, der so korrupt ist, wie ich es bisher unter meinen Kollegen noch nie erlebt habe ...«

»Nimm dich in Acht, du italienischer Bastard ...«

Crinelli schnellte auf Kruminga zu und klemmte mit seinen Händen die Arme des alten Polizisten auf der Stuhllehne fest. Er beugte sich so nah zu dem Gesicht des Alten hinunter, dass er dessen schlechten Atem riechen konnte.

»Wenn hier einer ein Bastard ist, dann bist du das. Vielleicht weißt du noch nicht, dass wir deine versteckten Akten gefunden haben, da unten, unter der letzten Lade deines Rollschranks. Das Spiel ist aus, du Arschloch. Du wirst den Thron abgeben müssen, du selbst ernannter Fürst von Niederkirchen. Wenn die Kollegen mit dir fertig sind, trägst du deinen Kopf im Arsch, und das wird sogar noch der schönste Platz sein. Deine ganze Sippe hier werde ich aufmischen. Vielleicht hast du ja sogar mit dem Mord selbst zu tun, hast gesehen, wer es getan hat? Oder hat Gnahs sogar Bilder davon gemacht, und du hältst sie zurück, um ein weiteres Druckmittel gegen einen Bürger hier im Ort zu haben? Du dreckiges Schwein hast Gnahs geschützt, du hast Keppeler geschützt und auch Fritz Maasen! Wegen dir ist die Familie Hüppeler aus dem Ort geflohen, du hast Marga Rubin zum Schweigen gebracht und wahrscheinlich auch dazu beigetragen, dass Marlis Keppeler ihre Anzeige gegen Traugott nicht weiter verfolgt hat. Das zweite Mal bereits, nachdem ihr es schon geschafft habt, Jeanne Keppeler aus eurer herrlichen Gemeinde zu vertreiben. Was hast du dafür bekommen, du Arschloch?«

Der Alte war jetzt leichenblass.

»Lass mich sofort los, du hast sie doch nicht alle. Haltlose Beschuldigungen, sonst nichts.«

Crinelli lächelte ihm feist ins Gesicht, beugte sich dann noch näher heran und zischte: »Ich hab dich, Kruminga, Hauptkommissar a.D.«

In diesem Augenblick ging die Türe auf, und zwei Beamte in Zivil betraten die Wache. Sie wiesen sich aus und wiederholten noch einmal kurz und in perfektem Amtsdeutsch, was Crinelli bereits gesagt hatte. Sie baten Kruminga, nachdem sie ihm die entsprechenden Papiere ausgehändigt hatten, um seine Marke und seinen Dienstrevolver und forderten ihn dann auf, sie auf das Präsidium nach Köln zu begleiten. Die Herren waren sehr klar und erschreckend unemotional, aber das war in ihrem Geschäft auch besser so. In schlechten Filmen galten diese Beamten gerne als meistgehasste Personen innerhalb des Polizeiapparates. Lächerlich, wie Crinelli fand. Er konnte den ritualisierten Ehrenkodex der guten Bullen auf den Tod nicht ausstehen. Für ihn galt bei der Polizei wie im restlichen Leben, es gab Arschlöcher und Normale. Die Arschlöcher mussten weg, egal, wo man auf sie traf.

Kruminga war kreidebleich und zitterte am ganzen Körper, als die Beamten ihn zwischen sich hinausführten. Seine stolze Fassade bröckelte gewaltig, ein Zeichen, dass er wusste, dass er am Ende seiner Karriere angelangt war.

Crinelli stoppte einen der Beamten vor dem Verlassen der Wache und legte ihm nahe, die Privatwohnung von Kruminga durchsuchen zu lassen. Es sei denkbar, dass dort noch weiteres Beweismaterial sichergestellt werden könnte. Zumindest würde ihn der Fund von einigen mit dem Fall in Verbindung stehenden Bildern nicht wundern. Mit einem kurzen »Das werden wir zu gegebener Zeit prüfen« ließ der Beamte Crinelli und Keller allein zurück. Na ja, arrogant waren diese Kerle vom KK 44 ja schon.

Crinelli drehte sich zu Keller um. Der junge Beamte hatte die ganze Zeit sprachlos in seiner Ecke gesessen. Hätte er über die Fähigkeiten eines Chamäleons verfügt, hätte er die Farbe der hinter ihm liegenden Wand angenommen, um vollständig unsichtbar zu werden. Ein Blick in die Augen des Polizisten genügte Crinelli, um zu erkennen, dass Keller noch einige Zeit brauchen würde, um mit der plötzlichen Veränderung seiner beruflichen Situation zurechtzukommen.

»Na, Kollege Keller, wie fühlst du dich?«

»Schlecht, wenn ich ehrlich sein soll. Sind Sie sich ganz sicher bei dem, was Sie Hans da eben alles an den Kopf geknallt haben?«

»Warum, traust du ihm das nicht zu?«

»Weiß nicht, hab noch nicht drüber nachgedacht. Hans war seit drei Jahren mein Vorgesetzter. Ich meine, er war es sogar noch vor einer Stunde, und jetzt ist er verhaftet.«

»Zum Schluss kann es ganz schnell gehen, so ist das nun einmal. Ich erzähle dir was. Vom ersten Moment an wusste ich, dass mit Kruminga etwas nicht stimmt, nenn es einfach so ein Gefühl. Aber ich habe den Gedanken wieder und wieder verdrängt. Stück für Stück hat er sich aber während der vergangenen drei Wochen wieder in mein Hirn zurückgeschlichen. Zuerst wollte ich mich nicht darum kümmern, dann hatte ich keine Zeit mehr dazu, aber leider tauchte der Name Kruminga auch im Zusammenhang mit unseren Ermittlungen immer öfter auf. Nach dem Fund der unterschlagenen und teilweise sogar gefälschten Aussagen war seine Zeit dann endlich abgelaufen. Für uns Bullen gelten keine anderen Rechte als für jeden anderen Menschen da draußen auf der Straße auch. Man muss diesem Gefühl der Allmacht widerstehen können, jeden Tag aufs Neue. Drei Jahre arbeitest du mit Kruminga, hast du nie etwas von seinen Spielchen mitbekommen?«

»Ich dachte mir, dass Sie mich das fragen würden. Aber auf die Gefahr hin, dass Sie mich für einen völligen Trottel halten:

nein, niemals! Ich glaube, für eine solche Idee gab es in meinem Kopf gar keinen Platz. Ich habe mich hier auf meiner Arbeit wirklich nicht besonders gut gefühlt. Im Grunde bin ich aus dieser Bude nie rausgekommen. Wenn Kruminga von seinen Außenterminen zurückkam, hat er nichts erzählt, nicht, wo er war, nicht, warum, gar nichts. Ich durfte mich um kleine Streitereien kümmern, um Diebstahl im Kaufmannsladen, leichte Verkehrsunfälle auf winterlich-glatten Straßen, entlaufene Hunde und lauter so einen Scheiß. Ich war der Meinung, hier sei wirklich nichts los. Andererseits war Hans immer nett und kollegial zu mir, wirklich kein Stinkstiefel als Vorgesetzter. Ich habe nichts gemerkt und auch nichts gewusst, das müssen Sie mir glauben.«

»Keine Panik, Junge, ich glaube dir. Ab jetzt bist du hier der Chef, zumindest so lange, bis die Großkopferten in der Verwaltung die Nachfolge bestellt haben, aber vielleicht, wer will das wissen, wirst du ja sogar der neue Dienststellenleiter. Ich würde dich unterstützen, du weißt jetzt wenigstens, was man alles nicht tun darf. Außerdem bin ich der Meinung, dass diese Gemeinde dringend einen neuen Anfang machen muss, denn eventuell verliert sie nach ihrem Polizisten auch noch ihren Bürgermeister, den Metzger und einen Verwaltungsbeamten.«

»Wie hängt das denn nun alles zusammen? Ich verstehe gar nichts mehr. Wenn Sie mir trauen, dann wäre es vielleicht nicht schlecht, wenn ich wüsste, wie der Stand der Ermittlungen ist, oder?«

In den nächsten zwei Stunden setzte Crinelli den jungen Beamten detailliert ins Bild. Als er geendet hatte, brachte Keller ihm unaufgefordert einen Kaffee und stellte einen leeren Aschenbecher vor ihn hin.

»He, Junge, du bist jetzt hier der Chef, du musst niemanden mehr bedienen.«

»Ja, muss ich mich noch dran gewöhnen, aber Sie haben es verdient.«

Crinelli musste schlucken, dass hatte ihm noch keiner seiner Kollegen gesagt.

»Ist dir eigentlich aufgefallen, dass ich dich schon einige Zeit duze?«

»Ja.«

»Also bitte etwas mehr Selbstbewusstsein, Herr Keller. Ich heiße Jérôme, aber nenn mich niemals so, verstanden? Jerry.« Er hielt Keller die Hand hin. Keller schlug ein.

»Peter, Peter Keller, freut mich sehr, und ich werde Ihr, äh, ich meine dein Vertrauen nicht enttäuschen, Jerry.«

Man konnte förmlich spüren, wie seine Brust schwoll. Er war mächtig stolz, von Crinelli in den Kreis der Guten aufgenommen zu werden.

»Wie willst du die Zimmermann-Bande denn drankriegen, Jerry?«

»Geheimsache, Peter, Geheimsache.«

Bei Crinelli gab es offenbar mehrere Stufen der Zugehörigkeit. Ganz oben war Keller noch nicht angekommen, das wusste er jetzt. Was er nicht wusste war, dass niemand bei Crinelli ins letzte Zimmer durfte, da wohnte er ganz allein.

Auf dem kurzen Nachhauseweg telefonierte Crinelli mit Bohlen.

»Eddy, wenn wir baldmöglichst eine Anklage gegen die Zimmermann-Bande« – er übernahm unbewusst den Ausdruck von Keller – »aufbauen wollen, oder zumindest gegen Keppeler, wäre es nicht schlecht, wenn wir die erste Frau Keppeler, Jeanne, in Köln aufspüren könnten. Kannst du dich darum kümmern? Solltest du sie erreichen, frag doch mal sanft nach, ob sie unter den neuen Gegebenheiten bereit wäre, gegen ihren ehemaligen Peiniger auszusagen.«

»Soll ich sie aufs Revier bestellen?«

»Nein, triff dich zuerst inoffiziell mit ihr, nimm ihr die Angst, indem du ihr erzählst, dass ihr Ex ohnehin demnächst von der Bildfläche verschwindet.«

»Du bist aber optimistisch.«

»Ja, ich bin optimistisch. Ich finde die Beweislage inzwischen gar nicht mehr so schlecht.«

»Nicht so schlecht, das stimmt, wir sind schon mit weniger an den Start gegangen. Aber sie ist weit davon entfernt, als blendend durchzugehen oder gar als zwingend, oder sehe ich das falsch? Was sagt denn eigentlich dein Gefühl, Genosse?«

»Lass mich bloß mit meinem Gefühl in Ruhe, es ist schon langsam etwas waidwund, sooft wie ich es in diesem Fall bemühen muss. Ehrliche Antwort?«

»Bitte darum.«

»Ich hab irgendwie gar kein Gefühl mehr zu der Sache, und das ist so ziemlich das Schlechteste, was sein kann. Ich bewege mich wie ein Roboter, nehme irgendwie mechanisch logische Ketten auf und folge ihnen. Und wenn eins und eins am Ende zwei ergibt, haben wir alles richtig gemacht.«

»Und wenn nicht?«

»Hör bloß auf! Wir sehen uns!«

»Ja, morgen im Büro.«

»Ich bleibe morgen hier, muss mich mal ein wenig umschauen, Gedanken sortieren …«

»Es ist also so weit. Und du bist immer noch sicher, dass das eine gute Idee ist? Soll ich nicht wenigstens mitkommen?«

»Kommissar Bohlen, Sie wollen doch wohl nichts Ungesetzliches tun?«

Bohlen lachte. »Pass auf dich auf, Crinelli. Ich bin standby am Telefon. Rund um die Uhr.«

»Danke, vielleicht komme ich darauf zurück. Ach übrigens, was ist mit Gnahs?«

»Ich nehme an, sie werden ihn anklagen, aber vorerst befindet er sich wieder auf freiem Fuß. Keine Fluchtgefahr, laut Staatsanwaltschaft.«

»Was war mit den Videos?«

»Das wirst du nicht glauben! Allesamt Kinderfilme. Heidi,

kleine Strolche und so weiter. Und ein einziger Pornofilm. ›Schülerinnen – blutjung und versaut‹. Der Titel spricht für sich. Der Alte ist total bekloppt. Ich glaube, er ist sogar zu verwirrt zum Abhauen.«

»Seh ich auch so, wo soll der Typ denn auch hin? Wahrscheinlich wird es mit Kruminga ebenso laufen. Hoffentlich tun sich die Typen nicht alle gegen mich zusammen. Meine Karten hier im Ort werden echt immer schlechter. Wir sehen uns, mach's gut.«

Freitag

»Wo bist du, Jerry, ich dachte, du bleibst zu Hause?«, fragte Maria.

»Ich mache einen Spaziergang, das Wetter ist so schön, und dabei kann ich besser nachdenken.«

Er stand am Anfang der Schlucht, die er am Nachmittag noch mal mit seinem Schwager durchqueren musste. Während der ersten nächtlichen Verfolgung hatte er sich vorgenommen, diese Stelle bei Tageslicht genauer zu erkunden, nicht aus beruflichem Interesse, sondern weil er hier interessante Angelgründe vermutete.

»Jerry, ich muss dich was fragen. Hier im Sender ist ein komplettes Team ausgefallen, das für einen Kurztrip nach Belgien eingeteilt war. Hans, mein alter Redakteur, fragt mich, ob ich einspringen könnte, und jetzt überlege ich, ob ich das wohl machen soll?« Maria war in der Früh schon nach Köln gefahren, um bei ihrem letzten Arbeitgeber vorzufühlen.

»Ist doch toll, Schatz«, erwiderte Crinelli etwas zu schnell und um Nuancen zu enthusiastisch.

»Was ist daran toll, Crinelli? Willst du mich loswerden?«

»Och bitte, Maria, fang doch nicht schon wieder Streit mit mir an. Was ich auch sage, du legst mir alles negativ aus. Ich meinte doch nur, toll für dich. Normalerweise hätten sie dich gar nicht mehr erkannt in der Redaktion.«

»Woher willst du das wissen?«

»Du bist doch nach Köln gefahren, um dich wieder ins Gedächtnis zu bringen. Wenn ich mich richtig erinnere, waren das gestern Abend genau deine Worte, oder etwa nicht? Was kann also Besseres passieren, als dass du mit offenen Armen empfangen wirst.« Stille am anderen Ende der Leitung.

»Alles klar, Jérôme. Ich lass mich nach Hause bringen und pack mir schnell ein paar Sachen. Bin Sonntag wieder zurück. Ist nicht nötig, dass du anwesend bist.«

Crinellis Antwort verklang in einer toten Leitung. Er fluchte laut. Wann hatten sie aufgehört, miteinander zu reden? Jerry spürte deutlich, wie mies es zwischen ihnen aussah, doch er konnte die Erleichterung darüber, dass er heute Nacht ungestört mit Sebastian zur Hütte gehen konnte, nicht unterdrücken.

Crinelli betrat den schmalen Uferweg und ging langsam voran. Er besah sich die steilen Felsen – an einigen Stellen konnte man den Eindruck gewinnen, als ob sich die gegenüberliegenden Wände in der Höhe trafen – und war überrascht, wie hoch das schnell fließende Wasser im Winter steigen konnte. Den schwarzen Linien im Stein nach zu urteilen würde er sich an seinem derzeitigen Standort bei Hochwasser bereits unter der Wasseroberfläche befinden. An der Stelle, an der die Steintreppe in Richtung Felskuppe anstieg, unterbrach er für eine Zigarettenlänge seine Wanderung. Ab hier begann Neuland. Crinelli bewegte sich langsam weiter, beobachtete die ihn umgebende Natur. Die Schlucht wurde von Kehre zu Kehre enger. An einer besonders schmalen Stelle musste er sogar einige Meter an einem kleinen Wasserfall hinabklettern, um seinen Weg fortsetzen zu können. Für so ein Erlebnis hätte er als Kind seinen linken Arm gegeben: wilde, einsame Natur, steiler Fels und ein kristallklarer Bach. Die Mitnahme seiner Stiefel erwies sich als echter Glücksgriff. Ein Uferpfad war nur noch sporadisch vorhanden. Den weitaus größeren Teil des Weges legte Crinelli im Bachlauf zurück. Nach mehr als einer Stunde Kraxelei öffnete sich die Schlucht zu einem weiten Tal. Lange bevor er es sah, konnte Crinelli Grillfeuer riechen. Nach der letzten Biegung des Flusses sah er die im Halbrund aufgestellten Wohnwagen, in deren Mitte einige Männer ein ganzes Tier über dem offenen Feuer brieten. Crinelli war auf den Lagerplatz der Sinti gestoßen, dieses Mal von der anderen Seite. Bei seinem ersten Besuch hatte er diese weiter hinten liegende Wohnwagengruppe und auch den Fluss nicht bemerkt. Die Stelle war wirklich geschickt gewählt. An der Uferböschung saß ein alter Mann mit einigen Kindern beim Angeln. Für Crinelli sah es nach dem perfekten Platz aus, nach einem ruhigen und einfachen Leben. Dann klingelte sein Handy.

»Hallo?« Crinelli lauschte der Antwort. »Wieso schon so früh?« Ein Blick auf die Armbanduhr. »Es ist doch erst zwei Uhr?« Wieder wartete er die Antwort ab, bis er sagte: »Fahr zur Mühle und warte dort auf mich.« Crinelli erklärte den Weg. »Auf keinen Fall zu mir nach Hause, hörst du? Ich brauche sicher eineinhalb Stunden, bis ich zurück sein kann. Ich habe dich eher später als früher erwartet.«

Sein unberechenbarer Schwager war bereits eingetroffen. Offensichtlich waren die normalen Pannen, die bevorzugt zum Wochenende hin in den Computersystemen aufzutreten pflegten, heute ausgeblieben. Crinelli kehrte enttäuscht um.

»Bist du dir eigentlich ganz sicher, dass wir da oben unbeobachtet sein werden?«, fragte Sebastian seinen Schwager, nachdem sie die ersten Meter durch die Schlucht gelaufen waren.

»Sicher kann man sich niemals sein. Ich hoffe, dass die Herren heute noch arbeiten und auch morgen wieder früh ranmüssen. In aller Regel kommen sie nur an den Wochenenden hier herauf. Das heißt, vielleicht waren sie gestern, am Feiertag, oben oder gehen morgen Abend. Jetzt sollte die Hütte frei sein. Ihr Auto parkt jedenfalls schon mal nicht unten, wie du ja gesehen hast.«

Unmittelbar nachdem Crinelli gecheckt hatte, dass die Luft rein war, hatte er Welter angerufen und ihn zum Haus zitiert. Crinelli packte lediglich seine Taschenlampe und einen warmen Pullover ein und wechselte die Gummistiefel gegen seine Wanderschuhe. Das Outfit seines Schwagers stimmte ihn nachdenklich. Er sah eher aus, als wolle er den Dschungel von Borneo durchstreifen als nach einer Wandertour im Bergischen.

»Ich hoffe, du hast auch an dein Moskitonetz gedacht«, hatte Crinelli ihn launisch begrüßt. Welter trug Armeehosen mit hohen Springerstiefeln, die aber keinesfalls aus Armeebeständen stammten, eher schon aus einer angesagten Boutique. Darüber trug er einen schwarzen Rollkragenpullover und eine Baskenmütze. Die schwarze Schuhcreme zur Tarnung befand sich vermutlich in seinem überdimensionalen Rucksack.

»Was hast du da alles drin? Wenn alles läuft wie geplant, werden wir noch in diesem Jahr zurück sein – hast du nicht zu viel Gepäck?«

»Mach dich nur lustig über mich. Aber erinnere dich bitte später an deinen Spott, dann nämlich, wenn ich für dich die Kiste knacke. Denkst du, das geht von alleine?«

Er öffnete seinen Rucksack, und Crinelli sah sich zu einer Entschuldigung gezwungen. In dem Sack lag überwiegend technisches Equipment. Neben einer Taschenlampe höchster Qualität, an der noch das Preisschild baumelte, und einem Jagdmesser, mit dem man bequem einen Eber abziehen konnte.

»Keine Knarre?« Crinelli konnte sich die Frage nicht verkneifen, zumal an Welters ärmelloser Jägerweste zu beiden Seiten der Brust Halteschlaufen für Schrotpatronen angenäht waren.

»Dafür bist du doch zuständig, aber du wolltest mir ja keine geben. Leider hab ich keinen Waffenschein und auch keine Verbindungen zu den entsprechenden Kreisen. Zu schade, ich würde mich nämlich mit einer Pistole oder einem Jagdgewehr im Anschlag bedeutend sicherer fühlen.«

»Na, wer weiß, vielleicht finden wir ja ein passendes Gerät für dich auf der Hütte«, entgegnete Crinelli und hoffte insgeheim, dass sie wirklich keine Schusswaffen brauchen würden. Seine eigene Dienstwaffe schlummerte unberührt in der häuslichen Schlafzimmerkommode. Macht der Gewohnheit! Er traute eher seinem Kopf als der finalen Logik der Waffen. Welter erzählte er vorerst nichts von diesem Versäumnis.

»Mir läuft der Schweiß bis in die Stiefel«, stöhnte Sebastian Welter, »wie weit ist es denn noch?« Die Männer hatten gerade einmal die Hälfte der steilen Treppe erklommen. Der Himmel hatte sich weiter zugezogen, und die angenehm warme Luft vom Vormittag war einer drückenden Schwüle gewichen. In einem der Nachbartäler ging bereits ein Gewitter nieder, wie fernes Donnergrollen verriet.

»Halt an und ruhe dich etwas aus«, gab sich Crinelli großzügig, »wir sind doch nicht in Eile. Nicht, dass du da oben vor Erschöpfung zitterst und dadurch alles vermasselst.«

Die Männer setzten sich auf die Stufen, und während Crinelli zwei Zigaretten anzündete, suchte Welter in seinem Rucksack nach der Wasserflasche. Crinelli trank und spuckte das Wasser sofort wieder aus, kaum hatte der erste Tropfen seine Zunge erreicht.

»Was ist das denn?«

»Isotonisches Getränk. Alle benötigten Elektrolyte drin. Magnesium und so Zeugs. Soll dich voll mobil machen.«

»Das Zeug schmeckt doch wie Scheiße.«

»Der Ausflug ist kein Wunschkonzert, Crinelli. Das Ergebnis zählt, nichts dem Zufall überlassen«, sagte Welter und biss zwischen jedem Zug an seiner Zigarette in einen gigantischen Schokoriegel.

»Nicht, dass du nach dieser Pause die restlichen Stufen hochschwebst wie ein Engelchen, verehrter Schwager.«

Nach einer zweiten Zigarette machten sich die Männer an den weiteren Aufstieg. Zuvor jedoch sammelte Welter noch die Zigarettenstummel auf und schob sie in eine leere Schachtel, die er extra zu diesem Zweck mitgebracht hatte. Crinelli konnte sich des Eindrucks nicht erwehren, dass diese Tat nicht der Erhaltung der Natur diente, sondern ausschließlich der Verwischung aller Spuren. Welter las eindeutig zu viele Kriminalromane.

»Sebastian«, sagte Crinelli leise. Er blieb stehen, atmete tief durch und wartete, bis Welter zu ihm aufgeschlossen hatte. »Wir sind gleich da. Versuch, dich so geräuscharm wie möglich zu bewegen, achte auf deine Schritte und warte auf mich, wenn wir an der Fichte dort oben angekommen sind. Ich gehe weiter und sehe nach, ob die Luft rein ist, erst dann hole ich dich nach, alles klar?«

Welter hatte mit offenem Mund zugehört. Ihm war deutlich anzusehen, dass er den Ernst der Lage begreifen wollte. Crinelli marschierte los. Obwohl es erst kurz vor fünf Uhr war, war es im Wald schon dunkel. Die Wolkendecke war tiefschwarz und ließ nichts Gutes erahnen. Er wollte sich beeilen, um noch trockenen Fußes in die Hütte zu gelangen. Als er vorsichtig aus dem Wald trat, blieb er erschrocken stehen. Er hatte die Möglichkeit, dass sich jemand in der Hütte aufhalten könnte, zwar theoretisch in Betracht gezogen, die Wahrscheinlichkeit aber als eher gering eingeschätzt. Die Kerle mussten wohl den, wie er herausgefunden hatte, auf der Rückseite des Berges gelegenen Hohlweg benutzt haben, um mit ihrem Wagen heraufzukommen. Vorerst konnte er allerdings nicht erkennen, wer von ihnen im Haus war. Es brannte Licht, und lautes Stimmengewirr war zu hören. Die Tür zur Hütte stand sperrangelweit offen. Crinelli versteckte sich hinter dem Baum, der ihm schon einmal Schutz geboten hatte, und hoffte inständig, dass Sebastian sich an seine Anweisung halten würde. Noch während ihm dieser Gedanke durch den Kopf ging, spürte er plötzlich eine Hand auf seiner Schulter.

»Wir sind wohl doch nicht allein, was?«, flüsterte Sebastian ihm ins Ohr.

»Bist du irre, mich so zu erschrecken?«, zischte Crinelli erregt, »ich hatte gesagt, warten! Weißt du, was warten heißt?« Erst jetzt sah er seinen Schwager an. Er hatte sich doch tatsächlich das ganze Gesicht mit Erde verschmiert.

»Du bist bekloppt, Sebastian, das hier ist nicht *Deer Hunter*, das ist die verschissene Realität.«

»Könnte aber bald *Deer Hunter* werden, wenn du dich mal umdrehen möchtest.«

Crinelli sah zur Hütte und vergaß für einen Moment das Atmen. Jetzt wurde die Lage ernst, und er bereute noch in der gleichen Sekunde, mit einem Laien auf den Berg geklettert zu sein. Er hätte Bohlen, Hammerschmidt, Keller und wen sonst noch alles gebrauchen können, stattdessen befand er sich mit einer Schießbudenfigur am Einsatzort, es hatte begonnen wie aus Kübeln zu gießen, und aus der Waldhütte trugen zwei Männer einen dritten heraus, der ziemlich tot aussah.

Während Zimmermann, der die Füße des Mannes hielt, die beiden Stufen von der Hütte auf den Felsboden herabstieg, fiel der Kopf des Toten von einer Seite auf die andere. Crinelli sah in die toten Augen von Hans Kruminga, das heißt, er sah genau genommen nur noch in sein rechtes Auge. Da, wo die linke Gesichtshälfte hätte sein müssen, klaffte ein blutiges rotes Loch.

Der zweite Träger war Keppeler. Er hielt Kruminga unter den Achseln. Noch als Crinelli überlegte, wo Brandt denn wohl abgeblieben sein könnte, trat dieser aus der Hütte, eine doppelläufige Schrotflinte in der Hand. Dabei sah der harmlose Verwaltungsbeamte keineswegs wie der Vollstrecker aus. Die Waffe hing als Verlängerung seines schlaffen Arms an seiner rechten Körperseite herunter. Er wirkte erschrocken.

»Da kommt die Kavallerie, was tun wir jetzt, Chef?«, wollte Welter flüsternd wissen.

»In jedem Fall Maul halten, wenn wir nichts zu sagen haben. Bitte, Sebastian, lass mich einen Moment überlegen.«

Die Männer legten den Toten auf dem kalten Stein vor der Hütte ab. Davon merkte Kruminga nichts mehr, genauso wenig wie von den Regenmassen, die sich über ihn ergossen. Crinelli konnte sich keinen Reim auf die Situation machen. Warum waren alle Männer hier oben auf der Hütte? Hatte es eine

Auseinandersetzung gegeben? Hatten sie Kriegsrat abgehalten, nachdem die Dinge jetzt doch ziemlich in Unordnung geraten waren? Wollte Kruminga sie auffordern, ihn rauszupauken, und sie hatten sich daraufhin entschlossen, ihn zu liquidieren? Hatte ein Kampf stattgefunden? Wohin wollten sie die Leiche schaffen? Und die dringendste aller Fragen: Was sollten sie, Crinelli und sein Hobbymilitarist, jetzt tun? Er konnte einschreiten, was allerdings, so wie die Dinge standen, lebensbedrohlich werden konnte. Er war allein, schlimmer noch, er trug Verantwortung für einen Zivilisten, und er hatte noch nicht einmal eine Waffe, während die Bande zumindest ein Gewehr, wahrscheinlich aber noch ein ziemlich großes Waffenarsenal in der Hütte bereithielt. Sie hatten gar keine wirkliche Wahl, sie mussten abwarten und zusehen, wie sich die Typen aus dem Staub machten. Je mehr dieser Gedanke in seinem Hirn Raum griff, desto weniger schlimm fand er ihn. Was sollte schon geschehen? Die Männer würden die Leiche verschwinden lassen – die würde man schon finden können, immerhin hatte er ja einen Zeugen dabei, und wenn der erst einmal wieder abgeschminkt war, konnte sich die Mitnahme von Welter sogar noch als Glücksfall erweisen. Eine aktuelle Fluchtgefahr bestand bei keinem der drei Täter, sie fühlten sich ja völlig unbeobachtet. Er konnte sie später in aller Ruhe festnehmen lassen. Also abwarten. Crinelli teilte seinen Entschluss einem sichtlich enttäuschten Sebastian mit, der vermutlich auf ein filmreifes Shoot-out gehofft hatte.

In der Hütte versuchten die Männer die Spuren ihrer Tat zu beseitigen. Währenddessen lag die Leiche von Kruminga einsam und verlassen im Regen. Crinelli und Welter hatten sich unter dem Baum zusammengekauert und achteten darauf, dass nichts unbemerkt geschehen konnte. Sie saßen auf dem feuchten Boden und warteten, wurden nasser und nasser, ohne dass sie der misslichen Lage entrinnen konnten. Crinelli sah auf seine Uhr, die Zeiger rückten bereits auf 20 Uhr zu. Sie warteten bereits seit über zwei Stunden darauf, dass sich etwas Entscheidendes tat. Von Zeit zu Zeit kam einer der Männer aus der Hütte, verschwand hinter dem Haus und kam nach wenigen Augenblicken mit einem schweren Eimer zurück. Wasser, vermutete Crinelli. Allzu gerne hätte er genau gewusst, was die Männer in der Hütte trieben, aber er musste sich in Geduld fassen, so schwer es auch fiel. Dann entschied er sich doch noch zu einem Anruf. Eigentlich wollte er die Sache allein durchziehen, doch je mehr er darüber nachgedacht hatte, desto klarer wurde ihm, dass Keller helfen konnte.

»Sebastian, du bleibst hier und beobachtest weiter. Merk dir jede Kleinigkeit, was auch geschieht. Ich gehe einige Meter zurück in den Wald und versuche zu telefonieren.«

Er wartete keine Antwort ab, sondern schlich sich, so leise er konnte, zurück in den Schutz des Laubwaldes. Als er außer Hörweite war, zog er sein Handy aus der Tasche und schützte es, so gut es eben ging, mit seinem Oberkörper vor eindringender Nässe. Er nahm seine Kladde zur Hand und suchte die Nummer von Peter Keller. Er wählte und betete, dass Keller sich melden würde. Als er bereits einhängen wollte, hörte er doch noch die Stimme des jungen Polizisten.

»Hallo Peter, hier ist Jerry, hör zu, ich muss sehr schnell machen. Kruminga ist erschossen worden. Ich befinde mich bei der Jagdhütte von Zimmermann. Es gibt einen Forstweg zur Hütte. Bitte frag mich nicht, wo er von der Straße abgeht, wenn du es auch nicht weißt, musst du es in den nächsten zwei Minuten rausfinden. Die Bande will die Leiche von hier wegschaffen, keine Ahnung, wohin. Aber vielleicht biegen sie auf die Hauptstraße ein und haben deinen alten Chef noch immer an Bord, wie gesagt, es kann auch alles anders werden. Wenn sie dort auftauchen, musst du sie verfolgen, ohne dass sie es merken, hast du verstanden, Peter, es kommt alles auf dich an, und du bist völlig auf dich allein gestellt. Bis Bohlen hier wäre, dauert es zu lange. Ich vermute, sie werden in den nächsten Minuten von hier aufbrechen. Unternimm bitte nichts, beobachte einfach nur alles. Ich melde mich irgendwann in der Nacht.«

»Verstanden, Jerry, bin schon unterwegs, der zuständige Forstamtsleiter ist mein Schwager. Der wird den Weg genau kennen, schließlich gab es eine Menge Probleme mit der Baugenehmigung für diese Hütte. Geht alles klar, mach dir keine Gedanken. Ich warte auf deinen Anruf.«

Keller beendete die Verbindung, noch bevor Crinelli die rote Taste seines Telefons drücken konnte. Natürlich war die Idee abenteuerlich, einen unerfahrenen Dorfpolizisten eine nächtliche Verfolgung machen zu lassen, aber wenn du keine Profis zur Hand hast, nimmst du, was du kriegen kannst. Das erinnerte ihn an seinen Aushilfssoldaten auf dem Berg, und er beeilte sich, zu Sebastian zurückzukommen.

»Irgendetwas Neues?«, fragte er, als er seinen Verwandten endlich gefunden hatte. Eines musste er ihm nämlich lassen, seine Tarnung war einigermaßen perfekt, er war kaum noch von seiner Umgebung zu unterscheiden.

»Sie fummeln die ganze Zeit an der Türe rum. Das Schloss scheint defekt zu sein.«

Crinelli sah Keppeler mit einem Schraubenzieher an der Türfassung arbeiten. Nach einigen Minuten gab er dieses Unterfangen auf, und jetzt deutete endlich alles auf einen Aufbruch hin. Das Licht war gelöscht und der Generator abgestellt.

Brandt trug zwei Taschen, während Keppeler und Zimmermann den toten Polizisten aufhoben. Die Leiche tropfte wie frisch gewaschene Wäsche vor dem Aufhängen. Sie verschwanden um die Ecke des Hauses.

»Du bleibst hier«, befahl Crinelli Welter und folgte den Männern, so leise er konnte. Das Aufschlagen der dicken Regentropfen auf dem Laub der Baumkronen war so laut, dass es die wenigen Geräusche, die seine eigenen Bewegungen hervorriefen, übertönte. Der Forstweg lag fast einen ganzen Kilometer entfernt. Erstaunlich, dass Zimmermann mit seinen Beziehungen es nicht geschafft hatte, den Weg bis ganz an die Hütte heranzuführen. Mehrmals ruhten die Männer auf der Strecke aus oder mussten Kruminga wieder aus dem Matsch ziehen, nachdem entweder sein zerschossener Kopf oder seine Beine einem seiner Träger entglitten waren. Eine bizarre Szenerie.

Am Wagen angelangt, schmissen sie den Leichnam wie einen Kartoffelsack in den Laderaum und fuhren ohne Licht den Berg hinab.

Crinelli kehrte um und suchte nach Welter. Am ausgemachten Platz jedenfalls war er nicht mehr. Als Crinelli, immer noch leise, nach ihm rief, steckte der verwegene Schwager seinen Kopf aus der Hüttentür heraus und rief laut: »Die Sauerei musst du dir ansehen.«

Sebastian Welter hatte nicht übertrieben! Jetzt wusste Crinelli auch, was die Männer mit dem vielen Wasser gemacht hatten. Zunächst auf den beiden Flammen des Gaskochers erhitzt und dann versucht, die blutigen Spuren von Kruminga zu beseitigen. Ganz offensichtlich fehlten ihnen dazu nicht nur die notwendigen Putzutensilien, sondern auch die hausfraulichen Kenntnisse, dass Blut nur mit kaltem Wasser entfernt werden konnte. Sie hatten das heiße Wasser über Boden und Wand geschüttet, in der Hoffnung, die Überreste ihrer Bluttat damit beseitigen zu können. Aber das Wasser war nicht wie erhofft durch die Bodenbretter abgelaufen, vielmehr stand immer noch ein beträchtlicher Teil auf dem Fußboden. Es hatte sich mit dem Blut vermischt, es verdünnt, sodass der Boden im Schein der Taschenlampen rosarot glitzerte. In der Luft lag ein unangenehm süßlicher Geruch. Crinelli tappte durch die Blutpfützen zur gegenüberliegenden Ecke der Hütte. Sie mussten Kruminga aus allernächster Nähe erschossen haben, ein Teil seines Gehirns hing noch an der Wand, obwohl sich die Männer auch dort mit dem heißen Wasser zu schaffen gemacht hatten.

Die Eingangstüre war offensichtlich aufgebrochen worden, oder aber die Männer hatten versucht, es so aussehen zu lassen. Auch der Waffenschrank in der Ecke des Raumes war mit Gewalt geöffnet worden. Das schwarze Eisenscharnier hing, von einer letzten Schraube notdürftig gehalten, lasch herunter. Crinelli zählte fünf Gewehre neben einer leeren Halterung. Auf der unteren Ablage lag reichlich Munition, einige Jagdmesser, zwei Feldstecher und zwei alte österreichische Armeepistolen der Marke Glock 17, die man seines Wissens nicht offiziell erwerben konnte.

»Mein lieber Mann, hier ist es ganz schön zur Sache gegangen, wir müssen vorsichtig sein, damit keine wichtigen Spuren zerstört werden«, sagte Crinelli eher zu sich selbst.

»Wir stehen doch schon mitten drin, in der Brühe.«

Welter hatte Recht. Aus ermittlungstechnischer Sicht hätten sie die Hütte erst gar nicht betreten dürfen. Crinelli entnahm seinen Taschen zwei Paar Einmalhandschuhe und gab eines davon an Welter weiter.

»Hier, zieh die an, und dann machen wir uns an die Arbeit. Wir kümmern uns ausschließlich um den Computer, den Rest übernimmt die Spurensicherung.« Crinelli war nicht der Typ, der an dieser Stelle der Untersuchung aufgehört und den Rest den Kollegen überlassen hätte. Er wollte schnell, am besten sofort, wissen, was die drei hier oben getrieben hatten.

»Einverstanden, dann wollen wir mal sehen, was wir Leckeres finden können.«

Und während es draußen immer noch donnerte, die Blitze durch das dunkle Tal zuckten, inspizierte der Computerspezialist die über den Tisch verteilten technischen Geräte.

»Ziemlich fett ausgerüstet, die Schweinebande, das größte derzeit auf dem Markt befindliche Vaio-Notebook, externe Laufwerke für CD und DVD inklusive Brenner, zusätzlicher externer 23-Zoll-Flachbild-Monitor, damit die scharfen Sachen auch wirklich scharf zu sehen sind, Surroundton durch vier astreine Boxen. Der ganze Scheiß hier kostet locker acht- bis zehntausend Euro.«

»Irgendwo muss auch noch ein Videogerät stehen«, antwortete Crinelli, »sie haben sich ja Filme angesehen.«

»Dafür brauchen sie keinen Videorecorder, du Genie, such doch einfach nach den CDs oder den DVDs.«

Der Computer stand auf einem Schreibtisch, dessen rechte und linke Seite von je einem Rollschrank eingerahmt wurden. Beide Schränke waren verschlossen.

»Ich hole mein Werkzeug«, gab Crinelli bekannt. Sein Rucksack stand noch immer draußen im Regen. Als er zurückkam, waren beide Schränke offen.

»Auf welcher Schule warst du denn, Crinelli?« Welter hielt ein einfaches Taschenmesser in die Höhe. »Waren nur zugezogen, brauchte das Messer nur einmal durch den Schlitz zu ziehen.«

Crinelli gab auf. Anstatt weitere Vorträge zu halten, durchsuchte er die ausziehbaren Laden der Schränke, während Welter an einer Steckverbindung zwischen seinem Rucksack und dem Laptop arbeitete. Crinelli wurde sehr schnell fündig. Ein Fach mit mindestens einhundert CDs und DVDs. Er zog die ersten Scheiben heraus und fand alle gut beschriftet. Viele der Datenträger waren mit Titeln bedruckt, die eindeutig verrieten, um welche Art Kunst es sich handelte. Noch interessanter waren die CDs, die anscheinend nicht aus einem offiziellen Laden oder Katalog stammten. Auf manchen standen zwar Titel, aber nicht maschinell aufgebracht, sondern offenbar von einem der Männer selbst beschriftet. Eine Handschriftenanalyse würde Gewissheit darüber bringen, wer hierfür die Verantwortung trug. Die maschinengeschriebenen hießen: *Süße Gören* oder *Frisches Fleisch, Kleine Jungfrauen* oder *Wonneproppen.* Auf den handbeschrifteten verrieten lediglich kurze Stichworte und dazugehörige Daten, um was es sich in etwa handeln konnte: *Josefine und Marlis 14.3.1999* oder *Zimmermanns in Miezen-*

häuschen 23.11.2002, Jagdhornblasen 3.3.2000 oder *Wilhelms heiße Mädels 1997–2001.* Aus verständlichen Gründen interessierte Crinelli die letzte CD am meisten.

»Wie sieht's aus, Sebastian?«

»Der Strom steht. Meine Akkus reichen für etwa zwei Stunden. Meinst du, die Kerle kommen heute noch mal zurück? Arbeit hätten sie hier noch genug, oder? Könnte mir denken, dass sie noch einiges in die Reihe bringen wollen, selbst wenn sie derzeit noch nicht befürchten müssen, dass ihr Bullen euch hier oben umseht.«

»Du hast Recht. Ich werde draußen Schmiere stehen, solange du hier an dem Ding bastelst. Kannst du eventuelle Beweise irgendwie sichern?«

»Logisch, großer Meister, alles Interessante wird Papa auf seine Platten kopieren, alles im Rucksack, aber wir könnten es uns auch einfacher machen – du bist schließlich die Polizei. Nehmen wir den ganzen Kram doch einfach mit, ich meine, ein Laptop wiegt nicht die Welt.«

»Wenn sie heute Nacht nochmals zurückkommen, wären sie vorgewarnt«, dachte Crinelli laut. »Lass uns zunächst an Lösung eins arbeiten. Ich gehe derweil auf Posten.«

Crinelli ließ seinen Schwager mit dem Computer allein und ging zurück in die Nässe. Inzwischen war ihm kalt geworden. Der Wind, der das Gewitter begleitete, hatte die stickige Luft stark abgekühlt. Eine gepflegte Erkältung war das Mindeste, was die Männer vom Berg mitnehmen würden. Crinelli ging etwa 500 Meter Richtung Forstweg und setzte sich dort unter eine große, alte Eiche. Nachdem er einige Minuten überlegt hatte, stand seine Strategie fest. Abermals nahm er sein Handy und wählte dieses Mal die Nummer von Bohlen. Es war 22:30 Uhr. Bohlens Stimme klang mächtig verschlafen.

»Liegst du etwa schon im Bett?«

»Bin auf dem Sofa eingeschlafen – super Krimi in der Kiste.«

»Hier auch, mein Lieber. Ich hoffe, du bist gut erholt, die

Nacht dürfte vorbei sein. Wir brauchen drei Haftbefehle auf die bekannten Namen. Mordverdacht in zwei Fällen …«

»Zwei Fällen?«

»Kruminga! Aber hör erst mal zu, ich sitz noch im Wald und weiß nicht, ob die Kerle noch mal zurückkommen. Sebastian ist in der Hütte und untersucht den Computer …«

»Sebastian wer?«

»Na, mein Schwager Sebastian, der Computerspezialist!«

»Bist du durchgeknallt? Du erzählst mir gerade, dass du mit einem Zivilisten da oben eingestiegen bist? Ich glaub's einfach nicht!«

»Ach hör schon auf. Ich glaube, allein das Material auf den CDs, die wir gefunden haben, dürfte den honorigen Bürgern das Genick brechen. Also, drei Haftbefehle! Wir greifen morgen früh parallel zu. Wann und wie entscheidet ihr. Bringt alle drei getrennt voneinander auf die Wache nach Köln. Es ist wichtig, dass sie keine Gelegenheit bekommen, miteinander zu sprechen. Bis dahin bin ich mit den Beweisen ebenfalls da. Da ist noch was, Peter Keller verfolgt die Typen gerade. Je nachdem, was er herausfindet, muss die Leiche von Kruminga noch sichergestellt werden. Ich vermute, sie legen ihn irgendwo ab und stellen es als Selbstmord dar.«

»War es aber nicht?«

»Glaube kaum, ist aber im Moment auch egal. In jedem Fall hat er sich nicht da umgebracht, wo wir ihn finden werden. So, und dann brauchen wir noch die Spurensicherung hier oben auf der Jagdhütte. Verabrede dich mit Keller für morgen früh, er kann den Kollegen den Weg zeigen. Sie sollen aber reichlich Leute mitbringen, hier oben sieht's aus wie auf dem Schlachthof.«

»Scheint, als hättest du wieder einmal ins Schwarze getroffen?«

»Darum geht's doch nicht, aber wir haben die Dreckskerle am Sack, Eddy, verstehst du, an den Eiern haben wir sie, und da werden wir sie hängen lassen, bis sie anfangen zu singen, die ganze Scheißbande.«

»Aber das mit Kruminga ist schon hart. Hätten wir ihn doch nur hier behalten …«

»Kein Mitleid, Kollege, überhaupt kein Mitleid. Er war 60 Jahre alt, alt genug, um zu wissen, was man tun darf und was nicht.«

»Aber er war auch einer von uns.«

Crinelli musste sich schwer beherrschen, um nicht ins Telefon zu schreien.

»Was soll das beschissene Gesülze: *Einer von uns!*«, zischte er. »Ab wann ist ein Typ einer von uns? Schon allein, wenn er die verschissene Polizeischule absolviert hat? Welche Legitimation soll das sein? Ich sag dir was, heute Nachmittag hab ich einen alten Zigeuner am Fluss angeln sehen, der sah für mich auf Anhieb eher wie einer von uns aus als Kruminga. Verpiss dich mit deinem scheiß Club-Gedanken.«

»Ruhig, Crinelli, ich wollte lediglich sagen, dass es besonders schwer verdaulich ist, wenn sich einer von der eigenen Truppe als Schwein herausstellt. Und wenn er dann auch noch tot aufgefunden wird, ich meine, unmittelbar nachdem er aufgeflogen ist …«

»Ach, leck mich, Bohlen.«

Crinelli drückte auf die rote Taste. Er war völlig durchnässt, ihm war kalt und elend zumute, da brauchte er keine bescheuerte Diskussion mit einem, der gemütlich im Warmen saß. Eine Weile stierte er, ohne zu denken, vor sich in den Vorhang aus Regen. Dann klingelte sein Telefon.

»Willst du dich entschuldigen, du dumme Sau?«, meldete sich Crinelli.

»Entschuldigung?«

»Oh, wer ist da?«

»Ich bin's, Peter«, meldete sich der junge Polizist kleinlaut. Crinelli lachte.

»Ach, du bist es. Entschuldige, ich habe jemand anderen erwartet. Was gibt's? Hast du sie verloren?« Crinellis tiefes Vertrauen in seine Mitmenschen war berüchtigt.

»Nein, hab ich nicht«, lautete die selbstbewusste Antwort, »aber ich hätte keine Sekunde später kommen dürfen.«

»Und? Haben sie dich nicht bemerkt?«

»Natürlich nicht. Ich bin gleich nach unserem Telefonat auf mein Motorrad gestiegen …«

»Du fährst Motorrad?«

»Ja, BMW, schon seit über zehn Jahren. Bin der Marke immer treu geblieben.«

»Machen doch gar keinen richtigen Krach, die Karren.«

»Eben drum, und deshalb für meine heutige Aufgabe genau das richtige Modell. Ich hab meinen Schwager erreicht, und er wusste direkt Bescheid. Ich bin gefahren wie der Henker. Beim Bergischen Hof hätte ich fast noch Lubanski überrollt. Die Einmündung des Forstweges auf die Hauptstraße liegt keine zwei Kehren tiefer. Ich hatte kaum mein Licht ausgeschaltet, als der Mercedes von Keppeler mit quietschenden Reifen auf dem Asphalt landete. Und dann brauchte ich nur noch in gebührender Entfernung hinterherzurollen. In meiner schwarzen Lederkombi und ohne Licht bin ich quasi unsichtbar.«

»Klasse, Keller, und was geschah dann?«

»Einige Kurven weiter durfte ich schon wieder in die Eisen steigen. Da steht talwärts ein niedriges Mäuerchen, kennst du das? Man hat von da einen ziemlich schönen Blick zwischen den Bäumen hindurch ins Tal.«

»Woher soll ich das kennen? Auf dem Weg konzentrieren sich die meisten Leute hoffentlich auf die Fahrbahn, ich jedenfalls mache das.«

»Na, dort führt die Straße über den Bach, ist mir vorher auch noch nicht aufgefallen. Sie haben angehalten und den toten Hans die Böschung runtergeschleppt. Mehr kann ich dir nicht sagen. Ich hatte keine Taschenlampe dabei, sodass ich auch später nicht nachsehen konnte. Aber wenn ihn die Hasen bis morgen früh nicht aufgefressen haben, kann ich dir genau zeigen, wo er abgelegt wurde. Es dauerte einige Zeit, bis die drei wieder zurückgeklettert kamen. Sahen ziemlich versaut aus. Ich bin ihnen dann noch zurück nach Niederkirchen gefolgt. Zuerst wurde Brandt abgesetzt, dann Zimmermann, und schließlich ist Keppeler vor etwa zwanzig Minuten in seine Garage gefahren. Was soll ich jetzt tun?«

»Nichts mehr. Das war prima Arbeit, Peter. Vielleicht rufst du Eddy an, er sitzt am Telefon. Verabrede dich mit ihm für morgen früh.«

Crinelli ging zurück in die Hütte. Welter bemerkte sein Eintreten kaum, so sehr war er in seine Arbeit versunken.

»Alles klar, Schwager?«

»Mmh.«

»Entwarnung, die Typen sind in ihre Häuser zurückgekehrt. Hast du schon was gefunden?«

»Da kannst du dich drauf verlassen. Ich möchte nicht in der Haut dieser Burschen stecken. Ich wusste gar nicht, was es alles für Schweinereien gibt. Aber es wird Tage dauern, bis ich das alles gesichtet habe. Der Kopiervorgang ist gleich beendet.«

»War es kompliziert, an die Dateien zu kommen?«, wollte Crinelli wissen.

»Seltsamerweise überhaupt nicht. Dafür kann es eigentlich nur einen einzigen Grund geben, die Typen fühlten sich absolut sicher. Es ist nichts, aber auch gar nichts jemals gelöscht worden. Selbst fehlerhafte Bilddateien, die sie aus irgendwelchen Tauschbörsen heruntergeladen haben, sind fein säuberlich gespeichert. Hauptsache eine Dose in Nahaufnahme.«

»Und der Computer selbst war auch nicht zugriffsgeschützt?«

»Doch, doch, das schon, aber solch ein simples Passwort knacken heute schon die Kiddys. Ich mach mir die Mühe erst gar nicht mehr«, er hielt eine CD hoch, »einfach einlegen, den

Rest erledigt das Programm. Ein kleines Geschenk von meinen Hamburger Freunden zu meinem 27. Geburtstag.«

»Genug Technik. Was hast du gefunden?«

»Den ganzen Dreck: Zugriffe auf Sites mit Kindersex, aber natürlich auch normale Pornos. Ein bisschen Fetisch und zwischendrin etwas braune Ware.«

»Genauer!«, forderte Crinelli harsch.

»Ich vermute, dass sie über das Suchen nach Pornos irgendwie auch auf Nazi-Seiten gelangt sind. Seltsamerweise sind auch die gespeichert, obwohl sie die Links nicht weiterverfolgt haben. Nach den ersten Eindrücken würde ich nicht sagen, dass ihr auch noch in der braunen Soße baden gehen müsst, aber manche der Kinderpornogeschichten stammen aus den gleichen Quellen, die auch Nazi-Propaganda und neue Heilslehren absondern. Da kann man schnell mal abrutschen. Übrigens die meisten der besuchten Sites haben ihren Ursprung in Dänemark und Schweden.«

»Echt, ich dachte, die sind so liberal? Wenn du jetzt England gesagt hättest, die ganze Hooligan-Szene, das könnte ich mir schon irgendwie erklären.«

»Mich geht dein Job ja nichts an, aber vielleicht unterhältst du dich ab und zu mal mit deinen Kollegen von der Sitte, die müssten sich doch in dem Milieu ganz gut auskennen.«

Crinelli brummte etwas Unverständliches in sich hinein.

»Verstehe, Schwager, ein echter Crinelli macht lieber alles allein, auch wenn er keine Ahnung von den Dingen hat. Was hättest du eigentlich getan, wenn dein Schwager nicht zufällig so ein cleverer Typ wäre?«

»Ist er aber, und jetzt hör auf mit den Nebensächlichkeiten. Gibt es bei den Sites irgendwelche Hinweise auf Gewalt? Tötungsakte an Menschen vor laufender Kamera, gefilmte Vergewaltigungen, irgend so etwas?«

»Kann ich bisher noch nicht sehen, da muss jemand richtig ran. Ich sehe jetzt nur, auf welche Sites zugegriffen wurde. Was sich exakt dahinter verbirgt, weiß ich nicht. Auf eine Seite bin ich probeweise über mein WAP-Handy gegangen. Du kommst aber nur bis an die Tür, dann heißt es Kreditkartennummer und Passwort. Wäre zwar kein großes Problem, aber ich arbeite ja gerade erst einmal eine Stunde.«

»Können wir uns die hier mal ansehen?« Crinelli hielt Sebastian die CD von Gnahs hin. Welter legte sie in den Player ein und wartete einige Sekunden, bis sich das Laufwerk meldete.

»Diashow gefällig?«, fragte er dann.

Crinelli nickte. Während der nächsten Minuten erschien alle fünf Sekunden ein neues Bild auf dem Monitor. Viele davon kannte Crinelli. Es waren die gleichen Fotos, die auch in den Alben steckten, die er bei Gnahs gefunden hatte.

»Wie geht das? Wie kriegt man Fotos in den Computer?«

»Du weißt aber auch überhaupt nichts. Eingescannt! Die entsprechende Hardware bekommst du mittlerweile für sehr wenig Geld. Entweder einer der Herren hat so ein Gerät zu Hause, oder sie haben es irgendwo machen lassen. Das sind die gleichen Leute, die früher die Pornokassetten kopiert haben, kein Problem.« Welter stöhnte vernehmlich. »Ich hoffe nur, dass ich euch Bullen nicht eines Tages selber einmal brauche. Wenn alle in deinem Verein so weltfremd sind wie du …«

»Sebastian, ich habe die höchste Aufklärungsrate der gesamten Mordkommission, denkst du, das geht nur, wenn man keine Ahnung hat?«

»Ahnungen vielleicht, aber Ahnung?«

»Halt mal an!« Plötzlich erschienen Bilder auf dem Monitor, die Crinelli noch nicht kannte. Sie zeigten nackte Jungen und Mädchen auf einer Wiese. Auf diesen Bildern waren sogar die Gesichter zu sehen. Crinelli erkannte einige der Kinder wieder. Vermutlich war er ihnen schon einmal irgendwo im Dorf begegnet. Offenbar herrschte im Sommer auf den Wiesen im Tal ein reger und auch recht freizügiger Badebetrieb. Auf den nächsten Bildern waren junge Erwachsene beim Geschlechtsakt zu sehen, als Panoramabild, aber auch ganz en détail. Dann ging der Schmutz wieder richtig los. Während man im Hintergrund junge Mütter sitzen sieht, fotografierte der alte Spanner deren Kinder beim Spielen im seichten Gewässer. Wieder Detailaufnahmen, wieder Bilder ohne Köpfe, lediglich süße kleine Geschlechtsteile.

»Stopp jetzt, ich hab genug gesehen. Weißt du, was wir jetzt tun? Wir machen es genau, wie du gesagt hast. Im Namen der Polizei beschlagnahme ich den ganzen Scheiß. Lass uns den Rechner und die CDs einpacken und von hier verschwinden.«

»Das hättest du auch früher anordnen können, aber wenn du es sagst, großer Häuptling. Ich wollte dir aber doch noch etwas zeigen, was dich vielleicht interessiert. Es erinnert mich an die Geschichte, die du mir während des Aufstiegs erzählt hast. Ich habe in eine der handbeschrifteten CDs reingeschaut. Du weißt ja sicher, dass man digitale Filme auch auf CD speichern kann. Man braucht dazu nur die geeignete Komprimierungssoftware.« Crinelli zuckte mit den Schultern. »Ja, woher sollst du das auch wissen«, sagte Welter mehr zu sich selbst, »also, das kann man machen, und diese CD hier enthält eine solche Datei. *Jagdhornblasen* heißt sie und zeigt eine Szene hier auf der Hütte.«

Sie sahen sich die CD an. Ein junges Mädchen war darauf zu erkennen, von dem man ziemlich sicher annehmen konnte, dass sie noch nicht volljährig war. Die Männer saßen um den Tisch herum und betranken sich. Sie erzählten schweinische Witze und machten dem Mädchen gegenüber zunehmend anzüglichere Bemerkungen. Die Kleine wirkte sehr verunsichert. Offenbar fiel ihr bei dieser Herrenrunde die Rolle der Gastgeberin zu. Nach einigen Sequenzen beobachtete die zunehmend voyeuristischere Kamera eine Männerhand dabei, wie sie sich unter den kurzen Lederrock des Mädchens schieben wollte. Das Kind wehrte sich und schlug die Hand des Mannes zur Seite. Das üble Spiel ging dennoch weiter, zunehmend wurde das

Mädchen bedrängt. Crinelli meinte Angst in ihren Augen zu erkennen. Auf einmal hatte Zimmermann seinen Schwanz in der Hand und begann zu masturbieren. Alles in Großaufnahme. Die Männer forderten das Mädchen auf, genau hinzusehen. Keppeler ging auf sie zu und öffnete seine Hose. Brandt führte also die Kamera. Keppeler ließ seine Hose direkt vor dem Mädchen fallen und zwang sie, seinen Schwanz zu wichsen. Dann beging der Kameramann einen Fehler, er zoomte auf das Gesicht des Mädchens. In der Nahaufnahme sah man, wie ihr die Tränen über das kindliche Gesicht liefen. Hier brach der Film ab.

»Oh Mann«, sagte Crinelli und zündete sich eine Zigarette an.

»Gib mir auch eine. Ist doch so ähnlich wie bei dem Mädchen, oder?«

»Amelie Rubin, vermutlich hast du Recht. Vielleicht ist es ihr genauso ergangen, und sie traut sich nur nicht, gegen ihren väterlichen Freund auszusagen. Ich werde sie wohl vernehmen müssen. Mann, Sebastian, das ist schrecklich! Stell dir vor, Maria geht mit unserer Kleinen demnächst zum Spielen, und hinter einem Gebüsch filmt so eine perverse Sau dem Kind die Geschlechtsteile ab. Irgendwann sitzen dann in irgendwelchen Hinterstübchen so schmierige Kerle wie die hier und holen sich auf mein Kind einen runter, und dann muss ich mir auch noch eingestehen, dass alles noch viel schlimmer hätte kommen können. Sie hätten an dem wehrlosen Kind ja auch ihr Mütchen kühlen können, es vergewaltigen und dann in den Müllschlucker schmeißen. Ist doch gar kein Problem! Überhaupt kein verdammtes Problem!«

Die letzten Worte schrie Crinelli in den Raum. Er stieß den Stuhl, auf dem er gesessen hatte, mit einem Tritt zurück, sodass er krachend und spritzend in der Blutpfütze landete, und rannte vor die Tür. Ihm war speiübel, nicht so sehr im Magen als vielmehr im Kopf, im Bauch oder wo auch immer das Gefühl beheimatet war. Er wischte sich mit seinem nassen Hemdsärmel den Schweiß von der Stirn, ging die wenigen Schritte bis zur Abbruchkante des Felsens und setzte sich einfach in den Matsch. Mit starren Augen schaute er auf das nachtschlafende Dorf. In diesem Augenblick hasste er die ganze Welt.

Samstag

Um exakt sieben Uhr am Samstagmorgen hielten vor den Häusern der Familien Brandt, Zimmermann und Keppeler Streifenwagen der Kriminalpolizei Köln. Die Polizisten überraschten die Männer noch im Schlafanzug oder am Frühstückstisch. Brandt, der Mann mit den schwächsten Nerven, brach schon auf der Fahrt ins Präsidium zusammen. – Das mit Kruminga sei dumm gewesen, sie hätten sich keinen anderen Rat gewusst, als ihn am Bach abzulegen. Er selbst sei ja der Meinung gewesen, sofort die Polizei zu benachrichtigen, aber die beiden anderen hätten ihn nur ausgelacht. Als sie auf der Hütte eingetroffen seien, sei Kruminga bereits tot gewesen. Er habe sich gewaltsam Zutritt zur Hütte verschafft, den Gewehrschrank aufgebrochen und sich mit einem der Gewehre erschossen. – Die begleitenden Beamten hörten den hektisch ausgestoßenen Worten des Festgenommenen stumm zu, schrieben anschließend einen Bericht und zeigten sich ansonsten reichlich uninteressiert an den Nöten des Verwaltungsbeamten. Sie führten lediglich die Verhaftungen durch.

Crinelli war nach der ganzen Anstrengung der vergangenen Nacht in seinen nassen Klamotten eingeschlafen. Als er aus einem Alptraum aufschreckte, war es erst sechs Uhr. Er fror wie ein Schneider, stand auf, warf einen Blick auf den neben ihm liegenden Welter und ging pissen. Anschließend drehte er die Dusche so heiß, wie er es eben noch ertragen konnte, und stellte sich so lange darunter, bis seine Haut schrumpelig wurde. Ein kurzer kalter Schock danach brachte ihn wieder unter die Lebenden. Er fühlte sich beschissen. Auch nach zwei Bechern

Kaffee, einer Zigarette und dem erwarteten Anruf der Kollegen, der die drei Festnahmen bestätigte, besserte sich sein Zustand nur geringfügig. Er biss einmal in ein Stück kalten Toast, ließ den Rest angewidert liegen. Anstelle weiterer fester Nahrung verlegte er sich ganz aufs Rauchen und versuchte seinen Schwager wachzurütteln – ergebnislos. Der Mann lag in seinen feuchten Klamotten auf Marias Seite des Bettes. Er hatte sich wie eine Schnecke eingerollt, schnarchte und klapperte dabei hörbar mit den Zähnen. Crinelli packte zwei Decken auf ihn drauf und überließ ihn seinen Träumen.

»Hallo Edgar, ich bin's«, begrüßte er den Kollegen am Telefon, »Lagebeschreibung, bitte.«

»Guten Morgen, Herr Kommissar, ich hoffe es geht Ihnen gut und Sie haben sich wieder eingekriegt?« Erst jetzt erinnerte sich Crinelli an den verbalen Zweikampf im nächtlichen Regen. »Alle drei sitzen seit ein paar Minuten in Untersuchungshaft. Sie sind erst einmal beschäftigt. Erkennungsdienst, du kennst das ja: Personalien, Rechte, Fingerabdrücke, Fotos und so weiter. Böker ist auch schon da. Ich habe ihn gestern Nacht noch angerufen, damit wir die Haftbefehle rechtzeitig bekommen. Er war echt gut. Um zwei Uhr hatte ich alles beisammen. Böker will dringend eine Lagebesprechung mit allen am Fall Beteiligten abhalten. Er möchte genauestens informiert werden, möchte die Beweise sehen und mit dir die weitere Vorgehensweise absprechen. Und dann will er natürlich ...«

»... eine Pressekonferenz einberufen«, leierte Crinelli, »ich schlage vor, dass wir die Besprechung auf heute Nachmittag anberaumen. Wir werden ohnehin mit den Verhören nicht vor Anfang nächster Woche beginnen können. Jetzt kommt der ganze Kleinscheiß, den ich so liebe. Wir müssen die Anklage zusammenschustern. Entweder auf Indizien, oder aber wir haben Glück und eines unserer Vögelchen zwitschert.«

»Das sieht nicht schlecht aus, Jerry. Brandt scheint die Achillesferse des Trios zu sein. Er hat völlig ohne Not bereits im Streifenwagen ausgepackt. Allerdings gibt er an, Kruminga sei bereits tot gewesen, als sie an der Hütte ankamen.«

»Sehr schön, dann fangen wir mit meinem Nachbarn an. Ich habe den Kerl übrigens noch niemals persönlich gesehen, ist doch seltsam, oder? Seiner Dienststelle kannst du jedenfalls schon einmal vermelden, dass sie die Anträge auf Entfernung aus dem Staatsdienst vorbereiten sollen. Den werden die da nicht mehr haben wollen. Mann, Eddy, wir haben Dinger da oben gefunden, da haut's dich aus den Schuhen, dabei haben wir höchstens mal ein wenig an der Oberfläche gekratzt. Trommel ausreichend Leute zusammen. Böker soll die Kollegen von der Sitte ranpfeifen, das hier ist mindestens zur Hälfte auch deren Fall.«

»Gar nicht nötig, unsere lieben Kollegen zeigen sich nämlich von sich aus schon ungewöhnlich interessiert an diesem Fall.«

»Mmh«, sagte Crinelli, »ich glaube, ich weiß sogar, warum. Was ich sagen wollte, wir haben solche Mengen an Material gefunden, dass wir erst einmal alles sichten müssen. Sorg dafür, dass alle Fernseher frei sind, und erklär den Fuzzis von der Technik, um was es geht. Schick einen Fahrer bei mir vorbei, der das ganze Zeug abholt, wir sollten keine unnötige Zeit mehr verschwenden. Ich fahr jetzt rüber zum Fundort von Krumingas Leiche, anschließend besuche ich vielleicht ein letztes Mal die Hütte. Wo ist Keller?«

»Er ist zur Zeit unser Mann vor Ort. Zuerst hat er die Mediziner zu Kruminga gebracht und dann die Spurensucher zur Hütte geführt. In diesem Augenblick saust er gerade wieder den Berg runter. Ist halt nur noch ein Polizist da, der sich vor Ort auskennt.«

»Apropos, wer macht den Gang zu Krumingas Witwe?«, fragte Crinelli. Schweigen am anderen Ende der Leitung. »Scheiße, na vielen Dank.«

Der Tag war gelaufen, bevor er richtig angefangen hatte. Crinelli suchte das Wohnhaus von Kruminga, parkte seinen Wagen vor der Einfahrt, holte tief Luft und drückte um 8:30 Uhr auf die Klingel. Bevor er ausatmen konnte, wurde die Türe bereits geöffnet. Offensichtlich hatte die Frau damit gerechnet, ihren Mann endlich wiederzusehen.

»Wo ist mein Mann? Haben Sie ihn etwa schon wieder festgenommen? Sie sind doch das Schwein, das ihm so zusetzt, oder? Hauen Sie ab, Sie widerlicher Verräter.«

Die kleine Frau spuckte Crinelli vor die Füße. Er sah sie müde an. Klein und dicklich. Schmale Lippen, aber kein hässliches Gesicht. Vielleicht war sie sogar einmal eine hübsche Frau gewesen. Jetzt wirkte sie vom Leben enttäuscht und leicht verbittert. Um den fülligen Leib trug sie eine karierte Küchenschürze mit Rüschen, und ihre Füße steckten in altmodischen Pantoffeln.

»Frau Kruminga, ich muss Ihnen mitteilen, dass Ihr Mann heute Morgen tot aufgefunden worden ist. Über die näheren Umstände seines Todes ist noch nichts bekannt.«

»Das glaub ich dir nicht, du Schwein. Hast du dich etwa an ihm gerächt?« Die Frau schien eher wütend als überrascht.

»Warum sollte ich mich an Ihrem Mann rächen?«

»Wegen des Steins! Sie glauben doch, dass mein Hans den geschmissen hat.«

»Nein, das glaube ich nicht, Frau Kruminga. Wie kommen Sie darauf?«

»Ich will sofort zu ihm, ich will ihn sofort sehen.«

»Ich glaube, das ist keine gute Idee. Ich denke nicht, dass Sie ihn so sehen sollten. Er hat eine schlimme Schusswunde am Kopf.«

Die Frau erschrak mehr bei der Erwähnung der Wunde als bei der Nachricht vom Ableben ihres Mannes. Sie stand unter Schock.

»Ist er ermordet worden?«

»Wir wissen es noch nicht genau.«

»Soll das etwa heißen, er hätte sich selbst umgebracht, mein Hans, das ist ja lächerlich.«

»Sind Sie allein im Haus? Möchten Sie, dass wir jemanden benachrichtigen?«

Die Frau gab keine Antwort mehr. Stattdessen sah sie Crinelli wütend in die Augen und schlug ihm dann die Tür vor der Nase zu. Deprimiert schlich Crinelli zu seinem Wagen zurück, wendete auf der stillen morgendlichen Straße und fuhr über den Marktplatz an der Kirche vorbei in Richtung Pass. Sowohl die Bäckerei als auch die Metzgerei von Keppeler waren geöffnet, ob dort die Frauen der Inhaftierten Dienst taten, hatte er im schnellen Vorbeifahren nicht erkennen können.

Am Berg, etwa auf halber Strecke zwischen Talkessel und Pass, standen vier Streifenwagen und der Leichenwagen geparkt. Von der Straße aus war kein Mensch zu sehen. Crinelli ging zu dem rot-weißen Band, das Unbefugten den Zutritt zu dem abschüssigen Gelände verbieten sollte. Er erinnerte sich an das von Keller erwähnte Mäuerchen, das wohl eher eine unscheinbare Randbefestigung denn eine schützende Mauer war.

Als er nun von der Mauer hinunter auf den unter der Straße durchschießenden Fluss sah, hätte er sich ohrfeigen können. Er stand an der Stelle, an welcher der Mörder das kleine misshandelte Mädchen in den Fluss geworfen hatte, die Stelle, die sie vergeblich gesucht hatten. Von hier aus fiel der Fluss noch zweimal über eine kurze Steinklippe und ergoss sich dann ins Tal, wo er nach einem guten Kilometer auf das alte Wehr traf. Manchmal war die Arbeit der Polizei richtig beschissen. Die Stelle hätten sie damals einfach finden müssen. Vielleicht hätten sie hier verwertbare Reifenspuren gefunden, gar nicht unwahrscheinlich bei dem weichen Untergrund.

Crinelli kletterte langsam die Straßenböschung hinab, bis er die Beamten entdeckte. Sie verdeckten mit ihren Rücken den Blick auf den toten Kruminga.

»Guten Morgen, Kollegen.« Die Versammelten grüßten schlecht gelaunt zurück. Ein zu früher Morgen und ein zu hässlicher Anblick.

»Hallo Jerry, darf ich dir meinen Kollegen präsentieren?« Keller deutete auf den Toten.

Crinelli warf einen Blick auf die Leiche. Er sah keine Veranlassung, näher zu treten, das Bild hatte sich ihm ohnehin eingebrannt. Eigentlich war er nur gekommen, um zu sehen, wie die Täter den Selbstmord inszeniert hatten. Kruminga saß mit dem Rücken an einen Baum gelehnt, die Flinte zwischen den angezogenen Beinen eingeklemmt. Einen Finger hatten sie ihm um den Abzug gelegt, sodass es aussah, als habe sich der Mann selbst erschossen. Die Szenerie war lächerlich. Wo sollte die Kugel hin sein? Nur noch ein halber Kopf, aber keine Spuren von Blut, kein Einschlagloch im Baum, kein nichts. Eine simple Kurzschlussreaktion von drei Durchgedrehten. Auf so einen Mist hatte Crinelli keine Lust. Er ließ sich von Keller den Weg zur Hütte erklären.

Ein wenig ungewöhnlich war es schon, zum ersten Mal in offizieller Mission auf der Hütte aufzutauchen. Kein vorsichtiges Anschleichen, kein langes Abwarten, ein hingeschnoddertes »Guten Morgen zusammen« reichte aus, um einfach reinzumarschieren.

In der Hütte wimmelte es von Menschen in weißen Anzügen mit Handschuhen und Mundschutz. Zwei Uniformierte sperrten den Tatort schon am Ende des Forstwegs ab – man konnte auch alles übertreiben. Aber vielleicht wollte Bohlen ja Fuchs und Hase davon abhalten, eine Nase des süßlichen Blutgeruchs zu nehmen, der jetzt weitaus intensiver über dem Tatort lag als noch am Vorabend. An diesem Tag schien die Sonne von einem wolkenlosen Himmel mit voller Kraft auf die hoch gelegene Hütte. Die Flüssigkeit war zwar inzwischen abgelaufen, das verdünnte Blut klebte dafür umso hartnäckiger auf den Bodendielen. Angezogen von dem Geruch, sirrten unzählige Fliegen und Stechmücken durch die Luft.

Hammerschmidt leitete den Einsatz vor Ort. Als Crinelli durch die offene Türe in das Innere der Hütte schaute, fand er dort zu seiner Verwunderung auch den Gerichtspathologen Arne Weymann.

»Doc, was machen Sie denn hier?«, fragte Crinelli.

»Tja, Crinelli, wenn Not am Mann ist, müssen wir alle ran, selbst am Samstag. Ich habe mir Krumingas Leiche unten bereits angesehen, wollte aber doch auch noch eben einen Blick auf den Tatort werfen. Schöne Sauerei hier oben.«

»Kann man wohl sagen. Wann kann ich mit den Obduktionsergebnissen rechnen?«

»Typisch Crinelli. Die Landluft macht Sie auch nicht gerade ruhiger, stimmt's?« Crinelli verzog als Antwort lediglich den Mund. »Ich hatte eigentlich nicht vor, heute noch was an dem alten Kerl zu machen. Da ich aber in den letzten zwei Stunden bereits mehrmals das Vergnügen hatte, mit Ihrem Chef zu telefonieren, was nebenbei bemerkt öfter ist als in den vergangenen zwei Monaten zusammen …«

»… Pressekonferenz, ich weiß«, wiegelte Crinelli ab.

»Nee, noch nicht mal. Ich glaube, er macht sich derzeit mehr Sorgen über den Korruptionsvorwurf gegen einen Polizisten, der jetzt dazu auch noch tot an einem Baum lehnt. Die unangenehme Situation liegt ihm wie eine Gräte quer im Hals. Das ist natürlich auch ein gefundenes Fressen für die Aasgeier von der Presse. Deshalb will er so bald wie möglich zumindest den Fall Kruminga vollständig aufgeklärt haben.«

»Das wird wohl nicht klappen. Hier hängt alles mit allem zusammen.«

»Dazu kann ich nichts sagen. Ich werde mir wohl den restlichen Tag auch noch um die Ohren schlagen müssen, dabei wollte ich mir so gerne den letzten Spieltag der Bundesliga in meiner Stammkneipe ansehen.«

»Mord geht eben vor«, bestätigte Crinelli mitleidslos und wandte sich Hammerschmidt zu.

»Na, Julia, durftest du den Stall auch mal verlassen? Ist es nicht schön bei uns auf dem Land?«

»Super!«, antwortete Hammerschmidt wenig enthusiastisch. »Sag mal, was hast du eigentlich bei deinem Einbruch alles entwendet? Irgendwie wirkt die Hütte unvollständig.«

»Zunächst habe ich für die Kollegen von der Spurensicherung zwei Paar Wanderschuhe im Wagen, damit ihr diese Profile schon mal aus den Ermittlungen streichen könnt. Dann haben wir den Computer, also das Notebook, um genau zu sein, und alle CDs beschlagnahmt. Die Sachen werden gleich abgeholt und zu Edgar aufs Präsidium gebracht. Mehr dürfte von mir nicht zu sehen sein. Habt ihr schon was Brauchbares gefunden?«

»Crinelli, was soll die rhetorische Frage? Du hast doch schon alles abgeräumt, wir machen nur noch für dich sauber. Das Einzige, was du noch nicht wissen könntest, ist, dass nicht alle gefundenen Waffen registriert sind. Aus zwei Gewehren sind die Seriennummern herausgefeilt, und es gibt zwei Armeepistolen …«

»Die Glocks, ja, ich weiß, aber das mit den Gewehren ist mir nicht aufgefallen. Die Jungs haben sich wohl etwas auf dem Schwarzmarkt umgetan.«

»Warum eigentlich, wenn sie doch zugelassene Jäger waren?«

»Warum? Ich weiß es auch nicht genau, ich vermute, es war das Spiel mit dem Feuer. Die Kerle müssen schwer daran leiden, dass das hier nur Niederkirchen und nicht Chicago ist. Was glaubst du, war es Mord oder Selbstmord?«

»Was fragst du mich, frag doch den Doc.«

»Nee, was sind wir alle gut drauf«, sagte Crinelli mehr zu sich selbst, aber dennoch laut genug, dass alle es hören konnten, ging zurück zu seinem Wagen, lieferte die beiden Schuhpaare ab und machte sich wieder auf den Weg nach Hause. Unterwegs dirigierte er den Fahrer aus Köln zu seiner Privatwohnung um, wo schließlich noch feuchter Besuch in seinem Bett lag.

Beim Aussteigen aus dem Wagen fiel sein Blick auf das Nachbarhaus, den Besitz der Familie Brandt. Josefine Brandt stand im ersten Stock hinter einer Gardine und sah zu Crinelli hinunter. Er überlegte kurz und ging dann entschlossen über den Rasen auf die Eingangstür des Hauses zu. Augenblicklich trat die Frau hinter den Vorhang zurück. Nach mehrmaligem Klingeln gab Crinelli auf. Sie wollte ihn nicht sehen, er wusste selbst auch nicht so recht, worüber er mit ihr sprechen sollte. Fragen hatte er im Moment nicht, und so war er schlussendlich froh, dass ihr ablehnendes Verhalten seinen pflichtbewussten Impuls stoppte.

Sebastian schlief noch immer, als Crinelli das Schlafzimmer betrat, aber zumindest hatte das Zähneklappern aufgehört. Crinelli stellte ihm einen Becher heißen Kaffee auf den Nachttisch, drehte unten die Musik so laut auf, dass man auch oben sein eigenes Wort kaum mehr verstehen konnte, und rüttelte Welter so lange, bis erste Zuckungen seiner Augenlider ein baldiges Erwachen ankündigten. Zwar warf er sich noch ein paar Mal hin und her, brummte aber schließlich: »Mach die Horrormusik aus.« Crinelli, daraufhin leicht verstimmt, antwortete: »Dann esse ich die Eier eben alleine.« Zauberworte! Sebastian Welter richtete seinen Oberkörper um fünfundvierzig Grad auf, öffnete vorsichtig seine verquollenen Augen, tastete immer noch halbblind auf dem Nachttisch nach seinen Zigaretten, fand stattdessen den Kaffee und nahm brummend einen ersten Schluck. Dann sah er an sich herunter, stellte fest, dass er in voller Montur geschlafen hatte, begann zu schnüffeln und verzog angewidert das Gesicht.

»Der Gestank kann doch nicht von mir sein? Crinelli, bitte, mach die Scheiß-Musik aus, mein Kopf tut weh.«

Er stand auf, zog sich vor Crinellis Augen vollständig aus,

ließ seine völlig versifften Klamotten mitten im Raum liegen und stolzierte an dem verblüfften Crinelli vorbei die Treppe hinunter. Unten beendete er als Erstes das musikalische Fiasko und kam rauchend und schon deutlich besser gelaunt wieder ins Schlafzimmer spaziert.

»Dexter Gordon, was für ein Arschloch soll das sein? – Depressives Geblase! Du musst noch viel lernen, Schwager.«

Er legte sich zurück ins Bett, dieses Mal allerdings auf Crinellis Seite, da ihm diese trockener erschien.

»So, Jérôme, jetzt kannst du Frühstück machen.«

Der sprachlose Crinelli wurde nun auch noch ratlos. Sein Schwager Sebastian Welter, der Bruder seiner geliebten Frau Maria, war so dreist, dass ihm selbst in seinem eigenen Haus die Worte fehlten. Resignierend erhob er sich und schlich wie eine gedemütigte Ehefrau in die Küche. Schmollend setzte er dort eine weitere Kanne Kaffee auf und fing an, Speck auszulassen. Als die Eier dem Speck in der Pfanne Gesellschaft leisten durften, hörte er oben das Wasser in der Dusche laufen. Wenige Minuten später kam Welter strahlend, aber immer noch nackt in die Küche.

»Ah, Schatz, wie das duftet!«, rief er fröhlich aus.

»Jetzt ist aber Schluss, zieh dir was an, nimm von mir aus meinen Bademantel, aber renn hier nicht mehr länger nackt vor mir herum.«

»Macht dich das scharf, Schatzi?«

»Nee, echt nicht, frag deine Schwester, ich steh wirklich mehr auf Frauen, du Tunte. Los mach hin, ich muss bald abhauen und hab schließlich schon wieder ein paar Stunden auf dem Buckel, während du mein Schlafzimmer verpestet hast. Aber lass dir mit dem Aufräumen Zeit bis nach dem Frühstück. Ja, Schatzi, ich möchte doch, solange ich noch zu Hause bin, in Ruhe mit dir zusammensitzen, und außerdem stört mich der Krach, wenn du anfängst, sauber zu machen.«

Nun war es an Sebastian Welter, dämlich aus der Wäsche zu

schauen. Er schlich sich nach oben und kam im Bademantel zurück, allerdings in dem geblümten von Maria.

»Ich dachte, der sei besser«, kokettierte er mit einer hübschen Drehung. Nach dem Frühstück würde Sebastian sich die gezogenen Kopien ansehen und Crinelli Nachricht geben, sobald ihm etwas Besonderes ins Auge fiele. Sollten die Kollegen, die sich jetzt über den Laptop und die Scheiben hermachten, technische Fragen haben, stünde er gerne zur Verfügung, natürlich gegen Bezahlung, denn ab einem gewissen Punkt müsse er ja beginnen, den Aufwand gegen den Nutzen zu rechnen.

Auf der Fahrt nach Köln fühlte sich Crinelli nicht gut. Trotz des Erfolges empfand er kein euphorisches Gefühl, nicht den Glücksmoment, der normalerweise am Ende einer schweren Untersuchung stand, dann nämlich, wenn die drückende Schwere einer Ermittlung von ihm abfiel. Jetzt, im Wagen, spürte er einen enormen Druck, wie ein eisernes Band, das ihm die Brust zuschnürte, er spürte Angst. Seltsam!

Die große Besprechung fand um 18 Uhr im kleinen Konferenzsaal statt. Es nahmen teil: Julia Hammerschmidt, Edgar Bohlen und Jérôme Crinelli vom KK 11. Toben Baranowski und Giuseppe Ferrara vom KK 12, Dr. Arne Weymann von der Rechtsmedizin, Gerald Bellmann vom Technischen Dienst als Leiter der Sichtungsmaßnahmen sowie Peter Keller als Gast. Die Leitung der Runde oblag dem Chef der ZKB, Polizeidirektor René Böker.

»Meine Herren«, eröffnete Böker die Runde, »äh … und natürlich Hammerschmidt, 'tschuldigung …, schön, dass Sie alle kommen konnten.« Die Männer sahen Julia fragend an. »Also, wir haben es im vorliegenden Fall genauer gesagt mit mehreren Fällen zu tun. Wir haben den Mord an dem kleinen Mädchen, den Ursprungsfall, wenn ich ihn einmal so nennen darf. Im Laufe der Ermittlungen wurde ja bereits eine Verhaftung vorgenommen. Moment …«, er sichtete seine Papiere, »… verhaftet wurde Herr Wilhelm Gnahs. Der Mann befindet sich noch …«, er schaute auf die sich schüttelnden Häupter seiner Gemeinde, »… befindet sich, wie ich soeben erfahre, nicht mehr in unserem Gewahrsam. Na gut. Dafür haben wir aber seit heute Morgen drei neue Gäste. Die Herren … Moment …«, wieder sah er in seine Unterlagen, »… Zimmermann, Josef, Keppeler, Traugott – interessanter Name, nicht wahr – und Brandt, Rudolph. So weit, so gut. Kommen wir also jetzt zur eigentlichen Tragödie. Unser Kollege Crinelli hier – Böker deutete mit der ausgestreckten Hand auf Crinelli, als hätte dieser einer Vorstellung bedurft – bat mich vor einigen Tagen, eine interne Untersuchung gegen Hans Kruminga einzuleiten, unseren Kollegen, äh, ich sollte wohl besser sagen, Ex-Kollegen, Kruminga, Hans, Leiter der Dienststelle Niederkirchen, der Gemeinde, in der auch der Leichnam des Mädchens gefunden wurde, nicht wahr? Also kurz und gut: Korruption, meine Herren! Korruption in unseren Reihen! Schöner Mist, meine Herren. Schlimm, schlimm, schlimm! Na, die Kollegen haben ermittelt, und jetzt ist der Mann tot! Tot, meine Herren. Korruption und jetzt tot …«

Crinelli bekam schlecht Luft. Er atmete fünfmal ein und aus, wenigstens das hatte er von seinem kurzen Abstecher in die weite Welt des Yoga behalten, und erhob sich dann.

»Chef, entschuldigen Sie, wenn es Ihnen nichts ausmacht, übernehme ich an dieser Stelle den Bericht.«

»Äh natürlich, Crinelli, gern, sehr gern sogar.«

Böker war keinesfalls der Dilettant, als der er häufig erschien, aber einige Aufgaben beherrschte er einfach weniger gut als andere. Zum einen konnte er keine Ermittlungen koordinieren, zum zweiten war er zwar ein ziemlich guter Gesprächspartner im Zweiergespräch – sah man einmal von seinen Gedankensprüngen ab –, der Vortrag vor einer Gruppe stellte allerdings für ihn eine nicht zu überbrückende Hürde dar. Erschwerend kam seine panische Angst vor schlechter Presse hinzu, womit seine Fokussierung auf den Tod von Kruminga zu erklären war. Alle im Konferenzraum waren deshalb froh, dass Crinelli an dieser Stelle übernahm. Böker selbst, weil er den ungeliebten Vortrag beenden konnte, die Kollegen, weil es jetzt eine realistische Chance gab, den Raum noch am selben Tag verlassen zu können, an dem sie ihn betreten hatten, und Crinelli, weil er endlich wieder das Heft in die Hand nehmen konnte.

»Kollegen, ich werde euch jetzt erst einen vollständigen Bericht geben, damit alle auf dem gleichen Stand sind. Danach werden wir die offenen Fragen diskutieren und das weitere Vorgehen abstimmen. Wenn wir konzentriert arbeiten, sollten alle um acht Uhr vor der Tagesschau sitzen, wir haben schließlich Wochenende. Ziel der Sitzung ist es, alle Informationen gut aufbereitet vorliegen zu haben, um dann am Montag entsprechend vorbereitet in die Verhöre zu gehen. Irgendwelche Einwände bis hierhin?«

Die Männer schüttelten die Köpfe, bis auf Bellmann, der die Hand gehoben hatte. Crinelli erteilte ihm das Wort.

»Haben wir Rauchverbot?«

Crinelli sah Böker an. Der antwortete mit einem verzagten *von mir aus*, was in der Folge einige Unruhe in die Gruppe trug. Julia fegte aus dem Raum, um Aschenbecher zu besorgen, und checkte den Kaffeebestand. Crinelli zündete sich schon einmal vorsorglich eine an, um während des Vortrags genügend Reserve zu haben, und Böker kippte alle Fenster, damit auch die Nichtraucher zu ihrem Recht kamen.

»Also zunächst, wie angekündigt, der kurze Überblick. Am Morgen des 13. Mai ging auf der 110 ein Anruf ein, der über den Fund einer Mädchenleiche in Niederkirchen informierte. Ein Jäger hatte die Leiche im Fluss entdeckt, wo sie sich an einem alten Wehr verfangen hatte. Vor Ort gab es zwei Polizeibeamte, Hans Kruminga und der heute hier anwesende Peter Keller. Kruminga war der Dienststellenleiter. Die Mädchenleiche war unbekleidet und lag bereits seit einigen Stunden im Wasser.

Die Obduktion ergab schwerste Misshandlungen, aber keinerlei verwertbare DNA-Spuren. Das Kind wurde ausnahmslos mit Gegenständen gefoltert, es hat weder vor dem Tod noch danach eine Penetration stattgefunden. Wir schließen daraus, dass es unserem Täter nicht um Sex, sondern um Macht geht. Außerdem spielt der Impuls der Reinigung vermutlich eine gewisse Rolle, wie Doktor Weymann betonte. Das Mädchen konnte bis zum heutigen Tag nicht identifiziert werden. Weder die Aufrufe in den Lokalnachrichten noch ein veröffentlichtes Foto des Mädchens in der Presse erbrachten auch nur einen Hinweis auf die Identität des Opfers, sieht man einmal von den üblichen Spinnern ab. Stimmen im Ort vermuteten, dass es sich bei dem Kind um ein Sinti- oder Roma-Kind handelt, aber auch aus dieser Bevölkerungsgruppe ging keine Vermisstenmeldung ein, und eine Überprüfung der im Nachbarort lebenden Sinti-Familien durch mich selbst erbrachte kein Ergebnis. Wahrscheinlicher ist eine Theorie des Kollegen Ferrara von der Sitte. Es könnte sich bei dem Kind um eine illegal eingeschleuste Person handeln. Der Grund für ihren Aufenthalt hier kann vielfältig sein. Meist werden die Kinder in die Kriminalität oder in die Prostitution geführt. Als Prostituierte werden sie vermietet oder gar als Sexsklaven verkauft. Bei einem ausufernden Sexspiel kann dieses Kind umgekommen sein. Anschließend wurde das Kind bei Niederkirchen in den Fluss geschmissen. Unsere Ermittlungen richteten sich in der Folge auf die Bewohner des Ortes. Wir führten zunächst die allgemeinen Befragungen durch. Dabei entstanden erste Zweifel an der Arbeit des Kollegen Kruminga. Seine Befragungen waren eher darauf ausgelegt, die Ermittlungen aus dem Dorf herauszutragen. Nach zahlreichen Interviews und weiterführenden Ermittlungen fanden wir heraus, dass es eine Gruppe Personen im Ort gibt, die sich auffällig verhält. Es handelt sich um die drei Inhaftierten und deren Ehefrauen. Im Einzelnen: Josef Zimmermann, der Bürgermeister des Ortes, verheiratet mit Sybille Zimmermann, der Schwester des Dorfpolizisten Hans Kruminga. Traugott Keppeler, Metzgermeister und in zweiter Ehe verheiratet mit Marlis Keppeler. Keppeler stellt sich während der Ermittlungen als der gewaltbereiteste der Männer heraus. Seine erste Ehefrau, Jeanne Keppeler, geb. Duchamps, erstattete Anzeige gegen ihn wegen sexueller Nötigung und ehelicher Gewalt. Wir haben diese Anzeige zusammen mit einigen anderen später in Krumingas Gewahrsam entdeckt. Es hat nie eine Untersuchung gegeben, und vermutlich hat er sogar mit dafür gesorgt, dass Jeanne aus dem Ort wegzog.«

Hier unterbrach ihn Bohlen. »Vielleicht kann ich an dieser Stelle berichten, dass wir inzwischen mit Jeanne Duchamps gesprochen haben. Sie war erst bereit, zu den damaligen Vorfällen Stellung zu beziehen, nachdem sie mit ihrer Therapeutin gesprochen hatte und wir ihr glaubhaft versichern konnten, dass von ihrem Ex-Mann keine Gefahr mehr drohte. Sie ist nach all den Jahren immer noch nicht über die Ereignisse hinweg. Ich erspare euch hier die Details, nur so viel: Kruminga und Keppeler haben sie eines Abends gemeinsam aufgesucht. Keppeler hat ihr fünfzigtausend Mark in die Hand gedrückt und ihr gesagt, sie könne entweder das Geld nehmen und verschwinden, oder er würde dafür sorgen, dass sie ohne Abfindung zum Schweigen gebracht würde. Ihre Angst resultierte nicht so sehr aus der Art, wie ihr Mann auftrat, daran war sie gewohnt, sondern viel mehr entmutigte sie, dass er auch noch mit der Polizei im Bunde stand. Sie sah keine Chance, jemals zu ihrem Recht zu kommen, zumal sie sich immer noch als Ausländerin fühlt. Wir haben zwar ihre Aussage, aber sie ist noch nicht bereit, diese Aussage auch vor Gericht zu beeiden. Bisher bewegen wir uns also noch auf inoffiziellem Terrain.«

»Danke, Eddy. Die Aussage wirft also auch noch ein weiteres schlechtes Licht auf Kruminga. Ich fahre fort. Keppelers zweite Frau hat ebenfalls bereits Anzeige erstattet, wegen genau dem gleichen Tatbestand. Es ist sogar davon auszugehen, dass sich die Praktiken des Herren in der Zwischenzeit noch verschärft haben. Auch diese Anzeige verschwand in Krumingas krimineller Schatztruhe. Anders als Jeanne blieb Marlis allerdings bei ihrem Mann und nimmt bis zum heutigen Tag an den Sexspielchen teil, wie auch die Sichtung der gefundenen CDs beweisen wird. Zum letzten Angeklagten: Rudolph Brandt scheint der geborene Mitläufer zu sein. Er führt sozusagen die Kamera. Nicht unverständlich also, dass gerade er bereits im Polizeiwagen zu singen begann. Er ist Beamter, wie Kruminga auch, und es ist davon auszugehen, dass er seine Karriere mit dem heutigen Tag als beendet betrachten darf. Die Familien haben auch ein gemeinsames Sexualleben, wie viele Fotodokumente beweisen. Einen weiteren Beweis dafür lieferte die Chefin eines sich in der Nähe befindlichen Bordells, die zu Protokoll gab, dass die Pärchen in wechselnden Kombinationen bei ihr auftauchen, um sich zu vergnügen.

Wir führten dann eine Hausdurchsuchung bei Wilhelm Gnahs, dem verwitweten Mann von Zimmermanns Schwester Hermine durch. Der Typ lebt in völliger Verwahrlosung. So eine eingesiffte Bude habt ihr noch nicht gesehen. Egal, jedenfalls haben wir gefunden, was wir gesucht haben: vier Fotoalben, drei davon mit eindeutig pädophilem Material. Damit hatten wir zum ersten Mal einen eindeutigen Beweis, dass es auch um Sex mit Kindern geht. Ein zweiter Hinweis kam von Marga Rubin, der Mutter eines Mädchens, um das sich, nach dem Tod des Vaters, Traugott Keppeler in besonders liebevoller Weise kümmerte. Und damit kommen wir zurück zu den drei Inhaftierten. Sie hatten ganz offensichtlich auch noch ein reines Männerleben, ohne ihre Frauen. Den Großteil davon verbrachten sie auf der Jagd in den Wäldern und auf einer Hütte, die Zimmermann irgendwie an den Behörden vorbei mitten im Wald an einer sensationell schönen Stelle gebaut hat. Hierher zogen sie sich zurück und frönten ihrem Hobby, den sexuellen Eskapaden. Hierhin hatten sie auch die minderjährige Amelie

Rubin eingeladen, mit der klaren Absicht, sich ein wenig mit dem Mädchen zu amüsieren. Eine entsprechende Anzeige lag ebenfalls wieder unter den nicht bearbeiteten Dokumenten von Hans Kruminga. Was dort oben vorgefallen ist, werden wir noch im direkten Gespräch mit dem Mädchen herausfinden müssen, ebenso wie auch noch das Gespräch mit der jetzigen Frau Keppeler aussteht, aber eine Vorstellung davon, was geschehen sein kann, findet sich unter dem beschlagnahmten Bildmaterial aus der Hütte. Eine CD, von einem Digitalvideo gebrannt, zeigt ein anderes, ebenfalls minderjähriges Mädchen, das erkennbar gegen ihren Willen zu sexuellen Handlungen gezwungen wird. Des Weiteren haben wir Dutzende von Hinweisen auf Zugriffe von Internetseiten mit eindeutig pädophiler Ausrichtung gefunden. Hier liegt noch eine Menge schmutziger Arbeit vor Gerald und seinen Kollegen. Ich denke, dass wir mit diesem Material die Verdächtigen eindeutig überführen können. Sicher können wir auch das Mädchen auf dem Film ausfindig machen. Die Typen sind erledigt. Was wir allerdings im Moment noch nicht haben, ist ein eindeutiger Beweis für die Tat an dem Mädchen vom Wehr.

Einen Hinweis vielleicht noch, der bei den anstehenden Verhören wichtig sein könnte: Brandt hat in seiner Aussage zugegeben, in der Mordnacht zusammen mit Keppeler auf der Jagd gewesen zu sein. Keppeler hingegen gab an, im Bett geschlafen zu haben. Zimmermann weiß von nichts, was ebenfalls unglaubwürdig ist. Tja, Kollegen, wenn wir die feinen Herrschaften nicht zu einem Geständnis bringen können, haben wir einen Indizienprozess zu führen.

Zum Schluss noch zu Kruminga. Als dieser von den Kollegen zum Verhör abgeholt wurde, brach eine Welt für ihn zusammen. Er wähnte sich unangreifbar. Er hatte gegen jeden im Ort irgendetwas in der Hand. Offenbar ging es um Macht, denn bereichert scheint er sich nicht zu haben. Wir sollten sicherheitshalber seine Konten überprüfen, obwohl ich glaube, dass wir nichts finden werden. Er hat sich einfach nur abgesichert. Warum er das tat, wird wohl sein Geheimnis bleiben. Ein weiteres Geheimnis, eines, das wir allerdings aufklären müssen, ist die Frage, ob er sich selbst gerichtet hat oder ob es auf der Hütte zu einer Auseinandersetzung gekommen ist, in deren Verlauf Kruminga getötet wurde. An der Stelle könnte vielleicht Arne Weymann uns von seinen Obduktionsergebnissen berichten.«

»Also, meine Herren, der Tod trat gestern zwischen 15 und 16 Uhr ein. Todesursache eindeutig, verstorben nach einem Schuss aus nächster Nähe in den Kopf. Die Geschossspuren in den Überresten des Kopfes zeigen, dass die Tatwaffe etwa in einem Winkel von 45 Grad angesetzt wurde. Ich vermute, das Gewehr, aus dessen Lauf die Schrotladung stammte, befand sich zum fraglichen Zeitpunkt im Mund des Toten. Laienhaft gesprochen, es wurde von unten nach oben geschossen. Die Kugeln traten also in die obere Mundraumhöhle ein, bahnten sich ihren Weg durch das Gehirn und traten etwa auf zwei Uhr wieder aus dem Hinterkopf aus. Leider benutzte der Tote Schrotkugeln, sodass es ihm den halben Kopf dabei wegfetzte. Die in der Hütte gefundene Hirnmasse ist eindeutig Kruminga zuzuordnen, sodass also der Ort des Geschehens nicht mit dem Fundort der Leiche übereinstimmt. Wie ich vernommen habe, haben die Kollegen der Spurensuche eindeutig identifizierte Fingerabdrücke des Toten auf der Waffe gefunden. Besonders deutlich am Abzug. Natürlich ist es möglich, dass diese erst nachträglich darauf gedrückt wurden. Aber am Fundort waren die Finger bereits zu steif, um exakt um den Abzugsbügel gelegt zu werden. Die ganze Szenerie dort sah doch eher wie der dilettantische Versuch aus, es wie einen Selbstmord darzustellen. Ich mache es kurz: Es ist nicht zweifelsfrei nachzuweisen, dass der Mann ermordet wurde. Meine Praxis bringt mich eher dazu, auf Selbstmord zu tippen. Die Gründe, warum die Täter einen Selbstmörder zuerst von A nach B schleppen, um eine klare Sachlage dort völlig unprofessionell erneut zu arrangieren, müssen Sie herausfinden, meine Herren.«

Nach den Ausführungen von Weymann herrschte Schweigen. Allen war klar, dass, wenn die Theorie von Weymann sich bewahrheitete, Kruminga seinen Taten nicht hatte ins Auge sehen wollten. Er hatte den Freitod einem letzten Lebensabschnitt, geprägt von Degradierung, Pensionsstreichung und Verlust des Ansehens, vorgezogen. Warum er sich dafür gerade Zimmermanns Hütte ausgesucht hatte, blieb vorerst unklar.

»Und was sagt die Spurensicherung?«, fragte Crinelli mit Zigarette im Mund.

»Die Ergebnisse bestätigen exakt, was der Doc bereits gesagt hat. Das Schloss wurde mit einem Stemmeisen aufgebrochen, ebenso wie der Waffenschrank. Das Eisen haben wir in der Hütte gefunden. Es befanden sich ausschließlich Krumingas Fingerabdrücke darauf. Ansonsten gab es in der Hütte Fingerabdrücke ohne Ende, die derzeit noch ausgewertet werden. Das Blut stammt eindeutig von Kruminga, ebenso wie die Hirnmasse. Die Männer haben offensichtlich versucht, ihre Tat zu vertuschen, haben dazu warmes Wasser benutzt, also alles sehr stümperhaft, aber das wurde ja bereits erwähnt. Es riecht nach Panik. Sie haben so viele Fehler gemacht, dass ich dahinter kein anderes Motiv vermuten kann.«

»Danke, Julia. Ich schlage trotz der Analysen vor, dass wir versuchen, die Kerle im Verhör weichzukochen. Noch haben wir keine letzte Bestätigung für Weymanns Befund. Wir legen ihnen weiterhin zwei Morde zur Last«, sagte Crinelli.

In die eintretende Stille hinein meldete sich Toben Baranowski zu Wort.

»Jerry, darf ich dir eine Frage stellen?«

»Klar, Toben, dafür sitzen wir ja hier.«

»Also, wir haben es zweifelsohne mit richtig miesen Kerlen zu tun. Bei denen liegt keine seltsame Neigung vor, ich denke, sie sind ganz einfach kriminell, und wenn wir das Bildmaterial und die Internetzugriffe ausgewertet haben, werden wir ihnen einen fetten Prozess machen können. Es scheint sich ohnehin um ein besonders verseuchtes Kaff zu handeln, mit all den Verflechtungen, verwandtschaftlichen Beziehungen und Verdächtigen.

Aber zurück zum Anfang deiner Ausführungen: Du hast erklärt, dass die Verletzungen des Mädchens auf einen Täter hindeuten, dem es vermutlich um Macht geht, um Säuberung. Wir kennen solche Typen. Das heißt aber doch, dass er selbst diese Macht in seinem wirklichen Leben nicht ausüben kann oder darf, dass er auch seine sexuellen Gefühle nicht ausleben kann oder darf, er handelt also aus einem starken Gefühl der Minderwertigkeit, aus einem tief gründenden Komplex heraus. Das klingt für mich nach einem Täter, der selbst einmal Opfer sexueller Gewalt war, der aber keinen Weg gefunden hat, damit zu leben, und auch keinen, deshalb zu sterben. Bei den drei Inhaftierten handelt es sich aber eindeutig um Männer in Machtpositionen, die sehr stark auftreten, keinesfalls verklemmt sind und schon gar nicht im Geheimen agieren. Zimmermann ist Bürgermeister, hält sich für den Herrscher des Dorfes, und Keppeler scheint von geradezu erschreckender Gewaltbereitschaft zu sein. All das passt so gar nicht ins Täterprofil. Ich fürchte, wie gesagt, nur meine Meinung, wir haben den Mörder des Mädchens noch nicht erwischt.«

Crinelli fühlte seine Knie weich werden. Ein dicker Hitzestrahl kroch seine Wirbelsäule empor und explodierte in seinem Gesicht. Er wurde feuerrot, und ein unangenehmer Juckreiz breitete sich auf seiner Haut aus, als sei er mitten in ein Brennnesselfeld gestürzt. Er trat aus seinem Körper heraus und beobachtete die Situation wie aus der Ferne. Seine Kollegen fingen nach den Ausführungen Baranowskis an, aufgeregt zu diskutieren. Argumente flogen hin und her, und am Ende wurden die Thesen von Baranowski vom Tisch gewischt. Sie hatten ihre Täter, es waren Schweine, die mit eindeutigem Material erwischt worden waren, und jetzt würde ihnen der Prozess gemacht werden.

Nur René Böker beteiligte sich nicht an der aufgeregten Diskussion. Er saß still in seinem Stuhl und beobachtete den Mann, der die ganze Zeit gesprochen hatte und nun schwieg. Als Crinelli den Röntgenblick seines Vorgesetzten auf seiner Haut spürte, wandte er sich zu ihm hin. Der Mörder des kleinen Mädchens befand sich noch auf freiem Fuß. Der Nährboden für seine Angst war gefunden. Sein Gefühl wusste es, lange bevor sein Kopf bereit war, es zu akzeptieren: Er hatte keineswegs die Falschen gejagt, er hatte nur noch nicht den Richtigen gefunden.

Den Rest der Sitzung brachte Crinelli irgendwie über die Runden. Es gab noch einen interessanten Denkansatz von Julia, als sie fragte, ob eigentlich Kruminga zur Tatzeit ein Alibi gehabt habe, was wiederum für erneute, aufgeregte Gespräche im Raum sorgte, aber ihn konnten diese Diskussionen alle nicht mehr erreichen. Er war an der Wahrheit vorbeigesegelt, hatte sich vergaloppiert und irgendein entscheidendes Detail übersehen. In jedem Fall gab es eine Spur, die Kunst lag darin, deren Anfang aufzuspüren, und genau das war ihm nicht gelungen, nach seinen eigenen Maßstäben hatte er versagt.

Als die Polizisten, zuversichtlich, die Täter innerhalb der nächsten Woche überführen zu können, den Raum verließen, zog Böker Crinelli am Ärmel und bat ihn noch auf ein Wort in sein Büro. Dort befreite er ihn von der Teilnahme an den bevorstehenden Verhören, beließ ihm jedoch die Leitung des Falles. Im Klartext hieß dies nichts anderes, als dass Crinelli das sein durfte, was er in diesem Fall ohnehin schon weitestgehend war und was auch seine bevorzugte Ermittlungsmethode darstellte, ein Ein-Mann-Unternehmen.

Niederkirchen

Der Mann hämmerte wutentbrannt in die Tasten seines Computers. Als sein Beschwerdebrief fertig war, klickte er auf den Senden/Empfangen-Button der Symbolleiste. Zunächst musste er noch durch einige Sicherheitschecks im Netz, bevor er ganz sicher sein konnte, dass die Organisation seine E-Mail erhalten hatte. Er löschte sein Schreiben sofort, und zwar, wie er es gelernt hatte, vollständig und unwiederbringlich. Die meisten Menschen wähnten ihre E-Mails bereits gelöscht, wenn sie im Papierkorb landeten, zu dieser Personengruppe hatte auch er gehört, bevor er die Anweisungen der Organisation erhalten und in die Tat umgesetzt hatte.

Während er auf Antwort wartete, trank er fast eine ganze Flasche stilles Wasser. Er war noch immer wütend, es war ja nicht allein die Enttäuschung, sondern auch die Mühen sowie die unnötige Gefahr, in die er sich jetzt bereits zum zweiten Mal innerhalb von nur drei Wochen begeben musste. Von den letzten Kindern hatte er viel länger gehabt. Einfach so gestorben, unrein und ohne sein Einverständnis. Der kleine Zwerg.

Er hatte gleich so ein komisches Gefühl, noch bevor er die große Kiste im Keller ausgepackt hatte. Schon bei der Bestellung war er unsicher, ob es eine wirklich gute Idee war, erstmals einen Jungen zu bestellen. Doch schon die Vorstellung allein drohte ihn zu überwältigen. Seine Erregung zeigte doch eindeutig, wie richtig die Entscheidung war. Da war etwas, dem er nachgehen musste.

Tagelang hatte er den neuen Jungen in seiner Zelle nur beobachtet, nervös und aufgeregt durch das kleine Loch in der dicken Mauer geblinzelt. Voller Genugtuung registrierte er dessen Angst. Er erkannte sein Leiden, litt sogar mit dem kleinen Geschöpf zusammen, oh ja, er wusste schließlich, wie sich das anfühlte, Tage und Nächte allein in einem kalten, dunklen Keller verbringen zu müssen. Wie viele Stunden hatte er selbst wohl in einem solch feuchten dunklen Loch gehockt? In der Rückschau kam es ihm vor, als wäre er seine ganze Jugend über nur für einige wenige Stunden ans Licht gelassen worden. Ein harter Mann wurde man so, kein Weichei. Eine Strafe war es, dafür, dass man nicht so war, wie man hätte sein sollen. Aber dann, wenn er aus seinem Gefängnis entlassen wurde, dann hatte er die Chance, alles wieder gut zu machen, dann war der Vater wieder lieb zu ihm. Für diese glücklichen Momente hätte er alles getan. Selbst den Schmerz, den das mächtige Glied des Vaters in seinem Unterleib verursachte, wenn es mit voller Wucht in ihn eindrang, ertrug er ohne Wehklagen, wenigstens für einen Augenblick war er wieder sein lieber Junge, und während ihm die Tränen die Wangen hinabliefen, streichelte der Vater ihm zärtlich den Kopf und sagte:

»Wir werden schon noch einen Kerl aus dir machen, nicht wahr, mein Bürschchen?«

Anschließend war er wieder sauber und durfte aus dem dunklen Loch heraus. Sein guter Vater, er hatte ihn über alles geliebt.

Aber er selbst traute sich nicht, die Kinder zu berühren. Nein, er fasste seine Kleinen niemals an, er trug Gummihandschuhe und reinigte sie mit seinem Stock. Er half den Kindern, sie hatten es besser, als er es je gehabt hatte, sie durften diese Welt verlassen.

Immer wieder wollte er seinem eigenen Leben ein Ende bereiten, um endlich wieder bei seinem geliebten Vater zu sein, aber er hatte nicht den Mut dazu gefunden. Seine Kinderchen sollten es besser haben, dafür sorgte er. Aber natürlich erst, wenn sie die Prüfungen bestanden hatten, wenn sie wirklich gereinigt waren. Wann die Kinder gehen durften, das entschied er allein, und genau das war nun sein Problem.

Der Junge war einfach so gestorben. Erst eine Reinigung hatte er durchführen können, eine einzige Reinigung mit dem ganz dünnen Stab, den er gerade erst fein säuberlich mit frischem Sandpapier umwickelt hatte. Und was machte der undankbare Bastard? Er fing an zu röcheln, schlang sich die dünnen Ärmchen um die knochige Brust und schrie in einer ihm unverständlichen Sprache. Schließlich war er blau angelaufen und hart auf den Boden gestürzt. Sein ausgemergelter Körper wand sich in wilden Zuckungen auf der Erde, bis er schließlich nach einer Weile ganz still dalag.

Er fühlte eine ohnmächtige Wut und begann, mechanisch auf den toten Körper einzuschlagen, fester und immer fester, schließlich sogar zu treten, so lange, bis ihm die Luft ausging und er erschöpft in die Ecke sank.

Das war nicht richtig gewesen, und noch in der gleichen Nacht bestrafte er sich selbst für die schlechte Tat. Er betrat seine kleine Kapelle, nahm die neunschwänzige Katze und züchtigte sich, bis er heißes Blut über seinen Rücken laufen spürte. Lange war es her, dass er die Stockpeitsche genommen hatte. Das tat gut! Bevor er das erste Kind bestellt hatte, gehörte die Züchtigung mit diesem alten Instrument häufiger zu seinem Alltag. Jetzt bereute er, diese Gewohnheit für eine Zeit aus den Augen verloren zu haben. So wohnte selbst dem Schlechten etwas Gutes inne.

Er musste den Kinderleichnam loswerden, reinigen, zurück in die Kiste legen und ihn in der Nacht aus dem Keller schaffen. Er war verärgert, die Organisation hatte ihn getäuscht. Schließlich versprachen sie gesunde und kräftige Kinder. Ein Kind kostete ihn 10.000 Euro, keine Kleinigkeit bei seinem Gehalt. Dafür konnte man dann aber auch Qualität erwarten.

Keine 20 Minuten dauerte es, bis ein Tonsignal die Ankunft

einer neuen E-Mail ankündigte. Seine Laune besserte sich schlagartig, als er deren Text auf dem Monitor las, dieses Kind ging auf Kulanz, schließlich war er Stammkunde. Das war ein Geschäftsgebaren, von dem sich andere eine Scheibe abschneiden konnten. Voller Genugtuung bestellte er ein neues Kind, und er war wild entschlossen, einen zweiten Versuch mit einem Jungen zu machen. So viel immerhin war ihm klar geworden, erst mit einem Jungen fühlte sich sein Tun richtig an, nur mit einem Jungen.

Montag

Der Sonntag war geprägt von Sonne und Wolken gewesen. Maria war im Laufe des Vormittags zurückgekehrt. Aufgekratzt begann sie noch im Mantel, in aller Ausführlichkeit von dem Dreh zu erzählen und wie es sich anfühlte, wieder mit den alten Kollegen zu arbeiten. Crinelli hörte zwar zu, reagierte aber kaum. Als sie ihn aufforderte zu erzählen, schilderte er die Ereignisse der letzten Tage mechanisch, fast wie ein Tonband. Gedankenlos erwähnte er dabei auch den Einsatz von Sebastian Welter. Nachdem er geendet hatte, fand er bei Maria keinesfalls Verständnis, sondern nur Wut. Wut darüber, dass er es gewagt hatte, auch noch ihren Bruder mit in den Fall hineinzuziehen. Ohne weitere Erklärungen zog sich Maria in ihr Zimmer zurück und arbeitete an ihrem Beitrag. Crinelli verbrachte den Tag allein.

Am Morgen erwachte Crinelli mit einem unguten Gefühl. Maria gegenüber versuchte er, sich nichts anmerken zu lassen. Doch er konnte ihr nicht einmal fest in die Augen sehen, ohne dass seine Pupillen begannen, unruhig hin und her zu tanzen. Crinelli machte Kaffee, backte Brötchen auf und briet Eier für das gemeinsame Frühstück. Als ihm die Butterdose aus der Hand rutschte und mit dem Streichfett nach unten auf den Kacheln der Küche landete, rastete er aus. Er fluchte und trat vor lauter Wut gegen das Tischbein. Maria, deren Kaffee dadurch überschwappte, verließ daraufhin mit einem »Du hast sie doch nicht alle« die Küche. Crinelli starrte ihr grimmig hinterher, trat mit voller Wucht gegen die Butterdose und ging fluchend in die Garage. Nur weg hier. Unkonzentriert packte er seine Angelsachen und lief dann zur nächsterreichbaren Stelle am Fluss. Seinen Kescher hatte er erst gar nicht mitgenommen, er war nicht auf verwertbare Beute aus.

Am Fluss schmiss er die Rute aus und rauchte. Um diesen Fall zu lösen, benötigte er nichts mehr als einen kompletten Neuanfang. Er brauchte Ruhe, um alles noch einmal zu durchdenken.

Crinelli wusste nicht, wie viele Stunden er am Ufer des Baches sitzend zugebracht hatte, ohne auch nur einen Schritt weiter gekommen zu sein. Er war jetzt nur noch wütender als zuvor. Wütend auf Gott und die Welt, vor allem auf sich selbst. Einem pubertären Trotz folgend entschied er sich, nicht den direkten Rückweg zu wählen. Er stakste mitten durch das Dorf. Alle sollten sehen, dass er noch da war und sich nicht versteckte, nicht zu verstecken brauchte. Er war die Laus in ihrem Pelz. Drei Leute saßen in Untersuchungshaft, einer war, obwohl auf freiem Fuß, noch nicht aus dem Schneider. Er würde sich nicht davor scheuen, auch noch einen fünften und sechsten Mann einzubuchten, wenn der Fall danach verlangte. Verstecken musste *er* sich nicht!

Es passte zu Crinellis misslicher Lage an diesem Tag, dass er auf seinem ganzen Weg niemandem begegnete. Der einzige Mensch, den er überhaupt sah, war Vandermeulen, der, wieder einmal mit Schwamm und Wassereimer bewaffnet, dem Schmutz seines Wagens zu Leibe rückte. Mit dem jovialen Pfarrer konnte Crinelli in seiner momentanen Stimmung absolut nichts anfangen, er taugte nicht zum Feindbild, weshalb er sich klammheimlich an ihm vorbeistahl.

Dienstag

Den entscheidenden Anruf erhielt Crinelli, während er sich auf der Polizeiwache mit Peter Keller besprach. Keller war an diesem Morgen verspätet eingetroffen. Aber anders als am ersten Tag ihrer Zusammenarbeit traf ihn an der heutigen Verspätung keine Schuld. Fast eine Stunde war er hinter einem Bagger und diversen anderen Baumaschinen hergeschlichen, die endlosen Kehren vom Bergischen Hof hinab ins Tal nach Niederkirchen. Der Bauunternehmer und damit letztlich auch der inhaftierte Bürgermeister Zimmermann hatte sich in einer gerichtlichen Auseinandersetzung gegen die Interessen der Kirche durchgesetzt und durfte endlich mit dem Aushub des Geländes beginnen. Der Anruf befreite Crinelli auch mit einem Schlag von der lästigen Schreibtischarbeit. Er war schlagartig hellwach und trotz der schrecklichen Nachricht ziemlich erfreut, dass endlich etwas geschah, was ihn wieder ins Spiel brachte.

Am Morgen hatte der alte Fritz den Leichnam eines kleinen Kindes in einem der Müllcontainer vor dem Bergischen Hof entdeckt.

Fritz hatte laut aufgeschrien. Die Tüten mit den unappetitlichen Überbleibseln männlicher Lust fielen neben ihm zu Boden, und er rannte zu Isabelle Schnock, die gut gelaunt am Frühstückstisch die Zeitung las. Der alte Fritz, vor Entsetzen noch unfähiger sich zu artikulieren als ohnehin schon, hatte seine überraschte Chefin, Mieterin und Ersatzmutter an den Ärmeln ihres Bademantels hinter sich her zum Container gezogen. Die wenigen anwesenden Mädchen, wie schon bei Crinellis Besuch eher spärlich bekleidet, rannten neugierig geworden hinter dem aufgeregten Faktotum her. Und so hätte sich einem ahnungslosen Spaziergänger an diesem nebligen Morgen auf einer Bergkuppe im Bergischen Land ein nicht ganz alltägliches Bild geboten. Eine Reihe leicht bekleideter Frauen und ein nach Mist stinkender Knecht starrten gemeinsam in einen grünen Müllcontainer, der hier, am höchsten Punkt der Straße zwischen Taufheim und Niederkirchen, auf seine Entleerung wartete. Sie waren blass. Einige weinten, anderen stand der Schock über das tote Kind still und starr ins Gesicht geschrieben.

Crinelli und Keller bremsten direkt neben der Gruppe. Sie waren die Ersten, die am Tatort eintrafen. Crinelli schickte die Damen zum Anziehen, nicht nur weil in den nächsten Stunden mit erheblichem Menschenaufkommen zu rechnen war, und zog sich mit dem alten Fritz ebenfalls ins Haus zurück, während Keller den Tatort sicherte. Der kurze Versuch eines Verhörs brachte nichts. Auch die Prostituierten hatten nichts gehört oder gesehen. Auf Befragen stellte sich heraus, dass die Mädchen am Vorabend einen Geburtstag gefeiert hatten und entgegen ihrer sonstigen Gewohnheit die Nacht von Montag auf Dienstag hier verbracht hatten.

Crinelli setzte sich an den Straßenrand und wartete auf die benachrichtigten Spezialisten aus Köln. Von weitem sah er einen Müllwagen die kurvige Straße aus Taufheim hinaufkeuchen. Bis zu dieser Minute hatte sich Crinelli noch nie gefragt, an welchem Tag die Müllabfuhr durch Niederkirchen fuhr. Nun wusste er es und ahnte außerdem, dass ihm das relativ späte Eintreffen des Wagens an diesem Tag möglicherweise den Fall gerettet hatte, oder gab es vielleicht einen genau geplanten, tieferen Sinn hinter allem? Kannte der Mörder diesen Termin und hatte gehofft, den Leichnam auf diese Weise unbemerkt entsorgen zu können, oder folgte die Inszenierung einem von ihm exakt geplanten Szenario? Crinellis Gefühl entschied sich in aller Stille für Letzteres. Nur warum, war ihm zu diesem Zeitpunkt noch nicht klar. Wenn der Mörder wollte, dass seine grausige Tat genau hier entdeckt wurde, was war dann die Botschaft, warum hier?

Eine Stunde später wimmelte es am Tatort von Polizisten. Edgar Bohlen kam zusammen mit René Böker und Julia Hammerschmidt. Und endlich kam auch der am meisten erwartete Mann an diesem Tag, Dr. Arne Weymann. Obwohl es nicht üblich war, die Gerichtsmedizin vor Ort zu haben, hatte Böker in einem kurzen Telefonat mit dem zuständigen Justizbeamten dafür sorgen können. Die Kollegen der Spurensicherung würden dies wieder einmal als Geringschätzung ihrer Arbeit verstehen, aber Crinelli fand die Maßnahme durchaus sinnvoll. Alle Fotos, alle Gewebeproben waren nichts im Vergleich zu einer direkten Inaugenscheinnahme durch einen Spezialisten, und Weymann war nun einmal der beste Mann.

Für die meisten war das Wichtigste, dass die exakte Todeszeit festgestellt wurde, um dadurch die Verdachtsmomente gegen die Zimmermann-Bande zu erhärten. Crinelli stellten sich ganz andere Fragen.

Nach einer ersten vorsichtigen Untersuchung, während der Weymann von einer Leiter aus die Leiche in der stinkenden Tonne in Augenschein nahm, erlaubte er, das tote Kind aus dem Container zu heben und es vorsichtig auf die ausgelegte schwarze Plastikplane zu betten.

Der Anblick des Leichnams ließ selbst die Hartgesottensten unter den Beamten tief durchatmen. Crinelli spürte, wie die Wut wieder seinen Nacken hinaufkroch, die Wut gegen den, der das hier getan hatte. Das Kind war unbekleidet, wie das Opfer vor ihm, aber die erste Überraschung ereilte Crinelli, als die Beamten in ihren weißen Raumfahrtanzügen und den Mundschutzbinden das Kind auf den Rücken drehten, es war ein Junge und kein Mädchen, und sofort wurde Crinelli erneut nervös.

Er schaute Ferrara, der ebenfalls inzwischen eingetroffen war und der den Beweis dafür darstellte, dass die Sitte sich deutlich mehr für den Fall interessierte als noch bei der ersten Leiche, fragend an. Ferrara nickte langsam und zuckte gleichzeitig mit den Achseln. Seine Körpersprache zeigte an, was er Crinelli später erklären würde: Ein Kinderschänder machte in aller Regel keinen Unterschied zwischen Jungen und Mädchen. Es ging um Macht und um den Reiz, es mit kleinen Kindern zu versuchen. Ein Vater, der seine Tochter missbraucht, wird in aller Regel auch seinen Sohn missbrauchen.

Der Hals des Jungen wies die bekannten Merkmale auf, die eine Stahlschlinge beim Erdrosseln hinterließ, und sein Körper war von blauen Flecken und Blutergüssen übersät, auch das eine Parallele zum ersten Fall. Dieses Mal konnte allerdings kein Sturz oder das Rutschen über Steine als Grund für die zusätzlichen Blessuren herhalten. In diesem Fall handelte es sich um gezielte Misshandlungen.

»Also, Arne, was sagst du?«, fragte Böker den Mediziner.

»Bitte, René, was soll ich euch sagen? Ihr steht hier wie die Ölgötzen rum, anstatt euch um den Tatort und die Zeugen zu kümmern und wollt von mir Ergebnisse, noch bevor ich das Kind überhaupt angefasst habe. Verschwindet und lasst mich meine Arbeit tun. Ihr bekommt meinen Bericht morgen früh. Ich fahre jetzt mit der Leiche zurück in meinen Keller und beginne dort meine Arbeit.«

Die Beamten wendeten sich ab, mit Ausnahme von Crinelli. Er starrte wie in Trance auf den toten Jungen. Abwechselnd sah er von der Leiche zu den Beamten und wieder zurück. Zwischendurch schüttelte er immer wieder ratlos den Kopf. Ohne ein weiteres Wort mit den Kollegen zu wechseln und ohne sich zu verabschieden, bestieg er seinen Wagen und fuhr mit quietschenden Reifen zurück nach Niederkirchen.

Die Kollegen blickten Crinelli verwundert nach. Während

abfällige Bemerkungen über das absonderliche Verhalten des Kommissars die Runde machten, ging Böker zurück zur Leiche und beugte sich tief über das tote Kind.

»Was hast du denn jetzt schon wieder, Crinelli? Verdammter Mist, verdammter. Arne, was hat Crinelli gesehen?«

Weymann winkte ab und verstaute ohne ein weiteres Wort seine abgewetzte Medizintasche in dem wartenden Leichenwagen.

Mittwoch

Crinelli erwachte früh. Erst wälzte er sich noch eine Weile hin und her, bis sein Bewusstsein den Übergang vom Schlafen zum Wachen vollzogen hatte, um sich schließlich mühsam zu erheben und unter die Dusche zu wanken.

Um kurz vor sieben Uhr betrat er das schummrige Gewölbe der Gemeindekirche Niederkirchen. Die wenigen Gläubigen drehten sich nach ihm um, als das Knarren der schweren ledergepolsterten Tür seine Ankunft verriet, schauten aber sofort wieder weg, wenn ihre Blicke sich mit denen des Kommissars kreuzten.

Die wenigsten der frömmelnden Dorfbewohner, die sich zu dieser unchristlichen Zeit in dem kühlen Gemäuer eingefunden hatten, waren Crinelli bekannt. Zu den vertrauteren Gesichtern zählte die Haushälterin Vandermeulens, Vroni Meyer, Jenny Hansen, die Frau des Schulleiters Niklas Hansen, und Frantisek Lubanski, Neumanns gottesfürchtiger Knecht. Sie saßen locker verteilt mit den übrigen Besuchern der Frühmesse in den ersten beiden Bänken vor dem Altar.

In der Mitte des Kirchenschiffs erspähte Crinelli im Halbdunkel eine allein sitzende Frau, der er schon in den intimsten Momenten ihres Lebens hatte zusehen müssen. Umso mehr verwunderte es ihn, sie hier in der Kirche zu sehen. Marlis Keppeler, züchtig in Schwarz gekleidet und ins Gebet versunken.

Crinelli quetschte sich in die hinterste Bank und hing während des nun folgenden Gottesdienstes seinen Gedanken nach. Warum er nicht zu Hause gewartet hatte, bis er den Pfarrer nach getaner Arbeit sprechen konnte, blieb ihm selbst verborgen. Er brauchte wohl Bewegung, und da er sich ohnehin mit den Riten und Mythen der Kirche auseinander setzen musste, konnte er sich auch gleich einen Gottesdienst anhören. Es war lange her, seit der damals noch junge Crinelli zum letzten Mal einer christlichen Feier beigewohnt hatte. Er versuchte sich daran zu erinnern. Das Einzige, was ihm einfiel, waren die vielen Beerdigungen, zu denen er im Laufe der Jahre hatte gehen müssen. Allesamt fürchterliche Erfahrungen, was Crinelli zu einem Gutteil den uninspirierten Reden der jeweiligen Gottesmänner zuschrieb, die diese von ihrer bedrohlich wirkenden Kanzel herab über die Köpfe der Trauernden hinweg hielten.

Der Gottesdienst an diesem Morgen war kurz, und Crinelli verließ die Kirche bereits, während die letzten Gesänge noch nicht verklungen waren. *Gehet hin in Frieden*, die Botschaft wehte ihm hinterher.

Schnellen Schrittes bog er um die südliche Ecke des Gotteshauses, um den Pfarrer nicht zu verpassen. Die beiden Messdiener liefen bereits feixend auf ihre vor dem Pfarrhaus abgestellten Räder zu, als Vandermeulen sichtlich gut gestimmt aus der Sakristei ins Freie trat.

»Guten Morgen, Herr Pfarrer. Es freut mich, Sie so gut gelaunt zu sehen.«

»Warum sollte ich das auch nicht sein? Ein wunderbarer Morgen, die Vögel zwitschern in den Bäumen, und es waren mehr Menschen in der Kirche als nur meine Haushälterin.«

»Aber drei Menschen aus Ihrer kleinen Gemeinde sitzen im Gefängnis, einer ist tot, und ein Mörder, der gerade ein zweites Kind getötet hat, läuft frei herum. Ich nenne das keinen schönen Tag.«

»Ich vermute, Sie haben es eilig und wollen mich befragen. Ich stehe gerne zu Ihren Diensten. Wenn es Ihre knappe Zeit dennoch erlaubt, würde ich Ihnen gerne kurz meine persönliche Lebensphilosophie darlegen. Jeder Tag, den uns unser Herr schenkt, ist ein schöner Tag, und ich versuche ihn gut gelaunt, positiv und mit offenem Herzen zu beginnen. Aber jeder Tag hält auch Prüfungen für uns bereit, schwere und weniger schwere. Das mag in Ihren Ohren abgedroschen klingen, aber es ist meine Art, den Dingen zu begegnen, ansonsten wäre mir die Welt schwer erträglich. Also, begreifen Sie meine eigene Lebensfreude bitte nicht als eine Missachtung der schrecklichen äußeren Umstände, die meine Gemeinde derzeit erschüttern, Sie lägen damit grundlegend falsch.«

»Kann ich Sie einen Augenblick sprechen, Herr Pfarrer?« Crinelli interessierte sich nicht für die pathetischen Lebensweisheiten des Geistlichen.

»Aber selbstverständlich. Darf ich Sie auf eine Tasse Tee ins Haus bitten?«

»Wenn es Ihnen nichts ausmacht, würde ich mich lieber mit Ihnen auf die Bank dort setzen.«

»Natürlich, gern, der Morgen ist wie gesagt wunderbar, und der Lärm der Baufahrzeuge beginnt erst gegen acht Uhr.«

Der Pfarrer erschien Crinelli erstaunlich gefasst. Aber vielleicht gehörte es ja zum Wesen des katholischen Glaubens, nie aus der Ruhe zu geraten – Kontemplation, so nannte man das wohl.

»Schrecklich, dass noch ein zweiter Mord geschehen ist. Sie sagten, der Mörder läuft noch frei herum, wird die Tat also nicht den Inhaftierten zur Last gelegt?«, begann Vandermeulen das Gespräch mit der erwarteten Frage.

Crinelli war sich bewusst, dass er den Untersuchungsergebnissen mit seiner Aussage vorgegriffen hatte.

»Die ehrenwerten Bürger des Dorfes werden dennoch für ihre Spielchen zur Verantwortung gezogen. Ihre Vergehen sind allesamt justiziabel. Aber, ja, es stimmt, der Mörder läuft noch frei herum. Und genau dazu möchte ich Sie befragen.«

»Wie kann ich Ihnen dabei behilflich sein?«, fragte der Pfarrer mit gerunzelter Stirn.

»Das tote Kind trug ein kleines goldenes Kreuz um den Hals.«

»Das tun viele Kinder, Herr Crinelli, und viele Erwachsene übrigens auch.«

»Vielleicht, ja, aber das erste Opfer, das Mädchen vom Wehr, trug ebenfalls ein solches Kettchen.«

Das war es, was Crinelli am Vortag gesehen hatte. Schon bei der ersten Leiche waren sie diesem Hinweis nicht nachgegangen. Niemandem war das unscheinbare Kreuz an dem ansonsten nackten Leichnam seltsam vorgekommen, keiner von ihnen hatte sich dafür interessiert. Ein unverständlicher und unverzeihlicher Fehler. Der kleine Junge trug das gleiche Symbol um den Hals, und es sollte ihn verdammt wundern, wenn es sich dabei um einen Zufall handelte. Der Fund war Ärgernis und Chance zugleich, und er war eines der losen Enden in diesem Fall, das er zu finden gehofft hatte. Als unchristlicher Mensch blieb ihm die Bedeutung, die dieser Hinweis enthielt, verborgen. Deshalb war er hier. Er brauchte einen Sachverständigen, und Vandermeulen war der nächsterreichbare Theologe und gleichzeitig der einzige, den Crinelli kannte.

»Was bedeutet das Ihrer Meinung nach?«, fragte Vandermeulen.

»Sagen Sie es mir, Herr Pfarrer. Ich halte es für ein Zeichen, für einen Hinweis vielleicht. Was bedeutet das Symbol des Kreuzes? Welche Aussage könnte sich dahinter verbergen?«

»Mit allem Respekt, Herr Kommissar, aber höre ich aus Ihrer Frage heraus, dass Sie einen Zusammenhang zwischen der Kirche und einer furchtbaren Mordtat herstellen möchten?«

»Ich stelle gar nichts her. Ich bitte Sie als Theologen um eine Einschätzung, die Sie mir aufgrund Ihrer Fachkompetenz sicher geben können. Die Analysen können Sie dann getrost mir überlassen. Sagen Sie mir einfach, was das Kreuz für die Christen bedeutet, für was es steht.«

»Tja also«, begann der Pfarrer stockend. Er hatte nicht vorausgeahnt, dass er an diesem frühen Morgen einem unruhigen Kommissar ein Referat über christliche Symbolik halten musste. »Zunächst einmal ist das Kreuz das Hauptsymbol der Christenheit. Es erinnert die Gläubigen an den Tod Jesu Christi am Kreuz – wir gedenken dessen am Karfreitag –, aber es ist auch ein Zeichen der Überwindung des Todes durch die Auferstehung – deren gedenken wir an Ostern. Erst mit dieser Auferstehung erhält das Kreuz für uns Christen seinen Sinn. Es wird zum Symbol des Sieges Christi über die Sünde, über das Leid und den Tod. Es ist das weithin sichtbare Zeichen der Erlösung.«

Crinelli rieb sich das Kinn, während ihn der Geistliche fragend ansah. Vandermeulen wusste nicht, ob diese Basiserklärungen dem Kommissar schon genügten oder ob er auf tiefgründigere philosophische Betrachtungen aus war.

»Kann man sagen, das Kreuz symbolisiert die Hoffnung?«

»Ja, genau, die Hoffnung aller Christen auf Rettung und Heil.«

»Rettung wovor?«

»Errettung von den Sünden.«

»Aha.« Crinelli schaute Vandermeulen konsterniert an. »Ist das so etwas wie das Leben nach dem Tod?«

»In etwa ja, es ist die Erlösung aus dem Irdischen und die Auferstehung im Reich Gottes.«

»Hört sich ziemlich fundamental an. Das bessere Leben nach dem Tod, im nächsten Leben. Das klingt nach anderen Religionsformen.«

»Nun, alle Weltreligionen haben, ebenso wie alle philosophischen Bewegungen, immer die Frage nach einem Leben nach dem Tod zu beantworten.«

»Gibt es das Kreuz nur in der christlichen Welt?«

»Oh nein! Das Kreuz ist als Zeichen mit unterschiedlicher Symbolik bereits seit Jahrtausenden in den verschiedensten Kulturkreisen zu finden. Aber leider wird das Kreuz heutzutage allzu oft missbraucht.«

»Wie meinen Sie das?«

»Nun, das Kreuz scheint in der Gesellschaft seine Eindeutigkeit zu verlieren und zum Allerweltszeichen oder zum bloßen

Todeszeichen zu werden. Jeder trägt es, die Menschen tätowieren es sich auf die Arme, sogar auf den Busen der Frau wird es aufgetragen. Musikbands brauchen es für ihre CD-Hüllen und so fort. Der Tod Jesu war kein sinnloser Tod, sondern ein Tod für unsere Sünden. Nicht im Ausmaß des Leidens, das Christus erlitt, liegt das Besondere des Kreuzes, sondern in der im Sterben am Kreuz sich zeigenden Liebe Christi, die in einzigartiger Weise Tod, Hass und Sünde überwindet und bleibend Leben eröffnet.«

Vandermeulen war jetzt in seinem Element. Zeit für Crinelli, sich zu verabschieden.

»Danke, Herr Pfarrer, das genügt mir fürs Erste. Übrigens, wie steht es mit den Bauplänen?«

»Wie Sie sehen, hat sich das Verwaltungsgericht gegen uns entschieden, und mein Bischof sieht keine Chance mehr, gegen den Baulöwen vorzugehen. Ich bedaure dies zutiefst und bete jeden Tag dafür, dass ich Unrecht habe mit meiner Vermutung, dass sich an dieser Stelle einmal ein Friedhof befunden hat. Wenn ich allerdings Recht behalte und die Bagger einen geweihten Platz schänden, werden wir aufs Neue zu entscheiden haben, ob wir nicht etwas massiver als bisher versuchen sollten, die Baustelle stilllegen zu lassen.«

»Ich danke Ihnen für die Hilfe, Herr Pfarrer, und einen guten Tag.«

Crinelli hatte sich bereits in Richtung Dorfmitte abgewendet, als ihm noch eine Frage einfiel.

»Herr Pfarrer!«, rief er dem bereits enteilenden Gottesmann hinterher, »woher bekomme ich solche Kreuze, ich meine, wenn ich jemandem eines schenken möchte?«

»Irgendwie kann ich mir nicht vorstellen, dass Sie ein Kreuz verschenken würden, sei es zur Taufe, zur Kommunion oder wann auch immer. Aber egal, Sie können die Kreuze rund um den Dom in allen Souvenirläden kaufen. Sie werden dort eine riesige Auswahl finden, oder Sie bestellen einfach über das Internet. Ich fürchte, auf diesem Wege werden Sie dem Täter nur schwerlich näher kommen.«

»Das lassen Sie mal getrost meine Sache sein, Herr Pfarrer«, knurrte der Kommissar und verließ den Kirchenvorplatz endlich doch noch.

Crinelli war froh, wieder im Auto zu sitzen, wo er die Erläuterungen des Pfarrers bei ein wenig Musik verarbeiten konnte. Um nichts davon zu vergessen, schrieb er eine Zusammenfassung des Gesprächs in seine Kladde, christliche Wissenschaft war weiß Gott nicht sein Spezialgebiet. Abstrakte Sachverhalte begriff sein logischer Geist nur zögernd, und so kaute er auf den religiösen Brocken herum, während ihn sein Weg wieder einmal zu Arne Weymann nach Köln führte. Der Obduktionsbericht der Jungenleiche würden jetzt vorliegen.

Noch vor zehn Uhr parkte er seinen Volvo in der futuristischen Tiefgarage des Präsidiums und gelangte mit dem Fahrstuhl direkt hinab in die unterirdischen Gänge der Pathologie. Hier, abseits aller Geschäftigkeit, fröstelte Crinelli. Zwar war er nur mit einer dünnen Stoffhose und einem Polo-Shirt bekleidet, schließlich stand der kalendarische Sommeranfang unmittelbar bevor, aber es war doch eher die morbide Atmosphäre in den Katakomben, die ihn frösteln ließ.

Crinelli öffnete die Türe zu Weymanns Arbeitsraum. Der kleine misshandelte Jungenkörper war die einzige Leiche, die an diesem Morgen auf einem der stählernen Seziertische im grünlichen Licht der Deckenlampen lag. Gott sei Dank war die Mordrate in Köln nicht so hoch, wie die unzähligen Kriminalfilme und Serien im Fernsehen den Menschen suggerierten.

Weymann saß an seinem Schreibtisch und machte sich Notizen. Er wirkte übernächtigt, sein weißes Haar stand ihm zu Berge und zauberte im Gegenlicht eine grünliche Aureole um seinen markanten Schädel. Vielleicht hatte Crinelli aber auch nur zu viel über Mythen, Kreuzigung und Auferstehung nachgedacht.

»Sie sehen schlecht aus, Doc.«

»Und daran tragen Sie Mitschuld, Crinelli. Setzen Sie sich, ich bin gleich so weit.« Ohne zu fragen, goss Weymann Crinelli ein ordentliches Glas *Carlos I* ein und schob es vor den Kommissar hin. Crinelli trank, um die Tageszeit scherte er sich nicht. Nach einer Weile ließ Weymann seinen Stift sinken und sah Crinelli ernst an.

»Tja, Jerry, da haben Sie einen feinen Fall. Ganz offensichtlich haben wir es mit demselben Täter zu tun.«

»Mordzeit?« Immer schön die wichtigsten Fragen zuerst.

»Das werden Sie nicht gerne hören, fürchte ich. Ihr Kollege Bohlen ist am Telefon fast ausgeflippt, als ich ihm die gute Botschaft überbracht habe. Es besteht kein Zweifel, der Junge ist bereits seit Tagen tot. Die exakte Todeszeit ist Samstag der 31. Mai zwischen 18 und 21 Uhr.«

Crinelli sah Weymann eher belustigt an.

»Sie nehmen die Sache aber mit Humor, Jerry.«

Weymann schielte auf seine Brandy-Flasche, um festzustellen, ob der Kollege heimlich nachgeschüttet hatte.

»Finden Sie das etwa nicht lustig, Doc? Hauptkommissar Crinelli, der verantwortliche Leiter der Operation gegen Zimmermann und seine Komplizen, gibt ab sofort den Hauptentlastungszeugen.«

Crinelli lachte laut und kehlig auf und goss sich jetzt tatsächlich aus der bauchigen Flasche nach. Er trank einen kräftigen Schluck und spürte, wie sich seine Anspannung löste.

»Stimmt«, entgegnete der Doktor und strich sich lächelnd über sein unrasiertes Kinn, »das entbehrt in der Tat nicht einer gewissen Komik. Für den Mord an diesem Jungen kommen Ihre drei Verdächtigen also nicht mehr in Frage.«

»Was hat Eddy gesagt?«

»Gar nichts, er hat nur wild herumgeschrien. Vermutlich wird er sich in seiner Wut auf den ersten Mord konzentrieren und versuchen, Zimmermann diesen anzuhängen.«

»Aber das macht doch keinen Sinn mehr«, sagte Crinelli mehr zu sich selbst.

»Was war eigentlich gestern mit Ihnen los, Crinelli? Ihr Verhalten hat zu einigen Spekulationen über Ihren Geisteszustand Anlass gegeben.«

Crinelli erklärte Weymann kurz die Zusammenhänge.

»Damit ist dann doch wohl spätestens klar, dass es sich um ein und denselben Täter handeln muss«, stellte Weymann fest, »obwohl es diesen Beweis nicht mehr gebraucht hätte.«

»Damit ist sehr vieles klar. Zimmermann hat nichts mit den Mordfällen zu tun, ebenso wenig wie Keppeler und Brandt, von dem alten Gnahs ganz zu schweigen. Unsere bislang ungestützte Theorie eines Serienmörders wird allmählich zur Gewissheit. Die gleichen Todesumstände. Beide Male Tod durch Strangulation, äußere Misshandlungen, die Verletzungen im Genitalbereich, keinerlei Samenspuren, die Goldkettchen, der Fundort. Bleibt nur die Frage, wann geschieht der nächste Mord und wie viele hat es vorher bereits gegeben? Wenn der Täter seinen Takt beibehält, werden wir sehr bald das nächste tote Kind finden.«

»Ich bin völlig Ihrer Meinung, Jerry, wundere mich aber, dass Sie meine Obduktion vorwegnehmen.«

Crinelli sah den Doktor fragend an.

»Na, ich habe Ihnen doch noch gar nicht gesagt, ob es die gleichen Verletzungen sind, die ich auch bei dem ersten Opfer obduziert habe.«

»Gibt es etwa Zweifel?«

»Nein, die gibt es nicht. Das Kind weist in etwa die gleichen Verletzungen im Rektalbereich auf, die wir auch bei der ersten Leiche obduziert haben. Allerdings hat der Täter seine perversen Spiele dieses Mal nicht so weit getrieben oder treiben können. Die inneren Verletzungen sind weitaus weniger schlimm. Es stimmt zwar, dass sich wieder keine Samenspuren nachweisen lassen …«

»… also, wo liegt das Problem?«, fragte Crinelli gereizt.

»Der Junge wurde auch wieder stranguliert«, fuhr der Mediziner unbeirrt fort, »aber erst nach seinem Tod.«

Crinelli stockte. »Wie bitte? Sie meinen, er wurde nicht erdrosselt?«

»Nein, er starb eines natürlichen Todes.«

Crinelli sackte erschöpft in sich zusammen. Ein Gefühl, das er vom Bergwandern kannte, bemächtigte sich seiner. Hinter der Biegung des Weges sah man statt des erhofften Gipfels vor sich nur mehr eine Vielzahl weiterer Kehren und Kurven.

»Der Junge ist einem Herzinfarkt erlegen. Er hatte einen angeborenen Herzfehler, und das schwache Organ war vermutlich den grausamen Misshandlungen nicht gewachsen. Das Schrecklichste in diesem Fall geschah aber erst nach dem Herzstillstand. Jetzt folgt eine reine Vermutung, Crinelli, aber ich würde mir meine Hand für deren Richtigkeit abhacken lassen. Sie haben ja die äußeren Verletzungen des Jungen gesehen. Ähnliche Verletzungen sind mir nur von schweren Autounfällen mit extremen Quetschungen bekannt, aber der Junge hatte keinen Unfall. Der Täter hat mit unfassbarer Gewalt reagiert. Alle Verletzungen resultieren aus Schlägen und Tritten, aber kein Mensch wäre im Stande, mit solcher Kraft zuzutreten – im Normalfall jedenfalls nicht. Unser Mann muss ohnmächtig vor Wut gewesen sein. Seine Tritte haben die Knochen des Jungen wie Streichhölzer brechen lassen, bevor sie in Lunge und Bauchraum eingetreten sind.«

»Worauf war er so wütend?«

»Auf das allzu frühe Ableben vielleicht? Das Kind ist einfach so gestorben, bevor er seinen ganzen Spaß gehabt hat. Darüber ist er vermutlich völlig ausgerastet.«

»Der Kleine hat seine Regeln gebrochen?«

»Na ja, Jerry, gebrochen nicht direkt, er hat einfach selbst die Entscheidung getroffen, wann es an der Zeit ist zu gehen. Und das bedeutet für unseren Täter einen enormen Verlust an

Macht. Wenn er der Allmächtige ist, dann entscheidet er auch, wie lange ein Kind leidet, wie es leidet und schließlich auch wann, wo und wie es aus dem Leben tritt. Er ist ein Kontrollfreak.«

»Schwer nachvollziehbar«, stöhnte Crinelli.

»Gott sei Dank, sonst stünde es um unsere Gesellschaft noch schlimmer als ohnehin schon.«

Crinelli nippte an seinem Glas und rauchte eine Zigarette. Er dachte angestrengt nach. Diese Nachricht spezifizierte das Täterprofil, hatte darüber hinaus aber, trotz ihrer grausigen Botschaft, auch eine positive Seite.

»Das könnte bedeuten, dass die Abstände zwischen den Morden nicht unbedingt kürzer geworden sind? Ich meine, wenn es wirklich ein Unfall war.«

Was wiederum bedeutete, dass ihnen etwas mehr Zeit für ihre Ermittlungen zur Verfügung stand.

»Das sehe ich so, ganz klar, Crinelli. Über die Intensität seines defekten Triebes können wir aus dem vorliegenden Fall keine neuen Erkenntnisse gewinnen. Dafür benötigen wir die Todeszeiten früherer Opfer, und die gibt es, Crinelli, so wahr ich Weymann heiße und Pathologe bin.«

»Das glaube ich auch. Dennoch sollten wir uns nicht allzu lange Zeit geben, er wird wieder töten, wenn wir nicht endlich auf seine Spur kommen.«

»Was er, glaube ich, gerne möchte.«

»Was war das?«

»Ich glaube, unser Mann wünscht sich nichts sehnlicher, als endlich entdeckt zu werden. Ich glaube, er will sterben.«

»Und warum bringt sich das verdammte Arschloch dann nicht um?«

»Tja, so einfach ist es wohl nicht. Der ganze Fall wirkt doch eher, als ob sich ein heller Verstand an irgendeiner Stelle aufgehängt hat, ich meine aufgehängt, wie es Computer tun.«

»Hören Sie auf, Doc. Von Computern verstehe ich nichts.«

»Das ist in diesem Falle auch nicht nötig. Der Mörder zeichnet seine Opfer, und das ist gewöhnlich der Wunsch nach Entdeckung. Er kann nicht anders. Sichtbarstes Zeichen ist die Stahlschlinge. Er hätte ein totes Kind nicht mehr erdrosseln müssen, aber er wollte sichergehen, dass Sie wissen, dass er es war. Und natürlich sein Stempel, das Kreuz. Und warum eigentlich ein Kreuz und nicht ein Halsband, ein Fußkettchen, ein Tattoo, ein Brandmal oder Ähnliches? Da liegt irgendeine christliche Verwirrung vor. Kreuzigung? Erlösung? Befreiung? Errettung?«

»Deshalb habe ich heute Morgen schon mit Pfarrer Vandermeulen gesprochen.« Crinelli berichtete kurz von seinem Gespräch.

»Unser Mann muss nichts mit der Kirche zu tun haben. Sicher ist nur, dass das Kreuz irgendeine Symbolik für ihn besitzt, der er sich verpflichtet fühlt.«

»Na ja, da sind wir aber nicht so weit von der Kirche weg.«

»Vielleicht, aber das Kreuz dient ja erst seit der Zeit Christi als religiöses Symbol. Die Kreuzformen sind viel älter und eindeutig nichtchristlichen Ursprungs. Ich habe in einem Buch über indische Kunst erst kürzlich eine Abbildung gesehen, die ebenso gut für einen Täter unseres Kalibers zu gebrauchen wäre. Das Bild stammt aus einer Höhle auf Elephanta, einer Insel unweit Bombay, und zeigt einen Mann, der Kinder mordet, und über ihm schwebt ein Kreuz – ganz eindeutig ein Kreuz, Crinelli. Ein solches Bild, was immer es bedeuten mag, kann in einem kranken Hirn allerlei Schaden anrichten. Bei entsprechender Prädisposition hängt sich ein Hirn genau an dieser Stelle auf, und schon haben wir den Schlamassel. Was ich sagen will, ist eigentlich nur, es muss kein philosophisch-christlicher Hintergrund sein. Manchmal reicht ein kleines Bild zur Unzeit, und es geschieht. Genau das macht die Sache ja so kompliziert. Würde der Täter logisch handeln, hielte er sich etwa für den Herrgott oder dessen Gegenentwurf, den Teufel, würden wir bei einigem Nachdenken seine Handlungen verstehen und sogar voraussagen können. Unser Mann aber ist krank, und wir können den Ursprung seiner Krankheit lediglich erahnen.«

»Eines interessiert mich noch, bevor ich gehe, Doc. Was glauben Sie, ist es von Bedeutung, dass er dieses Mal einen Jungen und kein Mädchen gewählt hat?«

»Darüber denke ich auch schon die ganze Zeit nach. Ich glaube, es hat eine Bedeutung, aber ich weiß nicht, welche und was sich für uns daraus ergeben könnte. Genauer wissen wir es natürlich erst bei der nächsten Leiche ...« Weymann unterbrach sich selbst und zuckte schuldbewusst mit den Achseln, als ihm bewusst wurde, was er soeben gesagt hatte. Crinelli zeigte keine Reaktion.

»Wenn er auf den Geschmack gekommen ist, ich meine auf Jungen, dann zeigt das meiner Meinung nach noch mehr, dass sich sein eigentlicher Hass auf sich selbst richtet, und es verstärkt die Vermutung, dass er selbst schwerst missbraucht wurde. Schuld, Sühne, was weiß denn ich! Ich bin Pathologe und kein Psychologe, und was wir hier betreiben, ist eher Kaffeesatzlesen als Wissenschaft.«

»Danke, Dr. Weymann, ich glaube trotz des Kaffeesatzes, dass Sie Recht haben. Manchmal bedeutet ein Gefühl mehr als tausend wissenschaftlich fundierte Theorien. Eine allerletzte Frage noch, Doc«, sagte Crinelli bereits im Aufstehen. »Der Container als letzte Ruhestätte, was kann das bedeuten? Wenn der Mörder aus Wut gehandelt hat, sich sozusagen des Drecks entledigen wollte, wäre die Tonne folgerichtig, aber er hat zwei, drei Tage gewartet. Bis dahin musste er doch wieder bei Besinnung sein. Also muss der Fundort etwas bedeuten.«

»Ehrlich gesagt, Jerry, ich habe keine Ahnung. Vielleicht hat er von den Verhaftungen gehört und wollte ein Zeichen geben, dass Sie sich um die falschen Patienten kümmern. Vielleicht passt für ihn das Thema Dreck, Prostitution, sündiges Fleisch irgendwie zusammen, vielleicht wollte er aber einfach nur sichergehen, dass der Knabe rasch gefunden wird. Die Leichenstarre war jedenfalls bereits eingetreten, als der Körper in den Container geworfen wurde.«

»Müsste er dann nicht viel eher Prostituierte umbringen, anstatt wehrlose Kinder?«

»Möglicherweise will er uns mit dem Fundort ja zeigen, wovor er die Kinder durch den Tod bewahrt.«

»Sie meinen, er hält sich für einen großen Helfer?«

»Retter! Der große Retter! Ja, vielleicht trifft das den Kern oder führt in die richtige Richtung. Würde zumindest die Kreuze erklären helfen. Letztlich weiß das alles allein sein krankes Hirn.«

Crinelli bestieg den Lift und ließ sich in seine Abteilung emporziehen. Im Büro herrschte konzentrierte Betriebsamkeit. Edgar und Julia saßen hinter hoch aufgetürmten Aktenbergen und bemerkten sein Eintreten nicht.

»Guten Morgen, Kollegen«, begrüßte Crinelli die Anwesenden, »Lagebesprechung in 15 Minuten im kleinen Konferenzraum.«

Den Reaktionen war deutlich anzumerken, dass die Beamten die Unterbrechung nicht schätzten. Crinelli, der seit vier Tagen nicht mehr im Präsidium aufgetaucht war, galt zwar nicht als verschollen, aber insgeheim hatte Eddy den Fall mehr und mehr an sich gezogen und witterte wohl nebenbei auch eine große Chance für seine eigene berufliche Karriere.

»Wir haben zu tun, Crinelli.«

»Na, das hoffe ich doch. Deshalb werden wir uns auch beeilen. Ich informiere Böker, und dann werden wir uns alle hübsch konzentrieren, damit wir schnell wieder zurück an unsere Arbeit kommen.«

Er verließ den Raum. Crinelli hatte ähnliche Situationen immer wieder erlebt, und er würde sie auch in Zukunft erleben – das Schicksal des Einzelgängers. Er konnte sich das Geschwätz hinter seinem Rücken nur zu gut ausmalen. Auf dem Gang zog er sich einen Kaffee und begab sich, abwechselnd rauchend und die heiße, geschmacklose Brühe schlürfend, in das Büro seines Vorgesetzten. Böker war erfreut, seinen Ermittler zu sehen, und lauschte den knappen Ausführungen Crinellis gebannt.

»Und wie soll's jetzt weitergehen?«, fragte er, nachdem Crinelli geendet hatte.

»Zunächst einmal lassen wir den Mordvorwurf gegen Zimmermann und Co. fallen, arbeiten aber umso härter an der Anklage wegen sexueller Nötigung, Verschleierung eines Selbstmordes, Gewalt in der Ehe und was weiß ich nicht alles. Ich will, dass die feine Gesellschaft richtig fett verknackt wird. Auch wenn ein Typ wie Keppeler nicht der psychopathische Killer ist, nach dem wir suchen, die Anlagen zu einem Gewaltverbrecher hat er allemal, und die ersten Grenzen hat er ja auch bereits überschritten. Ich schlage vor, Eddy übernimmt diesen Fall vollständig, er kann das, und ein Erfolgserlebnis wäre sicher gut für ihn. Aussagen von Marga Rubin und Tochter Amelie, das Aufspüren des Mädchens auf dem Video, die komplette Sichtung der CDs und deren Auswertung, Aussagen von Jeanne Keppeler, die Verstrickungen zwischen Kruminga und Zimmermann, den ganzen Scheiß eben. Das ist eine Menge Arbeit. Im Zweifel soll er sich Hilfe bei der Sitte holen.«

»Und Sie?«

»Ich werde meinen Mann jagen, und ich werde ihn bekommen, glauben Sie mir, aber ich mache es auf meine Weise – allein!«

Böker dachte nach.

»Machen Sie mir keine Scherereien, Crinelli. Ich erinnere mich noch zu gut an Ihre letzten Alleingänge«, womit Böker auf einige Fälle anspielte, bei denen Crinellis eigensinnige Vorgehensweise zu beträchtlichen internen wie auch externen Problemen geführt hatte.

»Allesamt erfolgreich abgeschlossen!«

»Das stimmt, ansonsten bräuchten Sie mir auch gar nicht damit anzukommen. Haben Sie einen Verdacht?«

»Nicht den geringsten. Aber ich werde den Killer finden, bevor das nächste unschuldige Kind getötet wird, das schwöre ich.«

»Und Sie wollen wirklich keinerlei Unterstützung?«

»Allenfalls für ein paar Recherchen, aber das organisiere ich mir schon selbst. Ich halte Sie auf dem Laufenden.«

»O. K.«, sagte Böker schwer atmend, »viel Glück, Crinelli, und passen Sie auf sich auf.«

Crinelli stürmte in den Besprechungsraum. Neben Bohlen und Hammerschmidt war auch noch Baranowski anwesend.

»Schön, dass die Sitte auch Zeit hat, ich habe später noch eine Frage an dich, Kollege«, fiel Crinelli gleich mit der Tür ins Haus. Er wollte jetzt keine unnötige Zeit mehr verlieren.

Er informierte die Kollegen kurz über das Obduktionsergebnis und verteilte die Aufgaben, wie er es soeben mit Böker abgestimmt hatte.

»Wer hat die Ergebnisse der Spurensicherung?«

»Na ich!«, sagte Julia Hammerschmidt. »Riecht man das etwa nicht? Ich bade zwar seit zwei Tagen ununterbrochen, aber es nützt nichts. Im meinem ganzen Leben habe ich noch nicht in so einer Menge stinkender Lümmeltüten wühlen müssen.«

»Doch sicher 'ne schöne Erfahrung, hast du dabei auch etwas Brauchbares gefunden?«

»Überhaupt nichts. Außer dieser Spitze eines Taschenmessers vielleicht.«

Mit diesen Worten warf sie ein kleines Plastiktütchen vor Crinelli auf den Tisch. Die spitze Klinge war an der Schneide schon ganz dünn vom vielen Wetzen.

»Ungewöhnlich, so ein scharfes Taschenmesser«, sagte Crinelli, die Klinge in seinen Händen hin und her drehend, »sieht aus, als ob der Besitzer sein Messer häufig gebraucht und es deshalb gut pflegt. Aber die Leichen weisen keinerlei Schnittwunden auf. Egal, ich behalte die Klinge fürs Erste. Ich hab so ein Gefühl, als könnte das kleine Ding doch eine Bedeutung haben. Hat die weitere Befragung der Schnock und der Prostituierten etwas ergeben?«

»Nicht in Bezug auf die Klinge«, sagte Hammerschmidt, die die Aussagen der Frauen vor sich in einem dicken Ordner aufbewahrte.

»Aber?«

»Ich fand die Frauen außerordentlich ehrlich.«

»Und das wundert dich?«

»Das wundert mich insofern, als es normalerweise unmöglich ist, aus ihnen auch nur einen brauchbaren Satz herauszubringen. Aus lauter Schiss, sie könnten etwas sagen, das ihren Aufpassern nicht gefällt, beantworten sie nicht einmal die Frage nach ihrem Frisör. Die Mädchen vom Bergischen Hof, wie auch ihre Chefin, waren extrem aufgeschlossen, aber leider wussten sie nichts, was uns weiterhilft. Über die Zimmermann-Bande haben wir eine ganze Menge erfahren, aber was bringt das jetzt noch?«

»Moment bitte, der Fall ist außerordentlich wichtig. Ich betone nochmals, dass ich die Typen möglichst lange von der Straße haben will. Dass sie das Kind nicht umgebracht haben, bedeutet nicht, dass sie die Saubermänner sind, für die sie sich ausgeben. Also sind alle Informationen diesbezüglich wichtig, und ich möchte, dass ihr allen auch bis ins letzte Detail nachgeht.« Pause! »O. K., also keine Hilfe von den Frauen. Was ist mit direkten Spuren? Fingerabdrücke, Reifenspuren?«

»Negativ! Natürlich ist der Container voll mit Fingerabdrücken, von den genetischen Fingerabdrücken in den Kondomen ganz zu schweigen. Mit den Ergebnissen könnten wir wahrscheinlich einen ziemlichen Aufruhr in Niederkirchen und den übrigen Anliegergemeinden verursachen, aber was soll das bringen, wo wir doch keinerlei DNA des Täters haben! Mit den Reifenspuren verhält es sich ähnlich. Der Parkplatz wird stark frequentiert, wir haben vermutlich einige hundert Abdrücke.

Ich vermute ohnehin, dass der Kerl aus Sicherheitsgründen nicht bis ganz oben auf den Pass gefahren ist, sondern die letzten Meter zu Fuß zurückgelegt hat. Der kleine Kerl war so mager, sein Körper dürfte nicht allzu schwer zu tragen gewesen sein. Und mit dem Fahrzeug mitten in der Nacht dort oben zu halten, zu wenden und anschließend wieder wegzufahren, da scheint mir doch die Gefahr einer Entdeckung ziemlich hoch.«

Crinelli wurde hellhörig.

»Da hast du Recht, Julia. Das bedeutet aber auch, dass der Täter seinen Wagen an einer Stelle angehalten haben muss, an der nicht so viele andere Spuren zu sehen sein dürften wie auf dem Parkplatz selbst. Habt ihr die Straße unterhalb des Passes abgesucht?«

Bohlen und Hammerschmidt sahen sich schuldbewusst an. Daran hatten sie nicht gedacht.

»O. K., Leute, dann macht das als Allererstes, bitte! Und dann brauche ich noch Hilfe bei der Suche nach den Goldkreuzen. Ich möchte, dass einer von euch die Souvenirläden um den Dom herum abklappert und den Verkäufern die bei den Leichen gefundenen Kettchen zeigt. Findet heraus, ob sie dort gekauft wurden oder ob sich jemand an einen auffälligen Kunden erinnert.«

Crinelli bemerkte, dass die Kollegen ihn einigermaßen überrascht ansahen. Er hatte vergessen, dass ihnen das Übersehen dieser Fundstücke noch nicht bewusst war. Also berichtete er kurz, was er inzwischen zum Thema Kreuz wusste und warum der Hinweis folglich so wichtig für ihre Ermittlungen sein konnte.

»Ist das nicht ein wenig übertrieben, Jerry, wer soll sich in Souvenirläden noch an einen bestimmten Kunden erinnern?«, fragte Bohlen.

Anstelle einer Antwort sah Crinelli Bohlen nur hart in die Augen, bevor er die Sitzung für beendet erklärte.

»Toben, kannst du noch einen Augenblick dableiben?«

Nachdem die anderen gegangen waren, sah Crinelli Baranowski direkt an.

»Worin besteht eigentlich euer plötzliches Interesse in diesem Fall? Zu Beginn der Untersuchungen habe ich niemanden von euch gesehen. In jüngster Zeit streunt ihr hier herum, nehmt an allen Besprechungen teil, hört intensiv zu, gebt aber selbst nichts preis. Ehrlich gesagt, gefällt mir das ganz und gar nicht. Ich vermute einfach mal, ihr seid im Besitz von wichtigen Informationen, die mir helfen könnten, meinen Fall aufzuklären.«

Baranowski schwieg. Er starrte gedankenverloren in das Wasserglas vor ihm auf dem Tisch. Mit dem Zeigerfinger seiner rechten Hand zeichnete er mit der kondensierten Feuchtigkeit, die das Glas auf der Platte des Tisches hinterlassen hatte, Strichmännchen auf das billige Resopal.

»Tut mir Leid«, hob er schließlich doch noch an, »ich darf keine Auskunft geben. Absolut geheime Ermittlungen. Nur so viel, wir sind an einer Schleuserbande dran, schon sehr, sehr lange, und stehen jetzt kurz vor dem entscheidenden Durchbruch.«

»Du meinst, ihr kennt die Organisation, die die Kinder verschleppt und sie dann verkauft?«

»Kein weiterer Kommentar, Crinelli.« Baranowski stand auf und ging zur Tür.

»Hoffentlich musst du dem nächsten toten Kind nicht in die gebrochenen Augen sehen. Ich werde euch die Leiche nämlich vor eure beschissene Tür legen.«

»Jerry, hör auf.«

Crinellis nächster Satz war nicht viel mehr als ein leises, giftiges Zischen.

Baranowski hatte die Tür noch nicht von außen ins Schloss fallen lassen, als Crinelli schon den Telefonhörer in der Hand hatte. Als sich die Stimme am anderen Ende der Leitung meldete, bellte er nur: »In fünf Minuten beim Italiener«, bevor er den Hörer, ohne eine Antwort abzuwarten, auf die Gabel schmiss und wutentbrannt aus dem Raum stürmte.

15 Minuten später saßen zwei Männer vor zwei Tassen starkem Espresso in einem kleinen italienischen Café.

»Los, Giuseppe, ich erwarte, dass du mir alles erzählst. Du weißt, dass es wichtig ist, und komm mir nicht mit Dienstgeheimnis, geheimer Operation und dem ganzen Scheiß. Ich verstehe nicht, wieso 11 und 12 in diesem Fall nicht zusammenarbeiten, so wie wir es sonst immer tun. Du und ich, wir stehen doch auf derselben Seite – auf der der Opfer und nicht auf der Seite solcher Scheißer wie Baranowski, Klein und all den anderen Wichsern. Komm schon, mein Alter, jetzt brauch ich dich wirklich, und ich habe keine Zeit mehr zu verlieren. Es darf kein weiterer Mord mehr geschehen, verstehst du, was ich meine?«

Ferrara kratzte sich anstelle einer Antwort am Ohr.

»Warum suche ich mir immer die schwierigsten Leute als Freunde aus? Als Ausländer habe ich es doch auch so schon schwer genug. Wenn das hier rauskommt, Jerry, kann ich meine Sachen packen. Warum sollte ich dir also helfen?«

»Weil du ein Herz hast und weil du ein Bulle bist wie ich, nicht so ein Technokrat mit tollen Strategien im Hirn.«

»Scheiße! – Also los: Ja, wir haben eine Schleuserbande unter Beobachtung. Es hat vor einiger Zeit Hinweise eines Journalisten gegeben, aber das weißt du ja längst. Daraus ist mehr entstanden, als wir erwartet hatten. Wir beobachten die Leute schon eine ganze Weile …«

»… das ist nicht dein Ernst? Ihr seht diesen Dreckschweinen bei ihrem schweinischen Tun einfach so zu?«

»Halt die Fresse, Jerry. Entweder du hörst zu, oder ich erzähle dir kein Wort mehr.«

»Entschuldige.«

»Wir beobachten die Kerle seit gut einem Jahr. Es hat in dieser Zeit zwei Transporte gegeben, von denen wir Kenntnis hatten, beide haben wir leider verpasst. Vor zwei Monaten ist es uns endlich gelungen, einen V-Mann in die Organisation einzuschleusen. Er erledigt inzwischen die Disposition, kennt also alle Liefertermine und hält den Kontakt zu den Kunden. Läuft natürlich alles über das Internet, völlig anonym. Aber es kommt, wie in jedem Spiel, der Moment, wo es konkrete Formen annimmt. Im vorliegenden Fall müssen die Menschenhändler ihre Ware irgendwann anliefern, und die Verteiler müssen ihre Arbeit erledigen, sprich, die illegal eingeschleusten Menschen, Frauen und Kinder, an die Kunden verteilen. Wir wissen inzwischen, dass zum Kreis der Abnehmer auch Spitzen der Kölner Gesellschaft gehören. Es werden Namen gehandelt, Jerry, du würdest es nicht für möglich halten.«

»Ich halte alles für möglich, Ferrara.«

»Diese Namen machen die Angelegenheit aber so brisant und die Kollegen so schweigsam. In dem Fall liegt deutlich mehr Sprengstoff als in irgendwelchen schwarzen Kassen, gestückelten Wahlkampfspenden oder ähnlichem Scheiß. Mit diesem Fall sind nur wenige von uns, Böker und der leitende Oberstaatsanwalt selbst betraut, und auch ich habe längst nicht alle Informationen.«

»Leck mich am Arsch, Giuseppe, was interessiert mich, ob diese Schweine bekannt oder unbekannt, noble Bürger oder arme Schlucker sind. Du selbst hast mir erzählt, wie tief dieser Sumpf ist, und ich glaube dir. Meine Wut gegen diese Typen steigt von Tag zu Tag, und je wütender ich werde, desto intensiver will ich den Schweinen ihr schmutziges Handwerk legen. Wir wissen doch, wie solche Sachen ablaufen. Wenn nur genügend bekannte Nasen in einen Fall verwickelt sind, lassen irgendwelche Schergen die ganzen schönen Beweise schnell mal wieder unter einem großen Berg Papier verschwinden, genau so, wie Kruminga es im Kleinen gemacht hat. Ich schwöre dir, Giuseppe, wenn ich auch nur ein Fitzelchen von diesen Informationen in die Finger kriege, platzt die ganze Sache.« Crinelli wartete, bis seine Wut etwas verrauscht war. »Was trägst du eigentlich da um den Hals?« Crinelli deutete auf die behaarte Brust des Kollegen.

»Was soll die Frage denn nun wieder bedeuten? Ein Kettchen halt, stört dich das jetzt auch schon?«

»Quatsch, ich interessiere mich nur gerade für christliche Symbole. Wo hast du das Ding her?«

»Das Ding, wie du es nennst, wird in Italien jedem getauften Kind umgehängt, um es zu schützen. Deshalb nennt man das Ganze auch Taufkettchen, Kollege Crinelli.«

»O. K., ich wollte nicht abschweifen, wie sieht euer Plan aus?«

»Für Ende dieser Woche ist wohl ein neuer Transport angekündigt, aber Genaueres darüber weiß ich nicht. Jedenfalls soll dieses Mal zugeschlagen werden.«

»Schön, und euer V-Mann, wer ist das? Kann ich irgendwie an ihn rankommen? Wenn er die Kunden kennt, ist er der Mann, der mir mit Sicherheit weiterhelfen kann.«

»Du hast sie wohl nicht alle. Ich kenne ihn selbst nicht. Hartmut Klein führt den Mann, und er wird dir wohl keine Gelegenheit geben, mit ihm zu reden. Crinelli, das würde die ganze Aktion gefährden.«

»Wenn ich den Fall bearbeiten würde, wäre die ganze Aktion längst beendet, so sieht's aus. Kannst du mir wenigstens sagen, wo der Umschlagplatz ist?«

»Kann ich natürlich nicht, Jerry. Bitte versteh mich doch. Ich sehe doch, in welcher Verfassung du bist …«

»… in allerbester Verfassung, mein Lieber, in aller-aller-bester Verfassung. Ich bin heiß, sehr heiß, ein Zustand, der beim KK 12 anscheinend in Vergessenheit gerät.«

Ferrara lächelte ebenso wie Crinelli selbst. Irgendwie waren sie doch alle Bullen geworden, um den guten alten Western-Stil zu pflegen.

»Siehst du, und da soll ich dir noch nähere Details zu der Sache mitteilen. Jerry, ich habe dir mehr gesagt, als ich es jemals hätte tun dürfen. Bitte verlange nicht, dass ich noch weiter gehe.«

Crinelli erhob sich mit der Kippe zwischen den Lippen und trank seinen letzten Schluck Kaffee im Stehen.

»Danke, Giuseppe, den Rest schaff ich auch ohne dich. Ich habe schon auch noch andere Quellen ...«

»Crinelli!«, rief Ferrara seinem Freund hinterher, doch der konnte ihn schon nicht mehr hören, und dann sagte er sehr leise zu sich selbst: »Du hast ja Recht, Jerry. Viel Glück!«

Vom Präsidium in Köln fuhr Crinelli auf direktem Weg zurück auf die Wache nach Niederkirchen, wo er seinen Kollegen Keller noch bei der Arbeit antraf. Die Aktenberge, bei deren Durchsicht sie durch den Fund der zweiten Kinderleiche unterbrochen worden waren, lagen noch immer auf seinem Schreibtisch. Keller hatte vorsorglich schon einmal alles durchgesehen, aufgefallen war ihm allerdings nichts. Eine schöne Übung für den jungen Beamten, aber ohne jede Aussagekraft für den erfahrenen Ermittler.

Crinelli schmiss sich auf seinen Drehstuhl und holte sich zunächst das telefonische O. K. seiner Frau für ein Treffen mit der Familie Liebermann, das sie ja schon geraume Zeit vor sich herschoben. Maria zeigte sich erfreut, Gott sei Dank. Nach den letzten Tagen konnte Crinelli ein paar Pluspunkte gebrauchen. Seit seinem Ausraster gingen sie sich mehr oder weniger aus dem Weg, was vermutlich im Augenblick so auch richtig war. Er hatte seinen Fall, und Maria war auf Wohnungssuche in der Stadt, traf sich mit Ophelia, um über das Begräbnis zu sprechen, und verbrachte Zeit in ihrer Redaktion. Sollte sie, alles war besser als die ständigen Auseinandersetzungen.

Er rief Franz Liebermann an. Den wahren Beweggrund für Crinellis plötzlich aufbrechende gesellschaftliche Ader hatte er Maria bewusst vorenthalten. Er musste dringend mit Liebermann über seine Recherchen im Schleppermilieu sprechen.

Franz Liebermann freute sich sehr über Crinellis Anruf und bestätigte den Termin nach kurzer Rücksprache mit seiner Frau

Ophelia. Die Crinellis wurden am Freitagabend zum Essen erwartet.

Crinelli brühte frischen Kaffee auf, legte zwei frische Pakete *Nil* vor sich in Reichweite, lieh sich von Keller einen Aschenbecher, legte die Füße auf den Schreibtisch und begann, ganz ordentlich gelaunt vor sich hin rauchend, die Akten ganz von Beginn an zu studieren.

Seine Armbanduhr zeigte bereits 22 Uhr an, als er sich endlich bis zu der Liste mit den getöteten Kindern vorgearbeitet hatte. Bohlen hatte ein ganzes Wochenende mit den traurigen vier Seiten verbracht, bevor er Crinelli mitteilte, dass keines der auf der Liste aufgeführten toten Kinder zu ihrem Profil passe. Crinelli erinnerte sich dunkel, dass er die Liste selbst hatte überprüfen wollen, es aber im Strudel der Ereignisse schlicht vergessen hatte.

Er befand sich gerade auf dem Weg zum Kühlschrank, um nachzusehen, ob er irgendwelche alkoholischen Getränke finden könnte, als es an der Türe klopfte. Crinelli war allein auf der Wache, Keller hatte seinen Dienst bereits vor Stunden beendet. Er öffnete und staunte nicht schlecht, als seine Frau mit einem fröhlichen »Hallo« in die hell erleuchtete Amtsstube eintrat. Ohne große Erklärungen abzugeben, breitete sie eine karierte Tischdecke auf Kellers Schreibtisch aus und begann einen Korb auszupacken. Kalt mariniertes Schweinefilet, hauchdünn aufgeschnitten, duftende Tomaten mit Büffelmozarella, Fenchelsalami, knuspriges sizilianisches Weißbrot aus Maismehl und eine Flasche Rotwein aus dem Piemont. Eine sehr unerwartete, aber höchst willkommene Überraschung.

Im kalten Licht der Polizeiwache aßen sie gemeinsam, redeten, und alles schien vertraut und einfach. Ein wohlig-müdes Gefühl breitete sich in Crinelli aus, nachdem er den letzten Rest Rotwein aus seinem großen Glas getrunken hatte. Er lehnte sich zurück, ließ ein genussvolles Stöhnen hören und zündete sich eine Zigarette an, nicht ohne vorher ein Fenster geöffnet zu haben.

Maria hatte nichts dagegen, dass ihr Mann trotz ihrer Schwangerschaft weiterrauchte. Die Idee, gemeinsam aufzuhören, stammte ohnehin nicht von ihr, weshalb sie über diesen Punkt in Crinellis Beichte auch nicht verärgert gewesen war. Während des Essens hatte Maria begeistert über alle Wohnungen berichtet, die sie inzwischen angesehen hatte, und gab einen Ausblick auf die nächsten, bereits fest vereinbarten Besichtigungstermine. Sie schien in diesem Augenblick wieder ganz die Alte, die stets gut gelaunte, fröhliche und tatkräftige Frau, die Crinelli geheiratet hatte und die er für eben diese Eigenschaften, die ihm selbst nicht zu Eigen waren, verehrte und liebte. Man konnte Maria ansehen, wie sehr sie sich wünschte, ihr Mann möge an diesem Abend mit ihr gemeinsam nach Hause gehen, aber Crinelli wiegelte ab. Er wollte zuerst noch die restlichen Papiere durchsehen, zumindest aber die Schreckensliste, mit der er vor Marias Erscheinen begonnen hatte.

Also packte Maria die Reste des Essens zusammen, küsste ihren Mann so, dass dieser doch noch für einen kurzen Moment wankelmütig wurde, und verließ ihn dann mit dem Versprechen, mit dem Schlafen auf ihn zu warten.

Als Crinelli in dieser Nacht schließlich zu Maria ins Bett stieg, schlief sie bereits seit einigen Stunden. Sie hatte sich mit Lesen und, als ihr dabei zusehends die Lider schwer wurden, mit Fernsehen wach gehalten, so lange es eben ging. Um Viertel nach zwölf war sie schließlich todmüde und leicht enttäuscht ins Bett gegangen. Jetzt war es bereits vier Uhr, und dennoch fand Crinelli keinen Schlaf. Mühsam hatte er sich durch die Akten gearbeitet, bis er schließlich auf einen Eintrag gestoßen war, der ihn mit einem Schlag wieder hellwach gemacht hatte. In Taufheim war im Jahre 2001, also vor zwei Jahren, eine bis heute nicht identifizierte Mädchenleiche gefunden worden. Der Kurzbericht ging davon aus, dass vorbeiziehende Zigeuner das Kind hatten liegen lassen, nachdem es bei einem Sturz von einer hohen Felswand am Stadtrand zu Tode gekommen war. Nähere Informationen waren dieser kurzen Auflistung von tot aufgefundenen Kindern nicht zu entnehmen. Auf die Antworten, die Crinelli jetzt interessierten, musste er warten, bis er auf der zuständigen Polizeidienststelle recherchieren konnte. Aber sein Körpergefühl signalisierte ihm schon jetzt einen Treffer. Vielleicht war er auf eines der früheren Opfer des grausamen Mörders gestoßen. Fraglich blieb nur, warum der Mädchenleichnam nicht in der Statistik der Sexualopfer auftauchte. Hoffentlich nur ein Missverständnis.

Lange saß Crinelli noch am Schreibtisch und starrte, gedankenverloren Rauchringe ausstoßend, gegen die nachtblinde Scheibe, bis er sich endlich erhob, das Licht löschte und erschöpft zu seinem Wagen schlich. Er setzte zurück und bemerkte im gleichen Moment das Rumpeln der hinteren Räder, die auf den Felgen liefen. Er stieg aus und umrundete mit einer Taschenlampe bewaffnet verärgert seinen Wagen. Beide Hinterreifen waren platt. Er durfte den Nachhauseweg zu Fuß antreten.

Donnerstag

Die Untersuchung der Reifen am nächsten Morgen erbrachte einen erneuten Beweis dafür, dass Crinelli zumindest einen handgreiflichen Feind im Ort hatte. Die Pneus waren mit einem spitzen Gegenstand durchstochen worden, Irrtum ausgeschlossen. Trotz der Nähe dieser Tat zu dem nächtlichen Steinwurf verspürte er keine Lust, auf Tätersuche zu gehen. Er verschwieg den Vorfall auch Maria gegenüber, ohne deren Auto er sich an diesem Morgen überhaupt nicht hätte fortbewegen können. Keller wies er an, ein Protokoll anzufertigen und außerdem in seinem Namen eine Strafanzeige gegen Unbekannt zu stellen. Mehr Zeit wollte Crinelli dem lästigen Vorfall an diesem Morgen nicht widmen. Einschüchtern ließ er sich dadurch sowieso nicht.

Nachdem sein Wagen wieder einsatzbereit war, machte er sich auf den Weg nach Taufheim. Erst auf der Fahrt dorthin wurde ihm so richtig bewusst, dass er zuvor noch niemals in dem Städtchen gewesen war, jedenfalls nicht im historischen Ortskern, obwohl der mit seiner alles überragenden Kirche und seinen schön restaurierten Fassaden durchaus Sehenswertes zu bieten hatte. Er suchte nach der Polizeistation, die er nach einigem Herumirren in unmittelbarer Nachbarschaft zur Kirche fand.

Die Dienststelle war größer als erwartet und erinnerte Crinelli daran, dass es sich bei Taufheim um einen Ort von annähernd 30.000 Einwohnern handelte. Er verlangte nach dem Dienststellenleiter und wurde schließlich, nach langen Minuten des Wartens, in einen fensterlosen Besprechungsraum geführt. Der leitende Beamte, der schließlich eintrat, erwies sich als freundlicher und hilfsbereiter Kollege. Crinelli hatte Schwierigkeiten befürchtet, zumal er sicher sein konnte, dass ihm sein Ruf bereits vorausgeeilt war. Dass er mit dieser Vermutung richtig lag, schloss er nicht zuletzt aus dem Tuscheln der Beamten, nachdem er sich ausgewiesen hatte, sowie den unfreundlichen Blicken, die er in seinem Rücken spürte, während er den mit abgetretenem Linoleum belegten Flur entlangschritt.

»Sind Sie schon lange hier?«, fragte Crinelli den Beamten.

»Seit einem Jahr, bin sozusagen der Frischling der Truppe.«

»Und wie kommen Sie mit den alteingesessenen Kollegen klar?«

»Wunderbar, ich bin ihr Vorgesetzter. Aber natürlich verstehe ich den Sinn Ihrer Frage. Was soll ich Ihnen erzählen, dass Sie der gerngesehenste Gast hier sind? Hans Kruminga war einige Jahre stellvertretender Leiter dieser Dienststelle und bei den Kollegen hoch geschätzt. Sie haben da drüben in Niederkirchen ziemlich viel Staub aufgewirbelt und dann auch noch einen der Unsrigen verhaftet, was wollen Sie da erwarten? Aber Sie haben es ja mit mir zu tun und nicht mit den Alteingesessenen, also, wie kann ich Ihnen helfen?«

Crinelli formulierte sein Anliegen. Es dauerte weniger als zehn Minuten, bis ein Uniformierter mit der gesuchten Akte im Zimmer stand. Crinelli erbat sich etwas Zeit, um die Unterlagen in Ruhe zu prüfen. Die Faktenlage war ausgesprochen dürftig. Die Hinweise auf eine schlampige, uninteressierte Arbeit der Polizisten hingegen eindeutig.

Spielende Kinder hatten das tote Mädchen gefunden, das bereits wenige Tage später beerdigt wurde. Niemand hatte sich die Mühe gemacht, eine Obduktion zu veranlassen. Allein die Tatsache, dass es sich um ein Kind handelte, das offenbar niemand vermisste, reichte den Beamten, um die Leiche als Zigeunermädchen zu identifizieren. Dies wiederum hatte erst gar keinen Ehrgeiz der Beamten aufkommen lassen, sich entschieden um Aufklärung zu bemühen. Das Kind war im Gegensatz zu den Leichen in Niederkirchen bekleidet aufgefunden worden. Laut Unterlagen gab es keinerlei Anzeichen, die auf ein Gewaltverbrechen hingedeutet hätten. Weder von einer Stahlschlinge noch von anderen gewaltsam zugefügten Verletzungen war in der Akte die Rede, sah man einmal von den Abschürfungen und Brüchen ab, die auf den Sturz von der hohen Klippe zurückgeführt wurden. Ein Hinweis auf ein Sexualdelikt fand sich ebenso wenig wie die Erwähnung eines Goldkreuzes.

»Wissen Sie, wo das Mädchen beerdigt wurde?«, fragte Crinelli den Dienststellenleiter im Anschluss an das Aktenstudium.

»Nein, aber ich kann es sofort für Sie herausfinden.«

»Wenn Sie schon dabei sind, ist einer der Beamten anwesend, der damals mit der Angelegenheit befasst war?«

Der Mann studierte kurz den Bericht. »Ludger Müller, ja, der sitzt vorne, ich hole ihn.«

Das Gespräch mit dem muffeligen, alten Polizisten förderte, wie erwartet, wenig Erhellendes zu Tage. Nein, nichts hätte auf ein Gewaltverbrechen hingedeutet, leierte er teilnahmslos. Der Leichnam wäre ohnehin nach dem Sturz ziemlich zertrümmert gewesen, sodass eine Spurensuche unsinnig gewesen wäre. Der hinzugezogene Arzt hätte ganz klar den Sturz als Todesursache diagnostiziert, und da sich kein Angehöriger gemeldet habe, sei man eben bei der Zigeunertheorie gelandet und habe schließlich das Kind zur Bestattung freigegeben. Es habe ein Armenbegräbnis auf dem städtischen Friedhof erhalten.

Nachdem Müller den Raum wieder verlassen hatte, telefonierte Crinelli mit Arne Weymann.

»Doc, hallo, Crinelli hier. Doktor, ich habe wieder einmal eine Kinderleiche für eine Obduktion. Einziges Problem, sie liegt bereits seit zwei Jahren unter der Erde.« Pause. »Ja, gehört zu unserem Fall. Ich bin mir sicher, auch wenn der Bericht der Kollegen nicht darauf hinweist. Meinen Sie, Sie könnten noch Spuren finden?« Pause. »O. K., den Versuch ist es wert. Ich lasse das Kind exhumieren und sorge dafür, dass es morgen früh bei Ihnen auf dem Tisch liegt.« Pause. »Was?« Pause. »Alles klar.

Komplett mit Sarg oder dem, was davon noch übrig ist. Danke, Doc.« Crinelli beendete das Gespräch und sah den Dienststellenleiter an.

»Sie haben mitgehört? Bitte sorgen Sie dafür, dass das Grab geöffnet wird. Da keine Angehörigen aktenkundig sind, kann ich die Entscheidung selbst treffen. Der Sarg darf nicht zerstört werden. Bitte unterstützen Sie die Aktion mit Ihren besten Leuten. Ich gebe Ihnen hier die Nummer von Dr. Weymann. Benachrichtigen Sie ihn, wenn die Leiche transportfertig ist.«

»Glauben Sie, dass absichtlich etwas übersehen wurde?«

»Ist mir egal. Ich glaube allerdings ganz generell, dass zu häufig vergessen wird, was eigentlich die Aufgabe der Polizei ist. Ich bin nämlich, obwohl dieser schlampige Bericht hier etwas anderes sagt, sicher, dass es sich bei der Leiche um ein weiteres Opfer unseres Mörders handelt. Doktor Weymann wird dafür die Beweise finden. Der Fall hat absolute Priorität. Kann ich mich auf Ihre Kooperation verlassen?«

»Selbstverständlich, Herr Hauptkommissar.«

»Crinelli reicht! Ich danke Ihnen. Hier ist meine Handynummer, für alle Fälle.«

Crinelli trat hinaus in die gleißende Mittagssonne. Diese Dienststelle könnte man vermutlich ebenso auseinander nehmen wie die von Niederkirchen und noch einige weitere mehr. Sollten sich andere darum kümmern.

Das Münster wirkte, jetzt wo er direkt davorstand, ziemlich überproportioniert, beeindruckte aber schon durch seine schiere Höhe und die exponierte Lage inmitten der Stadt auf einem kleinen Hügel. Die Kirche überragte die Häuser der Stadt um mehr als nur die Turmhöhe und war somit schon von weither sichtbar. Bei dem Gotteshaus handelte es sich um eine Wallfahrtskirche mit entsprechendem Besucherandrang. Auch heute, mitten in der Woche, parkten zwei große Busse in den extra dafür freigesperrten Haltebuchten. Die Touristen, keiner von ihnen unter 60 Jahren, fotografierten, steckten ihre Nasen wissbegierig in kleine Reiseführer oder stöberten in den Postkartenständern der Andenkenlädchen, die unter den Arkaden rund um den Kirchplatz ihren religiösen und weltlichen Tand feilboten. Crinelli kaufte sich ein fettes Eis auf die Hand und besah sich die Auslagen der Geschäfte. Auf der etwas ruhigeren Ostseite der Kirche entdeckte er einen Laden, der sein Interesse weckte. Als Einziger befand sich dieser nicht unter den Arkaden, sondern war direkt im Keller der Kirche selbst untergebracht. Einige steinerne Stiegen führten hinab zu der alten, eisenbeschlagenen Holztüre. Keine Postkarten, keine Wimpel, keine Schneekugeln, dafür aber Unmengen an christlichen Devotionalien. Der Laden war wohl eher auf die geistliche Klientel des angeschlossenen Klosters als auf weltliche Besucher ausgerichtet. Im schmalen Schaufenster standen Messkelche in unterschiedlichsten Größen ausgestellt. Eine Monstranz thronte leicht erhöht auf einem purpurfarbenen Sockel in der Mitte der Inszenierung, Schärpen und Priestergewänder rahmten den Strahlenkranz zu beiden Seiten ein. Zuvorderst lag eine Reihe penibel in gleicher Richtung ausgerichteter Goldkreuze in allen nur denkbaren Ausführungen.

Crinelli betrat das dunkle und ungelüftet riechende Innere des alten Ladens. Kleine silberne Glöckchen oberhalb des Türrahmens klingelten, doch bis der betagte Verkäufer aus den hinter der Theke liegenden Nebenräumen in den Verkaufsraum gelangte, hätte er sich in aller Seelenruhe die Taschen füllen können. Offensichtlich störte Crinelli beim Mittagessen. Der Alte trug eine vormals weiße Stoffserviette um den schlecht rasierten Hals gebunden. Der frischeste Fleck darauf schimmerte noch eierfarbengelb.

»Guten Tag, ich interessiere mich für die kleinen Goldkreuze, die Sie im Schaufenster ausgestellt haben«, sagte Crinelli, nachdem er sich dem Mann gegenüber als Polizist ausgewiesen hatte.

Der Alte knallte wortlos einen Holzkasten vor Crinelli auf

die altertümliche Verkaufstheke. Durch eine Glasscheibe vor Zugriff geschützt, befanden sich darin annähernd 30 unterschiedliche Variationen zum immer gleichen Thema: breite Kreuze, schmale Kreuze, volumige Kreuze oder Flachkreuze, goldene Kreuze, silberne Kreuze, matt glänzende oder stark polierte, mit Streifen oder ohne, mit kleinen Saphiren oder Edelsteinen, vollständig diamantiert, emailliert oder mit eingearbeitetem Muster. Kreuze als Anhänger, Ohrhänger, Clip und sogar als Pin.

»Dieses hier«, Crinelli zeigte auf das einfachste und wohl auch preiswerteste Kreuz, das denen, die bei den Leichen gefunden wurden, exakt glich, »verkaufen Sie dieses Exemplar häufig?«

»Standard! Sehr oft! Taufkettchen!«

Geschwätzig war der schrullige Geselle nicht gerade.

»Können Sie sich erinnern, ob Sie es in der letzten Zeit verkauft haben?«

»Jeden Tag!«

»Ist Ihnen einer der Käufer besonders aufgefallen?«

»Keine Käufer!«

»Wie bitte?«

»Frauen! Immer Frauen!« Die Stimme des Alten erinnerte an das Stottern eines verstopften Auspuffs.

»Nun lassen Sie sich mal nicht so bitten, ja. Immer Frauen, was zum Teufel heißt das in Klardeutsch übersetzt?«

»Keine männlichen Kunden! Taufkreuze sind Frauensache!«

»Sie wollen sagen, dass kein Mann ein solches Kettchen in den letzten Wochen bei Ihnen gekauft hat?«

»Genau!«

Crinelli wandte sich zum Gehen, drehte sich aber einer plötzlichen Eingebung folgend noch mal zu dem Verkäufer um.

»Sagen Sie, erinnern Sie sich an ein tot aufgefundenes kleines Mädchen? Vor zwei Jahren, draußen am Waldrand, von einem Felsen gestürzt?«

»Umgebracht worden, sicher!«

»Bitte, wie? Wie kommen Sie denn darauf? In den Polizeiberichten wird von einem Unfall gesprochen. Von Zigeunern, die das Kind dagelassen haben.«

»Unfug! Kein Mensch lässt sein Kind liegen! Unfug, sage ich!«

»Und wer sagt Ihnen, dass es Mord war?«

»Die Welt ist schlecht!«

Wo der gute Mann Recht hatte, hatte er Recht. Als alleinige Begründung war die Argumentation allerdings etwas dünn.

»Warum glauben Sie das?«

»Die Eltern waren Christen!«

»Kommen Sie, mein Herr, mehr, schneller, bitte. Woher wissen Sie, wer die Eltern waren?«

Jetzt wurde er etwas gesprächiger, behielt aber den schnarrenden Tonfall bei.

»Kenne die Eltern nicht! Aber das Kind trug ein Kreuz um den Hals! Haben doch vermutlich die Eltern gekauft! Christen also! Christen lassen ihre Toten nicht so einfach liegen! Mord, sage ich, egal, was die Schwachköpfe sagen!«

»Damit meinen Sie vermutlich die Kollegen der Polizei?«

»Genau, Schwachköpfe, faules Gesindel!«

»Woher wissen Sie, dass das Mädchen ein Kreuz trug?«

»Germar!«

»Germar, wer oder was soll das sein?«

»Leichenbestatter!«

Das Verhör war ermüdend, obwohl man mit dem Alten keine Zeit vergeudete. Glück gehörte eben auch zum Geschäft. Das Goldkettchen! Sicher würden sie es im Sarg finden und mit den anderen Fundstücken vergleichen können.

»Gut, mein Herr. Sie mögen die Polizei nicht, und das Mädchen war eine Christin. Was bringt Sie sonst noch dazu, auf Mord zu tippen, und vor allem, warum haben Sie Ihre Vermutungen nicht der Polizei mitgeteilt?«

»Schwachköpfe, glauben mir sowieso nicht! Es gibt weder

oberhalb des Felsens noch zu ihm hinauf einen richtigen Weg! Man muss mitten durch den Wald steigen! Anstrengend, sehr anstrengend! Warum soll ein kleines Mädchen da hinaufklettern? Ein Junge, ja vielleicht, aber ein Mädchen nicht!«

»Na, Mädchen toben wohl auch im Wald herum.«

»Aber nicht, wenn sie feine Lackschuhe tragen, niemals!«

Da hatte der Alte vermutlich Recht. Auf Lackschuhe passten Mädchen für gewöhnlich auf. Die Schuhe würden sie auch in der Totenkiste finden, und das Wissen darum hatte der Alte vermutlich abermals von diesem Germar. Crinelli war sehr gespannt auf die Ergebnisse der Obduktion und sehr stolz auf sich, dass er diesen, wenn auch nicht gerichtstauglichen Zeugen ausfindig gemacht hatte. Er dankte dem Alten für seine beredte Auskunft und verließ das dunkle Loch.

Freitag

»Jerry, ich glaube, wir haben was!« Hammerschmidts Anruf erreichte Crinelli, kurz bevor er seinen Wagen vor dem Hof der Liebermanns abstellte. Auf dem Beifahrersitz saß eine schwangere Frau, die eigentlich viel zu schön war, um die Seine zu sein. Obwohl sie ihren Bauch unter einem weiten Kleid versteckte, war Marias Ausstrahlung verlockender als je zuvor. Ihr Haar duftete nach den Gerüchen des Sommers, und ein dünnes Wölkchen ihres dezent aufgetragenen Parfums zog durch den Volvo. Crinelli hatte Mühe gehabt, sich auf die Straße zu konzentrieren. Während der gesamten Fahrt ruhte seine rechte Hand sanft auf Marias Bauch, inständig darauf hoffend, irgendwelche Bewegungen seiner heranwachsenden Tochter zu spüren. Er hatte keine Lust gehabt, den eingehenden Anruf anzunehmen, denn dies hatte den unmittelbaren Abschied seiner Hand von der weichen Wölbung des Mutterbauches zur Folge.

»Hat das nicht Zeit bis morgen?«, fragte er jetzt leicht ungehalten.

»Morgen ist Samstag, Kollege, und außerdem möchte ich erleben, was du mit mir machst, wenn ich dir entscheidende Wendungen im Fall vorenthalte.«

Natürlich hatte Julia Recht. Aber in den letzten Wochen hatte er fast jede Minute verbissen an dem Fall gearbeitet, und gerade versuchte er, für kurze Zeit loszulassen. Der Anruf brachte jedoch alles wieder zurück.

»Schieß los, was habt ihr herausgefunden?«

»Wir haben seine Spuren auf dem Pass gefunden.« Augenblicklich vergaß Crinelli seine elterlichen Gefühle. »Du hattest wieder einmal ein goldenes Näschen, Crinelli. Zwei Kurven weiter den Berg in Richtung Niederkirchen hinab haben wir Reifenspuren gefunden. Ein Kleinwagen, so viel steht schon fest. Unsere Leute arbeiten fieberhaft daran. Wir haben astreine Abdrücke, mit denen es uns gelingen könnte, den Wagen einwandfrei zu identifizieren.«

»Was macht euch so sicher, dass es sich um den Wagen des Täters handelt?«

»Geduld, Kollege! Neben den Wagenspuren haben wir auch noch die Abdrücke von Profilsohlen gefunden. Es handelt sich offenbar um einen groß gewachsenen Mann. Schuhgröße etwa 44–45. Allerdings sind die Abdrücke nicht allzu tief, was auf einen für seine Größe eher leichten Mann hindeutet. Und jetzt kommt das Beste …« Hammerschmidt legte eine Kunstpause ein, um die Spannung zu erhöhen, was allerdings nicht nötig gewesen wäre. Crinellis Nackenhärchen richteten sich auf. »Die Spuren führen über einen von der Straße nicht erkennbaren kleinen Pfad direkt zu dem Platz, an dem der Müllcontainer für gewöhnlich steht. Es sollte schwer sein, diese Spur mit etwas anderem als unserem Mord in Verbindung zu bringen.«

»Wie kann der Mann leicht gewesen sein, wenn er das tote Kind getragen hat?«, wollte Crinelli wissen.

»Gute Frage, Kollege. Nun, die ersten Abdrücke befinden sich unmittelbar neben den Reifenspuren und sind so, wie eben beschrieben. Diejenigen auf dem Pfad hingegen weisen zwar die gleiche Größe und die gleiche Sohlenstruktur auf, aber jetzt scheint unser Mann plötzlich deutlich an Gewicht zugelegt zu haben. Noch ein Beweis mehr also!«

»Sehr gute Arbeit, Julia, jetzt kommen wir dem Kerl tatsächlich näher. Was habt ihr vor?«

»Wir erstellen ein Paar Abdrücke, sowohl von den Reifenspuren als auch von den Schuhen, und dann startet die große Suche. Alle Garagen, alle Stellplätze, alle Wagen der Gemeinde. Wenn nötig, errichten wir eine Straßensperre und legen jedem Gefährt die Schablone an. Und bei einem Treffer verifizieren wir das Schuhwerk. Andersherum würde es allerdings sehr viel schwieriger, ich denke sogar unmöglich, es sei denn, Bruder Zufall hilft uns aus der Klemme …«

»… worauf wir uns besser nicht verlassen«, komplettierte Crinelli den Satz. »O. K., genau richtig. Müsst ihr warten bis Montag, oder gibt es eine Sondergenehmigung von Böker?«

»Die Frage habe ich befürchtet. Du willst natürlich, dass wir sofort beginnen, stimmt's?«

»Dämliche Frage, natürlich will ich das. Besonders, wo wir davon ausgehen können, dass sich zum Wochenende hin fast alle Bewohner und damit auch deren Fahrzeuge im Ort befinden. Also bitte, keine Gewerkschaftsscheiße.«

»Das ist keine Gewerkschaftsscheiße, Crinelli, sondern Familienscheiße, aber davon verstehst du jedenfalls noch nichts.«

»Stopp, stopp, stopp. Erbarmen. Bitte jetzt keine Familiendiskussion. Dann sorg eben dafür, dass die Unverheirateten Dienst schieben.«

»Pass auf, Crinelli, wir brechen an dieser Stelle ab, und ich spreche mit Böker. Du kannst dich ja dann mit ihm weiter auseinander setzen, alles klar?«

Crinelli beendete das Gespräch, indem er einfach den roten Knopf seines Mobiltelefons drückte. Den Blick, den Maria ihm in diesem Augenblick zuwarf, hatte er eigentlich für diesen Abend nicht auf dem Programm gehabt. Ohnehin erschien sie ihm irgendwie verändert, ohne dass er sagen konnte weshalb. Das Unbeschwerte war wieder verschwunden. Sie wirkte wieder ängstlich. Verdammter Fall! Aber Mord ließ sich nun einmal nicht in einer 37,5-Stunden-Woche abarbeiten. Wer Polizist wurde, wusste das vorher.

»Sag jetzt nichts, Schatz, bitte. Lass uns reingehen und den Abend genießen.«

Gedämpfte Musik drang über die Mauern des Vorderhauses hinweg, als Crinelli seiner Frau aus dem Wagen half. Sanft zog er sie hoch und umarmte sie. Marias Atem ging etwas keuchend. Es machte ihr inzwischen schon Mühe, aus dem Bett zu kommen, eine Treppe hinaufzusteigen oder eben aus dem Auto zu klettern, nicht viel Mühe, aber doch genug, um ihre Atemfrequenz ansteigen zu lassen. Crinelli mochte diese durch die Schwangerschaft hervorgerufenen Veränderungen an seiner Frau. Sie hatten etwas sehr Sinnliches.

Die Crinellis betraten ein Idyll. Der ohnehin bezaubernde Garten wirkte durch die indirekte Beleuchtung der in den Bäumen hängenden Lampions und der in den Beeten verteilten hell lodernden Pechfackeln wie ein Märchen. Unter dem alten Obstbaum war der Tisch mit strahlend weißen Decken, dicken Stoffservietten und einfachen großen Weingläsern geschmackvoll eingedeckt. In der Mitte des Tisches, leicht erhöht, brannten weiße Kerzen auf einem zwölfarmigen eisernen Kerzenständer, der ganz offensichtlich aus der Hand des Künstlers stammte. Marias Augen glänzten, und sie entspannte sich merklich. Maria und Ophelia wirkten schon wie Freundinnen, die sich seit langer Zeit kennen. Sie verbrachten mehr Zeit miteinander, als Crinelli ahnte.

Zu vorgerückter Stunde, der Alkohol hatte längst unmerklich die Regie des Abends übernommen und den Tenor der Gespräche melancholisch eingefärbt, saßen Crinelli und Liebermann etwas von den Frauen abgerückt und rauchten dicke Havannas, die Franz Liebermann direkt von einem kubanischen Freund über dunkle Kanäle geschickt bekam. Crinelli machte sich nichts aus Zigarren, in seinen Augen waren sie ein Ausdruck von Gemütlichkeit. Sein Rauchen empfand er als eher zweckgebunden, er nutzte es zum Denken und um seine Nervosität besser kontrollieren zu können. An einem Abend wie diesem machte er gerne eine Ausnahme und paffte einen der unhandlichen Torpedos.

Die beiden Männer hatten auch das Thema ihres Gesprächs

gewechselt. In den Stunden zuvor hatte man über die Familienbande, Paar-Beziehungen im Allgemeinen, Kleinkinder im Speziellen oder ganz einfach Gott und die restliche Welt gesprochen, nun drehte sich alles um Crinellis Fall. Crinelli sprach leise und berichtete ehrlich von allen Ereignissen, die sich seit ihrem letzten Treffen zugetragen hatten, von der Festnahme der Zimmermann-Bande ebenso wie vom vermeintlichen Selbstmord Krumingas, von dem nächtlichen Steinwurf und von Marias Umzugsgedanken seither. Liebermann saß zurückgelehnt in einem Korbsessel und blies die dicken Rauchwolken seiner Havanna in den dunklen Nachthimmel. Wenn er beobachtet worden wäre, hätte man lediglich ein ganz leichtes Zucken seiner Mundwinkel in dem Moment erkennen können, als Crinelli von dem Gespräch mit seinem Kollegen Ferrara berichtete. Er erzählte ihm, wie die Beamten der Sitte mit den Informationen umgingen, die er, Franz Liebermann, ihnen geliefert hatte. Crinelli brauchte Liebermann nicht zu beobachten, er hatte genau diese Reaktion beabsichtigt. Er brauchte die Informationen, die Liebermann noch irgendwo haben musste, um sich von den Kollegen und der neuen Geheimniskrämerei der Sitte unabhängig zu machen. Es stand für ihn außer Frage, dass eine Enttarnung des Mörders mit diesen Informationen einherging. Sicher, Hammerschmidt hatte Spuren entdeckt, gute, verwertbare Spuren, sie konnten dem Weg der gefundenen Messerspitze folgen, sehen, was die Obduktion der exhumierten Mädchenleiche ergab, alles war wichtig, alle Spuren mussten verfolgt werden, alles könnte zum Schluss den Erfolg bringen, aber Crinelli war davon überzeugt, dass der Weg über die Schlepperbande den Durchbruch bringen würde. Deshalb hatte er die anderen Ermittlungen delegiert und kümmerte sich jetzt selbst genau um diese Sache, deshalb saß er letztlich auch in dieser wunderbaren Sommernacht im Garten des ehemaligen Journalisten Franz Liebermann.

»Und du glaubst«, brach Liebermann schließlich das Schweigen, das nach Crinellis Vortrag herrschte, »dass du allein durch Observieren der Schlepperbande deinen Täter finden kannst?«

»Ja, Franz, das glaube ich.« Crinelli redete nicht um den heißen Brei herum. Natürlich war aus der Frage Liebermanns der leise Vorwurf herauszuhören, dass Crinelli ihnen den heutigen Besuch nur aus ermittlungstechnischen Gründen abgestattet hatte. Aber Franz sagte nichts weiter, er wusste nur zu gut, wie es war, wenn einem jedes Mittel recht war, das einen nach vorne brachte.

»Und du denkst, dass du heute Abend hier bei mir deinem Ziel etwas näher kommst?«

Crinelli wurde das verbale Scharmützel zu viel. Er zerdrückte den Rest der teuren Zigarre im Aschenbecher und sah Liebermann fest an. »Franz, ich brauche deine alten Aufzeichnungen. Ich verstehe, dass du nichts mehr mit dem Fall zu tun haben willst, aber ich stecke mitten drin und habe keine Zeit zu verlieren.«

»O. K., dann steh auf und folge mir so unauffällig wie möglich. Und das ist keine leere Phrase, Jerry, denn wenn Ophelia merkt, was wir im Schilde führen, haben wir die längste Zeit einen schönen Abend gehabt. Ich habe fest versprochen, nie wieder davon anzufangen. Also, lass dir etwas einfallen, schließlich bist du der Bulle.«

In allen Familien läuft es ähnlich ab, dachte Crinelli und begann lauthals über die Vorzüge eines schottischen Whiskys zu philosophieren, während sie mit leeren Gläsern und unter den beiläufigen Blicken ihrer Frauen auf die Glasschiebetüren des Wohnraumes zugingen. Sie erklommen die steilen Stiegen zu Liebermanns Büro. Im Gegensatz zu den restlichen Räumen des Hauses herrschte hier nicht nur eine schwer zu durchschauende Unordnung von Papieren, Zeitungsartikeln und aufgeschlagenen Büchern, sondern auf jeder erkennbaren Materialoberfläche tanzten zudem die Staubflocken im Licht der Schreibtischlampe. Liebermanns Arbeitsplatz stand direkt unter dem geöffneten Fenster an der einzigen Stelle, an der die Schrägen einem erwachsenen Menschen das Stehen ermöglichten. Neben den Papierstapeln beherrschte ein großer Monitor den altertümlichen Schreibtisch. Nachdem auf dem Desktop alle vorhandenen Programme angezeigt wurden, ging Liebermann in die Sammlung seiner Dokumente, wählte einen Ordner aus, öffnete ihn und klickte auf Drucken.

»Jetzt haben wir Zeit zu reden. Der Computer wird dir alles das ausdrucken, was ich auch deinen Kollegen übergeben habe. Vierzig Seiten voller widerlicher Entdeckungen, Beweise, Querverbindungen und vor allem Namen. Namen von Leuten, die du vermutlich kennen wirst, aber aus gänzlich anderen Zusammenhängen. Mal sehen, wie du dich nach der Lektüre fühlst. Ich bin bereit, dich mit allem zu unterstützen, was ich weiß, nicht mehr und nicht weniger. Ich werde nicht erneut einsteigen. Ich weiß genau, wo der Bericht noch Schwächen hat und wo man nochmals exakter recherchieren müsste, aber das sollen andere machen. Ab hier ist alles Weitere deine Sache, Jerry, aber denk einfach mal darüber nach, wie weit du selbst da einsteigen willst. Dieser Fall hat nichts mit dir und deiner Tochter zu tun.«

»Lass mal, Franz. Ich bin dir wirklich dankbar für deine Unterstützung. Der Weg, an diese Informationen zu kommen, wäre ohne dich wesentlich schwieriger gewesen und vor allem langwieriger …«

»… und Zeit hast du keine, ich weiß.« Liebermann lachte.

»Leider auch nicht zum Lachen. Der Kerl wird erneut zuschlagen. Entweder hat er bereits ein neues Kind, oder aber er wird es sich in den nächsten Tagen besorgen. Meine Hoffnung ist es, ihn dabei erwischen zu können.«

»Wie willst du das anstellen? Sagen wir, du observierst den Umschlagplatz Tag und Nacht, nur mal angenommen, wie willst du wissen, wer dein Mann ist?«

»Ich kenne ihn, ich spüre es ganz genau. Ich bin nicht weit

von ihm weg, war es von Anfang an nicht. Wenn ich den Hund dort sehe, ist der Fall geklärt, sicher, ganz sicher, Franz.«

Liebermann entgegnete nichts und nickte nur. Er drehte sich zum Drucker und übergab Crinelli die Papiere.

»Viel Glück, Jerry, von ganzem Herzen. Steck die Papiere ein, und dann gehen wir mit einem vollen Glas Talisker zurück zu den Frauen.«

Sollten die beiden Frauen in dieser Nacht wirklich etwas bemerkt haben, waren sie zu schlau, um es sich anmerken zu lassen. Der Rest des Abends verlief wie dessen Beginn, harmonisch und ausgesprochen kurzweilig.

Sonntag

Trotz des allzu hohen Alkoholkonsums war Crinelli am Samstag schon sehr früh wieder auf den Beinen. Der Geschmack in seinem Mund war mit Pappe nur unzureichend beschrieben, und die dicke pelzige Zunge fühlte sich in der Mundhöhle reichlich deplatziert an. Er hielt seinen Kopf unter den Strahl der Wasserleitung in der Küche und ließ sich die eiskalte Flüssigkeit zuerst über den Hinterkopf und anschließend direkt in den Mund laufen. Er hörte erst auf zu trinken, als sein Magen jeden weiteren Schluck verweigerte.

Als er endlich mit der ersten Zigarette im Morgennebel des jungen Tages saß, fühlte er sich schon wieder ganz ansprechend. Er genoss den Rauch, trank danach abermals eine ordentliche Portion kaltes Wasser, suchte die Ausdrucke, die er am Abend zuvor im Wagen liegen gelassen hatte, und begann sehr genau Wort für Wort, Zeile für Zeile und Seite um Seite zu studieren.

»Was hast du da?«, fragte Maria, die unbemerkt plötzlich hinter ihm stand und versuchte, einen schnellen Blick auf die Papiere zu werfen.

»Papierkram. Bin in der Woche nicht dazu gekommen, alles zu lesen.«

»Konntest du nicht schlafen?«

»Nein, irgendwie zu warm diese Nacht.«

»Von innen vermutlich?«

»Höre ich leise Kritik?«

»Entschuldige, Schatz, wenn ich zu leise war, aber ist auch nicht wichtig. Was willst du frühstücken?«

Über dem Studium der Unterlagen hatte Crinelli ganz vergessen, Kaffee zu kochen und den Frühstückstisch zu decken.

Er verstaute das Dossier in seinem Arbeitszimmer und ging runter in die Küche. Maria sprach nicht viel. In den besseren Tagen ihrer Beziehung war es üblich gewesen, ein gesellschaftliches Ereignis am Morgen danach noch einmal ausführlich zu besprechen.

Am späten Nachmittag sahen sie sich gemeinsam eine Wohnung in Köln an, die Maria bei der ersten Besichtigung bereits in die engere Wahl gezogen hatte. Crinelli war angetan von den großzügigen, hellen Räumen, nicht so sehr jedoch von der seiner Meinung nach drastisch überhöhten Mietpreisforderung. Maria versuchte ihn davon zu überzeugen, dass die Miete durchaus üblich war, zumindest für eine Wohngegend in unmittelbarer Nähe von Zoo, Flora und Rhein. Crinelli, der in einem Arbeiterviertel im Kölner Norden aufgewachsen war, hatte dafür wenig Verständnis und bat zumindest um Bedenkzeit. Vielleicht würde Maria einsehen, dass sie sich eine solche Wohnung nicht leisten konnten. Doch Maria ließ nicht locker, sie drängte ihn, ließ ihm fast keine Wahl. Warum bloß? Crinelli blickte Maria an, doch sie wich seinem Blick aus. Wortlos fuhren sie zurück nach Niederkirchen.

Sonntag früh ging Crinelli angeln. Am Mittag kochte er für Maria den Fisch und versuchte sie etwas zu verwöhnen. Aber während der ganzen Zeit war er nur halb bei der Sache. Liebermanns Aufzeichnungen arbeiteten in seinem Kopf. Es war geradezu unglaublich, dass die Kollegen bereits seit einem Jahr über solch brisante Unterlagen verfügten und es ihnen bis zum jetzigen Zeitpunkt nicht gelungen war, den Fall aufzuklären. Die Namen von kommunalen Politikern, Film- und Fernsehschaffenden sowie Personen der so genannten besseren Gesellschaft schockierten ihn noch am allerwenigsten. Crinellis Glaube an das Gute im Menschen war ohnehin nicht sehr ausgeprägt, der an die erwähnten Gruppen der Gesellschaft existierte quasi nicht. Zudem hatte ihn schon immer das eigentliche Verbrechen mehr interessiert, als ihn die ausführenden oder daran beteiligten Personen beschäftigt hätten. Doch das, was Liebermann akribisch recherchiert hatte, war mehr als ein Schmierentheater, die Fakten, die er jetzt erfuhr, überstiegen seine Vorstellungskraft. Schon bei der ersten Lektüre spürte er stumme Wut. Das gesamte Wochenende über war es ihm nicht gelungen, den Gedanken an die Menschen verachtenden Praktiken dieser Schleuserbanden aus seinem Hirn zu verbannen. Neben den widerlichen Details des Berichtes ging ihm auch die Beschreibung des Tatorts nicht mehr aus dem Kopf. Jetzt wusste er endlich, wo er mit seiner Suche nach dem Täter beginnen konnte. Ein Name und eine Adresse befanden sich in seinem Besitz. Ganz in der Nähe des Großmarktes, auf dem Gelände eines alten Güterbahnhofs, gab es eine Spedition mit dem wenig rheinischen Namen *Furrer*, die Franz Liebermann als Umschlagplatz für Kinder und Frauen aus den ehemaligen Ostblockstaaten ausgemacht hatte. Hier kamen im Schatten der Nacht die LKWs mit der menschlichen Fracht an, die noch in den nächsten Stunden weiterverteilt wurde. Die Ware ging von hier direkt an die Endverbraucher, Päderasten, Zuhälter und Mörder, oder aber für unbestimmte Zeit in ein Zwischenlager. An dieser Stelle endeten Liebermanns Aufzeichnungen. Vermutlich wussten die Kollegen von der Sitte inzwischen deutlich mehr, aber dort war ja derzeit aus unerfindlichen Gründen keine Antwort zu erhalten.

»Schatz, hast du was dagegen, wenn ich heute Abend noch mal zu Anja fahre? Sie hat sich ziemlich beschwert, dass ich mich nicht mehr sehen lasse.«

»Sieht ihr gar nicht ähnlich, sich zu beschweren.«

»Na ja, nicht direkt beschwert, aber ich sollte einfach mal dort auflaufen. Mein letzter Besuch lief ja nicht so optimal.«

»Wir hätten doch zusammen fahren können, heute Mittag zum Beispiel?«

»Vergiss es, ich muss ja auch nicht heute fahren. Ich wollte das Wochenende mit dir allein verbringen, und jetzt plagt mich eben mein schlechtes Gewissen«, beendete Crinelli seinen Vorstoß und hatte gar kein schlechtes Gewissen bei der Lüge.

»Ist schon in Ordnung, fahr ruhig, wenn du dich dann besser fühlst.«

Maria begleitete Crinelli zur Türe, und er hörte, wie seine Frau direkt hinter ihm zweimal abschloss.

Tatsächlich verbrachte er an diesem Abend einige Zeit bei Anja Salowski, und tatsächlich hatte sich die alte Dame bei ihrem letzten Telefonat leise beschwert, so lange nichts von ihrem Jungchen gehört zu haben, aber der wahre Grund für seinen Ausflug lag auf dem Gelände eines Güterbahnhofs.

Kurz nach Einbruch der Dunkelheit verließ er Anja schon wieder und rollte schließlich, wenige Minuten später, mit ausgeschalteten Scheinwerfen auf das Gebiet des Güterbahnhofs. Er stellte seinen Wagen direkt hinter dem riesigen, stets offen stehenden Metallschiebetor ab. Crinelli kannte das weitläufige Gelände. Schon lange gab es hier keinen Güterverkehr mehr. Sinnvollerweise hatten die Stadtoberen entschieden, den lärmenden Verkehr vor die Tore der Stadt zu verbannen. Bei seinen diversen Besuchen waren ihm viele kleinere Handwerksbetriebe aufgefallen, die in den alten Lagerhallen ihre Geschäfte betrieben, an eine Spedition erinnerte er sich nicht. Sie musste sich folglich im hinteren Teil des weitläufigen Areals befinden, dem Teil, in dem die Hallen mit eigenem Gleisanschluss standen.

Er musste vorsichtig vorgehen. Wenn sein Alleingang entdeckt würde, platzte die ganze Aktion der Kollegen, und Crinelli konnte sich seinen Job in den Arsch schieben. Auch wenn Böker ihm vieles nachsah, nach einer solchen Aktion könnte selbst er ihn nicht mehr schützen.

Crinelli suchte in seinem Kofferraum nach der kleineren der beiden Stabtaschenlampen und hängte sich ein Nachtsichtgerät um den Hals, das er sich bei seinem letzten Besuch im Präsidium ausgeliehen hatte. Im Schatten einer Mauer machte er sich auf den Weg. Er schlich um Häuserecken, an übel riechenden Containern vorbei, stieg über Alteisen, bis schließlich das zentral gelegene Hochhaus in Sicht kam.

Vor Crinelli lag jetzt ein Stück offenes Gelände, von hohen Laternen in spärliches gelbes Licht getaucht. Er hob das Nachtsichtgerät an die Augen und suchte die Umgebung Meter für Meter ab. Dabei lauschte er intensiv auf Geräusche, die ein an- oder abfahrendes Fahrzeug ankündigen würden. Aber außer dem über die Mauern schwappenden, allgegenwärtigen Geraune der Großstadt war alles still. Crinelli nahm den direkten Weg über die Freifläche. Er hatte die Mitte des Platzes noch nicht erreicht, als er das Abblendlicht eines Personenwagens auf sich zukommen sah. Der Wagen kam direkt aus der Richtung, in der er die Spedition vermutete. Panisch sah er sich nach einem rettenden Versteck um. Vor dem alten Bahnhofsgebäude stand ein LKW abgestellt, vermutlich für immer. Er rannte darauf zu, schmiss sich, nur Sekunden bevor ihn die Scheinwerfer erfassen konnten, auf das Pflaster und rollte unter den Laster. Heftig atmend hörte er den Wagen in mäßigem Tempo direkt an sich vorbeirollen. Er hob den Kopf, so weit es sein rostiges Gefängnis erlaubte, und versuchte dem Auto nachzusehen. Ein dunkler Kombi, mehr war aus seiner Lage heraus nicht zu erkennen. Im Inneren des Wagens schimmerte etwas metallen im Schein der Straßenbeleuchtung, vermutlich ein Transportbehälter. Von dem Fahrer erkannte er nur den dunklen Umriss. Er war groß und hager. Crinelli zuckte zusammen. Er rollte sich zurück auf die Straße, erhob sich und rannte, ohne weiter Deckung zu suchen, hinter dem Wagen her, der bereits um die Ecke des Hochhauses gebogen war und sich damit seinen Blicken entzogen hatte. Als er schwer nach Atem ringend auf der südlichen Stadtausfahrt anlangte, war der PKW verschwunden. Der Fahrer hatte Glück gehabt, in dem Augenblick, als Crinelli die Straße erreichte, sprang die Ampel zurück auf Rot. Crinelli fluchte laut. Vor allem, weil er in dem einzig möglichen Moment, durch den Reflex des Metallcontainers abgelenkt, nicht auf das Nummernschild geachtet hatte. Es gab keinen Beweis dafür, dass es sich bei diesem Allerweltswagen um das Auto des Mörders gehandelt hatte, außer dem Gefühl in Crinellis Bauch. Nicht einmal die Marke des Wagens hatte er erkennen können. Warum sahen heute eigentlich alle Autos gleich aus? Keine Unterschiede mehr zwischen einem Kleinwagen von Opel oder Ford, von Mazda oder einer anderen Marke. Ein dunkler Kleinwagen, ein Kombi, mit einer metallenen Transportbox ausgestattet, mehr hatte er nicht. Nicht viel, wenn man bedenkt, wie nah er dem Gesuchten gekommen war.

Crinelli atmete tief ein. Hatte der Mörder in der Metallbox ein neues Opfer transportiert? Dann hatte der Wettlauf gegen die Zeit endgültig begonnen.

Langsam schlich sich Crinelli zurück zu der Stelle, an der ihn die Scheinwerfer vor einigen Minuten fast enttarnt hätten. Es gab nicht den geringsten Grund, die Operation abzubrechen, bisher waren alles nur Vermutungen. Es war immer noch wichtig, sich die ominöse Spedition anzusehen. Vielleicht fand er eine Möglichkeit, an die Aufzeichnungen der Schleuser heranzukommen. Vielleicht erkannte er sogar den V-Mann von Klein.

Crinelli schlich Meter für Meter voran, das Nachtsichtgerät immer im Anschlag, bis er direkt vor sich eine große, ehemals weiße Mauer entdeckte, die das letzte Stück des Güterbahnhofs umschloss. Die Straße lief direkt auf ein eisernes Schiebetor zu, das vermutlich elektronisch geöffnet werden konnte, jetzt aber dicht verschlossen war. Auf beiden Mauerkronen, rechts und links des Tores, thronten bewegliche Kameras. Direkt neben dem Tor hing ein schlichtes Schild, das den Namen der Spedition und den Zweck des Unternehmens bekannt gab: »Spedition Furrer – Im- und Export«. Nichts weiter. Keine Telefonnummer, kein Faxanschluss und auch keine Internetadresse.

Eine Einsicht in das Gelände bot sich von Crinellis Standpunkt aus nicht. Er presste das Glas dicht an seine Augen und suchte nach einer Stelle, von der aus man über die Mauer hinwegsehen konnte. Rechts von dem umfriedeten Gelände verlief der alte Gleisanschluss. Direkt daran gebaut standen die alten Lagerhallen mit ihren nach außen gewölbten Blechdächern. Von einem dieser Dächer aus müsste man einen guten Einblick in die Spedition haben. Wenn er, Crinelli, hier miese Geschäfte durchziehen würde, hätte er genau dort oben eine Wache postiert. Crinelli suchte die Dächer Stück für Stück ab, ohne Erfolg. Er schlich sich zu den Gleisen und von dort weiter hinter die Hallen. Er überprüfte auch dieses Gelände sorgfältig und versuchte gleichzeitig, eine Möglichkeit zu erkunden, wie er von seinem Standort aus auf eines der Dächer gelangen konnte – Fehlanzeige. Vorsichtig drückte er gegen die erste Eingangstür der Lagerhalle. Verschlossen! Wenige Meter weiter ein zweites doppelflügeliges Holztor mit metallenen Querstreben. Ein Flügel stand leicht geöffnet, gerade so weit, dass sich ein schlanker Mensch hindurchzwängen konnte. Vorsichtig betrat Crinelli die Halle. Während ihm draußen der Schein der entfernten Straßenlaternen und der hell leuchtende Mond die Sicht erleichtert hatten, umfing ihn im Inneren des Gebäudes völlige Dunkelheit. Er wagte es nicht, seine Taschenlampe anzuknipsen, obwohl deren Lichtkegel so gut wie kein Streulicht abgab. Seine Augen benötigten einige Minuten, um sich so weit an die Dunkelheit zu gewöhnen, dass er schemenhaft das Innere der riesigen Halle erkennen konnte. Am seitlichen Ende des ansonsten leeren Raumes führte eine Treppe in die erste Etage. Crinellis Augen folgten dem Verlauf der Stufen und entdeckten am oberen Ende einen hellen Lichtreflex. Ein Loch im Dach? Eine offene Dachluke, durch die der Mond hereinscheinen konnte? Sofort befand er sich in höchster Alarmbereitschaft.

Vorsichtig, immer mit dem Rücken an der Außenwand des Gebäudes entlang, schob er sich Schritt für Schritt zum Fuß der Treppe vor. Die Stufen waren aus Beton gegossen, sodass er sich wenigstens keine Gedanken um knarzende Holzdielen machen musste. Er beobachtete mit seinem Glas das obere Ende der Treppe, der Lichtschein war verschwunden. Offenbar hatte sich sein Winkel verändert. Die offene Türe, die Dachluke oder was auch immer läge in seinem Rücken, sobald er oben anlangte. Deshalb ging Crinelli rückwärts die Treppe hinauf – wenn Gefahr drohte, kam sie vom Dach. Auf Augenhöhe mit dem Fußboden des oberen Stockwerkes sah er den Grund für den Lichteinfall direkt vor sich. Es war tatsächlich eine offene Dachluke. Direkt darunter stand eine zusammenklappbare Aluleiter, die dort nichts zu suchen hatte. Es befand sich jemand auf dem Dach. Crinelli fragte sich kurz, ob ihn das abhalten sollte, selbst einen Blick nach draußen zu werfen, entschied sich aber klar gegen einen Rückzug.

Vorsichtig bestieg er die ersten Sprossen der Leiter und linste über die blecherne Brüstung der Luke. Nach der Dunkelheit der Halle erschien ihm die Nacht fast strahlend hell. Etwa zehn Meter von ihm entfernt ragte ein gemauerter Kamin aus dem Dach heraus. Und direkt an diesen gelehnt erkannte er die Silhouetten zweier Männer. Blitzschnell zog er den Kopf wieder ein. Nach einem kurzen Augenblick, in dem er sich klarmachte, dass die Männer nicht in seine Richtung, sondern über den Dachfirst hinweg auf die andere Seite des Geländes schauten, schob er langsam seinen Kopf wieder aus dem Loch, um sich zu orientieren. Die Dachluke befand sich auf der falschen Seite. Er hatte von hier einen herrlichen Blick über die Dächer der Südstadt bis hin zum gotischen Dom, aber für dieses unvergleichliche Panorama war er eigentlich nicht hier hinaufgestiegen.

Die Männer beobachteten die Spedition und hatten kein Auge für unerwartete Besucher, was ihn ermutigte, seinen Kopf etwas weiter aus der Luke herauszustrecken und sich jetzt nach allen Seiten umzusehen. Dabei entdeckte er noch einen weiteren Kamin, genau am anderen Ende der Halle, als Beobachtungsposten ebenso geeignet wie der, den die beiden Gestalten okkupierten. Von Crinellis Standort aus war es genauso weit zum einen wie zum anderen. Es war allerdings unmöglich, dorthin zu gelangen, ohne aufzufallen. Crinelli hob sein Glas, um die Kerle genauer unter die Lupe zu nehmen und auch um festzustellen, ob sie bewaffnet waren. Das Erste, was ihm auffiel, war ein großes Nachtsichtgerät, das ein Zwilling dessen hätte sein können, das er um den Hals trug, und das die Männer auf dem Kaminsims direkt neben einem Fotoapparat mit langer Brennweite abgelegt hatten. Einer der beiden stand aufrecht und schaute in Richtung der Spedition. Crinelli konnte sein kurz geschnittenes Haar und die Kontur seines Hinterkopfes erkennen, der Rest wurde vom Kamin verdeckt. Der Zweite hockte auf der anderen Seite des Kamins. In der hohlen Hand hielt er eine brennende Zigarette versteckt. Beim nächsten Zug konnte Crinelli das Gesicht des Mannes im Aufglimmen der Glut erkennen, und er musste sich sehr beherrschen, um nicht laut loszulachen. Offenbar war jetzt auch sein Freund in die Ermittlungen eingeschaltet worden. Giuseppe Ferrara machte ein kleines Zigarettenpäuschen, während Klein seinen eingeschleusten Mann bei der Arbeit beobachtete. Jetzt, wo er wusste, dass es sich bei den Männern um Kollegen handelte, hatte er der Physiognomie des Hinterkopfes einen Namen zuordnen können.

Seine Lage war nach der Enttarnung der Beamten keinesfalls entspannter geworden. Die Kollegen stellten zwar keine Bedrohung für ihn dar, sollten sie ihn überhaupt entdecken, aber im Moment war er ihr Feind, und die Folgen seines unautorisierten Handelns waren klar. Crinelli entschloss sich zum Rückzug. Bevor er die Steintreppe wieder hinabstieg, legte er die Aluleiter flach auf den Boden. Ein kleines Zeichen wollte er den Kollegen schon geben. Nicht, dass *er* hier gewesen war, sondern dass *sie* leicht, allzu leicht, zu entdecken waren. Er war sich sicher, dass diese kleine Lektion ihnen einen gehörigen Schrecken einjagen würde.

Genauso vorsichtig, wie er gekommen war, verließ Crinelli das Gelände auch wieder. Eigentümlicherweise wurde sein Rückzug an derselben Stelle unterbrochen, an der schon auf dem Hinweg die unheimliche Begegnung stattgefunden hatte. Nur dass sich diese jetzt etwas früher ankündigte, sodass er in aller Ruhe hinter einer Häuserwand ins Dunkel verschwinden konnte. Der plötzlich auftretende Lärm wurde vom Tuckern eines Dieselmotors verursacht. Dieser gehörte zu einem 7,5-Tonner, der in mäßigem Tempo an Crinelli vorbeiwackelte. Die Aufschrift auf der Plane war in einer Sprache abgefasst, die er nicht verstand. Der Herkunftsort des LKWs war allerdings deutlich zu lesen. Er stammte aus der rumänischen Hauptstadt Bukarest.

»Schöne Heimfahrt«, murmelte Crinelli den beiden Fahrern hinterher. Vermutlich hatten die Typen die Ladung fein gelöscht und dafür jetzt die Taschen voller Geld. Stinkendes Geld. Stinkend nach Missbrauch, Verschleppung und Tod. Er hoffte nur, dass sich die beiden unaufmerksamen Kollegen auf dem Dach alles genau gemerkt hatten, Nummernschilder ebenso wie Personenbeschreibungen.

Crinelli sah auf die Leuchtziffern der Digitalanzeige, nachdem er sich in den Sitz seines Wagens hatte sinken lassen. Mitternacht war gerade vorüber. Durchaus noch Zeit für ein kleines Telefonat mit Anja, die niemals vor eins, nicht selten auch erst gegen zwei, halb drei zu Bett ging. Sie hatte ihre Arbeit zu lange in der Nacht versehen, um ihre innere Uhr noch einmal vollständig umstellen zu können.

»Bist du aus dem Bett gefallen, Jungchen?«, meldete sie sich bereits nach dem ersten Klingeln. Sie war sehr stolz darauf, seit kurzem ein Telefon zu besitzen, das den Anrufer schon auf dem

Display identifizierte. Anrufe mit Rufnummernunterdrückung nahm sie nicht mehr entgegen. »Das habe ich viel zu lange tun müssen«, lautete ihre simple Erklärung.

»Bin noch gar nicht drin gewesen. Hatte noch kurz was zu erledigen.«

»Dachte ich es mir doch! Ich hatte gleich den Eindruck, dass du nicht da warst, um dich nach meinem Wohlergehen zu erkundigen.«

»Komm, Anja, du tust ja gerade so, als ob ich immer nur komme, wenn ich dich für etwas brauche. Sei ein Schatz, ich hab dich doch lieb.«

Die alte Frau schwieg, und Crinelli fuhr schnell fort.

»Aber heute hast du ausnahmsweise einmal Recht. Ich will wirklich etwas von dir. Bitte notiere dir doch mal einen Namen.« Crinelli buchstabierte den Namen der Spedition. »Kannst du dich mal ein wenig umhören, was deine Leute über diese Firma wissen?«

»Hat das wieder mit deinem Fall zu tun? Mit diesen schrecklichen Morden?«

»Si, Signora! Ganz in deiner Nähe kommen die Menschenhändler nachts an, und von dort wird die lebende Ladung verteilt.«

»Schrecklich – aber ich habe dir doch schon einmal gesagt, dass es sehr, sehr schwierig ist, über solche Machenschaften Auskünfte zu erhalten.«

»Anja, wenn es einfach wäre, müsste ich dich nicht mitten in der Nacht anrufen.«

Die Salowski murmelte etwas Unverständliches in den Hörer, zumindest dem Wortlaut nach, versprach aber, sich gleich morgen um die Sache zu kümmern. Und damit befand sich dieser Strang der Ermittlungen in allerbesten Händen.

Montag

»Chef, bitte, ich habe ja Verständnis für geregelte Arbeitszeiten, aber doch nicht bei diesem Stand der Ermittlungen. Da muss es doch drin sein, dass die werten Kollegen auch am Wochenende Dienst schieben. Sie sind doch der Erste, der mir die Zeitungen vor die Nase knallt. Ich sehe schon die Schlagzeile: *Dritter Mord! Schläft unsere Polizei?* Spätestens wenn der Oberstaatsanwalt auf den Plan tritt, werden alle Urlaube gestrichen und Sonderschichten rund um die Uhr angeordnet. Ich habe kein Verständnis für eine solche Dienstauffassung. Ich habe auch Familie und weiß wie das ist …«

»… und hatten schließlich auch ein Wochenende…«

»… Wie bitte? Ich hatte auch ein Wochenende? Na, dann schließen wir jetzt wohl mal schnell die Türe und ich erzähle Ihnen von meinen letzten Wochenenden, Chef.«

Während der nächsten halben Stunde erzählte Crinelli Böker alles, was sich über das vergangene Wochenende hinweg zugetragen hatte. Er informierte ihn detailliert über Liebermanns Recherchen und dessen Ergebnisse, obwohl Böker als Leiter der Kriminalgruppe eigentlich davon wissen musste. Im Anschluss daran gab Crinelli seinem Chef noch einen exakten Bericht über seine eigene Aktion vom Vorabend. Er verschwieg nichts, weder sein unautorisiertes Handeln, noch auf wen er dabei getroffen war.

»Ach Crinelli, verdammter Mist.«

Crinelli sah Böker fragend an, dieses Mal wusste selbst er nicht, was sein Vorgesetzter ihm sagen wollte.

»Ich brauche das Kennzeichen des Wagens.« Crinelli ignorierte den Einwurf Bökers einfach. »Die Kollegen haben es mit

Sicherheit notiert, und das bedeutet, wir können unseren Fall mit zwei Telefonaten Ihrerseits sofort aufklären.«

»Ach, Jerry, wenn Sie wüssten. Ich verstehe Sie ja, aber Sie können sich vielleicht denken, dass die Kollegen sich ihren mühsam aufgebauten Fall nicht kaputtmachen lassen. Sie stehen kurz vor dem entscheidenden Durchbruch.«

»Aber dann kann es bereits zu spät sein«, schrie Crinelli. »Ist denn hier niemand mehr normal? Gibt es nur noch höhere Ziele? Diese pädophilen Arschlöcher, den ganzen verdammten Promi-Haufen, kann man doch trotzdem fertig machen. Ihr habt doch genug Beweise. Wen kümmert es da schon, wenn ich meinen unbedeutenden Kindermörder aus dem Weg räume?«

»Bitte, Jerry, spielen Sie nicht den Ahnungslosen. Wenn jetzt, in dieser entscheidenden Phase, an irgendeiner Stelle etwas auffliegt, ein Kunde verhaftet wird, ein Transport gestoppt oder die Observierung des Geländes bemerkt wird, schließen sich sofort alle Türen. Im Moment wähnen sich die Typen in völliger Sicherheit. Wenn Sie mit diesem spektakulären Fall in der Öffentlichkeit auftauchen, erschwert das nun einmal die ganze Operation. Das wissen Sie als erfahrener Ermittler doch ganz genau. Mit diesem Schlag werden wir mehr als nur ein Kind beschützen können.«

»Moment, Herr Böker, korrigieren Sie mich, wenn ich jetzt etwas falsch verstanden habe. Sie wollen also gar nicht, dass mein Fall aufgeklärt wird? Jedenfalls im Moment nicht. Haben Sie deshalb vielleicht am Wochenende dienstfrei erteilt? Gibt es vielleicht ein vorrangiges Interesse, von dem mir noch nichts bekannt ist? Wird vorgeschlagen, im Niederkirchen-Fall derzeit nicht mehr zu ermitteln?«

Crinelli schwieg verbittert. Er angelte eine Zigarette aus seinem Päckchen und zündete sie an, obwohl er wusste, dass Böker strengster Nichtraucher war. Sein Chef hatte natürlich Recht, aber es lag nicht in seinem Naturell, sich mit dieser Art höherer Diplomatie zu arrangieren. Außerdem war er sicher, dass man das eine tun konnte, ohne das andere zu lassen. Während der gesamten Ermittlungszeit mussten seine Kollegen ausreichend Material, Bilder, Dokumente gesammelt haben, um jetzt sofort zuschlagen zu können. Es war schwer ersichtlich, was es bringen sollte, die Kerle auf frischer Tat zu ertappen.

»Jerry …«, begann Böker nach einer Weile in väterlichem Tonfall.

»Jerry, Jerry, Jerry!«, schrie Crinelli. »Nix is mit Jerry. Ich habe die Schnauze voll! Diese Scheiße mache ich nicht mit! Es ist mir völlig egal, wer da was angeordnet hat. Ich bin Polizist, Chef, Polizist, wissen Sie überhaupt, was das heißt?« Die Wut machte Crinelli respektlos. »Meine Aufgabe besteht darin, Mörder zu suchen, und im besten Falle sogar, Morde zu verhindern. Und genau das werde ich jetzt tun, einen weiteren Mord verhindern. Dieser Psychopath hat sich gestern unter den Augen der Polizei in aller Ruhe ein Kind besorgt und ist damit unbehelligt abgehauen. Wahrscheinlich bastelt die Sau jetzt schon wieder an seinen Ruten. Umwickelt genussvoll einen Holzstab mit Schmirgelpapier, bevor er am Ende Stacheldraht nimmt, Glasscherben oder was ihm gerade so in die Hände fällt. Und was sagen wir bitteschön den Eltern des Kindes? Na, kommen Sie, Chef, das gehört auch dazu. Sagen wir: *Es tut uns Leid, Ihr Kind durfte nicht gerettet werden, dafür trifft es aber auch keine weiteren mehr?* Na, dann wünsche ich viel Spaß dabei! Ich stehe nicht zur Verfügung. Und ein Allerletztes: Meiner Meinung nach ist das illegal! Ich verstehe nur wenig von dem ganzen juristischen Scheiß. Aber mein Selbstverständnis als Polizist geht davon aus, jeden Bürger zu schützen, und zwar in dem Moment, in dem er in Gefahr gerät. Sie kennen den Mörder und wollen nichts unternehmen? Das ist ein Skandal, Böker, ein verdammter Scheißskandal!«

Bei den letzten Worten war Crinelli aufgesprungen und verließ wutentbrannt das Zimmer. Die Türe blieb offen. Er rannte den Gang entlang und wieder zurück, um Böker nochmals zur

Rede zu stellen, überlegte es sich anders, öffnete ein Fenster, um besser Luft zu bekommen, und rannte wieder in entgegengesetzter Richtung davon. Schließlich stürmte er die Toilette, versicherte sich, dass er alleine war, und trat und schlug so lange gegen die gekachelte Wand einer Kabine, bis seine Gelenke schmerzten. Schwer ließ er sich auf den Deckel der Toilette nieder und zündete sich eine Zigarette an. Tränen liefen ihm über das Gesicht, aber kein Laut entrang sich seiner Kehle.

Es dauerte lange an diesem Vormittag, bis er sich wieder in der Gewalt hatte, zu lange. Schließlich kehrte er zu seinem Schreibtisch zurück und erledigte lästigen Papierkram. Die Sache lag klar auf der Hand. Es hatte eine Sitzung der Kriminalgruppenleiter unter dem Vorsitz Bökers gegeben, an der auch der leitende Oberstaatsanwalt teilgenommen hatte. Man war übereingekommen, dass die Priorität in diesem Fall auf den Ermittlungen der Sitte lag, und da deren Fall in den nächsten Tagen abgeschlossen werden sollte, hatte man entschieden, das Risiko einzugehen, Crinellis Fall etwas zu verschleppen. Ein ganz normaler Vorgang auf dem kleinen Dienstweg. Natürlich würde man sich niemals öffentlich zu diesem Arrangement bekennen. Es war mit Sicherheit illegal. Aber wenn schließlich die Bombe platzte, die ersten Verhaftungen in der Stadt erfolgten und Prominente, Politiker und Industrielle in Handschellen abgeführt wurden, vielleicht sogar noch im Blitzlichtgewitter der von niemandem informierten Presse, war das ein nationales Ereignis, ein Fall, der bundesweit demonstrieren würde, welch hervorragende Arbeit von der lokalen Polizeibehörde geleistet wurde. Wen würde da noch ein totes Kind mehr oder weniger interessieren, ein Kind ohne Eltern, aus einem fremden Land?

Er würde trotz der Widerstände weiterarbeiten, schließlich konnten sich die Oberen nicht erlauben, eine offizielle Dienstanweisung auszusprechen. Wenn nötig, könnte er seine Kollegen informieren. Es war leicht, sie zu Komplizen zu machen.

Wer hörte schon gerne, dass sich die Chefs in eine Ermittlung einmischten? Wer wollte schon gerne Spielball politischer Machenschaften werden? Außerdem war sich Crinelli tief in seinem Herzen sicher, dass die normalen Polizisten, seine direkten Kollegen, genauso dachten und fühlten wie er.

Auf dem Weg in die Pathologie machte er kurz bei Bohlen Halt, um sich über den Stand der Ermittlungen im Fall Zimmermann zu erkundigen.

»Sieht gut für uns aus, Jerry«, begann dieser euphorisch. »Wir haben mehr als genug Beweise gegen alle in der Hand. Allein die Sichtung der Homevideos reicht, um die ganze Bande zu verknacken. Uns liegt inzwischen eine Aussage gegen Keppeler von seiner ersten Frau vor, wir haben eine Anzeige von Amelie Rubin gegen alle drei wegen versuchter Vergewaltigung, und wir sind auf die Spur des Mädchens gelangt, das du auf dem Video in der Hütte gesehen hast. Wir haben Kinderpornos sowohl als Bilder als auch als Video, Gewaltpornos, Pornos mit Tieren, die ganze beschissene Bandbreite. Wir haben nicht registrierte Waffen ohne Seriennummer, illegal erworben und, und, und. Die Staatsanwaltschaft hat verfügt, dass die drei bis zur Verhandlung in Haft bleiben, und ich denke, auch danach werden sie so bald kein Unheil mehr anrichten können. Gnahs hat Haftverschonung bis zu seiner Verhandlung. Auch an seiner Schuld besteht kein Zweifel. Der Alte ist allerdings hochgradig depressiv und meiner Meinung nach sogar suizidgefährdet. Ich hätte ihn schon alleine deshalb aus dem Verkehr gezogen. Ein Selbstmord genügt doch eigentlich. Die Herren Juristen sehen das allerdings anders. Mir auch recht, soll er sich halt umbringen. Apropos umbringen, unser Kollege Kruminga hat wohl tatsächlich Selbstmord begangen. Ich vermute, es war eine Kurzschlussreaktion. In dem Moment, in dem er die mühsam erworbene Kontrolle verloren hat, brach alles um ihn herum zusammen. Sein Verhalten ist für einen Außenstehenden nur sehr schwer nachzuvollziehen. Man muss wohl selbst einmal Mitglied einer so hermetischen Gemeinde gewesen sein, um diese kleinkarierten Machtstrukturen verstehen zu können. Aus seinem Kosmos heraus hat Kruminga vermutlich absolut folgerichtig gehandelt. Wenn Niederkirchen die Welt ist, dann ist Zimmermann deren Präsident. Und wenn man etwas gegen den mächtigsten Mann der Welt in der Hand hat und gegen seine Freunde auch noch, beginnt man sich entweder zu ängstigen oder aber man fühlt sich absolut unangreifbar. Und dann kommt so ein kleiner Polizist daher und bringt das ganze schöne Gebäude zum Einsturz. – Tja, Jérôme Crinelli, so sieht es aus, und bei dir? Sie dürften dich alle lieben in Niederkirchen, oder?«

»Frag mich nicht, mein Lieber! Das hier machst du jedenfalls sehr gut, Eddy. Niederkirchen ist mir fast schon egal. Die Bäckerei hat bis auf weiteres geschlossen, die Metzgerei auch. Schon allein deshalb hassen sie mich da unten. Dass sie ohne Bürgermeister dastehen, ist eher zweitrangig. Immerhin hat Zimmermann trotz Gefängnis einen Sieg davongetragen. Der Baulöwe darf seinen Wohnklotz bauen. Die Maschinen sind bereits angerollt und haben mit dem Erdaushub begonnen. Aber wenn du wissen willst, wo der Teich wirklich stinkt, dann kann ich dir von der Auseinandersetzung mit Böker erzählen, die ich gerade hatte.«

Die nächste Station auf seinem Weg in die Katakomben machte Crinelli bei den Kollegen der Spurensuche, die mit den Abdrücken der Autoreifen beschäftigt waren. Crinelli lieferte einen kurzen Bericht seiner Beobachtungen bezüglich des Kleinwagens und empfahl herauszufinden, welche Reifenmarke den Abdruck verursacht haben könnte. Sie könnten dann ermitteln, welche Kleinwagen serienmäßig mit diesen Reifen ausgestattet werden, um schließlich mit Hilfe des Straßenverkehrsamtes herauszufinden, wie viele Wagen dieses Herstellers in der Gegend zugelassen waren.

Crinelli fuhr mit dem Aufzug unter die Erde. Dieses Mal musste er den Obduktionsraum erst gar nicht betreten, um mit Dr. Arne Weymann zu sprechen. Der Mediziner saß auf dem Gang und qualmte eine dicke Zigarre.

»Seit wann rauchen Sie auswärts, Doc?«, fragte Crinelli schmunzelnd.

»Zigarren immer«, knurrte Weymann.

»Und seit wann überhaupt Zigarren?«

»Nur wenn ich kein Mittagessen bekomme.«

»Keine Zeit?«

»Mir ist der Appetit vergangen. Ich muss Acht geben, dass mir der Hunger nicht ganz abhanden kommt. Und das kann leicht geschehen, wenn Sie noch lange hier arbeiten, Crinelli.«

»Ist halt Ihr Job.«

»Da sieht man wieder einmal, dass ihr da oben nicht die geringste Ahnung von unserer Tätigkeit habt. Ein ganz normaler Toter. Eine Anfrage, ob ein Mensch eines natürlichen Todes gestorben ist oder vielleicht von seinen Kollegen vergiftet wurde. Intakte Körper, verstehen Sie?« Anstelle einer Antwort rümpfte Crinelli nur die Nase. »Was Sie mir hingegen auf den Tisch legen, Crinelli, erfüllt in keiner Weise den Tatbestand eines intakten Körpers, so wie ich ihn definiere. Und das, was ich da heute Morgen aus dem Leinensack rausgepuhlt habe, hat mir einfach keinen Appetit auf eines der hervorragenden Menüs unserer Kantine gemacht.«

»Deren Fleisch sieht manchmal auch so aus, als ob ihr es den ganzen Morgen zwischengehabt hättet«, unterbrach Crinelli, »aber wieso Leinensack?«

»Tja, Crinelli, wir sind arm, das wissen Sie doch. Glauben Sie, wir hätten noch Geld für Särge? Immerhin hat das Kind noch ein Einzelgrab erhalten. Das steht gerade auch mächtig in der Diskussion. Alle in Säcke und dann zu hundert in ein Loch. Erinnert zwar fatal an früher, aber geht wohl nicht mehr anders. Eigentlich müssten Sie das aber selbst wissen, oder haben Sie etwa nicht für den kleinen Nikolaus von Rotterdam gespendet?«

Crinelli erinnerte sich an den Vorfall. Vor einiger Zeit hatten die Kollegen den Leichnam eines Säuglings in einem Gebüsch entdeckt. Als seine Eltern, wie in ungezählten Fällen auch, nicht ausfindig zu machen waren, sollte das tote Baby aus Kostengründen einfach verbrannt werden, ohne Bestattung und ohne Überbleibsel. Die Beamten waren darüber so empört, dass sie zu einer Sammelaktion unter den Kollegen aufriefen. Als genügend Geld für eine Grabstätte beisammen war, brauchte das Kind einen Namen, der das schlichte Holzkreuz zieren sollte. Die Beamten gingen pragmatisch vor. Der Leichnam war am Nikolaustag in der Rotterdamer Straße gefunden worden, und so lag der unbekannte Junge jetzt als Nikolaus von Rotterdam auf dem Südfriedhof beerdigt.

»Na, sagen Sie schon, Doc!«

»Ja!«

»Scheiße! Wie konnten Sie es feststellen?«

»Zunächst einmal sehr einfach, Goldkettchen verwittern nicht. Das Mädchen trug das Zeichen. Ich habe die Kette bereits zur Spurensicherung hochgegeben. Aber die Sache ist eindeutig. Vor allem, wenn man sich die Verletzungen ansieht.«

»Entschuldigen Sie, Doc, das Mädchen ist seit zwei Jahren tot. Ist da wohl noch viel zu sehen?«

»Kommen Sie doch mit rein, dann gebe ich Ihnen praktischen Anschauungsunterricht.«

»Äh, von mir aus muss das nicht sein.«

»Der Leichnam war noch vollständig erhalten. Aber lecker sieht so etwas trotzdem nicht mehr aus. Die Haut hat die Struktur von gegerbtem Leder und ist von Schimmelrasen überzogen. An vielen Stellen ist das Fleisch bereits verfault, aber noch nicht vom Knochen abgefallen. Die Haare sind von der Kopfhaut gelöst und liegen als Beigabe im Sack, der natürlich von jeder Menge Viehzeugs durchfressen war. Aber zur Sache. Dieser

Mord war kein erster zarter Versuch. Lassen Sie es mich so ausdrücken, die Spuren an der Leiche erfüllen alle Kriterien der Folter. Das Mädchen ist eindeutig stranguliert worden. Ich verstehe nicht, dass das dem Notarzt seinerzeit nicht aufgefallen sein soll. Natürlich sind fast alle Knochen gebrochen, was mit ziemlicher Sicherheit auf den schweren Aufprall zurückzuführen ist. Es scheint übrigens, als ob das Kind während des Falls mehrfach aufgeschlagen ist. Um das genauer zu sagen, müsste man sich den Felsen, von dem es geworfen wurde, ansehen. Aber ich gehe davon aus, dass es wie auch unser erstes Opfer bereits tot war, als es unten aufschlug, also den Sturz nicht mehr erleben musste. Trotz all der schrecklichen Brüche und der äußeren Verletzungen, Quetschungen, Schürfwunden, Risswunden und so weiter hätte den Kollegen der tiefe Schnitt am Hals doch auffallen müssen, genauso wie das viele Blut im Genitalbereich. Wenn Sie mich fragen, unglaublich oder nicht, sie haben das Kind einfach in den Sack genäht und verbuddelt. Warum sich um ein Kanakenkind kümmern, dem ohnehin niemand eine Träne nachweint? Genau so sieht es leider aus. Noch mal sachlich, Jerry. Der Kopf des Kindes muss fast abgetrennt gewesen sein, so stark ist die Verletzung des Halswirbels durch eine Drahtschlinge. Das Schambein ist fast vollständig zerstört, nicht im Sinne von zertrümmert, sondern im Sinne von weggefeilt. Scheide, Vagina, Harnröhre und selbst die Harnblase – alles weg. Eine Trennwand zwischen Scheide und Anus existiert nicht mehr. Der Genitalbereich ist ein einziges klaffendes Loch.«

Die Männer saßen schweigend auf der Bank, von grellem Neonlicht kalt-blau beschienen. Crinelli brach schließlich das Schweigen.

»Was macht eigentlich den schrecklichen Unterschied aus zwischen Vermutung und Gewissheit?«

Erst nach einer ganzen Weile gab Weymann eine Antwort.

»Die Hoffnung, Jerry, die Hoffnung.«

Crinelli legte im Erdgeschoss eine Pause ein. Er trat aus dem hohen Innenhof hinaus vor die Türe des Präsidiums. Die direkte Umgebung war trostlos. Er atmete die warme Sommerluft tief ein. Ein herrlicher Tag, aber nach dem Aufenthalt in der Pathologie spürte er nichts mehr.

Morgen würde er sich Hammerschmidt anschließen und mit den übrigen Beamten gemeinsam nach dem schwarzen Kleinwagen suchen. Er würde sich wieder zeigen im Dorf, allen unmissverständlich klarmachen, dass er nicht eher Ruhe geben würde, bis der Psychopath endlich gefasst war.

Einen kleinen Abstecher machte er allerdings noch, bevor er zurück nach Niederkirchen fuhr. Er besuchte den Kollegen Giuseppe Ferrara in seinem Büro. Es stand deutlich in dessen Augen zu lesen, dass er von Crinellis erneuter Visite nicht besonders angetan war.

»Hallo Giuseppe«, begrüßte Crinelli ihn ungewohnt überschwänglich, »wie stehen die Aktien?«

»Alles gut so weit, danke. Wer hat denn bei dir an der Schnur gezogen?«

»Was ist denn das für eine Frage? Färbt der große Vorsitzende Böker schon bis in deine Abteilung ab?«

»Das allzu fröhliche Lächeln in deinem Gesicht wirkt irgendwie nicht echt, mein Lieber. Das macht mir etwas Angst. Was willst du hier?«

»Nichts Besonderes. Ich schau nur mal so vorbei. Man kann ja nie wissen, ob sich in den letzten Tagen etwas Neues ergeben hat, etwas, von dem du mir unbedingt berichten willst! Könnte doch sein, oder?«

»Nein, Jerry! Ich habe dir nichts zu erzählen«, antwortete Ferrara knapp.

»Bleib ganz ruhig, Ferrara. Ich bin ja schon wieder weg. Ich nehme an, du bist inzwischen ebenfalls in die Ermittlungen einbezogen worden?«

»Was soll die Frage? Ich denke, wir haben neulich im Café alles besprochen. Warum lässt du mich nicht in Ruhe?«

»Aber ich lass dich doch. Kein Problem. Also, Kollege, mach's gut! Ich wünsche noch einen schönen Tag.«

Crinelli wandte sich zum Gehen, hielt aber in der Türe nochmals inne.

»Ach, übrigens, ich bin froh, dass ihr auch ohne Leiter wieder vom Dach runtergekommen seid!«

Ohne dem entsetzten Ferrara eine Chance zur Antwort zu lassen, schlug er die Türe hinter sich zu und verschwand im Aufzug.

»Ich höre es ganz genau. Sie spricht mit mir!«

»Hör schon auf, Jerry. Du kannst nichts hören, allenfalls spüren kannst du etwas. Ich, ich spüre viel, sehr viel. Irgendwie fühlt sich das kleine Wesen jetzt so richtig wie mein Kind an.«

»Und vorher?«, wollte Crinelli wissen und hob seinen Kopf leicht an, um Maria in die Augen zu sehen. Sie lagen gemeinsam im Bett, und Crinelli hatte seinen Kopf auf Marias Bauch gebettet. Der Augenblick gab ihm Wärme und Kraft. Dieses Kind sollte er beschützen, doch in Wirklichkeit war es eher das heranwachsende Kind, das *ihm*, dem erwachsenen Mann, dabei half, *sein* Leben zu meistern. Die Leere war genau in dem Moment aus Crinellis Leben gewichen, als Maria ihm erzählte, dass sie schwanger war.

»Vorher war es schwer. Ich fühlte mich von einem Moment auf den nächsten unsicher und auch unwohl. Ein wenig war das Kind ja auch ein Eindringling, das es sich in meinem Körper bequem macht. Ein Untermieter, obwohl ich doch alleine wohnen wollte.«

Crinelli starrte seine Frau entsetzt an.

»Nun schau doch nicht so. Verstehst du das denn nicht? Du hast dein Gefühl und ich das meine. Und die beiden Gefühlswelten sind nun einmal nicht identisch. Zwar bekommen wir ein gemeinsames Kind, aber jeder von uns spielt doch eine andere Rolle in diesem Theaterstück, oder?«

Das war Crinelli zu hoch.

»Na, vielleicht lernst du ja noch, es zu lieben.«

»Bist du bescheuert, Jérôme Crinelli? Was erlaubst du dir eigentlich? Ich liebe mein Kind. Aber Liebe ist nicht plötzlich da, sie entwickelt sich, tut weh, macht Angst und erzeugt manchmal auch Glück. Davon wollte ich dir etwas erzählen. Aber für dich gibt es anscheinend immer nur schwarz oder weiß, Tag oder Nacht, für mich oder gegen mich. Jerry, Gefühle sind nichts für dein Räuber-und-Gendarm-Schema. Warum ist es nur so schwer, mit dir darüber zu reden?«

Crinelli schwieg. Er befand sich auf vermintem Gelände. Er streichelte Marias Bauch, rollte sich auf seine Seite des Betts, kugelte sich, so weit es ging, zusammen, zog die Bettdecke bis zu den Ohren hoch und versuchte so, der Situation zu entkommen.

Maria war seltsam streng in den letzten Tagen. Die entspannte Heiterkeit, mit der sie ihn auf der Wache besucht hatte, war nur ein Strohfeuer gewesen. Er hatte dies den Launen der Schwangerschaft zugeschrieben und fand, dass es klüger wäre, nicht mit Maria darüber zu sprechen. Vielleicht war das ja ein Fehler, und sie erwartete gerade, dass er sie darauf ansprach. Vielleicht wertete sie sein Schweigen als Desinteresse. Aber so wie er die Sache sah, gab es jedes Mal, wenn er das Gespräch suchte, Streit. Genau wie an diesem Abend, an dem ihm so sehr an Familie, an Geborgenheit und Nähe gelegen war. Er konnte eben nicht so einfach über sich sprechen. Wenn Maria so sensibel war, wie sie tat, müsste sie das eigentlich längst gemerkt haben, dachte er.

Ohne ein weiteres Wort an seine Frau zu richten, schlief Crinelli ein.

Maria starrte noch stundenlang an die Decke. Sie hatte den festen Vorsatz gehabt, keine schlechten Gedanken mehr zuzulassen. Sie wollten ihren Fehler korrigieren und basta. Sie liebte Jerry und ihr gemeinsames Leben. Doch jetzt ertrug sie es nur noch schwer, dass Jerry nicht redete. Sie kannte seine Verbissenheit und seinen Starrsinn, sicher, aber die Wucht, mit der diese Eigenschaften im vorliegenden Fall zu Tage traten, war zu viel. Maria ahnte dunkel, in welchen seelischen Verstrickungen Crinelli sich befand, ahnte, dass Jerry ihre Schwangerschaft und die Ergreifung des Kindermörders immer mehr vermischte. Was sie aber nicht sah, war ein Weg, ihrem Mann zu erklären, dass das eine mit dem anderen nichts zu tun hatte. Sie sagte nichts mehr, auch wenn ihr das Leben in der drückenden und kalten Enge des Dorfes inzwischen fast schon körperlich wehtat. Sie wollte ruhig bleiben, bis zu dem Moment, als der Schuss fiel. Es war keine Einbildung. Sie kam an jenem Tag von Ophelia, wo sie sich getroffen hatten, um über das Begräbnis des kleinen Mädchens zu sprechen. Für den Rückweg wählte sie den Pfad am Fluss entlang. An einer seichten Stelle machte sie Rast, zog ihre Schuhe aus und ließ das kühle, klare Bachwasser ihre Füße umspülen. Für einen glücklichen Moment gelang es ihr zu vergessen, wo sie sich befand. Sie verstand, was Jerry an diesem Ort angezogen hatte.

Und dann kam der Schuss. Die Kugel schlug direkt neben ihr in einen toten Ast ein. Das war keine irregeleitete Patrone aus einem Jagdgewehr. Es war ein Warnschuss, der sagte: Wir wollen dich weghaben. Geh schnell, oder wir helfen nach. Oder bildete sie sich das alles inzwischen nur noch ein?

Zu Tode erschrocken rannte sie zurück nach Hause und hatte seitdem das Haus nicht mehr verlassen, jedenfalls nicht, um sich im Ort aufzuhalten. Sie verschwieg Jerry den Vorfall, wollte ihn nicht noch mehr unter Druck setzen. Wenn der Steinwurf sie ängstigte, dann hatte sie der Schuss in eine lähmende Panik versetzt. Sie hoffte seitdem jede Minute auf den erlösenden Anruf, dass der Mörder endlich gefasst sei. Stattdessen hatte sie am heutigen Morgen einen Zettel unter ihrem

Scheibenwischer gefunden. HAST DU DEN SCHUSS NICHT GEHÖRT, DU SCHWANGERE SAU? Sie hatte sich aber nicht geirrt. Den ganzen Tag über saß sie angstzerfressen mit angewinkelten Beinen in ihrem Korbsessel. Sie rang sich schließlich dazu durch, endlich mit ihrem Mann zu sprechen. Doch als dieser das Haus betrat und Maria in seine Augen sah, brachte sie es wieder nicht fertig.

Dienstag

Es war fünf Uhr morgens, als die Beamten unmittelbar hinter dem Kreisverkehr die Straße, die aus dem Tal hinausführte, abriegelten. Es dämmerte, als Crinelli und Süwer sich zur Begrüßung die Hände schüttelten. Jedes Fahrzeug, das den Ort verließ, würde ab jetzt überprüft werden. Niederkirchen war vom Rest der Welt durch eine Straßensperre getrennt.

Crinelli setzte sich auf den Abtritt eines der Polizeifahrzeuge, die die Durchfahrt verengten, und begann zu rauchen. Der erste Wagen rollte gegen halb sechs zwischen den grün-weißen Einsatzfahrzeugen hindurch. Ab sechs wurde der Verkehr dichter. Zwischen sieben und acht bildete sich eine kurze Schlange. Zwei Experten untersuchten die Reifen der Wagen und stellten keinerlei Übereinstimmung mit den genommenen Abdrücken fest. Die Menschen waren überrascht, entsetzt und verärgert. Wenn es für einen Wegzug aus Niederkirchen noch eines weiteren Grundes bedurft hätte, so bekam Crinelli ihn an diesem Morgen von einem Augenpaar nach dem anderen geliefert. Die Gemeinde war zusammengerückt und zeigte dem Eindringling unmissverständlich, was sie von der Verhängung des Ausnahmezustandes hielt. Crinelli ließ das alles kalt. Er begegnete den feindlichen Blicken mit entschlossener Härte. Er war ruhig und kalt.

Als der Strom der Pendler nachließ, schnappte sich Crinelli einen der Experten und zog mit ihm los. Die Straßensperre würde für die nächsten 36 Stunden jeden hinein- oder hinausfahrenden Wagen kontrollieren. Parallel gingen weitere Beamte von Haus zu Haus, um die dort geparkten Fahrzeuge zu kontrollieren.

Nach vier Stunden entschloss sich Crinelli zu einer kleinen

Verschnaufpause. Er fuhr zum Dorfplatz und setzte sich demonstrativ auf das kleine Mäuerchen, das die Rasenfläche vor der noch immer geschlossenen Bäckerei umfasste. Die Störung durch lärmende Baumaschinen neben der Kirche war in der ansonsten ruhigen Umgebung ungewohnt. Wie schnell so etwas geht, dachte Crinelli und betrachtete mit sichtlicher Überraschung den riesigen Erdaushub, der soeben auf einen Lastwagen geschaufelt wurde. Das Loch war nahezu vollständig ausgehoben. Der große Bagger befand sich bereits in unmittelbarer Nähe der Kirchenmauer. Vandermeulens Sorgen waren unbegründet. Wenn bisher keine Leichen aufgetaucht waren, brach seine Friedhofstheorie wohl in sich zusammen.

Ganz in diesen Gedanken versunken, bemerkte Crinelli nicht, dass sich ihm eine Frau von hinten genähert hatte. Sybille Zimmermann sah schlecht aus. Tiefe Ränder unter den Augen zeugten von zu wenig Schlaf, deutlich hervortretende Tränensäcke ließen auf durchweinte Nächte schließen. Zu spät, dachte Crinelli ohne Mitleid, Sybille war Teil des ganzen Skandals. Ob sie, wie die Frauen von Keppeler, zu den Sexspielchen nur gezwungen worden war, war ihm gleichgültig, aber er glaubte es eher nicht. Die Zimmermann sah ihn im Vorbeigehen kurz an und wendete sich, sobald sie merkte, dass Crinelli ihren Blick erwiderte, wieder von ihm ab, tat einige Schritte Richtung Kirche, hielt inne, kam zurück und spuckte Crinelli hasserfüllt vor die Füße. »Du Schwein«, stieß sie aus und ging eilig davon.

Crinelli wollte gerade wieder in sein Auto steigen, als er aufgeregte Schreie aus Richtung der Baugrube vernahm. Über den Platz hinweg sah er, wie die Arbeiter auf die Stelle zuliefen, an welcher der Schaufelbagger mit dem Restaushub beschäftigt war. Crinelli überquerte die Straße und näherte sich der Grube.

»Was ist passiert?«, fragte er einen dicken Mann, der sich gerade aus dem Führerhaus seines LKWs quetschte.

»Keine Ahnung, haben wohl doch noch einen Toten gefunden.«

Crinellis Schritte wurden schneller. Er stürmte den matschigen Abhang in die Grube hinab. Der Bagger wandte ihm das Hinterteil zu. Die Bewegung seiner Schaufel war auf Augenhöhe der herbeigeeilten Bauarbeiter eingefroren. Crinelli stapfte durch das schwere Geläuf und umrundete die riesigen Räder. Er schaute zwischen Loch und Inhalt der Schaufel hin und her. Sie hatten definitiv keinen mittelalterlichen Friedhof entdeckt.

Rasch hintereinander tippte er zwei Nummern in sein Handy ein. Den Mobilanschluss von Hammerschmidt, um den *Ersten Angriff* anzufordern, und Bohlen, um den ganzen kriminalistischen Apparat zu mobilisieren, einschließlich Dr. Weymann, und niemand anderem, wie Crinelli unmissverständlich forderte. Er wies sich den Männern gegenüber laut und deutlich als Kriminalkommissar aus und untersagte ihnen, sich der Schaufel weiter zu nähern. Außerdem wies er sie an, das Gelände so lange zu sichern, bis die Polizei einträfe. Niemand durfte raus und niemand rein, vor allem sollten sie neugierige Gaffer fern halten. Crinelli überlegte kurz und tätigte dann noch einen weiteren Anruf. Das Gespräch war sehr kurz und ließ für den Bruchteil einer Sekunde ein Lächeln über sein Gesicht huschen.

Der Anblick der Baggerschaufel war widerlich. Von feuchter Erde umgeben enthielt sie die Gliedmaßen eines Menschen, eines kleinen Menschen. Das Kind musste schon seit längerem tot sein. Teile seines Gesichtes waren bereits bis auf die Knochen verfault. Dass trotz der fortgeschrittenen Verwesung noch einige Haarsträhnen sowie vereinzelte Fleischreste an den Gesichtsknochen hingen, konnte an der Feuchtigkeit des Bodens und dem wenigen Sauerstoff, dem die Leiche unter der Erde ausgesetzt war, liegen. Aus einer Augenhöhle suchten Würmer den Weg ans Licht. Von dem ganzen Torso war allein der Kopf gut zu sehen. Er baumelte zwischen den Stahlzinken der Schaufel herab, zu weiten Teilen vom Rumpf abgetrennt. Denkbar, dass die Durchtrennung der Halswirbelsäule von den Zähnen des Baggers herrührte, aber Crinelli zog diese Möglichkeit nicht ernsthaft in Betracht. Er wusste, was und wer dem Mädchen diese Verletzungen beigebracht hatte. Das sichtbare Zeichen dafür hing noch um den Hals des Kindes und glänzte trotz des alles umgebenden Schmutzes in der Sonne. Das Kreuz war das Erste, worauf Crinellis Blick gefallen war, und es reichte aus, um zu wissen, dass er das vierte Opfer gefunden hatte.

Eine Stunde nach dem Fund der Leiche wimmelte es in der Baugrube von Polizisten. Die Bauarbeiter bildeten den ersten Wall der Schaulustigen, dienten aber gleichzeitig als Sichtschutz. Dahinter stand inzwischen das komplette restliche Dorf. Die Männer der Spurensicherung untersuchten den Boden, steckten den direkten Fundort ab und vermaßen die Tiefe des Fundes, während sich Arne Weymann mit seinem Assistenten um den Inhalt der Schaufel kümmerte. Crinelli hatte sich beim Eintreffen von Böker demonstrativ etwas abseits, leicht erhöht, auf die Schaufel eines kleineren Baggers gesetzt und schaute von dort dem Treiben scheinbar teilnahmslos zu. Er stellte durchaus Blickkontakt zu seinem Vorgesetzten her, vermied aber jedes Wort mit ihm. Sein Blick war ein einziger herausfordernder Vorwurf.

Kurz nach den Beamten war noch eine weitere Person aus Köln im Dorf angekommen. Bestens instruiert, tauchte plötzlich und von allen Beamten unbemerkt, das Weitwinkelobjektiv eines Reporters genau hinter dem Bagger auf, auf dessen Schaufel Crinelli es sich gemütlich gemacht hatte. Offenbar hatten die Polizisten den schmalen Spalt im Bretterzaun genau hinter dem Bagger nicht bemerkt. Am nächsten Tag würden sie Böker gegenüber schwören, dass der Zaun bei der Inspektion noch völlig dicht gewesen sei.

Der Fotograf verschoss einen Film nach dem anderen. Crinelli hörte das Schnellfeuer des Winders direkt hinter sich und schmunzelte, ohne sich auch nur einmal umzudrehen. Es war gar nicht gut, ihn herauszufordern.

Der Reporter verschwand genauso schnell und unbemerkt, wie er gekommen war, und noch bevor die Beamten von ihrer Dienstfahrt zurück in die Domstadt kamen, war die Schlagzeile mit den entsprechenden Fotos gesetzt: »Drittes Opfer des Psychomörders! Wie sicher sind unsere Kinder?« – von der exhumierten Leiche in Taufheim hatten die Journalisten noch keinen Wind bekommen. Ab 22 Uhr in dieser Nacht über die Stadt verteilt, würde der Artikel einige Kriminalbeamte der Kölner Kripo und vor allem deren Leiter in arge Interessenskonflikte stürzen.

Crinelli hatte genug gesehen. Aus beruflicher Sicht interessierte ihn der Fund nicht besonders. Er war grausam, aber neue Erkenntnisse zur Ergreifung des Mörders waren von dieser Leiche nicht zu erwarten. Die Tatzeit war wichtig, aber auch nicht mehr von Bedeutung. Seine Gedanken kreisten nur um ein Thema. Wie konnte der Mörder eine Kinderleiche mitten in einem Dorf verbuddeln, ohne dass auch nur ein Mensch etwas davon bemerkt hatte? Niederkirchen war nachts tot. Aber so sicher konnte sich selbst der abgebrühteste Verbrecher nicht fühlen, dass er in der Ortsmitte seelenruhig ein Grab aushob. Ein Mensch, der nicht schlafen kann. Ein Frühaufsteher, ein Reisender, ein paar Jugendliche auf dem Nachhauseweg von der Disko, was auch immer.

Der Killer war ein Einzelgänger. Er führte sein Leben völlig im Verborgenen. Mitwisser oder sogar Verbündete gab es nicht. Und Crinelli war sich auch sicher, dass der Killer wusste, dass sie ihm auf den Fersen waren; vielleicht befand er sich jetzt sogar unter den Schaulustigen und beobachtete interessiert die polizeilichen Ermittlungen. Noch während dieser Gedanke in Crinellis Hirn Raum griff, drehte er sich blitzschnell einmal um die eigene Achse und versuchte die Menge abzuscannen. Es lief alles genau darauf hinaus. Mann gegen Mann. Der Täter suchte den Kontakt, so wie Arne Weymann vermutet hatte. Er ist brutal und schreit gleichzeitig nach Hilfe, bittet um Entdeckung. Ein Mensch wie ich und du, dachte Crinelli in diesem Augenblick zum ersten Mal, er hat nur einmal in seinem Leben die falsche Abfahrt genommen, und plötzlich ist nichts mehr, wie es einmal war.

Inzwischen war es wesentlich ruhiger um die Baugrube herum geworden. Im Licht der Abendsonne siebten die Kollegen der Spurensicherung Eimer für Eimer den Sand. Crinelli ging auf die Beamten zu und sprach kurz mit ihnen. Die Straßensperre hatte noch kein positives Ergebnis erbracht. Crinelli ordnete deren Fortsetzung während der ganzen Nacht an. Auch die Hausbesuche hatten noch nichts ergeben. Die Beamten würden noch einige Tage brauchen, bis alle Fahrzeuge überprüft waren.

Der Umweg über die Reifenmarke hatte noch zu keinem Ergebnis geführt. Zwar konnten die Beamten die Marke aufgrund der Spuren als ein Produkt der Firma Kleber identifizieren, mussten daraufhin aber feststellen, dass viele Autohersteller ihren Kunden die Wahl zwischen mehreren Reifenmarken ließen.

Einem Impuls folgend, steuerte Crinelli seinen Wagen nicht nach Hause, sondern passierte die Straßensperre, fuhr wenige hundert Meter weiter in Richtung Pass und bog dann links auf den staubigen Feldweg ab. Unmittelbar an der Mühle stellte er den Wagen ab und ging die wenigen Meter zum Wehr zu Fuß. Er zog seine Schuhe aus, kletterte verwegen auf das hölzerne Tor und ließ von dort seine Füße ins Wasser baumeln. Er saß exakt an der Stelle, an der sich das erste tote Mädchen im Wehr verfangen hatte. Bevor er zu Hause den nächsten Kriegsschauplatz betreten würde, wollte er sich einige Minuten der Ruhe gönnen.

Der Rauch einer zweiten Zigarette hatte sich noch nicht verzogen, als eine Vibration in seiner Hosentasche Crinelli zu einer diffizilen Bergungsaktion zwang. Er achtete darauf, nicht in den Fluss zu fallen, während er das zappelnde Handy aus der Hosentasche fischte.

»Hallo?« Es war Anja Salowski. »Hallo Anja, wie geht's?«

»Ach Jungchen, wie soll es schon gehen. Ich habe gerade ein langes Gespräch mit meiner ehemaligen Kollegin Isabelle Schnock geführt. Weißt du eigentlich, wie nahe ihr das mit den toten Kindern geht? Sie hat Rotz und Wasser geheult am Telefon, und glaube mir, das ist eher ungewöhnlich für sie. Besonders geschockt ist sie natürlich darüber, dass ihr dieses zweite Kind in ihrer Mülltonne gefunden habt. Schrecklich so was, wer kommt auf solch perverse Ideen?«

»Sag du es mir, Anja, du kennst dich mit so was ebenso gut aus wie ich.«

»Irrtum, mein Junge, mit Perversen kenne ich mich absolut nicht aus, aber Papperlapapp, eigentlich rufe ich ja wegen was ganz anderem an.«

»Moment, Moment, nicht so schnell. Auf mich machte die Schnock einen sehr gefassten Eindruck. Woher der plötzliche Sinneswandel?«

»Ach, ich weiß auch nicht. Wir haben über alles Mögliche gesprochen, sie hatte ja auch kein einfaches Leben, und da ist es eben aus ihr herausgebrochen. Vielleicht ist im Moment auch alles nur ein wenig viel für sie.«

»Erzähl mir von ihrem Leben«, forderte Crinelli seine Ersatzmutter auf.

»Im Schnelldurchgang: Große Liebe geheiratet, der sich dann aber als nicht so ein toller Hecht herausgestellt hat, kennt man ja. Geschäft aufgebaut, Kind bekommen, dann ist der Mann gestorben und hat ihr 'nen riesigen Berg Schulden hinterlassen. Und was fängst du an, als allein erziehende Mutter in den 60ern. Kurz und gut, sie hat angefangen zu modeln …«

»Modeln?«

»Anzuschaffen. Irgendein Kerl, früherer Schulfreund, na du weißt doch, wie solche Karrieren starten. Aber sie hat es geschafft. Hat im Laufe der Jahre all ihre Schulden abbezahlt und nebenbei noch für ihren Jungen gesorgt. Isabelle ist eine verdammt kraftvolle Frau. Aber das mit ihrem Jungen hat sie nie verwunden.«

»Wieso?«

»Er hat sich völlig von ihr abgewandt. Und nicht nur das. Er warf ihr vor, sich zu prostituieren, anstatt dankbar zu sein, dass ihre harte Arbeit ihm das Studium ermöglichte, denn das Geld dafür war ihm offenbar nicht zu fies. Dieser undankbare Kerl ist jedenfalls irgendwo Pfarrer geworden und hat sich seitdem nicht mehr bei ihr blicken lassen. Arme Frau«, endete die Salowski.

Crinelli wäre fast ins Wasser gestürzt. Unglaubliche Szenen spielten sich in rasender Geschwindigkeit in seinem Kopf ab. Als er wahrnahm, wie die Salowski in den Hörer rief, um herauszufinden, ob er noch da sei, fing er sich für den Moment.

»Weißt du, wie der Typ heißt?«, fragte er.

»Wer, ihr Sohn? Nein, keine Ahnung. Warum? Was spielt das für eine Rolle?«

»Weiß noch nicht«, antwortete Crinelli, darum bemüht, ruhig zu bleiben. »Kannst du das eventuell für mich herausbekommen, ohne dass Frau Schnock etwas ahnt, meine ich? Es wäre wichtig, und bitte, frag nicht, warum. Hast du eine Idee, wie alt die Schnock ist?«

»Klar, sie hat gerade ihren 58. gefeiert. Hättest du nicht gedacht, oder? Tja, Arbeit hält jung, Jungchen.«

Er musste auflegen und nachdenken.

»Anja, ich danke dir für deinen Anruf, das war wirklich wichtig. Bitte sprich noch mal mit der Schnock und ruf mich dann wieder an, ganz egal um welche Zeit. Also mach's …«

»He, Jungchen, du bist ja völlig verwirrt. Ich habe dir doch noch gar nicht erzählt, warum ich angerufen habe. Ich sollte doch für dich etwas erledigen.«

In Crinellis Schädel rauschte es.

»Pass auf, Jungchen«, begann die Salowski, »was ich dir jetzt erzähle, ist wirklich heiß. Ich habe mich die ganze Nacht damit gequält, ob ich es dir nun sagen soll oder nicht. Erstens: Die Spedition ist nur ganz selten überhaupt besetzt. In aller Regel schiebt nur ein Typ Wache, allerdings mit einem scharfen Köter. Viel los ist nur samstags und sonntags, wenn der Rest des Güterbahn-Geländes leer ist, und auch da nur in der Nacht. Das Terrain ist mit Kameras gesichert, zumindest scheint es so. Sind aber alle blind. Die Kerle wähnen sich völlig sicher. Es gibt keine Monitore in den Räumen. Neben dem Haupttor gibt es noch einen weiteren Zugang zum Gelände. Eine kleine Stahltüre führt hinten auf die Gleise hinaus ...«

»Anja«, unterbrach Crinelli wenig einfühlsam, »vergiss die Spedition. Bitte frag nicht weiter, besorg mir nur den Namen von Schnock junior, ja? Bitte beeil dich, es ist wirklich wichtig, lebenswichtig.«

»Jungchen, du glaubst doch nicht, dass die Schnock etwas mit deinen grausigen Morden zu tun?«

»Sie nicht, nein, keine Sorge. Ich muss Schluss machen.«

»Ja und was ist jetzt mit der verdammten Spedition? Ich habe alles für dich herausgefunden.«

Die Frau war einfach hartnäckig.

»Pass auf, wenn das hier hinter mir liegt, komme ich darauf zurück. Glaub bitte nicht, ich sei undankbar, aber du hast soeben Bewegung in den Fall gebracht. Danke, Anja, mach's gut.«

Crinelli wartete keine weitere Reaktion ab. Er drückte das Gespräch weg, erhob sich ob der hereingebrochenen Nacht vorsichtig und balancierte zurück ans Ufer.

Vandermeulen, der Pfarrer, der Sohn der Hure Schnock! Wohnhaft in unmittelbarer Nähe der verhassten Mutter. Wenn man diesen Gedanken zuließ, dann ergab sich so etwas wie eine innere Logik der Verbrechen. Plötzlich ergab alles einen Sinn: die christlichen Verweise, die Reinigungen, der Fundort der Leiche auf dem Pass. Mein Gott, dachte Crinelli, was für ein kaputtes Leben. Konnte er wirklich der Täter sein?

Crinelli ging zurück zu seinem Wagen und fuhr rauchend nach Hause. Mit Maria sprach er wenig. Sie war komisch. Der vorabendliche Krach hatte Spuren hinterlassen. Er verzog sich in sein Arbeitszimmer und begann, den ganzen Fall noch einmal systematisch durchzugehen. Am Ende dieses Prozesses stand kein unumstößlicher Schuldbeweis, aber es fehlten nur noch wenige Teile des Puzzles, um den schweren Verdacht in eine unwiderlegbare Tatsache zu überführen.

Jetzt, im Moment des Durchbruchs, fiel die rastlose Eile, unter der Crinelli die letzten Wochen gelitten hatte, vollständig von ihm ab. Er war plötzlich ganz ruhig. Morgen würde er zuerst mit der Schnock sprechen und dann noch einige abschließende Telefonate führen. Aber er musste vorsichtig vorgehen, immerhin hielt der fromme Gottesmann das letzte Kind noch irgendwo gefangen. Wo lag dieses Versteck? Crinelli hatte eine Ahnung. Gegen vier Uhr am Morgen ging er schließlich zu Bett und schlief zum ersten Mal seit Wochen ruhig und tief.

Niederkirchen

Der Mann schaute auf sein Werk. Mit der freien Hand überprüfte er den Knoten. Der würde einiges aushalten. Dann ging er zurück zu seinem Jungen. Noch immer saß er schluchzend, verängstigt und stark blutend in seinem Zimmer. Das war doch nur normal, nach all den Schmerzen. Aber das Bürschchen war tapfer, kein Vergleich mit diesem widerlichen Bastard. Er dankte Gott dafür, denn schließlich war es das letzte Kind in einer langen Reihe. Das war ihm sein Gott auch schuldig gewesen, auch wenn man Gott keine Vorschriften zu machen und jedwede Prüfung still zu ertragen hatte. Aber das siebte und letzte Kind sollte noch einmal perfekt sein. Er würde sein Werk in aller Ruhe beenden, und dann kam auch für ihn der Tag der Erlösung. Wenn es eines Gottesbeweises überhaupt bedurft hätte, dann wäre er durch das Erscheinen dieses Kommissars im Ort erbracht worden. Sein Schöpfer hatte ihm einen gleichwertigen Gegner und seinen Erlöser in einer Person geschickt, endlich jemand, dem er die Aufgabe voll und ganz zutraute, und jetzt war der Tag nicht mehr fern.

Nur noch eine letzte Säuberung, dann käme auch für den Jungen die Erlösung. Auch für sich selbst hatte er ein Reinigungsritual festgelegt, um bereit zu sein für Crinelli. Für einen kurzen Moment hatte er Angst, dass er seine Tat nicht würde zu Ende bringen können. Als sie das Kind neben der Kirche ausgebuddelt hatten, konnte es nur noch wenige Stunden dauern, bis sie ihn entdeckten, aber offensichtlich war seine Arbeit besser gewesen als vermutet. Von außen war nichts mehr an der Kirchenmauer zu sehen, er hatte sich schließlich in der Nacht selbst noch davon überzeugt.

Er verließ das Zimmer und wusch sich in einem Bottich die blutigen Hände, ein Versehen, dass der Junge während der Reinigung ohnmächtig geworden war und sich beim Fall den Kopf aufgeschlagen hatte. Na, es war ja noch einmal gut gegangen.

Er betrat die Privatkapelle, streichelte gedankenverloren über die Riemen seiner Peitsche, während er seinem Vater in die Augen sah. »Ja, Papa, ich komme, schon zu Beginn der neuen Woche. So Crinelli will, werde ich bald wieder bei dir sein.«

Mittwoch

Crinelli drückte schmunzelnd das eingehende Gespräch weg. Sein Display wies den Anrufer als René Böker aus. Am Morgen war die Schlagzeile erschienen, zusammen mit einem formatfüllenden Foto der Baggerschaufel samt ihrem grausigen Inhalt. In das große Foto eingeklinkt war ein kleines Porträt von Böker, das den leitenden Kriminaldirektor der ZKB mit ziemlich ratlosem Gesichtsausdruck neben der Leiche zeigte. Vermutlich stand Böker im diesem Augenblick kurz davor zu explodieren.

Das erste Mal klingelte Crinellis Mobiltelefon bereits gegen sieben Uhr morgens. Nach dem zehnten Versuch gegen halb neun hatte er mit dem Zählen aufgehört, drückte aber geduldig jeden weiteren Versuch seines aufgebrachten Chefs, ihn zu erreichen, kurzerhand weg. Sollte der rückgratlose Kerl ruhig das HB-Männchen spielen, Crinelli hatte erreicht, was er bezwecken wollte. Die aufgebrachte und schockierte Öffentlichkeit verlangte von den Beamten die sofortige Ergreifung des Mörders und brachte deren Repräsentanten in argen Erklärungsnotstand. Böker musste sich den Medien in einer Pressekonferenz stellen, und es würde keine von denen werden, die er so sehr liebte. Crinelli hatte nicht vor, seinen Chef von der Wendung des Falles in Kenntnis zu setzen, und wollte selbst durch Abwesenheit glänzen.

Auf dem Weg zum Pass und zu dem schwierigen Gespräch mit Isabelle Schnock überprüfte er die Undurchlässigkeit der angeordneten Straßensperre. Dass die ganze Aktion jetzt sinnlos war, schon allein, weil er den Halter des Fahrzeuges kannte und wusste, dass dieser es irgendwo untergestellt hatte, erwähnte er den Beamten gegenüber nicht. Er wollte und brauchte jetzt keine Eingeweihten.

Crinelli fuhr betont langsam an diesem Morgen, hatte die Seitenscheiben heruntergelassen und genoss den kühlen Fahrtwind, rauchend und mit einer guten CD. Selbst dass Maria keine Anstalten gemacht hatte, mit ihm zu frühstücken, ihn überhaupt zur Kenntnis zu nehmen, setzte ihm nicht zu. In wenigen Stunden war der Spuk vorüber, und dann würde alles anders werden, wieder so sein wie vor dem Umzug. Crinelli würde sich ändern, musste sich ändern, dass wusste er selbst nur zu genau. Anderenfalls hätte seine Ehe keine Zukunft.

Er parkte vor dem Bergischen Hof und stellte den Motor ab. Wie lange er dort gedankenverloren saß und Musik hörte, wusste er nicht. Mitten in Donizettis »Tombe degli avi miei – Fra poco a me ricovero« hinein ertönten jedenfalls erneut die Tango-Töne seines Telefons und störten die getragene Melodie der Arie gewaltig. Erzürnt drückte Crinelli den erneuten Anruf seines Chefs weg. Ein kurzer Blick auf das Display hätte genügt, um festzustellen, dass der Anrufer dieses Mal nicht Böker, sondern Keller hieß. Crinelli hingegen drückte noch ein zweites Mal auf das rote Telefonsymbol und brachte damit das Gerät komplett zum Schweigen. Er wollte sich jetzt ungestört auf die vor ihm liegende Aufgabe konzentrieren.

»Ich habe Ihren Besuch erwartet«, eröffnete Isabelle Schnock das Gespräch, nachdem sie Crinelli bereits beim ersten zaghaften Klopfen an der Eingangstüre geöffnet hatte. An diesem Morgen entsprach ihr Äußeres ihrem tatsächlichen Alter. Ihr Gesicht trug deutliche Zeichen von zu wenig Schlaf, die Augen waren rot verweint. »Anja hat mich heute Morgen schon sehr früh geweckt, und deshalb wusste ich, dass Sie kommen würden. Bitte treten Sie ein.«

Keine der anderen Frauen war zu sehen. Dass sie nicht allein im Haus waren, schloss Crinelli aus den Schritten, deren

Hall die Deckenkonstruktion in den großen Frühstücksraum übertrug. Offensichtlich hatten sie Anweisung, sich im Hintergrund zu halten. Die Schnock trug einen schwarzen Hosenanzug und lila Hausschuhe, war zurechtgemacht, allerdings nicht geschminkt. Das Zimmer, hell und freundlich, verbreitete die falsche Atmosphäre für das, was nun folgte.

»Ich nehme an, Frau Salowski hat Sie nach dem Namen Ihres Sohnes gefragt, nicht wahr?« Die Frau nickte stumm. »Und sein Name ist Randolph? Randolph Vandermeulen?« Wieder nickte die Frau, ihr Gesicht blass und mit einem leichten Zucken um die Mundwinkel. »Darf ich fragen, wer noch davon weiß?«

»Niemand«, hauchte die Schnock.

»Darf ich Sie fragen, ob er hierher gezogen ist oder Sie in seiner Nähe sein wollten?«

Die Frage erschütterte die Frau mehr, als Crinelli beabsichtigt hatte. Bei aller Kraft war es ihr nicht mehr möglich, ihre Emotionen zu kontrollieren. Die Tränen rannen ungebremst über ihr Gesicht. Aber außer einem gelegentlichen Schluchzer verkniff sie sich jegliches Geräusch. Crinelli wartete ab, bis Isabelle Schnock sich wieder unter Kontrolle hatte. Mit einem blütenweißen Taschentuch trocknete sie ihre Tränen, putzte sich geräuschlos die Nase und zündete sich eine Zigarette an. Crinelli hob sein eigenes Paket *Nil* auf Augenhöhe der Frau und erhielt durch ein Nicken die Genehmigung. Sie rauchten beide, ohne ein weiteres Wort zu wechseln. Dann begann Isabelle Schnock mit leiser Stimme zu sprechen.

»Ich hatte jahrelang keinen Kontakt mehr zu meinem Jungen. Zunächst habe ich ihm noch jeden Monat Geld überwiesen, aber einige Jahre nachdem er sein Studium beendet hatte, erhielt ich einen Brief, in dem er mir mitteilte, dass er nunmehr eine Stelle angetreten habe und kein Geld mehr von mir benötige. Ein sehr trauriger Moment. Bis dahin hatte ich wenigstens einmal im Monat mit ihm Kontakt. Immer wenn ich meine

Kontoauszüge betrachtete und die monatliche Abbuchung sah, habe ich an ihn gedacht. Wissen Sie, wie schwer es für eine Mutter ist, ihr Kind zu verlieren?« Eine rhetorische Frage. Crinelli schwieg, rauchte und hörte weiter zu. »Ich wohnte zu dieser Zeit noch in Norddeutschland. An dem Tag entschloss ich mich, in seine Nähe zu ziehen. Und so lernte ich auch Ihre Mutter kennen. Ihr Haus lag nur wenige Meter neben dem Etablissement, in dem ich meine erste Anstellung in Köln fand. Dort blieb ich auch, bis ich mich hier selbstständig machen konnte.«

»Und, hatten Sie von da an Kontakt mit Ihrem Sohn?«

Sie schüttelte den Kopf. »Nur einmal. Eines Morgens klingelte das Telefon, und es war Randolph, mein Junge. Er wollte mich sehen. Mir wurde schwindelig vor Glück, ich dachte, alles käme wieder ins Lot, so wie früher, aber es kam anders. Wir haben uns verabredet, und was ich dort bei unserem Treffen erfuhr, war furchtbar. Randolph hatte eine Frau geschwängert, seine erste flüchtige Bekannte. Im Gegensatz zu ihm fand ich das überhaupt nicht schlimm, seine Entscheidung, Pfarrer zu werden, habe ich immer als Reaktion gegen mich gewertet, ich glaube nach wie vor nicht, dass der Wunsch nach christlichem Wirken aus ihm selbst kommt. Was mich wirklich schockiert hat und bis zum heutigen Tag nicht mehr loslässt, war sein Gesichtsausdruck, als er mir davon erzählte. In seinen Augen stand abgrundtiefer Hass. Er sprach sehr abfällig über das Mädchen, dabei aber völlig emotionslos, sein Hass richtete sich mehr gegen sich selbst. Er war unsagbar wütend, dass sein Körper das getan hatte, ja, so hat er sich ausgedrückt. *Mein vermaledeiter Körper* hat er immer wieder geschrien und sich dabei selbst geschlagen. Und mich hat er nur deshalb aufgesucht, weil *eine wie du sich doch mit so was auskennt*, weil er eine Adresse für eine Abtreibung brauchte, schnell und verschwiegen.«

Isabelle Schnock weinte wieder, Crinelli kämpfte mit einem Kloß im Hals.

»Haben Sie ihm geholfen?« Sie nickte. Crinelli verstand.

»Und wie ist es dann weitergegangen? Wie hat Ihr Sohn reagiert, als er erfuhr, dass ausgerechnet seine Mutter ein Bordell in Niederkirchen eröffnet hat?«

»Da hatte ich das letzte Mal Kontakt mit ihm«, sagte die Schnock noch leiser. »Er hat mir einen Brief geschrieben. Einen solchen Brief sollte keine Mutter von ihrem Sohn erhalten, ganz egal, was vorgefallen ist, oh nein, so etwas darf nicht sein.«

»Haben Sie den Brief noch?«

Sie schüttelte den Kopf. Crinelli konnte sich den Inhalt ungefähr vorstellen, hätte ihn aber trotzdem gerne gesehen.

»Er hat sich mit Ihnen vollständig überworfen?«

Die Frau nickte wieder. Crinelli wusste genug, mehr war nicht nötig. Allerdings hatten sie bisher das eigentliche Thema umschifft. War Vandermeulen derjenige, der das Kind in den Müllcontainer des Etablissements geworfen hatte? Die Frage konnte er der Frau nicht ersparen.

»Waren Sie deswegen so erschüttert, als das Kind in Ihrer Mülltonne gefunden wurde?«

Isabelle Schnock sah den Kommissar mit fragendem Blick an, und Crinelli wurde schlagartig klar, dass sie die Morde noch zu keinem Moment mit ihrem Sohn in Verbindung gebracht hatte. Sie wähnte sich lediglich bei einer Lüge ertappt, hatte dem Kommissar nicht die ganze Wahrheit gesagt. Allerdings hatte sie damals auch keine Veranlassung gesehen, ihr ganzes verpfuschtes Leben vor einem Ermittler auszupacken, was hatte das schon mit dem Fall zu tun. Aber Isabelle Vandermeulen, geborene Schnock war eine intelligente Frau. Unmittelbar wurde ihr klar, worauf Crinelli anspielte.

»Sie glauben doch wohl nicht, dass er, ich meine, mein Randolph, etwas mit diesen scheußlichen Morden zu tun hat? Ja sind Sie denn irre?« Jetzt war es vorbei mit ihrer leisen Stimme. Die Traurigkeit wich der Wut über diese unverschämte Behauptung.

»Verlassen Sie sofort mein Haus, Sie sind wohl nicht mehr zu retten«, schrie sie, »ich verbitte mir solche Unterstellungen. Ich wollte mit Ihnen sprechen und Ihnen die Geschichte erzählen, aber ich hatte ja keine Ahnung, was das sollte. Gehen Sie! Auf der Stelle! Ich rufe meinen Anwalt.«

Bei den letzten Worten war sie aufgestanden und deutete mit dem rechten Arm auf die Eingangstüre.

»Frau Schnock, ich bitte Sie, Sie wissen doch, dass ich in den Mordfällen ermittle, und Sie wissen auch, dass wir uns von Anfang an gefragt haben, was es bedeutet, dass der Mörder das Kind ausgerechnet vor einem Bordell ablegt. Ich habe keinesfalls behauptet, dass Ihr Sohn der Täter ist, ich ermittle nur und stelle Fragen, aber Sie müssen doch …«

»Ich muss gar nichts mehr«, jetzt wurde die freundliche Madame Isabelle endgültig zur Furie. »Ich möchte jetzt sofort, dass Sie gehen. Lassen Sie mich mit Ihrem Schmutz in Ruhe.«

Crinelli erhob sich, sah der Frau fest in die Augen, nickte und drehte sich um. Er verließ ohne ein weiteres Wort den Raum, durchquerte die Bar und stieg über die Wendeltreppe hinab zum Hinterausgang. Konzentriert um einige Kuhfladen herummanövrierend ging er die wenigen Schritte bis zur Abbruchkante des Geländes, steckte sich eine Zigarette an und schaute über die weite Ebene zu seinen Füßen. Er benötigte einige Momente, um sich zu besinnen. Als er sich schließlich zum Gehen wandte, sah er Isabelle Schnock durch die große Panoramascheibe hindurch auf einem Stuhl sitzen, zusammengesackt und das Gesicht hinter den Händen verborgen. Die Wahrheit hatte sich unaufhaltsam durch ihren Zorn hindurch bis in ihr Bewusstsein gefressen. Arme Frau!

Bereits drei Kehren bevor er das Niveau des Dorfes wieder erreichte, sah er von oben herab durch das grüne Laub des Waldes das Blaulicht mehrerer Polizeifahrzeuge blinken sowie das rote Dach eines Löschfahrzeugs. Crinelli beschleunigte, von einem seltsamen Gefühl in der Magengegend angetrieben. Unten bot sich seinen Augen ein Bild der Verwüstung. Ein Wagen war von der Fahrbahn abgekommen und frontal in einen Baum gerast. Rettungswagen, Polizeifahrzeuge und der Feuerwehrzug, dessen Spritzen das ausgebrannte Fahrzeug mit Schaum eingehüllt hatten, bildeten ein Szenario, das in dieser landschaftlichen Idylle noch furchteinflößender wirkte als bei einem vergleichbaren Unfall in der Stadt. Der ohrenbetäubende Lärm stammte von einem Hubschrauber, der in diesem Augenblick vom Boden abhob. Vermutlich befand sich das Unfallopfer an Bord und wurde jetzt in die Unfallchirurgie geflogen. Seltsam nur, dass Crinelli oben auf dem Pass von alldem nichts mitbekommen hatte. Er stoppte seinen Wagen neben den Polizeifahrzeugen und bahnte sich seinen Weg durch das allgemeine Durcheinander von Beamten und Schaulustigen zu dem ausgebrannten Fahrzeug. Kurz bevor er es erreichte, sah er etwas Blaues links vom Wagen im Gras liegen. Er bückte sich instinktiv und hob eine lederne Damenhandtasche auf. Mit bleichem Gesicht öffnete er die Tasche und durchwühlte deren Inhalt. Mitten in der Bewegung hielt er inne, langsam, wie in Zeitlupe, ließ er seine Arme sinken, stand für einen kurzen Moment bewegungslos da und starrte auf den Wagen. Mechanisch setzte er sich wieder in Bewegung. Die Rufe der Polizisten, die den seltsam aufrecht staksenden Mann von hinten nicht erkannten, erreichten Crinelli nicht. Er ging hinter dem Fahrzeug in die Hocke und wischte mit der bloßen Hand den Löschschaum von dem heißen Nummernschild. Dass dabei seine Haut in dicken Blasen verbrannte, merkte er nicht.

Als Paul Keller neben Crinelli an die Seitenscheibe des Wagens klopfte, stierte ihn ein völlig verängstigter, geistesabwesender Mensch an. Er hatte Crinelli beobachtet, wie er zusammengesackt und anschließend in Trance zurück zu seinem Wagen getaumelt war. Jetzt öffnete er vorsichtig die Tür und versuchte, Crinelli ruhig zuredend zum Aussteigen zu bewegen.

Nachdem dieser keinerlei Anstalten machte, zog Keller den teilnahmslosen Mann aus dem Auto heraus und trug ihn mit einer Kraft, die dem schmächtigen Beamten so nicht zuzutrauen war, auf die andere Seite des Wagens, stellte ihn dort kurz ab, öffnete die Beifahrertür und ließ Crinelli schließlich schwer in den Sitz fallen. Die zittrigen Beine musste er extra hinterherheben.

Keller setzte sich an das Steuer des Wagens, legte den Gang ein und schoss mit quietschenden Reifen auf die Fahrbahn zurück. Ohne auf irgendwelche Beschränkungen zu achten, brachte er die Strecke hinaus aus dem Tal, den Berg wieder hinab, die Landstraße entlang und über die Autobahn nach Köln in Rekordzeit hinter sich. Auch innerhalb der Stadtgrenzen setzte er seinen Weg kompromisslos fort. Dicke Schweißtropfen standen auf seiner Stirn, als er den Wagen in den Kölner Unikliniken direkt vor dem Haupteingang der Notfallchirurgie abstellte.

Die ersten Schritte vom Wagen in Richtung Aufzug musste Crinelli noch gestützt werden, doch dann, wie von Zauberhand gesteuert, rannte er los. Seine Muskeln gingen wieder in die Streckung, und sein Körper richtete sich auf. In der nach oben schwebenden Kabine stellte Keller fest, dass mit der sichtbaren Wiederbelebung Crinellis eine tiefe Traurigkeit einherging. Ein Strom aus Tränen lief ihm die Wangen hinab.

In der Notfallchirurgie suchte Keller nach einer Schwester. Als er zurückkam, war seine Miene versteinert.

»Wir müssen warten, die Ärzte arbeiten noch.«

Crinelli ließ sich vorsichtig auf einem Besucherstuhl aus rotem Plastik nieder und zündete sich eine Zigarette an. Sofort tauchte neben ihm wie von Geistern gerufen eine der Stationsschwestern auf, um ihn freundlich, aber bestimmt in einen Aufenthaltsraum zu geleiten, der schon durch seine stickige Luft klarmachte, dass Rauchen erlaubt war. Zwei wortlose Zigaretten später begann Crinelli zu sprechen.

»Wie ist das geschehen?«, fragte er leise.

»Sie ist aus noch unbekannten Gründen von der Straße abgekommen. Das Fahrzeug schleuderte und prallte gegen einen Baum. Der Wagen wird derzeit von unseren Leuten untersucht.«

»Was ist geschehen?«

»Sie hat die Straßensperre passiert und war auf dem Weg aus dem Dorf hinaus. Wohin sie wollte, weiß ich natürlich nicht, aber sie hatte Koffer im Kofferraum.«

»Sie wollte sich eine Wohnung in Köln ansehen.«

»Es ist in der letzten Kurve vor den Serpentinen geschehen. Zum Glück war sie nicht allzu schnell.«

Crinelli schwieg wieder und rauchte weiter. Schließlich stand er auf, wischte sich mit dem vollkommen durchschwitzten Hemdsärmel die Tränen vom Gesicht und verschwand wortlos in Richtung Operationssaal. Im gleichen Moment, in dem er unbefugt die Türe öffnen wollte, traten zwei Ärzte mit Kittel und Mundschutz heraus.

»Wo wollen Sie denn hin?«

»Zu meiner Frau, gehen Sie bitte aus dem Weg.«

»Sie können dort nicht hinein. Sind Sie Herr Crinelli?«

»Ja, lassen Sie mich zu meiner Frau, sofort, bitte.«

Die Männer fassten Crinelli am Arm, was sie besser nicht getan hätten. Seine überzogene Reaktion überraschte die Ärzte zumindest so lange, bis ihnen der wirre Blick in Crinellis Augen auffiel. Sie brauchten Hilfe. Die erschien in Person Paul Kellers. Er umschlang Crinelli von hinten und hielt den tobenden Mann einfach nur so lange fest, bis der heftige Ausbruch in einem Weinkrampf ausklang. Anschließend folgte Keller, mit Crinelli am Arm, den beiden Ärzten in ein Besprechungszimmer und ließ ihn dort wie ein Häufchen Elend in einen der Freischwinger plumpsen, die für die Patienten vor dem überdimensionalen Schreibtisch des Professors bereitgestellt waren.

»Was ist mit meiner Frau?«, brachte Crinelli unter Schluchzen heraus.

»Sie hat Glück gehabt, Herr Crinelli.«

Als hätten die Ärzte nichts Schlimmeres sagen können, begannen Crinellis Gliedmaßen unkoordiniert zu zucken, an allen Körperenden entlud sich die aufgebaute Spannung. Dabei begann er zu lächeln und strahlte bald über das ganze Gesicht.

»Bitte, darf ich zu ihr?«

»Bedaure, Herr Crinelli. Bitte bleiben Sie sitzen.«

Crinelli erstarrte mitten in der Aufwärtsbewegung und sank langsam zurück auf den Stuhl.

»Ihre Frau hat den Unfall erstaunlich gut überstanden. Sie hat keine inneren Verletzungen, nur Prellungen und eine leichte Gehirnerschütterung. Im Grunde genommen müssen wir sie nur noch einige Tage zur Beobachtung hier behalten. Das ist die gute Nachricht. Aber jetzt müssen Sie stark sein, Herr Crinelli. Das Kind konnten wir leider nicht mehr retten.«

»Neeeeeiiiinnnn!« Crinelli schrie der Ohnmacht nahe. Er rutschte tief in den Stuhl und trampelte dabei wie wild mit den Füßen auf den Boden. Den Aufprall auf dem Fußboden spürte er schon nicht mehr.

Das Erste, was Crinelli wahrnahm, war die Kanüle in seinem Arm. Das Erste, was er sah, als er nach Stunden die Augen wieder aufschlug, war der bewegliche Arm, der den Fernseher an der Zimmerdecke festhielt. Das Erste, was er bewusst zur Kenntnis nahm, war die dunkle Nacht, die sich im Zimmer ausgebreitet hatte. Danach dauerte es genau zwei Sekunden, bis der Schmerz wieder einsetzte. Die sedierende Wirkung des Beruhigungsmittels, das tröpfchenweise in seine Venen befördert wurde, vermochte den Schmerz nicht zu besiegen.

Crinelli ergriff den Einlaufstutzen, der unter einem rechteckigen Heftpflaster in seinem Arm steckte, und zog ihn mit grimmiger Miene heraus. Das Blut, das daraufhin in einem dünnen Rinnsal an seinem Arm hinab auf die weiße Bettwäsche lief, bemerkte er nicht. Er richtete sich im Bett auf und stellte seine Füße vorsichtig auf den kalten Linoleumboden. Seine Blicke durchsuchten das dunkle Zimmer. Als er nicht fand, was er suchte, erhob er sich und ging mit weichen Knien auf den Wandschrank zu. Dort hingen Hemd und Anzug ordentlich über einem Bügel. Er angelte die Zigaretten aus der Seitentasche seines Jacketts. Nach einigen hastigen Zügen begann er sich anzuziehen. Durch die geöffnete Balkontür trat Crinelli hinaus in die frische Nachtluft. Nachdem er sich an der ersterbenden Glut der Zigarette eine weitere angezündete hatte, schnippte er den Stummel achtlos in die Nacht und verließ entschlossen das Zimmer.

Die Ruhe endete auf dem neonbeschienenen Gang der Station. Ein übermüdet aussehender Pfleger nahm ihm wortlos die Zigarette aus der Hand. Danach entdeckte er auf einem der unbequemen Stühle den schlafenden Keller. Seine Erinnerung war vollständig. Er fühlte noch den Aufschlag seines Kopfes auf dem hohlen Metallrohr der Stuhllehne, woran ihn jetzt eine etwa zwei Zentimeter dicke Beule am Hinterkopf schmerzlich erinnerte. Kein Detail war in Vergessenheit geraten, aber im Gegensatz zu seinem Zustand vor dem Sturz war er jetzt voll grimmiger Entschlossenheit. Maria! Er musste zu ihr, nur gemeinsam würden sie die bevorstehenden traurigen Stunden durchstehen.

Er rüttelte Keller an der Schulter. Mit einem Schlag war der Beamte hellwach.

»Jerry, was machst du hier draußen? Wo ist der Doktor?«

»Wo liegt Maria?«

»Jerry, du kannst nicht so einfach abhauen, schau dir deinen Arm an.« Auf dem Boden hatte sich bereits eine kleine Blutlache gebildet.

»Sag du mir bitte nicht, was ich kann. Wo ist Maria, Keller, schnell. Ich muss sofort zu ihr!«

»Jerry, du kannst nicht zu ihr. Sei doch vernünftig. Sprich bitte mit dem Doktor.«

»Was heißt das, ich kann nicht zu ihr? Bist du übergeschnappt? Wo ist der Scheiß-Arzt, verdammt nochmal?«

»Der hat Feierabend. Hast du mal auf die Uhr gesehen? Bitte, Jerry, Maria geht es gut. Und du solltest eigentlich bis morgen früh durchschlafen, bei den ganzen Beruhigungsmitteln, die sie dir verabreicht haben. Wieso läufst du eigentlich hier rum?«

»Blöde Frage!« Crinelli begann die Türen der Stationszimmer zu öffnen und in jedes ein leises »Maria« hineinzurufen. Als der erste Patient, unsanft aus dem Schlaf gerissen, hysterisch nach Hilfe brüllte, traten die Nachtschwester und der unrasierte Pfleger auf den Plan und stoppten Crinellis Amoklauf.

»Kommen Sie bitte mit in mein Zimmer«, herrschte ihn die resolute Krankenschwester an. Crinelli ließ sich widerwillig auf das Kommando ein. Im Behandlungszimmer versorgte die Schwester erst einmal seine leckende Armbeuge mit einem Pflaster.

»Also, was ist los? Wo liegt das Problem? Ich möchte meine Frau sprechen, ich möchte sofort zu ihr.«

»Tut mir Leid, Herr Crinelli, aber das geht nicht.«

»Für diese Antwort mussten Sie mich nicht hier reinschleppen. Die Auskunft hatte ich bereits von meinem Kollegen. Warum soll das nicht gehen? Sie hat doch sicher auch schon nach mir gefragt.«

Genau in diesem Augenblick öffnete sich auf der gegenüberliegenden Seite des Ganges eine Türe und Sebastian Welter, Marias Bruder, trat mit rot geweinten Augen auf den Gang. Crinelli erkannte seinen Schwager sofort und wollte nun, da er wusste, wo Maria lag, auf direktem Weg zu ihr. Den Überraschungseffekt nutzend, entkam er dem Pfleger, musste aber, als er mit voller Wucht gegen Welters Körper prallte, feststellen, dass selbst der eigene Schwager sein Vorhaben nicht unterstützen wollte.

»Seb, geht es ihr gut? Lass mich durch.«

»Hallo Jerry, es tut mir so Leid für euch, es ist alles so

schrecklich«, Welter legte Crinelli die Arme auf die Schultern und zog ihn fest an sich.

»Ja«, flüsterte Crinelli, »bitte lass mich jetzt zu Maria.«

»Nein. Sie will dich nicht sehen. Es tut mir Leid.«

Die Worte drangen extrem verlangsamt in Crinellis Gehirn. *Sie will dich nicht sehen.* Was sollte das heißen? Ganz sicher wollte sie niemand anderen als ihn sehen. Hier lag eindeutig ein Missverständnis vor.

»Seb, hallo Seb!« Crinelli stieß sich von Welter ab und fuchtelte ihm mit den Händen vor dem Gesicht herum. »Ich bin's, Seb, Jerry, du weißt doch, Jerry Crinelli, der Ehemann deiner Schwester, dein Schwager. Bitte geh auf die Seite und lass mich durch.«

»Ich weiß, wer du bist. Aber ich kann dich nicht durchlassen. Maria möchte niemanden sehen, auch dich nicht. Nicht jetzt jedenfalls. Fahr nach Hause, Jerry. Im Moment kannst du hier nichts mehr tun. Maria geht es gut, jedenfalls äußerlich.«

»Sie ist verwirrt, das ist der Schock. Sie braucht mich! Besonders jetzt! Frag die Ärzte, die können dir das erklären. Ein Unfall, Schockzustand, traumatisches Erlebnis. Sie weiß nicht, was sie sagt.« Hilfe suchend sah er sich nach der Schwester um. Als er erkannte, dass sie, ebenso wie der herbeigeeilte Keller, den Kopf schüttelte, versuchte er sich gewaltsam Zutritt zu verschaffen. Nur mit vereinten Kräften gelang es den anwesenden Männern, Crinelli vom Betreten des Krankenzimmers abzuhalten. Als sein Widerstand erlahmte, konnten Keller und Welter Crinelli nach unten zu seinem Wagen bringen. Sie beschlossen, dass Keller ihn allein nach Hause bringen sollte, damit Sebastian Welter in der Nähe seiner Schwester bleiben konnte.

Die Rückfahrt verbrachte Crinelli apathisch auf dem Beifahrersitz des Volvo. Er stierte mit blinden Augen geradeaus in die Nacht.

Donnerstag/Freitag

Am Donnerstagmorgen gegen vier Uhr rollte der dunkle Kombi mit dem in sich gesunkenen Crinelli vor dem Reihenhaus in Niederkirchen aus. Er stieg aus eigener Kraft aus dem Wagen, zog mechanisch den Haustürschlüssel aus der Tasche und ließ die Wohnungstüre hinter sich ins Schloss fallen. Keller blieb in der offenen Wagentüre stehen. In Crinellis Zustand hatte er keinen Dank von ihm erwartet, er bedauerte den Kollegen. Zunächst wusste er nicht, wohin mit dem Wagen, wohin mit dem Schlüssel und wohin mit sich selbst, doch dann setzte er sich kurz entschlossen wieder in den Wagen und fuhr nach Hause. Crinelli würde sich schon erinnern und ihn anrufen.

Inzwischen saß dieser bereits auf einem Metallstuhl im Garten seines Hauses und starrte in den dunklen Wald hinter dem kleinen Türchen.

Als die Dämmerung zwei Stunden später heraufkroch, saß er noch immer auf derselben Stelle. Sein Blick war teilnahmslos, neben ihm auf dem Boden lagen zwei leere Zigarettenschachteln und eine ebenfalls leere Whiskyflasche. Er stand taumelnd auf und ging in den Wohnraum, wo er sich eine weitere Flasche vom Getränkewagen griff, um so gewappnet seinen unbequemen Platz wieder einzunehmen.

Als die Mittagshitze ihren Höhepunkt erreichte, fehlte auch aus dieser Flasche mehr als die Hälfte, und Crinelli schlief schweißüberströmt im Stuhl. Er erwachte und schaffte es gerade noch zum nächsten Beet, wo er sich so lange übergab, bis nur noch Gallenflüssigkeit aus den Tiefen seines Leibes nach oben gespült wurde. Es gelang ihm noch, sich mit dem

Unterarm das völlig entstellt wirkende Gesicht abzureiben, bevor er in seinem eigenen Erbrochenen zusammenbrach.

Crinelli erwachte aus tiefer Bewusstlosigkeit, als die Sonne bereits hinter dem westlichen Höhenzug verschwunden war. Sein Erinnerungsvermögen schaffte es nicht, die vergangenen 14 Stunden mit Bildern zu füllen. Ein säuerlicher Geruch drang in seine Nase. Die Kopfschmerzen waren so rasend, dass er befürchtete, seine Augäpfel würden jeden Augenblick aus den Höhlen treten. Er richtete sich auf und musste feststellen, dass er es war, der so übel roch. Ein Teil des Erbrochenen war auf seinem Jackettärmel festgetrocknet. Ein weiterer Teil lag als Pfütze im Gras, und der Rest klebte ihm im Haar und auf der linken Gesichtshälfte. Er setzte sich auf und brauchte eine gewisse Zeit, um zu akzeptieren, dass er sich in einem Blumenbeet seines Gartens befand. Ohne Erfolg klopfte er die Taschen seiner Anzugjacke nach Zigaretten ab. Langsam stand er auf, entkleidete sich apathisch, stolperte in die Garage, warf alle Klamotten achtlos in die Waschmaschine, gab Seifenpulver dazu und stellte das Programm ein. Danach begab er sich auf die Suche nach dem Röhrchen mit dem Aspirin. Mit einem Glas Wasser würgte er vier Tabletten auf einmal hinunter. Das kalte Getränk tat seinem Magen alles andere als gut. Zuerst wurde ihm schwindelig, dann kämpfte er einige Sekunden gegen einen erneuten Brechreiz. Mit aller gebotenen Vorsicht stieg Crinelli die Treppen in die erste Etage hinauf und stellte die Dusche an. Er setzte sich auf den Boden der gläsernen Kabine und wäre fast unter dem warmen Strahl des Wassers wieder eingeschlafen. Als er von warm auf kalt wechselte, gab sein Körper so etwas wie ein erstes Lebenszeichen von sich. Ohne sich abzutrocknen, goss er sich eine ordentliche Portion Rasierwasser über das Gesicht, er brauchte einfach einen anderen Geruch. Obwohl längst vom Wasser weggespült, wollte ihn die Erinnerung an den Ekel erregenden Gestank von Erbrochenem nicht verlassen. Das Rasierwasser war gut für seinen Geruchssinn, aber weniger gut für seinen Magen. Crinelli war sauschlecht.

Er zog sich den Jogginganzug an, eine Strickmütze tief ins Gesicht und suchte vor der Türe nach seinem Wagen.

»Scheiße«, fluchte er und holte weiter vor sich hin fluchend sein Fahrrad aus der Garage. Er musste bis zum Kirchplatz radeln, um einen Zigarettenautomaten zu finden. Dort zog er vier Pakete und radelte schlecht gelaunt, aber immerhin rauchend zurück.

Vom Telefon in der Diele aus rief er das Krankenhaus an. Der benachbarte Anrufbeantworter blinkte ihm die Zahl von sieben Anrufen in Abwesenheit entgegen. Die Zentrale der Unikliniken verband ihn mit der Unfallchirurgie, von dort wurde er auf die Station durchgestellt. Als ihm die überarbeitet wirkende Schwester ein »Moment bitte« in den Hörer zischte, hoffte er, aus dem Alptraum entrinnen zu können, als er ihre Stimme erneut hörte, wusste er, dass er weiterhin mitten drin steckte. »Es tut mir Leid, Ihre Frau möchte nicht mit Ihnen sprechen, das soll ich Ihnen ausrichten.«

Crinelli setzte sich, die aufkeimende Hoffnung von der Nachricht vollständig zerstört, wieder auf den Metallstuhl im Garten und begann erneut zu trinken. Als der Alkohol seine Wirkung tat, war die Nacht längst angebrochen. Crinelli trank, rauchte und weinte, weinte, rauchte und trank. Alles gleichzeitig, alles ausufernd, alles stumm. Gegen Mitternacht überkam ihn ein unstillbares Verlangen nach Maria. In alkoholbefeuerter Melancholie bei gleichzeitiger Hoffnungslosigkeit torkelte er in ihr gemeinsames Schlafzimmer, riss den Kleiderschrank auf und begann an Marias Kleidung zu schnüffeln. Er sog ihren Duft ganz tief ein und steigerte damit nur noch die Trostlosigkeit des Augenblicks.

Resigniert ließ er sich aufs Bett fallen. Als er sich auf die Seite rollte, sah er direkt vor seinen Augen ein beschriebenes Stück Papier. Er versuchte die Wellenbewegungen der Zeilen zu stoppen, indem er seine Augen zusammenkniff und sich auf die einzelnen Buchstaben konzentrierte. Zumindest konnte er nach einer Weile seinen Namen auf dem Papier erkennen. Von diesem Erfolg angetrieben, arbeitete er sich mühsam in eine sitzende Position hoch und nahm das Blatt zur Hand. Marias Handschrift, eindeutig. Unter dem Brief lag noch ein weiterer Zettel. Er war mit einem Schlag stocknüchtern. »HAST DU DEN SCHUSS NICHT GEHÖRT, DU SCHWANGERE SAU« stand auf dem kleinen Stück Papier, das, genau wie damals, aus Zeitungslettern zusammengeklebt war. Welchen Schuss?, fragte er sich und begann den Brief zu lesen.

Mein liebster Jerry,
Ich halte es hier nicht mehr länger aus. Ich wollte die letzten Tage schon mit dir sprechen, aber ich konnte es nicht, es gab keine Möglichkeit. Es ist nicht deine Schuld allein, aber im Moment sind alle Umstände gegen uns. Letzte Woche ist auf mich geschossen worden, unten am Fluss. Die Kugel schlug direkt neben mir ein, und ich wusste sofort, was es zu bedeuten hatte. Ich hatte so furchtbare Angst, dabei wollte ich doch bei dir sein und mit allem warten, bis deine Ermittlungen abgeschlossen sind, aber nun geht es nicht mehr. Und dann habe ich heute Morgen auch noch diesen widerlichen Zettel an meinem Wagen gefunden. Ich fahre jetzt zu Sebastian, bis du deinen Mörder überführt hast, es ist besser so. Bitte, versuche nicht, mich davon abzuhalten, und bitte, versteh mich.
Ich liebe dich
Maria

Den Brief in der einen Hand, die halb volle Whiskyflasche in der anderen, ging Crinelli wieder auf den Platz im Garten zurück, den er sich für seine selbstgerechte Trauer auserkoren hatte. Seltsam, nie zuvor hatte er länger als eine Zigarettenlänge in dem unbequemen Stahlrohrstuhl gesessen, aber jetzt war es eben sein Platz, ganz so, als wolle er sich bestrafen. Was folgte, war ein zeitlicher Salto mortale rückwärts. Wie schon in der vorangegangenen Nacht saß er nur da, starrte mit stumpfem Blick in den kleinen Wald hinter dem Grundstück und trank. Er leerte zunächst den Whisky, bevor er sich über den Rest des Bierkastens hermachte. Auf dem Weg in die Garage, wo er die nächste Kiste lauwarmes Bier holen wollte, strauchelte er, fiel und schlug sich die Stirn an der Hauswand blutig. Anstelle eines erneuten Anlaufs blieb er, erschöpft den blutenden Kopf an die Hauswand gelehnt, in der Ecke sitzen und war bereits nach wenigen Augenblicken eingeschlafen. Marias Brief hielt er fest umklammert.

Der Tag war strahlend und hell. Crinelli spielte im Garten mit seiner Tochter. Immer wieder aufs Neue schob die Kleine ihren Puppenwagen an ihm vorüber, und er musste dann erstaunt fragen: »Frau Crinelli, ist das Ihre Tochter? Nein, was für ein hübsches Kind.« Mit einem kecken »Jaaa« zog die Kleine glückstrahlend an ihrem Vater vorbei, wendete den alten Wagen, ein Erbstück aus Marias Familie, am Ende des Weges und startete ihren Parcours aufs Neue.

»Och komm, Carlie«, sagte Crinelli, »lass uns mal was anderes spielen. Was hältst du davon, wenn wir zum Fluss gehen? Es ist so schönes Wetter. Vielleicht können wir sogar schwimmen.«

»Na gut«, antwortete Carla gedehnt, »aber nur, wenn du deine Angel hier lässt. Sonst guckst du ja doch bloß wieder nach den blöden Fischen.«

»Einverstanden. Lauf zu Mammi und sag ihr, sie soll uns einen schönen Picknickkorb zurechtmachen.«

»Au ja, mit Eis und Schokolade.«

Das Mädchen verschwand im Haus, während Crinelli ihr glückselig hinterherlächelte. Er erhob sich aus dem Gras und schlenderte zum Puppenwagen, um ihn zurück in Carlas Spielzimmer zu schieben. Als er den Griff umfasste, zuckte er vor Schmerz zurück. Er sah auf seine Hände hinab. Sie waren aufgerissen und bluteten stark. Irgendjemand hatte den stark abgegriffenen Holzgriff über die gesamte Breite mit Stacheldraht umwickelt, der jetzt blutverschmiert in der Sonne glitzerte.

Crinelli erschrak, tat einen unkontrollierten Schritt nach vorne und stieß dabei gegen den Puppenwagen, der sich wie in Zeitlupe ganz langsam zur Seite neigte. Bevor er den Griff erneut zu fassen bekam, sah er, wie sich die Puppe auf einem Schwall aus tiefrotem Blut über den leuchtend grünen Rasen ergoss. Er erstarrte in grenzenloser Angst um seine Tochter und hörte sich ihren Namen schreien. Immer und immer wieder. Die Szenerie verwandelte sich endgültig in einen Alptraum, als er seinen Blick dem Haus zuwandte. Blut pulsierte im Rhythmus seines Herzschlages aus Kamin und Fenstern und verwandelte die weiß getünchten Wände in einen reißenden Blutstrom. Allein das große Wohnzimmerfenster war klar. Scherenschnittartig erkannte er dort eine Gestalt, die ihm zuwinkte. Brüllend lief er auf den Schatten zu, bis ihn ein heftiger Aufprall im Unterleib stoppte. Entsetzt sah er an sich hinab. Aus einer klaffenden Wunde, gerissen von einem über und über mit Rasierklinken besetzten Metallrohr, ergossen sich seine Organe direkt vor ihm über den Boden. In der Ferne vernahm er das ängstliche Schreien seiner Tochter. Er sah auf und schaute direkt in das verzweifelte und hassverzerrte Gesicht seiner Frau. »Du hast sie getötet«, flüsterte ihre Stimme ausdruckslos, ein ums andere Mal, »du hast sie getötet, du hast sie getötet, hast sie getötet, getötet.« Crinelli rannte blutüberströmt durch das Haus hindurch auf die Straße. Dort sah er sich einer unüberschaubaren Menschenmenge gegenüber, wie einer undurchdringlichen Mauer. Als sie ihn kommen sahen, öffnete sich die Masse zu einer schmalen Gasse. Er erkannte Zimmermann, Keppeler, Brandt, deren Frauen, Pfarrer Vandermeulen, die beiden Bauern des Tales, deren Knechte, Gnahs, Kruminga und all die anderen braven Bürger von Niederkirchen. Sie standen schweigend und klatschten mit hämischem Grinsen rhythmisch in die Hände.

Von irgendwoher hörte er eine Stimme seinen Namen rufen, erst ganz leise, dann immer lauter, bis sie schließlich direkt neben seinem Ohr war. »Jerry, Jerry, komm zu dir, Jerry!«

Crinelli öffnete die Augen und wich mit vor Angst geweiteten Augen gegen die Wand zurück. Es dauerte eine Weile, bis er ein Gesicht über sich erkannte. Was zunächst nur wie eine große, teigige Masse aussah, wandelte sich mehr und mehr, bis es langsam die Züge von Franz Liebermann annahm.

»Jerry, Gott sei Dank, du lebst. Ich hatte solche Angst.«

Crinelli verstand nur seinen Namen und das Wort Angst. Mit abwehrenden Handbewegungen versuchte er, Liebermann aus seinem Gesichtsfeld zu vertreiben. Sein Körper war in kalten Schweiß gebadet, stinkende Angst. Vergeblich bemühte er sich, auf die Füße zu kommen.

»Wo bin ich?«

»Es ist alles gut, Jerry. Du bist zu Hause.«

»Wo ist Maria?«

Anstelle einer Antwort schaute Liebermann vor sich auf den Boden. Crinelli fand langsam aus seinem Alptraum heraus und nahm die reale Welt wieder wahr. Er war in einem lausigen Zustand. Ein Blick in den wolkenlosen Himmel verriet ihm, dass es früher Morgen war.

»Kannst du Kaffee machen, bitte?«, fragte er Liebermann.

»Sicher, wenn du mir sagst, wo die Küche ist.«

Jetzt fiel Crinelli ein, dass Franz Liebermann ihn noch niemals zu Hause besucht hatte.

»Wie bist du reingekommen?«

»Über das Garagendach. Als Reporter weiß man sich eben Zutritt zu verschaffen.«

»Gut, dass du da bist, Franz. Ich fürchte, ich bin etwas ausgerutscht.«

»Das sieht ganz so aus. Im wahrsten Sinne des Wortes, meine ich. Du solltest dich mal im Spiegel ansehen. Ich habe mich zu Tode erschrocken, als ich dich hier liegen sah. Na ja, wir kriegen dich schon wieder hin.«

Irgendwie strafte sein Gesichtsausdruck Liebermanns eigene Worte Lügen, aber Crinelli wusste ohnehin, dass er sich selbst wieder auf die Beine helfen musste. Dabei konnte ihm niemand helfen. Er stand endlich auf und führte Liebermann in die Küche. Dann wollte er duschen. Als er am Spiegel in der Diele vorbeikam, war es, als ob ihn ein Fremder ansähe. Unrasiert, das wilde Haar immer noch schweißnass und von Blut verklebt. Auch im Gesicht trockenes Blut, während ansonsten alles an ihm pitschnass war. Er sah aus, als wäre er soeben aus dem Wasser gestiegen, allerdings aus stinkigem Brackwasser. Dass ein Mensch so stark schwitzen konnte, war ihm unbegreiflich.

Eine Dreiviertelstunde später saß Crinelli rasiert, geduscht und in frischen Klamotten am Küchentisch und trank dampfend heißen Kaffee. Sein Äußeres war wieder hergestellt, aber schon ein Blick in seine leblosen Augen verriet, wie es ihm wirklich ging. Feste Nahrung war unmöglich. Selbst die erste Zigarette drückte er bereits nach zwei tiefen Zügen wieder in den Aschenbecher. So saß er schweigend, stützte mit der geballten Faust den alkoholschweren Kopf auf der Tischplatte ab und schaute den dünnen Dampfwölkchen nach, die aus seiner Kaffeetasse emporstiegen.

»Weißt du, was geschehen ist?«, begann Crinelli irgendwann.

Liebermann hatte gar nicht erst versucht, Crinelli seinerseits ein Gespräch aufzuzwingen. Er wollte ihm Zeit lassen, bis er bereit war, über alles zu sprechen.

»Ja, ich glaube, ich weiß so ziemlich alles. Wir waren im Krankenhaus.«

»Sie wollte euch nicht sehen, nicht wahr?«

»Na ja, ich habe es erst gar nicht versucht. Ophelia war bei Maria. Die beiden haben sich lange unterhalten. Maria leidet sehr, weißt du. Irgendwie liegen Maria und Ophelia auf einer Wellenlänge. Die beiden sind sehr vertraut miteinander. Aber das Wichtigste ist, es geht Maria gut.«

»Macht sie mir Vorwürfe?«

»Keine Ahnung, kann schon sein. Ich vermute, sie ist einfach völlig durcheinander. Sie wirft sich wohl hauptsächlich vor, nicht früher von hier weggegangen zu sein.«

»Der Schuldige bin ich. Ganz allein.«

»Unsinn, niemanden von euch trifft eine Schuld. Es ist einfach eine absolut unglückliche Verkettung von Umständen. Du konntest doch nicht vorausahnen, was hier alles geschehen würde. Außerdem bist du selbst doch auch in eine Falle getappt. Du hast die Ergreifung des Mörders von Anfang an mit deinem privaten Schicksal verbunden.«

»Ja, Franz, das stimmt. Und das tue ich noch immer. Ich habe alles vorausgeahnt. Ich wusste von Anfang an, wenn ich den Mann nicht fasse, tötet er auch mein Kind. Und das hat er jetzt getan. Er war schneller als ich, ich habe versagt.«

»Er hat dein Kind nicht getötet, Jerry. Niemand hat dein Kind getötet, es war ein Unfall, ein schrecklicher Unfall.«

Ohne zu antworten, erhob sich Crinelli und stieg hinauf in die erste Etage. Als er zurückkam, hielt er Marias Brief und die anonyme Drohung in der Hand. Er reichte Liebermann die Blätter. Tränen liefen ihm wieder über die Wangen.

»Oh Gott, das habe ich nicht gewusst«, stöhnte Liebermann, nachdem er beides gelesen hatte, »davon hat Maria nichts erzählt, oder Ophelia hat es mir verschwiegen. Das ist ja furchtbar. Glaubst du, dass der Mörder das hier geschrieben hat?«

Crinelli schüttelte den Kopf.

»Ich kenne den Mörder, der war es nicht. Es war einer der vielen Feinde, die ich mir im Laufe der Untersuchung gemacht habe. Jemand, dem es nicht passt, dass ich den Sumpf um Zimmermann herum aufgedeckt habe. Die Frage aber bleibt, war es ein Anschlag auf Maria oder tatsächlich ein Unfall?«

»Das wird die Polizei herausfinden. Du sagst, du kennst den Mörder? Hast du eine Ahnung, oder ist es mehr?«

»Ja, ich kenne den Mörder, habe fast alle Beweise zusammen, alles lag von Anfang an vor mir, aber ich habe es vermasselt. Nicht mehr zu ändern.«

»Wer ist es?«

Crinelli sah seinen Freund für einen Moment eindringlich an, dann schüttelte er verneinend den Kopf.

»Und du glaubst nicht, dass er es getan haben könnte? Der Schuss, das Attentat, die widerlichen Briefe?«

»Nein, wie ich schon sagte, irgendeine andere verwirrte Person. Davon wimmelt es ja nur so im netten, beschaulichen Niederkirchen.«

»Dann warte die Untersuchung ab und sprich mit deinen Kollegen. Gib den Fall ab, bevor du etwas tust, was du später bereuen wirst.«

»Vergiss es, es ist mein Fall.«

»Selbst nach alldem noch?«

»Erst recht nach alldem, jetzt erst recht. Jemand hat mein Kind getötet, jemand hat mir meine Frau weggenommen. Wer auch immer es getan hat, er wird dafür bezahlen. Der Killer sowieso, mit ihm hat alles begonnen. Er hat keine Chance mehr. Ich stelle ihn, noch bevor die neue Woche anbricht. Wenn ich Maria das nächste Mal unter die Augen trete, ist der Kerl weg, so oder so.«

»Ich glaube nicht, dass deine Frau möchte, dass du als Rächer zu ihr zurückkehrst. Sie sucht ihren Mann, und sie sucht sich selbst nach diesem ungeheuren Schicksalsschlag. Ihr braucht einen Weg, wie ihr euch wieder begegnen könnt.«

»Aber was soll das? Warum redet sie nicht einfach mit mir? Ich verstehe das nicht, du etwa?«

»Ja, ich verstehe Maria! Du hättest trotz deiner verbissenen Suche zunächst einmal auf deine Familie achten müssen. Ich hoffe, ich darf dir das sagen, Jerry, ich befand mich einst in einer ähnlichen Situation. Sie war noch nicht so weit eskaliert wie diese hier, aber die Struktur des Problems war die gleiche. Ich habe viel darüber nachgedacht. Wir Menschen müssen uns entscheiden, viele Male am Tag. Du hattest das Pech, dich einmal falsch entschieden zu haben, und warst dann vielleicht zu starrsinnig umzukehren.«

»Ich wollte Schaden von der Familie abhalten«, antwortete Crinelli betont sachlich, obwohl er salbungsvollen Worten eher aggressiv zu begegnen pflegte.

»Das kann man auf zwei Weisen tun. Man kann flüchten, oder man kann standhalten. In diesem Falle wäre die Flucht vernünftiger gewesen. Weniger männlich vielleicht, aber besser für deine Seele und für dein Leben mit Maria. Sei mir nicht böse, so ist meine Sicht der Dinge. Aber nochmal: Das alles ist keine Frage von Schuld. Wir Menschen können irren.«

Crinelli trank den letzten Schluck kalten Kaffee, wischte sich die Tränen vom Gesicht und versuchte eine weitere Zigarette. Inzwischen hatten wieder hämmernde Kopfschmerzen eingesetzt. Er stand auf und schluckte einige Aspirin. Darauf begann er Wasser zu trinken. Bis zum Abend hatte er einen ganzen Kasten in sich hineingeschüttet, aber immer noch nichts gegessen.

Nachdem Liebermann gegangen war, räumte Crinelli auf, beseitigte alle Spuren seines Ausfalls. Selbst die Reste des Erbrochenen auf dem Rasen spülte er mit dem Gartenschlauch in die Beete. Je mehr Tageszeit verstrich, desto klarer wurde er wieder. Nicht nur, dass der enorme Alkoholpegel sich langsam verflüchtigte, auch das Gespräch mit Liebermann zeigte allmählich Wirkung.

Am Nachmittag rief er Keller auf seinem Handy an und beorderte seinen Wagen zurück. Außerdem wollte er alle Unterlagen des Falles bei sich haben. Er schämte sich etwas, als er dem jüngeren Kollegen zum ersten Mal wieder in die Augen sah. Wohl deshalb gab er sich betont kurz, fand aber immerhin die innere Kraft, sich bei Keller für seine Hilfe zu bedanken. Er versprach, sich zu melden, sobald es neue Indizien gab, und bat ihn, sich derweil mit aller Kraft um den Anschlag auf Marias Wagen zu kümmern.

Den Anrufbeantworter, der inzwischen zwölf Anrufe registriert hatte, löschte er, ohne auch nur einen von ihnen abgehört zu haben. Stattdessen schickte er eine Rundmail an seine Kollegen und an Böker, in der er mitteilte, dass er zu Hause arbeitete und ab Montag wieder im Büro in Köln wäre.

Der einzige Anruf, den er an diesem Tag noch zu erledigen hatte, galt Anja Salowski. Ihm war klar, dass sie mehrfach versucht haben musste, ihn zu erreichen. Anja war immer über alles informiert und hatte sicher nur kurz nach Crinelli selbst von dem schrecklichen Unfall erfahren. Sie klang mehr als erleichtert, als sie jetzt seine Stimme hörte. Er ließ sie über die Ereignisse der letzten beiden Tage im Unklaren, dafür sprachen sie lange über sein Problem mit Maria. Anja Salowski versuchte Crinelli zu erklären, warum Maria ihn derzeit nicht sehen wollte, aber sie wollte ihm auch einen Weg aufzeigen, wie er sich Maria wieder nähern konnte. Außerdem hatte die Salowski bereits mit der Wohnungssuche begonnen, und sie sagte am Ende ihres Gesprächs etwas, das Crinelli die Tränen in die Augen trieb.

»Es hat keinen Sinn, jetzt wieder eine kleine Wohnung zu suchen, Jungchen. Ihr braucht mindestens zwei Kinderzimmer. Ich will doch wohl hoffen, dass Maria so schnell wie möglich wieder schwanger wird.«

Das Gespräch tat Crinelli gut. Anja war fürsorglich, aber nicht besitzergreifend, unterstützte ihn wie eine Mutter, stellte aber keine mütterlichen Forderungen. Sie war ein Glücksfall, das Zweitbeste was er hatte, nach Maria.

Samstag

»Unfassbar«, dachte Crinelli immer wieder und löschte die Lampe. Vor dem Fenster war es mittlerweile hell genug, um ohne künstliches Licht auszukommen. Er zündete sich eine Zigarette an und schlurfte mit dem vollen Aschenbecher in die Küche, leerte ihn aus und setzte sich eine neue Kanne Kaffee auf. Es war seine vierte in dieser Nacht. Er öffnete das Fenster und streckte seine Knochen. Ein wenig fühlte er sich wie nach einem Boxkampf. Die verkrampfte Haltung vor dem Schreibtisch, der mangelnde Schlaf und die Nachwirkungen seiner unkontrollierten Saufattacke hatten deutliche Spuren hinterlassen.

Gegen elf Uhr am Freitagabend hatte er sich nochmals mit einem Verdacht an den Schreibtisch gesetzt. In den folgenden Nachtstunden arbeitete er alle Ereignisse der letzten Wochen penibel genau durch, um ganz sicher zu sein, nicht noch einmal falsch zu liegen, aber alles ergab einen Sinn. Punkt für Punkt untermauerte er sein Gefühl mit Fakten. Seine sachliche Arbeit zeitigte einen zusätzlichen Erfolg, er machte sich keine Vorwürfe mehr. Er hätte den Kerl einfach nicht früher stellen können. Jedes Detail für sich genommen führte zu nichts und hatte deshalb auch in der jeweiligen Situation keine Aufmerksamkeit erregt; erst mit der Hypothese, die den Pfarrer als Mörder setzte, wurden alle diese Ereignisse gebündelt. Trotzdem fühlte er sich noch immer nicht ganz sicher. Vielleicht lag es daran, dass er sich nicht vorstellen konnte, was diesen Mann zu solch grausamen Verbrechen veranlasst hatte. In den nächsten Stunden würde er die letzten noch fehlenden Teile dieses Puzzles zusammensammeln. Keiner würde ihm sonst glauben. Dieses Mal konnte er gar nicht anders, er musste alleine agieren.

Nachdem er den Kaffee in aller Ruhe ausgetrunken hatte, rief er Hammerschmidt an. Er erreichte die Beamtin auf dem samstäglichen Wochenmarkt in ihrem Viertel. Einerseits war Hammerschmidt erfreut, von Crinelli zu hören und die wieder erwachte Kraft in seiner Stimme zu spüren, andererseits kam ihr die Störung etwas ungelegen, denn sie knutschte gerade mit ihrer Neuverpflichtung der vergangenen Nacht, und sie mochte dienstliche Anrufe an dienstfreien Samstagen überhaupt nicht. Aber Crinelli störte das traute Glück nicht lange. Er stellte nur zwei Fragen. Welche Kleinwagen waren mit den Kleber-Reifen ausgestattet und wie viele davon waren in Niederkirchen gemeldet. Hammerschmidt verfügte erst seit dem späten gestrigen Abend über die Ergebnisse der Ermittlung und hatte ihrerseits bereits mehrfach versucht, Crinelli zu erreichen. Genau sieben Automobile unterschiedlicher Hersteller mit den entsprechenden Reifen waren in den letzten Jahren in Niederkirchen registriert worden. Unermittelt blieben diejenigen, die ihre Wagen erst später umgerüstet hatten. Der Kleber-Reifen war die preiswerte Version der Michelin-Gummis und durchaus sehr verbreitet. Was folgte, war die alles entscheidende Frage nach den Namen der bisher ermittelten sieben Fahrzeughalter. Julia rasselte die Liste aus dem Gedächtnis herunter, während Crinelli am anderen Ende der Leitung den Atem anhielt. Als Vandermeulens Name unter den Genannten war, entwich die aufgestaute Luft in einem heftigen Schwall aus seinem Mund.

»Is was?«, fragte Hammerschmidt am anderen Ende der Leitung.

Crinelli antwortete nicht mehr. Zeit für einen Ausflug nach Taufheim.

Kurz vor Mittag betrat er den Laden für Kirchengeräte und Paramente unter der Kirche zum zweiten und, wie er hoffte, auch zum letzten Mal. Der Alte stand tief über eine Tageszeitung gebeugt hinter seinem Tresen. Nichts in seinen Augen deutete darauf hin, dass er sich an den Kommissar erinnerte. Crinelli stellte dem seltsamen Kerl ohne langes Drumherumreden die Frage, wegen der er die Fahrt auf sich genommen hatte. Die Antwort des Alten kam prompt und erschütterte Crinelli von innen heraus. Er bebte vor Aufregung.

»Kein Irrtum möglich?«

»Nein! Wieso? Außer ihm hat noch nie jemand so viele Kreuze auf einmal gekauft, aber das ist ja wohl normal für einen Kaplan, oder?«

Ohne zu antworten, verließ Crinelli den Laden und lehnte sich draußen gegen die Hauswand. Mehr Gewissheit konnte er nicht erlangen. Er hatte den Täter gefunden. Noch ein letztes Indiz wollte er überprüfen, zumal er glaubte, im gleichen Zuge auch das noch verschleppte Kind zu finden. Für diese Aktion benötigte er noch einmal den Schutz der Nacht, aber dann war der Alptraum endlich vorbei.

Sonntag

Crinellis Hand lag schon auf dem Ausschaltknopf, als der Wecker klingelte. Trotz seines Schlafdefizits hatte er fast kein Auge zugetan. Die Leuchtziffern zeigten an, dass der neue Tag gerade einmal drei Stunden alt war. Als er die Socken aus der Schublade angelte, fiel sein Blick auf seine Dienstwaffe. Er überlegte kurz, schloss die Lade dann wieder, ohne die Waffe berührt zu haben. Es gab keinen Grund für das ungeliebte Schießeisen.

Die Nacht war empfindlich kühl, als er ganz in Schwarz gekleidet das Haus verließ. Er hatte sich seine Strickmütze tief über den Kopf gezogen und hielt eine Stabtaschenlampe in der Hand. Ein Karabinerhaken hielt eine Reihe Dietriche an den Gürtelschlaufen seiner Jeans befestigt.

Im Dorf brannte kein Licht mehr. Die braven Menschen von Niederkirchen schliefen. Im Schatten der Häuser schlich sich Crinelli voran. Als er die Kirche erreichte, blieb er stehen und lauschte gespannt in die Nacht. Kein Laut drang an sein Ohr.

Crinelli angelte einen der Dietriche aus dem Karabinerhaken und ging mit seit langer Zeit ungeübten Fingern ans Werk. Früher, während seiner Zeit beim Dezernat Raubdelikte, dem heutigen KK 31, hatte er durchaus einige Fähigkeiten auf diesem Gebiet vorzuweisen gehabt. Die hölzerne Eingangstüre aber leistete keinen nennenswerten Widerstand. Es handelte sich um ein einfaches Bartschloss. Erstaunlich eigentlich, wo doch in diesen Zeiten selbst Fahrradschuppen schon mit den kompliziertesten und größtmögliche Sicherheit versprechenden Schließzylindern ausgestattet wurden.

Die Luft im Inneren des Gebäudes war feucht und nochmals erheblich kühler als die Nachtluft. Mit wenigen schnellen

Schritten durchquerte er die Sakristei und knipste erst hinter der nächsten Türe seine Taschenlampe an. Von außen würde der gebündelte Strahl nicht zu sehen sein. Neben dem großen Eingangsportal führten zwei weitere Türen aus dem hohen Kirchenschiff hinaus. Crinelli versuchte es zunächst mit der direkt links von ihm gelegenen Holztüre. Als er die emporführenden Stufen dahinter hinaufleuchtete, wusste er, dass ihn die zweite Türe in den Keller führen würde.

Hinter der unverschlossenen Türe trat er auf ein stählernes Podest, von dem aus eine Wendeltreppe in engen Kurven in die dunkle Tiefe führte. Vorsichtig ein Bein vor das andere setzend, schlich Crinelli hinab. Als er festen Boden betrat, erschreckte ihn das grelle Piepen einer Ratte. Auf solche Geräusche musste man in diesen alten Mauern wohl gefasst sein. Der Kegel seiner Taschenlampe suchte die Außenmauern des alten Gewölbes nach der Spur ab, die er hier zu finden erwartete.

Dass er den Beweis so leicht finden würde, hatte Crinelli nicht geglaubt. Ein Stück Mauer, aus hellen Steinen, neu verputzt, lag direkt vor ihm. Nicht heute, nicht gestern, aber die Arbeit stammte auch nicht aus der Entstehungszeit des Gotteshauses. Eindeutig war die Außenwand hier geöffnet und anschließend mit mittelmäßigem Handwerksgeschick wieder zugemauert worden. Er lächelte. Als er vor Wochen im Schatten der Kirche auf Zimmermann und seine Freunde gewartet hatte, hatte er direkt auf der Lösung des Falles gesessen. Vandermeulen musste sich sehr sicher gewähnt haben. So konnte eine Leiche, ohne Aufmerksamkeit zu erregen, sogar am helllichten Tage unter einem Acker mitten in der Ortschaft verbuddelt werden. Genial einfach, wie alle großen Ideen. Crinelli atmete tief durch. Die Operation konnte beginnen.

Als er sich eben umdrehen wollte, um seine Suche nach dem unterirdischen Gefängnis zu beginnen, stolperte er über einen Gegenstand und schlug der Länge nach auf den feuchten Boden. Gespannt hielt er den Atem an und lauschte, ob jemand seinen Sturz gehört hatte. Augenblicklich vernahm er eine menschliche Stimme, sehr dünn, eher nur ein Wimmern drang aus einer der Türen im hinteren Teil des Kellers. Der Strahl seiner Lampe fraß sich in die Dunkelheit, bis er von etwas Metallenem gleißend hell reflektiert wurde. Crinelli ging darauf zu und fand noch einen letzten Hinweis, dessen es nicht mehr bedurft hatte. Er stand direkt vor der Metallbox, die er an jenem Abend im Wagen des Mörders gesehen hatte. Der Metallbehälter stand direkt vor einer Holztüre, neben der eine weitere aus Stahlblech im Schein der Taschenlampe matt schimmerte. Mit wenigen Griffen öffnete Crinelli das Schloss der Holztüre und zögerte nicht, das Licht anzuknipsen, eine Entdeckung fürchtete er nun nicht mehr. Es war nicht das Gefängnis der entführten Kinder. Der weiß gekalkte Raum glich einer kleinen einfachen Kapelle. Im linken hinteren Teil befand sich ein Holzaltar, vor dem eine ausrangierte Kirchenbank stand. Auf einem wackligen Holztisch, direkt daneben, lag eine neunschwänzige Katze. Was tat der Mörder mit einem solchen Folterinstrument? Die Kinder trugen bei allen ihnen ansonsten zugefügten Verletzungen zumindest keine Striemen von Peitschenhieben am Körper.

Hinter der Katze stand ein schmuckloser Bilderrahmen. Crinelli hielt den Rahmen in den Schein seiner Lampe und betrachte die vergilbte Fotografie. Großspurig an einen Mercedes gelehnt lächelte ein Mann, der auffallende Ähnlichkeit mit dem erwachsenen Vandermeulen hatte, in die Kamera. Ein kleiner Junge stand verschüchtert daneben und schaute mit respektvoller Angst zum Vater hoch. Eine Hand des Mannes lag auf der Schulter des Jungen, und es war spürbar, unter dieser Last würde sich der Kleine keinen Zentimeter bewegen können.

Crinelli stellte das Bild wieder auf den Tisch und verschaffte sich Zutritt zu dem zweiten Raum. Er knackte das Vorhängeschloss, schob den Riegel beiseite und betrat einen schummrig erleuchteten Raum.

Was er sah, würde von nun an für immer in seine Seele eingebrannt sein. Auf einer Matratze mit ehemals weißem Bettlaken hockte ein kleiner Junge, oder besser das, was von einem kleinen Jungen nach unsäglichem Leid übrig blieb. Das abgemagerte Stück Mensch drückte sich in die letzte Ecke seines feuchten Gefängnisses, hielt ein Kissen vor den Leib gedrückt und starrte Crinelli mit vor Angst geweiteten Augen an.

»Hallo Kleiner«, fing Crinelli etwas unbeholfen an zu sprechen, »du brauchst keine Angst mehr zu haben. Jetzt wird alles gut. Kannst du mich verstehen?«

Nein, der Junge verstand Crinelli nicht. Und obwohl dieser sich bemühte, sanft und ruhig zu sprechen, war klar, dass dieses Kind niemandem im Leben mehr trauen würde. Crinelli ging mit ausgestreckten Händen auf den Jungen zu. Mit jedem Schritt vorwärts wuchs die Angst in den Augen des Kindes. Es entspannte sich auch nicht, als Crinelli sich vor ihm hinkniete und vorsichtig und mit betont langsamen Bewegungen begann, über sein Haar zu streichen. Das Kind zitterte, befürchtete nur weitere, nur noch schlimmere Taten. Crinelli zog den erstarrten Jungen an sich, umarmte ihn und sprach weiter ganz sanft auf ihn ein. Der Körper des Kindes fühlte sich an, als sei er aus grauem hartem Stein. Als das Kissen von seinem Schoß rutschte, erblickte Crinelli die schrecklichen Verletzungen, das Blut und den Eiter. Er ließ das Kind los, um per Handy die Kollegen und einen Arzt anzufordern. In diesem Augenblick hörte er hinter sich einen spitzen Schrei. Erschrocken drehte er sich um und sah Vandermeulen für Sekunden in die verstört blickenden Augen, bevor dieser die Türe zuknallte und den Riegel vorlegte.

Crinelli schrie hinter ihm her, kreischte seinen Namen, nahm schließlich Anlauf und warf sich mit seinem vollen Gewicht gegen die Blechtüre. Vergebens. Er prallte von dem Hindernis ab und rutschte auf den Boden. Er rappelte sich auf. Vandermeulen durfte ihm nicht entkommen. Seine Schulter schmerzte, dennoch gab es keine andere Möglichkeit, als diese

Aktion zu wiederholen. Die Türe war keinesfalls so stabil, dass sie einen wütenden Erwachsenen hier lange festhalten konnte. Mit aller Entschlossenheit sprang er ein zweites Mal, und jetzt gab die Tür dem Aufprall nach. Es brauchte noch einige Fußtritte, bevor er sich an den aufgebrochenen Scharnieren vorbeizwängen konnte.

Er nahm die Verfolgung Vandermeulens auf. Der Mann hatte drei, höchstens vier Minuten Vorsprung. Crinelli rannte, so schnell er konnte, die eiserne Wendeltreppe empor. Er empfand keinen Schmerz, als er mehrfach mit der lädierten Schulter gegen die eisernen Stiegen schlug. Kurz bevor er das obere Plateau erreicht hatte, hörte er einen ungeheuren Krach. Erst im Kirchenraum begriff er, was den Lärm verursachte. Es war die Kirchturmglocke, die mitten in der Nacht mit einem nie gehörten ersten Klang zu schlagen begonnen hatte und nun in unregelmäßigem Rhythmus weiterschlug. Crinelli stürzte auf die Türe zum Kirchturm zu.

Als er seine Taschenlampe in die Dunkelheit des schmalen Turmes hielt, sah er Randolph Vandermeulen nur wenige Meter über sich am Glockenseil baumeln. Der grausame Mörder hatte sich selbst gerichtet.

Crinelli knipste seine Taschenlampe aus, ging zurück in das Kirchenschiff und setzte sich in eine der hölzernen Bänke. Über Vandermeulens Freitod empfand er keine Trauer. Aber er spürte auch keine Wut und keinen Schmerz, er empfand einfach gar nichts mehr. Er fühlte sich leer und ausgezehrt, während er darauf wartete, dass sich seine Atmung wieder normalisierte.

Als die ersten Menschen, notdürftig gekleidet, in die Kirche gerannt kamen, um nachzusehen, was ihre Glocke mitten in der Nacht in derart unmelodische Schwingungen versetzt hatte, ging Crinelli zurück zu dem Jungen in den Keller. Das Kind hatte sich keinen Zentimeter bewegt, seine Gesichtszüge waren eingefroren. Ein misshandelter Mensch. Körperlich lebendig, aber seelisch tot. Crinelli erfasste eine tiefe Trauer. Er nahm den Jungen auf den Arm und trug ihn vorsichtig nach oben in die Dämmerung des Tages. Die ersten Polizisten waren aus Taufheim eingetroffen, der Krankenwagen für den Jungen würde folgen.

Als dieser endlich vor dem Kirchenportal hielt, küsste Crinelli den Jungen sanft auf den Kopf, bevor er ihn in die Arme der Medizinerin legte, und flüsterte ihm zu: »Ich denk an dich, Kleiner.« Dann ging er nach Hause.

In der Küche stellte er sich vor den Kühlschrank und griff sich eine Flasche eiskaltes Bier. Er öffnete sie, hielt aber mitten in der Bewegung inne, überlegte kurz und ließ schließlich die gesamte Flüssigkeit in den Abfluss der Spüle laufen.

Crinelli zog sich seine Stiefel an, holte die Angelsachen aus der Garage, schmiss sein Handy achtlos auf das Sofa und verließ das Haus wieder.

Am Fluss warf er die Rute ins Wasser. Die Fische bissen an diesem Morgen, als ob sie nichts Besseres zu tun hätten. Crinelli stoppte sein automatisches Handeln, als er die fünfte Bachforelle vom Haken befreit hatte. Aber dieses Mal warf er sie nicht zurück ins Wasser, sondern wollte sie mit nach Hause nehmen.

Nach einer ganzen Weile blickte er auf und entdeckte am anderen Ufer eine Gestalt. Frantisek Lubanski saß auf einem Stein und starrte zu ihm herüber. Als sich ihre Blicke kreuzten, erhob sich der Pole und kam barfuß durch den Fluss auf Crinelli zu. Er nickte kurz zur Begrüßung und setzte sich wortlos neben den Kommissar. Crinelli gab ihm eine Zigarette, und die Männer schauten stumm dem Fluss zu. Nach einer Weile begann Lubanski die Fische, die Crinelli gefangen hatte, auszunehmen. Die Sonne stieg über dem östlichen Höhenzug auf und tauchte die Landschaft in mildes Licht. Crinelli sah zu dem Knecht hinüber. Im Licht der aufgehenden Sonne blinkte der scharfe Stahl von Lubanskis Messer. Der Klinge fehlte die Spitze.

Danksagung

Ich möchte zunächst allen Leuten bei *Terre des Hommes* danken, deren Homepage mir wertvolle Dienste bei der Arbeit an diesem Buch geleistet hat. Sie machen eine großartige Arbeit!

Bei der Recherche waren die Bücher *Ware Mensch* von Pino Arlacchi sowie *Grünkram* von Adolf Gallwitz und Manfred Paulus eine wichtige Quelle.

Vielen Dank auch an Uwe Steen von der Öffentlichkeitsarbeit der Kölner Polizei für den Einblick in die Struktur des Polizeiapparates und die kompetente, unbürokratische Unterstützung in Fachfragen.

Stellvertretend für viele Organisationen, die sich um die Opfer sexueller Gewalt kümmern, möchte ich an dieser Stelle *Zartbitter Köln* hervorheben, deren Arbeit ich persönlich kenne und deren ohnehin schon schwierige Situation zusätzlich noch durch Geldknappheit erschwert wird.

Bitte helfen Sie! Nehmen Sie Ihre Wut über den täglichen Missbrauch zum Anlass und spenden Sie. Jeder Euro hilft. Hier die Daten:

Förderverein Zartbitter e. V.
Bank für Sozialwirtschaft (BLZ 370 205 00)
Kontonummer: 812 57 00

Werner Köhler. Crinellis kalter Schatten. KiWi 1028

Drei Fälle, die unterschiedlicher nicht sein könnten, bringen Kriminalkommissar Jerry Crinelli um den Schlaf. Er bekommt es mit einem Gegner zu tun, dessen Kälte, Fanatismus und Überlegenheit ihn an seine Grenzen führt ...

»Werner Köhler lässt beim Lesen Filme entstehen.« *Express*

www.kiwi-verlag.de KiWi PAPERBACK

Ursula Enders (Hrsg.). Zart war ich, bitter war's. Vollständig überarbeitete und erweiterte Neuausgabe. KiWi 785

»Zart war ich, bitter war's« beschreibt nicht nur Ursachen, Ausmaß und Folgen des sexuellen Missbrauchs an Mädchen und Jungen, es vermittelt vor allem konkrete Anleitungen für die praktische Arbeit mit Betroffenen. Ein kompetentes und informatives Handbuch zum Thema sexuelle Gewalt gegen Kinder.

www.kiwi-verlag.de KiWi PAPERBACK